HEYNE <

DAS BUCH

Bellisia ist eine Schattengängerin und damit Teil einer Gruppe herausragender Kämpferinnen und Kämpfer, deren Fähigkeiten von dem genialen Wissenschaftler Dr. Peter Whitney verstärkt wurden. Die schöne Spionin hat die Gabe, mit ihrer Umgebung zu verschmelzen, und ist die absolute Topagentin bei streng geheimen Undercover-Missionen. Als sie bei einem ihrer Einsätze erfährt, dass das Schattengängerteam rund um Ezekiel Fortune ausgeschaltet werden soll, flieht sie in die Bayous, um Ezekiel zu warnen. Dort angekommen, hätte Bellisia mit allem gerechnet, nur nicht damit, in den Bann von Ezekiels maskuliner Schönheit zu geraten. Zum ersten Mal in ihrem Leben fühlt sich Bellisia um ihrer selbst willen begehrt und nicht aufgrund ihrer außergewöhnlichen Gaben. Doch Dr. Whitneys Häscher sind dem Paar dicht auf den Fersen, und schon bald droht Bellisia ihren Geliebten wieder zu verlieren …

DIE AUTORIN

Christine Feehan wurde in Kalifornien geboren, wo sie heute noch mit ihrem Mann und ihren elf Kindern lebt. Sie begann bereits als Kind zu schreiben und hat seit 1999 mehr als sechzig erfolgreiche Romane veröffentlicht, die in den USA mit zahlreichen Literaturpreisen ausgezeichnet wurden und regelmäßig auf den Bestsellerlisten stehen. Auch in Deutschland ist sie mit ihrer *Schattengänger-Serie*, der *Leopardenmenschen-Saga*, den *Drake-Schwestern* und der *Sea-Haven-Saga* äußerst erfolgreich.

Mehr über Christine Feehan und ihre Romane finden Sie auf:
www.christinefeehan.com

CHRISTINE FEEHAN

TÄNZERIN IM SCHATTEN

Ein Schattengänger-Roman

WILHELM HEYNE VERLAG
MÜNCHEN

Titel der amerikanischen Originalausgabe
POWER GAME
Deutsche Übersetzung von Ruth Sander

FSC
www.fsc.org
MIX
Papier aus verantwortungsvollen Quellen
FSC® C014496

Penguin Random House Verlagsgruppe FSC® N001967

2. Auflage
Deutsche Erstausgabe 12/2017
Redaktion: Sabine Kranzow

Printed in Germany
Umschlaggestaltung: Nele Schütz Design, München
Satz: Greiner & Reichel, Köln
Druck und Bindung: GGP Media GmbH, Pößneck

ISBN 978-3-453-31896-0

www.heyne.de

Für Neil und Lisa Benson
von den »Pearl River Eco Tours«, zwei Menschen,
die ich als sehr gute Freunde betrachte.
Danke für alles, und wir vermissen Euch wahnsinnig!

nox noctis est nostri

DAS BEKENNTNIS DER SCHATTENGÄNGER

Wir sind die Schattengänger, wir leben in den Schatten.
Das Meer, die Erde und die Luft sind unsere Heimat.
Nie lassen wir einen gefallenen Kameraden zurück.
Wir sind einander in Ehre und Loyalität verbunden.
Für unsere Feinde sind wir unsichtbar, und wir vernichten sie, wo wir sie finden.
Wir glauben an Gerechtigkeit und beschützen unser Land und jene, die sich selbst nicht schützen können.
Ungesehen, ungehört und unbekannt bleiben wir Schattengänger.
Ehre liegt in den Schatten, und die Schatten sind wir.
Wir bewegen uns absolut lautlos, im Dschungel ebenso wie in der Wüste.
Unhörbar und unsichtbar bewegen wir uns mitten unter unseren Feinden.
Wir kämpfen ohne den geringsten Laut, noch bevor sie unsere Existenz überhaupt erahnen.
Wir sammeln Informationen und warten mit unendlicher Geduld auf den passenden Augenblick, um Gerechtigkeit walten zu lassen.
Wir sind gnädig und gnadenlos zugleich.
Wir sind unnachgiebig und unerbittlich in unserem Tun.
Wir sind Schattengänger, und die Nacht gehört uns.

DIE EINZELNEN BESTANDTEILE DES SCHATTENGÄNGERSYMBOLS

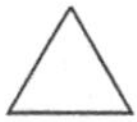

STEHT FÜR
Schatten

STEHT FÜR
Schutz vor den Mächten des Bösen

STEHT FÜR
Psi, den griechischen Buchstaben, der in der Parapsychologie für außersinnliche Wahrnehmungen oder andere übersinnliche Fähigkeiten benutzt wird

STEHT FÜR
Eigenschaften eines Ritters – Loyalität, Großzügigkeit, Mut und Ehre

STEHT FÜR
Ritter der Schatten schützen vor den Mächten des Bösen unter Einsatz von übersinnlichen Kräften, Mut und Ehre
Nox noctis est nostri

1

BELLISIA ADAMS WARF einen Blick in den Spiegel. Neben ihr saß JinJing, eine nette Frau, die keine Ahnung hatte, dass der Mann, für den sie arbeitete, ein berüchtigter Krimineller war und die Frau an ihrer Seite so wenig chinesisch wie der Mann im Mond. Bellisias langes, glattes Haar, das ihr bis zur Taille reichte, sah aus wie ein Wasserfall aus Seide. Sie war klein und zierlich und hatte kleine Hände und Füße. Sie sprach denselben Dialekt wie JinJing und scherzte und plauderte in der kurzen Pause im Aufenthaltsraum akzentfrei mit ihr.

Sie achtete darauf, dass ihr Herzschlag sich nicht beschleunigte, obwohl die erhöhte Aufmerksamkeit und Nervosität der Wachen ihr verrieten, dass das, worauf sie in der vergangenen Woche gewartet hatte, endlich geschehen würde. Und das war auch gut so. Denn bald lief ihre Zeit ab. Wie die meisten Techniker im Labor trug sie keine Uhr, doch sie war sich der Tage und Stunden, die verstrichen, sehr bewusst.

Als die Glocke erklang, winkte JinJing ihr zu und ging eilig zurück an die Arbeit. Jeder, der nach der Pause auf den Fluren erwischt wurde, wurde umgehend entlassen. Oder zumindest nicht mehr gesehen. Und man erzählte sich, dass einen in dem Fall wenig Angenehmes erwartete. Die Cheng Company bezahlte gut. Bernard Lee Cheng besaß viele Firmen und beschäftigte eine große Anzahl von Menschen, aber er war ein sehr anspruchsvoller Chef.

Bellisia konnte nicht länger warten. Außerdem durfte sie nicht im Aufenthaltsraum erwischt werden. Vorsichtig nahm sie ihre lange Perücke und die lebensechte Gesichtsmaske ab und wickelte beides in ihren weißen Laborkittel. Dann streifte sie die Arbeitskleidung ab, sodass der hautenge, einteilige Bodysuit, den sie darunter trug, zum Vorschein kam – er reflektierte ihre Umgebung. Schließlich zog sie die rutschhemmenden Schuhe mit den Kreppsohlen aus und steckte sie in die Kitteltaschen. Ihr hellblondes Haar hatte sie zu einem festen Zopf verflochten. Nun war sie einsatzbereit. Sobald der schmale Flur vor dem Aufenthaltsraum leer war, schlüpfte sie aus dem Zimmer. Dank ihres scharfen Gehörs wusste sie immer ganz genau, wo die Techniker auf der Etage sich gerade befanden. Und sie wusste auch ganz genau, wo die Kameras waren und wie sie sie umgehen konnte.

Schnell kletterte sie die Wand hoch an die Decke und verschmolz dabei mit der schmutzig weißen Farbe, die aussah, als hätte sie bessere Tage gesehen. Über den Flur des Laborbereichs kroch sie weiter zu den Büros, und dort wurde aus dem Weiß ein frisches Hellblau. Sie wechselte die Farbe, bis sie sich perfekt angepasst hatte, und verlangsamte ihr Tempo, denn jede Bewegung konnte ungewollte Aufmerksamkeit auf sich ziehen, und in dem Großraumbüro gab es viel mehr Angestellte als im Labor. Die meisten saßen in kleinen, offenen Kabinen, doch sie steuerte über eine Reihe von Arbeitsplätzen hinweg auf das eine große Büro zu, das wichtig für sie war. Kurz vor ihrem Ziel wechselte sie mit den Wänden erneut die Farbe in ein mattes Grün und schaute von außen durch die Glasscheibe.

In dem Büro saß eine Frau, mit dem Rücken zu ihr, den Blick auf den Mann hinter dem Schreibtisch gerichtet. Bernard Lee Cheng. Sie war mehr als nur versucht, ihn zu töten, die Chance, so nah an ihn herangekommen zu sein, zu nutzen und ihn einfach zu erledigen. Dann würde die Welt von einem sehr bösen Mann befreit sein, doch das war nicht ihre Aufgabe, so sehr sie es sich auch wünschte. Sie war auf die Frau angesetzt, die Senatorin Violet Smythe-Freeman – nun nur noch Smythe –, hauptsächlich um in Erfahrung zu bringen, ob diese Frau vorhatte, ihr Land zu verraten und damit auch die Schattengänger, denen sie selbst angehörte. Kaum jemand wusste von der Existenz dieser Spezialeinheit.

Es gab keine Möglichkeit, in das Büro hineinzukommen, aber das spielte keine Rolle. Vorsichtig kroch Bellisia über die Decke, vor aller Augen und dennoch unsichtbar. Selbst wenn einer von den Angestellten da unten zufällig hochgeschaut hätte, hätte er Schwierigkeiten gehabt sie zu entdecken, solange sie sich so langsam wie ein Faultier auf ihr Ziel zubewegte. Über der Tür zum Büro hielt sie an, blendete alle Geräusche um sich herum aus und konzentrierte sich auf die Stimmen, die herausdrangen.

Chengs Gesicht war ihr direkt zugewandt. Selbst wenn sie nicht jedes Wort verstehen konnte, das er sagte, weil sein Büro schalldicht war, konnte sie von seinen Lippen ablesen. Er wollte alles über das Schattengänger-Programm wissen. Akten. Alles, was es über sie gab – und ein paar von ihnen als Anschauungsmaterial, um sie zu sezieren. Bellisias Magen verkrampfte sich. Violet sprach sehr leise. Sie besaß die Fähigkeit, Menschen mit ihrer Stimme dazu zu bringen, ihr zu gehorchen, doch Cheng schien dagegen immun zu sein.

Sie wollte Geld für ihren Wahlkampf. Maurice Stuart, der Präsident werden wollte, hatte sie als Vizepräsidentin nominiert. Falls er gewählt wurde, wollte sie ihn ermorden lassen, damit sie das Amt übernehmen konnte. Dann hatte Cheng einen Verbündeten im Weißen Haus. Ein ganz einfacher Deal. Wo das Schwarzgeld herkam, brauchten sie nicht offenzulegen. Keiner würde jemals davon erfahren.

Violet war schön und intelligent. Und sehr gefährlich. Eine Soziopathin. Außerdem war sie weiterentwickelt worden. Sie gehörte zu den Ersten, die Dr. Whitney damals als Mädchen aus Waisenhäusern für seine Experimente geholt hatte, damit er Verbesserungen an seinen Soldaten vornehmen konnte, ohne ihnen selbst Schaden zuzufügen. Violet setzte ihr Aussehen und ihre Stimme ein, um zu bekommen, was sie wollte. Und mehr als alles andere wollte sie Macht.

Cheng nickte und beugte sich vor. Seine Augen waren stechend, sein Gesicht starr. Wieder nannte er seinen Preis. Die Akten und ein paar Schattengänger.

Reglos hörte Bellisia zu, wie Violet ihr Land und seine besten Soldaten verriet. Sie sagte Cheng, wo er ein Team finden und sich einen Schattengänger holen könne. Dann erklärte sie ihm, dass es an verschiedenen Orten Kopien der gewünschten Akten gebe, es aber meistens zu schwierig sei, an sie heranzukommen. Am ehesten sei es noch in Louisiana möglich, im Stennis Center.

Cheng blieb stur und bestand darauf, dass sie ihm die Akten besorgen solle. Sie erwiderte ebenso unnachgiebig, dass sie das nicht könne. Schließlich fragte Cheng sie, was sie eigentlich gegen das Schattengänger-Programm habe.

Bellisia versuchte, näher an die Tür zu kommen, als könnte sie dann besser hören. Der letzte Punkt interessierte sie nämlich auch. Schließlich war Violet eine von ihnen. Eins der ersten Waisenmädchen, die Peter Whitney für seine Zwecke benutzt hatte – eine »Schwester«, nicht blutsverwandt, aber in jeder anderen denkbaren Weise. Auch Violet hatte Experimente zur Steigerung ihrer übersinnlichen Fähigkeiten über sich ergehen lassen müssen, bei denen ihre DNA verändert worden war. Niemand zweifelte daran, dass Whitney ein Genie war, doch genauso sicher war, dass er verrückt war.

Violets leise Antwort entsetzte Bellisia. Die Frau war ein elender Snob. Supersoldaten waren für sie in Ordnung. Weiterentwicklungen mit tierischer DNA ebenso, aber nicht die mit der, die bei den letzten bekannt gewordenen Experimenten verwendet worden war – die von Schlangen und Spinnen. Das ging ihr zu weit und setzte ihrer Meinung nach die anderen Schattengänger herab. Sie wollte, dass alle mit dieser Art von DNA ausgemerzt wurden.

Eine kleine Pause trat ein, so als dächte Cheng über ihre überraschend heftige Hasstirade nach. Bellisia hätte ihr sagen können, dass sie sich in Gefahr gebracht hatte. Nur wenige wussten, dass Violet selber eine Schattengängerin war, doch nach diesem Wutanfall fragte sich ihr listiges, hochintelligentes Gegenüber, ob das, was er so dringend haben wollte, nicht direkt vor ihm saß.

Violet wirkte, als sei ihr die Gefahr, in der sie schwebte, nicht bewusst, hatte ihren Fehler aber wohl bemerkt, denn sie redete hastig weiter und brachte noch einmal ihre Forderungen vor. Dann fingen die beiden wieder an zu feilschen. Als Violet schließlich Anstalten machte zu gehen, hob Cheng eine Hand, um sie davon abzuhalten. Graziös ließ die Senatorin sich wieder auf ihren Stuhl sinken und besiegelte den Deal. Bellisia hörte noch eine Weile zu, während die beiden die Einzelheiten besprachen.

Sie rechnete sich aus, wie groß ihre Chancen waren zu entkommen, wenn sie die Verräterin tötete, sobald sie Chengs Büro verließ, und kam zu keinem guten Ergebnis. Trotzdem spielte sie mit dem Gedanken, so ungeheuerlich war der Verrat dieser Frau. Sie verachtete Violet aus tiefstem Herzen.

Eine plötzliche Aufregung im Büro riss sie aus ihren Gedanken. Wachen kamen hereinmarschiert und befahlen den Angestellten, den Raum zu verlassen. Bellisia spähte in den Flur und beobachtete, wie das gesamte Stockwerk geräumt wurde. Ehe sie es verhindern konnte, schlug ihr Herz schneller. Sie holte tief Luft, damit es sich wieder beruhigte, dann ging die Sirene los, die alle Mitarbeiter aus den Labors und Büros in die großen Schlaftrakte rief.

Das Gebäude wurde abgeriegelt. Weder konnte sie zurück in den Aufenthaltsraum, um ihre Verkleidung zu holen, ehe die Soldaten mit der Durchsuchung begannen, noch blieb ihr genug Zeit abzuwarten, sonst brächte der Virus, der ihr injiziert worden war, sie langsam um. Eine von Chengs endlosen Hausdurchsuchungen würde sie nicht überstehen. Er war so paranoid, dass er seine Angestellten schon mehr als einmal über eine Woche auf dem Gelände festgehalten hatte. Bis dahin wäre sie tot, wenn sie das Gegenmittel nicht bekam. In dem Augenblick, in dem ihre Sachen und ihre Perücke gefunden wurden, würde Cheng die Sicherheitsmaßnahmen bestimmt noch weiter verschärfen.

Langsam kroch sie wieder über die Decke zum Flur. Sie konnte unmöglich ins Erdgeschoss hinunter. Wachmänner strömten dort herein und hatten inzwischen jede Etage besetzt. Sie musste nach oben, zum einzigen Zufluchtsort, den sie vielleicht noch erreichen konnte. Auf dem Dach gab es Wassertanks, die die Sprinkleranlage speisten. Das war ihre einzige Möglichkeit, der Suche zu entgehen, die Cheng anordnen würde, sobald ihre Verkleidung entdeckt worden war. Das hieß, sie musste den Aufzug nehmen.

Während sie über der Aufzugstür wartete, fluchte sie innerlich in jeder Sprache, die sie beherrschte – und das waren einige. Auch die Wachen mussten den Lift benutzen, und das bedeutete, dass sie ihnen sehr nahe kommen würde. Alle waren bereits in Alarmbereitschaft versetzt worden und versammelten sich vor dem Aufzug. Der kleinste Fehler konnte sie das Leben kosten, denn obwohl sie imstande war, mit ihrer Umgebung zu verschmelzen, brauchten ihre Haut und ihr Haar ein paar Sekunden, um sich anzupassen. Ihr Bodysuit würde alles um sie herum spiegeln und sie wie einen Teil vom Aufzug aussehen lassen, doch ihr Kopf und ihre Hände und Füße würden für einen kurzen Moment sichtbar sein.

Mit klopfendem Herzen schob sie sich langsam näher an den Aufzug heran. Sollte sie sich jetzt gleich an ihn anpassen oder warten, bis sie mit einem Dutzend Wachen und Waffen in der Kabine war? Sie hatte die Wahl, aber eine falsche Entscheidung konnte tödlich sein. Sie wechselte die Farbe nicht so langsam wie ein Chamäleon, sondern so schnell wie ein Tintenfisch, dennoch dauerte es ein paar kostbare Sekunden. Sie begann sich zu verwandeln und konzentrierte sich zunächst darauf, dass ihre

Hände und Füße nicht mehr von der Aufzugstür zu unterscheiden waren.

Ein Pling signalisierte, dass sie nur noch Sekunden hatte, um in die Kabine zu kommen. Sie wartete, bis die Wachleute einstiegen, schlüpfte mit ihnen hinein und hängte sich an die Decke. Die Tür hätte ihr beim Schließen fast den Fuß eingequetscht, aber sie konnte ihn noch rechtzeitig wegziehen. Auf dem engen Raum standen die Wachen dicht an dicht. Bellisia hatte das Gefühl, keine Luft zu bekommen. Die Decke der Kabine war nicht sehr hoch, sodass sie den Männern sehr nah war und die größeren von ihnen sie fast mit dem Kopf berührten. Zweimal streifte das Haar des Mannes, der ihr am nächsten stand – und leider sehr groß war – tatsächlich ihr Gesicht und kitzelte sie.

Auf jeder Etage stiegen ein paar Wachen aus, um sie zu durchsuchen und sicherzustellen, dass alle Angestellten dem Ruf der Sirene gefolgt waren und sich unverzüglich in die Schlaftrakte begeben hatten, um sich dort einer Leibesvisitation zu unterziehen.

Die letzten Wachmänner fuhren bis zum Dach hinauf. Das war der gefährlichste Moment. Sie musste direkt hinter dem letzten aus dem Aufzug steigen und war darauf angewiesen, dass alle Wachen nach vorn schauten und nicht zurück zu den sich schließenden Türen. Ihre Tarnung war perfekt, doch auch diesmal würde es einige wichtige Sekunden dauern, bis sie sich an ihre neue Umgebung angepasst hatte.

Sie ließ sich auf den Boden herab, schlich hinter dem letzten Mann aus dem Aufzug und ließ den Blick über die Wassertanks auf dem Dach gleiten. Es gab insgesamt sechs, die die Sprinkler auf den verschiedenen Etagen versorgten. An die Wand gepresst, blieb sie still stehen, bis ihre Haut und ihr Haar von dem neuen Hintergrund nicht mehr zu unterscheiden waren. Erst dann begann sie langsam zu dem Tank zu kriechen, der ihr am nächsten war, während die Wachen ausschwärmten, um das lang gestreckte Dach abzusuchen.

In dieser Höhe blies ständig ein heftiger Wind, der recht tückisch war und die Männer ins Straucheln brachte, wenn sie von einer Böe getroffen wurden. Bellisia blieb so dicht am Boden, dass ihr Bauch ihn fast berührte. Als ein Wachmann in einer Mischung aus Mandarin und Shanghai-Chinesisch zu fluchen begann, erstarrte sie. Natürlich schimpfte der Mann nur über das Wetter, nicht über Cheng. Niemand hätte es gewagt, etwas gegen den Chef zu sagen, weil alle Angst hatten, dass er es erfahren würde.

Cheng betrachtete sich als Geschäftsmann. Sein Geschäftsimperium und seine Intelligenz hatte er von seinem chinesischen Vater geerbt, das gute Aussehen und den Charme dagegen von seiner amerikanischen Mutter, einem Filmstar. Beide Eltern hatten ihm die Türen geöffnet, in China und in den Vereinigten Staaten, und inzwischen hatte er Zugang zu fast jedem Land auf der Erde. Sein Imperium war doppelt so groß wie das seines Vaters, was ihn zu einem der reichsten Männer der Welt machte, doch um das zu erreichen, hatte er Terroristen, Rebellen und Regierungen geheime Informationen, Waffen und alles, was sie sonst noch brauchten, verschafft. Er verkaufte immer an den Höchstbietenden, und niemand legte sich mit ihm an.

Bellisia verstand nicht, was jemanden dazu trieb, so schlimme Dinge zu tun. Gier nach Geld? Oder Macht? Sie wusste, dass ihr Leben sich von dem anderer Menschen unterschied, aber ihrer Meinung nach war die äußere Welt nicht viel besser als ihre. Vielleicht sogar schlechter. In ihrer herrschten Disziplin und Strenge. Das war nicht immer angenehm, und sie konnte nicht sehr vielen Menschen vertrauen, doch der Mehrheit der Leute in der anderen Welt schien es nicht viel besser zu gehen.

Kurz bevor er über sie gefallen wäre, blieb der fluchende Wachmann stehen. Sein Lederstiefel war schon so nah gewesen, dass sie ihn spüren konnte. Mit angehaltenem Atem wich Bellisia ihm ganz langsam aus und kroch weiter. Ihre Bewegungen waren so kontrolliert, dass ihre Muskeln schmerzten und sich verkrampften. Ihr Herz hämmerte heftig, und sie hatte Mühe, ihre Atmung ruhig und gleichmäßig zu halten.

Sie war direkt vor der Nase der Männer. Sie brauchten nur nach unten zu blicken, um sie zu sehen, falls sie ihre Tarnung durchschauten. Aus den Augenwinkeln beobachtete sie sie und hörte ihnen zu, während sie abschätzte, wie weit es noch zu den Wassertanks war. Es schien ewig zu dauern, bis sie den Sockel des ersten erreichte. *Ewig.*

Sie hob eine Hand und klammerte sich mit den Härchen an ihren Fingerspitzen an die Außenwand des Tanks. Diese Härchen – Setae genannt – waren mikroskopisch klein und spalteten sich am Ende in unzählige noch feinere Härchen auf, die so dünn waren, dass man sie nicht sehen konnte, weshalb sie auch Dr. Whitney trotz seines Genies nicht an ihr entdeckt hatte. Die Haftkraft dieser Härchen an ihren Fingern und Zehen erlaubte es ihr, sich am Tank hochzuziehen. Jedes Härchen konnte eine unglaubliche Menge Gewicht halten, deshalb fiel es ihr so leicht glatte Wände hochzuklettern und kopfüber an der Decke zu hängen. Je größer das Lebewesen, desto kleinere Hafthärchen musste es haben, doch Setae, die das Gewicht eines ausgewachsenen Menschen halten konnten, hatte es wohl zuvor nicht gegeben – bis Dr. Whitney unwissentlich einen erschaffen hatte.

Bellisia hatte vor, sich im Wassertank zu verstecken und zu warten, bis die Lage sich beruhigt hatte. Dann wollte sie sich so weit wie möglich von Cheng entfernen. Sie war sich dessen bewusst, dass ihre Zeit knapp wurde und der Virus anfing, sich in ihrem Körper auszubreiten. Ihre Temperatur stieg bereits an. Das kalte Wasser im Tank würde ihr guttun. Sie verfluchte Whitney und die Tricks, die er sich ausgedacht hatte, um die Frauen an der Kandare zu halten.

Er hatte sie als Kinder aus Waisenhäusern geholt. Niemanden hatte es gekümmert, was aus ihnen wurde. So hatte er an den kleinen Mädchen herumexperimentieren können, ohne befürchten zu müssen, dass jemand sich einmischte. Er hatte sie nach Blumen und Jahreszeiten benannt und sie zu Soldatinnen, Killerinnen und Spioninnen ausgebildet. Damit sie wieder zu ihm zurückkamen, injizierte er ihnen entweder eine Substanz, die er Zenith nannte – eine Droge mit tödlicher Wirkung, die nur durch ein Gegenmittel neutralisiert werden konnte – oder einen Virus, der sie ganz langsam umbrachte. Manchmal erpresste er die Mädchen auch mit ihrer Freundschaft untereinander, sodass sie gelernt hatten, sorgfältig darauf zu achten, ihre Gefühle füreinander nicht zu zeigen.

Als Bellisia sich am Tank hochzog, wechselte sie noch einmal die Farbe und passte sich dem schmutzigen Hintergrund an. Die Böen zerrten an ihr und versuchten sie von der Wand zu reißen. Sie spürte, dass sie Fieber bekam, dennoch fror sie in dem kalten Wind und ihre Muskeln begannen taub zu werden. Trotz all dem zwang sie sich, langsam höher zu steigen und die Wachen im Auge zu behalten, die auf dem Dach herumliefen und jeden Winkel, in dem sich jemand verstecken konnte, gründlich untersuchten.

Plötzlich ging wieder eine Sirene los. Das schrille Heulen war unerträglich. Es klang anders als die Sirene zuvor, die alle unverzüglich in die Schlaftrakte befohlen hatte. Das hier war ein Kreischen, voller Wut und vor Zorn. Offenbar hatten die Wachen ihre Verkleidung gefunden. Sie würden das ganze Gebäude nach ihr durchkämmen. Jeden Schacht, jede Röhre. Jede Ecke, in die ein menschliches Wesen sich irgendwie hineinquetschen konnte.

Sie hatte sich ausgiebig über Cheng informiert, ehe sie sich in seine Welt begeben hatte. Es war eine kleine, strenge, autokratische Welt, in der man ständig auf Kontrollen gefasst sein musste und überall von Kameras und Wachen beobachtet wurde. Cheng traute niemandem, weder seinen engsten Verbündeten noch seinen Angestellten. Nicht einmal seinen Wachen. Deshalb beschäftigte er Wachpersonal, das wiederum die Wachen im Auge behielt.

Daran war Bellisia gewöhnt. Sie war in einem ähnlichen Umfeld groß geworden und daher damit vertraut. Außerdem kannte sie alle Tricks, die Kontrollen und Kameras zu umgehen. Ihr Nachahmungstalent war einzigartig. Sie konnte nicht nur die Farben ihrer Umgebung annehmen, sondern auch alles andere, die Sprache, die Dialekte, das Benehmen. Das hielt Whitney für ihre größte Gabe. Von ihren anderen Fähigkeiten, denen, die für die

Einsätze, auf die man sie schickte, viel wichtiger waren, hatte er keine Ahnung.

Die Wachen reagierten auf die heulende Sirene, indem sie mit knallenden Stiefeln durcheinanderliefen und das Dach noch hektischer absuchten. Zentimeter um Zentimeter schob Bellisia sich weiter nach oben. Man brauchte Disziplin, um sich zurückzuhalten, statt dem Selbsterhaltungstrieb zu gehorchen und sich zu beeilen.

Sie verließ sich hauptsächlich darauf, dass sie nicht von ihrer Umgebung zu unterscheiden war, aber das hieß nicht, dass ein scharfäugiger Wachmann sie nicht doch entdecken konnte. Am Anfang hatte sie die Pigmentzellen in ihrer Haut gehasst, doch dann hatte sie begriffen, dass es ein Vorteil war, innerhalb von Sekunden die Farbe wechseln zu können. Whitney benutzte sie als Spionin und schickte sie ständig auf Einsätze, während viele der anderen Frauen wieder eingesperrt worden waren.

Gerade als ein Wachmann seinen Fuß auf die Leiter am Tank stellte, kam Bellisia oben an. Lautlos glitt sie ins Wasser, tauchte bis zum Boden hinab, heftete sich an die Wand, machte sich so dünn wie möglich und wurde wieder unsichtbar.

Sie *liebte* Wasser und hielt sich so oft wie möglich darin auf. Das kühle Nass linderte das Brennen ihrer Haut. An der Luft kam es ihr oft so vor, als würde sie austrocknen und jeden Augenblick in tausend Teile zerbrechen. Dann schaute sie immer wieder auf ihre Hände und Arme herunter, um sich zu vergewissern, dass dem nicht so war, doch obwohl ihre Haut glatt aussah, blieb das Gefühl. Die Umgebung, die für sie am schlimmsten war, war die Wüste. Whitney hatte sie mehrmals dorthin geschickt, um die Auswirkungen des Wüstenklimas auf sie zu testen, und sie hatte dabei nicht gut abgeschnitten. Eine erhebliche Schwachstelle, wie er es nannte.

Der Wachmann war jetzt oben am Tank und spähte ins Wasser. Sicher schauten die Männer in allen Tanks nach. Falls sie jemanden unter Wasser schickten, hatte sie wohl ein echtes Problem, aber es sah so aus, als genügte es dem Mann oben, auf dem Rand zu sitzen, um sich zu vergewissern, dass niemand sich unter Wasser versteckte. Sie ging davon aus, dass die Suche bei Anbruch der Nacht beendet würde, dann sollte sie imstande sein, an die Oberfläche zu kommen und Luft zu holen.

Augenblicklich genoss sie es, dass das Wasser das Fieber, das der Virus in ihr ausgelöst hatte, nicht weiter ansteigen ließ. Whitney hatte ihn ihr jedes Mal injiziert, wenn sie das Gelände verlassen hatte, auf dem sie festgehalten wurde. Es war ihr stets gelungen, ihren Einsatz in der vorgegebenen Zeit zu beenden, deshalb hatte sie keine Ahnung, wie schnell der Virus wirkte. Im Wasser ging es ihr definitiv besser, aber sie fühlte sich schlecht. Ihre Muskeln taten weh und verkrampften schon wieder. Das war nie gut, schon gar nicht wenn man versuchte, unter den suchenden Augen eines Wachmanns still auf dem Grund eines Wassertanks zu stehen.

Es wurde schnell dunkel, doch die Wachen waren immer noch auf dem Dach und das bereitete ihr Sorgen. Sie musste noch an dem Gebäude herunterklettern, und solange der Wachmann über ihr seinen Posten nicht verließ, kam sie nicht einmal aus dem Tank heraus. Außerdem brauchte sie Luft. Sie riskierte es, ein paar Luftblasen aufsteigen zu lassen, aber so würde sie nicht mehr lange durchhalten. Sie musste an die Oberfläche kommen und den Tank verlassen, ehe sie zu schwach wurde. Sie war sicher gewesen, dass der Wachmann nach einer Weile weggehen würde, aber er schien entschlossen, auf seinem Posten auszuharren. Lange würde sie nicht mehr unter Wasser bleiben können.

Doch sie wollte nicht in Panik geraten. Denn das wäre der sichere Weg in die Katastrophe. Sie musste Luft bekommen und einen Weg finden, sich an dem Wachmann vorbeizuschleichen, um zu dem Lieferwagen zu gelangen, in dem das Gegenmittel auf sie wartete. Sie stieß sich von der Wand ab und ließ sich nach oben tragen, ohne das Wasser in Bewegung zu versetzen. Wieder übte sie sich trotz ihrer brennenden Lungen in Geduld.

Nach einer gefühlten Ewigkeit erreichte sie die Wasseroberfläche. Sie legte den Kopf in den Nacken, damit nur ihr Mund sie durchbrach, und holte Atem. Was für eine Erleichterung. Nie hatte ihr Luft so gut geschmeckt. Reglos schwebte sie im Wasser, sodass selbst der Wachmann, der sie direkt anschaute, nichts als den schimmernden Wasserspiegel sah.

Ein Aufmarsch unten lenkte den Wachmann ab, und sie hängte sich an die Tankwand, um nach oben zu klettern. Doch sie war noch nicht einmal halb aus dem Wasser, als sie die Befehle verstand, die gerufen wurden. Haken sollten durch die Tanks gezogen werden, um ganz sicher zu gehen, dass kein Taucher sich darin verbarg. Inzwischen trampelten so viele Wachleute auf dem Dach herum, dass sie die Vibrationen bis in den Tank spüren konnte. Scheinwerfer gingen an und beleuchteten das gesamte Dach und alle sechs Behälter. Schlimmer noch, Wachmänner umringten jeden einzelnen, und andere kletterten daran empor und versammelten sich auf den Plattformen oben.

Langsam ließ Bellisia sich an der Wand entlang wieder ins Wasser gleiten. Ihr Herz klopfte schneller als je zuvor in ihrem Leben. Es fühlte sich an, als würde es jeden Augenblick aus ihrer Brust springen, dabei war sie nicht besonders ängstlich – normalerweise. Doch ihre Temperatur stieg beängstigend schnell. Ihr war sehr heiß und nicht einmal das kühle Wasser konnte noch verhindern, dass diese schreckliche innere Hitze immer weiter zunahm. Ihre Haut war überempfindlich. Alle Muskeln in ihrem Körper taten weh, und nicht nur das, es fühlte sich so an, als hätten sie sich fest verknotet. Dann begann sie so heftig zu zittern, dass sie es nicht mehr kontrollieren konnte. Das war nicht gerade hilfreich, wenn man sich in grellem Scheinwerferlicht und von Feinden umringt verstecken wollte.

Sie blieb nah am oberen Rand des Tanks, direkt unter der Wasseroberfläche, und presste sich an die Wand. Man musste immer damit rechnen, bei einem Einsatz zu sterben. Das war ein Grund für den … Adrenalinrausch dabei. Es ging darum, ihre Fähigkeiten am Gegner zu messen. Wenn sie nicht gut genug war und einen Fehler machte, war das ihre Schuld. Aber das hier … Peter Whitney hatte sie absichtlich geschwächt. Er war bereit zu riskieren, dass sie einen qualvollen Tod starb, nur um eins klarzumachen.

Sie gehörten *ihm.* Alle. Jedes einzelne Mädchen, das er aus dem Waisenhaus geholt und für seine Experimente benutzt hatte. Einige waren daran gestorben. Doch das war ihm nicht wichtig. *Keine* von ihnen war ihm wichtig. Nur die Wissenschaft. Und die Soldaten, die er erschuf, nachdem er seine Forschungen an den Mädchen abgeschlossen hatte. Kinder, die nie eine Kindheit gehabt hatten. Und keine liebevollen Eltern. Sie hatte nicht einmal gewusst, was das überhaupt war, bis ihr in der Welt draußen bewusst geworden war, dass die meisten Menschen anders lebten als sie.

Natürlich hatten die Mädchen darüber diskutiert, ob sie flüchten sollten, ehe Whitney sie für das ekelhafte Programm benutzte, das ihm Babys für weitere Experimente liefern sollte. Doch der Gedanke, das einzige Leben hinter sich zu lassen, das sie je gekannt hatten, hatte sie abgeschreckt. Aber das hier – sie in einem fremden Land sterben zu lassen, weil sie aus Gründen, für die sie nichts konnte, zu spät zurückkehrte – war gemein. Sie hatte die Informationen, die Whitney brauchte, doch da er sie vor ihrer Abreise mit dem Killervirus infiziert hatte, bekam er sie womöglich nie. Der Mann liebte es, Gott zu spielen. Und er war bereit, eine von ihnen zu opfern, um den anderen so viel Angst einzujagen, dass sie ihm gehorchten.

Plötzlich schlug irgendetwas hart auf dem Wasser auf. Bellisia erschrak so sehr, dass sie sich beinah von der Wand losgerissen hätte, und schaute mit zusammengekniffenen Augen in die hellen Lichter, die ins Wasser schienen. Sie konnte sich nicht mehr verstecken. Der kühle, dunkle Tank – ein sicherer Ort – war so hell erleuchtet, dass man fast bis auf den Grund schauen konnte. Als ein riesiger Haken kreischend über den Boden schrammte, erschauerte sie.

Mit einem Unheil verkündenden Klatschen fiel ein zweiter Haken ins Wasser, während der erste wieder hochgezogen wurde. Die nächsten Minuten waren ein Albtraum, in dem der Boden nach und nach mit den Haken abgesucht wurde. Hätte ein Taucher mit Ausrüstung sich dort verborgen, wäre er in Stücke gerissen worden.

Als die beiden Haken wieder eingeholt wurden, stieß Bellisia erleichtert den Atem aus. Bald würden die Männer gehen, und sie konnte fliehen. Sie merkte, wie sie immer schwächer wurde, doch sie hatte noch genug Kraft, um vom Dach herunterzuklettern und den Wagen zu erreichen, in dem Whitneys Supersoldaten darauf warteten, ihr das Gegenmittel zu verabreichen, das dafür sorgte, dass der gefährliche Virus statt zum Tode zu führen nur eine harmlose Krankheit auslöste.

Als wieder ein Haken aufs Wasser aufschlug, zuckte sie zusammen. Fast hätte sie sich von der Wand gelöst, denn nun wurde das Eisen daran hochgezogen, während der zweite Haken wieder ins Wasser klatschte. Das war … *schlecht.* Sie konnte nirgendwohin. Wenn sie dem Haken zu schnell auswich, würde man sie entdecken. Wenn sie es nicht tat, würde der Haken sie zerfleischen. Was sie auch anstellte, sie war so gut wie tot.

Das Geräusch, das der Haken machte, als er an der Wand entlangschrammte, wurde unter Wasser verstärkt und hörte sich schauderhaft an. Sie sah zu, wie er langsam vom Boden hochkam und immer näher rückte. Der andere Haken war fast auf gleicher Höhe und fräste lange Kratzer in das Stück Wand daneben.

Bellisia versuchte den Zeitpunkt zu berechnen, an dem sie loslassen musste, damit keiner der beiden Haken sie traf und den Männern am anderen Ende signalisierte, dass sie auf ein Hindernis getroffen waren. Vorsichtig stieß sie sich ab, schlüpfte zwischen den beiden Ketten hindurch und versuchte so langsam wegzuschwimmen, dass es nicht auffiel. Dann tauchte sie mit kräftigen Armzügen weiter nach unten und drückte sich unterhalb der Haken wieder möglichst nah an die Wand. Wenn sie sich einfach an den bereits gefassten Plan hielt, hatte sie eine gute Chance, auch diese letzte Gefahr zu überstehen.

Weiter nach unten zu gehen hatte den Vorteil, dass es dort dunkler war, weil das Licht nicht ganz bis zum Grund drang. Sie musste nur den Haken entkommen, die immer wieder ins Wasser sanken. Wenn sie tief genug war, konnten die Wachen oben sie nicht sehen, selbst wenn sie eine schnelle Bewegung machte, um nicht aufgespießt zu werden.

Sie hatte den halben Weg zum Boden geschafft, als die Haken wieder herabfielen und an der Wand nach oben schrammten. Wieder verharrte sie reglos und ertrug das gruselige Geräusch, aber ihr Herz klopfte heftig, als die Haken näher und näher kamen. Diesmal schlug sie einen langsamen Purzelbaum, um ihnen aus dem Weg zu gehen. Das brachte sie noch etwas weiter nach unten. Sie verstand nicht, wie die Wachen glauben konnten, dass jemand imstande war, so lange unter Wasser zu bleiben, denn einen Taucher mit Pressluftbehältern auf dem Rücken hätten sie längst entdeckt.

Doch die Wachen waren sehr sorgfältig, ließen die Haken immer wieder eintauchen und zogen sie an den Wänden hoch, ohne auch nur ein kleines Stück auszulassen. Sie mussten diese Methode so lange trainiert haben, bis sie sie perfekt beherrschten. Natürlich. Die Tanks waren groß und Cheng war paranoid. Bellisia hatte keinen Zweifel daran, dass die vielen Etagen im Haus nicht weniger gründlich durchsucht wurden.

Während sie unter Wasser den Haken lauschte, die die Wände zerkratzten, dachte sie über den Unterschied zwischen Cheng und Whitney nach. Beide hatten viel zu viel Geld. Whitney schien ein Getriebener zu sein, dessen

Forschungen immer weniger mit Menschen und immer mehr mit hellem Wahnsinn zu tun hatten. Keine Regierung würde das, was er tat, jemals genehmigen, dennoch ließ man ihn gewähren. Zumindest wollte er, wenn auch aus verqueren Gründen, bessere Soldaten für sein Land produzieren.

Cheng hatte, soweit sie wusste, nichts mit der chinesischen Regierung zu tun. Er arbeitete zwar eng mit ihr zusammen, war aber kein Patriot. Er dachte nur an sich. Er schien noch mehr Geld und Macht haben zu wollen, als er ohnehin schon besaß. Sie hatte viel über ihn in Erfahrung gebracht und nur wenige auf der Welt hatten mehr als er. Dennoch reichte es ihm nicht. Er hatte keine Familie. Niemanden, mit dem er sein Leben teilte. Er interessierte sich nicht für Forschung und Wissenschaft. Sein einziger Lebenszweck bestand darin, Geld anzuhäufen.

Bellisia merkte, dass ihr Herz mühsamer schlug und der Druck auf ihre Lunge immer stärker wurde. Das war ungewöhnlich. Sie hatte tief Luft geholt, daher hätte sie noch etwas Zeit haben müssen, ehe sie gezwungen war wieder aufzutauchen, aber sie hatte das Gefühl, etwas zu lang unter Wasser geblieben zu sein, selbst für ihre Verhältnisse. Sie hätte sich denken können, dass Whitney etwas finden würde, das ihre besonderen Fähigkeiten im Wasser beeinträchtigte. Offenbar wollte er nicht, dass sie ihr zur Flucht verhalfen.

Sie hatte keine andere Wahl, als wieder an die Oberfläche zu steigen. Sie versuchte an der Seite des Tanks zu bleiben, die bereits abgesucht worden war. Es machte ihr Angst, wieder in die Nähe der großen, schweren Haken zu kommen, die pausenlos gegen die Wand stießen. So gründlich, wie die Soldaten vorgingen, war es fast unvermeidlich, irgendwann getroffen zu werden, und tatsächlich war es kurz darauf so weit. Ein Haken, der vom Boden schräg nach oben gezogen wurde, streifte ihren Rücken und ihren Arm, und obwohl sie sich ganz klein machte und das Wasser ihn abbremste, traf er sie hart.

Sie spürte, wie seine Spitze ihre Haut aufschlitzte. Es war keine tiefe Wunde, aber sie brannte wie Feuer und sie blutete. Sie musste sich darauf konzentrieren, die Blutung zu stoppen, damit die Wachmänner nichts bemerkten. Unter ihrer Haut gab es ein Netzwerk aus sehr flexiblen Muskeln, die ihr halfen, die Farbe und Struktur ihrer Haut zu verändern. Die zog sie nun zusammen, damit kein Blut ins Wasser gelangte, wenigstens nicht bevor die Schweinwerfer ausgemacht wurden.

Der Aufstieg schien ewig zu dauern. Ihre Lunge war kurz vor dem Bersten, und ihre Muskeln verkrampften, während das furchtbare Klatschen und Kratzen der Haken immer weiterging. Zweimal entging sie ihnen nur ganz knapp, dann ritzte wieder eine Spitze ihre Haut. Diesmal fiel es ihr schwerer, die Blutung zu unterbinden, weil sie schwächer wurde und an die Oberfläche kommen musste, ehe ihre Muskeln ihr gar nicht mehr gehorchten.

Als die Haken schließlich aus dem Wasser gezogen wurden und die Soldaten wieder aufs Dach herunterkletterten, war sie sehr erleichtert. Schnell brachte sie den verbleibenden guten Meter bis zur Oberfläche hinter sich und schnappte heftig nach Luft. Dann hängte sie sich einige lange Minuten an die Seitenwand, lehnte den Kopf an und versuchte gegen das Fieber anzuatmen, das in ihr wütete. Sie konnte nicht länger für Whitney arbeiten. Sie würde das nicht überleben. Er gab ihnen allen das

Gefühl, nichts wert zu sein. Sie wusste, dass sie nicht die Einzige war, die vor ihm fliehen wollte, weil sie alle ständig darüber redeten, spätnachts, wenn der ein oder andere von ihnen die Kameras und Mikrofone lahmgelegt hatte und sie allein im Schlafsaal waren.

Sie hatte versucht, mit ihrer besten Freundin Zara eine Flucht zu planen, doch ehe es dazu kommen konnte, hatte Whitney Zara auf eine geheime Mission geschickt und Bellisia den Auftrag gegeben herauszufinden, ob die Senatorin ihn betrog. Er hatte dafür gesorgt, dass Violet nach dem Tod ihres Mannes dessen Senatorenposten bekam. Trotzdem traute Whitney ihr nicht, obwohl er sie, wie Bellisia vermutete, mit sich verpaart hatte. Wenn das stimmte, hielt die körperliche Anziehung Violet jedenfalls nicht davon ab, gegen den Mann zu intrigieren, der sie ihr Leben lang benutzt hatte.

Langsam kletterte Bellisia aus dem Wassertank. Sie musste irgendwie trocken werden, ehe sie quer übers Dach zur Kante laufen konnte, sonst entdeckte vielleicht einer der Wachmänner ihre feuchte Fährte. Die Plattform rund um den Tank war noch warm von den leistungsstarken Schweinwerfern, deshalb legte sie sich lang hin und nahm die Farbe der schmutzigen Holzplanken an.

Sie wagte es nicht zu schlafen, solange die Wachen noch auf dem Dach waren, aber sie schienen sich damit zu begnügen, es nach einem bestimmten Muster der Länge nach abzuschreiten und immer wieder die Ecken zu kontrollieren, die als Versteck dienen konnten. Offenbar hatten diese Männer ebenso viel Angst vor Cheng wie sie und die anderen Frauen vor Whitney. Denn ein Leben war diesen beiden Männern nichts wert, zumindest das anderer nicht.

Sobald sie sicher war, dass sie keine Spuren hinterlassen würde, begann sie, langsam am Tank herunterzuklettern. Ihr war jetzt so heiß, dass sie fürchtete, ihre Haut würde aufplatzen. Ihre Muskeln gehorchten nicht mehr richtig und sie konnte nicht aufhören zu zittern. Das war kein gutes Vorzeichen für den Rest der Flucht, doch wenigstens war es dank der inzwischen gelöschten Scheinwerfer sehr dunkel. Sie hoffte, dass die Dunkelheit ihr Zittern verbarg, falls ein Wachmann ihr zu nah kam.

Sie brauchte fast vierzig Minuten, um am Gebäude herabzusteigen. Der Virus war unerbittlich und das Fieber so hoch, dass es ihr vorkam, als würde sie von innen heraus verbrennen. Für eine Frau wie sie, die mehr Wasser brauchte als andere Menschen, war das die reine Qual. Als hätte Whitney sich diese Tortur extra für sie ausgedacht – und wahrscheinlich war es auch so. Doch das bestärkte sie nur in dem Entschluss, nicht mehr zu ihm zurückzugehen.

Sie ruhte sich einen Moment aus, um sich zu erholen und ihren nächsten Schritt zu planen. Sie brauchte das Gegenmittel sofort, und das hieß, sie musste sich wieder in Whitneys Hände begeben. Sie hatte keine andere Wahl. Langsam ging Bellisia über eine Rasenfläche zu der Straße, in der der Lieferwagen auf sie wartete. Sie hatten ihn einen Block weiter unten geparkt, um keine Aufmerksamkeit zu erregen, und das bedeutete, dass er direkt neben dem Fluss stand.

Als sie den Wagen erreichte, taumelte sie bereits, und Gerald, einer der Supersoldaten, die über sie wachen sollten, sprang heraus, fing sie auf und trug sie hinein. Hastig legte er sie auf eine Liege und zog sein Handy, um Whitney zu melden, dass sie wieder da sei. Bellisia schloss die

Augen und ließ den Kopf zur Seite sinken, als hätte sie das Bewusstsein verloren.

»Ich will wissen, was sie herausgefunden hat«, sagte Peter Whitney. »Holt es aus ihr heraus, ehe ihr ihr das Gegenmittel gebt. Dann bringt ihr sie zum Flugzeug. Ihr fliegt nach Italien.«

Fast wäre Bellisia das Herz stehen geblieben. Mehrere Frauen waren dort hingebracht worden, weil sie schwanger werden sollten. Dem Zuchtprogramm in den Vereinigten Staaten hatten die Schattengänger ja ein Ende bereitet. Sie würde auf gar keinen Fall nach Italien gehen.

»Whitney will einen Bericht«, sagte Gerald.

Sie atmete weiter ganz flach und mühsam. Die Augen geschlossen, die Muskeln schlaff.

»Bellisia, Schätzchen, komm schon, komm zu dir. Du brauchst das Gegenmittel. Aber ich darf es dir nicht geben, bis du ihm gesagt hast, was er wissen will.«

Sie rührte sich nicht. Gerald und Adam passten bei fast jedem Einsatz auf sie auf. Dabei hatten sie sich irgendwie angefreundet, soweit man mit seinen Wächtern befreundet sein konnte. Trotzdem täuschte sie einen Zusammenbruch vor.

»Wir verlieren sie, Doc«, meldete Gerald, während Adam ihren Arm nahm und den Ärmel ihres Bodysuits hochschob.

»Pass auf. Sie könnte dir etwas vormachen«, warnte Whitney.

»Nein, sie ist bewusstlos. Sie ist viel später zurückgekommen, als sie sollte. Vielleicht können wir sie nicht mehr retten. Das Gebäude ist abgeriegelt worden, während sie noch drin war«, drängte Gerald.

»Habt ihr Violet oder irgendeinen von ihren Leuten gesehen?«, fragte Whitney.

»Nein, haben wir nicht. Ich habe keine Ahnung, ob die Senatorin da war oder nicht«, erwiderte Gerald. Bellisia bezweifelte, dass das stimmte. Er konnte die Senatorin sehr wohl gesehen haben, aber Gerald und Adam waren nicht immer damit einverstanden, wie Whitney die Frauen behandelte.

»Seht nach, ob sie wirklich bewusstlos ist.«

Gerald schüttelte sie heftig. Sie reagierte nicht.

»Sie verbrennt fast. Und sie blutet am Rücken und am Oberschenkel.«

»Gebt ihr die Spritze. Sie wird Wasser brauchen.«

»Los, Adam, das Gegenmittel, schnell. Und sie braucht Wasser.«

Bellisia spürte den Einstich der Nadel und das Brennen des Gegenmittels, als es in sie eindrang. Sie hielt ganz still, denn sie wusste nicht, wie schnell es wirken würde. Sie hasste Spritzen; wenn sie sich in ihre Haut bohrten, wurde ihr oft schlecht, denn durch die doppelte Reihe von Muskeln direkt darunter tat jeder Stich höllisch weh.

»Der Doc sagt, wir sollen ihr Wasser geben.«

Adam hielt eine Flasche hoch. »In dem Zustand kann sie nicht trinken.« Das verriet Bellisia, dass er vor lauter Sorge um sie nicht mehr klar dachte – sonst hätte er gewusst, dass sie in Wasser getaucht werden musste.

»Das braucht sie auch nicht. Gieß es über sie.«

Kühles Wasser rann über ihren Arm und ihre Brust. Die Erleichterung war so groß, dass sie fast die Kontrolle über Herzschlag und Atmung verloren hätte.

»Das reicht nicht. Nimm den Eimer, und hol was aus dem Fluss.«

Adam stieß die Türen des Lieferwagens auf und sprang heraus. Dank ihres scharfen Gehörs schnappte Bellisia Whitneys missbilligendes Zischen auf. Es gefiel ihm offenbar nicht, dass sie so nah an einem Fluss waren. Für sie war das wie ein Signal: Sie musste die Gelegenheit nutzen.

Mit einem Satz war sie von der Liege herunter und landete neben einem verdutzten Adam.

»Halt sie fest«, schrie Gerald.

Adam dicht auf den Fersen, rannte sie über die Straße. Um ein Haar hätte er sie geschnappt, ehe sie in den Fluss springen konnte, doch dann schlug Wasser über ihr zusammen, und höchst willkommene kühle Nässe umfing sie.

2

MIT DER PFEIFE in der Hand wiegte Grace Fontenot sich in ihrem knarrenden Schaukelstuhl langsam vor und zurück und betrachtete die Aussicht. Sie lebte seit siebenundsechzig Jahren auf dem Land der Fontenots und seit zweiundachtzig Jahren im Sumpfgebiet und hatte jede Minute davon geliebt. Ihre Knochen sagten ihr, dass sie alt wurde, aber sie hatte noch viel zu tun. Sie musste für ihre Jungs sorgen. Dass diese Jungs inzwischen erwachsene Männer waren, spielte keine Rolle; die meisten hatten nie ein Zuhause gehabt und nie einen Menschen, der sie liebte, und sie war entschlossen, ihnen beides zu verschaffen, ehe sie das Zeitliche segnete.

Ihr Mann hatte das Haus mit der Hilfe seines Vaters an genau dieser Stelle mit eigenen Händen erbaut, damit sie immer auf den Fluss schauen konnte. Ihre Enkelsöhne hatten das Gebäude dann modernisiert und es mit einigen angenehmen Dingen ausgestattet. Das ständige Summen der Insekten war eine wunderschöne Musik, die sie jeden Morgen beim Aufwachen begrüßte. Das Wasser, das an den Steg klatschte, und der Wind, der die Zypressen rascheln ließ, vervollständigten die Symphonie, der sie nun schon so viele Jahre lauschte, seit sie sich damals ihren Mann ausgesucht hatte. Und sie hatte gut gewählt. Sie bereute nichts.

Sie hatte ihren Mann, ihren Sohn und ihre Schwiegertochter bei einem Unfall verloren, aber ihr waren vier Enkelsöhne geblieben, um die sie sich kümmern musste, also hatte sie sich zusammengerissen. Diese Enkel hatten wiederum andere Männer mit zu ihr gebracht – Männer mit gequälten Blicken, die dem Tod ins Auge geschaut hatten. Die Dinge gesehen und erlebt hatten, die niemand sehen oder erleben sollte. Diese Männer dienten ihrem Land auf eine Weise, die die meisten Menschen sich nicht vorstellen konnten. Sie fragte sie nicht danach, denn auch wenn sie mehr darüber erfahren hätte, hätte es ihnen nicht geholfen. Außerdem waren das keine Männer, die viel von sich preisgaben.

Sie gab ihnen einfach ein Zuhause. Etwas, wohin sie zurückkommen konnten. Etwas, das sie daran erinnerte, wofür sie kämpften. Sie waren sehr verschlossen, ihre Jungs. Inzwischen hatte sie neun weitere unter ihre Fittiche genommen. Außerdem waren zwei Töchter dazugekommen, als zwei ihrer Enkel geheiratet hatten, und nun hatte sie drei Urenkelinnen. Später hatte Trap, einer der Männer aus dem Team ihres Enkels, ebenfalls geheiratet, und auch seine Frau Cayenne war für sie wie eine Tochter geworden.

Nachdenklich paffte Nonny ihre Pfeife. Sie hütete sich, zu viele Fragen zu stellen. Sie wusste, dass ihre Jungs etwas mit einem Regierungsprogramm zu tun hatten, das sie verändert hatte. Und wie alles, was von der Regierung kam, war dieses Programm höchstwahrscheinlich nicht gut. Ihre Urenkelinnen waren bei einem fehlgeschlagenen Experiment entstanden, bei dem menschliche DNA mit Schlangen-DNA kombiniert worden war. Die drei kleinen Mädchen hätten wie ihre Mutter Pepper und Cayenne getötet werden sollen, doch die Jungs hatten sie alle gerettet und in ihr Haus gebracht.

Nonny biss auf den Pfeifenstiel, um die Cajun-Flüche zu unterdrücken, die ihr beim Gedanken an diese ungeheuerlichen Experimente zu entschlüpfen drohten. Sie wurden natürlich geheim gehalten. Und das bedeutete, dass diese wahnsinnigen Wissenschaftler ungestraft Dinge tun konnten, die nie einem Menschen angetan werden sollten, und das alles nur, weil sie den perfekten Soldaten erschaffen wollten.

»Nonny? Pepper sagt, du suchst mich.«

Die leise Stimme schreckte sie aus ihren Gedanken. Sie hörte ihn nie kommen. Niemand schaffte das. Mit Ezekiel Fortunes hatte sie eine wirklich harte Nuss zu knacken. Aber sie glaubte, dass ihr Alter ihr dabei einen Vorteil verschaffte. Dieser Mann redete nicht viel. Er hatte seltsame, bernsteinfarbene Augen, die meist einen kühlen, kräftigen Whiskey-Ton hatten. Manchmal schimmerten sie aber auch wie altes Gold aus der Renaissance, einer Zeit voller Kämpfe und Intrigen. Und hin und wieder glühten sie sogar wie geschmolzene Lava, die einen Berg hinunterfließt.

Diese Augen waren zu alt und viel zu gefühllos – es sei denn, er schaute seine beiden Brüder an, dann sprühten sie vor Leben. Und Liebe. Er hatte viele Talente, es war ihm nur nicht bewusst. Er hatte sich auf der Straße behauptet. Im Dschungel. Und in der Wüste. Er war definitiv nicht leicht zu lenken. Sie musste vorsichtig sein.

»Alles in Ordnung, Nonny?« Seine Stimme war leise und sanft, beinah weich, auch wenn dieser Mann sonst nichts Sanftes und Weiches an sich hatte.

Nonny nickte, schaukelte weiter und betrachtete ihn stumm, während sie noch einmal an ihrer Pfeife zog. Er sah umwerfend aus. Aber er war ein harter Brocken. Rau und gefährlich. Das konnte er nicht verbergen, man sah es ihm an. Und er sah nicht nur so aus, er *war* es auch, deshalb war niemand so dumm, sich mit ihm anzulegen.

Sein schwarzes Haar war ein wenig zu lang, weil er sich nur selten die Mühe machte, es zu schneiden. Da er beim Militär war, war es gut, dass er zur Spezialeinheit der Schattengänger gehörte und die Haare nicht kurz tragen musste, denn sie war ziemlich sicher, dass er sich an eine solche Regel nicht gehalten hätte. Er lebte nach seinen eigenen Regeln. Er hatte breite Schultern, kräftige Arme und eine muskelbepackte Brust, die in schmale Hüften überging, und er bewegte sich so lautlos, dass man manchmal erschrak, weil er wie plötzlich aus dem Boden gewachsen schien.

Nonny nickte noch einmal. »Ja, Ezekiel, ich möchte dich schon wieder um einen Gefallen bitten, wenn es dir nichts ausmacht.«

Seine Augen hefteten sich auf ihr Gesicht, und sie zog ruhig weiter an ihrer Pfeife, um sich ihr Unbehagen nicht anmerken zu lassen. Diese Augen waren zu durchdringend. Sie konnten einem Menschen direkt in die Seele sehen. Nonny gab sich einen Stoß und Ezekiels Augen verdunkelten sich, als hätte er es bemerkt. Dennoch, sie musste es wagen. Irgendjemand musste ihn retten. Sonst würde er sich eines Tages für die, die er liebte, aufopfern.

Er hatte auf der Straße gelebt und sich um seine beiden jüngeren Brüder gekümmert, und später auch um zwei andere Jungs. Er hatte seine Fäuste gebraucht, um Nahrung für sie zu beschaffen. Er hatte mit erwachsenen Männern gekämpft, um sie vor Übergriffen zu schützen, und immer dafür gesorgt, dass sie zur Schule gingen. Wie er es geschafft hatte, den Behörden zu verheimlichen, dass sie auf der Straße lebten, war ihr schleierhaft. Die drei Jungs – Mordichai, Malichai und Ezekiel – waren sehr schweigsam und sprachen nur selten über ihre Vergangenheit, und wenn, dann rissen sie meistens Witze darüber. Nur Ezekiel nicht. Sie hatte ihn kaum jemals lächeln sehen, und selbst wenn er es tat, erreichte dieses Lächeln nie, niemals seine Augen.

Sie musste vorsichtig vorgehen. Sehr vorsichtig sogar. Dies war ein Spiel, eine besondere Form von Schach. Ezekiel war extrem clever und außerdem mit allen Wassern gewaschen. Nonny nahm die Pfeife aus dem Mund und musterte ihn mit ihren schwächer werdenden Augen. »Ich weiß, dass du schon ein- oder zweimal in der Stadt warst, seit die anderen weg sind, aber ich habe ein paar Zutaten vergessen, als ich die Liste für dich gemacht habe. Ich glaube, ich werde langsam alt.« Mit ihrem Alter zu kokettieren verfing bei ihm immer. Dagegen gab es nicht viel zu sagen.

Er sah ihr in die Augen und hielt ihren Blick so fest, dass sie nicht mehr wegschauen konnte. Sie war sehr froh, dass sie über achtzig war und wusste, wie man ein Pokerface machte. Er glaubte ihr kein Wort – wahrscheinlich weil sie ihn anlog. Sie hatte einfach die Eingebung, dass Ezekiel Fortunes unbedingt nach New Orleans fahren musste, und zwar ins French Quarter. Warum? Sie wusste es nicht, nur dass es sein *musste.* Es hätte ihm bestimmt nicht gefallen, wenn sie versucht hätte, ihm zu erklären, dass sie das zweite Gesicht hatte und ständig Bilder von ihm sah.

Ezekiel antwortete nicht. Er würde es ihr nicht leicht machen. Aber das kümmerte sie nicht, denn dieses Schachspiel machte ihr großen Spaß. »Ich habe eine Einkaufsliste geschrieben. Du musst die Zutaten in dem Delikatessengeschäft im French Quarter holen. Es ist gleich neben dem Jackson Square. Du weißt, welches ich meine. Das mit den Gewürzen …« Ezekiel nickte, hielt ihren Blick aber weiter fest. Sein strenger Gesichtsausdruck war schwer zu ertragen, doch sie zwang sich dazu. Seinetwegen.

»Ich bin letzte Woche schon dreimal da gewesen.«

Sie mochte seine leise, samtweiche Stimme, doch sie enthielt eine Drohung, die ihr einen Schauer über den Rücken jagte, obwohl es nicht viel gab, wovor sie sich fürchtete.

»Ich weiß. Ich hab's einfach vergessen.«

Ezekiel schüttelte den Kopf. »Du vergisst nichts.«

Das stimmte, doch in ihrem Alter konnte es vorkommen. »Ich werde nicht jünger.«

»Aber du bist nicht dement.«

Hatte sie es nicht gewusst? Sie liebte dieses Spiel. Er konterte jeden Zug so gelassen, dass seine Gegner fälschlicherweise glaubten, ihn in die Enge getrieben zu haben, aber sie wusste es besser. Sie wusste, dass er ihr die Geschichte nicht abkaufte. Das gefiel ihr so sehr, dass sie die Pfeife aus dem Mund nahm und ihn anlächelte. »Nett von dir, Ezekiel, aber die traurige Wahrheit ist, dass ich doch hin und wieder was vergesse.«

Er würde sie gewinnen lassen. Sein Gesicht und seine Augen verrieten es nicht, aber die Energie, die von ihm ausging. Er würde nicht weiter nachfragen, weil er sie mochte. Vielleicht gab er es niemals zu, aber das war auch nicht nötig. Sie wusste es einfach. Nun war es an der Zeit, ihm reinen Wein einzuschenken. Und zu beichten. Sie hatte einen schlimmen Fehler gemacht, und er musste es erfahren.

»Ich bin gestern mit dem Boot raus und habe versucht, in das Gebiet in der Nähe von Stennis zu kommen, aber ein Kanonenboot hat mich zurückgeschickt. Die Soldaten haben ziemlich grimmig ausgesehen und sich nicht gescheut, einer alten Dame zu drohen.«

Nonny achtete auf seine Reaktion. Ezekiel war sehr fürsorglich gegenüber denen, die er zu seiner Familie zählte, und sie glaubte, dass sie in diesen engen Kreis aufgenommen worden war. Sein Gesicht veränderte sich nicht, aber seine bernsteinfarbenen Augen begannen zu glänzen, in jenem besonderen Goldton. Kein gutes Zeichen bei ihm. Sie wollte lieber nicht in den Schuhen der Jungs stecken, die sie verscheucht hatten.

»Nonny«, sagte er sanfter denn je, »du weißt doch, dass du da nicht hingehen sollst. Wenn du etwas brauchst, beschaffe ich es dir. Die Gegend ist für Zivilisten gesperrt.«

Nonny reckte das Kinn. »Ich bin seit über achtzig Jahren in diesen Gewässern zu Hause. Niemand hat mir je vorgeschrieben, wo ich hingehen darf und wann.«

Ezekiel nickte. »Das weiß ich, Nonny, und ich mag es auch nicht, wenn man mir Vorschriften macht, aber die Kanäle und Wasserwege um Stennis herum sind aus gutem Grund gesperrt. Warum hast du versucht, dort hinzukommen? Warum war dir das so wichtig?« Wenn Ezekiel so sanft und geduldig klang, war er am gefährlichsten.

»Ich brauchte eine Pflanze, die ›Schwarzer Nachtschatten‹ heißt und nur dort wächst. Die, die ich umgepflanzt hatte, sind nach den Überschwemmungen eingegangen. Ich muss sie auf höherem Grund anpflanzen. Ich brauche diese besondere Spezies für meine Apotheke. Sie kann giftig sein, deshalb muss man sehr vorsichtig damit umgehen.« Sie achtete darauf, nicht zu störrisch zu klingen, denn ihr war aufgefallen, dass Trotz und Verweigerung bei Ezekiel nicht gut ankamen. Selbst die drei Töchter ihres Enkels Wyatt hatten das bereits begriffen, obwohl sie noch ganz klein waren. Ezekiel war nicht halb so lässig, wie er sich gerne gab, sondern stur und unnachgiebig. Das hatte sie gelernt.

»Das hättest du mir sagen sollen. Dann hätte ich sie dir geholt«, sagte er.

Wie nett. Das war typisch für ihn. Er hätte es wirklich getan. Er würde in den Sumpf gehen und für sie jede Pflanze ausgraben, und wenn sie noch so höllisch stank, solange sie ihn darum bat.

»Irgendjemand hat sie mir schon vor die Tür gestellt.« Sie beobachtete ihn noch genauer, denn wenn es einen Moment gab, in dem er böse auf sie werden sollte, war es dieser – und sie hätte seinen Zorn verdient gehabt.

Ezekiel versteifte sich, und seine goldenen Augen bohrten sich tiefer in ihre. »Sag das noch mal.«

»Ich habe diese Pflanze heute Morgen auf meiner Türschwelle gefunden. Sie war in einer Kiste. Ich habe Pepper und die Mädchen gefragt, aber die haben nichts damit zu tun. Und Cayenne auch nicht. Das sind außer den Soldaten im Boot die einzigen Menschen, denen ich von der Pflanze erzählt habe.«

»Hast du auch Malichai gefragt?«

Nonny nickte. »Ich habe alle Jungs gefragt. Keiner wusste, dass ich diese Pflanze haben wollte, also ist ganz bestimmt auch keiner rausgefahren, um sie für mich zu holen. Sie war sehr sorgfältig in Erde verpackt. Ich dachte, dass du vielleicht …«

Ezekiel schüttelte den Kopf. »Nein. Falls irgendjemand unsere Sicherheitsvorkehrungen durchbricht, müssen wir herausfinden, wer es ist. Dann sind nicht nur die Mädchen in Gefahr, sondern auch Cayenne und Pepper und sogar du. Wyatt, Gator – ach, zum Teufel – alle von uns würden praktisch alles tun, um dich zurückzubekommen, wenn jemand dich entführt.«

Ruhig zog Nonny an ihrer Pfeife. Sie wollte nicht, dass er sich aufregte. Aber was sollte sie sagen? »Ich bezweifle, dass jemand, der mir eine Pflanze bringt, etwas Böses im Schilde führt.« Das war eine Entschuldigung, obwohl sie sich sonst nie entschuldigte. Aber diese Gewässer lagen ihr am Herzen. Sie waren die Verkehrswege der Cajuns. Der Menschen, die in den Sümpfen lebten und so waren wie sie. Diese Menschen durften das Land zu allem benutzen, was sie wollten, und es war ein Verbrechen, ihnen die Kanäle und Bayous wegzunehmen.

Wieder veränderten sich nur Ezekiels Augen. Das Gold begann so stark zu glühen, als stünde ein Vulkan kurz vor dem Ausbruch. »Hier geht es um unsere Sicherheit. Mir ist klar, dass du dein Leben immer auf eine bestimmte Art gelebt hast und dass es schwierig sein muss, all diese Veränderungen hinzunehmen, aber wir haben einen Grund dafür, dass wir das Haus zur Festung machen.«

Sie war kein Kind mehr und noch nicht dement. Nonny biss fest auf den Stiel ihrer Pfeife, damit sie keine freche Antwort gab. Plötzlich ließ das Glühen in Ezekiels Augen einen kurzen Augenblick nach. War das etwa ein Hinweis auf einen Anflug von Humor? Sie konnte es nicht sagen, aber sie war ziemlich sicher, dass er soeben auf dem imaginären Schachbrett einen weiteren Zug gemacht hatte. Einen guten Zug, bei dem er gepunktet hatte. Es war Zeit, ihre Niederlage anzuerkennen. Sie nickte. »Ich verspreche, vorsichtiger zu sein.«

Ezekiel musterte die alte Dame. Sie spielte mit ihm. Er wusste nur nicht genau, was sie vorhatte. Er seufzte. Er war kein Mann, der gern mit sich spielen ließ, aber er würde noch einmal in die Stadt fahren, nur um Nonny einen Gefallen zu tun. Sie machte ihm etwas vor, obwohl sie normalerweise so geradeheraus war.

Nonny gehörte zu den Frauen, auf die man sich verlassen konnte. Sie war so selbstsicher, dass sie nichts aus der Ruhe bringen konnte, und sie hatte stets ein Messer und ein Gewehr griffbereit. Frauen wie sie gab es heutzutage wohl nicht mehr. Er hatte nicht einmal gewusst, dass es überhaupt solche gab. Deshalb war er bereit, das zu tun, was sie aus irgendeinem undefinierbaren Grund von ihm wollte.

»Mir ist durchaus bewusst, dass Dr. Whitney darauf aus ist, Wyatts und Peppers Töchter zu entführen«, sagte Nonny ein wenig verschnupft.

Er hatte sie verärgert. Ezekiel widerstand dem Drang, seine Finger fest auf die inneren Augenwinkel zu pressen. Er wusste nicht, wie man mit Frauen sprach. Er hatte nie Zeit gehabt, es zu lernen, und nun war es zu spät. Er hatte keinen Charme. Er war nicht interessant. Er war Soldat. Und zwar ein verdammt guter. Außerdem war er Arzt, und auch darin verdammt gut. Aber Frauen …

»Das weiß ich, Nonny. Schließlich wäre das für dich noch schlimmer als für alle andern. Es ist nur so, dass einer, der durch unsere Sicherheitslinien kommt, entweder ein Schattengänger oder einer von Whitneys Supersoldaten sein muss. Schon allein die Tatsache, dass irgendjemand gewusst hat, welche Pflanze du brauchst, macht mir Sorgen. Du musst beobachtet worden sein.«

Mit einem kurzen, nicht sehr damenhaften Fluch zog Nonny die Pfeife aus dem Mund. »Jetzt fällt mir ein, dass ich den Soldaten gar nicht gesagt habe, welche Pflanze ich holen wollte. Irgendjemand muss gesehen haben, wie ich die eingegangenen aus dem Beet bei Trap und Cayennes Haus gezogen habe.«

Nonny war wohl die Einzige, die das riesige Gebäude im Sumpf »Haus« genannt hätte, dachte Ezekiel. Trap hatte die ehemalige Fabrik umgebaut und wohnte auch darin, sodass man sie wohl so bezeichnen konnte. Jedenfalls betrachtete Nonny Trap und Cayenne weiterhin als Familienmitglieder.

»Ursprünglich waren es vier Ableger, aber alle sind eingegangen. Der Schwarze Nachtschatten kommt in dieser Gegend nur selten vor. In letzter Zeit habe ich kaum noch wild wachsenden gefunden.«

»Aber heute Morgen lag die Pflanze vor der Tür?«

Nonny nickte bedächtig. »Es tut mir leid. Ich hätte es dir gleich sagen sollen. Ich habe gedacht, der, der sie mir gebracht hat, ist nicht gefährlich für uns.«

Ezekiel wollte Nonny keine Vorwürfe machen. Sie war immer so nett und freundlich. Sie konnte sich nicht vorstellen, zu welchen Schandtaten ein Mann wie Dr. Peter Whitney imstande war. Trotzdem war sie clever. Sogar sehr clever, und man sollte sie nicht unterschätzen. Sie wirkte ganz unschuldig, doch sie war eine sehr gute Taktikerin.

»Ich seh mich mal um und versuche herauszufinden, wer das gewesen sein könnte«, sagte Ezekiel, obwohl er wusste, dass das nutzlos war. Er drehte regelmäßig seine Runden ums Haus und hatte keine Spuren gefunden. Für alle Fälle würde er Cayenne bitten, zu ihnen zu ziehen, bis die anderen zurückkamen. Einige Teammitglieder waren zu einer Geiselbefreiung abkommandiert worden, sodass nur er, Mordichai, Gino und Draden noch da waren, um die Frauen und Kinder zu bewachen.

Nonny nickte, als hätte sie seine Gedanken gelesen. »Es wäre gut, Cayenne hier zu haben. Trap mag es nicht, wenn sie in seiner Abwesenheit allein ist. Er sagt, sie hockt dann immer allein im Keller. Das macht ihm Sorgen.«

»Cayenne kann auf sich selber aufpassen.« Offenbar machte Nonny sich mehr Sorgen um Cayenne als Trap. Wenn Trap Angst um seine Frau gehabt hätte, hätte er sie an einen sicheren Ort gebracht und dafür gesorgt, dass sie dort blieb, denn wenn es um Cayenne und ihre Sicherheit ging, ließ er nicht mit sich spaßen.

»Ich weiß, dass sie auf sich selber achten kann«, sagte Nonny, »aber sie ist zu lange allein gewesen. Es wird ihr guttun herzukommen und ich habe sie gern um mich.«

Da war sie. Diese Ehrlichkeit, die Grace Fontenot so besonders machte. Sie hatte Cayenne ohne zu zögern in ihre Welt aufgenommen und wollte sie nun in ihrer Nähe haben. Er dagegen wollte Cayenne aus ganz anderen Gründen ins Haus holen. Mordichai, Gino und Draden würden die Frauen und Kinder beschützen, und Pepper würde ihnen helfen, wenn es nicht anders ging, doch Gewalt machte sie körperlich krank. Cayenne war anders. Sie war eine tödliche Waffe, und er wollte sie in der Nähe haben, damit sie im Notfall zur Stelle war, um Nonny, Pepper und die Drillinge zu verteidigen.

»Gib mir deine Liste, und wenn ich hier fertig bin, fahre ich ins Quarter und besorge dir diese unglaublich wichtigen Gewürze.«

Nonny warf ihm einen strengen Blick zu. »Machst du dich etwa über mich lustig, mein Junge?«

»Ja, Ma'am, aber ich tue gern so, als würde ich glauben,

dass du diese Gewürze ganz dringend brauchst, weil wir sonst für den Rest der Woche darben müssen.«

Nonny deutete mit ihrer süß duftenden Pfeife auf ihn. »Vielen Dank, mein Lieber.« Sie steckte die Pfeife wieder in den Mund und schaukelte weiter.

Ezekiel schüttelte den Kopf und sah ihr noch ein paar Minuten zu. Sie wirkte entspannt und sehr zufrieden mit sich. Sie hatte irgendetwas vor, aber er wusste immer noch nicht was. Er genoss diese kleinen Spielchen, auch wenn sie ihm gleich von dieser Pflanze hätte erzählen sollen. Solange die anderen aus dem Team im Feld waren, war er verantwortlich für die Sicherheit auf dem Land der Fontenots – und ganz besonders für Nonnys. Sie war das Zentrum ihrer Welt.

Nachdem er Cayenne eine Mail geschickt hatte, in der er ihr mitteilte, dass er sie brauchte und dass sie sofort ihre Sachen packen sollte, ging er zu der Küchentür, vor der Nonny die Pflanze gefunden hatte. Cayenne stellte keine Fragen, sondern teilte ihm einfach ihre Ankunftszeit mit – in nicht einmal einer Stunde würde sie da sein. Sie war eine gute und verlässliche Soldatin, und er fragte sich, warum Nonny nicht sie gebeten hatte, diese angeblich unverzichtbaren Gewürze zu besorgen.

Ezekiel mochte keine Rätsel. Es gefiel ihm nicht, wenn er etwas nicht verstand, und während er in immer weiteren Kreisen um das Haus herumging, dachte er ständig darüber nach, warum Nonny ihn wohl immer wieder in die Stadt schickte. Sonst war sie so direkt. Gewöhnlich sagte sie einfach, was sie dachte, aber diesmal …

Da. An einem Busch konnte man geknickte Blätter erkennen. Keine gebrochenen Zweige, nur geknickte Blätter. Wer auch immer diesen sehr schmalen Pfad benutzt hatte war relativ klein. Und offenbar leichtfüßig. Ezekiel ging in die Hocke und untersuchte den Boden. Der schmale Pfad führte durch ein Gebüsch, das ziemlich nah am Hundezwinger war. Er folgte ihm und achtete dabei besonders auf Blätter, die weiter hervorragten. Die meisten waren unberührt, doch einige wenige waren ebenfalls abgeknickt. Am Ende des Zwingers entdeckte er dann eine kleine Vertiefung im Boden. Irgendjemand war am Zaun hochgeklettert und vom Dach der Hundehütte auf den Hof gelangt.

Die Hunde waren tagsüber im Zwinger eingeschlossen und wurden erst nachts frei gelassen. Aber sie hatten nicht angeschlagen und auch niemanden angegriffen, obwohl sie auf dem Hof gewesen sein mussten, als die Pflanze vor die Tür gestellt wurde. Ein unbehaglicher Schauer rieselte über Ezekiels Rücken. Nur wenige Menschen auf der Welt konnten die Sicherheitsvorkehrungen auf dem Grundstück der Fontenots überwinden. Und diese wenigen waren alle weiterentwickelte Soldaten. Die aus Dr. Peter Whitneys Experimenten hervorgegangen waren.

Ezekiel machte auf dem Absatz kehrt und marschierte zum Haus zurück. Er rechnete zwar nicht damit, viel herauszufinden, aber möglich war immer irgendeine Unachtsamkeit. Vielleicht hatte er Glück – doch so war es nicht. Die Kameras hatten zwar aufgezeichnet, wie die Hunde zur Hütte gelaufen waren, doch dann waren sie abrupt stehen geblieben und hatten sich schwanzwedelnd wieder abgewandt. Er sah sich die Sequenz ein ums andere Mal an, um einen kurzen Blick auf den Eindringling zu erhaschen, aber es gelang ihm nicht. Zweimal tauchte sogar die Kiste mit der Pflanze auf dem Film auf – oder eher eine Ecke der Kiste, doch wer sie trug, war nicht zu erkennen.

Ezekiel versuchte, die Höhe, in der diese Kistenecke schwebte, zu bestimmen, um daraus Rückschlüsse auf die Größe des Menschen zu ziehen, der sie trug, und war immer noch damit beschäftigt, zwischen den beiden Bildern hin- und herzuschauen und sie genau zu prüfen, als sein Bruder Mordichai hereinkam.

»Nonny hat's mir gerade gesagt.«

»Irgendjemand ist gestern Nacht definitiv hier eingedrungen.« Ezekiel deutete auf den Bildschirm mit den beiden Standbildern. »Er ist übers Wasser gekommen. Ich konnte seinen Weg bis zum Steg zurückverfolgen.«

»Da haben wir eine Kamera.«

»Da war kein Boot, nicht mal ein Kräuseln im Wasser. Ich habe den Film jetzt eine Dreiviertelstunde lang zurücklaufen lassen, und du musst ihn weiter ansehen, für alle Fälle, aber ich glaube nicht, dass du etwas findest.«

Es gab eine kurze Pause, in der beiden aufging, was das bedeutete. »Scheiße«, sagte Mordichai dann. »Wir haben ein Problem, oder? Ich hätte wissen müssen, dass dieser Bastard uns nicht in Ruhe lässt, ganz egal, was er sagt.«

»Was, wenn es gar nicht Whitney ist, sondern jemand anderes, der versucht, an Pepper und die Drillinge heranzukommen? Was ist, wenn es die gleiche Person ist, die Cayenne töten wollte? Denn wir wissen, dass das nicht Whitney war.«

»Violet. Diese verfluchte Hexe. Sie ist eine von uns. Eine Schattengängerin.«

»Nein, ist sie nicht. Und sie war es auch nie. Whitney hat sie zwar weiterentwickelt, aber den psychologischen Test hätte sie wohl nie bestanden. Der Mann hat sich die Frauen aus Waisenhäusern geholt und es nicht für nötig befunden, sie zu testen, bevor er mit ihnen experimentiert hat. Er hat sie einfach nur benutzt, damit er bei seinen Soldaten keine Fehler macht. Wenn er sie getestet hätte, hätte er gemerkt, dass sie eine Soziopathin und Egomanin ist«, sagte Ezekiel und klopfte auf den Bildschirm mit den Standbildern. »Ich muss jetzt los, aber Cayenne dürfte jeden Augenblick hier sein. Bleib wachsam. Und achte auf die Kinder. Außerdem solltest du Pepper warnen. Ich weiß, dass sie vor Gewalt zurückschreckt, aber sie würde trotzdem töten, wenn es nötig ist, um die Kinder oder Nonny zu beschützen, also setz sie als letzte Rettung ein.«

»So große Sorgen machst du dir?«

Ezekiel runzelte die Stirn und dachte nach. Es war möglich, dass Whitney dafür gesorgt hatte, dass die anderen Teammitglieder zu einem Einsatz gerufen wurden, um die Anzahl der Wachen auf dem Grundstück zu reduzieren, doch er bezweifelte es. Er glaubte eher, dass Whitney sich im Hintergrund hielt, damit er sehen konnte, wie Wyatt und Pepper ihre Töchter großzogen. Denn alle drei waren imstande, mit ihrem Biss Gift zu verspritzen.

»Ich denke nur, dass wir besonders wachsam sein sollten. Es gibt da jemanden, der offensichtlich weiterentwickelt ist und uns trotz unserer Sicherheitsvorkehrungen beobachtet. Nonny meint, dass jemand ihr bei der Arbeit in ihrem Kräutergarten zugesehen hat, sonst hätte er nicht wissen können, welche Pflanze sie braucht. Sie ist nach Stennis gefahren, um sich eine neue zu holen.«

Mordichai lüpfte eine Augenbraue. »Und man hat sie zurückgeschickt?«

»Ja, und zwar recht rüde. Ich werde wohl mal mit den Soldaten reden müssen, um ihnen Manieren beizubringen.«

Mordichai grinste. »Sie werden begeistert sein.«

Ezekiel zuckte die Achseln. »Es kann nicht schaden, wenn sie lernen höflich zu sein, insbesondere gegenüber einer über achtzigjährigen Frau, die schon ihr ganzes Leben lang hier lebt.« Er konnte sich den drohenden Unterton nicht verkneifen. Niemand würde Nonny ungestraft schlecht behandeln. Wenn es sein musste, würde er sich als Ranghöherer zu erkennen geben, aber besser war es, wenn er die Kerle ordentlich verprügelte. Bei seinen Brüdern hatten solche Lektionen immer gut gewirkt. »Ich soll wieder so einen dämlichen Einkauf für sie machen. Aber nicht im Laden um die Ecke, sondern in einem Delikatessengeschäft in der Stadt.«

»Was soll das?«

»Ich habe es noch nicht rausgefunden, aber es ist ihr wichtig, sonst würde ich es nicht tun.«

»Wyatt sagt, sie hat das zweite Gesicht.«

Ezekiel widerstand dem Drang, seinem grinsenden Bruder in die Rippen zu stoßen. »Wenn das so ist, sollte sie mir einfach sagen, was sie sieht, anstatt mich fortzuschicken, wenn ich hier gebraucht werde.«

Er blickte ein letztes Mal auf den Bildschirm und erstarrte abrupt. »Rechte obere Ecke, bei den ersten Zypressen. *In* den Zypressen. Siehst du es?«

Mordichai kam näher und starrte auf den kleinen Bildschirm. »Vielleicht. Da scheint sich etwas zu bewegen. Lass den Film langsam weiterlaufen.«

Ezekiel ließ ein Bild nach dem anderen erscheinen. Irgendetwas verdrängte das Wasser und kam an die Oberfläche, aber es war unmöglich zu sagen, was genau es war, denn es hatte die gleiche Farbe wie das Wasser und kräuselte sich auch so. Dann griff es nach einer Gummibaumwurzel, die am Ufer aus dem Boden ragte, und man sah eine Hand. Eine menschliche Hand. Klein, also nicht die eines Mannes.

Ezekiel stieß den Atem aus. »Siehst du dasselbe wie ich, Mordichai? Das ist eine Frau.«

»Wer kann denn das sein, verdammt noch mal?«

»Ich habe die Hand gesehen, *bevor* sie die Wurzel angefasst hat, dann war sie gleich wieder verschwunden.« Ezekiel spulte den Film an die Stelle zurück, an der die Hand in der Luft hing, und hielt ihn an. »Das ist definitiv eine menschliche Hand, von einer Frau oder einem Kind. Ich glaube, von einer Frau.«

»Noch eins von Whitneys Mängelexemplaren, das hier vernichtet werden sollte?«

Ezekiel schüttelte den Kopf und berührte die Hand auf dem Bildschirm, als könnte er so eine Antwort auf seine Frage bekommen. Freund oder Feind? »Das solltest du besser nicht sagen, wenn Wyatt oder Trap in Hörweite sind. Wenn das auch eine Frau ist, die zum Tode verurteilt war, haben Pepper und Cayenne nichts von ihr gewusst, sonst hätten sie es uns gesagt.«

Mordichai zuckte die Achseln. »Das hat nichts zu bedeuten. Diejenigen, die umgebracht werden sollten, wurden getrennt gehalten, weil sie als zu gefährlich galten. Cayenne ist nur aus ihrer Zelle geholt worden, wenn man irgendetwas an ihr ausprobieren wollte. Und selbst dann ist sie vorher betäubt worden. Die Mädchen haben doch zugegeben, dass es noch mehr Gefangene gegeben haben konnte, von denen sie nichts wussten.«

Ezekiel wandte sich vom Bildschirm ab und sah in den Sumpf hinaus. Er liebte diese friedliche Landschaft. Diese Weltabgeschiedenheit, in der es nur natürliche Geräusche gab. Das Summen der Insekten. Das Bellen der Alligatoren. Das Rascheln des Windes. Das Trillern der Vögel. Er wollte nie wieder in die Stadt zurück. Er konnte sich hier niederlassen. Und er würde es auch tun. Doch zuerst musste er all diese Rätsel lösen und jeden, der auf sie angesetzt war, eliminieren.

Er war ein geborener Kämpfer. Das wusste er. Es gefiel ihm nicht, aber ihm war klar, dass er als Kämpfer so gut war, dass er nie etwas anderes tun konnte. Sein Freund Wyatt hatte eine Frau gefunden und wollte mit ihr und den drei Kindern sesshaft werden – zumindest so sesshaft, wie ein Schattengänger eben sein konnte. Trap hatte es ihm kurz darauf nachgemacht. Das war ein großer Schock gewesen, denn Trap war kein Typ zum Heiraten. Und Cayenne, seine Frau, war nicht so, wie die meisten Männer es gern hatten. Ein Biss von ihr konnte tödlich sein, doch gerade das reizte Trap.

Ezekiel hatte akzeptiert, dass es für ihn nie eine Frau geben würde, denn sie hätte verstehen müssen, dass er seine Familie und seine Kameraden beschützen wollte. Dieses Grundbedürfnis bestimmte all sein Tun, und so würde es immer sein. Wyatt hatte eine Frau, die damit zufrieden war zu Hause zu bleiben und die Kinder aufzuziehen. Sie würde sie beschützen, wenn sie dazu gezwungen wurde, aber das Kämpferische lag nicht in ihrer Natur. Traps Frau war das genaue Gegenteil. Sie wollte an der Seite ihres Mannes kämpfen und stellte sich ohne zu zögern jeder gefährlichen Situation. Aber keine von beiden hätte zu ihm gepasst. Er wollte so etwas wie Nonny, und das schien es nicht mehr zu geben.

»Alles in Ordnung, Zeke?«

Sein Bruder nannte ihn nur selten so. Es war ein Überbleibsel aus ihrer Kindheit, das ihm jedes Mal unter die Haut ging. Beruhigend lächelte er seinen Bruder an, obwohl ihm nicht danach zumute war. Manchmal fühlte er sich innerlich wie tot, auch wenn es im Sumpf vor Leben wimmelte. Wyatts Töchter hatten dafür gesorgt, dass er sich nach etwas sehnte, was er nicht haben konnte. Und er wollte nicht, dass sein Bruder es bemerkte. Er fühlte sich, als stünde er vor einer Wand und wüsste nicht, wohin er gehen sollte und warum. »Ich bin bloß etwas müde.«

Diese drei kleinen Mädchen. Sie waren so wunderschön und sorgenfrei. Er hörte gern zu, wenn sie miteinander spielten und über ihre erfundenen Geschichten lachten. Dabei war seine Hand immer nah an der Waffe und es bereitete ihm Genugtuung zu wissen, dass er imstande war, sie vor allen Übeln zu bewahren. Er konnte sich nicht vorstellen, dass irgendjemand diesen drei kleinen Mädchen etwas antun wollte.

Wenn er ihnen etwas vorlas, kletterten sie auf seinen Schoß und baten ihn, ihnen eine Geschichte zu erzählen. Und das tat er auch, wenn niemand in der Nähe war. Herrgott, schließlich hatte er auch seinen Brüdern Geschichten erzählt, wenn sie sich in einer dunklen Ecke aneinandergekauert hatten. Er war ein guter Geschichtenerzähler, denn er hatte Fantasie. Er zeigte es nur nicht gern. Weil er sich dann verletzlich fühlte, und das mochte er nicht.

Die Drillinge waren sehr intelligent. Sogar intelligenter, als gut für sie war. Glücklicherweise galt das Gleiche für Pepper, Wyatt und Nonny. Und das war auch nötig, um den Mädchen immer einen Schritt voraus zu sein. Jedes Mal, wenn Ezekiel sich mit den Wasserwegen in der Gegend vertraut machte, nahm er die Mädchen im Boot mit. Den anderen sagte er dann, die Kleinen sollten ebenfalls lernen, sich zurechtzufinden, doch in Wahrheit wollte er ihnen Geschichten erzählen und Spaß mit ihnen haben. Manchmal ging er sogar heimlich mit ihnen in die Stadt und kaufte ihnen Snowballs. Soweit er wusste, hatten sie Wyatt nie etwas davon verraten, denn er war ziemlich sicher, dass sein Freund ihn sonst ständig damit aufgezogen hätte.

Abgesehen von seinen beiden jüngeren Brüdern, hatte er nie etwas mit Kindern zu tun gehabt, doch durch Ginger, Thym und Cannelle war ihm klar geworden, dass er sich eigentlich auch eine Familie wünschte. Er war nur nicht der richtige Mann dafür.

»Warst du gestern Nacht wieder auf dem Dach?«, hakte Mordichai nach. »Das brauchst du nicht. Wir wechseln uns mit der Wache da oben ab, und meistens geht Draden dann auch noch laufen. Ich glaube, er schläft gar nicht. Nie.«

»Ich gehe nur gerne auf Nummer sicher«, gestand Ezekiel. »Da die anderen uns bei der Wache fehlen, möchte ich einfach besonders aufmerksam sein.« Das hörte sich lahm an und verriet mehr, als ihm lieb war, und Mordichai kannte ihn zu gut, um ihn mit dieser Entschuldigung davonkommen zu lassen.

»Du wirst wieder unruhig.« Es war eine Feststellung.

Ezekiel zuckte die Achseln. Darauf war er nicht besonders stolz. Schließlich hatten alle um herum Schlimmes erlebt. Normalerweise zog er sich von den anderen zurück, wenn es so weit war. Das war sicherer für alle. Aber diesmal musste er bei den drei kleinen Mädchen, den Frauen und Nonny bleiben, wenigstens so lange, bis sein Team wiederkam.

»Beim letzten Mal ...«

»Ja, ich weiß.« Er wollte nicht, dass sein Bruder darüber redete. Er wusste ja, was passiert war. Wie viele Männer er damals verletzt hatte. Und wie nahe er daran gewesen war, den letzten Rest Selbstbeherrschung zu verlieren. »Wenn es nicht anders geht, haue ich ab. Draußen geht es mir besser. Nicht so viele Dämonen.« Wenigstens das war die Wahrheit. Für ihn war es besser, am Rande des Sumpfes zu leben, direkt am Fluss, wo der Wind wehte, und er den Eindruck hatte, freier atmen zu können.

»Whitneys Experimente haben es für dich noch schlimmer gemacht.«

Das konnte Ezekiel nicht abstreiten. Das, was durch das Leben in den Straßen und Gassen der Stadt in ihm geweckt worden war, hatte sich zu einem schwer zu bändigenden Trieb entwickelt. Und als man ihn für psychische und physische Weiterentwicklungen ausgewählt hatte, war ihm nicht bewusst gewesen, wie weit die Veränderungen gehen und welche Probleme sie aufwerfen würden.

»Ich schaffe das schon«, sagte er ruhig, damit sein Bruder sich keine Sorgen machte. Da Mordichai ihn misstrauisch ansah, bemühte er sich um Haltung. Er hatte alles im Griff, aber dieser ungeheure innere Druck wurde immer stärker.

»Du hast sie fast umgebracht«, erinnerte Mordichai ihn leise.

»Die haben angefangen.« Ezekiel wusste nicht, warum er sich gezwungen fühlte, sich zu verteidigen, denn das tat er sonst nicht. Was zum Teufel war mit ihm los? Er musste eine Weile weggehen und allein sein, bis er wieder ruhiger wurde. »Ich muss diese Gewürze für Nonny holen, sonst bekommen wir nichts zu essen. Behauptet sie jedenfalls.«

Er wartete nicht auf Mordichais Antwort. Auf dem Weg zum Auto kam er an Nonny in ihrem Schaukelstuhl vorbei. »Wo sind die Mädchen?«

»Sie machen ihren Mittagsschlaf, aber Pepper hat ein Auge auf sie. Du weißt ja, dass sie gern weglaufen.« Nonny klang, als wäre sie stolz darauf.

»Halt dein Gewehr griffbereit. Irgendetwas stimmt nicht. Heute Morgen habe ich die Order bekommen, mich in Stennis zu melden. Das ist nicht ungewöhnlich und normalerweise würde ich es sogar gut finden, so nah an Zuhause arbeiten zu gehen, aber da wir hier schlecht besetzt sind, mache ich mir Gedanken. Wir könnten ein paar Leute mehr brauchen.«

Nonny nahm ihre Pfeife aus dem Mund. Ihm fiel auf, dass sie den würzigen Tabak gar nicht angesteckt hatte. Sie kaute nur auf dem Stiel herum, ein Zeichen dafür, dass sie ebenfalls besorgt war. Er spürte in der Magengegend, wie das seine eigene Anspannung verstärkte, denn Nonny war kein Angsthase.

»Ich habe mein Gewehr immer in Reichweite, und ich sage Pepper, dass sie die Mädchen in ihrer Nähe lassen soll.« Sie sah ihm direkt in die Augen. »Pass auf dich auf, Ezekiel. Sei wachsam und vorsichtig, selbst wenn du nicht bei uns bist.«

»Versprochen.« Er streckte eine Hand aus, damit sie ihm ihre Liste geben konnte.

Nonny zögerte. Nicht lang. Nur den Bruchteil einer Sekunde. Doch Ezekiel bemerkte es und sein Magen verkrampfte sich noch mehr. Dann reichte Nonny ihm den parfümierten Zettel und er steckte ihn, ohne darauf zu schauen, in seine Hosentasche. Es war eine Liste mit völlig unnützem Zeug, aber er würde es ihr besorgen.

»Du darfst nicht weniger wachsam sein, wenn es um dich geht und nicht um uns«, wiederholte sie. »Wir brauchen dich nämlich. Sehr sogar.«

Das ließ den Druck in ihm so heftig ansteigen, dass er ihn kaum noch aushielt. Langsam ballte er die Hände zu Fäusten und versteifte sich, damit er sich nicht verriet. Damit Nonny ihm nichts ansah.

Er wurde immer gebraucht. Immer. Er war allen anderen Schild und Schutz. Er war in diese Rolle hineingeboren worden und kam nicht mehr daraus heraus. Selbst Nonny sah ihn als Beschützer. Aber niemand interessierte sich dafür, warum er so war. Warum er ein so verdammt guter Beschützer war. Und er hoffte bei Gott, dass die, die er liebte, es niemals herausfanden.

3

HOCH AUFGERICHTET MARSCHIERTE Ezekiel über den schmalen, unebenen Bürgersteig und suchte aus reiner Gewohnheit den Jackson Square rastlos mit den Augen ab. Auf dem Platz wimmelte es von Touristen und Straßenverkäufern. Etliche Straßenkünstler stellten ihre Gemälde oder Kunstwerke zur Schau und machten Musik oder traten als Pantomimen auf. Ezekiel mochte es nicht, wenn Menschen sich hinter bemalten Gesichtern versteckten, denn dahinter konnte sich wer weiß wer verbergen. Er musste stets mit einem Angriff rechnen, und das würde sich niemals ändern. Dessen war er sich bewusst, selbst wenn er eine Straße voller lachender und gut gelaunter Menschen entlang ging.

Er gehörte nicht hierher. Auch das würde sich niemals ändern. Er wollte gar nicht dazugehören. Aber da Nonny so versessen auf diese verdammten Gewürze war, wäre er notfalls sogar durch die Hölle gegangen.

Er war in erster Linie ein Jäger. Schon von klein auf. Und dann war dieses Talent noch weiterentwickelt worden, sodass ihm als Fährtenleser kaum jemand Konkurrenz machen konnte. Einige behaupteten, er habe Adleraugen und einen Geruchssinn wie ein Eisbär. Das kam der Wahrheit sehr nahe. Wenn er eine Spur aufgenommen hatte, verlor er sie meistens nicht mehr. Doch in diesem Viertel mit seinen Jazzmusikern, Pantomimen und Straßenkünstlern, die alle um ein kleines Stück vom Kuchen kämpften, war es recht schwierig, Gerüche zu unterscheiden und einen Angreifer rechtzeitig zu entdecken.

Düfte aus den vielen kleinen Cafés und Restaurants stürmten auf ihn ein. Parfums und der Schweiß der Straßenartisten. Das süße Aroma von Gras, das mit dem von Tabak um die Vorherrschaft kämpfte. Außerdem war der Fluss in der Nähe. Auch den roch er und dazu die Schiffe, die mit ihren verschiedenen Frachten darauf auf und ab fuhren. Die Fische. Die Autos und Pferde. Sein Hirn fing alles auf und ordnete es automatisch ein.

Gerade als er das Geschäft betreten wollte, in dem Nonny ihre Cajun-Gewürze kaufte, veränderte die Windrichtung sich ein wenig, und er schnappte einen Duft auf, der ihn erstarren ließ. Hastig schaute er sich um und verlor zum ersten Mal im Leben sein Ziel aus den Augen. Er *musste* herausfinden, woher dieser Duft kam. Er ließ den Gewürzladen links liegen und folgte dem Wind weiter aufwärts bis zur Straße gegenüber dem *Café Du Monde*.

Im Freien, außerhalb des Schutzes der Häuser, war der Wind launisch und blies in Böen aus verschiedenen Richtungen. Mal schien er vom Fluss her zu kommen und im nächsten Augenblick aus der Richtung, in der das Café war. Doch Ezekiel ließ sich nicht aufhalten. Ein Drang, der ihm unbegreiflich war und daher sein Misstrauen erregte, trieb ihn dazu, aber er konnte nicht anders, er musste diesen Duft wiederfinden.

Er kam aus einem kleinen Restaurant direkt auf der Ecke, das zwischen zwei Geschäften eingeklemmt war. Es hatte nicht nur drinnen Tische, sondern auch auf dem Balkon im Obergeschoss und an der Straße. Neben dem Duft trug der Wind ihm das leise Lachen einer Kellnerin zu, die gerade zwei Frauen etwas brachte, das wie Erdbeerlimonade und Schaumgebäck aussah. Die Kellnerin war klein und zierlich. Sie hatte ihr Haar zurückgebunden und es unter einem zusammengerollten Halstuch versteckt. Ihr weicher Akzent klang, als stamme sie aus den Bayous. Die schleppende Sprechweise der Cajuns war manchmal so sexy, dass sie einem Mann unter die Haut ging und er sie nie mehr vergaß.

Dazu kam für ihn noch dieser flüchtige Duft, den er nicht genau beschreiben konnte. Er war einfach köstlich. Genauso unwiderstehlich wie ihre Stimme. Er hatte keine Ahnung, wie er sich verhalten sollte. Wie sie ansprechen. Und dabei lässig zu bleiben. Er ging nie mit Frauen aus. Er hatte kein Interesse an ihnen. Was sollte ein Soldat mit einer Frau? Er konnte jeden Augenblick abkommandiert werden und würde ihr nie sagen können wohin. Doch trotz all dieser Überlegungen weigerten seine Füße sich weiterzugehen, also stand er einfach da und berauschte sich an diesem Duft.

Dabei war die Kellnerin nicht auffällig schön. Eher … unauffällig. Schwer zu beschreiben, nur ziemlich klein. Doch er konnte die Augen nicht von ihr lösen. Und je länger er sie beobachtete, desto mehr Schönes entdeckte er an ihr. Warum war ihm ihre Figur nicht gleich aufgefallen? Sie war großartig und die Haut makellos. Glatt wie Seide oder Satin. Und so taufrisch, wie die Blütenblätter an Nonnys exotischen Blumen, wenn der Morgennebel sie eingehüllt hatte.

Das zusammengerollte Halstuch bedeckte einen Großteil ihrer Haare, doch als die Sonne in einem bestimmten Winkel darauffiel, konnte er sehen, dass es leuchtend blond war und so hell wie feinster Weißwein. Augenblicklich verspürte er das Bedürfnis, seine Finger in die dichte Haarmähne zu schieben, die unter dem dreieckigen Tuch hervorlugte. Als er feststellte, dass er unwillkürlich einen Schritt auf die Frau zu machte, zwang er sich stehen zu bleiben und ballte die herabhängenden Hände zu Fäusten.

Normalerweise reagierte er nicht auf Frauen. Und wenn doch einmal eine seine Aufmerksamkeit erregte, war sie immer groß, dunkelhaarig und kurvenreich. Trotzdem verlor er schnell das Interesse, denn ein Mann wie er legte sich keine Frau zu. Aber diese hier …

Ihre Augen waren sehr groß, sehr schön und sehr blau und wurden von sehr dichten, blonden Wimpern gerahmt, die ebenfalls einen Blauschimmer hatten. Das machte sie noch exotischer. Er vermutete, dass sie blauen Mascara aufgetragen hatte, entdeckte aber keine Klümpchen oder irgendeinen anderen Hinweis darauf, dass die Wimpern nicht von Natur aus so waren.

Zwischen seinen Beinen regte sich etwas. Und nicht nur das – jede Zelle in seinem Körper war wie elektrisiert. Das war ihm verdammt peinlich. Schließlich war er kein Teenager mehr und hatte sich seit seiner Kindheit im Griff, doch nun war er verunsichert, ob er überhaupt einen Schritt auf die Frau zugehen konnte.

Irgendwie wollte er, dass sie ihn ansah. Nicht einfach nur flüchtig, sondern richtig – und das war gefährlich für sie beide. Er sollte sich das nicht wünschen. Er wusste es besser. Er war nicht nur Jäger, sondern auch Soldat und zwar ein verdammt guter, und so etwas – so ungewöhnliche Reaktionen – war ihm nicht geheuer. Aber er konnte nicht weggehen, ganz egal, wie oft er es sich selbst befahl.

Plötzlich schaute die Kellnerin auf und verharrte wie eine Gazelle, die dem beutegierigen Blick eines Raubtiers begegnet. Als hätte sie auf Anhieb den Jäger in ihm erkannt, flatterten die auffälligen Wimpern erschrocken, doch dann lächelte sie ihn zögernd an.

»Möchten Sie einen Tisch draußen oder drinnen?«

Einen Augenblick konnte er sie nur anstarren und kam sich unglaublich dämlich vor. Einen Tisch? Was zum Teufel redete sie da? Er wollte ein Bett. Aber eine Wand reichte auch.

»Lieber draußen.« In Räumen fühlte er sich nie richtig wohl. Er hatte jahrelang auf der Straße gelebt und danach war er in den Krisengebieten der Welt im Einsatz gewesen, wo es meist auch keine richtige Unterkunft gab. Daran war er gewöhnt, deshalb fühlte er sich in Häusern oft eingesperrt. Plötzlich erinnerte er sich an seine Umgangsformen. Doch obwohl er selber seinen Brüdern Anstandsregeln eingehämmert hatte, waren seine Manieren ziemlich eingerostet. »Vielen Dank.«

Als die Kellnerin wieder freundlich lächelte, versteifte sich sein Glied. Herrgott, das war ihm noch nie passiert. Anscheinend war er völlig außer Kontrolle. Ein unbehaglicher Schauer rieselte über seinen Rücken, doch er ließ sich nichts anmerken und deutete mit dem Kopf auf den einzigen Tisch, der etwas Deckung bot, aber gleichzeitig eine gute Rundumsicht gewährte.

Hatte die Frau etwa ganz kurz gezögert, ehe sie sich umdrehte und ihm bedeutete, ihr zu dem Tisch zu folgen? War er so voller Misstrauen, selbst gegenüber einer einfachen Kellnerin, die nur ihre Arbeit machte? Das war verrückt. Niemand konnte wissen, dass er zu genau diesem Zeitpunkt in der Stadt sein und plötzlich auf die Idee kommen würde, in einem Restaurant einen Happen zu essen. Er holte tief Luft und sog den Duft der Frau ein. Eine Mischung aus Vanille und Orange. *Oh Gott*, sie roch wirklich gut.

»Danke«, murmelte Ezekiel höflich und nahm ihr die Speisekarte ab. Er konnte sich kaum davon abhalten, mit den Fingern über ihren Handrücken zu streichen und ihre Haut zu berühren, nur um zu erfahren, ob sie genauso weich war, wie sie aussah. Doch wenn er so tief sank, war er nicht besser als ein hinterlistiger Stalker, und das war einfach inakzeptabel. Also begnügte er sich damit, sie anzusehen. Sich an ihrem Duft zu erfreuen. Und davon zu träumen, dass er sie anfasste.

Nachdenklich schaute er ihr nach. Seltsam, dass er sie im ersten Augenblick für unscheinbar gehalten hatte. Sie war so lebendig, so reizvoll und schön, dass er den Blick nicht mehr von ihr losreißen konnte. Zum ersten Mal im Leben beschloss er sich zurückzulehnen und sich normal zu verhalten. Einfach den Moment zu genießen. Das würde ihm wahrscheinlich nie wieder passieren, aber im Moment war er nichts als ein Mann, der die Schönheit einer Frau auf sich wirken ließ.

Er nippte an dem Wasser, das sie ihm gebracht hatte, nachdem er das Essen bestellt hatte, das er eigentlich gar nicht haben wollte, aber dennoch essen würde, nur um ihr weiter zusehen zu können. Er mochte ihren geschmeidigen Gang und die Art, wie sie sich in den Hüften wiegte. Doch das hieß nicht, dass er – und sei es auch nur für einen kurzen Augenblick – damit aufhörte, seine Umgebung abzusuchen und die Dächer und Straßen zu überprüfen. Er registrierte und verarbeitete alles, obwohl er die wunderschöne Kellnerin im Blick behielt.

Sie hatte ihn anscheinend ebenfalls stets im Auge. Zuerst hatte er es sich damit erklärt, dass sie eben etwas von ihrem Job verstand und auf ihre Gäste achtete, doch nach einiger Zeit wurde ihm klar, dass sie ihn kaum noch aus den Augen ließ. Sie arbeitete zwar weiter und scherzte leise mit den Menschen an den anderen Tischen, nahm Bestellungen entgegen und servierte Essen, schaute aber immer wieder zu ihm herüber.

Das machte ihn wieder misstrauisch. Es war ja nicht so, dass er gut aussah. Er war ein Muskelberg voller Narben und Tattoos, und seine Brüder sagten, er sähe zum Fürchten aus. Normalerweise verschwendete eine schöne Frau keinen Blick an einen Mann wie ihn. Schon gar keinen zweiten – doch diese tat es.

»Bella! Du musst Pause machen«, rief eine Stimme aus dem Restaurant, als sie mit seinem Teller Gumbo herauskam.

Sie blickte über die Schulter und nickte, dann stellte sie den Teller vor ihm ab. »Da drin ist es ganz schön stickig. Die sollten wirklich noch einen Deckenventilator mehr anbringen.«

Ezekiel schaute sich um. Draußen gab es keine weiteren freien Tische. »Dann setzen Sie sich doch zu mir. So kommen Sie wenigstens ein paar Minuten von den Füßen. Und vom Fluss her weht eine schöne Brise.« Erstaunt stellte er fest, dass sein Herzschlag sich beschleunigte. Gewöhnlich veränderte sein Puls sich nicht einmal unter heftigem Beschuss, doch diese Frau an seinen Tisch zu bitten, um sich mit ihr unterhalten zu können, jagte ihm fast so etwas wie Angst ein.

Die Kellnerin zögerte, und er hielt den Atem an. Er wusste nicht, was ihm lieber war: dass sie ging oder dass sie blieb. Schließlich setzte sie sich auf den Stuhl ihm gegenüber und lächelte schüchtern.

»Ich bin Ezekiel Fortunes.«

»Bellisia Adams. Meine Freunde nennen mich Bella.«

Der Name gefiel ihm. Er war ungewöhnlich und klang italienisch, nicht nach einer Cajun oder einer Französin.

»Ich habe Sie schon mal gesehen«, gestand sie mit einem scheuen Lächeln. »Sie sind mit drei kleinen Mädchen ins *Baraquin's* gegangen und haben ihnen Snowballs gekauft. *Baraquin's* machte die besten Snowballs in New Orleans.«

Ezekiel lehnte sich zurück, lockerte dabei seine angespannten Muskeln, doch die Gabel in seiner Hand hielt er einsatzbereit fest. Er konnte diese Frau im Handumdrehen töten und weg sein, ehe ihre Leiche zu Boden fiel. Was sollte das? Sie hatte die Mädchen gesehen? Und sie rein zufällig beobachtet? Das sollte er ihr glauben? Tief in ihm wurde es ganz still. Sein Herz schlug so ruhig wie ein Uhrwerk, denn nun war er in seiner Welt. Einer Welt voll tödlicher Gewalt. Damit kannte er sich aus.

»Diese Drillinge sind einfach bezaubernd. Ich glaube, ich habe noch nie welche gesehen.«

Ezekiel holte tief Luft. Ein schwerer Fehler, denn nun drang die Mischung aus Vanille und Orange in seine Lungen. Natürlich konnten einer Frau Drillinge auffallen. Besonders wenn sie so reizend aussahen wie diese drei dunkelgelockten Mädchen mit den großen Augen. Ihnen flogen schon von Weitem alle Herzen zu.

»Nicht meine. Sind von einem Freund.« Er brachte nicht mal einen halbwegs anständigen Satz zustande. Er hörte sich an wie ein Neandertaler. Fehlte nur noch, dass er anfing zu grunzen. Immerhin gefiel ihm die Vorstellung, diese Frau über seine Schulter zu werfen und in eine Höhle zu tragen, insbesondere weil er dabei nicht reden musste. »Einem guten Freund.« Irgendwie musste er sich in den Griff bekommen. »Sie gehen gern zu *Baraquin's*. Sobald sie mich sehen, zupfen sie an meiner Hose und schauen mich mit ihren großen, braunen Augen so sehnsüchtig an, dass ich es ihnen nicht abschlagen kann.« Das war die Wahrheit, und er war froh, dass er nicht lügen musste, denn die Kellnerin sah ihn ganz unschuldig an und er schämte sich für seine gewalttätigen Gedanken.

»Ich muss zugeben, dass ich mir auch gern bei *Baraquin's* Snowballs kaufe.«

»Dafür ist der Laden ja berühmt.« Tolle Konversation. Die Unterhaltung würde sie bestimmt nie vergessen.

Die Kellnerin nickte. »Ein Freund hat mir davon erzählt, und nachdem ich das gehobelte Eis einmal probiert hatte, bin ich nicht mehr davon losgekommen – ich schätze, den kleinen Mädchen geht es genauso. Aber Sie haben keins gegessen.«

Fast hätte Ezekiel gelächelt. »Ich habe zwei Brüder. Wenn sie mich einen Snowball essen sehen würden, würden sie sich ständig über mich lustig machen.« Und ihre blöden Witze hatten nicht beim gehobelten Eis aufgehört, aber das brauchte die Frau nicht zu wissen.

Sie lachte leise. Es war ein echtes, sinnliches, beinahe rauchiges Lachen, das ihm durch und durch ging. Verlegen rutschte er auf seinem Stuhl herum. Na großartig. Jetzt dachte er schon mit dem Schwanz. Das machte es auch nicht besser.

»Ist das nicht schön? Ich habe keine Geschwister, also kenne ich so was gar nicht.«

Ezekiels Gehör war überdurchschnittlich gut. Der Akzent dieser Frau war nicht ganz perfekt. Wenn er ihn mit

Nonnys verglich, die ihr ganzes Leben in den Sümpfen von Louisiana verbracht hatte, klang Bella fast genauso – doch es gab einen kleinen Unterschied. Einen. Winzigen. Unterschied. Er versuchte nicht mehr daran zu denken. Er wollte eine verdammte Stunde lang nicht er selbst sein, sondern ein Mann, der die Gesellschaft einer Frau genoss.

»Sind Sie hier aufgewachsen?«, fragte er lässig und nahm einen Bissen von dem Gumbo. Nonnys war wesentlich besser. Ezekiel musterte die Frau, und je länger er sie ansah, desto ungewöhnlicher kam sie ihm vor. Insbesondere diese langen, dichten Wimpern mit der seltsamen Färbung. Inzwischen war er sicher, dass der Blauschimmer echt war.

Die Frau nickte, wich aber seinem Blick aus. »Nicht genau hier, aber ganz in der Nähe. Mein Dad war Fischer. Meine Mutter Krankenschwester. Sie sind vor ein paar Jahren gestorben und ich bin weggegangen. Aber irgendetwas an New Orleans hat mich wieder hergezogen.«

Sie log. Verflucht. Sie belog ihn. Er würde sich nicht eine einzige Stunde normal verhalten können – was auch immer man darunter verstand. Aber vielleicht hatte die Frau gute Gründe. Menschen logen aus vielerlei Gründen. Und wenn er seine Stunde schon nicht bekam, wollte er wenigstens ihre Haut berühren. Die Sonne brannte immer noch heiß und sie war sehr hellhäutig.

Er streckte eine Hand aus und fuhr mit dem Finger über ihren Unterarm und ihre Hand. »Hier draußen verbrennst du.«

Sie fühlte sich wunderbar an. Noch weicher als er gedacht hatte. Wie Seide, nur besser. Es war seltsam, aber er hatte das Gefühl, als hätte er sie durch die Fingerspitzen in sich aufgenommen – und wäre von ihr durchdrungen worden. Er ließ den Blick über sie gleiten. Wer zum Teufel war sie? Und warum reagierte er so stark auf sie? Warum war er so schrecklich misstrauisch, und warum schlug sein Warnsystem die ganze Zeit an, während sein Körper nur eins wollte, sie mitnehmen und sich mit ihr vergnügen?

Sie sandte nicht die Schwingungen aus, durch die Schattengänger es fast immer merkten, dass ein anderer Schattengänger in der Nähe war. Diese Energieströme waren ein klein wenig anders als die normaler Menschen. Und er war nahe bei ihr. Sehr nahe. Sogar so nahe, dass ihr Duft ihn fast die Wände hochtrieb, doch er nahm keine verräterischen Kraftfelder wahr.

Der Mann hatte sie durchschaut. Oder nicht? Bellisia konnte sich kaum davon abhalten, ihm eine Haarsträhne hinters Ohr zu schieben. Er war einfach umwerfend. Nicht schön wie ein Model, sondern ein echter Mann mit Muskeln und Tattoos, und die Haare, die in alle Richtungen abstanden, als könnten sie nicht gebändigt werden, waren offenbar ein Hinweis auf seinen Charakter. Auch das gefiel ihr.

Er hatte sie berührt. Auf ihrer *nackten* Haut hatte sie ihn gespürt. Und es hatte sich angefühlt wie ein Streicheln. Ihr ganzer Körper hatte darauf reagiert. Ein erwartungsvoller Schauer war ihr über den Rücken gelaufen, ihr Schoß hatte sich zusammengezogen und ihre Brüste sich gespannt. Nur wegen dieser einen Berührung. Sie hatte sich auf den ersten Blick in ihn verliebt, und das war brandgefährlich.

Sie sollte aufstehen und gehen. Das war klüger und sicherer. Sie war sehr klug, aber selten in Sicherheit, also warum sollte sie ausgerechnet jetzt weglaufen? Sie hatte diesen Mann in den vergangenen Wochen genau beobachtet. Ihn und die Mitglieder seines Teams, die im Moment fast alle fort waren. Es gefiel ihr, wie er sich um die entzückenden kleinen Mädchen und die ältere Frau kümmerte, die Nonny genannt wurde.

Ein richtiges Familienleben hatte sie zuvor noch nie irgendwo mitbekommen. Es zog sie immer wieder dahin zurück, sie wollte diesen Leuten zuschauen, obwohl sie sich dabei nicht wohlfühlte. So wollte sie auch leben, auch wenn sie es bislang nicht gewusst hatte, sie hatte ja nicht einmal gewusst, dass es so etwas gab. Sie mochte dieses freundliche Miteinander und die Art, wie die Männer Nonny umsorgten, ohne ein großes Theater darum zu machen. Eigentlich sah man es nur an kleinen Gesten, doch gerade die gefielen ihr so gut.

Nonny war in den Sümpfen und sogar in der Stadt sehr bekannt und gut angesehen. Von den Männern, die bei ihr wohnten, wusste man weniger. Die Menschen, die im Sumpf lebten, kannten sich seit Generationen, darum hatte sie Ezekiel erzählt, dass sie nicht aus New Orleans stamme, sondern aus einer Stadt in der Nähe. So gab es einen Grund dafür, dass die Einheimischen sie nicht kannten, falls er Nachforschungen anstellte.

Ohne nachzudenken nahm sie sein Wasserglas und goss Wasser über ihren Unterarm, um das Brennen ihrer Haut zu lindern. Dann machte sie dasselbe mit dem anderen Arm. Als ihr aufging, was sie gerade getan hatte, schaute sie ertappt auf.

Ezekiel hatte die Stirn in Falten gelegt. »Du verbrennst ja wirklich. Benutzt du keine Sonnencreme?«

Er schien ehrlich besorgt zu sein, und das freute sie. Der ein wenig strenge Unterton in seiner Stimme verriet ihr, dass es ihm etwas ausmachte, wenn sie auch nur einen leichten Sonnenbrand bekäme. Dass sie sich Wasser über die Haut gegossen hatte, interessierte ihn nicht – und warum sollte es? Es war einfach paranoid zu glauben, dass er ihr auf die Schliche gekommen war. Wie denn auch? Sie war nur eine Kellnerin, die ihre Arbeit tat, und er war zufällig vorbeigekommen.

Sie versuchte, ihn nicht die ganze Zeit anzustarren, aber es gelang ihr nicht. Sie beobachtete ihn schon so lange, dass sie das Gefühl hatte, ihn zu kennen. Besonders gern beobachtete sie ihn mit den Drillingen. Er erzählte ihnen großartige Geschichten, bei denen sie natürlich mitlauschte. Wer hätte das nicht getan? Wenn er mit den Kindern zusammen war, war er ganz anders als sonst, und aus irgendeinem dummen Grund wünschte sie sich, dass er sie auch anders behandelte als andere Menschen.

»Bellisia, benutzt du Sonnencreme?«, hakte er nach.

Sie bezweifelte, dass er das viele Menschen fragte, und irgendwie gefiel es ihr, dass es ihm in ihrem Fall wichtig war. Sie nickte. »Ja, aber das hilft nicht immer. Aber dafür lassen die Mücken mich in Ruhe, also kann ich mich nicht beschweren.«

»Es gefällt mir nicht, dass du so ungeschützt in der Sonne sitzt. Ich kriege keinen Sonnenbrand, aber bei anderen sieht es manchmal so aus, als würde das wehtun.«

»Was? Deine Haut ist noch nie verbrannt?«

»Doch, aber anders«, erklärte er.

Sie hätte gern mehr gewusst, denn er war ein Schattengänger, einer von den berühmten PJs, den Fallschirmrettungsspringern der Spezialeinheit, und er nahm seine Aufgabe als Retter offenbar sehr ernst. Er gehörte zu dem Team, das von Violet an Cheng verraten worden war.

Bellisia war ziemlich sicher, dass er kein Landesverräter war, aber ob möglicherweise ein anderer Mann aus seinem Team einer war, das wusste sie noch nicht. Oder ob das Team sie, sobald sie sich zu erkennen gab, zu Whitney zurückschicken würde. Denn sie würde niemals zurückgehen. Wahrscheinlich war inzwischen längst der Befehl gegeben worden, sie bei Sichtkontakt zu eliminieren.

»Dann hast du Glück. Als ich noch klein war, hatte ich ständig Sonnenbrand.« Das stimmte. Sie liebte Wasser und war nur selten herausgekommen. Und je länger sie im Wasser gewesen war, desto heftiger hatte ihre Haut gebrannt, wenn sie mit den anderen am Ufer gespielt hatte.

»Die Drillinge scheinen auch keinen Sonnenbrand zu bekommen. Es könnte allerdings sein, dass ihre Urgroßmutter sie mit irgendeiner Salbe aus ihrer Naturapotheke einreibt. Sie baut alle möglichen Pflanzen und Kräuter an, die sie für ihre Medizin benutzt. Es gibt ziemlich viele Leute, die Rat bei ihr suchen. Wyatt, ihr Enkel, ist Arzt, und das ist recht praktisch, denn wenn Nonny glaubt, dass sie den Leuten nicht helfen kann, sorgt sie dafür, dass er sie sich anschaut.« Wieder lächelte Ezekiel beinah. »Meist ohne Geld dafür zu nehmen. Nonny setzt mehr auf Tauschhandel.«

Bellisia gefiel dieser Hauch eines Lächelns. Es machte seine harten Züge zwar nicht sehr viel weicher, aber ihn etwas menschlicher. Sie hätte sein kantiges Gesicht ewig anschauen können, so schön fand sie es. Doch noch mehr liebte sie den Klang seiner Stimme. Deshalb war sie immer wieder zum Fontenotschen Grundstück zurückgekehrt, obwohl das Wahnsinn war. Und besonders irre war es gewesen, Nonny dabei zuzusehen, wie sie die verdorrten Ableger des Schwarzen Nachtschattens ausgegraben hatte, und ihr bei der Suche nach Ersatz zu folgen, bis die Soldaten in Stennis die alte Dame zurückgeschickt hatten.

Am Ende hatte Bellisia die Pflanze für sie gesucht und sie ihr dann heimlich vor die Tür gelegt. Unter der Pflanze hatte sie eine Notiz versteckt, in der sie das Team warnte und von Violets neuester Intrige berichtete. Danach hätte sie verschwinden sollen, doch Ezekiel, die kleinen Mädchen und Nonny zogen sie so sehr an, dass sie geblieben war. Über die anderen Männer im Team wusste sie immer noch nicht viel, aber Ezekiel faszinierte sie derart, dass sie das Gefühl hatte, ihn vorwarnen zu *müssen*.

»Was ist überhaupt eine Naturapotheke?« Eigentlich hatte sie ja selber gesehen, wie viele Menschen an Nonnys Tür geklopft hatten und mit kleinen Kräutersäckchen wieder aus dem Haus gekommen waren.

Ezekiel warf ihr einen Blick zu, der ihr klarmachte, dass sie zu weit gegangen war. So, als könnte sie sich die Antwort auf die Frage selber geben. Beschämt biss Bellisia sich auf die Unterlippe. Normalerweise machte sie keine Fehler. Das war die einzige Möglichkeit, am Leben zu bleiben. Wenn ihr jetzt solche Schnitzer unterliefen, lag das daran, dass sie so mit ihm beschäftigt war, dass sie an nichts anderes mehr denken konnte.

»Nonny ist im Sumpf geboren und aufgewachsen. Sie ist in einer Zeit groß geworden, in der die meisten Menschen zum örtlichen *Traiteur* oder Heiler gingen, wenn sie krank oder verletzt waren. Bei dem hat sie gelernt, aber die, die sie kennen, sagen, sie hat auch die Gabe zu heilen. Irgendwann hat sie dann angefangen, wild wachsende Pflanzen von überallher auf einem Stück Sumpfland zusammenzutragen, damit sie alle an einem Ort sind. Nonny sagt, jede dieser Pflanzen hat verschiedene

Heilkräfte, und sie scheint zu wissen, wie man sie richtig einsetzt, denn ihre Patienten kommen immer wieder. Und auch Ärzte und Apotheker fragen sie um Rat. Sie ist ziemlich bekannt.«

Bellisia stützte das Kinn in die Hand. »Wie hast du diese Frau kennengelernt? Sie scheint sehr beeindruckend zu sein.«

Das war Nonny wirklich. Und sie wirkte immer authentisch. Bellisia hätte sie zu gern getroffen und das Versteckspielen aufgegeben. Sie wollte sich so gerne irgendwo zugehörig fühlen, denn sie brauchte ein Ziel. Sie hatte ihr Leben lang Ziele verfolgt, und obwohl sie das Kellnern liebte, war es nicht das Richtige für sie.

»Ja, Nonny ist außergewöhnlich«, sagte Ezekiel. »Die beste Frau, der ich je begegnet bin.«

Sein Tonfall verriet mehr als tausend Worte. Er bewunderte und respektierte die alte Dame. Mehr noch, er hatte sie gern, und Bellisia war sicher, dass das nicht auf allzu viele Menschen zutraf. Deshalb sehnte sie sich nur noch mehr danach, Nonny vorgestellt zu werden.

»Ist sie mit dir verwandt? Ist sie deine Großmutter?«, fragte sie.

Ezekiel musterte sie. Doch nicht mehr mit diesem höchst erfreulichen leichten Interesse, sondern voller Misstrauen. Offenbar mochte er keine Fragen. Hastig versuchte Bellisia, den Rückzug anzutreten. Mit einem kleinen Lächeln stützte sie die Hände auf den Tisch und stemmte sich hoch.

»Das liegt mir einfach nicht. Ich stelle mich immer ziemlich dumm an, wenn ich jemanden kennenlerne. Ich halte jetzt einfach den Mund und gehe wieder an die Arbeit.«

Als Ezekiel eine Hand auf ihre legte, verwandelte ihr Blut sich augenblicklich in glühende Lava, die zähflüssig durch ihre Adern strömte und eine Zelle nach der andern in Brand setzte. Ein völlig neues Gefühl für sie. Erschreckend und erregend zugleich. Überrascht ließ sie sich wieder auf ihren Stuhl fallen. Sie wollte es nicht, aber so nah bei ihm wurden ihre Knie weich. Sie hatte sich an ihn geheftet wie eine Klette. Am Anfang hatte sie nur herausfinden wollen, ob die Männer vom Schattengänger-Team Vier es wert waren, dass sie für sie ihr Leben und ihre Freiheit riskierte, doch dann war sie nicht mehr von ihnen losgekommen.

Wie hätte es anders sein können? Sie gingen so liebevoll miteinander um. Rau, aber definitiv liebevoll. Sie achteten sehr auf die Frauen und Kinder. Und aufeinander. Auch sie hatte sich mit den anderen Mädchen angefreundet, doch nur einem hatte sie wirklich vertraut. Das, was Ezekiel mit seinem Team und Nonny verband, hatte sie nie gehabt. Aber sie wünschte es sich. Sie wusste nur nicht, wie sie es bekommen sollte.

»Oh nein, ich bin derjenige, dem das nicht liegt«, sagte Ezekiel leise.

Sein Tonfall rührte sie, obwohl sie sich von seiner Stimme nicht beeinflussen lassen wollte. Sie hatte keinen Grund, von ihm zu träumen oder seine Nähe zu suchen. Es war sogar gefährlich für sie beide, denn wenn er nicht das war, was sie glaubte … Wenn sie sich getäuscht hatte und er ein Verräter war, musste sie ihn umbringen. Und das würde sie auch. Sie wollte es nicht, aber sie würde es tun.

»Nonny ist die Großmutter eines Freundes. Sie hat ihn und seine Brüder großgezogen, und ich glaube, sie denkt, nun müsste sie mich großziehen.«

Wieder dieser herzergreifende Hauch eines Lächelns. Er war einfach hinreißend. Sie liebte sogar seine Narben. Und seinen Dreitagebart. Sie hatte zwar keine Ahnung, was sie mit ihm anfangen sollte, wenn er ihr gehören würde, aber sie wollte ihn dennoch.

»Hört sich wirklich so an, als wäre sie wundervoll.« Ihre Stimme klang wehmütig, und sie machte sich nicht die Mühe, es zu verbergen. Zu ihm wollte sie so ehrlich sein wie möglich, denn sonst belog sie die Leute meistens.

»Sie kann auch gut kochen.« Ezekiels Blick löste sich von ihrem Gesicht und glitt über die Geschäfte an der Straße. »Sie schickt mich wegen der unglaublichsten Dinge her. Diesmal will sie Gewürze. Die meisten macht sie selber, aber dann braucht sie unbedingt ganz bestimmte, die es nur in dem Laden da drüben gibt. Und immer ganz dringend.«

Bellisia gefiel der liebevolle und leicht amüsierte Ton, in dem er das sagte. Er hatte Nonny wahrhaftig gern, und das ließ sie weich werden, obwohl das sonst nicht ihre Art war.

»Meine Freundin Zara kocht auch gern. Als wir noch klein waren, ist sie immer in die Küche geschlichen, zum Koch – den ihre Eltern angestellt hatten –, und hat ihn gebeten, sie helfen zu lassen. Er hat es ihr nie abgeschlagen. Zara kann sehr überzeugend sein, wenn sie etwas will, und sie liebt es zu kochen.« Fast hätte sie sich verplappert. Sie hasste es, Ezekiel etwas vorzumachen, aber sie konnte ihm ja kaum von der Kantine und den Schlafsälen erzählen.

Plötzlich fiel ihr auf, dass seine Hand immer noch auf ihren lag. Er hatte sie nicht weggenommen und sein Daumen strich immer wieder über ihr rechtes Handgelenk.

Sie spürte das hypnotisierende Streicheln bis in die Zehenspitzen. Er war sehr viel gefährlicher, als sie zunächst gedacht hatte, denn jedes Mal, wenn er sie anfasste, hinterließ er neue Spuren. Unauslöschliche Spuren. Als ob er ihr Brandzeichen aufdrückte, die sie nie wieder loswerden würde.

»Kannst du auch kochen?«

Bellisia schüttelte den Kopf. »Ich hatte eigentlich nie Zeit dazu. Und jetzt, wo ich kellnere, werde ich bestimmt keine Köchin mehr. Das müsste ich erst lernen.«

»Nonny hat es Pepper und Cayenne beigebracht. Pepper ist mit meinem Freund Wyatt verheiratet und Cayenne mit meinem Freund Trap. Pepper scheint eine ganz gute Köchin zu werden, obwohl wir immer an ihrem Essen herummäkeln. Besonders meine Brüder. Sie tun immer so, als würden sie sterben, wenn sie gekocht hat, aber sie lassen nichts übrig. Nicht einen Bissen.«

Bellisia lachte und zog ihre Hände nicht unter seiner hervor, obwohl alles in ihr sie drängte wegzulaufen, solange sie es noch konnte. »Und Cayenne?«

»Sagen wir mal, es ist gut, dass Trap kochen kann.«

Bellisia prustete los. Sie konnte nicht anders. Die Art, wie er den Kopf schüttelte, als wäre Cayenne in der Küche ein hoffnungsloser Fall, war zu komisch.

»Nonny lässt auch die drei kleinen Mädchen schon beim Essen machen helfen. Ich habe gehört, wie sie ihnen die Zutaten erklärt hat, als könnten sie bald für die Familie kochen, obwohl sie gerade erst zwei geworden sind.«

»Zwei?« Wenn Bellisia die Drillinge im Umgang mit den verschiedenen Familienmitgliedern gesehen hatte, waren sie ihr sehr viel älter vorgekommen. Sie waren zwar klein, aber sie redeten, als wären sie sechs oder acht. Vielleicht sogar älter. Sie hatte die drei für sehr intelligente Vierjährige gehalten.

Ezekiels Daumen bewegte sich nicht mehr und seine Augen hatten sich wieder auf sie gerichtet und sahen sie wachsam an. Offenbar hatte er ihr Erstaunen bemerkt. Wie sollte sie es ihm erklären? »Sie haben mit dir geredet, als du ihnen die Snowballs gekauft hast, und dabei haben sie sehr schwierige Wörter benutzt. Ich schätze, ich verstehe nicht viel von Kindern, weil ich gedacht habe, dass Zweijährige nicht so ein Vokabular haben.«

»Ihr Vater Wyatt ist ein Genie. Ein echtes Genie. Und Pepper ebenso. Ich weiß auch nicht viel über Kinder, aber ich glaube, dass diese Mädchen ihre Intelligenz ihren Eltern zu verdanken haben.«

Geistesabwesend fing er wieder an, die Innenseite ihres Handgelenks zu streicheln.

»Hast du denn auch selber Kinder?«

»Ich bin nicht verheiratet. Noch nicht.«

»Möchtest du Kinder?«, fragte sie spontan, während sie versuchte, genug Kraft aufzubringen, um ihre Hände wegzuziehen. Doch das hier war vielleicht ihre einzige Gelegenheit. Der einzige Moment, in dem ihr Traum wahr wurde. Und sie mit diesem Mann zusammen war. Denn das wünschte sie sich, obwohl sie klug genug war zu begreifen, dass es eben nur ein Traum war. Für sie gab es keine Zukunft. Sie hatte nicht so viel Glück wie Pepper und Cayenne.

Sie hatte Pepper gesehen. Sie war umwerfend. Eine echte Schönheit. Und auch Cayenne war wunderschön. Bellisia konnte gut verstehen, warum Wyatt und Trap sich in diese Frauen verliebt hatten. Die meisten Männer aus dem Team waren abkommandiert worden, deshalb hatte sie nicht viel Zeit gehabt, sie zu beobachten, aber die, die zurückgeblieben waren, bewachten die Frauen wie Schätze, behandelten sie aber dennoch wie Gleichberechtigte. Manchmal sah es sogar so aus, als hätten Nonny und Pepper überhaupt das Sagen.

Auch sie wünschte sich, gleichberechtigt und frei zu leben. Und sie wünschte sich diesen Mann. Manchmal sang er den drei kleinen Mädchen sogar vor. Natürlich nur, wenn niemand in der Nähe war, aber immerhin so häufig, dass sie ihn vor dem Schlafengehen heimlich darum baten. Anscheinend liebten sie seine Geschichten und seine Lieder. Es war herzzerreißend, einen so großen, ruppigen, gefährlichen Mann so nett mit Kindern umgehen zu sehen. Es berührte sie jedes Mal.

Aber er sang nicht nur wunderschön, auch seine Sprechstimme war hinreißend. Sie hatte zwar einen leicht rauen Anklang, aber ansonsten war sie perfekt. Sie hätte ihm ewig zuhören können und hatte sich allen Ernstes schon öfter vorgestellt, wie er ihr vorsang. Wenn sie im Bett lagen. Sie hatte Mühe, nicht rot zu werden, aber sie schaffte es.

»Ich denke, eines Tages werde ich deine Nonny kennenlernen«, sagte sie. »Wenn ich Glück habe, bietet sie mir an, mir das Kochen beizubringen. Dann kann ich das von meiner Liste streichen.«

»Welcher Liste?«, fragte Ezekiel.

Sie hätte nicht davon sprechen sollen, aber sie war froh, dass er sie nicht misstrauisch ansah, deshalb weihte sie ihn ein. »Ich habe eine Liste von den Dingen gemacht, die ich gern lernen würde.«

»Weil du bald stirbst?«

Bellisia zuckte zusammen, denn die Wahrscheinlichkeit war tatsächlich sehr hoch. Bestimmt hatte Whitney schon jemanden auf sie angesetzt. Dass sie ihm entkommen war, hatte ihn sicher geärgert, doch dass sie die gewünschten Informationen nicht geliefert hatte, dürfte ihn zur Weißglut gebracht haben. Seiner Meinung nach hatte sie nicht das Recht wegzulaufen, nur weil er sie mit seinem Virus fast umgebracht hätte. Oder weil er sie fast ihr ganzes Leben lang gefangen gehalten hatte. Der Gedanke wäre ihm völlig absurd erschienen. Schließlich war sie eine Waise gewesen. Niemand hatte sie haben wollen. Und so würde es immer sein. Das war ihr von Kindheit an eingebläut worden und sie glaubte es. Sie war einfach … anders. Unwiderruflich. Dafür hatte Whitney gesorgt.

Bellisia senkte den Kopf, zog ihre Hände unter Ezekiels hervor und erhob sich. »Besser ich gehe wieder an die Arbeit. Danke, dass ich bei dir sitzen durfte.«

»Ich möchte dich wiedersehen.«

Ihr Herz verkrampfte sich. Erstaunt sah sie ihn an und konnte den Blick nicht mehr von seinen seltsamen bernsteinfarbenen Augen losreißen. Im Moment wirkten sie beinahe golden, so als würden sie hell aufleuchten, wenn die Sonne sie im richtigen Winkel träfe. Schnell fuhr Bellisia mit der Zunge über ihre trocken gewordenen Lippen und setzte sich wieder.

»Ich bin eigentlich lieber allein«, antwortete sie ausweichend. Sie musste nachdenken. Sie wollte doch bei ihm sein und ihn näher kennenlernen. Gab es einen besseren Weg? Aber war das nicht sehr gefährlich für sie beide? Sie musste erst abwägen, wie die Chancen standen, dass sie beide das überlebten.

»Ich auch.«

»Ich hätte im Grunde nichts dagegen, aber … ich verabrede mich nie. Ich weiß gar nicht, wie das geht.«

Wieder dieses halbe Lächeln, bei dem ihr so heiß wurde, dass sie innerlich zu zerfließen schien. Außerdem begannen in ihrem Bauch unzählige Schmetterlinge zu flattern, und es kam ihr so vor, als könnte sie zwischen den Beinen ihren Herzschlag spüren.

»Dann verabreden wir uns eben nicht«, sagte Ezekiel. »Wir setzen uns einfach zusammen und unterhalten uns. Das dürfte keinem von uns beiden zu sehr schwerfallen.«

Wieder legte er eine Hand auf ihre und streichelte sie. Er hatte große Hände und sein Daumen schien auf ihrem empfindlichen Handgelenk sehr viel Platz einzunehmen. Dabei hatte sie bis zu diesem Augenblick nicht einmal gewusst, dass es empfindlich *war*. Doch jedes zärtliche Hin und Her ging ihr so durch und durch, dass sie vor Verlangen kaum noch Luft bekam.

»Bellisia.«

Dieser leise, sanfte Tonfall sorgte jedes Mal dafür, dass ihr Schoß sich sehnsüchtig zusammenzog. Sie schwebte in großer Gefahr. Niemand hatte jemals solche Gefühle in ihr geweckt. Sie hatte sich bis über beide Ohren verliebt. Weil sie ihn die ganze Zeit beobachtet hatte, mit Nonny und den Drillingen. Und seinen Brüdern.

Auch die Art, wie er sich bewegte, gefiel ihr sehr. Für einen so kräftigen Mann war er erstaunlich leichtfüßig, und trotz seiner Muskelpakete sehr schnell und leise. Und er hatte Mut, denn er war ohne zu zögern in den Sumpf gegangen, als kenne er sich darin aus. In manchen Nächten hatte sie gesehen, wie er mit einem Gewehr in der Hand mit einem Satz aufs Dach sprang, um die, die er seine Familie nannte, zu beschützen. Er hatte so viel

Kraft, dass ihm das leichtfiel, während sie so etwas nie geschafft hätte, doch dafür konnte sie gut klettern.

»In den nächsten Tagen habe ich zu viel Arbeit, aber gib mir deine Nummer. Dann rufe ich dich an, wenn ich mich freimachen kann.«

»Ich habe kein Telefon.«

Ezekiels Augen wurden so dunkel wie antikes Gold, aber diesmal nicht vor Misstrauen, sondern vor Sorge. Echter Sorge.

Diesen Blick wollte sie sich einprägen. Niemand hatte sie jemals so angeschaut. »Aber du kannst mich während der Arbeit erreichen.« Sie konnte nicht glauben, dass sie so etwas Verrücktes tat, aber sie schrieb die Nummer des kleinen Restaurants auf und reichte sie ihm. Ehe sie es sich wieder anders überlegen konnte, entzog sie ihm schnell ihre Hände und stand auf. »Dein Gumbo ist kalt. Ich bringe dir einen neuen.«

»Schon in Ordnung. Ich muss noch Nonnys Gewürze holen, ehe der Laden zumacht.« Er warf ein paar Geldscheine auf den Tisch und hob grüßend die Hand.

Völlig fasziniert von seinem geschmeidigen Gang sah Bellisia ihm nach. Wie schön die Muskeln unter dem engen T-Shirt sich bewegten. Wie gut die Jeans seinen Po betonte. Und wie stark er wirkte. Mehrere Frauen wandten den Kopf, um ihm ebenfalls nachzuschauen, und in Bellisia stieg ein Gefühl auf, wie sie es noch nie gehabt hatte. Eifersucht. Reine Eifersucht. Sie wollte nicht, dass er sich nach diesen Frauen umschaute – und er tat es nicht. Ihr war klar, dass er die Reaktion dieser Frauen bemerkt hatte, denn nichts entging seiner Aufmerksamkeit, aber er schaute sie nicht an. Jedenfalls nicht so, wie er sie angeschaut hatte. Das wollte sie sich merken und nie mehr vergessen.

4

»GENTLEMEN, ICH MÖCHTE unsere indonesischen Kollegen von der Kopaska-Gruppe 5 hier bei uns im Marine-Trainingszentrum des John Stennis Space Centers im Staate Mississippi herzlich willkommen heißen«, sagte Stabsbootsmann Ben Wallace. »Sie sind die Elite ihrer Marine. Wir werden sie bei einer Rettungsaktion unterstützen.«

Das Stennis Raumfahrtzentrum war mit fast sechshundert Quadratkilometern das zweitgrößte der Vereinigten Staaten. Der überwiegende Teil dieser Fläche war unbewohnt, nur ein halber Quadratkilometer wurde ständig von Menschen zur Arbeit genutzt. So war das Areal zu einem Schutzgebiet für Schwarzbären, Rotwild, Schwarzwild, Weißkopfseeadler und viele andere Tiere geworden.

Stennis hatte eine eigene Postleitzahl, und 5400 Menschen arbeiteten dort. Alle zwei Wochen gab es einen Bauernmarkt, dazu eine Bank, ein Postamt, einen Friseur, einen Coffeeshop, eine Kinderbetreuung, eine Autowerkstatt, ein eigenes Einkaufszentrum und eine eigene Sicherheitsabteilung.

Außerdem befand sich dort auch die Basis der SWCC – der Special Warfare Combat Craft, einer Einheit, die auf den Einsatz von Kampfbooten spezialisiert war. Schon allein deshalb liebte Ezekiel Stennis. Man konnte sich darauf verlassen, dass diese Spezialeinheit einen sicher nach Hause bringen würde, falls es irgendwo Ärger gab. Er kannte jeden einzelnen Mann in der Truppe beim Namen und bewunderte sie alle.

Auch das Nasciats-Programm, bei dem Soldaten aus anderen Ländern geschult wurden, war gut. Die Baracken für die, die dabei mitmachten, standen direkt neben denen der ausländischen Teams, doch glücklicherweise – oder unglücklicherweise – galten für Ezekiel als Schattengänger nicht die gleichen Regeln wie für die anderen. Er durfte abends nach Hause gehen. Schließlich musste er Kinder und Frauen beschützen. Kinder und Frauen, die zudem Geheimwaffen waren und immer noch Teil eines militärischen Programms.

Nicht einmal tagsüber hatte er dafür genug Leute. Da die meisten aus seinem Team im Einsatz waren, waren nur noch vier Schattengänger übrig, und die brauchte er nun, um das Sechs-Mann-Team zu trainieren, das sich mit dem zwölfköpfigen Team der SEALs aus den Vereinigten Staaten zusammentun würde. Solange die Männer weg waren, war Cayenne für die Sicherheit zu Hause verantwortlich. Ezekiel hatte versucht, mindestens einen Mann bei ihr zu lassen, der ihr helfen konnte, doch weil er nun von der Theorie zur Praxis übergehen musste, konnte er das nicht mehr.

Ezekiel nickte den sechs indonesischen Soldaten, den zwölf amerikanischen Kampfschwimmern und Draden, Gino und Mordichai zu, die ihn bei diesem Einsatz begleiten würden.

»Vor fünf Wochen ist eine Gruppe, zu der verschiedene Mitarbeiter der Vereinten Nation gehörten, innerhalb der indonesischen Grenzen von einer radikalislamischen Terrorzelle beschossen worden. Während des Gefechts wurden drei Personen verschleppt – zwei Indonesier und ein Amerikaner. Wir sind hier zusammengekommen, um für einen Einsatz zu trainieren, bei dem diese Männer gerettet werden sollen«, fuhr Stabsbootsmann Wallace fort.

»Das berühmte Spezialbootteam 22 der Navy wird uns dabei helfen. Es gehört mit den vier Männern aus dem nicht weniger berühmten Rettungsspringerteam, die hier sind, um das Training zu überwachen, zu denen, die nach Indonesien geschickt werden. Wir wissen, dass zwei Gefangene in schlechter Verfassung sind, deshalb brauchen wir diese Einheit bei dem Einsatz. Captain Ezekiel Fortunes ist Arzt und wird das Training leiten.« Wallace deutete auf Ezekiel, der noch einmal nickte. Dann trat Wallace beiseite, um ihm Platz zu machen.

»Guten Morgen«, begrüßte Ezekiel die Männer. »Zu meinem Rettungsteam gehören Lieutenant Draden Freeman, Master Sergeant Gino Mazza und Master Sergeant Mordichai Fortunes. Sie werden mir bei Ihrem Training helfen. Seien Sie darauf gefasst, dass wir Sie an Ihre Grenzen treiben werden, um den Erfolg der Mission zu gewährleisten. Wir sind zu dem Schluss gekommen, dass wir vor Ort nicht mehr als drei Minuten Zeit haben.«

Während er weiterredete, beobachtete er die indonesischen Soldaten. Was sie vorhatten, war extrem gefährlich. Er wollte sichergehen, ob er sich darauf verlassen konnte, dass sie ihnen den Rücken freihielten. Er kannte ihren Ruf und wusste, dass sie gut waren, doch er kannte sie nicht *persönlich*, und er wollte bei diesem Einsatz niemanden verlieren.

»SBT-22 wird uns hin- und zurückbringen. Von der Anlegestelle sind es etwa siebzig Meter bis zu unserem Ziel.

Die Satellitenbilder haben gezeigt, dass die Gefangenen dort hingebracht worden sind. Soviel können wir sicher sagen.«

Auf die sechs indonesischen Soldaten konzentriert, von denen er nicht wusste, wie sie sich im Kampf verhielten, fuhr er fort. »Wir rechnen mit heftigem Widerstand. Das letzte Video, das die Terroristen geschickt haben, zeigt, dass die Geiseln gestern Abend noch am Leben waren, aber sie sollen in einer Woche hingerichtet werden. Zwei von ihnen sahen so schlecht aus, dass wir nicht sicher sind, ob sie noch lange durchhalten. Deshalb werden wir in vier Tagen nach Indonesien fliegen. Das heißt, wir haben nicht viel Zeit. Also kommen Sie bitte alle an den Tisch.«

Ezekiel arbeitete gern mit einem kleinen Schausandkasten. Er hatte eine maßstabgetreue Nachbildung des Zielobjekts angefertigt, die leicht zu verändern war, wenn sie in den nächsten Tagen neue Informationen erhielten. Er wartete, bis die Männer sich um den Tisch versammelt hatten und jeder gut sehen konnte.

»Dies ist ein verkleinertes Modell unseres Ziels, mit Häusern, Wachtürmen, Zäunen und so weiter. Das ist der Fluss Musi, über den wir kommen und wieder verschwinden werden. Unsere Basis ist hier, in Palembang, an der südlichsten Spitze der Insel. In der Stadt gibt es Docks, die wir benutzen können. Eine indonesische Marineeinheit bringt sie gerade in Schuss.«

Wieder fasste er die indonesischen Soldaten ins Auge. Vier von ihnen schienen sehr genau aufzupassen, doch zwei sahen sich vielsagend an und schauten sich dann im Raum um, als interessierte ihre Umgebung sie mehr als der Einsatz. Ezekiel fing Ginos Blick auf und deutete mit dem Kopf auf die beiden. Sofort drängte sein Freund sich alles andere als rücksichtsvoll zwischen sie.

»Neunzehn Kilometer weiter westlich liegt Sri Jaya, der Ort, an dem unsere Zielobjekte gefangen gehalten werden. Ein kleines Dorf mit größtenteils unschuldigen Menschen. Wir müssen ganz sicher sein, dass wir die Richtigen im Visier haben, ehe wir zuschlagen. Ich will *keine* Bilder von toten Frauen und Kindern auf CNN. Das kann ich gar nicht genug betonen. Aber jeder, der eine Waffe trägt, ist gefährlich und muss eliminiert werden.«

Er deutete auf die Tafel, die er aufgestellt hatte. »Der Plan zeigt euch, auf welchem Boot ihr mitfahrt. Ihr werdet jedes Mal genau die gleiche Position einnehmen. Das üben wir so lange, bis es euch in Fleisch und Blut übergegangen ist und ihr es ohne nachzudenken automatisch richtig macht.«

Die beiden Soldaten, die ihm am meisten Sorgen bereiteten, schienen sich gefangen zu haben und aufmerksam zuzuhören. Erleichtert atmete Ezekiel durch. Die Indonesier standen in dem Ruf, extrem gut ausgebildet zu sein. Das Training, das absolviert werden musste, um in ihre Eliteeinheiten aufgenommen zu werden, galt als eines der schwierigsten auf der Welt.

»Jeder muss wissen, was die Männer neben ihm zu tun haben, damit er ihre Aufgaben übernehmen kann, falls sie kampfunfähig werden.« Ezekiel wartete, bis alle ihn ansahen. »Gentlemen, wir werden keinen Mann zurücklassen, auch keinen toten. Falls einer von uns ausfällt, bringen wir ihn nach Hause. *Jeder* kommt wieder nach Hause.«

Er spürte, wie sein Magen sich zusammenzog, als er zu den beiden Soldaten hinüberschaute, die vorhin nicht aufgepasst hatten. Anstatt zu nicken oder ein entschlossenes oder zumindest starres Gesicht zu machen, wechselten sie einen belustigten Blick.

»Findet ihr das etwa amüsant?«, blaffte Ezekiel. Politische Fragen, wie etwa warum er und nicht Stabsbootsmann Wallace die für den Einsatz ausgewählten Männer instruierte und trainierte, interessierten ihn nicht, doch er hatte großes Interesse daran, dass sie ihr Ziel erreichten und die Geiseln und seine Männer wieder nach Hause kamen – auch diese beiden Clowns.

Die anderen vier Indonesier versteiften sich und einer drehte sich um und sprach so schneidend mit ihnen, dass sie augenblicklich Haltung annahmen.

»Nein, Sir«, sagte dann derjenige, der als Amar Lesmana vorgestellt worden war.

»Gut.« Am liebsten hätte Ezekiel die beiden sofort aus dem Team entlassen. Er hatte ein ungutes Gefühl bei ihnen, denn er war daran gewöhnt, dass seinem Rang und seiner Erfahrung Respekt gezollt wurde. Niemand zweifelte an seiner Kompetenz. Die zwei sollten verdammt noch mal zuhören, wenn er sprach – schon allein weil er derjenige war, der den Plan ausgearbeitet hatte, der sie alle am Leben halten würde.

»Wenn wir von den Booten herunter sind, müssen wir schnell zum Ziel vordringen. Team Alpha ist ein vierköpfiges Rettungsteam – bestehend aus Mordichai, Draden, Gino und mir –, das sich ins Haus schleicht und unsere Leute rausholt. Der Rest von euch sichert uns ab. Ihr werdet in drei Sechs-Mann-Teams eingeteilt: Bravo, Charlie und Delta. Bravo bleibt hier.«

Er zeigte die Stelle auf dem Modell. »Es ist verantwortlich für den Hinterausgang und Leute, die womöglich versuchen zu fliehen, und schützt das Alpha-Team während der Geiselbefreiung. Charlie ist hier und sichert den Hauptzugang.«

Wieder zeigte er die Stelle am Modell. »Delta hält den Haupteingang für Team Alpha frei. Wenn wir die Zielpersonen erreicht haben, untersuchen wir sie schnell und bringen sie zum Boot. Sobald SBT-22 das Codewort ›Wolfsrudel‹ hört, spuckt es genügend Munition aus, um unseren Rückzug zu decken. Dann fahren wir schön gemütlich den Fluss hinunter zu unserem Stützpunkt, wo die Marines, die die Stellung gehalten haben, auf uns warten, um falls nötig weitere ärztliche Hilfe zu leisten.«

Er hoffte, dass er die Geiseln nicht auf dem Boot verarzten musste. Er hatte zwar schon mitten in einem Kugelhagel operiert, doch das wollte er nicht unbedingt noch einmal machen.

In den nächsten Stunden ging er den Ablauf immer wieder durch und drillte ihn den Männern so ein, dass jeder genau wusste, was er zu tun hatte, wo er wann sein musste und was die Aufgabe des Kameraden an seiner Seite war. Dann ließ er sie endlich gehen.

»Ihr habt zwanzig Minuten zum Essenfassen, dann fangen wir im Schneckentempo an.«

Ezekiel sah zu, wie die Männer nacheinander durch die Tür gingen, und rekapitulierte, was er gesagt hatte. Wie er den Männern Schritt für Schritt erklärt hatte, wie der Einsatz sich in einer perfekten Welt abspielen würde. Ohne Fehler und Unfälle. Oder Murphys Gesetz. Aber sie waren auch die Notfallpläne durchgegangen, falls etwas »schiefging« – wie eigentlich fast immer.

Nun waren sie bereit, mit dem Training anzufangen. Ezekiel seufzte. Zumindest *sollten* sie für den ersten Durchgang bereit sein. Er hatte die Männer nach Einzelheiten befragt, bis sie alles in- und auswendig kannten. Die Anzahl der Gebäude, den Abstand dazwischen und sogar die jeweilige Farbe. Sie wussten, wie lang jeder einzelne Teil der Operation dauern würde. Also was bereitete ihm Sorge? Warum hatte er ein so ungutes Gefühl?

Alle hatten verinnerlicht, wo ihr Platz war und welche Verantwortung sie trugen. Und das mussten sie auch, damit sie, wenn einer von ihnen ausfiel, sofort die Aufgaben ihres Nebenmanns übernehmen konnten. Besonders wichtig war das bei der Befehlskette, deshalb hatte er dafür gesorgt, dass sie allen klar war. Wenn der Einsatzleiter zu Boden ging, musste augenblicklich der Rangnächste an seine Stelle treten und immer so weiter. Das wussten die Männer. Nun wurde es Zeit, dass sie ihr Wissen in die Tat umsetzten.

Leise fluchend starrte Ezekiel aus dem Fenster, ging den ganzen Tag noch einmal durch und versuchte herauszufinden, was nicht stimmte. Denn so war es. Irgendetwas stimmte nicht.

Er war kein freundlicher Vorgesetzter. Er musste diese Männer nicht mögen und es kümmerte ihn einen feuchten Dreck, ob sie ihn mochten. Er war nicht da, um sich mit ihnen anzufreunden, sondern um sicherzustellen, dass sie alle lebend wieder nach Hause kamen. Vielleicht war das das Problem, denn die beiden unaufmerksamen indonesischen Soldaten waren ein Unsicherheitsfaktor. Normalerweise verspürte er eine gewisse Verbundenheit mit denen, die er für einen Einsatz trainierte. Schließlich kämpften sie auf der gleichen Seite und waren Kameraden. Sie hatten bestimmte Dinge gemeinsam. Wenn er wollte, konnte er zwei neue Männer anfordern, aber das würde zu politischen Verwicklungen führen, und die zwei Soldaten hatten schließlich wieder aufgepasst, nachdem der befehlshabende Offizier sie zusammengestaucht hatte.

»Was bedrückt dich, Zeke?«, fragte Gino, das Phantom. Wie immer, wenn er mal etwas sagte, sprach er sehr leise. Er war nach Ezekiel der beste Spurensucher im Team und ebenfalls ein Jäger mit einem außergewöhnlich guten Geruchssinn. Dazu kam, dass er sich auf fast jedem Gelände nahezu unsichtbar machen konnte. Er hatte eine kühle Art, fast schwarze Augen, schwarzes, wirres Haar, einen Dreitagebart, breite Schultern und kein Gramm Fett am Leib, und die meisten anderen Männer gingen ihm aus dem Weg.

Ezekiel schüttelte den Kopf. »Diese beiden Soldaten haben die falsche Einstellung, Gino. Ich traue ihnen einfach nicht. Dabei kann ich nicht einmal sagen warum. Ich habe keinen vernünftigen Grund. Ich habe inzwischen recht viele ausländische Soldaten auf einen Spezialeinsatz vorbereitet und sie immer irgendwie gemocht, aber diese beiden ...« Er brach ab, denn was sollte er sagen? Sie hatten aufmerksam zugehört und alles über die Mission gelernt. Sie waren ihm nur seltsam vorgekommen. So respektlos. Auch den anderen indonesischen Soldaten gegenüber. Er wollte nicht, dass seine Leute mit ihnen in den Kampf zogen.

»Immerhin scheinen sie Kampferfahrung zu haben«, gab Gino zu Bedenken. »Sie wissen, was sie tun. Und sie kennen sich mit Waffen aus.«

»Aber wenn ich ihnen einen Befehl gebe, reagieren sie nicht sofort. Sie lassen sich Zeit. Erst tauschen sie Blicke, als wären sie genervt oder amüsiert über das, was ich sage.« Er seufzte schwer. »Tja, es ist nur ein Bauchgefühl. Auch wenn das, was mein Bauch sagt, mir nicht gefällt.«

Gino nickte. Anscheinend war ihm auch nicht ganz wohl dabei, mit den beiden in den Kampf zu ziehen. »Ich lasse sie von Flame überprüfen. Mal sehen, ob sie irgendetwas Ungewöhnliches herausfindet.«

»Wenn die beiden nicht schon gut überprüft worden wären, wären sie nicht hier, trotzdem wäre ich dir dankbar. Aber ganz egal, ob Flame etwas herausfindet oder nicht, wenn die beiden sich im Feld nicht besser verhalten, werde ich eine harte Entscheidung fällen müssen, die vielleicht politische Auswirkungen hat. Gott sei Dank interessiert mich Politik nicht, und ich will verdammt sein, einen Kameraden mit einem von diesen Witzbolden in den Kampf zu schicken, wenn ich daran zweifle, ob sie ihm den Rücken freihalten.«

Er räusperte sich und starrte weiter aus dem Fenster. »Ich habe gestern jemanden kennengelernt. Eine Frau. Eine Kellnerin aus einem Restaurant im Quarter. Sie heißt Bellisia Adams. Zumindest hat sie sich so vorgestellt. Das Restaurant heißt *Nourriture Joyeuse.* Ich weiß, dass das nicht viele Informationen sind, aber frag Flame, ob sie irgendwas über die Frau in Erfahrung bringen kann.«

»Sollten wir uns Sorgen machen?«

Ezekiel schüttelte den Kopf. »Nein, das ist etwas Persönliches. Sie hat mir gefallen, aber ich habe hier zu tun. Ich kann ja wohl schlecht ausgerechnet jetzt eine Beziehung anfangen, jetzt, wo wir hier mittendrin stecken. Mir geht es nur darum, dass ich sie wiederfinden kann, falls sie inzwischen abhaut. Es hat sich nicht so angehört, als gäbe es etwas, was sie hier hält.«

Gino nickte. »Verstanden. Was kommt als Nächstes?«

»Der langsame Durchgang.«

Gino hob eine Hand. »Den brauche ich nicht. Ich kümmere mich lieber um diese Sachen und sehe mal bei Cayenne nach, ob alles in Ordnung ist. Bald kommt das andere Team, das die Familie beschützen wird.«

Ezekiel nickte und wandte sich ab, doch dann drehte er sich plötzlich wieder um, denn er hatte Ginos lässiges Desinteresse als das erkannt, was es war – ein Ablenkungsmanöver. »Du brauchst sie nicht zu beschatten, Gino. Sie stellt keinerlei Bedrohung für uns dar.« Doch noch während er das sagte, beschlichen ihn Zweifel. In letzter Zeit schien ihm alles und jeder verdächtig. Selbst eine hübsche Kellnerin, die er zufällig kennengelernt hatte – und die er mochte.

Als Gino ihn nur stumm ansah, begann Ezekiel wieder leise zu fluchen. »Manchmal ist das Leben, das wir führen, einfach schrecklich.«

»Ja, das stimmt.«

»Der Gumbo dort ist nicht halb so gut wie Nonnys.«

»Das wundert mich nicht«, erwiderte Gino und hob eine Hand, ehe er durch die Tür ging.

Was ihre körperlichen Weiterentwicklungen betraf, so hatten sie Ezekiel im Gegensatz zu einigen anderen Schattengängern nie besonders gestört. Keiner von ihnen hatte sich damit einverstanden erklärt, aber als sie aus der Narkose erwacht waren, war ihr Genom verändert gewesen. Für immer. Das war nicht mehr rückgängig zu machen. Er konnte besser sehen und riechen als andere, schneller laufen und sich sogar unsichtbar machen, um besser an den Feind heranzukommen. Deshalb war er unschätzbar wertvoll für sein Land. Auch ohne übersinnliche Kräfte. Er war ein wandelndes militärisches Geheimnis, und wenn er eine Frau getroffen hatte, selbst wenn es rein zufällig geschehen war, sollte sie überprüft werden. Das brauchte ihm nicht zu gefallen, musste aber sein.

Die nächste Phase des Trainings – der langsame Durchgang – bestand wortwörtlich darin, dass man jeden Teil des Einsatzes nachspielte. Sie simulierten die Bootsfahrt und das Anlanden und stellten sich im Boot genauso auf, wie sie es später tun würden. Dann glitten sie in der vorgegebenen Reihenfolge ins Wasser, schwammen an Land und marschierten zum Ziel.

Nachdem sie das immer wieder geübt hatten, gingen sie Schritt für Schritt durch, wo sie am Zielort Position beziehen würden und was sie dort tun sollten. Jeder einzelne Soldat spielte seine Rolle beim Angriff durch. »Bäng-bäng, getroffen«, riefen sie, wenn sie so taten, als würden sie schießen oder eine Handgranate werfen, doch in dem Fall gaben sie auch den Typ der Waffe an. Immer wieder ließ Ezekiel sie das wiederholen und auf Pappkameraden zielen.

Dabei achtete er besonders auf die indonesischen Soldaten, die sich alle sofort richtig aufstellten und richtig agierten. Er hatte nur vier Tage, um seine Leute so zu drillen, dass sie am Leben blieben und auch die Geiseln heil zurückbrachten, also konnten sie sich nicht lange ausruhen. Er läutete die nächste Runde ein – bei der jeder Handgriff sitzen musste.

In diesem Durchgang ging alles ein wenig schneller und sie benutzten Platzpatronen und Übungshandgranaten. Außerdem wurden Puppen eingesetzt, die genauso groß und schwer waren wie die zu rettenden Geiseln. Auch die Pappkameraden wurden durch Puppen ersetzt.

Ezekiel ließ sogar die Bootsfahrt und das an Land Schwimmen üben und hielt alle auf Trab, bis die Sonne über dem Wasserkanal im Sumpf lange untergegangen war. Erst als alle völlig erschöpft waren, ließ er die Männer zum Essen und Schlafen in die Baracken gehen.

Sie hatten keine Zeit zu verlieren. Noch ehe es Tag wurde, ging es weiter, wieder zuerst mit der Theorie, dann mit der Praxis. Die Indonesier zeigten, warum sie als Elite galten, selbst die beiden Soldaten, die Ezekiel Sorgen gemacht hatten. Er war ziemlich sicher, dass die Kollegen aus ihrer Einheit sie zurechtgestutzt hatten.

Er begann mit dem nächsten Durchgang, in dem alles in Echtzeit geschehen sollte und richtige Patronen und Granaten zum Einsatz kamen. Außerdem mussten neben Pappkameraden auch lebendige »Feinde« ausgeschaltet werden, um an die Geiseln heranzukommen. Sie spielten die gesamte Rettungsaktion immer wieder durch, vom Anbordgehen über die Befreiung der Gefangenen bis hin zum schnellen Rückzug.

Als er hundertprozentig sicher war, dass jeder genau wusste, was von ihm erwartet wurde, ließ er einige Männer »verwundet ausscheiden« oder »sterben«, um zu sehen, wie die anderen mit der Situation umgingen. Vor jedem neuen Durchgang bekamen zufällig ausgewählte Teammitglieder einen Zettel, auf dem stand, welche Verletzung sie haben würden. Keiner wusste, wem was passieren würde und wann. Sie konnten jederzeit verwundet werden, vom ersten Einsteigen ins Boot bis zur Rückkehr ins »sichere« Gebiet.

Ezekiel ließ das Szenario im Laufe des Tages so oft wie möglich wiederholen. Sie hatten nur noch ein paar Tage, um als Team zusammenzuwachsen, und er wollte möglichst viele unerwartete Situationen durchspielen, damit seine Leute improvisieren lernten und jedes Hindernis überwanden.

Es war höllisch heiß und die Luftfeuchtigkeit machte die ewigen Wiederholungen in voller Montur noch anstrengender. Gut so, sagte Ezekiel sich. Gut, dass seine Männer in einer Umgebung trainierten, in der genau das gleiche Klima herrschte wie am Einsatzort. Auch in Indonesien war die Luftfeuchtigkeit hoch. Er erinnerte seine Leute immer wieder daran, viel zu trinken, und sich nicht um die Insekten zu scheren, die sich auf jedes Stück bloße Haut stürzten und ein Festmahl feierten.

Er ließ die Männer bis tief in die Nacht weitermachen, und das bedeutete, dass mehrmals neues Wasser herangeschafft werden musste, aber auch, dass sie sich langsam wie eine Einheit fühlten. Alle bewegten sich flüssig und effektiv und achteten aufeinander. Doch plötzlich, mitten in einem Schnelldurchgang, spürte Ezekiel, wie sich sein Magen in Krämpfen wand und sein Blick trübte sich. Er zwinkerte mehrmals und stellte erstaunt fest, dass er taumelte.

Langsam schaute er sich um. Rundherum hatten die Männer ihre Position verlassen und stolperten würgend herum, hielten sich an Bäumen fest oder krümmten sich mit schmerzverzerrtem Gesicht. Der Wind hatte aufgefrischt und Nebel zog heran. Wieder zwinkerte Ezekiel, um besser sehen zu können, doch das machte es nicht besser, sondern schlechter. In seinem Kopf schrillten Alarmglocken, aber er war desorientiert.

»Alles in Ordnung, Captain Fortunes?« Besorgt beugte Amar Lesmana sich über ihn. »Kommen Sie, ich helfe Ihnen.« Er nahm Ezekiel beim Arm.

Dann spürte Ezekiel ein Brennen im Nacken. Es fühlte sich an wie ein Stich. Doch als er nach dem Insekt schlug, traf er stattdessen einen Handrücken. »Was zum Teufel?« Er drehte sich zur Seite und boxte dem indonesischen Soldaten so fest in den Magen, dass er zusammenklappte. Ezekiel hatte sofort begriffen, dass er in Gefahr war, doch was immer dieser Kerl ihm auch injiziert hatte, es wirkte rasend schnell. Er war bereits dabei, sein Denkvermögen und seine Kraft zu verlieren. Dann gaben seine Beine nach, und er ging in die Knie.

Mordichai. Das war alles, was er noch herausbrachte, ehe jemand ihm fest auf den Kopf schlug und ihm schwarz vor Augen wurde.

Was war denn da los? Das sollte doch ein grandioses Team aus physisch und psychisch überlegenen Männern sein. Zugegeben, was das Körperliche anging, mochte das ja stimmen, aber die geistigen Kräfte ließen doch deutlich zu wünschen übrig. Bellisia blieb im Wasser, wo niemand sie entdecken konnte, und sah zu, wie die Männer beim Training einer nach dem anderen umfielen.

Sie hatte doch unter der Pflanze in der Kiste, die sie vor Grace Fontenots Tür gestellt hatte, eine Warnung hinterlassen. Ezekiel hätte sich nicht mit so hinterhältigen Verrätern abgeben sollen. Offenbar arbeiteten zwei von den indonesischen Soldaten für Cheng. Dieser Typ machte ständig Geschäfte mit Terroristen in Indonesien. Alle wussten das. Nur die Schattengänger nicht? Für Whitney und Violet wäre es jedenfalls nichts Neues gewesen.

Schon wenn sie an diese Frau dachte, wurde Bellisia wütend auf sich selbst, weil sie sie nicht umgebracht hatte, als sie die Gelegenheit dazu gehabt hatte. Nun luden die beiden Verräter Ezekiel in ein Boot. Sie konnte nicht sagen, ob er tot oder lebendig war, aber sie ging davon aus, dass man ihn lebend haben wollte. Das war Cheng sicher lieber.

Geräuschlos tauchte sie wieder unter und sandte Schwingungen aus, die verhindern sollten, dass die Alligatoren sie für einen leckeren Snack hielten. Das Boot fuhr weg von Stennis. An einer Biegung hockte ein Mann im dichten Gebüsch am Ufer, direkt unter dem Warnschild, das die Benutzung des Kanals untersagte, weil dort mit Laserwaffen trainiert werde. Die beiden Soldaten hielten das Boot an und übergaben ihm das Ruder.

»Habt ihr mein Geld?«, fragte er in breitem Cajun-Akzent.

»Es ist schon auf deinem Konto. Bring uns hier raus.«

Sie hätte dem Fischer sagen können, dass er besser vorher sein Konto hätte überprüfen sollen, denn er würde wahrscheinlich nicht mehr lange leben. Sobald er die Soldaten dahin gebracht hatte, wo sie hinwollten, war er ein toter Mann. Doch es war schwer, dem Mann Vorwürfe zu machen. Cheng hatte ihm wahrscheinlich mehr Geld geboten, als er je im Leben gesehen hatte. Dieser Verbrecher wusste um die Schwächen anderer Menschen.

Mit dem einheimischen Fischer, der die Gegend wie seine Westentasche kannte, nahm das Boot Fahrt auf und rauschte von der Sperrzone weg auf den Fluss zu. Bellisia war schnell, fast so schnell wie das Boot, und kam in den flachen Gewässern besser voran.

Die Männer fuhren ohne Licht, denn dem Fischer genügte das der Sterne, und sie versuchte sich nicht abhängen zu lassen. Das Wasser war so dunkel, dass sie sich nach den Motorengeräuschen richten musste, und manchmal so flach, dass sie beinah die Kiesel und Sedimente am

Grund berührte und scharfe Zweige ihr Arme und Beine zerkratzten. Irgendwann wurde sie müde und fiel ein wenig zurück, doch nicht so weit, dass die Männer ihr ganz entkommen konnten.

Als sie bemerkte, dass der Motor abgestellt worden war und das Boot nur mithilfe langer Stangen einen Bayou hinaufgeschoben wurde, blieb ihr fast das Herz stehen. Sie brachten Ezekiel zu irgendeinem Ort im Sumpf. Sie war sicher gewesen, dass er auf ein Schiff verfrachtet werden würde, das im Golf von Mexiko auf ihn wartete. Was hatte das zu bedeuten? Warum sollte er im Sumpfgebiet bleiben?

Sie bekam Angst und fühlte sich schuldig. Sie hatte zu lange gebraucht, um sich eine Meinung über die Schattengänger zu bilden. Sie hatte sich zu viel Zeit gelassen und sie wusste auch warum. Sie war nur hinter Ezekiel her gewesen, sie war so besessen von ihm, dass sie ihn verfolgt hatte wie eine Irre. Sie hatte seine Geschichten ebenso gern gehört wie die Drillinge und voller Begeisterung jedem Wort gelauscht, während seine sonore Stimme die Sehnsucht nach einem Leben geweckt hatte, das sie nie haben würde.

Sie hätte besser die anderen beobachten sollen, um herauszufinden, ob sie ebenso loyal waren wie er, doch sie hatte sich immer wieder dabei ertappt, wie sie ihn bevorzugt beobachtete – und manchmal auch Nonny.

Auf ihrem Zettel mit der Warnung hätte sie wohl stärker betonen müssen, dass jemand es auf die Schattengänger abgesehen hatte und dass sie sehr viel wachsamer sein mussten.

Inzwischen war der Bayou so schmal geworden, dass die Zweige, die ins Wasser hingen, und das dichte Gebüsch zu beiden Seiten ihn fast vollständig verbargen. Er gehörte zu den kleinen Flussarmen, die durch die ständig wechselnden Wasserverhältnisse geschaffen wurden und war extrem flach. Felsen und Geröll bildeten das Bett, durch das kaum mehr als eine Handbreit Wasser lief, sodass es fast unmöglich erschien voranzukommen.

Schließlich gelangte sie an eine Stelle, wo Schleifspuren im Schlamm zu sehen waren. Offenbar war das Boot ins Gebüsch gezogen worden. Binsenschneiden schützten den Uferrand. Bellisia hasste diese Schneiden. Sie zerschnitten einem gnadenlos die Haut, doch irgendwo musste es eine Lücke geben, sonst wären die Männer nicht an Land gekommen.

Vorsichtig stieg Bellisia aus dem Wasser. In der kalten Nachtluft zitterte sie ein wenig. Es war eine klare Nacht, Millionen Sterne funkelten am Himmel, aber es war auch windig. Irgendwo in der Ferne bellte ein Alligator. Der Sumpf war zu jeder Zeit vom Summen der Insekten erfüllt, doch nachts waren sie besonders laut. Dazu kamen die vielen verschiedenen Froscharten, die versuchten, einander zu übertrumpfen, und auch das Platschen der Fische, die aus dem Wasser sprangen, um die Insekten zu jagen, klang lauter und war nachts weithin zu hören.

Bellisia nahm sich die Zeit, das im Gebüsch versteckte Boot wieder ans Ufer zu ziehen. Ezekiel sah nicht besonders gut aus. Sie musste ihn aus dem Sumpf herausholen. Und dazu brauchte sie das Boot. Gleich rechts neben der Stelle, an der es gelegen hatte, war ausgehend von einer kleinen Öffnung ein Trampelpfad freigeschnitten worden. Sie roch Blut und im Licht der Sterne sah sie dunkle Flecken an den grünen Halmen, als sie dem Pfad landeinwärts folgte.

Sie war leicht, doch der schwammige Morast unter ihren Füßen fühlte sich dennoch unsicher an. Die sehr viel tieferen Schuhabdrücke der Männer waren bereits mit Wasser vollgelaufen. Das war nicht gut. Sicher hatten die Entführer den Fischer auch deshalb gebraucht, weil dieser Weg gefährlich war und man irgendwann einfach einsinken und verschwinden konnte.

Leise fluchend, weil ihre Arme und Beine von diesen entsetzlichen Binsenschneiden zerschnitten wurden, ging Bellisia weiter. Sie mochte sich gar nicht vorstellen, wie es den viel kräftigeren Männern auf diesem Weg ergangen war, besonders Ezekiel. Der Pfad führte um ein paar Bäume herum, doch da das Flusswasser mit Salzwasser vermischt war, gab es davon nur wenige. Trotzdem verbreiteten sie mit ihren nackten, dunklen Ästen, die wie Fingerknochen gen Himmel ragten, eine gespenstische Endzeitstimmung.

Der Weg führte zu einer kleinen, roh zusammengezimmerten Hütte, die wie fast alle Gebäude im Sumpf zum Schutz vor Hochwasser auf Stelzen gebaut war. Sicher gehörte sie dem Fischer, der den Männern geholfen hatte. Die Hütte war alt und trotz ihrer Dürftigkeit offenbar oft benutzt worden. Durch die offene Tür, die nur noch an einer Angel hing, konnte Bellisia sehen, dass sie nur aus einem einzigen Raum mit einer Veranda bestand.

Plötzlich wäre sie fast über die Leiche des Fischers gestolpert. Irgendjemand hatte ihn in den Hinterkopf geschossen und einfach liegen gelassen. Vor Angst um Ezekiel begann ihr Herz schneller zu schlagen. Warum hatten sie ihn nicht auf den Golf hinausgebracht? Auf irgendein Schiff oder einen Frachter? Warum gingen sie das Risiko ein, ihn im Sumpf zu lassen?

Alle würden schon nach ihm suchen. Sicher hatte Stennis bereits dicht gemacht und Hubschrauber losgeschickt. Der Captain einer Spezialeinheit verschwand nicht so einfach, ohne dass es eine groß angelegte Suche gab. Aber was bedeutete das für Ezekiel?

Als sie Stimmen hörte, warf sie sich lang hin, damit ihr Gewicht auf dem schwammigen Grund besser verteilt war. Es blieb ihr nichts anderes übrig, als über den toten Fischer hinweg zur Hütte zu kriechen, wo gerade Scheinwerfer aufgestellt und auf Ezekiel gerichtet wurden. Er war mit weit ausgestreckten Armen an eine Art Kreuz gefesselt und er war bei Bewusstsein, ließ aber den Kopf hängen. Blut lief ihm über Arme und Beine. Wahrscheinlich hatte das Schilf die zahlreichen Schnittwunden verursacht. Das dachte sie zumindest auf den ersten Blick.

Die Scheinwerfer und die Kamera, die nun aufgebaut wurde, mussten per Boot gebracht und durch den Sumpf transportiert worden sein. Das Gewicht dieser Ausrüstung zusammen mit dem der Männer hatte mehrere tiefe, wassergefüllte Spurrillen hinterlassen, die schnurgerade zur Treppe der Hütte führten. Zwei davon waren besonders tief, und das Wasser darin sah eklig aus.

»Ich will ihn stückweise. Und vergesst den Kopf nicht. Fangt ganz klein an und dann könnt ihr langsam größere Stückchen rausschneiden. Er soll nicht zu schnell sterben.«

In Bellisia wurde es ganz still. Das war Chengs Stimme. Sie hätte sie überall wiedererkannt. Er sprach immer in einem sehr freundlichen Tonfall, obwohl er der unangenehmste Mensch war, den sie kannte – abgesehen von Peter Whitney natürlich.

»Habe ich Sie jemals enttäuscht?«, fragte eine ihr unbekannte Stimme.

Das hieß, bei Ezekiel waren nicht nur die beiden indonesischen Soldaten. Sie hatten sich mit jemand anders getroffen und eine Satellitenverbindung zu Cheng hergestellt, der ihnen sagte, was für widerliche Dinge sie tun sollten, während sie alles aufzeichneten.

»Wir haben nicht viel Zeit. Sie werden schon nach ihm suchen.« Der Fremde trat nach draußen. Er war groß und dünn und sah aus wie der leibhaftige Tod. Ob sie wohl alle drei Männer schnell genug töten konnte, um Ezekiel zu befreien? Und würde es ihr gelingen, ihn trotz der Binsenschneiden ins Boot zu schaffen? Da sie nicht wusste, wem sie trauen konnte, konnte sie ihn nicht nach Stennis zurückbringen. Vielleicht halfen noch andere Cheng bei dem Plan, die Geheimnisse der Schattengänger zu ergründen.

»Ich möchte, dass alles genau nach Plan durchgezogen wird.«

Sie wollten Ezekiel, während Cheng dabei zusah, in dieser Hütte bei lebendigem Leib zerschneiden und die Blut- und Gewebeproben und womöglich noch andere Körperteile an ein Labor schicken. Bellisia verstand immer noch nicht, warum Ezekiel nicht auf den Golf hinausgebracht worden war. Es musste doch dort ein Schiff warten, das diese Männer abholen sollte.

Langsam schob sie sich aus dem Gebüsch und verschmolz mit dem schwarzen Schlamm und Morast am Boden.

»Sind alle auf Position?«

»Natürlich. Sie werden die anderen erst entdecken, wenn es zu spät ist.«

Bellisia erstarrte. Die anderen? Gab es hier noch mehr von Chengs Schergen? Warum hatte sie nichts gerochen?

Dies war ein Hinterhalt. Cheng wusste, dass die anderen Schattengänger zur Hilfe kommen würden, wenn einer von ihnen in Gefahr war. Dieser Typ war unersättlich und sicher bereit, einen Schattengänger zu opfern, um andere anzulocken und auf diese Weise vielleicht noch mehr Studienmaterial zu bekommen.

Als Bellisia die Unterseite der Hütte musterte, fielen ihr ein paar kleine, ziegelförmige Pakete auf, die am Boden und unter den Treppenstufen klebten. Sprengstoff? Hatten diese Männer etwa vor, die Hütte in die Luft zu jagen, damit alle Beweise für ihre Schandtaten zerstört wurden?

Stumm, aber heftig in mehreren Sprachen fluchend glitt sie in eine wassergefüllte breite Rinne, die sie von der Hütte wegführen würde. Das Wasser kräuselte sich nicht einmal, doch die schlechte Nachricht war – es war nicht tief. Dennoch schaffte sie es darin unterzutauchen, obwohl es das faulste, salzigste, schrecklichste Brackwasser war, in dem sie je gewesen war. Schließlich war es der beste Weg, um schnell wegzukommen, ohne gesehen zu werden.

Ehe sie versuchte, Ezekiel zu retten, musste sie die anderen Männer finden und töten. Wenn noch mehr von Chengs Söldnern in der Nähe waren, gab es keine Möglichkeit zu entkommen. Vorsichtig hob sie den Kopf und studierte das Gelände. Wenn sie Schattengänger hereinlegen wollte, Elitesoldaten mit außergewöhnlichen Talenten, wo würde sie sich verstecken? In einem dichten Gebüsch. Einem sehr dichten Gebüsch. Chengs Söldner mussten sich weit aufgefächert haben, damit die Schattengänger zwischen die Fronten gerieten, wenn sie kamen, um Ezekiel – den Köder – zu holen.

Bellisia kroch aus der Rinne und schlich geduckt weiter, bis sie einige geknickte und leicht verbogene Halme an einem schmalen Wildwechsel sah. Hier gab es überall Hasen, Bisamratten und Nutrias. Sie wollte nicht unabsichtlich ein Tier erschrecken und den Männern, die den Schattengängern auflauerten, ihre Position verraten. Deshalb sandte sie beruhigende Schwingungen aus, die ihr Kommen ankündigten – und dass sie Feinde hatte.

Sie ortete verschiedene Säugetiere, aber keins in unmittelbarer Umgebung. Das verriet ihr, wo die Söldner steckten, denn die Tiere mieden sie automatisch. Die Falle sollte also ein gutes Stück von der Hütte entfernt zuschnappen.

Bellisia robbte über den schmalen Wildwechsel, auf dem die wesentlich größeren Männer irgendwo Spuren hinterlassen haben mussten, und folgte einigen verräterischen Halmen, bis sie »spürte«, dass jemand in der Nähe war.

5

DANN ROCH BELLISIA BLUT. Sie hörte nichts, doch der im Gebüsch versteckte Mann war von den Binsenschneiden offenbar genauso zerschunden worden wie sie. Sie schlängelte sich an ihn heran und versuchte in seinen Rücken zu gelangen. Es war nicht leicht voranzukommen, ohne irgendwelche Pflanzen in Bewegung zu versetzen, doch da ihr Körpergewicht gleichmäßig auf dem Boden verteilt war, sank sie immerhin nicht so tief ein, dass Brackwasser durch die löchrige Oberfläche dringen konnte.

Eben noch ganz allein im unaufhörlichen Summen der Insekten, stieß sie plötzlich fast gegen den Mann. Er lag bäuchlings auf dem Boden, die Stiefelspitzen in den Dreck gebohrt, und spähte mit seiner Nachtsichtbrille durchs Dickicht. Bellisia erstarrte, ließ langsam den Atem entweichen und versuchte ihren Herzschlag unter Kontrolle zu bekommen.

Sie war erschaffen worden, um zu töten, und es gab Zeiten, in denen es nötig war, auch wenn sie es nicht gern tat. Doch da dieser Mann darauf wartete, Ezekiels Freunde gefangen zu nehmen oder zu vernichten, während Ezekiel nur ein paar Meter weiter gefoltert wurde, blieb ihr nichts anderes übrig. Wenn sie nicht das tat, wozu sie gemacht war, ob es ihr gefiel oder nicht, würde sie sich ihr Leben lang für jeden Menschen, den dieser Mann noch verletzte oder umbrachte, verantwortlich fühlen.

Sobald ihre Entscheidung gefällt war, schloss sie die Augen und ließ das Gift einschießen. In den letzten Jahren gelang es ihr immer besser, es kontrolliert einzusetzen. Sie war immun dagegen, doch für alle anderen war es tödlich. Das Gift mischte sich mit ihrem Speichel, und sie brauchte nur eine kleine Hautwunde, um es ihrem Opfer zu verabreichen. Dann verbreitete es sich rasch im Blutkreislauf und blockierte die Nervenreize, bis der Körper völlig gelähmt war, selbst die Lungen. Es dauerte nicht lange, bis ein Mensch starb, wenn sein Hirn keinen Sauerstoff bekam.

Sie spuckte sich in die Hand und tauchte einen Finger in das Gift. Es durch einen Biss zu injizieren war sehr viel effektiver, doch vielleicht stieß der Mann dann einen Schrei aus, und sie konnte es nicht riskieren, dass die anderen gewarnt wurden. Außerdem hatte sie keine Zeit zu verlieren, solange Ezekiel gefoltert wurde.

Sie entdeckte einen besonders tief aussehenden Schnitt an der Wade des Mannes und strich, als der Wind von hinten kam, mit dem Finger darüber, damit genügend Gift in die Wunde gelangte. Wie erwartet, sah der Söldner sich überrascht um. Sie verhielt sich ganz still, denn sie war gut getarnt, und tatsächlich blinzelte der Mann nur erstaunt und schaute wieder nach vorn. Langsam schob Bellisia sich zurück. Sie hatte ihn bereits abgeschrieben. In drei oder vier Minuten war er gelähmt, in zehn oder fünfzehn tot, wenn nicht eher.

Nach drei Metern war sie wieder auf dem Pfad und robbte weiter. Sicher hatten die Söldner sich um die Hütte herum verteilt. Der nächste musste ganz in der Nähe sein. Vorsichtig arbeitete sie sich weiter voran. Wieder war es der Geruch von Blut, der ihr verriet, dass sie sich ihrem Opfer näherte.

Beim Anschleichen entdeckte sie ein kleines Paket an den Wurzeln einer längst toten Zypresse und hielt erschrocken den Atem an. Noch mehr Sprengstoff. Was hatten diese Männer vor? Damit konnten sie den halben Sumpf versinken lassen. Sie musste zu Ezekiel und ihn schnell herausholen.

Sie verlor keine Zeit mehr. Schnell rieb sie das Gift in eine offene Wunde am Oberschenkel des nächsten Opfers. Ihre Deckung war schlechter als vorher, doch obwohl er sie direkt ansah, entdeckte er sie nicht.

Dann schaltete sie Nummer drei und vier aus, aber es kostete sie Zeit. Sie musste nach Ezekiel sehen. Diesmal entwaffnete sie die Männer und nahm ihre Messer und Schusswaffen an sich. Auf dem Weg zurück zum Haus sah sie noch mehr Sprengladungen, doch die ließ sie besser in Ruhe. Das war nicht ihr Fachgebiet, und sie wollte sie nicht zufällig hochgehen lassen.

Da sie dreckverschmiert war, stieg sie ganz kurz in die lange Wasserrinne in der Nähe der Hütte. Sofort fühlte ihre gespannte Haut sich besser an. Gerade als sie wieder auftauchte, kam ein Mann aus der Hütte und stieg die Treppe hinab. Sein Name war Bolan Zhu, und er war einer von Chengs Vertrauten. Sie hatte ihn in Shanghai vier Tage lang observiert.

Selbst hier draußen im Sumpf trug er einen Anzug. Er hatte eine Aktentasche in der Hand und wandte sich um, um über die Schulter noch einmal in die Hütte zu schauen. Bellisia sah, dass Ezekiel nun auf einem provisorischen OP-Tisch lag. Das Blut floss ihm über die Rippen und an der Seite der Metallplatte herunter. Ihr Magen verkrampfte sich. Während sie die Söldner getötet hatte, hatten diese Folterknechte sich an ihm zu schaffen gemacht.

»Warte. Ich mache jetzt die Spinalpunktion.«

»Ich habe, was ich brauche, um Phase eins abzuschließen, David. Du kannst weitermachen und Phase zwei beenden.« Zhu klopfte auf seine Aktentasche. »Ich bringe die Blut- und Gewebeproben ins Labor.« Obwohl der Mann drinnen laut protestierte, setzte Zhu seinen Weg fort und entfernte sich immer schneller von der Hütte, und zwar in einer Richtung, die vom Boot wegführte.

David im Haus fluchte so heftig, dass Bellisia zusammenzuckte. Offenbar war er wütend, aber auch ein wenig ängstlich. Und das aus gutem Grund. Sie hatte Cheng genau studiert. Dieser Mann achtete stets darauf, im Hintergrund zu bleiben. Die Beteiligung an einer Aktion war ihm kaum nachzuweisen, und nun war durch einen Fehler bei der Satellitenverbindung seine Stimme zu hören gewesen. Das konnte er nicht dulden. Deshalb hatte er seinen Vertrauten angewiesen, ihm die Blut- und Gewebeproben zu bringen und alles Weitere einem Mann zu überlassen, der offenbar ersetzbar war, denn Cheng würde ihn töten lassen.

Die Sprengladungen, die überall angebracht worden waren, sollten jegliche Beweise beseitigen – und damit auch alle von Cheng angeheuerten Leute, die ihm bei der Aktion geholfen hatten. Die indonesischen Soldaten. Den Fischer. Und David. Wer wusste, ob er immer dieselben Söldner einsetzte? Und selbst wenn es so war, auch sie waren ersetzbar.

Sobald sie David nicht mehr sehen konnte, begann Bellisia, an der nächstbesten Stelze des Hauses hochzuklettern. Sie hätte sich der Holzfarbe anpassen können, aber sie hatte – was selten vorkam – Waffen dabei, die sie nicht verstecken konnte. Außerdem musste sie sich beeilen, weil David so ärgerlich und verängstigt war, dass er Ezekiel vielleicht einfach tötete. Irgendwie musste ihm bewusst sein, dass es ein Problem gab, wenn Cheng seinen Vertrauten vorzeitig abzog, sei es aus Angst vor denen, die Ezekiel zur Hilfe kämen oder vor Ezekiel selbst.

Auf der Veranda angekommen kroch Bellisia über die Holzdielen zur halb offenen Tür. In der Hütte stank es nach Blut und Tod. Bei der Vorstellung, dass sie den zwei Männern womöglich genug Zeit gelassen hatte, um Ezekiel umzubringen, setzte ihr Herz einen Schlag aus. Am liebsten hätte sie eine Pistole genommen und die beiden auf der Stelle erschossen, aber das hätte die Söldner alarmiert, die sich noch im Sumpf befanden. Sie würde es nicht schaffen, Ezekiel zum Boot zu bringen und gleichzeitig gegen diese Männer zu kämpfen.

Ezekiels Kopf war der Tür zugewandt, und das dunkle Haar fiel ihm in die Stirn. Seine Augen waren offen und klar, und ihr Ausdruck verhieß nichts Gutes. David stand auf der anderen Seite des Tisches und beschwerte sich bei dem anderen Mann im Raum, während er sich über Ezekiel beugte.

»Dieser arrogante Schnösel. Er ist abgehauen, weil er glaubt, dass die SEALs gleich auftauchen. Wir müssen diesen Kerl erledigen und sehen, dass wir wegkommen.«

»Unser Auftrag lautet anders.« Der andere Mann trat näher an den OP-Tisch heran. Er hatte eine Videokamera in der Hand und filmte offenbar alles, was David mit Ezekiel machte.

Bei dem Gedanken an das, was die beiden vorhatten, drehte sich ihr der Magen um. Sie ließ die Messer und alle Waffen bis auf eine Pistole neben der Tür liegen und kroch in die kleine Hütte. Ezekiel schaute sie direkt an.

Er hatte sie entdeckt. Ihre Tarnung war perfekt, doch irgendetwas, vielleicht eine kleine Bewegung, hatte sie verraten. Er sagte nichts und rührte sich nicht, aber sie spürte die Energie, die von ihm ausging, und verstand nicht, warum die beiden Männer die wachsende Spannung im Raum nicht bemerkten. Die Atmosphäre war so stark elektrisch aufgeladen, dass die Luft fast knisterte und sich ihre Haare aufstellten. Trotzdem stritten die beiden Männer weiter, ohne den Mann auf dem Tisch zu beachten.

Ezekiel hatte sie erkannt. Ihre Tarnung war aufgeflogen, aber sie konnte nicht zurück – sie wollte es auch gar nicht. Das hier war der tollste Mann, der ihr je begegnet war, und einer von den wenigen, die es verdient hatten, gerettet zu werden. Er würde nicht von Chengs Leuten seziert werden und auf diesem Tisch sterben. Sie würde ihn aus diesem Sumpf herausholen, ihn wieder zusammenflicken und dann so schnell wie möglich aus der Gegend verschwinden. Obwohl ihr Verstand vor der Vorstellung, Louisiana zu verlassen, zurückscheute. Sie mochte das Land und die Menschen, die dort wohnten. Die Feuchtigkeit. Den Sumpf. Die Bayous. Alles gefiel ihr. Doch am besten gefiel es ihr, nah bei Ezekiel und Nonny zu sein.

Sie hatte den halben Weg hinter sich, als David eine lange Nadel in die Hand nahm, die er offenbar in Ezekiels Rücken stoßen wollte. Hastig hob sie die Pistole und schoss David mitten zwischen die Augen, während Ezekiel sich vom Tisch herunterrollte, dabei beinah auf ihr landete, und der Knall in der kleinen Hütte widerhallte.

Ezekiel rollte sich weiter und kam so blitzschnell auf die Füße, dass sie der Bewegung kaum folgen konnten. Dann stürzte er sich quer durch den Raum auf den Kameramann und säbelte ihn um. Noch während der Kerl zu Boden fiel, riss Ezekiel ihm das Messer aus dem Stiefel, schnitt ihm die Arterien in beiden Beinen durch und bei der harten Landung auch die Kehle.

»Kannst du laufen?«, fragte Bellisia leise von der Tür her. Die anderen Söldner würden bald da sein. Sie wusste, dass es noch mehr gab – und dann war da auch noch der Sprengstoff. »Wir müssen abhauen. Sofort.«

Ezekiel sah schrecklich aus. Er war voller Blut, doch sie hatte keine Zeit, ihn zu untersuchen oder zu säubern. Sie mussten los.

»Die wollen alles hier sprengen«, erklärte sie, während sie, ohne die Tür aus den Augen zu lassen, um den Tisch herumging und sich neben Ezekiel hockte.

Er stellte keine Fragen, sondern rappelte sich mühsam auf und sammelte dabei ein paar Waffen ein, die er sich in den Gürtel und die Stiefel steckte. »Geh vor. Ich bleibe hinter dir.«

Bellisia warf ihm einen kurzen Blick zu. Allein würde er es nicht schaffen. Nie. Er hatte zu viel Blut verloren und blutete immer noch. Nur reine Willenskraft hielt ihn aufrecht. Also ignorierte sie seinen Befehl, so klar er auch war, und legte einen Arm um seine Taille. Er war ein großer Mann, aber sie war sehr kräftig, auch wenn man es ihr nicht ansah. Seine Peiniger hatten ihm das T-Shirt auszogen, um ihre Proben zu bekommen, und er hatte überall Schnitte. Die Wunden schienen leichter zu sein, als sie anfänglich angenommen hatte, führten aber alle zusammen zu einem Blutverlust, den niemand sich leisten konnte.

Sie fasste fest zu und ignorierte das verärgerte Schnauben, mit dem Ezekiel ihre Befehlsverweigerung zur Kenntnis nahm. »Stütz dich auf mich. Wir müssen gehen«, wiederholte sie. »Wir springen zusammen von der

Veranda und laufen los. Wir müssen uns den Weg freischießen, denn wer auch immer uns gegenübersteht, die werden diese Hütte sofort in Flammen aufgehen lassen.«

Ezekiel schleppte sich mit ihr zur Tür, und schon als sie sprangen, knallte der erste Schuss. Glücklicherweise waren die Binsenschneiden hoch genug, um ihren Rückzug zu decken, doch unglücklicherweise blieb keine Zeit für Vorsicht, denn ihre Verfolger feuerten wie wild. Zweimal stieß Ezekiel sie zu Boden, und Patronen, die sie sonst getroffen hätten, zischten wie wütende Bienen über sie hinweg.

Bellisia fragte ihn nicht, wie er das machte – wie er so etwas voraussehen konnte. Sie hatten keine Zeit, sich zu unterhalten, und es war ohnehin sinnlos – er hätte ihr nicht geantwortet. Seine Talente waren ebenso optimiert worden wie ihre und das unterlag der strengsten Geheimhaltung. Aus genau diesem Grund hatte Cheng ihn ja auseinandernehmen wollen. Um die Geheimnisse der Schattengänger zu ergründen. Um herauszufinden, was Whitney mit ihnen gemacht hatte. Doch wenn sie Cheng gewesen wäre, hätte sie sich statt auf die brandgefährlichen Schattengänger eher auf den Doktor konzentriert, auch wenn er schwer zu finden war.

Ezekiel trug einen Großteil seines eigenen Gewichts, aber er lief vornübergebeugt und atmete schwer und keuchend. Wenn sie die mikroskopisch kleinen Härchen an den Fingerkuppen nicht gehabt hätte, hätte sie sich nicht an seiner glitschigen Haut festhalten können. Er war blutüberströmt und sah aus, als wäre er einem billigen Horrorfilm entsprungen, der mit Massen an roter Farbe über das niedrige Budget hinwegtäuschen will.

Sie warf ihn beinahe ins Boot, stieß es vom Ufer ab und

stieg mit dem Tau in der Hand ins Wasser. »Leg dich hin und bleib unten. Ich bringe uns raus.« Sie hatte nicht die geringste Hoffnung, dass er gehorchen würde. Noch schossen die Söldner auf alles, was sich bewegte, doch bald würden sie merken, dass die beiden es zum Boot geschafft hatten.

Sobald Bellisia in ihrem Lieblingselement war, schlang sie sich das Tau um die Taille und zog das Boot mit aller Kraft vom Ufer fort. Rasch war sie aus dem Schilf heraus, während sie die Söldner immer noch schießen hörte, und gerade als sie über die Seite in das kleine Boot kletterte, zerriss eine Explosion die Nacht.

Schnell zog Ezekiel sie hoch, schleuderte sie fast zu Boden und warf sich schützend über sie, während brennende Trümmer auf sie herabregneten. Der Blutgeruch war kaum zu ertragen. Und er war schwer. Sehr schwer. Wie tot. Bellisia hielt den Atem an und drückte sich gegen ihn. Er bewegte sich nicht.

»Ezekiel.« Sie versuchte, an seinem Hals einen Puls zu ertasten. Einige schreckliche Sekunden dachte sie, er wäre wirklich tot. Doch dann spürte sie ihn endlich, diesen unglaublich wichtigen Herzschlag. Sie war so erleichtert, dass ihr fast schwindlig wurde.

Sie schob Ezekiel von sich herunter und stieg wieder ins Wasser. Sie war sicher, dass derjenige, der die Explosion ausgelöst hatte, Jagd auf alle Überlebenden machen würde, deshalb wollte sie den Motor nicht anmachen, sonst bemerkte noch irgendjemand, dass sie entkommen waren. Das Boot zu ziehen fiel ihr nicht schwer, doch da es so stark nach Blut roch, hatte sie Angst vor Besuchen von neugierigen Alligatoren, auch wenn die momentan ihre geringste Sorge waren.

Sie brauchte mehr als zwei Stunden, um das Boot den Fluss hoch, durch ein Netz von Kanälen und dann wieder über den Fluss zu der Insel zu schleppen, auf der sie wohnte. Nonny und Ezekiels Freunde waren zu weit weg. In Stennis würde es von Soldaten nur so wimmeln, und sie wollte nicht entdeckt oder gar erschossen werden. Whitney hatte beim Militär eine Gruppe von Anhängern und nach wie vor großen Einfluss. Sie würde sich *nicht* wieder zu ihm zurückschicken lassen.

Die Insel gehörte einem grimmigen Kriegsveteranen, für den keiner mehr Verwendung hatte. Er war voller Narben und gefährlich gut ausgebildet aus dem Krieg zurückgekehrt, hatte das Land dort aufgekauft, mit Elektrizität versorgt und dann mit großem Gewinn wieder verkauft. Alles, was er anfasste, wurde zu Gold. Das verschaffte ihm die Möglichkeit, so zu leben, wie er wollte – frei und unbehelligt.

Der dichte Zypressengürtel, der die Insel umgab, war schwer zu durchdringen und machte es fast unmöglich, sie zu erreichen. Die meisten Anlegestellen waren verschlammt, und dicke, lange Ranken, die von den Bäumen herabhingen, machten es schwer, mit einem Boot in ihre Nähe zu gelangen. Doch Bellisia hielt direkt auf einen Steg zu. Überall gab es Schilder, die potenzielle Besucher davor warnten an Land zu gehen, und die meisten Menschen aus der Gegend wussten, dass Donny das ernst meinte. Seine Insel war tabu, es sei denn man hatte seine Erlaubnis zu kommen. Er hatte Hunde und Waffen und keine Angst davor, sie einzusetzen, um seine Privatsphäre zu schützen.

Bellisia hatte die Insel bei ihren Erkundungstouren entdeckt, natürlich vom Wasser aus. Donny hatte dort einige Hütten gebaut, die er Camps nannte. Dazu mehrere Badezimmer, die er scherzhaft als Klohäuschen bezeichnete. Sie standen tatsächlich ein Stück weit entfernt von den Hütten, hatten aber Wasseranschluss. Das alles hatte Donny selbst bewerkstelligt. Auch den Anschluss an das Stromnetz des örtlichen Elektrizitätswerks.

Irgendwann hatte er bemerkt, dass offenbar jemand in der dem Ufer am nächsten gelegenen Hütte wohnte. Diese Hütte hatte zwei Eingänge, die beide vom Wasser her zugänglich waren. Daraufhin hatte er öfter Nahrungsmittel für sie dagelassen, und sie hatte sich mit Fisch revanchiert. Dann hatte sie den Job im Restaurant bekommen, der es ihr möglich gemacht hatte, ihm hin und wieder auch etwas anderes mitzubringen. Sie hielten das beide für einen fairen Deal.

Schließlich hatte sie sich ihm gelegentlich gezeigt, und sie waren so etwas wie Freunde geworden – soweit ein Mann wie Donny, der Menschen gegenüber sehr misstrauisch war, und eine Frau wie sie, die sich vor einem mächtigen Feind versteckte, sich eben anfreunden konnten. Donny wusste, dass sie auf der Flucht war, aber er fragte sie nicht, warum oder vor wem, und sie schätzte diesen Zug an ihm. Er akzeptierte sie einfach so, wie sie war.

Und nun brauchte sie ihn, denn sie bezweifelte, dass sie Ezekiel allein zur Hütte hochtragen konnte. Der schmale Pfad, den Donny in die Wildnis geschlagen hatte, führte die ganze Zeit steil bergauf. Glücklicherweise hatten sie für den Notfall einen Signalpfosten aufgestellt, zu dem lief Bellisia, nachdem sie auf den Steg geklettert war, löste den Alarm aus und betete, dass Donny zu Hause war.

Ezekiel war immer noch bewusstlos. Er sah blass aus, fast grau, und er fühlte sich kalt an. Außerdem zitterte er ständig. Sie war sehr stark, aber er war ein großer Mann und als Ballast ein ganz schöner Brocken. Mithilfe ihrer Setae zerrte sie ihn aus dem Boot. Dann lag er lang ausgestreckt auf dem Steg. Bellisia schaute zur Hütte hoch. Der Weg dahin kam ihr sehr lang vor.

Es war nicht ganz einfach, aber schließlich gelang es ihr, Ezekiel über ihre Schulter zu legen und trotz seines Gewichts vorsichtig aufzustehen. Das Blut zu riechen machte sie krank, und da er von Kopf bis Fuß damit bedeckt war, brauchte sie einige Minuten, um ihn so in den Griff zu bekommen, dass er ihr nicht immer wieder entglitt. Als sie endlich die Hütte erreichte, schwitzte sie heftig, was für sie selbst in diesem feuchten Sumpf ungewöhnlich war.

Sie stellte Wasser auf den Herd, wartete aber nicht ab, bis es warm wurde, sondern sah sich sofort seine vielen Wunden genauer an. Einige mussten genäht werden, und alle brauchten eine sorgfältige Säuberung und Behandlung. Im Sumpf kam es oft zu Entzündungen. Die gute Nachricht war, dass keine der Wunden lebensbedrohlich war. Bellisia vermutete, dass Ezekiels Bewusstlosigkeit weniger auf die Verletzungen als auf die Drogen zurückzuführen war, die man ihm verabreicht hatte.

Sie biss sich auf die Unterlippe. Außerdem hatte er wirklich eine Menge Blut verloren. Sie konnte ihm zwar ihr Blut geben, denn sie war ein Universalspender, aber sie wusste nicht genau, wie man das machte. Also wusch sie ihn, so gut es ging, damit sie anfangen konnte, sich um die schlimmsten Schnitte zu kümmern. Wenn man bedachte, dass sie ihn nur ein paar Minuten allein gelassen hatte, mussten Chengs Männer beim Sammeln der Gewebeproben und Testen seiner Schmerzgrenze sehr eifrig gewesen sein.

»Alles in Ordnung, Bella?«, fragte Donny. Er war ganz außer Atem.

Sie warf ihm einen Schulterblick zu. Donny war in den Siebzigern, aber immer noch kräftig und stark. Und die Art, wie er seine Waffen handhabte, zeigte, dass mit ihm nicht zu spaßen war.

»Du bist voll Blut.«

»Es ist seins. Er war in Stennis, um ein paar Männer dort für einen Spezialtrupp auszubilden. Dann sind sie alle plötzlich hilflos herumgestolpert, haben sich übergeben und … Schlimmeres. Ich habe beobachtet, wie zwei Männer ihn fortbrachten. Sie haben ihm irgendwas gespritzt, ihn in ein Boot gehievt und zu einer Hütte im Sumpf gefahren. Der Fischer, der ihnen dabei geholfen hat, ist tot, sie haben ihn umgebracht. In der Hütte des Fischers haben dann andere Männer gewartet, die ihn regelrecht in Stücke schneiden wollten. Gleichzeitig haben mich Söldner im Sumpf aufgehalten, nur deshalb ist es ihnen gelungen, ihn so zu verstümmeln.«

Donny musterte sie mit hochgezogener Braue. Offenbar überraschte ihn die Ängstlichkeit, die sie nicht aus ihrer Stimme heraushalten konnte. »Nebenan ist ein Erste-Hilfe-Kasten, Kind, ganz oben auf dem Regal. Bring ihn mir.«

»Glaubst du, er hat zu viel Blut verloren? Ich möchte nicht, dass er einen Hirnschaden bekommt oder so was«, sagte sie, als sie aufsprang, obwohl sie Ezekiel nicht einmal mit Donny allein lassen mochte.

»Hol mir einfach den Kasten. Ich werde deinem Schatz schon nichts tun.«

Sie machte sich nicht die Mühe, Donny zu widersprechen, denn insgeheim war Ezekiel genau das für sie. Er war ein viel zu guter Mann, um ihn an Cheng zu verlieren.

Donny kannte sich offenbar mit Erster Hilfe aus. Stumm vernähte er die drei Schnitte, die besonders tief waren, klebte die Wundränder der anderen schnell und geschickt mit Pflastern zusammen und verband den Rest, während Bellisia Ezekiel das Haar aus der Stirn strich.

»Zu meiner Zeit hat niemand die Haare so getragen, wenn er Soldat war. Dann hätte er mitten in der Nacht Besuch bekommen und wäre kahl geschoren worden.«

Wütend starrte sie ihn an. »Wehe, du fasst seine Haare an, Donny. Ich liebe sie.«

»Als wäre mir das nicht schon aufgefallen. Aber sobald wir ihn etwas aufgepäppelt haben, muss er zurückgehen. Dieser Mann ist kein Schoßhündchen, das du einfach behalten kannst.«

Donnys Ton war sarkastisch, doch inzwischen kannte Bellisia ihn gut genug, um zu wissen, dass er sie aufzog.

»Sehr witzig.«

»Ich zieh ihn jetzt aus und wasche ihn ganz. Seine Kleider sind dreckig, und bei all diesen offenen Wunden kann er eine böse Entzündung kriegen. Geh unter die Dusche, und zieh dich um, und wasch deine Haare, um Himmels willen. Du stinkst nach dem ganzen Bayou. Direkt vor der Tür steht eine Kiste mit T-Shirts und Sweatshirts, die ich weggeben ...« Donny verstummte und machte ein finsteres Gesicht. »Sie werden dem Kerl hier zu klein sein, aber sie sind besser als nichts.«

Donny unterstützte ziemlich viele Einheimische, die unterhalb der Armutsgrenze lebten. Er hatte mehreren Kindern das College bezahlt und anderen Zahnspangen und Brillen. Nach außen hin wirkte er wie ein schrulliger Eigenbrötler und galt als ein wenig verrückt. Und vielleicht stimmte das sogar, wer hätte das schon sagen können? Jedenfalls war er für seine Freunde ein netter, freigiebiger Mann mit einem offenen Ohr für alle, die Sorgen hatten, und Bellisia wusste, dass er sein Leben für sie einsetzen würde, obwohl sie sich kaum kannten.

»Kann sein, dass sie ihn suchen, Donny. Wer diese Männer auch waren, du siehst ja, wozu sie imstande sind. Sie haben den Sumpf in die Luft gejagt, nur um alle Spuren zu vernichten, obwohl ein paar von ihren eigenen Männern noch dort waren. Sie haben sie kaltblütig ermordet.«

»Hab keine Angst um deinen Mann. Niemand setzt ohne mein Wissen einen Fuß auf diese Insel.«

Überrascht hörte Bellisia auf, Ezekiels Stirn zu streicheln, und sah Donny an.

Er schnaubte. »Du zählst nicht. Du bist so was wie ein Mutant. Wenn du Kinder kriegst, haben sie bestimmt Kiemen.«

Bellisia zwang sich so zu tun, als wäre sie empört, doch sie war getroffen. Sie würde nie ein Heim und eine Familie haben, daher war sie an dieser Stelle verletzlich, aber falls sie jemals Kinder bekommen würde, bekam Donny vielleicht Recht.

Als sie wieder zurückkam, lag Ezekiel unter einer Decke und sein Kopf auf dem einzigen guten Kissen im Raum. Sie hatte es in einer kleinen Boutique gekauft. Es war mit einer komischen Seeanemone bestickt, zumindest glaubte sie das, sonst glich es wohl eher etwas, das man in einem Erotikshop finden würde. Immerhin war es ein Kissen, und sie hatte es praktisch umsonst bekommen.

Sie hatte einen leichten Pullover übergezogen und reichte Donny die Sachen für Ezekiel. »Danke, dass du mir geholfen hast, ich weiß das wirklich zu schätzen. Aber wenn du ihn angezogen hast, musst du gehen. Die ganze Sache ist zu gefährlich. Sobald er kräftig genug ist, bringe ich ihn zurück nach Stennis, dann lassen sie uns in Frieden.«

Doch das würden sie nur tun, wenn sie nicht gefunden wurde. Sie hatte die Chance, sich in Louisiana niederzulassen, vertan – und sie hatte gern dort gelebt. Sie mochte die Menschen – besonders Donny. Und sie hätte Nonny und ihre Familie gern besser kennengelernt. Sie hatte sogar schon darüber nachgedacht, im Land zu bleiben und sich etwas aufzubauen – vielleicht so ein Zuhause wie Ezekiel eines hatte.

»Was ist los mit dir, Mädchen?«, fragte Donny barsch und richtete seine klugen, verblassten blauen Augen auf sie. »Glaubst du, ich wüsste nicht, dass du in Schwierigkeiten steckst? Und es werden bestimmt nicht weniger, trotzdem ist das hier ein sicherer Hafen für dich.«

Bellisia kämpfte gegen ein seltsames Gefühl an, das in ihr aufsteigen wollte. Hinter ihren Augen brannte es heiß, und sie hatte einen so dicken Kloß im Hals, dass sie kaum noch schlucken und atmen konnte. Verstört wandte sie sich ab, als wollte sie Donny Gelegenheit geben, Ezekiel unbeobachtet eine Trainingshose anzuziehen.

»Hier *war* es mal sicher für mich, aber jetzt nicht mehr. Ich konnte ihn nicht einfach sterben lassen. Sieh doch, was sie mit ihm gemacht haben. Ich glaube, sie wollten ihn noch mehr quälen, aber ich habe keine Ahnung warum. Das alles macht überhaupt keinen Sinn.«

Zumindest war sie sicher, dass Cheng dahintersteckte. Er war nur deswegen noch am Leben und im Geschäft, weil er alle Verbindungen abbrach, sobald etwas schieflief.

Eigentlich logisch, dass er keinen echten Schattengänger haben wollte, solange er nicht wusste, wie er ihn beherrschen konnte. Deshalb hatte er lieber alle möglichen verwertbaren Proben entnehmen lassen, um diese sorgfältig auszuwerten, ehe er dazu übergehen konnte, tatsächlich einen zu entführen. Die Söldner waren nicht, wie sie zunächst gedacht hatte, da gewesen, um andere Schattengänger gefangen zu nehmen, sondern um Cheng möglichst viel Zeit zu verschaffen, via Satellit Informationen zu bekommen. Sie hatten vorgehabt, Ezekiel zu töten, und möglicherweise auch alle, die ihm zu Hilfe eilten.

Bellisia presste die Finger auf ihre pochenden Schläfen. Sie war erschöpft. Am liebsten hätte sie sich in eine Decke eingerollt und stundenlang geschlafen, aber sie wusste, dass das nicht möglich war. Sie musste Ezekiel so schnell wie möglich zu seinen Leuten bringen.

»Er kommt zu sich, Bella«, sagte Donny.

»Dann musst du gehen. Er darf dich nicht sehen.«

»Das hat er doch längst. Er gehört zu Grace. Sie hat mehr Jungs im Haus, als eine Frau großziehen sollte. Und er ist einer von ihnen. Wer immer zu Grace Fontenot gehört, ist ein guter Mensch.«

»Trotzdem sollte er dich nicht sehen. Er darf nicht wissen, dass du ihn heute Nacht bei mir gesehen hast. Sie haben für einen Einsatz trainiert und …« Sie brach ab, drehte sich wieder zu Donny um und legte eine Hand auf seine Schulter.

Sie hatten einander noch nie berührt oder anderweitig offen ihre Zuneigung gezeigt, daher überraschte die Geste sie beide, und als Donny erstaunt die Augen aufriss, zog Bellisia die Hand weg, als hätte sie sich verbrannt. Sie hatte noch nie aus freien Stücken einen Mann angefasst, es sei denn sie musste ihn töten. Doch diesmal wollte sie einen Mann retten.

In dem Augenblick stöhnte Ezekiel. Erschrocken trat Bellisia einen Schritt zurück und deutete auf die Treppe. »Bitte, Donny, geh jetzt.«

»Kommst du denn allein zurecht?«

Sie nickte, obwohl sie es nicht genau wusste. Sie wollte nur, dass er sich in Sicherheit brachte und dass sie nicht den Zorn eines Schattengänger-Teams auf ihn gezogen hatte, denn ihrer Erfahrung nach waren Supersoldaten unberechenbar.

Widerstrebend verließ Donny die Hütte. Bellisia sah ihm nach, als er geschmeidig wie eine Katze in der Nacht verschwand. Er war ein alter Veteran und kriegsmüde, aber bereit zu kämpfen, wenn es sein musste. Als sie sich wieder umdrehte, sah Ezekiel sie mit seinen seltsamen bernsteinfarbenen Augen an. Einen Moment lang schienen sie zu leuchten wie die eines Tiers, das im Dunkeln sehen kann, doch dann blinzelte er, und das Leuchten war verschwunden.

»Du. Ich hätte es wissen müssen.«

»Was soll das heißen?«

Er klopfte auf den Boden. »Setz dich. Es ist zu anstrengend, die ganze Zeit zu dir aufzuschauen.«

Bellisia zögerte, setzte sich dann aber neben das Bett. »Warum hast du gesagt, ›ich hätte es wissen müssen‹?«

Ezekiel rieb sich über den Nasenrücken, doch selbst diese kleine Geste schien ihn zu ermüden. »Ich habe zu viel Blut verloren.«

»Du musst Wasser trinken. Ich kann dir keine Transfusion geben, weil ich nicht weiß, wie man das macht. Und vielleicht passen unsere Blutgruppen nicht zusammen.« Das stimmte in ihrem Fall natürlich nicht, aber ein Fremder konnte das nicht wissen, und sie musste ihren Part so gut wie möglich spielen.

»Doch, du kannst mir Blut spenden. Wir passen zusammen.« Ein Schauder überlief ihn, wobei seine Miene unverändert blieb.

Bellisia kniff die Augen zusammen. »Woher willst du das wissen? Du weißt doch gar nicht, was für eine Blutgruppe ich habe. Du weißt gar nichts über mich.«

»Immerhin weiß ich, dass du nicht von hier kommst.« Er schloss die Augen. »Ich bin verdammt müde. Wie heißt du wirklich?«

»Warum sollte ich dir das verraten?«

Ezekiel schlug die Augen wieder auf und fixierte sie mit seinem bernsteinfarbenen Blick. Er hatte wunderschöne Augen, aber sie versuchte, es nicht zu bemerken, genau wie sie versuchte zu ignorieren, dass er offenbar Schmerzen hatte, obwohl er es nicht zugeben wollte.

»Ist das dein Ernst? Ich bin nur, weil ich deinen Duft aufgeschnappt habe, quer über den Platz gegangen, um dich zu suchen. So etwas habe ich noch nie gemacht. Dann habe ich einem Freund aufgetragen, Erkundigungen über dich einzuziehen, weil ich dich nicht verlieren wollte, falls du dich entschieden hättest wegzugehen, bevor ich vom Einsatz zurückgekommen wäre. Das habe ich auch noch nie im Leben gemacht. Also sag mir jetzt deinen Namen.«

Dass er sich so um sie bemüht hatte, gefiel ihr, aber seinen Tonfall mochte sie ganz und gar nicht. Sie hatte ihm gerade das Leben gerettet, und er zeigte kein bisschen Dankbarkeit. Ohne einen einzigen Lidschlag starrte er sie einfach nur durchdringend an, bis sie alles getan hätte, was er von ihr wollte. Sie verzog das Gesicht. »Bellisia. Ich heiße wirklich Bellisia. Manchmal nennt man mich auch Belle oder Bella.« Sie hatte ihn nicht angelogen. »Ich war ehrlich zu dir.«

»Gibt es vielleicht eine Blume, die so heißt?«

Bellisia runzelte die Stirn. »Was für eine seltsame Frage. Ja, es gibt Bellis.«

»Oder hat der Name etwas mit Belladonna, der Schwarzen Tollkirsche, zu tun?«

Bellisia spürte, dass sie rot anlief. Ja, sie war giftig, aber sie verspritzte kein Pflanzengift. »Nein. Das ist eine andere Familie. Glaubst du, du schaffst es bis zum Boot? Ich muss dich zurückbringen.«

»Ich brauche eine Bluttransfusion.«

»Nein, brauchst du nicht. Du musst nur etwas Wasser trinken und ein paar Minuten ausruhen, damit wir gehen können.« Sie hasste Nadeln. Wenn sie ihm Blut spendete, würde sie zu schwach sein, um ihn zu seinen Leuten zu bringen.

»Ich bin Arzt, ich weiß, wann ich eine Bluttransfusion brauche.«

»Aber ich mache nicht mit. Trink Wasser. Je schneller ich dich zu deinen Leuten zurückbringe, desto besser für uns alle.«

Doch sie musste zugeben, dass er sehr bleich und erschöpft aussah.

»Für so etwas bin ich nicht ausgebildet«, sagte sie. »Ich wäre nicht mal imstande, eine Vene zu finden.«

»Ich aber.«

Leise fluchend reichte Bellisia ihm den Erste-Hilfe-Kasten. »Ich weiß nicht, warum ich dich attraktiv gefunden habe. Du bist ein Tyrann.« Aber das stimmte nicht. Er war so gut zu den drei kleinen Mädchen, dass sie ihn anhimmelten. Sie hatte ihn stundenlang beobachtet, auch als er eins von ihnen auf der Veranda vor Nonnys Haus unter den Augen ihrer Mutter in den Schlaf gewiegt hatte.

Als sie ihn in dem Erste-Hilfe-Kasten herumwühlen sah, wurde ihr klar, dass er wirklich sehr schwach war. Und große Schmerzen hatte. Also nahm sie ihm den Kasten aus der Hand und reichte ihm die entsprechenden Nadeln und Schläuche.

»Komm näher.«

Seine Stimme war so hypnotisierend, dass man ihm nichts abschlagen konnte.

Sie rückte so nahe heran, wie sie es wagte. Sie hatte das Gefühl, von einem Raubtier beäugt zu werden. Als ihr Oberschenkel an seinen stieß, zuckte sie unwillkürlich zurück und hatte Mühe, die aufkommende Panik zu unterdrücken. Sie war schon öfter in gefährlichen Situationen gewesen und hatte sich immer daraus befreien können, aber diesmal hatte sie es mit *Ezekiel* zu tun. Alle anderen Menschen waren ihr egal, aber dieser eine bedeutete ihr etwas.

Als die Nadel in ihre Haut eindrang, schaute sie rasch zur Seite, weil ihr die Galle hochkam. Sie hasste Nadeln. Sie erinnerten sie daran, dass Whitney sie behandelt hatte, als hätte sie keine Gefühle. Als wäre sie kein Mensch. Als könnte er sie aufspießen wie ein Insekt. Und sie hatte sich geschworen, das nie wieder mit sich machen zu lassen. Sich nie wieder sagen zu lassen, was sie tun sollte, und sich gegen jede Nadel zu wehren, die ihr zu nahe kam. Außerdem tat es sehr weh, wenn man durch ihre besonderen Muskeln stach. Whitney hatte das als eine Art Baufehler erachtet und sie in der Hoffnung, diesen auszubessern, immer wieder gezwungen, Nadelstiche zu ertragen.

»Alles in Ordnung? Hab ich dir wehgetan?«, fragte Ezekiel leise und beruhigend.

Er hörte sich an, als machte er sich wirklich Sorgen um sie. Bellisia wandte den Kopf und schaute ihn an. Er war so schön. Nicht im üblichen Sinne des Wortes natürlich, dazu waren seine Züge zu hart und zu männlich. Er hatte nichts Weiches an sich, aber alles an ihm sah umwerfend aus. Die Augen. Das Haar. Das Kinn. Und der Mund. Von dem sie immer wieder geträumt hatte. Selbst seine Wimpern waren faszinierend und dann noch dieser Körper.

»Bellisia. Rede mit mir. Tut dir das weh?«

Fast hätte sie laut Ja geschrien. Und ihm gesagt, dass er nicht in diesem sanften Tonfall mit ihr sprechen sollte. Dann wurde sie weich und sehnte sich nach Dingen, die sie nicht haben konnte. Doch sie schüttelte nur den Kopf und kämpfte gegen den Brechreiz an. »Ich mag nur keine Nadeln.«

»Tut mir leid. Wenn es nicht nötig wäre, würde ich es lassen.«

»Woher weißt du, dass unsere Blutgruppen zueinanderpassen?«

»Weißt du das wirklich nicht?«

Doch, aber woher wusste er es? Bellisia schüttelte den Kopf. Ezekiel zuckte nicht mit der Wimper und seine außergewöhnlichen Augen erinnerten sie plötzlich wieder an ein Raubtier.

»Whitney achtet immer darauf, dass die Männer und Frauen, die er als Paare anlegt, passende Blutgruppen haben, damit sie sich im Feld gegenseitig helfen können.«

Bellisias Herz setzte einen Schlag aus und begann dann heftig zu klopfen. Ja, genauso war es. Whitney spielte gern Gott und wollte bestimmte Paare zusammenbringen, damit sie besonders begabte Kinder zeugten. Nun konnte sie das Gefühl, sich jeden Augenblick übergeben zu müssen, kaum noch unterdrücken.

»Atme.« Ezekiel legte eine Hand auf ihren Nacken und drückte ihren Kopf herunter. »Tief ein und aus, ich möchte nicht, dass du ohnmächtig wirst.«

Hastig schnappte Bellisia nach Luft und schob seine Hand weg, um ihm zu zeigen, dass es ihr gut ging. Für einen Mann, der gerade gefoltert worden war und eine Bluttransfusion brauchte, war er erstaunlich kräftig.

»Das ist unmöglich. Ich glaube das nicht.« Sie war kurz davor, in Panik zu geraten. Dann wollte sie immer dahin, wo sich sicher fühlte. Ins Wasser. Ihr Blick wanderte zur offenen Tür, die nur ein paar Schritte entfernt war. Sie musste zum Steg hinunter.

Plötzlich bemerkte sie jemand im Augenwinkel und schrak hoch. Mit einer einzigen flüssigen Bewegung zog sie die Nadel aus ihrem Arm und sprang auf, um zu flüchten.

Rasch hielt Ezekiel sie am Fußgelenk fest und brachte sie, obwohl sie sich wehrte, so hart zu Fall, dass es ihr den Atem verschlug.

Dann kniete irgendjemand auf ihrem Rücken, riss ihre Hände nach hinten und fesselte sie. Bellisia wandte den Kopf und sah Ezekiel an. Sie hatte ihm das Leben gerettet und das war nun der Dank.

»Ganz ruhig«, sagte er leise und freundlich.

Ausdruckslos sah sie ihn an, doch innerlich schrie sie vor Zorn. Wie hatte sie nur so dumm sein können, einem von Peter Whitneys Geschöpfen zu vertrauen?

6

KRÄFTIGE HÄNDE PACKTEN BELLISIA und setzten sie auf. Sie gab keinen Laut von sich, hielt den Blick aber starr auf Ezekiel gerichtet. Wenn sie nah genug an ihn herankam, konnte sie ihn vielleicht beißen. Sein Verrat kränkte sie. Obwohl sie beide sich nicht näher kannten, hatte sie ihre Freiheit für ihn aufs Spiel gesetzt. Sie hatte *alles* für ihn riskiert.

Sie versuchte ihre Gedanken zu ordnen. Sie war dumm gewesen, das konnte sie zugeben. Das musste sie sich sogar zugeben. Sie hatte in ihrem Kopf eine völlig lächerliche Traumwelt erschaffen – als ob Ezekiel sich jemals für eine Frau wie sie interessieren könnte. Denn das war der Punkt – sie war keine Frau. Und niemals eine gewesen. Sie war praktisch vom Tag ihrer Geburt an zur Kämpferin ausgebildet worden. Sie kannte kein anderes Leben. Sie hätte einfach zusehen können, wie er in kleine Stücke zerlegt wurde, doch sie hatte beschlossen, ihn zu retten. Verdammt sollte er sein. Herrgott, warum hatte sie sich nur um ihn gekümmert?

»Ihr Arm. Sie war gerade dabei, mir Blut zu spenden«, sagte Ezekiel. »Sie blutet. Bellisia, mein Bruder Mordichai wird dir jetzt den Arm verbinden. Tu ihm nichts, bitte.«

Er sprach so vernünftig und freundlich, als wäre nichts geschehen. Er hatte gemerkt, dass sie ins Wasser wollte. Dort war sie allen überlegen. Wenn sie es erreicht hätte, wäre sie längst weg. Er war der, der sie aufgehalten hatte – um sie diesen Männern auszuliefern. Bis dahin hatte er ihr gehört. Sie hatte ihn gern bei sich gehabt. In ihrer Vorstellung waren sie Freunde, sogar mehr als das. Sie hatte ihn beschützen und behüten wollen. Und genau das hatte sie auch getan, aber er hatte es ihr gedankt, indem er sie verriet.

»Sie hat mir das Leben gerettet«, fuhr Ezekiel fort. »Ohne sie wäre ich nie da rausgekommen.«

Bellisia sah ihn weiter unverwandt an, damit er begriff, dass ihr das nicht genügte. Es gab keine Entschuldigung. Mit klopfendem Herzen saß sie tief verletzt auf dem Boden. Einen so großen Schmerz hatte sie noch nie empfunden, und er war nicht körperlich.

»Ma'am.« Mordichai ging hinter ihr in die Hocke.

Ihre Handgelenke waren auf ihrem Rücken mit Plastikbändern zusammengebunden, deren Stärke sie insgeheim immer wieder prüfte, um herauszufinden, ob sie sich vielleicht befreien konnte, sobald sie im Boot war. Sie hielt es für machbar, sie musste nur den richtigen Augenblick abwarten. »Sie bluten alles voll. Ich bandagiere Ihnen schnell den Arm. Dazu muss ich ein wenig Druck ausüben.«

Bellisia erwiderte nichts. Diese Männer gehörten zu Whitney und hatten vor, sie zu ihm zurückzubringen. Doch das würde nicht passieren. Sie würde niemals zurückgehen, jedenfalls nicht lebendig. Sollte sie es nicht schaffen zu fliehen, musste sie ihr Gift einsetzen. Und es gab kein Gegengift. Nicht einmal Whitney hatte es geschafft, eins zu entwickeln. Doch sie wollte diese Männer nicht töten – na ja – Ezekiel vielleicht. Er hatte es verdient.

Er musste gewusst haben, dass die anderen unterwegs waren und ihn finden würden. Natürlich, die Spur, die sein Blut hinterließ. Wenn diese Männer von Whitney erschaffen worden waren, musste es unter ihnen ein oder zwei ausgezeichnete Fährtenleser geben. Als die sein Blut gerochen hatten, hatten sie gewusst, dass er nicht bei der Explosion ums Leben gekommen war. Dann hatten sie dem Geruch nur noch folgen müssen.

»Wir werden dich jetzt mitnehmen, Bellisia«, sagte Ezekiel sanft.

Seine Stimme war eine Waffe, das wurde ihr nun klar. Er war Jäger und konnte damit nicht nur wilde Tiere, sondern auch Menschen beruhigen. Diese Stimme war ein Köder, eine Falle, und sie hatte es nicht erkannt. Sie wünschte, er schlüge einen raueren Ton an und zeigte ihr sein wahres Gesicht. Ihr ein trügerisches Gefühl von Sicherheit zu vermitteln war gemein gewesen. Doch so mit ihr zu reden, als wäre er an ihren Gefühlen oder gar an ihr selbst interessiert, war noch gemeiner. Also sah sie ihn nur ausdruckslos an. Sie war zwar seine Gefangene, aber sie musste nicht mit ihm sprechen. Und sie hatte nicht die Absicht, auch nur ein Wort mit ihm zu wechseln.

»Ich weiß, wie das aussieht, aber es hat nichts mit Whitney zu tun. Wir müssen dich wegbringen. Wir stehen kurz vor einem sehr wichtigen Einsatz, deshalb können wir kein Risiko eingehen. Das Training geht noch ein paar Tage und dann sind wir ein paar Tage weg. In der Zeit machen wir es dir bei uns so bequem wie möglich.«

Teilnahmslos sah sie ihn an. Er war ihr Feind. Sie hatte gelernt, wie man sich in Gefangenschaft verhielt. Und sie kannte das Endziel dieser Männer – sie wollten sie zu Whitney zurückbringen, daher gab es für sie absolut keinen Grund weiter so zu tun, als wären sie Freunde. Denn trotz allem, was er sagte, konnte es nur eine Erklärung dafür geben, warum sie gefangen genommen worden war.

»Kannst du laufen, Zeke?«, fragte Mordichai.

Ezekiel nickte. »Aber du musst mir aufhelfen. Ich bin noch ein bisschen schwindlig. Bellisia hat mich verarztet, aber die Bluttransfusion war noch nicht zu Ende.«

Mehr als einmal hatte Bellisia zugehört, wie die Männer sonst miteinander umgingen, wie sie einander aufzogen. Wenn sie zusammen waren, waren sie nur selten ernst, doch nun half Mordichai seinem Bruder stumm auf die Füße, schlang einen Arm um seine Taille und führte ihn zur Tür. Ein anderer Mann, Gino, fasste sie am Arm und zog sie hoch. Sie sah keine Veranlassung, sich gegen ihn zu wehren, denn er führte sie genau dahin, wo sie hinwollte.

Als sie über den Steg zum Boot gingen, fielen Regentropfen auf ihr Gesicht und ihre Hände. Schon dieser leichte Nieselregen ließ sie ein wenig Mut fassen. Ein Fisch sprang aus dem Wasser und fiel mit einem lauten Klatschen wieder hinein, doch sie lief achtlos weiter in der Hoffnung, dass Gino seinen Griff lockern würde. Sie war sehr zierlich, daher wurden große Männer bei ihr immer unvorsichtig. Sie leistete keinen Widerstand und tat so, als fühlte sie sich besiegt, ließ sogar den Kopf hängen und das Haar ums Gesicht fallen, um diesen Eindruck zu verstärken.

»Wenn sie es ins Wasser schafft, ist sie fort. Da ist ihr keiner von uns gewachsen. Sie wird einfach verschwinden«, warnte Ezekiel Gino leise.

Bellisia ließ sich nicht anmerken, wie sehr dieser erneute Verrat sie traf. In dem Augenblick hätte sie Ezekiel gern umgebracht. Sein Verhalten bewies ihr, dass es richtig gewesen war zu warten und diese Schattengänger genauer unter die Lupe zu nehmen. Bislang hatte sie geglaubt, es seien gute Menschen, anders als die Supersoldaten, mit denen Whitney sich umgab, doch diese Männer waren noch schlimmer. Whitneys Soldaten machten sich nicht die Mühe, zu lügen und so zu tun, als wären sie anständig. Aber Ezekiel und seine Freunde waren Betrüger.

»Die geht nirgendwohin«, sagte Gino völlig ausdruckslos. Der Typ versuchte gar nicht erst, einen falschen Eindruck zu erwecken. Für ihn war das alles reine Routine, und sie wusste diese Einstellung zu schätzen. Damit konnte sie umgehen. Sie würde ihren Traum begraben und es genau wie er machen. Einfach zur Routine übergehen.

Neben dem Boot, in dem sie Ezekiel hergebracht hatte, war ein anderes am Steg vertäut. Stumm wartete sie, bis Mordichai seinem Bruder hineingeholfen hatte. Dann war sie an der Reihe, stieg leichtfüßig hinein und passte ihre Balance dem Schwanken des Wassers an. Gino versuchte, zusammen mit ihr ins Boot zu klettern und seine langen Beine dazu zu benutzen, ihr den Zugang zum Wasser zu versperren. Doch als er ein Bein im Boot und das andere noch auf dem Steg hatte, wirbelte sie plötzlich herum und trat ihm mit aller Kraft unters Kinn, sodass er das Gleichgewicht verlor.

Dann sprang sie trotz ihrer Fesseln an ihm vorbei. In ihrem Lieblingselement brauchte sie ihre Hände nicht. Wilde Freude, ja, Begeisterung durchströmte sie. Doch als sie schon fast im Wasser war, schlossen sich kräftige Hände um ihre Taille und rissen sie zurück. Enttäuscht fiel sie rücklings gegen den Mann, der ihre Flucht verhindert hatte.

Sie wusste sofort, dass es Ezekiel war, und wandte den Kopf, um ihn zu beißen. Das Gift mischte sich bereits mit ihrem Speichel.

»Scheiße, Ezekiel, pass auf!«, schrie Draden warnend.

Es war so weit. Sie brauchte es nur noch zu tun. Ein Biss. Das war alles, und er war tot. Er hatte es *verdient.* Doch im letzten Augenblick drehte sie den Kopf und spuckte das Gift ins Wasser.

Sie spürte, dass alle Augen auf ihr ruhten, und wusste, was sie sahen. Nicht nur das Gift, das auf dem Wasser trieb, sondern auch die blassblauen Ringe, die sich auf ihrer Haut zeigten, wenn das Gift einschoss, und dann schnell wieder verschwanden. Draden hatte sie sehr viel eher entdeckt als die anderen.

»Danke, Bellisia«, sagte Ezekiel mit seiner hypnotisierenden Stimme. »Vielen Dank, dass du mich nicht umgebracht hast. Ich weiß, das alles hier muss schlimm aussehen, aber ich verspreche dir, ich gebe dir mein Wort, dass du von uns nichts zu befürchten hast.«

Wütend sah sie ihn an. »Wenn das wahr wäre, wäre ich nicht eure Gefangene. Diesmal habe ich dich nicht getötet, aber das heißt nicht, dass ich es nicht beim nächsten Mal tue.« Sie wusste nicht, warum sie nicht zugebissen hatte. Sie hätte es tun sollen. Dann hätten die anderen versucht, ihn zu retten, und sie hätte vielleicht noch eine Chance gehabt, ihnen zu entkommen. Nun waren sie alle erst recht wachsam.

Sie hatte sich nicht die Mühe gemacht, die Verachtung in ihrer Stimme zu unterdrücken. Doch nicht einmal die hatten Whitneys Marionetten verdient. Sie sollte es wissen, denn sie hatte ihr Leben lang für diesen Strippenzieher gearbeitet. Sie hatte sich mit den Mädchen – ihren Schwestern –, mit denen sie aufgewachsen war, immer wieder darüber unterhalten, wie schrecklich es war, dass sie alle trotz ihrer Fähigkeiten bei ihm blieben. Spät in der Nacht, wobei Whitney überzeugt war, alles, was sie taten oder sagten, würde permanent aufgezeichnet. Er hatte sie in Käfige gesteckt und erwartet, dass sie dort blieben. In Wahrheit aber waren sie alle sehr geschickt darin, sich aus diesen Käfigen zu befreien, nur ganz zu gehen hatte sie sich nicht getraut.

Die Furcht vor dem Ungewissen hatte sie zurückgehalten. Das Bedürfnis, von Whitney zu hören, dass er sie für Menschen hielt, damit sie sich auch so fühlen könnten – wie jemand, dem es zusteht, mit anderen Menschen zusammenzuleben. Dazu kam die Liebe zueinander und die Angst, dass die, die zurückblieben, gefoltert werden würden. Whitney verstand es meisterhaft, ihnen Gründe zu liefern, die sie davon abhielten zu fliehen.

Gino riss den unteren Teil seines T-Shirts ab, wickelte es ihr um den Mund und verknotete es in ihrem Nacken. Dann zerrte er sie in die Mitte des Bootes und stieß sie zu Boden. Doch sie sah nicht ihn an, sondern Ezekiel. Er sollte wissen, dass *er* ihr Ziel war. Und immer sein würde.

Er war sehr schnell gewesen. Schneller, als sie es für möglich gehalten hätte, besonders bei einem Mann seiner Größe. Es war eigentlich unmöglich, sie mitten im Sprung zu fangen. Sie wünschte, sie hätte ihn dabei sehen können, anstatt darunter leiden zu müssen. War es überhaupt zu sehen gewesen? Trotz des Blutverlustes hatte er sie mit beiden Händen geschnappt. Sie spürte es noch immer. Seine Finger hatten sich so tief in ihre Taille gegraben, dass sie Spuren hinterlassen hatten. Spuren, die sich tief in sie eingebrannt hatten. Erinnerungen an einen Verrat, die sie nie wieder loswerden würde.

Wenigstens wurde sie nicht beschimpft. Whitneys Wachen verhöhnten die Frauen die ganze Zeit. Meist als *Biester*. Und im Moment fühlte sie sich auch wie ein Biest. Als das Boot sich von der Insel entfernte, wandte sie den Kopf, um einen letzten Blick auf ihre Hütte zu werfen. Sie war dort glücklich gewesen. Dieses »Camp« hatte keine besonderen Annehmlichkeiten geboten, aber die brauchte und wollte sie gar nicht. Sie hatte sich einfach gern nachts nach draußen gesetzt und dem Klang der Freiheit gelauscht. Es war der schönste, den sie sich vorstellen konnte. Manchmal hatte Donny ihr dabei Gesellschaft geleistet. Er redete nicht viel, aber er hatte genau dasselbe gehört wie sie, das wusste sie.

»Es gibt keinen Grund, grob zu ihr zu sein, Gino«, sagte Ezekiel. Er klang müde und erschöpft.

Besorgt schaute Bellisia zu ihm hinüber und hielt unwillkürlich die Luft an. Der starke Blutverlust machte ihm zu schaffen. Sie wollte sich eigentlich nicht um seine Gesundheit und sein Wohlergehen sorgen, aber sie tat es. Das gestand sie sich ein, denn wenn sie sich befreien wollte, musste ihr klar sein, was sie dafür tun würde und was nicht. Und sie war zu dem Schluss gekommen, dass sie ihn nicht töten wollte.

»Sie hätte dich fast umgebracht, Ezekiel«, mischte Mordichai sich ein. »Ein Biss, und du wärst tot gewesen.«

»Aber der Punkt ist, dass sie es nicht getan, obwohl sie es gekonnt hätte«, bemerkte Ezekiel, während er von seiner Bank rutschte und sich neben sie setzte. Fast wäre er vornübergefallen, doch dann hielt er sich mit einer Hand an der Bootswand fest. »Sie ist nicht gegen uns. Ich verstehe, warum wir auf sie aufpassen müssen, bis alles vorbei ist, aber ich will nicht, dass irgendjemand ihr wehtut. Dann bekommt er es mit mir zu tun, glaubt mir.« Seine Sprechweise hörte sich für Bellisia ein wenig verwaschen an.

Sie konnte sehen, dass seine Worte Eindruck auf die Männer machten. Unter den Wimpern hinweg musterte sie sie im Dunkeln. Sie kannte sie alle. Sie hatte Ezekiel lange genug beobachtet, um sie zu identifizieren. Master Sergeant Gino Mazza wurde ›das Phantom‹ genannt, und sie wusste auch, warum. Er bewegte sich völlig geräuschlos, und sie vermutete, dass er derjenige war, der sie aufgespürt hatte. Selbst im Kreise der Familie sprach und lachte er nur selten.

Mordichai dagegen, Ezekiels Bruder, lachte mehr als die anderen aus dem Team. Auch er war Master Sergeant. Anders als sein Bruder war er kein Arzt, doch wie alle aus dem Rettungsspringerteam musste er in seinem Bereich hervorragend sein. Sie wusste nicht, welche besonderen Fähigkeiten er besaß, aber er hatte ruhige Hände und einen Blick, dem nichts entging, selbst wenn er Scherze machte.

Leutnant Draden Freeman war ein echter Hingucker. Einfach umwerfend. Der Mann gehörte nicht in die Armee, sondern auf die Titelseite einer Zeitschrift. Sie hatte gehört, dass er »der Sandmann« genannt wurde, aber sie hatte keine Ahnung warum. Er war praktisch ununterbrochen am Laufen. Bei Tag und Nacht. Und wenn er nicht laufen konnte, weil er Wache hatte, übte er sich in Kampfkunst – langen, komplizierten Bewegungsabläufen, bei denen manchmal auch Waffen dazugehörten. Er war ebenfalls Arzt, und sie konnte sich nicht vorstellen, dass eine Frau in seine Praxis kam, ohne verlegen zu werden. Niemand sah gut aus, wenn er sich krank fühlte, und welche Frau wollte schon einem so schönen Mann gegenübersitzen, wenn sie sich schrecklich fühlte?

Vom vierten Mann hatte sie noch nicht viel gesehen. Er hieß Rubin Campo und sie wusste nur, dass er Vögel mochte. Er beobachtete sie ständig und über lange Zeiten hinweg und hatte sogar ein Pärchen, mit dem er zu jagen schien. Er war sogar Chief Master Sergeant, kehrte es aber nicht heraus.

Ihr fiel auf, dass niemand anders mitgekommen war. Keiner von den SEALs, die in Stennis trainierten, und auch sonst niemand, der das, was diese Männer mit ihr vorhatten, hätte verhindern können.

Ezekiel kippte zur Seite, als wäre er zu erschöpft, um sich aufrechtzuhalten, und ihr Herz geriet ins Stolpern. Vielleicht war der Blutverlust wirklich so groß gewesen, dass er bewusstlos wurde. Sie konnte ihn nicht stützen, weil ihre Arme hinter ihrem Rücken gefesselt waren, und sie konnte nichts sagen, weil Gino ihr sein schmutziges T-Shirt in den Mund gesteckt hatte.

Sie schaute zu Mordichai und den anderen Männern hinüber. Keiner schien zu merken, dass Ezekiel ein Problem hatte. In dem Augenblick, in dem er ihre Nähe gesucht hatte, hätten sie alle alarmiert sein sollen. Diese arroganten Mistkerle. Glaubten sie etwa, sie wäre keine Gefahr, nur weil sie eine Frau war? Auch wenn sie im Moment nicht besonders angriffslustig war, sondern eher besorgt, was sie *selbst* nicht verstehen konnte.

Plötzlich sank Ezekiel mit dem Kopf voran in ihren Schoß. Bellisia hielt den Atem an. Sofort war Gino bei ihr und packte sie beim Haar, damit sie seinem Freund nicht zu nahe kam. Dann legte er zwei Finger an Ezekiels Hals, um seinen Puls zu fühlen. Gern hätte sie Gino ein Gesicht geschnitten. Doch immerhin war er klug genug zu erkennen, dass sie, wenn sie wollte, selbst durch den Knebel Gift verspritzen konnte. Aber sie tat es nicht. Ezekiel hatte irgendetwas an sich, dass es ihr unmöglich machte, ihn umzubringen.

»Er braucht mehr Blut. Wir haben die beiden unterbrochen«, sagte Gino. Dann sah er ihr in die Augen. »Ich nehme dir jetzt den Knebel ab, aber wenn du versuchst, mich oder Zeke zu beißen, mache ich dich kalt, das schwöre ich, egal, was Zeke dazu sagt.«

Ruhig wartete Bellisia, bis er ihr das eklige Stück Stoff aus dem Mund genommen hatte. Sie überlegte, ob sie ihn anspucken sollte, doch das war so würdelos. Stattdessen bemühte sie sich, ihren sehr trocken gewordenen Mund wieder zu befeuchten.

»Wie lange hat die Transfusion gedauert?«

Sie dachte darüber nach, nicht zu antworten, aber was hätte es gebracht? Sie wollte nicht, dass Ezekiel starb. Andererseits wollte sie diesen Männern nicht auch noch helfen. Immerhin waren sie allesamt Ärzte oder Sanitäter und wussten, was zu tun war. Sie zuckte die Achseln. »Ein paar Minuten. Er hat mehrmals behauptet, dass er Blut braucht, aber ich wusste nicht, wie man das macht, und hatte Angst, ihn danach nicht mehr nach Hause bringen zu können.«

Gino wechselte einen Blick mit Mordichai. Das Boot nahm Fahrt auf, und trotz der dunklen Nacht und der Tatsache, dass sie keine Lichter anhatten, steuerte es direkt auf Ezekiels Zuhause zu. Die Richtung, die sie eingeschlagen hatten, verriet Bellisia, dass sie nicht nach Stennis zurückfuhren. Auch das bestärkte sie in der Ansicht, dass diese Männer eigene Ziele verfolgten – wie etwa sie zu Whitney zurückzubringen.

»Das ist doch Unsinn«, sagte Mordichai. »Er konnte ja nicht wissen, was für eine Blutgruppe sie hat.«

»Wenn er geglaubt hat, dass sie mit ihm gepaart worden ist, schon«, gab Gino zu bedenken. »Er hat mich gebeten, mich über sie zu erkundigen, während er das Training geleitet hat. Ich habe das Restaurant aufgesucht, in dem sie arbeitet. Und ehrlich gesagt habe ich keinen Hinweis darauf gefunden, dass sie eine Schattengängerin sein könnte, aber irgendetwas an ihr gefällt mir nicht.«

Bellisia reckte das Kinn und starrte ihn wütend an. »Du bist kein besonders netter Mensch, oder? Wahrscheinlich weißt du nicht einmal, was das heißt, nett zu jemandem zu sein.«

Gino ignorierte sie. »Ich habe bei ihr keine Schwingungen gespürt, aber sie hat ihre Talente ja auch noch nicht eingesetzt.«

»Er braucht dringend Blut«, sagte Draden entschlossen. »Welche Blutgruppe hast du, Bellisia?«

Sie konnte einfach lügen und die Männer denken lassen, dass sie sich als Spenderin nicht eignete. Doch vielleicht starb Ezekiel dann noch auf diesem Fluss. Er sollte verdammt sein. Und sie sollte sich schämen. Denn sie würde das nicht zulassen. Sie konnte es nicht. Auch wenn sie wusste, dass sie nicht mehr klar dachte. Ezekiel Fortunes war ihr größter Feind, aber den Gedanken, ihn tot zu sehen, konnte sie nicht ertragen.

»Bellisia.« Draden suchte bereits nach einer Vene an Ezekiels Arm. »Sag's mir.«

»Null negativ.«

Draden ließ sich nicht anmerken, wie überrascht er war. Die anderen Männer wechselten vielsagende Blicke, doch Draden nahm einfach nur Bellisias Arm und suchte auch dort nach einer Vene. Daran war sie gewöhnt. Sie hasste Nadeln, aber Whitney hatte sie trotzdem wie ein Nadelkissen behandelt.

Null negativ hieß, dass sie keine Antigene im Blut hatte. Absolut keine. Sie war der perfekte Spender. Einer, den jedes Krankenhaus und jeder Wissenschaftler sich gewünscht hätte. Aber niemand wusste von ihr. Whitney hatte sie für sich behalten wollten. Und raufte sich sicher die Haare vor Wut, dass er sie aus den Augen verloren hatte.

»Sie hat Gift in sich. Könnte das Ezekiel schaden?«, fragte Mordichai besorgt.

»Es ist wohl eher in ihrem Speichel«, erwiderte Draden geistesabwesend. »Nicht in ihrem Blut.«

Sie sprachen über sie, als wäre sie gar nicht da. Als könnte sie nicht verstehen, was sie sagten. Schlimmer noch, als wäre sie kein Mensch und ihnen völlig egal. Jedenfalls waren ihnen ihre Gefühle egal. Für diese Männer war sie nichts weiter als ein Blutspender für ihren Freund. Sie behandelten sie genauso schlecht, wie Whitney es getan hatte.

Bellisia hasste es, Blut zu spenden, Nadeln im Arm zu haben. Sie wollte nicht auf diese Weise mit jemand anders verbunden sein. Nachher war ihr immer schwindlig und übel. Ohne zu zögern, stach Draden ihr in die Vene, während das Boot im Dunkeln übers Wasser brauste.

Anscheinend war er sehr talentiert. Und wahrscheinlich imstande, im Dunkeln zu sehen. Vielleicht sah er sogar die Venen unter der Haut. Aber das spielte keine Rolle. Sie fühlte sich dennoch ins Labor zurückversetzt, wo schwitzende Techniker sich über sie gebeugt hatten, um sie mit Nadeln zu piesacken. Diese Techniker hatten sehr viel mehr Respekt vor ihren Zähnen gehabt als Draden und Mordichai, die sich nun an ihr zu schaffen machten. Sie konnte sie ganz leicht beißen. Sie sollten Angst vor ihr haben. Sie konnten doch nicht vergessen haben, wie gefährlich sie war. Gerade hatten sie noch darüber geredet.

Sie sah zu Gino hinüber. Er hatte es nicht vergessen. Rubin fuhr so schnell er konnte und drosselte das Tempo erst, als sie in flacheres Wasser kamen. Mordichai und Draden kümmerten sich um Ezekiel und achteten weder auf sie noch auf irgendetwas anderes. Im Moment war also Gino der gefährlichste Mann für sie. Er ließ sie nicht aus den Augen. Wenn sie versuchte zuzubeißen, würde er sie töten. Daran hatte sie keinerlei Zweifel.

Aber sie war zu müde, um irgendjemanden zu beißen. Ihre Kraft war erschöpft. Sie hätte sich gern eingeredet, dass sie nur aufgrund ihrer körperlichen Schwäche momentan ihre Niederlage akzeptierte, doch in Wahrheit kam sie nicht über Ezekiels schmerzhaften Verrat hinweg. Am liebsten hätte sie sich zusammengerollt und sich unsichtbar gemacht. Camouflage beherrschte sie perfekt, doch mit einer Nadel im Arm, die sie über einen Schlauch mit jemand anders verband, in einem kleinen Boot zu verschwinden, überforderte selbst sie.

»Wir wollen dir nicht wehtun«, sagte Gino plötzlich.

Das war das Letzte, was sie von ihm erwartet hatte. Der Mann war sehr ruhig und wachsam. Hielt sich stets im Hintergrund. Und erlaubte es sich nicht, Mitleid mit ihr zu haben – damit er sie falls nötig töten konnte. Aber er sagte die Wahrheit. Die Männer wollten ihr nicht wehtun.

Und das würden sie auch nicht. Denn für eine Tote würde Whitney ihnen keinen Gefallen tun oder etwas eintauschen. So gut kannte sie ihn inzwischen. Whitney konnte dann über ihren Tod entscheiden. Die Art von Macht gefiel ihm. Wohingegen es ihm sicher nicht gefallen würde, wenn jemand ihm diese Entscheidung abnahm.

Ohne auf die Gerüche und die Feuchtigkeit im Boot zu achten, lehnte Bellisia sich zurück. Ihre Haut sehnte sich danach, jedes bisschen Wasser aufzusaugen, kein Tropfen war zu klein. Sie schaute zum Nachthimmel empor. Er war dunkel. Keine Sterne. Nur dicke, dräuende Wolken. Hoffentlich wurden sie so schwer, dass sie platzten und ausliefen. Sie brauchte den tröstlichen Regen auf der Haut.

Sie senkte die Lider. Der starke Schmerz, den die Kränkung in ihr ausgelöst hatte, war gerade so weit zurückgegangen, dass er erträglich war. Sie ließ sich vom Geräusch des Motors und dem Klatschen, mit dem das Boot immer wieder auf dem Wasser aufschlug, einlullen und dachte an Ezekiel. Wie er an einem ruhigen Tag mit den Drillingen in einem Boot in einen Bayou gefahren war. Sie war ihm und den Mädchen durch das stille, dunkle Wasser gefolgt, obwohl es nicht gerade das sauberste war, doch das hatte sie in Kauf genommen, um bei den vieren bleiben zu können.

Sie hatte sich an die Bootswand geklammert und sich treiben lassen, während er den kleinen Mädchen wilde Abenteuergeschichten erzählte. Sie bewunderte seine Fantasie. Und ganz besonders gefiel ihr, dass die Mädchen in seinen Geschichten immer eine Rolle spielten. Sie waren die Heldinnen und überwanden alle Schwierigkeiten. Die Freude der Mädchen und die tiefe Zuneigung in seiner Stimme, wenn er mit ihnen redete, waren der Grund dafür, dass sie ihm so schnell verfallen war.

Leider musste sie sich angesichts ihrer augenblicklichen Lage eingestehen, dass sie dümmer gewesen war, als ihr lieb sein konnte. Trotzdem würde sie keinen anderen Mann ansehen. Für sie gab es nur Ezekiel. Er war etwas Besonderes. Jedes Mal, wenn er einen Ausflug mit den Kindern unternahm, sorgte er dafür, dass sie Spaß hatten. Er erklärte ihnen die ständig wechselnden Wasserwege und die Orientierungshilfen, lehrte sie durch seine Geschichten Toleranz und Hilfsbereitschaft und gab ihnen praktische Übungsstunden – wer konnte die Vögel und Pflanzen am schnellsten benennen? Wer kannte die meisten? Wer entdeckte die Tiere an Land und den Alligator im Wasser?

Für Ezekiels Kinder würde das Leben ein einziges Abenteuer sein. Er würde ihnen alles beibringen, was sie wissen mussten, um im Sumpf zu überleben, aber dabei würde es sehr lustig zugehen. Sie selbst hatte als Kind nur Disziplin gekannt. Und strenges Training. Sie konnte nicht vergessen, wie er die Kinder berührte, wie sanft er ihnen übers Haar strich. Wie zärtlich er sie umarmte und auf die Stirn oder den Scheitel küsste.

Einmal war eins der Mädchen zornig geworden und hatte eine Schwester gebissen. Gleich darauf war es mit einem so entsetzten Gesichtsausdruck zurückgeschreckt, dass Bellisia fast ihre Tarnung aufgegeben hätte, um es zu trösten. Doch da hatte Ezekiel das Kind bereits auf den Arm genommen, es an seine Brust gedrückt und ihm leise, beruhigende Worte zugeflüstert, während die anderen Erwachsenen das Mädchen mit den Zahnabdrücken am Arm hastig ins Haus gebracht hatten.

Die Blicke, die sie dabei wechselten, hatten ihr verraten, dass auch der Biss dieser kleinen Mädchen giftig war. Doch sie konnte sich und das Gift kontrollieren, während die Mädchen es wohl noch nicht gelernt hatten.

Ezekiel war so ruhig und fürsorglich gewesen. Niemand hatte die Kleine angeschrien. Und niemand hatte sie geschlagen oder irgendetwas unternommen, was dazu geführt hätte, dass sie sich noch schlechter fühlte, als sie es ohnehin schon tat. Offenbar war sie sehr intelligent und wusste, dass sie ihre Schwester durch ihren Wutanfall in Gefahr gebracht hatte. Den Fehler würde sie wahrscheinlich nie wieder begehen.

Ein Brennen am Arm riss Bellisia aus ihrem Dämmerzustand. Sie näherten sich dem Grundstück der Fontenots. Es lag ein gutes Stück weit entfernt von Donnys Insel und dem Sumpfgebiet, zu dem Ezekiel gebracht worden war. Bestimmt hatten sie Stennis gemeldet, dass sie die Suche abbrechen konnten, dennoch brachten sie Ezekiel nicht in die Baracken oder das Krankenhaus dort, sondern nach Hause.

Draden zog die Nadel aus ihrem Arm und drückte auf den Einstich, um die Blutung zu stoppen. »Du wirst dich benommen fühlen. Versuch nicht, dich zu früh aufzusetzen.« Er hielt ihr eine Wasserflasche an die Lippen. »Trink. Du brauchst das.«

Ihre Arme schmerzten, weil sie schon so lange auf ihrem Rücken gefesselt waren. Sie waren kurz davor, taub zu werden, und kribbelten heftig. Ihr war sehr übel, und sie fürchtete sich vor den Augen der Männer übergeben zu müssen. Sie trank aus der Flasche, weil ihr Körper förmlich nach Wasser schrie, mied aber Dradens Blick. Seine Hände waren zu sanft. Seine Stimme zu besorgt. Sie wollte nichts von diesen Leuten, schon gar kein falsches Mitleid.

Deshalb war ihr Gino am liebsten. Er tat wenigstens nicht so, als wäre er irgendetwas anderes, als das, was er war – eine kaltblütige Killermaschine.

»Noch etwas?«, bot Draden ihr an.

Sie hätte die ganze Flasche leertrinken können, aber sie schüttelte den Kopf. Es gefiel ihr nicht, dass er so nah bei ihr war, denn sie hatte Angst, jeden Moment die Kontrolle zu verlieren, so wie das kleine Mädchen mit dem dunklen Haarschopf. Ihr drehte sich der Magen um. Ihre Arme waren nun völlig taub und hingen so schwer und leblos an ihr herunter, dass ihr noch schlechter wurde.

Hastig versuchte sie, zum Bootsrand zu kommen, doch als Gino sie hart an der Schulter packte und festhielt, erbrach sich auf seine Schuhe. Die Ironie des Ganzen hätte ihr eigentlich gefallen müssen, doch nachdem sie einmal angefangen hatte, konnte sie nicht mehr aufhören. Wieder und wieder hob ihr Magen sich protestierend und verkrampfte sich. Sie wusste aus Erfahrung, dass das eine Reaktion auf die Nadel war. So groß war ihr Widerwille. Blut zu spenden machte sie einfach krank. Immer.

Mordichai wickelte ihre Haare um seine Faust, damit sie nicht in das hauptsächlich aus Galle bestehende Erbrochene fielen, das auf Ginos Schuhen und dem Boden des Bootes gelandet war. »Was fehlt ihr denn, Draden?«

»Ich bin nicht sicher. Aber ich habe etwas gegen Übelkeit in meiner Tasche. Ich spritze es ihr. Mal sehen, ob es hilft.«

Vor lauter Würgen konnte Bellisia nicht reden, deshalb schüttelte sie nur heftig den Kopf. Sie schämte sich, dass sie vor den Männern schwach geworden war. Sie hatte sich noch nie im Leben so verletzlich gefühlt. Sie schämte sich sogar dafür, dass sie diesem Ekel auf die Schuhe gebrochen hatte. Wenn die Erde sich aufgetan hätte, um sie zu verschlingen, hätte sie nichts dagegen gehabt. Doch das Gute war, dass sie nun näher am Rand des Bootes war. Sehr viel näher.

Gino hatte sogar ihre Schulter losgelassen, weil sie ihnen offenbar nichts vormachte. Niemand dachte daran, dass sie mit so heftigen Magenkrämpfen ins Wasser springen würde.

»Das wird deinen Magen beruhigen«, sagte Draden und kam mit einer Nadel in der Hand auf sie zu.

Die feine Spitze stach in ihre Haut und schob sich zwischen ihre Zellen. Jedes Mal, wenn irgendetwas die Muskeln unter ihrer Haut durchbohrte, durchzuckte sie ein grausamer Schmerz, der alle Zellen und Nerven erfasste. Es war, als würden sie durch die Nadel irgendwie miteinander verbunden und in Brand gesetzt. Dann würde ihr so glühend heiß, dass sie kaum noch dagegen anatmen konnte.

Aber wie sollte sie das anderen erklären? Außer ihr schien niemand dieses Problem zu haben. Die Einstichstelle schwoll jedes Mal an, aber noch schlimmer war, dass sie auch tief unter der Haut eine Schwellung spürte, in den Muskeln, die es ihr erlaubten, die Beschaffenheit ihrer Haut zu verändern, um sich zu tarnen. Ängstlich wich sie vor der Nadel zurück und gelangte noch ein kleines Stück näher an die Seite des Bootes heran. Sie brauchte die Angst nicht einmal zu heucheln.

»Geht es um die Spritze?«, fragte Draden.

Bellisia nickte mehrfach. Sie hatte den heißen Schmerz, der sich bei der Transfusion in ihr ausgebreitet hatte, nur ertragen, indem sie sich in einen fast hypnotischen Zustand hineinversetzte.

»Reagierst du immer so darauf?«

Bellisia schüttelte den Kopf. Nicht jedes Mal. Aber meistens. Das Würgen wurde wieder schlimmer, ihr Magen rebellierte schon wieder, und sie konnte die Hände nicht auf ihre brodelnden Eingeweide pressen. Ängstlich wich sie zurück und gewann noch ein paar Zentimeter. Sie machte nicht den Fehler, zum Wasser zu schauen. Sie behielt den Kopf unten und versuchte zwischen den Anfällen, bei denen nichts mehr hochkam, nach Luft zu schnappen.

Das Boot wurde langsamer. Sie näherten sich dem Steg. Sie war schon Dutzende Male bei den Fontenots gewesen. Vom Wasser aus hatte sie alle beobachtet, und keiner von ihnen hatte etwas bemerkt – oder auch nur geahnt. Mit einem Ruck schnellte sie in die Höhe und versuchte über Bord zu springen, doch ein heftiges Reißen an der Kopfhaut hielt sie zurück. Mit einem lauten Schrei fiel sie rückwärts um und kam hart auf, weil sie sich nicht abstützen konnte. Mordichai hatte ihre Haare noch in der Hand. Tränen brannten in ihren Augen, aber sie kämpfte weiter.

Sie rollte sich herum und trat um sich, denn sie wusste, dass das ihre letzte gute Gelegenheit zur Flucht war. Diese Männer würden sie irgendwo hinbringen, wo es kein Wasser gab. Sie würden sie in eine Zelle sperren und sie nicht mehr herauslassen, bis Whitney aufkreuzte. Obwohl sie ihre Hände nicht gebrauchen konnte, wehrte sie sich mit aller Kraft und setzte Kopf und Beine und sogar die Schultern als Waffe ein.

Aber Mordichai ließ nicht locker. Wenn überhaupt, packte er ihr Haar noch fester. Bellisia hatte das Gefühl, dass ihre Kopfhaut sich jeden Augenblick ablösen wurde. Gino bekam eins ihrer Beine zu fassen, hielt es fest und wartete geduldig, bis sie mit dem andern nach ihm trat, damit er es ebenfalls schnappen konnte.

Ezekiel kroch zu ihr. »Beruhige dich, Kleines. Halt still«, raunte er. »Niemand will dir wehtun. Bleib einfach ruhig. Ganz ruhig.«

Konnte sie ihn wirklich hassen? Sie hätte es gern getan, denn er hatte es verdient, aber da war diese Stimme, dieser wundervolle Tonfall, in dem er sonst mit den Drillingen sprach und jetzt mit ihr, und dabei massierte er ihr die ganze Zeit den Kopf, ohne darauf zu achten, dass sein Bruder sie immer noch an den Haaren gepackt hielt.

»Komm schon, Kleines, entspann dich. Hör auf, dich zu wehren. Ich bin bei dir. Ich lasse nicht zu, dass dir etwas geschieht.«

Das Boot legte an. Auf irgendeiner Ebene war ihr bewusst, dass Gino ihr die Beine an die Hände gebunden hatte, sodass sie aussah wie ein erlegtes Tier, doch das hielt sie nicht davon ab, sich wie wild zu wehren. Sie konnte nicht aufhören, denn das hätte bedeutet, dass sie sich ihre Niederlage eingestand, und sie weigerte sich zu glauben, dass sie schon wieder gefangen war. Dass sie es Whitney so leicht gemacht hatte, sie zurückzubekommen. Sie hatte immer gedacht, dass sie, sobald sie erst einmal frei war, auch imstande sein würde, ihm stets zu entwischen. Sie musste nur nah am Wasser bleiben. Ihrem Fluchtweg.

Es war direkt vor ihrer Nase. Nur ein paar Zentimeter entfernt. Der Fluss. Das Wasser. Ihre Zuflucht. Warum sie Ezekiel nicht biss, würde ihr ein ewiges Rätsel bleiben, doch wenn sie ehrlich war, würde sie es wohl nie schaffen. Am Ende legte er einfach ihren Kopf wieder in seinen

Schoß, strich ihr übers Haar und fuhr mit einem Finger zärtlich an ihrer Wange entlang bis zu ihrem Kinn hinunter, so wie er es mit dem kleinen Mädchen gemacht hatte, das seine Schwester gebissen hatte.

»So ist es gut, entspann dich. Ich passe auf dich auf. Ich schwöre es dir. Ich gebe dir mein Wort, dass dir nichts Schlimmes passiert. Halt einfach still, tu es für mich.«

Sie musste sich mit dem Gedanken abfinden, dass sie nicht ins Wasser gelangen würde. Es gab kein Entkommen. Diese Männer waren zu schnell, und es waren zu viele. Bellisia zwang sich zur Ruhe. Ihr Gesicht war nass, aber hoffentlich nicht vor Tränen. Vielleicht hatte es endlich angefangen zu regnen, doch sie konnte es nicht sagen, denn sie konnte sich nicht dazu aufraffen, zum Himmel aufzuschauen. Das Gesicht von Ezekiel abgewandt und die Augen fest geschlossen, gab sie auf und sog in langen Zügen die Luft ein.

»Tut mir leid, Zeke«, flüsterte Mordichai, als könnte sie ihn nicht hören. »Ich hatte nicht vor, ihr wehzutun.«

Ezekiel gab keine Antwort, schlang nur einen Arm um sie und drückte sie an sich. Aus irgendeinem seltsamen Grund fühlte sie sich in dieser festen Umarmung sehr geborgen. Plötzlich wusste sie, wie die Drillinge sich fühlen mussten: sicher und behütet. Und sie wusste auch, dass sie sich etwas vormachte. Sie war weder bei Ezekiel noch bei irgendjemand anders sicher. Auf ihren Kopf würde immer ein Preisgeld ausgesetzt sein. Immerhin war Whitney Milliardär, einer der reichsten Männer der Welt. Und er hatte mächtige Freunde.

Still ertrug Bellisia den Schmerz in Armen und Beinen, denn der psychische Schmerz war schlimmer und sehr viel schwerer zu ertragen. Trotz allem war sie eine sehr gut ausgebildete Kämpferin, und niemand, nicht einmal diese Männer, konnten ihr das wegnehmen.

Es war Gino, der sie auf die Arme nahm und sie mit erstaunlich sanften Händen aus dem Boot trug. Sie machte die Augen nicht auf, aber sie erkannte ihn am Geruch. Der Statur. Der Art, wie er sich bewegte. Solche Dinge saugte sie genauso unwillkürlich auf wie Wasser. Mordichai und Draden halfen Ezekiel. Das musste sie nicht sehen, sie wusste es instinktiv.

Außerdem wusste sie genau, wie viele Schritte es bis zum Haus waren, aber sie wurde nicht dorthin gebracht. Sie würde nicht ins Haus kommen. Sie würde weder Nonny noch die Drillinge noch ihre Mutter kennenlernen. Die Männer würden sie wegsperren und ihr schmutziges kleines Geheimnis vor den Frauen verbergen.

Türen knarrten und ächzten. Große Türen. Die Garage also. Als sie Chemikalien roch, hätte sie fast die Beherrschung verloren. Sie war in einem Labor. Sie konnte sich kaum noch davon abhalten, Gino das Gift zu injizieren, das sich bereits mit ihrem Speichel mischte. Plötzlich sprach er sie an, das hieß, dass die blassblauen Ringe sich auf ihrer Haut zeigten. Dass er sie nicht einfach in weitem Bogen von sich warf, sagte viel über ihn, aber sie konnte nicht mehr lange an sich halten, denn vor lauter Angst konnte sie nicht mehr klar denken. Sie war in Panik. Noch einmal als Versuchsobjekt zu dienen hielt sie nicht aus.

»Ich weiß, dass das schlimm aussieht«, sagte Gino. »Und mir ist klar, dass du weißt, wo du bist, aber das ist er einzige Raum, aus dem du nicht rauskommst. Wyatt und Trap benutzen ihn als Labor, um ein Gegenmittel gegen … ein Gift zu finden.«

Das war seine Rettung, vielleicht die einzige, die es gab. Natürlich mussten sie wegen des Giftes, das die Drillinge verspritzten, nach einem Gegenmittel forschen. Es ging gar nicht anders. Schnell wandte Bellisia ihr Gesicht von Gino ab, nur zur Sicherheit, damit nichts passierte.

So blieb sie auch, während er ihre Fesseln durchschnitt und ihre Arme und Beine vorsichtig massierte, bis das Blut wieder zu zirkulieren begann. Dann ging er. Und ließ sie allein. Im Dunkeln. Hinter Gittern.

7

SOBALD ER FORT WAR, richtete sich Bellisia auf und begann ihr Gefängnis systematisch zu erforschen. Sie hatten sie ohne Licht eingesperrt, aber sie konnte in der Zelle eine schmale Pritsche mit einer Decke erkennen. Die Nacht war warm und feucht, doch sie zitterte trotzdem. Sie gab sich große Mühe, an nichts zu denken, und ging die Zelle ab, zählte die Schritte und betastete den Boden. Er war aus Beton. Keine Chance, da hindurchzukommen. Sie ging bis zum Ende und zählte an der Querseite weiter.

Dann hängte sie sich, obwohl eine Kamera auf sie gerichtet sein konnte, mit den mikroskopisch kleinen Härchen an ihren Händen und Füßen an eine Mauer und untersuchte eine nach der anderen, steckte ihre Finger in jeden Riss, den sie fand. Als sie alle vier Wände überprüft hatte, heftete sie sich an die Decke und tat das Gleiche. Betastete Zentimeter um Zentimeter so sorgfältig, dass ihr nichts entging.

Sie war sehr geduldig und verließ sich nur auf sich selbst – wie früher. Den Gedanken, dass ihr eine Traumvorstellung zum Verhängnis geworden war, fand sie regelrecht peinlich. Noch dazu hatte sie sich nicht einmal verteidigt. Diese Männer hätten sie getötet, wenn sie einen von ihnen gebissen hätte, doch nicht Angst hatte sie davon abgehalten – und das war ihr noch peinlicher.

Man hatte sie verschnürt und weggeworfen wie Abfall. So wurde sie schon ihr ganzes Leben lang behandelt, aber diesmal tat es viel weher. Von Whitney war sie das gewohnt, aber von Ezekiel hatte sie etwas anderes erwartet. Er wusste doch, dass sie mit dem Angriff auf ihn nichts zu tun hatte. Er *wusste* es. Trotzdem hatte er nichts dagegen unternommen, dass man sie hier einsperrte.

Geduldig setzte sie die Untersuchung der Zelle fort. Hinter einem Wandvorsprung gab es ein kleines, karges Bad. Wie viele Gefangene mochten hier schon gewesen sein? Gino hatte gesagt, das Labor diene dazu, ein Gegengift zu finden. Wenn das stimmte, warum gab es dann eine Zelle? Was steckte man in einen Käfig mit Bad? Bellisia machte sich daran, auch das kleine Bad zu untersuchen, besonders die Installation. Es musste doch ein paar Leitungen geben, die nach draußen führten.

Aber die Rohre waren sehr dünn. Selbst wenn sie sie von der Wand riss, würde sie sich wohl nicht klein genug machen können, um hineinzupassen. Sie brauchte unbedingt Wasser, also hielt sie die Arme unter den Hahn am Waschbecken und ließ es über ihre Haut laufen, bis sie sich etwas besser fühlte. Wenn sie unter Stress stand, sehnte sie sich besonders nach ihrem Lieblingselement.

Plötzlich öffnete sich die Tür zum Labor und sie fuhr erschrocken herum. Der Adrenalinstoß sorgte dafür, dass die blauen Ringe auf ihrer Haut erschienen und das Gift einschoss. Irgendjemand hatte den Raum betreten, ohne Licht anzumachen. Das verhieß nichts Gutes. Sie hockte sich in die hinterste Ecke ihres Käfigs und machte sich so klein wie möglich.

Zuerst meldete sich ihre Nase, die Ezekiels verlockend männlichen Duft wahrnahm – vermischt mit dem von

Blut. Die Schnittwunden mochten es nicht, dass er sich so viel bewegte.

»Du solltest nicht herumlaufen«, sagte sie streng, ehe sie sich zurückhalten konnte.

»Ich konnte den Gedanken nicht ertragen, dass du hier ganz allein bist. Entweder ich bleibe heute Nacht bei dir oder wir versprechen uns etwas.« Seine faszinierende Stimme wirkte auf sie ebenso beruhigend wie Wasser.

Schnell kam er zu ihrer Zelle. Ihre Augen hatten sich längst an die Dunkelheit im Raum gewöhnt, und so sah sie die Schlüssel in seiner Hand.

Bellisia befeuchtete ihre trockenen Lippen. »Im Moment bin ich ziemlich sauer auf dich.« Es war als Warnung gemeint, doch sie war nicht sicher, ob sie sich nur selbst davon überzeugen wollte, dass sie ihn beißen würde, wenn er ihr zu nah kam.

»Das weiß ich. Ich weiß, dass du mich für einen Verräter hältst, aber wenn du mir die Chance gibst, es dir zu erklären, wirst du verstehen, warum ich dich bei mir behalten muss.«

»Ich bin nicht bei dir. Ich bin in einem Käfig. Wie ein Tier.« Sie rieb sich die Handgelenke. Sie taten ihr weh. Als Gino ihr die Fesseln angelegt hatte, war er nicht gerade sanft mit ihr umgesprungen. Dass ihre Stimme sie verraten hatte, ärgerte sie. Diesen gekränkten Tonfall hätte sie lieber vermeiden wollen.

»Einverstanden, oder soll ich reinkommen?«, fragte er.

Konnte sie an ihm vorbeikommen, ehe er die Tür wieder schloss? Sie bezweifelte es. Er war schnell. Sehr, sehr schnell. Und ihr Gift war immer tödlich. Sie konnte ihn nicht einfach nur lähmen. Wenn sie ihn biss, würde er sterben. Sie seufzte.

»Was soll ich dir denn versprechen?« Sie wollte ihn wenigstens anhören. Schließlich hatte sie alle Zeit der Welt. Sie zog die Knie an die Brust und starrte quer durch die Zelle in seine Richtung.

»Komm her.«

Sie stützte das Kinn auf. »Warum?«

»Weil ich dich nett darum bitte.«

»Das nennst du nett?«

»Netter kann ich nicht sein.«

»Lüg mich nicht an. Ich habe dich beobachtet. Wenn du mit den Mädchen zusammen warst. Ich bin euch auf euren Ausflügen gefolgt. Ich weiß, dass du ein Märchenonkel bist und ihnen vorsingst. Ich habe es mit eigenen Ohren gehört.« Selbst wenn ihn das aufregte, es war ihr egal.

»Du hast mich verfolgt?« Seine Stimme war täuschend sanft.

»Ich hatte was zu erledigen, ein Auftrag von Whitney. Du kennst ihn. Sogar sehr gut. Wahrscheinlich hat er dir längst alles erzählt, also warum sollte ich etwas dazu sagen?« Sie klang sehr verbittert. Und so etwas führte zu Fehlern. Sie durfte sich keine Gefühle erlauben, sie musste das Ganze wieder objektiver sehen.

»Whitney ist kein Freund von uns. Ich weiß, dass du mir das nicht glauben wirst und dass ich es dir beweisen muss, aber ich möchte dich bei deinen Erklärungen nicht unterbrechen, also red weiter. Was hast du für Whitney gemacht?«

»Er hat mich nach China geschickt. Er hatte den Verdacht, dass eine US-Senatorin streng geheime Informationen für Schwarzgeld verkaufen wollte, um damit eine für sie wichtige Kampagne zu finanzieren. Und Cheng hat Geld. Tonnenweise. Er ist ein chinesischer Geschäftsmann mit Verbindungen zu fast jeder terroristischen Zelle, die es auf der Welt gibt. Aber niemandem ist es je gelungen, ihm etwas nachzuweisen. Er möchte die Geheimnisse der Schattengänger ergründen und an den Höchstbietenden verkaufen. Ich schätze, dass deine Gewebeproben an ihn gegangen sind.«

Stumm sah Ezekiel sie an. Es war unheimlich, in die glänzenden Augen eines Jägers zu schauen. Aber da war noch mehr. Sein Blick war so starr wie der eines Raubtiers. Bellisia hielt sich selbst für brandgefährlich. Und das war sie auch, doch in diesem Moment war sie sehr froh, dass dieser Mann auf der anderen Seite der Gitterstäbe stand und nicht an sie herankam.

Sie seufzte. »Ich habe tagelang verdeckt ermittelt, bis sie dann kam. Und als ich dann alles, was ich wissen musste, in Erfahrung gebracht hatte und verschwinden wollte, hat Cheng die Fabrik abgeriegelt. Und jemand hat anscheinend die Perücke gefunden, die ich versteckt hatte, deshalb bin ich nicht so schnell aus dem Gebäude gekommen wie geplant.«

Ezekiel rührte sich nicht. Auch sie konnte sehr lange in einer Position verharren und mit ihrer Umgebung verschmelzen, doch er war nicht versteckt. Er stand mitten im Raum. Ein großer Mann. Aber weil er nicht einen Muskel bewegte, wurde es immer schwieriger, ihn zu sehen. Die Stille zwischen ihnen dehnte sich. Bellisia seufzte. Sie konnte ihm genauso gut alles erzählen. Schließlich hatte sie nichts mehr zu verlieren.

»Whitney hat mir einen extra für mich entwickelten Virus eingeimpft, der mich tötet, wenn ich nicht rechtzeitig wiederauftauche. So hat er sichergestellt, dass ich nach jedem Einsatz zurückkehre.«

Diese Enthüllung sorgte für eine winzige Regung.

»Dieser Bastard«, sagte Ezekiel dann leise.

»Als ich es endlich geschafft habe, vom Dach herunterzuklettern, was nicht leicht war, war ich ziemlich fertig und hatte schon hohes Fieber. Für jemanden wie mich kann Fieber tödlich sein. Trotzdem habe ich es bis zu dem Lieferwagen geschafft, in dem Whitneys Männer auf mich warteten. Aber anstatt mir sofort das Gegenmittel verabreichen zu lassen, hat Whitney ihnen befohlen, mich zuerst nach meinen Informationen zu fragen. Ich habe so getan, als würde ich ohnmächtig, und als sie mir schließlich doch die Injektion gegeben haben, habe ich mich nicht mehr bewegt. Prompt kam die Order von Whitney, sie sollen Wasser für mich holen. Und als sie die Autotür aufgemacht haben, bin ich schnell an ihnen vorbeigerannt und in den Fluss gesprungen, neben dem wir geparkt hatten. Und sobald ich im Wasser war …«

»Warst du nicht mehr zu finden.«

»Richtig.«

»Warum hast du den weiten Weg von China bis hierher gemacht?« Wieder war Ezekiels Ton sanft, doch Bellisia wusste, wie das alles für ihn aussehen musste. Sie hatte ihn observiert und hier gab es drei kleine Mädchen, die offenbar sehr geliebt wurden, aber von Whitney vermutlich gentechnisch irgendwie verändert worden waren. Vielleicht glaubte er, sie sei eine Bedrohung für die Drillinge. Keiner der Schattengänger würde es zulassen, dass diesen Mädchen etwas zustieß, genau das mochte sie ja so an ihnen.

»Die Senatorin hat Cheng erzählt, dass ein Schattengängerteam in der Nähe von Stennis wohnt und oft Soldaten aus dem Ausland für gemeinsame Einsätze trainiert. Mir war klar, dass Cheng versuchen würde, sich einen von euch zu holen. Aber ehe ich mir selbst untreu werde und von der Bildfläche verschwinde, wollte ich mich vergewissern, dass ihr nicht mit Whitney zusammenarbeitet oder so seid wie die anderen Supersoldaten.« Belisia reckte das Kinn. »Also habe ich euch beobachtet. Besonders Nonny. Und ich habe mich in sie verliebt. Wer täte das nicht? Sie ist wunderbar. Großartig. So wie du mit den Mädchen. Du bist so lieb zu ihnen.«

»Wenn du wusstest, dass wir in Gefahr sind, warum hast du uns dann nicht gewarnt?«

»Hab ich doch. Ich habe die Pflanze ausgegraben, die Nonny gesucht hat, und einen Zettel daruntergelegt, als ich sie vor eure Tür gestellt habe.«

»Du hast einen Zettel dagelassen?« Ezekiel klang skeptisch.

»Frag Nonny. Inzwischen müsste sie die Nachricht gefunden haben.«

»Das werde ich. Also hat Cheng von einer US-Senatorin die Informationen über uns, und er hat dafür gesorgt, dass eine Terrorgruppe UN-Mitarbeiter angreift und als Geiseln nimmt, nur damit er an uns herankommt? Das ist doch verrückt.«

»Ja, aber Cheng ist verrückt. In seiner Welt fällt das nicht auf. Er macht die ganze Zeit Geschäfte mit Terroristen. Er musste nur die richtigen Leute um einen Gefallen bitten. Egal, welche Terrorgruppe, jede von denen wäre glücklich, wenn Cheng ihr etwas schuldet, das kannst du mir glauben. Also entführen sie diese UN-Mitarbeiter, achten darauf, dass ein oder zwei verletzt werden, und schon fangt ihr in Stennis an, den Einsatz vorzubereiten, um die Geiseln zu befreien. Dann schnappen sie sich einen von euch und nehmen sich, was sie brauchen – Cheng ist sehr vorsichtig. Er wird keinen Schattengänger lebendig in ein Labor lassen, solange er nicht weiß, was ihr könnt und was nicht. Außerdem ist es viel einfacher, billiger und ungefährlicher, einfach nur Informationen zu verkaufen, als sich mit einer lebenden Person zu belasten.«

Bellisia rieb sich das Kinn und seufzte. »Das habe ich zuerst nicht begriffen. Ich habe gedacht, er wollte deine Freunde anlocken, um einen von euch gefangen zu nehmen, doch er wollte nur alle wegsprengen. Sobald sie alles gehabt hätten, was sie von dir brauchten, hätten sie dich getötet, deshalb musste ich dich da rausholen.«

Ezekiel musste ihr nicht glauben, aber sie sagte die Wahrheit. Er würde nie erfahren, wie schwer es für sie war, irgendjemandem die Wahrheit zu sagen, besonders ihm. Doch sie hatte beschlossen, in dieser Nacht entweder zu sterben oder zu flüchten. Jedenfalls würde sie morgen fort sein, dann machte es nichts mehr, wenn er alles wusste. Vielleicht hatte sie ihm die Geschehnisse etwas beschönigt erzählt, aber er musste ja auch nicht erfahren, wie sich die Haken in ihre Haut gebohrt hatten und dass sie immer noch die Narben davon trug.

Sie hob das Kinn und sah ihm direkt in die Augen. »Und nachdem ich deinen erbärmlichen Hintern gerettet habe, hast du mich verraten. Ich hätte auch weglaufen können. Du hast gewusst, dass ich nichts mit dem Überfall zu tun hatte, du wusstest, dass ich dich da rausgeholt habe, und trotzdem hast du es zugelassen, dass man mich hier einsperrt.«

»Ich hatte keine andere Wahl.«

»Man hat immer eine Wahl. Geh einfach weg. Ich habe dich gerngehabt. Ich weiß nicht warum, aber so war es. Ich bin selbst schuld. Du hast mir nie Versprechungen gemacht, aber trotzdem verzeihe ich dir den Verrat nicht.«

»Diesen Geiseln bleiben nur noch ein paar Tage, dann wird man sie töten. Niemand weiß von ihnen. Wir haben das geheim gehalten, trotzdem hast du uns die ganze Zeit beobachtet. Und bist dem Boot in den Sumpf gefolgt. Dann hast du mich auf diese Insel gebracht anstatt zurück nach Stennis.«

»Ja, ich habe euch beim Training zugesehen. Ich hatte das Gefühl, ich müsste auf dich aufpassen. Ich konnte nicht glauben, dass du nach dem Zettel, den ich Nonny geschrieben hatte, nicht damit aufhörst. Du warst doch gewarnt. Du hättest ganz leicht herausfinden können, dass Cheng mit genau dieser Terrorzelle zusammengearbeitet hat. Du hättest erkennen müssen, dass das alles eine Falle war, trotzdem hast du weitergemacht. Das fand ich zwar sehr mutig, aber irgendjemand musste auf dich achten. Da habe ich beschlossen, es *selbst* zu tun. Wieder aus freien Stücken. Und ich kann dich nicht für meine eigene Dummheit verantwortlich machen. Natürlich bin ich dem Boot gefolgt. Sie haben dir irgendetwas injiziert. Du hast ausgesehen, als wärst du tot oder mindestens bewusstlos. Allen ging es so elend, dass keiner bemerkt hat, wie die beiden Soldaten dich weggebracht haben. Und was die Insel anbelangt, die habe ich für dich geopfert. Ich wusste, dass ich mein Zuhause verliere – das ich nebenbei bemerkt liebe –, wenn ich dich dort hinbringe, aber es war in der Nähe, und du musstest verarztet werden. Ich konnte nicht beurteilen, wie schlimm deine Verletzungen sind.«

Mit einem Mal hätte sie gern geweint. Das tat sie sonst

nie. Whitney hatte es seinen Mädchen von Anfang an verboten. Trotzdem spürte sie ein Brennen hinter den Augen und in ihrem Hals steckte ein dicker Kloß. Das machte sie noch wütender auf Ezekiel.

»Geh weg. Lass mich allein. Ich will nicht mehr wissen, was ich dir versprechen soll, und ich will nicht, dass du bei mir bleibst. Und selbst wenn du mir traust, im Moment traue ich mir selbst nicht mehr so richtig.« Sie legte den Kopf auf die Knie und sah ihn, müde von der langen Unterhaltung, durch die Wimpern hindurch an.

»Ich wollte dir Folgendes vorschlagen: Du gibst mir dein Ehrenwort, dass du, solange wir weg sind, bei Nonny, Pepper und den Mädchen bleibst, und ich lasse dich hier raus. Wir gehen zusammen zum Haus hoch, und du wohnst dort, bis ich zurückkommen kann. Aber du musst mir dein Wort geben.«

Erstaunt, dass er so etwas überhaupt in Erwägung zog, richtete sich Bellisia wieder auf. Sie konnte nicht glauben, dass er das ernst meinte. »Bist du verrückt? Was werden deine Freunde dazu sagen? Der Plan gefällt ihnen bestimmt nicht.«

»Es ist mir scheißegal, was sie dazu sagen. Das geht nur mich und dich an.«

Bellisia hielt den Atem an und überlegte, betrachtete das Angebot von allen Seiten und suchte nach verborgenen Fallstricken. »Warum hast du mich daran gehindert zu flüchten?«

»Wir dürfen die Mission nicht gefährden. Wenn herauskäme, dass du unsere Pläne genau kennst, wird das Team möglicherweise nicht eingesetzt, weil man dich nicht einschätzen kann. Dann würden die Geiseln sterben. Niemand würde es riskieren, ein ganzes Team aus

SEALs, Schattengängern und indonesischen Elitesoldaten zu verlieren.«

Es passte ihr nicht, aber die Begründung war vernünftig. Schließlich war sie selbst Soldatin und verstand, wie wichtig diese Mission war.

»Werden sie dir denn glauben, dass ich harmlos bin?«

»Du bist alles andere als harmlos.«

Schön, dass er das begriffen hatte. »Werden sie dir glauben, dass ich keine Gefahr für eure Mission bin?«

»Niemand erfährt, dass du hier bist. Niemand braucht zu wissen, dass du vom Wasser aus alles mitbekommen hast, was wir in Stennis gesagt und getan haben.«

Das war großartig. *Riesig.* Unglaublich. Auch wenn sie wusste, dass die Schattengänger oft eigene Wege gingen und eigene Entscheidungen trafen. Wie alle Frauen in Whitneys Trainingscamps hatte sie die Geschichten über sie förmlich verschlungen, trotzdem hatte sie nicht geahnt, dass diese Teams so unabhängig waren.

»Und was passiert, wenn du wiederkommst?«

»Dann reden wir. Ich möchte, dass du hierbleibst. Aus persönlichen Gründen, die nichts mit den Schattengängern, Whitney oder irgendjemand anderem zu tun haben. Und nun komm her.«

Diesmal war Bellisia sehr viel geneigter, der Aufforderung nachzukommen, obwohl sein Tonfall ein wenig herrisch klang. Sie dachte an all die Gelegenheiten, bei denen sie ihn mit den Mädchen und Nonny beobachtet hatte und ihn einfach hinreißend gefunden hatte. Auch da hatte er stets ein wenig herrisch geklungen, aber das wollte sie sich nicht bieten lassen.

»Weißt du …« Sie stand auf und wischte sich den staubigen Po ab. »Ich habe erst vor ein paar Wochen einen ersten Vorgeschmack auf die Freiheit bekommen, und nun willst du mich herumkommandieren. Ich glaube, das gefällt mir nicht.«

»Das kommt schon noch.«

Ihr fiel auf, dass er sich nicht entschuldigte und auch nicht versuchte zu lügen, indem er sagte, er würde es nie wieder versuchen. Seufzend ging sie quer durch die kleine Zelle und stellte sich vor ihn.

»Sag mir, wie das mit dem Gift funktioniert.«

Sie zuckte die Achseln. »Ich kann es einschießen lassen, wenn ich es brauche.«

»Dann würde ich also nicht vergiftet werden, wenn ich dich küsse?«

Bellisia legte den Kopf schief und betrachtete ihn mit klopfendem Herzen. »Nicht, wenn ich dich nicht vergiften will.«

»Dann riskier ich's.« Mit dem kleinen Finger winkte er sie zu sich heran.

»Das ist vielleicht keine gute Idee. Ich bin immer noch böse auf dich.« Bellisia trat einen Schritt zurück anstatt vor. Sie hatte nicht die geringste Ahnung, wie man einen Mann küsste. Als Soldatin, Kämpferin, ja sogar als Killerin hatte sie großes Vertrauen in sich, aber als Frau? Ihn zu küssen machte ihr weitaus mehr Angst, als hier eingesperrt zu bleiben.

Zum ersten Mal erweichte ein schwaches Lächeln Ezekiels strengen Mund und enthüllte eine Reihe gerader weißer Zähne. Die Wirkung war verblüffend. Bellisia wurde glühend heiß und ihr gesamtes Blut schien nach unten zu sacken. Sie fiel nicht Ohnmacht oder so etwas, aber sie fühlte sich etwas wacklig auf den Beinen. Sie konnte nicht verstehen, warum Ezekiel so großen Eindruck auf sie machte, wo sie doch ihr ganzes Leben von Männern umgeben gewesen war und die meisten von ihnen abstoßend gefunden hatte. Und ganz sicher hatte keiner von ihnen bei ihr je eine körperliche Reaktion ausgelöst.

Aber Ezekiel fand sie großartig und mutig, obwohl er sie an der Flucht gehindert hatte, denn er hatte gute Gründe gehabt – die sie zugegebenermaßen als Soldatin nachvollziehen konnte.

»Jetzt hör auf rumzuzicken und komm her, Schatz.« Er deutete auf einen Punkt direkt vor seinen Fußen. »Ich träume die ganze Zeit davon, dich zu küssen. Ich kann kaum noch an etwas anderes denken.«

Das bezweifelte sie, doch sie hörte es gern. In ihren Träumen war sie nie so weit gegangen. Sie wünschte sich ein Heim und eine Familie, doch sie hatte nicht die geringste Ahnung davon, wie man mit einem Mann intim wurde. Und sie hatte sich so wenig wie möglich mit dem Thema beschäftigt. Whitney hatte für sein heiß geliebtes Zuchtprogramm immer wieder verschiedene Leidensgenossinnen ausgesucht, um sie mit einem seiner Supersoldaten zu paaren, damit sie ein Baby für seine Zwecke zeugten. Mit diesem neuesten Wahnsinn wollte sie nichts zu tun haben.

Sie wagte den Schritt über den halben Meter, der sie von Ezekiel trennte, und stellte sich direkt vor die Gitterstäbe. Schnell schob er den Schlüssel ins Schloss, drehte ihn um und gab hastig einen Code ein. Dann zog er die Tür auf und stand vor ihr, versperrte ihr aber den Weg in die Freiheit. Er war ein gutes Stück größer als sie und sehr viel kräftiger, seine Schultern waren fast doppelt so breit wie ihre.

Bellisia leckte sich über die Lippen. Plötzlich fiel es ihr

schwer zu atmen. »Das habe ich noch nie gemacht«, stieß sie hervor. Irgendwie hoffte sie, dass ihn das abschrecken würde. Wer wollte schon jemanden küssen, der total unerfahren war?

Doch Ezekiels Lächeln wurde nur noch breiter. Vorsichtig legte er eine Hand um ihren Nacken und zog sie nach vorn, bis sie gegen ihn stieß. Dann legte er beide Hände um ihr Gesicht und hielt es fest. »Glaubst du, das interessiert mich?«

Blinzelnd sah sie zu ihm auf. Aus der Nähe wirkte er noch gefährlicher, als sie gedacht hatte. »Sollte es aber.«

»Warum?«

»Weil du dich vielleicht betrogen fühlst, wenn es nicht so toll wird?«

»Wer sagt denn, dass es nicht ganz toll sein wird?«

Er schien amüsiert zu sein und seine bernsteinfarbenen Augen hatten einen faszinierenden Goldton angenommen. Als er mit dem Daumen ihren Wangenknochen streichelte, wurde ihr noch heißer. Die Luft zwischen ihnen schien Funken zu sprühen. Falls Ezekiel das Gleiche verspürte, ließ er es sich nicht anmerken, doch sie fühlte sich wie elektrisiert.

»Es wird sicher schrecklich, ich weiß nicht, was ich tun soll.«

»Keine Angst, du bist in guten Händen, Baby.«

In Bellisias Bauch begannen Schmetterlinge zu flattern. Hunderte von Schmetterlingen. Nein, Tausende. Ihr wurde vor entzückter Aufregung angenehm flau. Sie wusste, dass Ezekiel sie aufzog, doch alles, was er machte, war für sie sinnlich und sexy.

Sie wollte gern von ihm geküsst werden, befürchtete aber, dass sie sich dabei viel zu dumm anstellen würde.

Die Augen wie gebannt auf seine gerichtet schüttelte sie langsam den Kopf. »Das ist keine gute Idee.«

Sein Lächeln erreichte seine Augen und ließ das Gold schmelzen, schon allein das verschlug ihr die Sprache.

»Du kannst nichts dagegen tun, es muss sein. Wahrscheinlich habe ich mich nicht klar genug ausgedrückt.« Sein Kopf kam immer näher an ihren heran. Bellisia stieß ganz langsam die Luft aus. Dann spürte sie seine Lippen auf ihrer Stirn. Zart wie einen Hauch. Danach drückte er seinen Mund auf ihr linkes Augenlid. »Wirst du mir verzeihen?« Er küsste ihr rechtes Augenlid.

Sie presste eine Hand auf ihren aufgeregten Magen. Das fühlte sich herrlich an. Wundervoll. Besser, als sie es sich je vorgestellt hatte. So schön, dass ihr Verstand sofort aussetzte.

Nun zog Ezekiel eine Spur von Küssen von ihrem Auge zu ihrem rechten Wangenknochen, und überall, wo seine Lippen sie berührten, prickelte es heiß. »Tust du es, Bellisia? Verzeihst du mir?« Seine Stimme war sanft wie ein Streicheln und brachte ihre Entschlossenheit ins Wanken.

Sie räusperte sich. Und versuchte, etwas zu sagen. Irgendetwas, das ihn aufhielt. Küssen war das Letzte, was er mit ihr tun sollte, da war sie sich ganz sicher. Sie hatte nicht einmal etwas darüber gelesen, so wie einige von den anderen Mädchen. Eines Nachts hatten zwei es zum Spaß sogar miteinander ausprobiert. Dann hatten sie sich gebogen vor Lachen und Grimassen geschnitten. Aber sie wollte nicht, dass Ezekiel Fortunes sie auslachte.

Langsam wanderten seine Lippen vom Wangenknochen zu ihrem Mundwinkel. Die kaum merklichen Berührungen gingen ihr durch und durch. Seine Zunge folgte den Konturen ihres Mundes und strich dann über ihre Lippen. Erschrocken ballte Bellisia die Hände zu Fäusten und klammerte sich an sein weiches T-Shirt.

Er war voller Gegensätze. Seine Haut war warm und weich, doch seine Muskeln hart wie Stein. Seine Hände so groß, dass er ihr Gesicht mit den Handflächen umfassen konnte und seine Finger frei blieben, um sie aufreizend hinter den Ohren zu kraulen und zärtlich ihren rasenden Puls zu prüfen, obwohl es ihm nicht schwergefallen wäre, ihr mit denselben Händen den Schädel einzudrücken.

»Du musst es mir so sagen, dass ich weiß, dass du es ernst meinst. Ich brauche das. Sonst kann ich nicht ruhig schlafen und muss die ganze Nacht wach bleiben, um dich davon zu überzeugen, dass ich dir niemals wehtun würde und auch alle anderen daran hindere, es zu tun.«

Immer wieder streifte er mit den Lippen über ihre und fuhr dann mit der Zungenspitze an den Konturen entlang. Sein Mund war warm und weich wie Seide, aber fest und sehr beharrlich, seine Zunge heiß und feucht, und sie reizte sie so lange, bis sie ihm alles versprochen hätte, wenn sie imstande gewesen wäre zu sprechen. So nickte sie nur mit dem Kopf, denn selbstverständlich würde sie ihm verzeihen. Sie hatte seine Beweggründe verstanden.

Es erleichterte sie zu wissen, dass er Whitney genauso sehr verachtete wie sie. Er brauchte es ihr nicht mehr zu erklären. Der Tonfall, in dem er »dieser Bastard« gesagt hatte, sprach für sich.

Sein sanfter Mund küsste sie so lange, bis sie von dem seltsamen, großartigen Gefühl wie berauscht war. »Sag es schon, Schatz, jetzt sofort. Sag es in meinen Mund, damit ich es nie mehr vergesse.«

Er war ein Teufel. Ein verführerischer Teufel, sie wusste sich nicht mehr zu helfen. Sie hätte ihm den Mond vom Himmel geholt, aber sie musste Luft bekommen. Sie öffnete die Lippen und schöpfte Atem. »Ich verzeihe dir.«

Kaum waren die Worte heraus, lag sein Mund schon auf ihrem und seine Zunge spielte mit ihrer, bis sie so verrückt nach ihm war, dass sie am liebsten die ganze Nacht so weitergemacht hätte. Völlig unbekannte Gefühle und Empfindungen überwältigten sie.

Ein ums andere Mal küsste Ezekiel sie sanft, beinah ehrfürchtig, während er ihren Kopf festhielt und sie so wunderbar streichelte, dass es ihr vorkam, als schwebte sie auf einer Wolke. Sie machte ihm einfach alles nach. In dieser Überlebenstechnik war sie unschlagbar. Sie lernte schnell, schon von Kindesbeinen an, und küssen zu lernen, war plötzlich extrem wichtig für ihr Überleben.

Als Ezekiel schließlich den Kopf ein wenig anhob, folgte sie seinem Mund, denn ohne seine Lippen auf ihren fühlte sie sich fast schon beraubt.

»Wenn wir nicht aufhören, gerät das hier außer Kontrolle, und das ist keine gute Idee, solange wir uns nicht besser kennengelernt haben. Ich möchte nicht, dass du wegläufst, wo ich dich doch gerade erst gefunden habe. Lass uns ins Haus gehen.«

Er trat einen Schritt zurück, doch Bellisia konnte sich nicht mehr von der Stelle bewegen. Mit zitternden Fingern fasste sie sich an die Lippen. »Das war …«

»Perfekt«, vollendete er den Satz. »Fürs Erste. Ich verspreche dir, dass es noch besser wird, wenn wir am richtigen Ort sind.«

Widerstrebend ließ er ihr Gesicht los, fuhr aber mit einem Finger von oben nach unten über ihren nackten Arm. Dann nahm er ihre schlaffe, zitternde Hand in seine. Sie passte samt Fingern genau hinein. Wenn das hier noch besser würde, konnte Bellisia nicht dafür garantieren, ob sie das aushielt.

»Möchtest du mit mir ins Haus gehen? Wir haben nur heute Nacht. Morgen früh um exakt sechs Uhr muss ich in Stennis sein. Wenn ich zurückkomme, haben wir mehr Zeit füreinander. Ich würde mir wünschen, dass du nicht fortgehst, sondern dich mit uns zusammentust und uns hilfst, Ginger, Thym und Cannelle zu beschützen, solange sie noch klein sind.«

Bellisia, die immer noch ihren Mund betastete, spürte, wie sie zu lächeln begann. Ihre Lippen brannten von Ezekiels Küssen. Es fühlte sich an, als hätte er ihr ein Zeichen aufgedrückt.

»Sag doch was, Schatz.« Er verflocht seine Finger mit ihren und zog ihre verschränkten Hände an seine Brust. »Also sind wir uns einig?«

»Frag mich«, stieß sie mühsam hervor. Mehr brachte sie anscheinend nicht heraus.

»Wonach?«

»Nach meinem Ehrenwort.« Sie freute sich, dass er bereit war, es zu akzeptieren. Dass er sie für einen ehrenhaften Menschen hielt und ihr vertraute.

»Bellisia, wirst du mir dein Ehrenwort geben, dass du hier bei Nonny bleibst und in meiner Abwesenheit mithilfst, die Mädchen, Pepper und Nonny zu bewachen?«

Sie nickte und antwortete laut und feierlich. »Ja, ich werde hierbleiben.«

»Ich war noch nicht fertig.«

Bellisia reckte das Kinn und betrachtete ihn mit gerunzelter Stirn. »Nein?« Als Ezekiel den Kopf schüttelte, wurde sie wider Willen etwas misstrauisch. »Gibt es noch etwas?«

»Oh ja. Und es ist wichtig. Vielleicht das Wichtigste von allem.«

Sie sah ihn ruhig an. »Heraus damit.«

»Ich brauche dein Ehrenwort, sobald du hörst, dass ich wieder im Land bin – denn bis wir uns dann wiedersehen, könnte es noch eine ganze Weile dauern –, dass du nicht in dem Moment mit einem anderen Mann durchbrennnst, der bis dahin wahrscheinlich die ganze Zeit heftig mit dir am Flirten war.«

»Okay. Kein Problem. Ich glaube nicht, dass ich mit einem anderen durchbrennen möchte.«

»Gut, denn ich will dir keine Angst machen, weil ich aus diesem Typ dann Kleinholz machen würde. Aber da ist noch etwas. Ich bin noch nicht fertig.«

Ein wenig halbherzig versuchte Bellisia, ihm ihre Hand zu entziehen. Sie war sich seiner Nähe sehr bewusst und dieses Geplänkel brachte sie ihm noch näher. »Was denn noch? Ich habe deinen Befehlen gehorcht, dich geküsst und dir mein Ehrenwort gegeben. Ein ziemlicher hoher Preis dafür, dass ich meine hübsche kleine Wohnung verlassen muss. Ich hatte sogar ein eigenes Bad.«

»Äh. Nein. Das war das Bad fürs Labor. Du hättest es teilen müssen.«

Bellisia verdrehte die Augen. »Also, was noch?«

»Du darfst auch nicht weggehen, wenn du hörst, dass ich hierher unterwegs bin, nicht mal wenn ich schon zurück bin. Erst wenn wir die Gelegenheit gehabt haben, ein bisschen Zeit miteinander zu verbringen.«

»Das ist aber ziemlich viel verlangt. Ich weiß nicht, vielleicht sollte ich wieder in meine Zelle gehen. Der Handel gefällt mir nicht.«

»Wir waren uns doch einig.«

»Ja, aber das kostet mich meinen Job. Und ich habe gern gekellnert. Das Trinkgeld war gut. Außerdem esse ich gern anständig, weißt du?«

»Ich sorge dafür, dass du den Job wiederbekommst«, versprach Ezekiel und fuhr mit dem Daumen so zärtlich über ihr Kinn, dass ein Schauer über ihren Rücken rieselte. »Oder wenigstens einen anderen, bei dem du Spaß hast und anständiges Essen bekommst.«

»Und wie willst du das machen?«

»Ich kann sehr charmant sein, wenn es sein muss.«

Das glaubte sie ihm gern. »Ich finde dich nicht besonders charmant.«

»Gleich versohle ich dir deinen hübschen kleinen Hintern.«

»Ich gehe jetzt zurück in meine Zelle, denn zusätzlich zu allem anderen bist du auch noch arrogant.«

Ezekiel schüttelte den Kopf. »Nicht arrogant. *Selbstbewusst.* Du hast zugegeben, dass du nicht viel Erfahrung hast, also brauchst du einen selbstbewussten Mann an deiner Seite, in diesen gefährlichen Zeiten.«

Bellisia lüpfte eine Augenbraue. »›Gefährliche Zeiten‹ mit einem ›selbstbewussten‹ Mann?«

Mit einem ernsten Nicken setzte Ezekiel sich in Bewegung. Ihren linken Arm an seine Seite gepresst, ihre rechte Hand auf seine Brust, führte er sie langsam, aber zielstrebig zur Tür. »Du musst mir versprechen, dass du nicht vor mir weglaufen wirst, bis ich die Chance bekommen habe, dich dazu zu überreden, bei mir zu bleiben, sobald die Mission beendet ist.«

Bellisia holte tief Luft. Es kam ihr so vor, als fände in ihrem Kopf eine regelrechte Schlacht statt. Die eine Seite war in heller Panik und wollte nur noch weg. Die andere wollte so viel Zeit wie möglich mit Ezekiel verbringen. Nie zuvor hatte sie so mit einem Mann herumgealbert. Aber es steckte noch mehr dahinter. Es machte ihr Spaß, dass es Ezekiel war, der sie aufzog und nicht irgendein anderer. Irgendwie war sie gern speziell mit ihm zusammen.

»In Ordnung. Ich bleibe, bis du vom Einsatz zurückkommst«, gab sie nach. »Aber ich nehme dich beim Wort, was meinen Job anbelangt.«

Er grinste sie an und brachte damit ihr Herz aus dem Takt.

»Nonny kennt jeden hier. Wenn ich sie auf meiner Seite weiß, ist das kein Problem.« Er zog sie fast auf die Tür zu.

»Ist das nicht etwas unfair?«

Bellisia verstand selbst nicht, warum sie sich so zurückhielt und nur widerwillig mitging. Das war doch ihre Chance, Nonny, die drei kleinen Mädchen und ihre Mutter kennenzulernen. Die beste Chance, ihnen Fragen zu stellen, ohne dass Männer dabei waren. Warum sträubte sie sich so dagegen, mit Ezekiel ins Haus zu gehen?

»Was ist los, Schätzchen? Niemand wird dir wehtun. Die Kinder sind hochintelligent und sehr nett. Du wirst viel Spaß haben.«

Bellisia versuchte zu analysieren, was sie bedrückte, und mit einem Mal begriff sie, warum so sie zauderte. »Ich habe keine Ahnung, wie man mit Kindern redet. Ich habe nie eine Großmutter gehabt und mich eigentlich nie mit jemandem unterhalten, den ich …« Sie verstummte. Wie sollte sie ihre Gefühle für Nonny erklären? Ihr fehlten die Worte.

»Den du bewunderst? Das kann ich gut verstehen. Als ich Nonny zum ersten Mal gesehen habe, hat sie in ihrem Schaukelstuhl auf der Veranda gesessen. Neben der einen Hand das Gewehr und in der anderen die Pfeife. Sie hat uns keine Fragen gestellt, sondern uns einfach willkommen geheißen, weil wir Wyatts Freunde sind. Wyatt ist ihr Enkel, er hatte uns mit nach Hause genommen. Mich und meine zwei Brüder, Malichai und Mordichai. Die beiden haben in ihrem Leben nicht viel Liebe erfahren. Aber sie sind gute Kerle, nur manchmal ein wenig ruppig.«

»Wie du.«

»Nein, Schatz, ich bin anders«, sagte Ezekiel kopfschüttelnd. Dann zog er die Tür auf und schob sie nach draußen. »Aber sie sind, wie gesagt, gute Kerle.«

Bellisia hörte das aufmunternde Klatschen, mit dem das Wasser ans Ufer schlug und schaute zum Steg hinüber. Trotz der Dunkelheit sah sie den glänzenden Fluss und sein Funkeln zog sie magisch an. Sie liebte Wasser nicht nur, sie brauchte es, doch Ezekiels Anziehungskraft war größer.

»Du bist auch ein guter Kerl. Ich habe dich mit den Mädchen gesehen und du warst unglaublich nett zu ihnen.«

»Nicht«, sagte er leise, aber scharf. »Mach dir kein falsches Bild von mir. In meiner Jugend hatte ich keine Zeit für die schönen Dinge des Lebens. Ich habe nie gelernt, mich höflich und zivilisiert zu benehmen. Ich musste um jeden Bissen Essen kämpfen. Du kannst dir nicht vorstellen, wie es in mir aussieht. Oder was ich bereit war, für meine Familie zu tun, und immer wieder tun würde.«

Schnell überholte Bellisia ihn, drehte sich um und versperrte ihm den Weg zum Haus. Ein Teil von ihr wollte nach wie vor ins Wasser. Doch winzige Wassertropfen in der Luft, die außer ihr niemand spürte, legten sich kühlend auf ihre trockene Haut, die sich so über den Muskeln spannte, dass es unangenehm und an manchen Stellen sogar schmerzhaft war. Trotz all dem war das Bedürfnis, Ezekiel dazu zu bringen, sich mit ihren Augen zu sehen, stärker als der Lockruf des Wassers.

»Ich weiß auch nichts von den schönen Dingen des Lebens. Und ich habe keine Familie, für die ich kämpfen könnte, aber wenn ich eine hätte, gäbe es nicht viel, was ich nicht für sie tun würde.«

»Ich bin rücksichtlos. Manchmal sogar brutal.«

»Das habe ich bemerkt, als du mich daran gehindert hast zu fliehen. Und es hat mich verletzt. Ich fühlte mich verraten und ich war böse auf dich.«

»Trotzdem hast du mich nicht gebissen, obwohl du mehrmals die Gelegenheit hattest. Und die anderen auch nicht«, bemerkte Ezekiel mit einem fragenden Unterton.

Bellisia zuckte die Achseln. »Ich wusste noch nicht genau, was ich von dir und deinen Freunden halten soll. Ich war mir nicht sicher, ob ihr mit Whitney zusammenarbeitet oder nicht.«

»Aber du hast es geglaubt. Ich habe es dir am Gesicht angesehen, und dennoch hast du mich nicht getötet, als du es hättest tun können.«

Gereizt starrte sie ihn an. »Ich versuche ja gerade, es dir zu erklären. Du bist ein guter Mensch, ob du es glaubst oder nicht. Und du hattest gute Gründe, mich aufzuhalten. Das Leben dieser Geiseln ist wichtiger als meine gekränkten Gefühle.«

Er fuhr mit dem Daumen über ihren Mund und zeichnete den Schwung ihrer Lippen nach. »Es tut mir leid, dass ich dich verletzt habe.«

»Was zum *Teufel* tust du da?«, kam plötzlich Ginos Stimme aus dem Dunkeln. Mit Augen, die wie die eines Raubtiers glühten, näherte er sich. Jeder Schritt verriet seinen Zorn. »Bring sie sofort wieder in ihre Zelle.«

Bellisias erster Gedanke war wegzurennen. Ihre Muskeln spannten sich bereits, obwohl man es ihr nicht ansah. Ein fester Ruck sollte ausreichen, um Ezekiels Griff zu entkommen. Alle unterschätzten ihre Kraft. Dann konnte sie zum Wasser sprinten und untertauchen.

Ezekiel schob sie von seiner rechten auf die linke Seite, die noch näher am Wasser, aber weiter weg von Gino war. Dann legte er fürsorglich einen Arm um sie.

Hinter Gino stellten Mordichai, Draden und Rubin sich auf, alle mit grimmigem Gesicht.

8

BELLISIA STELLTE FEST, dass sie jede Kleinigkeit um sich herum wahrnahm. Die leichte Brise, die aufkam und vom Fluss zum Haus herüberwehte, auf der Veranda spielerisch zu verweilen schien und weitersauste. Den Fisch, der nicht weit vom Steg entfernt aus dem Wasser sprang. Das Rascheln am Rande des Sumpfes, das sich so anhörte, als huschten dort Mäuse herum. Den Geruch von Angst und echter Sorge. Die schweren Wolken über ihrem Kopf und den Schmutz unter ihren Füßen.

Doch am auffälligsten waren die Schwingungen, die von Ezekiel kamen. Er strahlte eine große Hitze aus. Rasch schaute sie zu ihm auf. Sein Gesicht war ausdruckslos, doch sie spürte, dass sich in ihm eine Spannung aufbaute, die so stark war, dass sie ihr Angst einjagte. Dennoch war seine Hand ganz sanft, mit der er sie schützend unter seine Achsel zog.

Fast wäre ihr bei dieser Geste das Herz stehen geblieben. Niemand hatte ihr je Schutz geboten. Nie im Leben. Nicht einmal, als sie noch ein Kind gewesen war. Sie hatte gesehen, wie sanft Ezekiel mit den Drillingen umging, obwohl seine Körpersprache zeigte, wie fest entschlossen er war, sie zu beschützen, und nun, in diesem perfekten Moment, tat er dasselbe für sie – nur sehr viel intimer.

Die Art, wie er sie an sich drückte, hatte definitiv damit zu tun, dass sie eine Frau war und er ein Mann. Sie wusste, dass er einen starken Beschützerinstinkt hatte, was die Mädchen, Nonny und Pepper und sogar seine Freunde anging. Aber das hier war etwas anderes. Hier ging es nur um sie und seine Bereitschaft, sich zwischen sie und die Menschen zu stellen, die er offensichtlich liebte. Das war ein so großes Geschenk, dass es ihr den Atem raubte und jeden Gedanken an Flucht verdrängte. Wenn er für sie seine Karriere und seine Freundschaften aufs Spiel setzte, war sie es ihm – und sich selber – schuldig, nicht ins Wasser zu springen.

Das war ein besonderer Moment, den sie nie vergessen würde. Sie wollte ihn sich so fest einprägen, als wäre er ihr eingebrannt worden. Sie hatte ein sehr gutes Gedächtnis, aber sie wusste, dass dies immer ihre schönste und wichtigste Erinnerung sein würde.

»Sie geht mit mir ins Haus. Sie ist keine Gefahr für uns oder für die Mission.«

Gino fluchte leise, aber so heftig, dass Bellisia zusammenzuckte. Die anderen bildeten einen Kreis um sie.

»Selbst wenn sie so rein wie Schnee wäre, sobald jemand von ihr erfährt, wird der Einsatz abgebrochen. Und wenn herauskommt, dass du verletzt worden bist, passiert das Gleiche. Du musst dem Colonel gegenüberstehen, ihm in die Augen schauen und versichern können, dass du fit für die Aufgabe bist und dass kein Mann bei dieser Mission in Gefahr gerät.« Draden trat nah an Ezekiel heran. »Und beides kannst du nicht mit absoluter Sicherheit sagen.«

»Das ist doch Schwachsinn. Tretet zurück, ihr alle.«

Die Luft begann zu knistern, als wäre sie elektrisch aufgeladen. Die Energie, die sich in Ezekiel ansammelte, war immer deutlicher zu spüren. Bellisia fragte sich, wie lange er noch imstande sein würde, sie zu zügeln. Sie holte tief Luft, stellte sich vor ihn und legte in der vagen Hoffnung, ihn aufhalten zu können, ehe etwas Furchtbares geschah, eine Hand auf seine Brust.

»Sie haben recht, Ezekiel. So ungern ich es auch zugebe, ich bin ihrer Meinung. Im Moment sind die Geiseln das Wichtigste. Ich kann ein paar Tage in der Zelle bleiben, während du sie befreist. Alles andere können wir später klären.« Sie konnte nicht glauben, dass sie dieses Angebot machte. Sie war als Whitneys Gefangene immer in irgendeiner Art von Zelle gewesen, und es war das Letzte, was sie wollte. Das Allerletzte.

Plötzlich verstand sie, warum sie weder Ezekiel noch seine Freunde gebissen hatte. Nicht weil sie sicher gewesen war, dass sie nicht zu Whitney gehörten. Denn das war sie nicht gewesen. Es lag an Ezekiel. Er war ihr schon zu sehr ans Herz gewachsen. Und diese Männer waren seine Freunde. Sie standen unter seinem Schutz. Deshalb hatte sie sie nicht getötet – sie hatte ihnen noch eine Chance gegeben, obwohl sie sie zu dem Zeitpunkt ihrer Meinung nach nicht verdient hatten.

Ezekiel nahm ihr Gesicht in beide Hände und beugte sich zu ihr herab. Seine Züge waren weich, beinahe zärtlich. Mit angehaltenem Atem sah sie ihn an. »Und was passiert, wenn ich nicht zurückkomme, Baby?« Die Frage traf sie mitten ins Herz. »Damit muss man bei jedem Einsatz rechnen. Was passiert mit dir, wenn du dann in einer Zelle sitzt und dich nicht wehren kannst?«

Wie aus großer Ferne hörte Bellisia Mordichai nach Luft schnappen. Gino fing wieder an leise zu fluchen.

»Ich schaff das schon. Komm.« Sie versuchte, Ezekiel an seinem T-Shirt zum Labor zurückzuzerren. Sie hasste es, dass sie ihn gegen seine Freunde aufbrachte. Doch vor allem wollte sie nicht sehen, was passieren würde, wenn all die Energie, die sich in ihm aufgestaut hatte, freigesetzt wurde. Merkten seine Freunde denn nichts? Und wenn ja, warum provozierten sie ihn dann? Diese Kraft war enorm, das wusste sie genau. Und tödlich. Wenn sie erst einmal herausbrach, wie bekäme er das nur in den Griff?

»Dann lasse ich sie frei«, sagte Mordichai fast so sanft wie sein Bruder. »Ich sehe ja, was sie dir bedeutet. Du kannst dich darauf verlassen, dass ich sie beschütze.«

»Und was passiert, wenn du auch nicht zurückkommst?« Als Ezekiel wieder aufschaute, war jede Spur von Zärtlichkeit aus seinem Gesicht gewichen.

Bellisia strich ihm in kleinen, beruhigenden Kreisen über die Brust, um zu verhindern, dass die heftig pulsierende Energie sich entlud. Die Hitze in ihm war sogar durch das T-Shirt zu spüren und all seine Muskeln waren zum Zerreißen gespannt. Wenn er diesem ungeheuren Druck nachgab, wollte sie nicht in der Nähe sein.

»Wir haben dich verstanden, Zeke«, lenkte Gino seufzend ein. »Alle.«

Wieder frischte der Wind auf und diesmal brachte er würzigen Tabakgeruch mit. »Ezekiel«, sagte eine strenge, aber freundliche Stimme. »Bring dieses Kind sofort zu mir.«

Doch Ezekiel beugte sich noch weiter herab und drückte seinen Mund auf ihren. Bellisia wusste sich nicht anders zu helfen, als ihm alles zu geben, was er von ihr verlangte, selbst wenn seine Freunde dabei zusahen.

Seine Lippen waren glühend heiß und besitzergreifend. Jede Spur von Sanftheit war von seiner zunehmenden Gewaltbereitschaft vertrieben worden. Die Mischung aus finsterer Gier und gefährlicher Kraft, mit der er sie eroberte, flößte ihr so große Angst ein, dass sie am liebsten weggelaufen wäre. Trotzdem konnte sie sich nicht vom ihm lösen, denn es war auch sehr schön, so geküsst zu werden und ihm zu helfen, diese wahnsinnig gefährliche Energie abzubauen.

Wie sollte sie es nur schaffen, all diese Kraft und Angriffslust zu zügeln? Jedes Mal, wenn er sie küsste, setzte ihr Verstand einfach aus. Aber irgendetwas arbeitete noch in ihrem Hinterkopf, und sobald Ezekiel den Kopf hob und sie mit seinen seltsamen goldenen Augen fragend ansah, wurde es ihr klar.

Mit einem leisen Schrei versuchte sie, sich aus seiner Umarmung zu befreien, aber er war zu schnell und stark. Immerhin war ihr Selbsterhaltungstrieb so groß, dass sie ihn tatsächlich ansprang, als die blassblauen Ringe sich zeigten und das Gift einschoss, doch im letzten Augenblick drehte sie wieder den Kopf weg und spuckte es aus.

»Er hat uns als Paar angelegt«, stellte sie anklagend fest, obwohl ihr klar war, dass Ezekiel ebenso wenig davon gewusst hatte wie sie selbst. Sie hatte sich so sehr gewünscht, dass sie sich von sich aus zu ihm hingezogen fühlte, dass es in ihrem Leben irgendetwas gab, das nicht von Whitney bestimmt worden war. Nur eine einzige Sache.

Whitney hatte einen Weg gefunden, seine männlichen und weiblichen Soldaten mithilfe von Pheromonen aufeinander zu fixieren. Er hatte die Vision gehabt, ein Zweierteam zu bilden, das im Feld unschlagbar gut war. Das Paar musste psychisch und physisch zueinanderpassen und seine Talente sollten sich ergänzen. Doch er hatte den Plan wieder aufgegeben, als er festgestellt hatte, dass er die weiblichen Soldaten, die er für seine Experimente benutzt hatte, nicht hergeben wollte, denn er verlor die Kontrolle über seine Geschöpfe, sobald sie nicht in seiner Nähe waren. Aber er wollte immer noch Babys aus diesen Verbindungen, mit denen er weiter experimentieren konnte.

»Ich hätte es wissen müssen. Ich konnte dich nicht umbringen, als ich die Gelegenheit dazu hatte«, gestand Bellisia leise und sah Ezekiel dabei in die Augen.

Sein Arm lag immer noch wie eine Eisenstange auf ihrem Rücken und drückte sie so fest an ihn, dass sie seine harte Erektion spürte. »Sieht so aus, als könnte er die körperliche Anziehungskraft steuern, aber unsere Gefühle ganz sicher nicht. An der Stelle hat er einen Fehler gemacht, denn er selber hat keine Gefühle. Nur ein eiskalter Mörder kann Kinder aufschneiden, ohne mit der Wimper zu zucken. Und weil er keine Gefühle hat, versteht er auch nichts davon. Kann sein, dass ich dich gesucht habe, weil ich zufällig deinen Duft aufgefangen habe. Aber Herrgott, ich weiß nur noch, wie es war, als ich dich gesehen habe. Ich kann diesen Moment ganz genau beschreiben. Das kann er bestimmt nicht steuern.«

Bellisia befeuchtete ihre trockenen Lippen. Sie brauchte dringend Wasser, doch noch dringender brauchte sie diese beruhigenden Worte, denn das alles wurde ihr zu viel. Dass Whitney sie gepaart hatte. Dass Ezekiel eine fürchterliche Waffe in Menschengestalt war. Dass er eine so schwer zu bändigende, gefährliche Kraft unterdrücken konnte.

Das Wasser schwappte immer noch verlockend an den Steg. Nachteulen nahmen den Rhythmus auf, und irgendwo nicht allzu weit entfernt glitt ein Alligator ins Wasser.

»Weiß eigentlich irgendjemand, was du anrichten

könntest?« Bellisia reckte das Kinn und sah Ezekiel herausfordernd an. Welche einigermaßen vernünftige Regierung würde ihn dann frei herumlaufen lassen?

Ezekiel schüttelte den Kopf und brachte seinen Mund nah an ihr Ohr heran. »Nein, nur du. Ich habe es dich spüren lassen und mein Leben in deine Hände gelegt, weil du deins in meine gelegt hast. Das war nur fair.«

Bei jedem Wort streifte sein Mund ihr Ohr, und sie hätte schwören können, dass bei all diesen heißen, sanften Berührungen, die ihr Schauer über den Rücken jagten, auch seine Zunge beteiligt war. »Dieser Käfig kommt mir immer einladender vor.«

»Ezekiel. Bring dieses Kind zu mir«, forderte Nonny erneut.

Das Knarren ihres Schaukelstuhls verriet, dass sie sich erhoben hatte. Leise Schritte auf der Veranda und eine Pfeife, die am Geländer ausgeschlagen wurde, dass sie oben an der Treppe wartete.

»Sie ist kein Kind, Nonny«, erwiderte Ezekiel. »Und ich gebe mir gerade alle Mühe, sie dazu zu überreden.«

Es dauerte einen Moment, bis Nonny etwas erwiderte. »Wenn du sie immer noch nicht überzeugt hast, bist du nicht der Mann, für den ich dich gehalten habe, mein Sohn. Bring deine Frau zu mir.«

»Sie meint es ernst, Zeke«, sagte Mordichai warnend und offenbar ein wenig nervös.

Bellisia riskierte einen Blick in seine Richtung und stellte fest, dass die Schattengänger nach wie vor um sie herumstanden. Sie hatte fast vergessen, dass die Männer da waren. Es lag an ihrer Reglosigkeit. Wahrscheinlich konnten Insekten und Eidechsen über sie hinwegkriechen, ohne zu bemerken, dass es sich um Menschen handelte. Aber sie wirkten nicht mehr herausfordernd oder feindlich, sondern eher fürsorglich. Sie wusste nicht, wieso die Stimmung umgeschlagen war, doch selbst Gino schien seine Meinung geändert zu haben. Anscheinend beschützten diese Männer jetzt sie und Ezekiel anstatt das Haus vor ihr zu schützen.

»Pass auf, dass er keinen Ärger mit Nonny bekommt«, riet Rubin ihr.

»Und hör auf dich zu zieren«, fügte Gino hinzu. »Du kannst ihn nicht abweisen, irgendjemand muss sich ja um diesen Kerl kümmern. Ich weiß nicht, wieso du mehr von ihm weißt als wir, aber es hört sich so an, als wärt ihr füreinander gemacht. Also geh jetzt zu Nonny, ehe sie noch beschließt, nichts mehr für uns zu kochen.«

Verblüfft schüttelte Bellisia den Kopf. Die großen, bösen Schattengänger fürchteten sich offensichtlich vor einer achtzigjährigen Frau – oder genauer gesagt ihre Bäuche. »Hab ich nicht mal zwei Sekunden Bedenkzeit? Wie kannst du von ›bist du verrückt geworden, steck sie sofort wieder in ihre Zelle‹ einfach umschalten auf ›besser du hörst auf deinen Mann, und jetzt los‹?« Woher kam dieser plötzliche Sinneswandel? Seit die Männer wussten, dass Whitney sie und Ezekiel gepaart hatte, waren sie plötzlich alle auf ihrer Seite.

»Die denken alle nur ans Essen«, sagte Ezekiel mit einem warnenden Blick in die Runde. »Macht es ihr doch nicht so schwer.«

»Das stimmt nicht, Ma'am«, widersprach Mordichai halb amüsiert und halb im Ernst und fuhr sich aufgeregt mit einer Hand durchs Haar. »Auch wenn ich zugebe, dass es nicht ganz falsch ist. Aber es geht uns um Zeke. Wirklich. Es geht um Zeke.«

Ezekiel schmiegte sich mit einer beschützenden Geste enger an ihren zierlichen Körper. Er spürte offenbar ihre Angst. In sehr kurzer Zeit war so viel geschehen. Daher war sie erschöpft. Und er sicher auch. Sie fragte sich, wie lange er sich noch auf den Beinen halten konnte und was ihn überhaupt aufrechthielt. Er musste einen wahrhaft eisernen Willen haben.

Als er tatsächlich ein wenig schwankte, sah sie zu ihm auf und musterte sein angespanntes Gesicht.

»Diese Stirnfalten stehen dir sehr gut, Kleines, aber im Moment bin ich etwas müde.«

»Du musst dich hinlegen, Ezekiel.« Bellisia versuchte ihn am T-Shirt festzuhalten.

»Du bist so viel lieber als ich, wusste ich es doch. Ich wollte dich nur auf die Probe stellen.«

»Wie bitte? Du tust doch nicht etwa so, als würdest du umfallen, nur um mich auf die Probe zu stellen, was ich dann mache, oder?«

Ezekiel nickte schelmisch und seine Augen bekamen einen wunderschönen dunklen Goldton. »Du hast keine Ahnung, was du mir bedeutest, oder?«

Ein Schauer überlief Bellisia, doch sie bemühte sich, es sich nicht anmerken zu lassen. Sie war nicht halb so selbstbewusst, wie sie Ezekiel glauben machen wollte. »Nein, aber ich habe den Eindruck, dass dir im Moment etwas Sauerstoff fehlt, deshalb sollte man nicht allzu viel darauf geben, was du denkst.«

»Und da ich ein kluger Mann bin, werde ich es dir nicht auf die Nase binden, meine Liebe. Du hast mich jetzt schon fest in der Hand, und ich kann es mir nicht leisten, dich merken zu lassen, dass ich niemals gegen dich ankommen werde.«

Mordichai stöhnte laut. Gino schüttelte den Kopf und Rubin machte ein Geräusch, das an ein tödlich getroffenes Tier erinnerte. Ezekiel ging mit Bellisia weiter in Richtung Veranda, auf der Nonny wartete. »Ich muss dich da hochbringen, ehe diese Clowns dich in die Flucht schlagen. Die Frau da oben wird uns helfen. Sie ist echt klug, während die hier nur Klugscheißer sind.«

Wenn sie nicht so nervös gewesen wäre, hätte Bellisia laut gelacht. Diese Kerle waren schon ziemlich lustig.

»Vor ein paar Minuten haben wir einen Anruf aus Stennis bekommen«, sagte Gino leise. Bellisia kam es so vor, als wäre diese Information so gezielt an Ezekiel gerichtet, dass der Wind sie niemand anders zutragen konnte. »Deswegen wollten wir mit dir reden und mussten feststellen, dass dein Bett leer war. Die Indonesier haben uns eine Warnung geschickt. Zwei Soldaten sind tot aufgefunden worden, und zwar zwei, die zum Training hierherkommen sollten. Es gibt Hinweise darauf, dass Gesichtsabdrücke von ihnen gemacht worden sind.«

»Was ist mit den anderen vier? Wieso haben die das nicht bemerkt?« Ezekiel führte Bellisia weiter aufs Haus zu. Umringt von den Schattengängern hatte sie sehr viel weniger Angst gehabt als in diesem Moment, und je näher sie der Veranda und Nonny kam, desto heftiger zitterte sie, obwohl sie sich große Mühe gab, es zu unterdrücken.

»Keine Angst, Schatz«, flüsterte Ezekiel ihr zu. Er blieb kurz stehen, legte die Arme um sie und zog sie an sich. »Sie wird dich mögen.«

Woher wollte er das wissen? Nonny war die wichtigste Person im Haus. Bellisia war klar, dass Ezekiel es niemals zugeben würde, aber für ihn war sie Mutter und Großmutter zugleich. Sie hörte es an seiner Stimme, wenn er über sie sprach, und sah es an seiner Körpersprache, wenn er in ihrer Nähe war. Deshalb hätte sie, ohne irgendetwas über sein Leben zu wissen, ihr Geld darauf verwettet, dass seine eigene Mutter nicht mehr lebte.

»Die anderen indonesischen Soldaten haben tatsächlich Verdacht geschöpft. Die beiden haben sich seltsam verhalten und sich so abgeschottet, dass es auffiel. Deshalb haben die anderen ihre Vorgesetzten kontaktiert, woraufhin eine Untersuchung eingeleitet worden ist«, fuhr Gino fort. »Dabei haben sie die Leichen gefunden. Wir sind sofort informiert worden.«

»Aber zu spät«, sagte Mordichai. »Du hättest getötet werden können.«

»Zum Glück ist Bellisia uns gefolgt.« In diesem Moment hielt sie inne und blieb stehen, während Ezekiel versuchte, sie weiterzuziehen.

Sie waren sehr nah am Haus. Nur noch ein paar Schritte und sie würden Nonny oben an der Treppe treffen. Das war der entscheidende Augenblick. Entweder die Frau mochte sie oder nicht. Wenn nicht …

»Vielleicht hättest du auch allein flüchten können«, wandte Bellisia ein, nicht nur um Zeit zu schinden, sondern auch weil sie es ihm tatsächlich zutraute. »Ich habe gesehen, dass du wach warst und irgendetwas vorhattest.«

»Die zwei in der Hütte hätte ich ausschalten können, aber aus dem Sumpf wäre ich nicht herausgekommen. Ich war zu schwach. Ich bin Arzt, daher wusste ich genau, wie schlecht meine körperliche Verfassung war. Außerdem war ich ein wenig desorientiert, benommen und mir war schlecht. Allein hätte ich es nicht durch den Kugelhagel geschafft, ehe alles hochging, nicht ohne dich.«

Da Ezekiel nicht stehen geblieben war, waren sie nun oben auf der Treppe – vor Nonny. Bellisia presste eine Hand auf ihren rebellierenden Magen. Sie würde sich *nicht* direkt auf Nonnys Schuhe übergeben.

»Bellisia, darf ich vorstellen? Grace Fontenot, Wyatts Oma. Sie war so freundlich, uns allen zu erlauben hierzubleiben. Grace, das ist Bellisia Adams. Ihre Freunde nennen sie Bella.«

Ezekiel klang so stolz, als würde er seiner Großmutter einen ganz besonderen Menschen vorstellen. Bellisia versuchte zu lächeln, brachte es aber nicht fertig. Sie hatte nie eine Mutter oder eine Großmutter gehabt. Sie wusste nicht, wie das war. Sie konnte es sich nur vorstellen, weil sie in den letzten Wochen die Menschen auf diesem Grundstück beobachtet hatte. Nonny war die herausragende Person unter ihnen. Alle liebten sie, und zwar aus gutem Grund. Bellisia wünschte sich von ganzem Herzen, dass diese Frau sie mochte und sie genauso ansah wie die Männer, Pepper, Cayenne und die drei kleinen Mädchen. Ihre Familie. Dieses Wort hatte nun eine Bedeutung für sie und diese Frau konnte sie in diese Familie aufnehmen.

Die verblassten blauen Augen musterten sie von Kopf bis Fuß. Bellisia kam es so vor, als würden sie direkt in sie hineinschauen und alles sehen, was sie als Kind verbrochen hatte – und das war viel. Sie war eine von den Aufsässigen gewesen, und sie bezweifelte, dass Whitney sie behalten hätte, wenn sie nicht so gute Arbeit geleistet hätte. Es war ja nicht so, als gäbe es viele wie sie. Soweit sie wusste, war sie sogar die Einzige mit den ihr eigenen besonderen Fähigkeiten.

Zudem war sie stets sehr gesund gewesen, sodass Whitney mehrere Experimente mit ihr hatte durchführen können, bei denen sie genetisch verändert worden war. Er hatte sogar zusätzliche Wachen vor ihrem Schlafsaal aufgestellt, weil sie so geschickt war, dass es ihr immer wieder gelang abzuhauen. Es hatte ihr großen Spaß gemacht herauszufinden, wie nah sie an sein persönliches Schlafquartier herankommen konnte, bevor sie entdeckt wurde. Als er endlich begriffen hatte, wie gefährlich sie war, hatte er sie nachts in einen Käfig sperren lassen. Trotzdem hatte sie weiter hart trainiert, weil sie sich gern verausgabte, aber sie hatte auch weiter für Ärger gesorgt, weil sie mit den anderen Mädchen über Themen gesprochen hatte, die laut Whitney streng verboten waren.

Bellisia biss sich auf die Unterlippe, weil sie glaubte, dass diese Frau es bestimmt stets gemerkt hatte, wenn ihre Enkel sie angelogen hatten. Sie bezweifelte, dass man Nonny irgendetwas verheimlichen konnte. *Ich kann Menschen töten, wenn ich sie beiße.* Fast hätte sie ihr Geheimnis ausgeplappert. So vertrauenswürdig wirkte diese Frau. Es war unglaublich. Man wollte einfach alles Schlechte, was man jemals getan hatte, bei ihr abladen. Bellisia kaute immer fester auf ihrer Lippe herum. Ihr war nach wie vor etwas flau im Magen.

»Nenn mich Nonny, mein Kind. Du bist die, die mir den Schwarzen Nachtschatten gebracht hat.« Das war keine Frage, sondern eine Feststellung. »Vielen Dank dafür. Aber noch mehr danke ich dir für die Warnung, dass irgendjemand einen der Freunde meines Enkels entführen könnte. Diese Männer gehören inzwischen zu meiner Familie und ich mag es nicht, wenn man meine Familie bedroht.«

»Hast du die Nachricht inzwischen gefunden?«, fragte Ezekiel. »Bellisia hat mir davon erzählt.«

»Ja, heute, unter dem Kraut. Ich hatte keine Zeit, es einzupflanzen, und weil es in der Kiste etwas den Kopf hängen ließ, habe ich es in etwas Besseres gesetzt.«

»Ich würde diese Nachricht gern sehen«, sagte Rubin. »Sie ist ein Beweis für Bellisias Unschuld, falls wir so was mal brauchen.«

»Das ist eine Familienangelegenheit«, sagte Nonny mit einem Gesichtsausdruck, der keinen Widerspruch duldete. »Das geht niemanden etwas an.«

»Trotzdem würde ich die Nachricht gern sehen«, beharrte Rubin sanft.

»Morgen früh zeige ich sie dir«, sagte Nonny.

»Irgendwie hast du recht damit, dass das in der Familie bleiben sollte«, erklärte Gino.

»Ezekiel, setz dich in diesen Schaukelstuhl, ehe du umfällst«, sagten Nonny und Mordichai praktisch gleichzeitig.

»Ich weiß, dass du gern mit Bellisia reden möchtest, Nonny, aber ich brauche etwas Schlaf«, sagte Ezekiel. »Ich muss morgen früh aufstehen und an die Arbeit gehen. Ich würde mir wünschen, dass Bellisia hier bei dir und Pepper und den Mädchen bleibt. Damit würdest du mir einen großen Gefallen tun.«

»Kein Problem. Ich sehe doch, dass sie zu dir gehört. Und damit gehört sie zu mir.« Nonny schaute sich nach den Männern um, die auf dem Geländer und den Treppenstufen hockten. »Zu uns. Ezekiel wird tun, was er tun muss, und seine Frau wird genau da bleiben, wo sie hingehört. Wir können jede Hand brauchen, wenn irgendjemand sich an die Drillinge heranmachen will. Niemand nimmt mir meine Enkelkinder weg. Ich werde gut auf deine Bella aufpassen, Ezekiel, obwohl ich nicht glaube, dass das nötig ist.«

Bellisia hätte Nonny gern widersprochen, denn sie brauchte wirklich jemanden, der ihr in Ruhe erklärte, wie man sich in einer Familie benahm, doch sie biss sich nur noch fester auf die Unterlippe, weil sie Angst hatte, sich lächerlich zu machen, wenn sie etwas sagte. Ezekiel schlang die Arme um sie und zog sie rücklings an sich. An seiner breiten, warmen Brust fühlte sie sich sehr geborgen.

Dann brachte er seinen Mund nah an ihr Ohr heran. »Hör auf, auf deiner Lippe herumzukauen, sonst fängt sie noch an zu bluten.«

Bellisia lief rot an. Sie konnte nur hoffen, dass es in der Dunkelheit nicht zu sehen war. Verlegen presste sie die Lippen zusammen und spürte dabei, dass sie wohl tatsächlich kurz vorm Bluten gewesen waren. Großartig. Anstatt Eindruck auf Nonny zu machen, benahm sie sich wie ein verängstigtes Kind. Und dass sie immer so auf Ezekiel achtete und völlig berauscht von seinem Duft jeden Atemzug registrierte, den er machte, war auch nicht besonders hilfreich.

Sie gehörte hier nicht hin. Sie war so weit außerhalb ihrer Wohlfühlzone, dass sie nicht einmal mehr wusste, wie sie sich verhalten sollte. Sie war dazu erzogen worden zu kämpfen und im Schatten zu bleiben, nicht dafür, jemanden zu beeindrucken, der so klug und nett und schön war. Ezekiel drückte sie so fest an sich, als wüsste er, was ihr gerade durch den Kopf ging.

»Gute Nacht alle miteinander. Wir gehen jetzt in mein Zimmer.«

Nonny versuchte entsetzt zu wirken. »Wehe du tust etwas, was sich nicht gehört, mein Junge.«

»Leider bin ich momentan nicht in bester Verfassung,

sonst könnte ich das nicht versprechen, aber«, fügte Ezekiel hastig hinzu, als Nonny die Brauen zusammenzog und ihn finster ansah, »ich gebe dir mein Ehrenwort, dass ich Bellisia nicht anrühren werde.«

Mordichai und Rubin verkniffen sich ein Kichern und sahen zu, wie Ezekiel eine benommen lächelnde Bellisia hinter sich her zog.

Sie hatte sich immer gewünscht, das Haus von innen zu sehen, aber nun war es dunkel und still. Zielstrebig führte Ezekiel sie an einer langen Reihe Türen vorbei durch einen Flur, ehe er eine öffnete und sie hindurchwinkte. Bellisia konnte immer noch nicht glauben, dass sie da war. In diesem Haus. Ein Teil von ihr war kurz davor, in Panik zu geraten. Sie war noch nie bei irgendjemandem zu Hause gewesen. Sie wusste nicht, was sie tun oder denken sollte.

»Du zitterst ja, Schatz. Du brauchst keine Angst zu haben. Hier bist du in Sicherheit.«

Bellisia hoffte, dass das auch auf alle anderen zutraf. Als Ezekiel sie losließ, überlegte sie kurz, ob sie sich weiter an seine Hand klammern sollte, doch dazu war sie zu stolz. Also sah sie zu, wie er aufs Bett sank und sich vorbeugte, um seine Schuhe auszuziehen. Sein Gesicht war aschfahl, doch seine Hände waren ruhig.

Schnell ging Bellisia in die Hocke. »Lass mich das machen.« Sie sagte ihm nicht, wie elend er aussah. Sie schob einfach seine Hände beiseite und löste die Schnürbänder, obwohl sie sich zwingen musste, das Zittern ihrer Hände zu unterdrücken. Dass sie sich so wenig im Griff hatte und nicht wusste, was Ezekiel von ihr erwartete, gefiel ihr ganz und gar nicht.

»Es gibt keinen Grund, nervös zu sein, Schätzchen.

Nonny hat dich aufgenommen, also wird niemand es wagen, dich zu ärgern oder dich wieder in diesen Käfig zu stecken.« Er schob eine Hand in ihr Haar und massierte ihre Kopfhaut.

Bellisia holte tief Luft. Sie wollte ihm gegenüber ehrlich sein. »Ich habe keine Angst davor, von irgendjemandem wieder in die Zelle gesteckt zu werden, ich bin nur noch nie im Haus eines Zivilisten gewesen. Ich bin in Soldatenbaracken groß geworden, und seit ich ein kleines Kind war, nicht viel älter als die Drillinge, habe ich kämpfen gelernt. Die Geschichten, die du den Kindern erzählst? So was hatte ich noch nie im Leben gehört. Das abendliche Ritual, wenn ihr alle vorm Haus auf der Veranda sitzt und die Kinder auf dem Schoß wiegt? Das habe ich nicht nur nicht gehabt; ich hatte so was auch noch nie gesehen. Bis ich euch drei im Umgang mit diesen kleinen Mädchen beobachtet habe, habe ich nicht einmal geahnt, dass Menschen so nett sein können. Das alles ist neu für mich. Auch überhaupt Gefühle für einen Mann zu haben«, gestand sie schließlich sehr leise.

Ezekiel fasste ihr unters Kinn und hob ihren Kopf an, damit sie ihm in die Augen schaute. »Bei mir bist du sicher, Bellisia. Darauf kannst du dich verlassen, und das meine ich nicht nur im körperlichen Sinn.«

Sie wusste, was er sagen wollte, konnte es sich nur nicht vorstellen, jedenfalls nicht, was sie anbetraf. »Aber warum? Inzwischen ist mir klar, dass Whitney uns als Paar angelegt hat, aber dabei geht es nur um Sex. Und damit du es weißt, was das angeht, bin ich wohl nicht viel besser als beim Küssen. Ich habe nicht die geringste Ahnung davon.« In ihrer Stimme schwang ein Hauch von Trotz mit, für den sie sich ein wenig schämte.

»Habe ich dir in irgendeiner Weise zu verstehen gegeben, dass mir deine Küsse nicht gefallen? Ich muss dir ja wohl nicht sagen, dass ich mehr als bereit bin mitzumachen, wenn du das Gefühl hast, etwas Übung zu brauchen.« Ezekiel senkte den Kopf und strich mit seinen Lippen über ihre. »Aber jetzt muss ich mich hinlegen.«

Bellisia zog ihm die Schuhe aus und legte eine Hand auf seine Brust. Weit oben, wo die wenigsten Schnitte waren. Dann drückte sie ihn sanft auf die Matratze und hob seine Beine ins Bett. Danach wusste sie nicht, was sie tun sollte. Ein wenig hilflos schaute sich um, um herauszufinden, was von ihr erwartet wurde.

»Komm her.« Ezekiel klopfte neben sich aufs Bett. »Leg dich zu mir.«

Bellisias Herz setzte einen Schlag aus und begann dann heftig zu pochen. Auch das hatte sie noch nie gemacht. Vorsichtig setzte sie sich auf die Bettkante und zog ihre Schuhe aus. Irgendwie kam ihr diese Handlung sehr intim vor, und das führte dazu, dass sie sich sehr verletzbar fühlte.

»Mich mit einem Mann einzulassen jagt mir mehr Angst ein, als allein in Chengs Labor einzudringen. Die Sicherheitsmaßnahmen dort sind sehr streng, das kannst du mir glauben, also will das was heißen.«

»Hältst du es für möglich, dass Whitney sich irgendwie mit Cheng zusammengetan hat?« Ezekiel nahm ihren Arm und zog sie nach unten, bis sie auf dem Rücken neben ihm lag. Doch das reichte ihm noch nicht. Er drehte sie auf die Seite und drückte sie an sich.

»Auf keinen Fall. Cheng verkauft Waffen an Terroristen. Whitney ist zwar zuzutrauen, dass er Terroristen benutzt, um seine Ziele zu erreichen, aber er würde sie niemals bewaffnen und schon gar keine Geschäfte mit ihnen machen, indem er ihnen Geheimnisse verrät. Er ist ein Monster und ein Soziopath, aber er ist auch ein Patriot. Er hat mich ja zu Cheng geschickt, weil er Angst hatte, dass Violet mit ihm irgendwas aushandelt – und genauso war es. Sie will Vizepräsidentin werden. Maurice Stuart hat sie nominiert. Und sobald sie den Posten hat, will sie Stuart ermorden lassen, damit sie Präsidentin wird. Cheng kann ihr das Geld beschaffen, aber sein Preis ist ein Schattengänger oder wenigstens Teile von ihm.«

»Warum haben sie mich nicht auf einen Frachter gebracht? Sie hätten doch direkt aufs Meer hinausfahren können.«

»Aber alle hätten nach dir gesucht, und sie konnten es sich nicht leisten, mit dir erwischt zu werden. Sie wissen ja nicht genau, wozu du fähig bist.« Sie fühlte sich an seinem warmen Körper sehr wohl, und da sie nun über die Arbeit sprachen, ließ ihre Anspannung nach. »Wenn du Cheng mal erlebt hättest, wüsstest du, wie vorsichtig er ist. Er würde es nie riskieren, einen Unbekannten mit den Fähigkeiten, die man Schattengängern nachsagt, in eins seiner Labore zu bringen, ehe er nicht sicher weiß, dass er solche Kräfte kontrollieren kann.«

Ezekiel gab einen Laut von sich, der so klang, als wäre er bereits halb eingeschlafen, daher legte Bellisia einen Arm um seine Taille. Sie konnte nicht anders. Sie wollte noch näher bei ihm sein. Am Morgen würde er gehen und sie musste genug Vertrauen in ihn haben, um für jede Form von Beziehung offen zu bleiben. Sie kannten sich ja kaum. Welche Art von Beziehung stellte er sich wohl vor? Weil sie sich eine Familie wünschte, hoffte sie, dass er an eine feste Verbindung dachte, doch aus dem

Klatsch in den Baracken wusste sie, dass die meisten Männer sich nicht gern für eine Frau entschieden. Sie wollten Abwechslung. Zumindest schien es bei Whitneys Supersoldaten so zu sein.

»Violet darf nicht Präsidentin werden. Ihr ist das Schattengänger-Programm ein Dorn im Auge. In erster Linie wohl, weil es Whitneys Idee war und sie ihn abgrundtief hasst, aber ich glaube außerdem, ein Teil von ihr will der einzige Mensch mit außergewöhnlichen Fähigkeiten sein«, sagte Ezekiel. »Wusstest du, dass Whitney sie mit sich verpaart hat?«

»Ich hatte den Verdacht, aber was sie getan hat, schien dagegen zu sprechen.«

»Es ist nur ein Gerücht. Aber wenn es stimmt, ist bewiesen, dass Whitney unsere Gefühle nicht manipulieren kann. Er mag zwar imstande sein, dafür zu sorgen, dass wir Lust aufeinander haben, aber nicht dafür, dass ich das empfinde, was ich für dich empfinde.«

»Du kennst mich doch gar nicht.«

»Oh doch. Ich habe vom ersten Augenblick an gewusst, dass du die Richtige bist. Wenn ein Mann so lange gesucht hat wie ich und zu dem Schluss gekommen ist, dass er keine Chance hat, eine Frau zu finden, die ihn nimmt wie er ist, erkennt dieser Mann die Eine, *Einzige*, und gibt sie nicht mehr her.«

»Du bist verrückt. Weißt du nicht, wie gefährlich ich bin?«

»Oh doch, meine Liebe.« Das hörte sich fast stolz an. »Es macht mich richtig an zu wissen, dass ich immer mit einem Fuß im Grab stehe.«

»Dann bist du noch verrückter, als ich gedacht habe.«

Ezekiel lachte leise, und in dem dunklen Zimmer klang

es in Bellisias Ohren wie Musik. Draußen gaben Grillen und Frösche ihr eigenes Konzert, doch für sie war Ezekiels Lachen noch schöner als der Chor der Natur. Dennoch musste sie ehrlich zu ihm sein. »Ich gehöre hier nicht hin. So gern ich mir auch ausmale, hier zu leben. Ich passe nirgendwo rein und so wird es immer sein. Dafür hat Whitney gesorgt.«

Ezekiel verflocht seine Finger mit ihren und zog ihre Hand an sein Herz. »Du verstehst es immer noch nicht, Baby. Ich gehöre auch nicht hierher. Ich passe auch nirgendwo rein. Keiner von den Schattengängern tut das. Und warum? Weil Whitney uns alle reingelegt hat. Die Weiterentwicklung unserer übersinnlichen Talente war schon schlimm genug, doch dem hatten wir immerhin zugestimmt. Die genetischen Veränderungen dagegen waren für uns alle eine Überraschung.« Er wandte den Kopf. »Du gehörst zu uns. Zu mir.«

Bellisia wollte keine Hoffnung schöpfen, denn sie hatte gelernt, diesem Gefühl nicht zu trauen. Sie konnte den Blick nicht von Ezekiel lösen, brachte aber keine Antwort zustande. Sie wagte nicht, etwas zu sagen.

Er zog ihre verschränkten Hände an seinen Mund heran und knabberte an ihren Fingerspitzen. »Als ich noch ein kleiner Junge war, kurz vor meinem zehnten Geburtstag, als meine Hormone Amok liefen und ich immer kräftiger wurde, habe ich schon auf Mordichai und Malichai aufgepasst. Wir waren Straßenkinder und wohnten in einem verlassenen Haus. Ich habe darauf bestanden, dass wir alle zur Schule gehen, denn meine Brüder waren verdammt klug. Du würdest es nicht glauben, wie klug. Deshalb musste ich die Papiere fälschen und darauf falsche Eltern und falsche Adressen angeben.«

»Falsche Eltern? Was ist denn mit euren passiert?«

»Unsere Mutter war auf Crack und ging anschaffen, um Geld für ihre Drogen zu bekommen. Sie ist gleich nach Malichais Geburt süchtig geworden. Unser Vater ist bei einer Schießerei mit einer rivalisierenden Gang erschossen worden, danach ging es mit ihr steil bergab. Eines Tages habe ich gehört, wie ein Mann sie dazu überreden wollte, uns auf der Straße an ein paar von seinen Freunden zu verkaufen. Sie hat abgelehnt, aber ich wusste, dass es nur eine Frage der Zeit war, bis sie verzweifelt genug sein würde, um nachzugeben. Und ich hatte recht.«

Bellisias Herz zog sich zusammen vor Mitleid. Kein Wunder, dass sein Beschützerinstinkt so groß war. Er passte schon seit sehr langer Zeit auf seine Brüder auf.

»Also bin ich mit meinen Brüdern abgehauen. Ich habe nie zurückgeschaut. Die beiden haben sich darauf verlassen, dass ich ihnen etwas zu essen besorge und sie warmhalte – was ich auch getan habe. Doch für einen Jungen gibt es nicht viele Möglichkeiten, auf der Straße Geld zu verdienen. Mit Drogen dealen war eine Möglichkeit, oder meinen Körper für Geld anbieten – was ich beides nicht wollte. Oder ich konnte kämpfen. Ich konnte meine Fäuste gebrauchen, um Geld zu bekommen. Auf der Straße gibt es immer Kämpfe im Untergrund.«

»Ich habe davon gehört, aber ich weiß nicht viel darüber.«

»Es ist ziemlich brutal und es gibt nicht viele Regeln. An meinem dreizehnten Geburtstag hatte ich den Jungs einen Kuchen versprochen. Das hieß, ich musste einen klauen. Gar nicht so leicht. Ein Kuchen hat nicht gerade die richtige Form und Größe zum Stehlen.«

»Da hast du recht.«

Ezekiel nahm einen ihrer Finger in den Mund und sofort wurde ihr glühend heiß. Dann biss er ihr spielerisch leicht in den Finger und küsste die brennende Stelle. »Ich hatte den Jungs gesagt, sie sollten warten, ich würde in ein paar Minuten mit dem Kuchen zurück sein. Da hatte ich noch nicht mit dem Kämpfen angefangen, jedenfalls nicht richtig. Ich hatte erst ein paar kleinere Zweikämpfe hinter mir, aber ich wusste, dass ich mich bald entscheiden musste. Als ich den halben Block hinter mir hatte, bin ich umgedreht, weil ich vergessen hatte, den Jungs zu sagen, dass sie das Feuer ausmachen sollen, das wir angezündet hatten. Es musste immer richtig gelöscht werden, ehe wir fortgingen, denn es war ein zugiger Raum, und ein frischer Wind konnte es wieder anfachen.«

Bellisia drückte seine Hand, denn sie merkte, dass es ihm um etwas Wichtiges ging.

»Malichai hatte nicht auf mich warten wollen. Er ist losgelaufen, um sich schon mal ein paar Kuchen anzugucken und den ›richtigen‹ zu finden. Er war damals erst acht. Mordichai schrieb mir gerade einen Zettel, weil er ihn nicht allein gehen lassen wollte. Es war zu gefährlich.«

Bellisia holte tief Luft und schaute zu Ezekiel auf. Die Nacht war dunkel, doch sie konnte die Umrisse seines Gesichts sehen. Er starrte ruhig an die Decke, drückte ihre Finger aber so fest, dass er sie ihr fast gebrochen hätte. Trotzdem entzog sie ihm ihre Hand nicht.

»Er war in einer Gasse und hatte es mit zwei Gegnern zu tun. Jungs, die ein bisschen älter waren als ich. Ich hatte von ihnen gehört und sie ein- oder zweimal in der Gegend gesehen. Es waren Schläger, denen es gefiel, anderen wehzutun. Sie prügelten Malichai gerade die Seele aus dem Leib. Er war schon zu Boden gegangen und blutete, aber er hat dabei nicht geweint.«

Ezekiel rieb ihre Fingerknöchel an seinem stoppligen, kratzigen Kinn. Es war ein sinnliches Gefühl, trotz dem, was er ihr gerade erzählte – oder vielleicht sogar gerade deshalb. Sie spürte instinktiv, dass er ihr gerade von etwas erzählte, das er vor allen anderen verborgen hatte.

»Das war das erste Mal, dass ich jenes Besondere in mir gespürt habe. Ich konnte sie richtig wahrnehmen und auch einordnen, diese ungeheure Energie, die ich entwickle, wenn ich wütend werde. Vorher habe ich immer gedacht, es läge an meinem Temperament. Ich bin jähzornig und musste mich bei den Jungs immer zurückhalten, doch an diesem Tag machte mich die Wut, die sich in mir aufstaute, zu einer Waffe. Plötzlich konnte ich sie gezielt abrufen und jeden Feind besiegen, selbst zwei erfahrene Kämpfer. Sie war finster und hässlich, aber sehr hilfreich. Ich merkte, wie ihre Kraft mich durchströmte, als ich die zwei verfolgte. Ich hätte die beiden fast umgebracht.«

Er wandte ihr den Kopf zu. »Sieh mich an.« Seine Stimme war sehr, sehr leise.

Bellisia gehorchte. Seine Augen waren reingolden geworden und glitzerten im Dunkeln wie Katzenaugen. Atemlos sah sie ihn an.

»Als Whitney mich weiterentwickelt hat, hat er auch diesen Charakterzug verstärkt. Er stammt aus einer sehr tief liegenden Quelle und kommt hin und wieder an die Oberfläche. Dann führt diese geballte Energie dazu, dass ich Streit suche. Dass ich jemanden verletzen will.« Er führte ihre Fingerknöchel an seinen Mund. »Dann muss ich dich suchen. Du sorgst dafür, dass diese Wut verschwindet. Ich musste vorhin nicht um mich schlagen, bis meine Knöchel blutig werden. Ich musste niemandem wehtun. Als du mich geküsst hast, hat sich die Wut gelegt.«

Das war großartig für ihn. Und sie verstand auch warum. Schließlich hatte sie gespürt, wie es in ihm brodelte, und erkannt, dass er eine tickende Zeitbombe war, imstande, alles um sich herum zu zerstören. »Hat Whitney gemerkt, was er angerichtet hat?«

»Nein, er weiß es nicht. Wie denn auch? Nicht mal meine Brüder ahnen es. Sie denken einfach, dass ich echt schlechte Laune kriege, wenn man mich provoziert.« Er befreite ihre Finger einen nach dem anderen aus seiner Umklammerung und drückte einen Kuss in ihre Handfläche. »Deshalb ist es so wichtig für mich, dass du auf mich wartest, Bellisia. Ich weiß, dass du Angst hast, und wahrscheinlich ist das alles auch verwirrend für dich. Du hast keinen Grund, mir zu vertrauen, aber trotzdem bitte ich dich darum, hier bei Nonny und den Mädchen auf mich zu warten. Bei den Menschen, die mir wichtig sind. Das sollte dir zeigen, wie viel du mir bedeutest.«

Er hatte so viel von sich preisgegeben, dass er sich damit sehr verwundbar gemacht hatte, und so offen über seine Gefühle geredet, dass sie völlig fasziniert von ihm war. So sehr, dass sie ihm einfach alles versprochen hätte.

9

EIN KICHERN WECKTE BELLISIA. Sie blieb ganz still liegen und musste erst einmal ihre Umgebung realisieren. Sie lag in Ezekiels Bett. Er war fort, aber sie war nicht allein. Es roch nach Babypuder und Shampoo. Sie machte die Augen einen Spaltbreit auf und warf durch den Schutz der Wimpern einen Blick auf die drei kleinen Mädchen, die sich bis aufs Haar glichen.

»Du bist wach!« Das Mädchen, das ihr am nächsten war, trug ein langes Rüschenkleid mit einer blauen Schärpe. »Ich bin Ginger. Das sind meine Schwestern, Thym« – sie deutete auf ein Mädchen, das genauso aussah wie sie und das gleiche Kleid mit einer grünen Schärpe trug – »und Cannelle. Alle nennen sie Elle.« Das letzte Mädchen trug ein entsprechendes Rüschenkleid mit einer pinken Schärpe.

»Guten Morgen.« Langsam setzte Bellisia sich auf. Cannelle und Thym wirkten ein wenig scheuer als Ginger, und sie wollte die Kinder nicht erschrecken. »Woran hast du gemerkt, dass ich wach bin?«

»Am Herzschlag«, erwiderte Ginger. »Warum liegst du in Onkel Zekes Bett?«

»Ich bin Bellisia. Euer Onkel hat mich gebeten, hier bei eurer Nonny zu warten, bis er wiederkommt. Er wird ein paar Tage fort sein.«

Cannelle stupste Ginger an. Als Ginger den Kopf schüttelte, sah ihre Schwester sie wütend an und nickte heftig, mied dabei aber geflissentlich Bellisias Blick. Offenbar verständigten sich die Mädchen telepathisch.

»Ihr könnt mich alles fragen, was ihr wissen wollt«, sagte Bellisia und lächelte aufmunternd.

Ginger seufzte laut. »Nein, das gehört sich nicht. Mom sagt, man stellt keine persönlichen Fragen, also gehört es sich nicht zu fragen, ob Onkel Zeke dich geküsst hat.«

»Dann frag sie doch, ob sie Onkel Zekes Freundin ist«, schlug Thym vor.

Bellisia seufzte ebenfalls. Das würde nicht leicht werden. Es fühlte sich an, als ginge sie durch ein Minenfeld. Diese Mädchen vergötterten ihren Onkel und wenn eine Frau in sein Leben trat, waren sie möglicherweise nicht sonderlich begeistert. »Ja, ich habe ihn geküsst«, gab Bellisia zu, ohne auf die Frage nach der Freundin einzugehen.

»Nonny hat gesagt, wenn wir dich stören, gibt es ein paar hinter die Löffel«, fuhr Ginger fort. »Aber ich glaube, sie hat sich vertan. Ich habe Mommy schon gefragt, wo wir denn die Löffel haben, und was es dann dahinter gibt.«

Cannelle verdrehte die Augen. »Ich habe dir doch gesagt, dass das etwas anderes bedeutet, aber du hörst mir ja nicht zu.«

»Doch, fast immer«, widersprach Ginger. »Stören wir dich?«

»Reden alle Zweijährigen so wie ihr drei? Ich habe immer gedacht, kleine Kinder verstünden nicht besonders viele Worte – und Umschreibungen schon gar nicht.«

Die Drillinge wechselten einen langen Blick und tauschten sich wieder stumm aus. Natürlich war es Ginger, die dann ihre Frage stellte. »Was ist eine Umschreibung?«

Großartig, dachte Bellisia. Sie hatte wirklich keine Ahnung von Kindern und ihren geistigen Fähigkeiten. »Na ja, eine Umschreibung nennt man einen Satz oder Worte, die nicht meinen, was sie wörtlich sagen. So etwas gibt es haufenweise. *Haufenweise* ist auch so eine Redewendung, denn Worte liegen natürlich nicht in Haufen herum. *Es gibt ein paar hinter die Löffel* dürfte heißen, dass sie euch eine Ohrfeige austeilen würde. So wie *den Löffel abgeben* eigentlich *sterben* heißt und überhaupt nichts mit einem echten Löffel zu tun hat.«

Die kleinen Mädchen legten auf exakt die gleiche Art die Stirn in Falten. »Hast du noch mehr Beispiele?«, bat Cannelle, die offensichtlich sehr wissbegierig war.

»Ja, wenn man vom Sterben spricht, sagen manche auch *ins Gras beißen*. Und wenn etwas ein *Kinderspiel* ist, bedeutet das, dass es sehr leicht ist, so wie es zum Beispiel sehr leicht ist, mit euch zu reden.«

Das Stirnrunzeln wich einem identischen Lächeln. »Mach weiter«, drängte Thym.

Bellisia musste etwas nachdenken, um noch ein paar Redensarten zu finden. Es war ja nicht so, als würde sie in ihrem Leben ständig solche idiomatischen Ausdrücke benutzen. »Ja, also, da wäre noch *Hals- und Beinbruch!*, das ist ziemlich bekannt; manche Menschen benutzen es, um jemandem Glück zu wünschen. Und *die Katze aus dem Sack lassen* bedeutet nicht, dass jemand wirklich eine Katze in einen Sack gesteckt hat, sondern dass er ein Geheimnis verraten hat.«

Die Mädchen fingen wieder an zu kichern. »Nonny hat das Frühstück fertig.«

»Tja, wenn ich jetzt sagen würde, *nehmt den Mund nicht zu voll*, würde ich nicht vom Frühstück reden oder davon, wie viel ihr essen sollt, sondern ich würde euch raten, keine Aufgabe zu übernehmen, die zu schwer für euch ist.« Bellisia trug noch die gleichen Sachen wie am Abend zuvor. »Könnt ihr mir zeigen, wo das Bad ist?«, fragte sie, um die Kinder aus dem Zimmer zu bekommen, denn sie wusste nicht, ob Ezekiel dort vielleicht Waffen versteckt hatte.

Alle drei Mädchen nickten gleichzeitig. Dann rutschten sie vom Bett und gingen zur Tür. Ginger warf einen Blick zurück. »Wenn wir beißen, verletzen wir übrigens andere Menschen. Und das tut richtig weh, wirklich schlimm.«

Das Kind äußerte seine Warnung in einem auffallend ernsten Ton, der offenbar einschüchternd wirken sollte. Erstaunt hob Bellisia die Brauen. »Ach ja? Wenn man gebissen wird, tut es in der Regel weh«, erwiderte sie betont freundlich. Ginger warf ihr doch tatsächlich in letzter Sekunde noch einen Fehdehandschuh hin.

Die Kleine schaute sie so finster an, als wäre sie ein wenig schwer von Begriff. Doch Bellisia folgte den Kindern einfach lächelnd durch den Flur, bis Cannelle und Thym vor einer Tür stehen blieben.

»Danke, Mädchen. Ich treffe euch dann in der Küche. Sagt Nonny, ich komme gleich.«

»Vergiss nicht, dir die Hände zu waschen«, sagte Ginger.

»Danke für die Erinnerung«, erwiderte Bellisia und machte den Kleinen die Tür vor der Nase zu.

Am liebsten hätte sie die Wanne volllaufen lassen und sich ins Wasser gelegt, doch stattdessen erledigte sie hastig ihre Morgentoilette und ging sogar so weit, sich mit einem Finger die Zähne zu putzen. Sie hoffte, dass sie das Telefon benutzen durfte, um Donny wissen zu lassen, dass es ihr gut ging. Vielleicht konnte er ihr ein paar Dinge bringen. Wenn Ezekiel glaubte, dass irgendjemand vorhatte, die drei Mädchen zu entführen, war es wahrscheinlich keine gute Idee, zur Insel zurückzukehren, nicht einmal für ein paar Stunden.

Bellisia starrte in den Spiegel und erkannte sich selber kaum wieder. Sie sah irgendwie anders aus. Ihre Augen, die von hellen, blaustichigen Wimpern gerahmt wurden, waren sehr groß und viel blauer als sonst. Auch das weißblonde Haar mit dem blauen Schimmer wirkte schöner. Sie erinnerte sich noch, wie sich Ezekiels Finger darin angefühlt hatten, und lächelte unwillkürlich.

Er war eingeschlafen, und sein Arm hatte wie ein stählernes Band auf ihrem Rücken gelegen, während sie sich an ihn geschmiegt hatte. Da sie trotz ihrer Erschöpfung wach geblieben war, hatte sie seinem Atmen gelauscht und war zu dem Schluss gekommen, dass sie bleiben würde, ganz egal, welche Gefahren lauerten. Sie konnte irgendwohin gehen und das tun, wozu Whitney sie erschaffen hatte, oder sie konnte versuchen, sie selbst zu sein – was auch immer das heißen mochte.

Ezekiel wollte, dass sie seiner Familie ihren wahren Charakter zeigte. Aber sie war eine Rebellin. Eine Unruhestifterin. Sie war diejenige gewesen, die sich für die anderen Mädchen eingesetzt hatte, und das hatte neun von zehn Mal mit Einzelhaft geendet. Sie war stolz auf ihre Fähigkeiten und auf ihre Ausbildung. Sie hatte hart gearbeitet, um in dem, was sie tat, richtig gut zu werden, und was immer sie als Nächstes tun würde, sie würde genauso viel Mühe darauf verwenden. Sie holte tief Luft und versuchte ihr Haar mit den Fingern zu kämmen, um wenigstens etwas Ordnung hineinzubekommen. Sie brauchte Sachen zum Wechseln. Sie konnte ja schlecht Tag und Nacht in denselben Kleidern herumlaufen. Ohne Zahnbürste und ohne Haarbürste. Ein paar Utensilien für die Morgentoilette waren doch nicht zu verachten.

Bellisia ging auf das Gelächter zu, das aus der Küche drang. Die Wände im Flur waren voller Fotos. Von Jungen. Pflanzen. Dem Bayou. Dem Sumpf. Vor einem der ältesten blieb sie stehen, um es sich genauer anzusehen. Offenbar zeigte es Nonny in jüngeren Jahren neben einem sehr attraktiven Mann, der auf sie herunterblickte. Grace Fontenot schaute ihn mit einem leichten Lächeln an, doch es war die Art, wie die beiden einander ansahen, die Bellisia aufgefallen war. Einen so intimen Blick hatte sie noch nie gesehen, dabei berührten die zwei sich nicht mal.

So etwas wünschte sie sich auch. Sie hatte nicht gewusst, dass es das gab, doch hier war der Beweis, direkt vor ihr. Sie liebte ihre Fähigkeiten und das, was sie damit machen konnte, das Gute, was sie bei den verschiedenen Einsätzen erreicht hatte, doch das da war etwas Persönliches. Das war etwas, was sie an einer Stelle berührte, wo sie noch nie berührt worden war.

»Bellisia?« Nonny trat ein paar Schritte in den Flur hinaus. »Alles in Ordnung?«

Ihr Tonfall war sanft und herzlich. Eigenschaften, die Bellisia auch an Ezekiel entdeckt hatte. War es möglich, einen Mann zu vermissen, den man kaum kannte? Und der erst so kurz fort war? Wenn sie an den Blick dachte, den Nonny und ihr Mann gewechselt hatten, erschien es ihr möglich.

»Ja, es ist nur so, dass ich …« Bellisia verstummte und

deutete mit einer ausladenden Geste auf das Haus. »Das habe ich noch nie gemacht. Ich bin noch nie in einem Haus gewesen.«

Nonny lächelte, trat beiseite und winkte sie durch die Tür. »Dann passt du ja gut zu uns. Meine Schwiegertochter Pepper war vorher auch noch nie in einem Haus; bei Cayenne, Traps Frau, war es dasselbe und meine drei Urenkelinnen hatten auch keinen blassen Schimmer davon, wie es in einem Haus aussieht, bis Pepper sie hergebracht hat.«

Bellisia betrat die Küche und atmete ganz bewusst tief ein. Es war unglaublich, selbst die Düfte in einem Haus waren genauso, wie sie es sich vorgestellt hatte. Es roch nach Zimt, Zucker und Gewürzen. Der Raum war sehr groß, und der Tisch darin lang und wunderschön geschnitzt. Töpfe und Pfannen hingen an einem Gestell über einer Insel in der Mitte, die nach der Vorbereitung einer Mahlzeit unordentlich hätte sein müssen, stattdessen aber ganz sauber war, ohne einen Fleck.

Eine Frau erhob sich graziös. Sie war atemberaubend schön. Ihr sehr dichtes, dunkles Haar war von seltsamen, glitzernden Mustern durchzogen und zu einem dicken Zopf verflochten. Ihre auffallenden Augen hatten einen ganz besonderen Fliederton. »Hallo Bellisia, ich bin Pepper. Willkommen bei uns zu Hause.« Die Frau hatte einen französischen Akzent, und ihre leise Stimme klang überaus sinnlich, selbst für Bellisias Ohren. »Wie ich höre, hast du meine Töchter schon kennengelernt. Ginger, Thym und Cannelle konnten es nicht erwarten zu sehen, wer im Bett ihres Onkel Zeke schläft.« Pepper bemühte sich, die Mädchen missbilligend anzuschauen, wirkte aber dennoch stolz.

»Ja, sie waren so nett, mir zu sagen, dass das Frühstück

fertig ist.« Bellisia konnte nicht glauben, wie nervös sie war. Das war doch dumm. Pepper und Cayenne waren genau wie sie Whitneys Gefangene gewesen. Und wie sie psychisch und physisch weiterentwickelt worden. Sie waren Schwestern, so wie die Mädchen, mit denen sie aufgewachsen war. Nicht blutsverwandt, aber auf jede andere Weise verbunden. Doch die beiden … passten … in dieses Haus, während sie keine Ahnung hatte, wie sie sich benehmen sollte.

»Wir freuen uns, dass du bei uns bleibst«, fügte Cayenne hinzu, die mit einer eleganten Bewegung um den Tisch herum auf Pepper und Bellisia zuging. »Ich bin Cayenne. Ich bin mit Trap verheiratet. Ich weiß nicht, ob du schon alle aus dem Team kennengelernt hast.« Es hörte sich so an, als wäre das eine Selbstverständlichkeit.

Pepper war sehr weiblich und zart. Es fiel schwer, sie als tödliche Waffe zu betrachten, doch sie musste eine sein, sonst hätte Whitney sich nicht mit ihr abgegeben. Auch Cayenne wirkte klein und zierlich – und sehr jung. Sie war schlank und hatte so schwarzes, glänzendes Haar, dass es fast mitternachtsblau aussah, obwohl sie hinten eine rote Strähne in Form einer Sanduhr hatte, die erst zum Vorschein kam, wenn sie sich bewegte, dann aber unübersehbar war. Doch obwohl Cayenne so jugendlich aussah, hatte Bellisia den Eindruck, dass man sie besser nicht reizen sollte.

Auch sie selbst wirkte jung, zart und hilflos. Doch sie war alles andere als das, daher erkannte sie eine Gefahr, wenn sie eine sah. Sie war eher so wie Cayenne, und das gab ihr das Gefühl, dass sie bei Ezekiel vielleicht eine Chance hatte. Wenn Cayenne sich so verändern konnte, dass sie in dieses Haus passte, konnte sie es vielleicht auch.

»Nennt mich bitte Bella. Alle tun das. Na ja, mit Ausnahme von Ezekiel.«

Nonny winkte alle zum Tisch. Die Drillinge saßen bereits auf ihren Kinderstühlen und vertilgten Erdbeerwaffeln und etwas, das aussah wie selbstgemachte Sahne.

»Wie hast du Zeke kennengelernt?«, fragte Cayenne beiläufig.

Bellisia machte sich nichts vor. Das würde eine Befragung werden. Und in so etwas war sie einfach unschlagbar. Sie hatte es oft genug geübt. Sie setzte sich auf den Platz, den Nonny ihr zugewiesen hatte, und wunderte sich nicht im Geringsten, dass er direkt gegenüber von Cayenne war.

»Ich arbeite im French Quarter. Am Jackson Square. Er war unterwegs, um Gewürze für Nonny zu kaufen, und hat sich an einen meiner Tische gesetzt. Dann hat er mich gebeten, ihm Gesellschaft zu leisten, als ich eine Pause hatte, also habe ich es getan.« Sie strich mit dem Daumen über die Handfläche, in die er sie geküsst hatte, und machte eine Faust, so als könnte sie das Gefühl auf diese Weise für immer festhalten. »Er ist sehr überzeugend, wenn er etwas will.«

»Oh ja«, stimmte Cayenne ihr zu.

»Bitte bedien dich«, sagte Nonny. »Tu dir keinen Zwang an.«

Gut, dass sie kellnern gelernt hatte, dachte Bellisia. Das Essen, das es in den Baracken gegeben hatte, war zwar nahrhaft gewesen, aber überhaupt nicht zu vergleichen mit dem in dem Restaurant, in dem sie gearbeitet hatte, oder dem, das auf Nonnys Tisch stand. Da gab es Waffeln, aber auch einen sehr traditionellen Cajun-Auflauf aus Eiern, geriebenem Käse, Salz, Butter und Worcestersauce.

Und als wäre das noch nicht genug, eine Platte mit frischen Krabbenküchlein. Außerdem hatte irgendjemand Beeren gesammelt, die zu den Waffeln und der Sahne passten. Um nicht aufzufallen, hatte Bellisia viel gelernt, und Essen war eins der wichtigsten Dinge in New Orleans. Deshalb konnte sie alle Gerichte benennen und kannte sogar die Zutaten, doch probiert hatte sie noch nicht viel davon.

»Hast du keinen Hunger?«, fragte Nonny und schob ihren Teller auf sie zu.

»Doch. Ich habe seit mehr als vierundzwanzig Stunden nichts mehr gegessen«, erwiderte Bellisia. Sie war zu sehr damit beschäftigt gewesen, die Männer beim Training zu beobachten. Dabei war sie die ganze Zeit im Wasser gewesen, was ihrem Körper sehr gutgetan hatte, ihrem Magen jedoch weniger. Die anderen hatten bereits Essen auf dem Teller, aber sie wusste nicht, wie sie sich verhalten sollte. »Ich habe das noch nie gemacht.« Es war wohl besser, wenn sie die Wahrheit sagte. Ezekiel wollte, dass sie bei diesen Leuten blieb, die er als seine Familie betrachtete. Also warum sollte sie nicht von Anfang an mit offenen Karten spielen?

»Du hast noch nie gefrühstückt?«, fragte Pepper stirnrunzelnd.

Alle drei Mädchen hörten auf, miteinander zu reden, wurden auffällig ruhig, und ihre Gabeln mit den Waffelstückchen blieben in der Luft hängen. Wie üblich, war es Ginger, die für alle sprach. »Noch nie im Leben?«

»Jedenfalls nicht in einem Haus. Mit anderen Menschen um mich herum. Ich bin anders aufgewachsen«, sagte Bellisia sachlich, weil es schlichtweg eine Tatsache war.

Nonny lächelte sie an. »Such dir einfach das Essen aus, das du haben möchtest, und leg es auf deinen Teller. Wenn es nicht nah genug bei dir steht, bittest du jemanden, es dir zu reichen. In unserer Küche legen wir nicht viel Wert auf Förmlichkeiten, und ich mag es, wenn meine Mädchen ihren Teller leer essen. Sie sollen bei Kräften bleiben.« Damit schaute Nonny zu den Drillingen hinüber, die sofort wieder anfingen zu essen.

Entschlossen nahm Bellisia sich eine Kostprobe von jedem Gericht. Donny hatte ihr schon öfter stark gewürztes Essen gebracht – meist Fische oder Shrimps, die er selbst gefangen hatte. Es hatte ihr gut geschmeckt, doch sie hatte gelernt, vorsichtig zu sein, denn sie hatte sich noch nicht richtig an die Besonderheiten der regionalen Küche gewöhnt.

»Danke, dass du Ezekiel gerettet hast«, sagte Nonny. »Er ist ein guter Junge, aber knallhart. Ich habe mich geärgert, dass ich deine Warnung nicht früh genug gefunden habe, um ihn rechtzeitig aufzuhalten.«

In der nachdenklichen Stille, die folgte, wechselten die Drillinge lange Blicke. »Was ist denn mit Onkel Zeke passiert?«, fragte Ginger mit einem Zittern in der Stimme. Ihr Kinn wackelte bedenklich. »Mama?« Fragend sah sie Pepper an.

»Wisst ihr noch, wie ich euch erzählt habe, dass wir alle immer vorsichtig sein müssen, weil es einige sehr böse Menschen gibt, die uns suchen und uns hier wegholen wollen? Deshalb haben wir Wachen und Hunde und passen gut aufeinander auf«, sagte Pepper sanft. »Onkel Zeke hat versucht, ein paar Leuten zu helfen, die seine Hilfe dringend brauchen, und zwei von diesen bösen Menschen haben sich in sein Team eingeschlichen.«

Während Bellisia zusah, wie die drei kleinen Mädchen eine Neuigkeit verdauten, die viel zu brutal für sie war, aber offensichtlich von ihnen verstanden wurde, nahm sie einen ersten Bissen von dem Auflauf. Es dauerte eine Minute, bis sie alle Zutaten herausgeschmeckt hatte. Er war gut, und man konnte ihn bedenkenlos essen.

Die Drillinge machten lange Gesichter und in ihren Augen glänzten Tränen. »Aber Onkel Zeke ist … toll. Und stark. Niemand ist stärker als Onkel Zeke. Er ist wie Daddy.« Wieder fasste Ginger in Worte, was die Drillinge dachten. Wenn Onkel Zeke nicht vor solchen Menschen sicher war, war ihr Vater es logischerweise auch nicht.

»Die bösen Männer haben dafür gesorgt, dass allen im Team schlecht geworden ist. Dann haben sie so getan, als wollten sie Zeke helfen, doch stattdessen haben sie ihm ein Mittel gespritzt, das ihn bewusstlos gemacht hat, dann haben sie ihn in den Sumpf gebracht, in eine von den Hütten dort«, erklärte Pepper weiter, die von einem anderen Schattengänger offenbar alle Details erfahren hatte.

Cayenne beugte sich quer über den Tisch den Mädchen zu. »Ich weiß, dass es euch Angst macht, wenn ein so starker Mann wie Onkel Zeke entführt werden kann, deshalb bleiben wir ja immer zusammen und sagen uns, wo wir hingehen, damit die andern uns zurückholen, so wie Bellisia Onkel Zeke zurückgeholt hat.«

»Eigentlich«, sagte Bellisia an die Drillinge gewandt, »bin ich mir gar nicht so sicher wie er, dass er nicht auch ohne meine Hilfe da rausgekommen wäre. Er war bei Bewusstsein und hatte sich schon von seinen Fesseln befreit, als ich mich endlich um ihn kümmern konnte. Um die Hütte herum waren mehrere Wachen aufgestellt, und ich habe eine Weile gebraucht, um mich durch sie hindurchzukämpfen. Deshalb war er zu dem Zeitpunkt schon sehr erschöpft und …« Sie unterbrach sich und suchte nach dem richtigen Wort, um Ezekiels Zustand zu beschreiben. »Auch verwundet.« Sie entschied sich für das Wort, das den Drillingen am wenigsten Angst einjagen würde. »Er war verwundet, aber bereit zu fliehen.«

Die drei Mädchen tauschten sich einen Moment stumm aus, während Bellisia weiter aß. Nun verstand sie, warum die Männer so verrückt auf Nonnys Essen waren. Es war köstlich und machte wahrscheinlich süchtig.

»Wo war er denn verwundet?«, fragte Ginger misstrauisch.

Das erinnerte Bellisia schlagartig wieder daran, wie sie Ezekiel zum ersten Mal gesehen hatte, voller Blut, das in einem gleichmäßigen Takt vom Tisch auf den Boden getropft war. Mit einem Mal hatte sie keinen Hunger mehr. Sie legte die Gabel nieder und schob ihren Teller ein Stück zurück.

Ezekiel war ein großer und starker Mann. Er wirkte unbesiegbar – und fühlte sich auch so an. Doch er hätte es vor der Sprengung nicht aus dem Sumpf geschafft. Er hatte zu viel Blut verloren und war zu schwach gewesen. Sie hätte ihn fast verloren. Sie alle hätten ihn fast verloren. Bislang hatte sie es sich nicht zugestanden, darüber nachzudenken. In den Wochen, in denen sie ihm gefolgt war, hatte sie sich so heftig in ihn verliebt, dass sie ihm nachgestellt hatte wie eine Verrückte. Plötzlich spürte sie einen großen Druck in der Brust, und hinter ihren Augen brannten Tränen.

»Offensichtlich war er nicht allzu schlimm verletzt, Ginger«, sagte Nonny. »Er ist doch nach Hause gekommen, nicht? Und er macht immer noch seine Arbeit. Heute

Morgen ist er schon ganz früh hingefahren, und in ein paar Tagen ist er wieder da. Er hat mich gebeten, für ihn auf Bella aufzupassen. Er verlässt sich auf uns.«

Während sie das sagte, tätschelte Nonny ihr ganz leicht die Schulter. Diese fürsorgliche Geste hätte Bellisia beinahe wirklich zum Weinen gebracht. Die Mädchen in den Baracken hatten einander auch nachts getröstet, wenn etwas besonders Schlimmes passiert war. Doch von Grace Fontenot getröstet zu werden war – umwerfend.

Ein plötzliches lautes Knacken ließ Nonny erstarren. »Da kommt jemand«, berichtete Rubin knapp aus einem Lautsprecher irgendwo in der Küche. »Beeil dich, Cayenne.«

Doch die war bereits unterwegs. Wortlos stand Nonny auf und ging durch den Flur. Bellisia folgte ihr, während Pepper die drei Mädchen in die entgegengesetzte Richtung führte. Die Drillinge waren mit den Sicherheitsmaßnahmen offenbar sehr vertraut, denn sie ließen sich ohne Protest oder Gejammer von ihrer Mutter in Sicherheit bringen.

Ehe Nonny die Haustür aufmachte, griff sie sich das Gewehr, das direkt daneben an der Wand lehnte. Bellisia gefiel es nicht, dass Nonny sich so zur Zielscheibe machte, deshalb hielt sie sich zurück und blieb außer Sicht, bereit, jederzeit einzugreifen, auch wenn sie darauf vertraute, dass Cayenne Nonny beschützen würde, wo auch immer sie steckte.

»Donny. Was für eine Überraschung«, begrüßte Nonny ihren Besucher. »Was führt dich her?«

Erleichtert ließ sich Bellisia gegen die Wand fallen. Natürlich suchte Donny sie. Die Einheimischen hielten ihn für leicht verrückt, doch die, die ihn kannten, wussten, dass er seinen Freunden gegenüber loyal war und alle beschützte, die zu diesem Kreis gehörten. Und da sie auf seiner Insel Wohnrecht genoss, gehörte sie dazu. Leider war sein Erscheinen aber auch ein deutliches Indiz, dass dieses Haus mehr Wachen benötigte.

»Hallo Grace, ich glaube, eine Freundin von mir ist bei dir. Ich bin gekommen, um sie nach Hause zu holen.«

»Du bist stark bewaffnet.«

»Oh ja.«

Bellisia schlang ihre Arme fest um den eigenen Körper. In nur wenigen Wochen hatte ihr Leben sich dramatisch verändert. Die Worte »Oh ja« sagten alles. Donny war bereit, sich ihretwegen mit Schattengängern anzulegen. Whitney, der sie von klein auf gekannt hatte, hatte ihr einen tödlichen Virus eingepflanzt, für den Fall, dass sie zu spät von einem Einsatz zurückkam. Donny dagegen kannte sie erst ein paar Wochen und hätte ihretwegen mit ausgebildeten Soldaten gekämpft. Er lebte und arbeitete im Sumpf, kannte die Familie Fontenot und war Kriegsveteran. Daher wusste er, dass diese Männer gefährlich waren. Trotzdem war er gekommen, um sie zu holen.

Strahlend vor Freude trat sie an Nonnys Seite. »Donny, ich kann nicht glauben, dass du nach mir suchst.«

»Noch dazu bis an die Zähne bewaffnet«, murmelte Nonny.

Unbeeindruckt zuckte Donny die Schultern. Nonny hatte ja recht. Er war auf einen Kampf vorbereitet. Er hatte sich gar nicht erst die Mühe gemacht, so zu tun, als wäre er aus einem anderen Grund gekommen. Er war deutlich sichtbar mit Schusswaffen, Messern, Granaten und einer Weste mit Munition ausgestattet.

»Ich wollte nicht, dass irgendjemand das hier fälschlicherweise für einen Freundschaftsbesuch hält. Letzte Nacht sind ein paar Männer gekommen und haben mein Mädchen entführt, das völlig erschöpft war, weil es einen Soldaten gerettet hat. Sie hat ihn in ein Boot gehievt, zu meiner Insel gebracht, an Land getragen und versorgt. Sogar Blut hat Bellisia ihm gespendet. Und dann haben diese Männer sie an Händen und Füßen gefesselt weggebracht, Grace.« Er trat näher, griff nach Bellisias Händen, drehte sie herum und hielt ihre Arme ins Licht. »Siehst du diese blauen Flecken? Sie waren nicht zimperlich.«

Bellisia hatte Donny noch nie in einem so scharfen Ton reden hören. Der Mann lebte nach seinen eigenen Gesetzen. Er hätte jeden, der ungebeten seine Insel betrat, auf der Stelle erschossen, aber er las verwaiste Kinder auf und gab ihnen Arbeit oder bezahlte ihnen die Schule. Er hatte einen Hund, mit dem er allem Anschein nach ruppig umging, doch das Tier wurde regelmäßig zum Tierarzt gebracht und jeden Tag nach Parasiten und anderen Anzeichen für Krankheiten abgesucht. Doch im Moment klang er tatsächlich, als *suchte* er Streit.

Sanft befreite Nonny Bellisias Hände aus Donnys Griff. »Ich habe ein Mittel gegen das hier, Kind. Die hättest mir davon erzählen sollen.«

Gott sei Dank hatte Ezekiel die blauen Flecken nicht bemerkt, denn Bellisia wusste instinktiv, dass er sich sehr darüber aufgeregt hätte. Sie zuckte die Achseln. »Seine Freunde wollten kein Risiko eingehen, und das war richtig. Sie sind Soldaten. Sie haben viele schlimme Dinge erlebt und ich war eine Unbekannte. Eine Fremde, der sie nicht trauten. Ihr Freund war verletzt. Wenigstens haben sie nicht geschossen, bevor sie Fragen gestellt haben«, sagte sie mit einem kleinen Lächeln in Erinnerung an die vielen Warnschilder auf Donnys Insel.

Nonny trat auf die Veranda und fasste sich an ihren Haarknoten. Es dauerte einen Augenblick, bis Bellisia begriff, dass sie Cayenne und Rubin damit signalisierte, dass der Besucher ein Freund war. »Komm rein, Donny. Ruh dich ein bisschen aus.«

»Ich würde lieber draußen bleiben, Grace.«

Nonny nickte und deutete auf die drei Schaukelstühle, die auf der vorderen Veranda standen. Die handgeschnitzten Holzstühle waren wunderschön. Donny nickte und setzte sich in den, der den besten Ausblick auf den Fluss und die Bäume am Rand des Sumpfes bot. Grace ließ sich in ihrem Lieblingsstuhl nieder, sodass für Bellisia der dritte übrig blieb.

»Ich hatte Besuch.« Donny sah Bellisia direkt in die Augen. »Deshalb komme ich so spät.«

In Bellisia wurde es sehr still. Nur ihr Herz schlug einmal schmerzhaft gegen ihre Brust und fing dann an zu rasen, denn sie wusste, was nun kommen würde.

»Von zwei Männern. Großen Männern. Sie waren irgendwie seltsam. Einer hat mir ein Bild von dir gezeigt und gesagt, er hätte dich bis zu einem Restaurant am Square in New Orleans verfolgt und eine der Kellnerinnen hätte ihm gesagt, dass du mich kennst – dass du über mich geredet hättest.«

Bellisia verfluchte ihr lockeres Mundwerk. Sie hatte nicht gesagt, dass sie bei Donny wohnte, aber bei einem Versuch, sich freundlich zu unterhalten, hatte sie durchblicken lassen, dass sie ihn kannte. Eine Kollegin hatte ihr Geschichten aus der Gegend erzählt, und dabei auch Donny erwähnt – und dass er übergeschnappt sei. »Völlig verrückt«, hatte sie ihn genannt. Unwillkürlich hatte Bellisia ihn verteidigt und zugegeben, dass sie ihn kennengelernt habe und er ihr sehr nett vorgekommen sei.

Ohne sie aus den Augen zu lassen, zog Donny sein Handy aus der Innentasche seiner Jacke. »Dieser hier hat behauptet, er wäre dein Mann. Und du wärst manisch-depressiv und würdest manchmal weglaufen. Dann würde er dich immer suchen und zurückholen.«

Donny reichte ihr das Handy. »Das ist Gerald Perkins, und er war wahrscheinlich mit seinem Partner da, Adam Cox. Ich bin mit keinem von beiden verheiratet. Ich bin überhaupt nicht verheiratet.« Bellisia gab ihm das Handy zurück.

»Aber du läufst vor ihnen weg«, konstatierte Donny.

»Das schon. Was hast du ihnen erzählt?«

»Dass ich dich ein- oder zweimal getroffen hätte, aber beim besten Willen nicht wüsste, wo du wohnst. Dass du aber zu pingelig wärst, um im Sumpf zu leben, und ich davon ausgehe, dass du ein Stadtmensch bist.«

»Denkst du, sie haben dir geglaubt?«

»Keine Ahnung. Aber sie sollten besser nicht versuchen, noch mal auf meine Insel zu kommen.«

Bellisia wusste, dass Donny ein harter Hund war, aber Whitneys Supersoldaten war er nicht gewachsen. »Gegen die kommst du nicht an.«

»Ich kann sehr gut schießen«, erklärte er.

Bellisia schüttelte den Kopf. »Das reicht nicht. Mit Kugeln ist ihnen manchmal nicht beizukommen. Einige von ihnen haben eine Art Panzer unter der Haut. Ernsthaft, Donny, versuch nicht, gegen sie zu kämpfen. Falls sie auf die Insel kommen, mach dich auf einem der vielen Fluchtwege davon. Lass dich nicht sehen. Wirf alles, was mir gehört hat, in den Fluss und beseitige sämtliche Hinweise darauf, dass ich je dort war.«

»Das habe ich bereits getan, nachdem ich deine Sachen zusammengepackt hatte. Hier sind deine Kleider und die persönlichen Dinge. Ich dachte mir schon, dass du wieder weglaufen musst. Ich habe auch Geld und Proviant mitgebracht.« Donny klang grimmiger denn je.

Wie konnte dieser Mann nach ein paar kurzen Wochen so besorgt um sie sein, während Whitney, der sie ihr ganzes Leben lang gekannt hatte, bereit gewesen wäre, sie zu töten, wenn sie zu spät kam? Bellisia konnte es sich nicht erklären, doch das warme Gefühl in ihrem Bauch wurde immer stärker. Anscheinend gab es doch ein paar gute Menschen auf der Welt, und sie hatte das Glück gehabt, welche zu finden.

»Das ist furchtbar nett von dir, Donny.«

»So bin ich eben, Kind, rundum nett.«

»Möchtest du vielleicht etwas Kaffee oder Frühstück?«, fragte Nonny.

»Kaffee wäre gut. Ich habe mich etwas umgesehen, ehe ich zum Haus gegangen bin. Ihr habt hier einen Mann und einen Haufen Frauen. Ich glaube, ich sollte ein bisschen bleiben und warten, bis die Verstärkung eintrifft. Es kommt doch eine, nicht wahr, Grace?« Er sah Nonny an.

»Rubin meinte, man hätte ihm mitgeteilt, dass ein paar von den Jungs zurück sind und bald nach Hause kommen. Aber ich weiß nicht, wie lange das dauert, deshalb danke ich dir. Einen wie dich können wir gut gebrauchen.«

Großartig, dachte Bellisia. Bestimmt ebenfalls Freunde von Ezekiel, trotzdem war sie dankbar, dass die Männer kamen. Doch sobald sie da waren, würde sie gehen müssen, um Whitneys Soldaten von Pepper, Nonny und den Drillingen wegzulocken. Cayenne konnte anscheinend selbst auf sich aufpassen. Trotzdem wollte Bellisia nicht, dass ihretwegen irgendjemand zu Schaden kam. Unschlüssig trommelte sie mit den Fingern auf ihren Oberschenkel. Sie hatte Ezekiel versprochen zu bleiben, aber sie hatte ihm auch versprochen, dass sie Nonny und die anderen beschützen würde. Und das hieß, dass sie die Supersoldaten nicht an das Haus der Fontenots herankommen lassen durfte.

»Sie haben mich ziemlich schnell gefunden.« Wie waren sie ihr nur auf die Spur gekommen? Sie war doch immer nah am Wasser geblieben. Sie wusste, dass der Peilsender, den Whitney ihnen allen eingepflanzt hatte, zu tief saß, um ohne fremde Hilfe an ihn heranzukommen, doch im Wasser funktionierte er nicht besonders gut. Deshalb hatte sie sich bemüht, die meiste Zeit im Fluss oder in der Badewanne zu verbringen. Und sie hatte sich für die Arbeit extra ein Restaurant in der Nähe des Flusses ausgesucht, damit sie in den Pausen dorthin gehen konnte.

Sie sah Nonny an. »Ich habe Ezekiel versprochen, nicht wegzugehen, bevor er wiederkommt, aber wenn ich hierbleibe, kommen diese Männer früher oder später hierher, um nach mir zu suchen.«

Nonny zuckte die Achseln. »Das wäre nicht das erste Mal. In dem Fall werden sie jede Menge Schwierigkeiten bekommen. Du hast deinem Mann dein Wort gegeben, Bella, und du kannst es nicht zurücknehmen. Das wäre nicht richtig.«

»Nein, es wäre nicht richtig, jeden, der ihm etwas bedeutet, in Gefahr zu bringen«, widersprach Bellisia.

»Wenn du gehst, kommen sie trotzdem«, warf Donny ein. »Du hast diesem Mann versprochen zu warten, also solltest du's besser tun. Er gehört zu den Typen, die man besser nicht anlügt.«

Da tauchte Cayenne wieder auf, ging direkt auf Donny zu und trat ihm mit einer merkwürdigen liebevollen Geste gegen den Schuh. »Wieso hast du so viele Waffen dabei, Meister?«

»Ich bin gekommen, um deinen Hintern zu retten, du kleine Spinne. Wo ist dein Mann? Er ist der Einzige, der mit dir fertig wird.«

»Meister?«, wiederholte Bellisia.

»Küchenmeister und Flaschenreiniger«, sagte Cayenne. »Hin und wieder passt er auf die Drillinge auf.«

Peinlich berührt, stieß Donny den Atem aus. »Wenn du so weitermachst, muss ich dich übers Knie legen. Ich passe nicht auf die Kinder auf.« Er beugte sich vor, als wollte er ausspucken, doch nach einem Blick auf Nonny verkniff er es sich. »Ich gebe diesen kleinen Mädchen *Unterricht* über die Pflanzen und Tiere im Sumpf. Nur weil sie lieber mit mir zusammen sind als mit dir, musst du nicht gleich frech werden.«

Es hörte sich an, als stritten sich die beiden, doch offenbar waren sie Freunde, obwohl Cayenne Menschen gegenüber ebenso misstrauisch war wie Donny.

»Ich sage ihnen, dass du da bist«, erklärte Cayenne. »Dann erfahren wir ja, was du ihnen beigebracht hast.«

»Ach nein, dann klettern sie auf mir herum, und ich kann die kleine Schwarze Witwe nicht beschützen.«

»Hör auf, mich so zu nennen.«

»Erst wenn du aufhörst, dir diese rote Sanduhr ins Haar färben zu lassen. Warum Frauen sich ständig weiß

Gott welchen Mist in die Haare schmieren, werde ich nie begreifen.«

Cayenne rümpfte die Nase und drehte sich schnell herum, damit Bellisia die Sanduhr in ihrer dichten schwarzen Mähne sehen konnte – die rote Strähne in ihrem Haar war echt, nicht gefärbt, wie Donny offenbar glaubte. »Gefällt sie dir?«

»Ich muss zugeben, dass ich sie ziemlich cool finde«, meinte Bellisia.

Donny machte ein finsteres Gesicht. »Und ich soll verrückt sein. Wo ist Pepper? Sie war wenigstens so vernünftig, einen Fontenot zu heiraten. Du hast nur Trap, einen Irren mit wirren Haaren. Was zum Teufel willst du mit so einem Kerl?«

»Er ist *toll* im Bett. Einfach toll«, flachste Cayenne.

Donny verdrehte die Augen. »Ach, hör auf. Und geh weg. Ich nehm jetzt meine Sachen und leg mich aufs Dach, bis eure Männer wieder nach Hause kommen. Hoffentlich versohlt dir dein toller Mann dann den Hintern.«

»Oh.« Cayenne fächelte sich Luft zu. »Bestimmt. Ich freu mich schon drauf.«

»Cayenne«, sagte Nonny warnend.

»Tut mir leid.« Cayenne warf ihr einen Kuss zu. »Ich reiß mich zusammen. Besonders wenn er so über meinen Mann herzieht …«

»Er ist irre«, fing Donny wieder an.

»Nein, er ist hochintelligent«, entgegnete Nonny. »Einer der klügsten Menschen auf diesem Planeten.«

Donny seufzte und schob den Seesack, der neben ihm stand, mit einem Fuß zu Bellisia. »Da drin sind deine Sachen. Sobald deine Verfolger sich aus dem Staub gemacht haben, kommst du wieder nach Hause. Wenn Ezekiel dich wirklich will, soll er mit mir reden.« Ohne ein weiteres Wort trottete Donny zu der Seite des Hauses, wo, wie er wusste, eine Leiter verstaut war.

»Wow«, sagte Cayenne beeindruckt. »Der Mann ist wirklich erstaunlich. Er benimmt sich, als wärst du seine Tochter.«

»Was hat er damit gemeint? Dass Ezekiel mit ihm reden soll?«

»Üblicherweise bittet ein Mann, der eine Frau heiraten möchte, ihren Vater um Erlaubnis«, erklärte Nonny.

»Oh Mann.« Hastig hob Bellisia den Seesack hoch und stellte ihn wie einen Schutzschild auf ihren Schoß. »Wir haben doch noch gar nicht übers Heiraten gesprochen. Ezekiel kennt mich ja kaum. Und es gibt ein paar Sachen, die ihn bestimmt in die Flucht schlagen würden, wenn er sie wüsste. Übertreibt doch nicht gleich alle so, nur weil er mich gebeten hat, auf ihn zu warten.«

»Er hat dich geben, *hier* auf ihn zu warten«, korrigierte Nonny. »Wir sind seine Familie. Da er dich ohne Vorwarnung hergebracht hat, zeigt er seinem Team und uns, dass du für ihn zur Familie gehörst. Diese Männer entscheiden sich sehr schnell und handeln dann dementsprechend.«

Bellisia schob eine störrische Haarsträhne hinter ihr Ohr. Sie konnte es kaum erwarten, wieder ins Wasser zu kommen. Sie wünschte, sie könnte sich ein Bad einlaufen lassen und in ihrem Lieblingselement versinken, damit sie sich nicht mehr wie eine vertrocknete Pflaume vorkam. Außerdem fiele es Whitneys Soldaten dann schwerer, sie über den Peilsender zu orten, falls er noch funktionierte.

»Du hast gesagt, dass er dich kaum kennt. Aber wie findest du ihn denn?«, fragte Cayenne neugierig.

Wenn sie ehrlich antwortete, würde sie dastehen wie eine Stalkerin, doch da es sich um Ezekiels Familie handelte, wollte Bellisia nicht gleich mit Lügen anfangen. »Whitney hat mich auf einen Einsatz geschickt, bei dem ich etwas erfahren habe, was mich glauben ließ, dass jemandem aus Ezekiels Team – oder vielleicht sogar mehreren Leuten – Gefahr von einem Mann in China drohen konnte. Dieser Mann heißt Cheng. Er ist sehr mächtig und hat seine Fühler über die ganze Welt ausgestreckt. Aber anscheinend ist er nicht mit Whitney im Bunde, eher das Gegenteil. Whitney hat mich bei dem Einsatz fast umgebracht, da hat es mir endgültig gereicht, also bin ich geflüchtet und hierhergekommen, um mir ein Bild zu machen.«

»Wovon?«, fragte Cayenne nicht allzu erfreut.

»Die einzigen Männer, mit denen ich je in Kontakt gekommen bin, waren Whitneys Supersoldaten, und ich muss dir sagen, dass das keine besonders netten Exemplare sind. Ich wollte herausfinden, ob die Schattengänger es wert sind, dass man sie rettet. Deshalb habe ich euch vom Wasser aus beobachtet.« Sie deutete auf eine Stelle, die ein kleines Stück vom Steg entfernt war. »Von da hatte ich das Haus gut im Blick. Wenn Ezekiel mit den Mädchen einen Bootsausflug gemacht hat, bin ich ihm gefolgt. Und als ich erkannt habe, dass er ein guter Mann ist, habe ich Nonny die Warnung geschickt.«

Cayenne nickte. »Es ist schrecklich, aus einem Lager zu kommen, das praktisch ein Gefängnis ist, und nicht zu wissen, wie man sich in der normalen Welt bewegen soll. Wem man trauen kann und wem nicht.«

»Ganz genau.« Bellisia stand auf. »Wenn du nichts dagegen hast, würde ich gern ein Bad nehmen. Lasst die

Küche so, wie sie ist, dann räume ich sie auf, weil ich nicht beim Kochen geholfen habe.«

»Kannst du denn kochen?«

Bellisia legte die Stirn in Falten. »Ja also. Nicht wirklich. Aber ich möchte es lernen.«

»Dann mach doch bei den Kochstunden mit, die Nonny uns gibt. Wir werden schon langsam besser.«

Als Bellisia kurz darauf in der Wanne saß, dachte sie über den Vorschlag nach. Er hörte sich gut an.

10

EZEKIEL SCHAUTE SICH UM. Die C-17 war wie eine riesige Höhle, obwohl sie nicht nur zwei Boote mit der Ausrüstung für zwei Crews beförderte, sondern auch alle Männer, die angeschnallt auf ihren Sitzen saßen. Er kannte diese Männer inzwischen. Alle. Mit einigen von ihnen war er sogar befreundet. Ein paar aus den Bootscrews waren schon öfter bei dem riesigen Krabben- und Shrimps-Essen gewesen, zu dem die Fontenots regelmäßig einluden. Mit neun von den zwölf SEALs hatte er bereits mehrmals zusammengearbeitet. Und dann waren da noch die Männer aus seinem Team: sein Bruder Mordichai, Gino und Draden. Nachdem er mit allen trainiert hatte, wobei zwei neue SEALs die falschen Soldaten aus der sechsköpfigen indonesischen Kopaska-Gruppe ersetzt hatten, zog er nun bestmöglich vorbereitet mit guten Männern ins Feld.

Er fühlte sich wie stets verantwortlich für sie. Mittlerweile hatte er sich mit diesem Charakterzug abgefunden. Er würde sich immer für die Männer verantwortlich fühlen, die mit ihm in den Kampf zogen. Sie waren ihm wichtig, und er wollte sie wieder nach Hause bringen. Jeden. Einzelnen. Mann. Das schwor er sich immer, und in dieser Nacht war es nicht anders.

Er schaute auf seine Uhr. Er hatte unterwegs geschlafen, der Lärm der starken Motoren störte ihn nicht. Er konnte immer und überall schlafen, wenn sich die Gelegenheit bot. Diese wertvolle Fähigkeit hatte er vor langer Zeit auf der Straße erworben und durch den Dienst in der Rettungsspringerstaffel der Schattengänger war sie perfektioniert worden.

Jeder verbrachte diese Wartezeiten anders. Manche schliefen wie er, solange sie konnten. Andere flachsten herum, um die Spannung abzubauen, die sich aufstaute, ehe man sich aus dem dunklen Himmel ins Ungewisse stürzte. Doch obwohl alles so wie immer war, fühlte er sich diesmal anders. Und zwar deshalb, weil er zum ersten Mal jemanden hatte, zu dem er zurückkehren konnte.

Er hatte nie darüber nachgedacht, was es für einen Mann wie ihn bedeutete, eine Frau zu haben. Bellisia machte ihn so verletzbar, dass er lieber nicht darüber nachdenken wollte. Dass er sie kaum kannte, spielte dabei keine Rolle. Sie gehörte zu ihm. Er hatte es von dem Augenblick an gewusst, in dem er sich an den Tisch auf der Terrasse des Restaurants gesetzt hatte. Obwohl sie ganz anders war, als er es sich vorgestellt hatte. Er hatte immer nach großen Frauen Ausschau gehalten. Weil er eine starke Frau gesucht hatte. Eine, die ihm zur Seite stand, so wie Nonny ihrem Mann.

Bellisia dagegen war klein und zierlich. Aber verdammt gefährlich und sehr selbstbewusst. Sie würde ihre Kinder ebenso entschlossen verteidigen wie er. Diese Eigenschaften gefielen ihm. Er bewunderte sie sogar dafür. Doch er hatte nicht damit gerechnet, dass er Tag und Nacht an sie denken würde. Dass sie sich in den Trainingspausen und beim Einschlafen in seine Gedanken schlich. Oder jetzt, kurz bevor er über einem fremden Land abspringen würde.

Wieder schaute er auf seine Uhr; es war 20:40. Um 21:00 sollten sie springen. Er stand auf und signalisierte den anderen, dass es in zwanzig Minuten losgehen würde. Die Heckklappe öffnete sich bereits langsam, und der Wind fegte heulend durch den Rumpf. Ezekiel musterte seine Männer, inzwischen hatten sie alle einen grimmigen Gesichtsausdruck. Wie Kämpfer. Obwohl sie gerade noch Witze gerissen oder einfach geschlafen hatten. Aber wie er waren auch die, die ein Nickerchen gemacht hatten, nun hellwach.

Die Boote wurden an den Bremsschirmen, die zu Fallschirmen werden würden, aus dem Flugzeug gezogen. Die Crews folgten ihren Booten. Dann sprangen die SEALs und das Kopaska-Team, hintereinander, ohne zu zögern. Danach Gino, Mordichai, Draden, und schließlich war auch er in der Luft und schwebte am dunklen Himmel. Dabei empfand er jedes Mal ein Gefühl tiefen Friedens.

Am Anfang, wenn er im Dunkeln mit dem Unbekannten konfrontiert wurde, hatte er immer kurz Angst, und ein Adrenalinstoß jagte durch seinen Körper, weil er wusste, dass irgendwo in der Nacht Männer mit Gewehren versteckt waren, die keine Skrupel hatten, ihn zu erschießen. Diesmal sollten sie mit ihren Fallschirmen auf einer Insel im Fluss Musi landen.

Ein Teil der Stadt Palembang lag auf dieser Insel neunzehn Kilometer entfernt von Sri Jaya. Eine Einheit der indonesischen Marine hatte in einem verlassenen Gebäude am südlichsten Zipfel der Insel einen Sammelpunkt eingerichtet, in der Nähe einiger alter Docks. Dorthin brachten seine Männer ihre Ausrüstung, während die Crews schnell und effizient die Boote betankten.

»Es ist so weit, Gentlemen. In ein paar Minuten beginnen wir mit dem Einsatz, für den wir so hart trainiert haben. Trotz der Rückschläge sind alle von uns bereit. Wir werden gewinnen und unsere Leute heil herausholen.«

Ein paar anfeuernde Rufe ertönten. Alle hörten ihm aufmerksam zu, und das verlangte er auch, denn jedes Wort, das er sagte, war wichtig und konnte ihnen nicht genug eingebläut werden. »Jeder muss überprüfen, ob seine Ausrüstung richtig funktioniert. Testet eure Funkgeräte, Nachtsichtbrillen und Signallichter. Jeder trägt sein Infrarot-Stroboskop. Sie unterscheiden uns vom Feind, wenn das Boot kommt, um uns zu holen. Das Letzte, was wir wollen, ist ein Verlust durch eigenes Feuer.«

Die Männer hatten ihr Zeug gecheckt, ehe es in den Booten verstaut worden war, und davor auch schon, bevor sie überhaupt losgefahren waren, doch die Ausrüstung immer wieder zu überprüfen konnte zwischen Leben und Tod entscheiden, und Ezekiel wollte alle wieder nach Hause bringen.

»Denkt daran, dass ihr es mit radikalen Islamisten zu tun habt. Sie halten es für eine Gnade, für ihre Sache sterben zu dürfen. Dabei sind wir ihnen gern behilflich, wenn es sein muss. Aber oberste Priorität haben die Geiseln. Wenn möglich, wollen wir rein und raus, ohne bemerkt zu werden, also wenn ihr etwas nachhelfen müsst, tut es so leise wie möglich.«

Ein Lachen ging durch seine Zuhörer, und zwei SEALs stießen sich gegenseitig in die Rippen. »Keine Sorge, Slick, wenn du hierbei draufgehst, kümmere ich mich um deine Freundin.« Als Slick seinem Freund den Stinkefinger zeigte, kam erneut Gelächter auf.

Ezekiel wartete, bis es wieder still geworden war. Humor war ein hervorragendes Mittel, die Gefährlichkeit des Einsatzes, der vor ihnen lag, herunterzuspielen.

»Bootteams, macht euch bereit. Es ist 01:00, und wir starten in zehn Minuten. Der Rest nimmt sein Zeug und versammelt sich am Dock. Es geht los.«

»Verstanden, Captain.«

Die Männer stiegen genauso in die Boote, wie sie es so lange geübt hatten, bis sie es im Schlaf gekonnt hätten. Niemand sprach, als sie den Fluss hinunterfuhren. Die Crews arbeiteten hoch konzentriert. Ihre Aufgabe war es, den Männern Deckung zu geben, die die Geiseln befreien sollten, und darin waren sie die Besten.

Ezekiel war schon öfter in Indonesien gewesen. Die Quelle des Musi lag tief im Barisangebirge. Das Wasser rauschte in die Ebenen hinab, wo zwei zusammenlaufende Flüsse, der Ogan und der Komering, sich mit dem Musi vereinten, sodass er sich direkt bei Palembang zu einem großen Fluss verbreiterte. Ezekiel mochte Indonesien und die Menschen, die dort lebten. Daher gefiel es ihm nicht, dass die terroristischen Zellen immer mehr Einfluss auf die Bevölkerung nahmen und Jugendliche verführten, sodass die Mehrzahl der gutmütigen, hart arbeitenden Einwohner in Gefahr geriet.

Das Wetter war dem in Louisiana sehr ähnlich und machte weder ihm noch den anderen Rettungsspringern etwas aus. SEALs trainierten ohnehin in jeder Umgebung, daher spielte die hohe Luftfeuchtigkeit auch für sie keine Rolle. Die Nacht war ziemlich klar und wolkenlos, was nicht gut für sie war, aber das hielt sie nicht auf. Immerhin war es sehr dunkel, so wie Ezekiel es mochte, denn die Schattengänger glaubten an ihr Bekenntnis: *Die Nacht gehört uns.*

Ezekiel schaute sich um und betrachtete die Gesichter seiner Leute. Er war eigentlich gewohnt, nur noch Einsätze mit seinem eigenen Team zu machen. Die Schattengänger blieben lieber unter sich. Es war wesentlich einfacher, ihre Talente einzusetzen, wenn niemand ihnen dabei zusah, doch inzwischen kannte er die anderen Männer und wusste, was sie konnten. Sie würden diese Aufgabe erledigen.

Die Boote brachten sie bis auf einen Kilometer an den Aufenthaltsort der Geiseln heran. Dann glitten seine Männer ins Wasser, schwammen mit Schnorcheln durch den Fluss, bis sie den Rand des Dorfes erreicht hatten, und kletterten klammheimlich ans Ufer. Gino und Draden versteckten ihre Schnorchel, Flossen und Masken im Gebüsch, während die anderen still verharrten und auf ihr Signal warteten.

Mordichai funkte das Boot an. »Wolfsrudel, Wolfsrudel, hier Befreier.«

»Befreier, hier Wolfsrudel.«

»Befreier ist am Ziel.«

»Wolfsrudel bestätigt, Befreier ist am Ziel.«

Gino und Draden trennten sich und schlichen zum Dorf. Niemand sollte sehen, wozu sie fähig waren. Gino setzte seinen hoch entwickelten Geruchssinn ein, der ihm augenblicklich den Standort der äußeren Wachen verriet. Zwei waren auf seiner Seite und der Abstand zwischen ihnen betrug etwa fünf Meter. Ein weiterer war auf dem Turm, der den Fluss überblickte. Gino konnte sogar die beiden Wachen auf Dradens Seite riechen. Also waren es insgesamt fünf. Ihm war klar, dass es noch mehr gab, doch diese fünf waren im Moment die größte Gefahr für sie.

Zielstrebig glitt er durchs Gebüsch, ohne auch nur einen Zweig zu knicken, tauchte wie ein Geist hinter dem ersten Wachmann auf und hielt ihm den Mund zu, während er ihm die Kehle durchschnitt. Schnell fing er das Gewehr auf, das der Mann im Arm gehalten hatte, und legte es zusammen mit der Leiche auf den Boden. Dann lief er die fünf Meter bis zum nächsten Wachmann und wiederholte die Aktion. Er wusste, dass Draden gerade dasselbe tat.

Am Turm angekommen, kletterte Gino flink wie ein Wiesel unbemerkt daran hoch und wartete. Irgendwann drehte der Wachmann eine kleine Runde, sprach in sein Funkgerät und setzte sich auf den Boden, um etwas zu trinken. Das war Ginos Chance. Der Wachmann lehnte mit dem Rücken an der Wand, und als er sich vorbeugte und streckte, stürzte Gino sich auf ihn und bohrte ihm sein Messer so tief in den Nacken, dass das Rückgrat des Mannes durchtrennt wurde und er auf der Stelle tot war. Dann aktivierte Gino ganz kurz sein Infrarot-Licht, damit Ezekiel wusste, dass der Weg frei war. Danach kletterte er wieder vom Turm herunter und kehrte eilig zu seinen Kameraden zurück.

»Sie rechnen mit Ärger«, berichtete er knapp.

Das änderte nichts und war nach der Attacke auf Ezekiel sogar zu erwarten gewesen, aber damit wurde es schwieriger – wenn nicht gar unmöglich –, ohne ein Feuergefecht davonzukommen.

Die SEALs nickten, sagten aber nichts. Die zwei Kopaska-Soldaten wechselten einen Blick, der für Ezekiels Geschmack viel zu zufrieden aussah. Er konnte es ihnen nicht verdenken, dass sie gern das ganze Nest ausgehoben hätten, doch dies war eine Befreiungsaktion, und ihr Hauptziel war es, die Geiseln herauszuholen.

Die Männer hatten sich, wie im Training geübt, bereits auf die drei Sechs-Mann-Teams und die vierköpfige

Schattengänger-Einheit verteilt. In Team Bravo waren vier SEALs und zwei indonesische Soldaten. Sie sollten für Sicherheit an der Vorderseite des Zielgebäudes sorgen. Still machten sie sich auf den Weg, während Team Charlie, vier SEALs und die anderen beiden Indonesier, ausschwärmte, um den Rückweg zum Wasser zu sichern. Team Delta, bestehend aus sechs SEALs, sicherte den Hinterausgang, durch den Team Alpha mit den Zielpersonen kommen würde.

Gino und Ezekiel übernahmen die Führung und setzten sich in Bewegung, als Team Bravo sie heranwinkte. Zwei Leichen waren zur Seite geschafft worden, eine dritte lag noch vor dem Eingang. Auf der anderen Seite der Tür waren drei weitere Gegner. Gino, Ezekiel, Draden und Mordichai stellten sich hintereinander zum Angriff auf. Als Mordichai, der letzte Mann, bereit war, klopfte er Draden, der vor ihm stand, auf die Schulter, und so ging das Signal weiter, bis es Gino am Anfang der Reihe erreichte.

Sofort trat Gino die Tür ein und sprang zur Seite, damit Ezekiel eine Blendgranate ins Haus werfen konnte. Ihre Detonation war das Startzeichen für alle. Wie im Lehrbuch stürmten die Schattengänger ins Haus, Gino nach rechts, Ezekiel nach links, Draden nach rechts, Mordichai nach links, und feuerten auf die drei Ziele. In weniger als vier Sekunden hatten sie alle ausgeschaltet. Auf ein Zeichen von Gino wandten sie sich dem nächsten Zimmer zu.

Gino und Ezekiel besaßen beide einen außerordentlich guten Geruchssinn, der es ihnen erlaubte, Feinde zu wittern, doch das Talent, das Gino in solchen Situationen bewies, überraschte Ezekiel immer wieder. Der Mann schien imstande zu sein, durch Wände zu sehen.

Zwei im nächsten Zimmer. Sie verstecken sich links neben der Tür. Flach auf dem Boden, die Waffen im Anschlag. Keine Geiseln im Raum, aber ich möchte sie nicht im Rücken haben. Order?, flüsterte Gino in den Köpfen der Schattengänger.

Schaltet sie aus, aber leise, befahl Ezekiel und signalisierte seinem Bruder zurückzubleiben.

Wie Spinnen kletterten Gino und Draden die Wand hoch und an der Decke entlang. Keiner der beiden war besonders klein, doch es war schwer, sie im Dunkeln zu entdecken, als sie in das Zimmer krochen, in dem die beiden Terroristen auf der Lauer lagen. An der Wand hinter ihren Feinden glitten die beiden Schattengänger wieder zu Boden. Ein paar Sekunden später war alles vorüber, und sie bedeuteten Ezekiel und Mordichai, dass sie weitergehen konnten.

Ezekiel roch Blut und eine Entzündung schräg rechts von sich. Er zeigte Gino die Richtung an. Der aber schüttelte den Kopf, deutete auf einen Raum zu ihrer Linken und hielt drei Finger hoch. Ezekiel verstand. Auch dort warteten drei Feinde auf sie.

Sag mir, was in dem Raum mit den Geiseln los ist.

Gino verlagerte seine Aufmerksamkeit kurz. *Vier Wachen halten den Geiseln Messer an die Kehlen.*

Ezekiel fluchte stumm. Verdammt noch mal. Er hatte ja gewusst, dass das nicht leicht werden würde. Er zeigte auf den Raum links. Lautlos näherten die Schattengänger sich ihm und stellten sich zwei und zwei neben der dünnen Tür auf. Dann brach Gino sie mit einem Tritt aus dem Rahmen, und Ezekiel warf eine Blendgranate. Die Gegner feuerten blind, doch die vier Schattengänger hatten ihre Ziele bereits anvisiert und eliminierten sie.

Scheiße, zischte Draden, während sie sich dem Raum mit den Geiseln zuwandten. Sie waren erst 45 Sekunden im Haus.

Hast du was abgekriegt?

Es ist nur ein Kratzer. Ging knapp am Arm vorbei.

Du wirst langsam, Sandmann, sagte Ezekiel und hielt einen Moment inne, um seinen Freund zu untersuchen. Dann drückte er einen blutstillenden Verband auf Dradens Arm, ehe sie zu dem Raum vorrückten, in dem es am stärksten nach Blut roch.

Wie ist der Plan, Zeke?, fragte Gino.

Wir sind vier gegen vier. Lasst uns die Mistkerle erschießen, und fertig. Gino, sag uns, wo sie sind.

Gino vergegenwärtigte sich das Zimmer. *Das Bett steht mitten im Raum. Alle drei Geiseln sitzen darauf; eine ist zusammengesackt. Die vier bösen Buben stehen hinter dem Bett. Ihre Schusswaffen liegen auf dem Bett, weil sie die Geiseln mit Messern bedrohen. Ziemlich dumm von ihnen.* Er gab die genaue Position der Ziele durch, und solange sich niemand bewegte, waren sie Gold wert.

Die Schattengänger verschafften sich auf die bewährte Weise mit einer Blendgranate Zugang und stürmten den Raum. Da sie exzellente Schützen waren, traf jeder von ihnen sein Ziel. Zweimal in die Brust und einmal in den Kopf. Ein Mann zuckte noch mit der Hand, und seine Geisel, einer der Indonesier, schrie auf, doch dann kippten alle vier Entführer nach hinten, und ihre Messer schlugen klappernd auf dem Boden auf.

Sofort war Ezekiel bei den Geiseln, verband sie, so gut es ging, und überprüfte, ob sie die Befreiungsaktion überstehen konnten. Der Amerikaner und ein Indonesier waren in schlechter Verfassung. Der Amerikaner musste schnellstmöglich ärztlich versorgt werden. Der dritte Indonesier, dem es wesentlich besser ging, hatte offenbar versucht, den anderen zu helfen. Alle drei waren gefoltert worden. Der Raum stank nach Eiter, Urin und Fäkalien. In der Ecke stand ein Eimer, den die Gefangenen als Toilette benutzt hatten, und überall waren Ratten. Sanft bereitete Ezekiel die Geiseln auf den Aufbruch vor.

»Wir bringen Sie hier raus. Es wird wehtun, aber wir schaffen Sie zu einem Boot, wo Sie medizinisch betreut werden können.«

Über den Kopf des Amerikaners hinweg suchte er Dradens Blick. Es sah nicht gut aus. Abgesehen davon, dass der Mann anscheinend zusammengeschlagen worden war, hatte er eine Stichwunde und offenbar ein Loch in der Lunge, denn er rang heftig nach Luft. Sie mussten einen Zugang legen, ehe alle Venen kollabierten, doch den Luxus konnten sie sich erst leisten, wenn sie wieder auf dem Boot waren. Draden kannte sich besser als jeder andere mit zusammenfallenden Venen aus und schaffte es selbst in heftig schlingernden Hubschraubern und Booten – wenn es sein musste auch unter Beschuss –, eine Nadel richtig zu platzieren. Von draußen konnte man hören, wie die Schießerei bereits immer heftiger wurde.

Ezekiel, Mordichai und Draden nahmen je eine Geisel auf die Schulter, während Gino sie durch das Haus zum Hintereingang führte, durch den sie entkommen wollten. Doch kaum dass Gino vor die Tür trat, wurde von der Hausecke her auf ihn geschossen. Sofort ließ er sich fallen und gab drei kurze Salven ab. Dann griff Team Delta ein und räumte ihnen den Weg frei.

Nacheinander zogen die drei Teams sich zurück, die Schattengänger mit den Geiseln stets in der Mitte, und liefen zum Fluss, während der Feind versuchte, sie einzukreisen und ihnen den Weg abzuschneiden. Die SEALs und die Kopaskas erwiderten das Feuer, während sie weiter vordrangen, um auf die Boote zu warten.

Brad Henderson, ein SEAL, mit dem Ezekiel schon öfter zusammengearbeitet hatte, wurde ins Bein getroffen. Der Einschlag der Kugel riss ihn herum, und als er laut fluchend umfiel, wurde er ein zweites Mal getroffen. Doch er war ein guter Mann und ein echter Kämpfer. Mit schmerzverzerrtem Gesicht und aus Wunden am Oberschenkel und am Gesäß blutend, bemühte er sich aufzustehen. Dabei feuerte er ununterbrochen weiter auf die Verfolger, um seinen Kameraden die Gelegenheit zu geben, sich bis zur Ankunft der Boote eine gute Deckung zu suchen. Zwei Freunde kehrten zu ihm zurück, und während einer die Reihen des Feindes mit einem Kugelhagel aus seinem M240L Maschinengewehr überzog, half der andere Brad auf die Füße und nahm ihn mit.

Mordichai band Hendersons Bein ab, klebte einen Verband auf die Gesäßwunde und Ezekiel rief die Boote.

»Wolfsrudel, hier Befreier. Stehen unter schwerem Beschuss. Holt uns hier raus.«

»Befreier, hier Wolfsrudel. Achtet darauf, dass jeder von euch gekennzeichnet ist. Wir kommen.«

»Verstanden, Wolfsrudel kommt.«

Ezekiel nahm sich einen Moment Zeit, um zu überprüfen, ob all seine Männer ihre Kennlichter eingeschaltet hatten. Er wollte nicht, dass einer es in der Hitze des Gefechts vergaß. Alle schützten die Geiseln und lieferten sich nach wie vor einen Schusswechsel mit dem Feind. Die Terroristen waren in der Überzahl, doch die Teams hatten schnell und hart zugeschlagen, die Geiseln waren sehr rasch befreit worden, und die SEALs und Kopaskas waren ihrem Ruf gerecht geworden und hatten beim Rückzug große Löcher in die Reihen der Gegner gerissen. Augenblicklich bildeten sie mitten im Kugelhagel einen schützenden Ring um die Geiseln und richteten zielsicher so viel Schaden wie möglich an.

Plötzlich war das Dröhnen der 800 PS-starken Boote zu hören, die den Fluss heruntergedonnert kamen. Ezekiel brüllte *Alle hinwerfen!* und zündete das rote Rauchsignal, das die genaue Abholstelle anzeigte.

»Wolfsrudel, hier Befreier. Lasst es regnen!«

Sofort feuerten die Crews mit allem, was sie hatten. Jedes Boot war mit zwei 7.62 mm Miniguns bestückt, die 6000 Patronen pro Minute ausspuckten, dazu kamen zwei MK19 40mm Granatwerfer, die 40 Granaten pro Minute zünden konnten. Der Krach war ohrenbetäubend und Furcht einflößend. Nach einer Minute hörte die erste Crew auf zu schießen und näherte sich dem Ufer.

Hastig schnappten Ezekiel und die anderen Schattengänger sich die Geiseln und trugen sie zum Boot. Hinter ihnen kletterten, wie im Training, sechs SEALs so schnell wie möglich an Bord. Jede verschwendete Sekunde fehlte den anderen beim Rückzug.

Sobald das erledigt war, wechselten die Crews die Rollen. Das Boot, das bisher gefeuert hatte, hörte damit auf und kam ans Ufer, um seine Passagiere aufzunehmen, während das andere ihm Deckung gab. Ezekiel war schon öfter von Kampfbootcrews aus Krisengebieten gerettet worden, doch er war immer wieder erstaunt und beeindruckt von den Fähigkeiten der Besatzung und der Schnelligkeit, mit der die Männer arbeiteten. Sie waren sehr professionell und funktionierten wie eine gut geölte

Maschine. Im anhaltenden Trommelfeuer verschwand das Ufer mit seinen Büschen und Bäumen nach und nach hinter einem Rauchschleier.

Als alle eingeladen waren, warfen die Crews Nebelkerzen und fuhren los, während die schweren Maschinengewehre im Heck das Feuer eröffneten. Die Boote rauschten mit über 40 Meilen pro Stunde davon und schüttelten alle durcheinander, dennoch begannen die Rettungsspringer unterdessen die Verwundeten zu behandeln.

»Draden, ich brauche dich«, rief Ezekiel. In dem dahinrasenden Boot, das immer wieder hart auf der Wasseroberfläche aufschlug, würde er es niemals schaffen, eine der kollabierenden Venen des Amerikaners zu treffen. Draden war die einzige Chance, die dieser Mann hatte. Doch selbst Dradens Fähigkeiten wurden auf eine harte Probe gestellt, als er versuchte, den Mann endlich an einen Tropf zu hängen.

Ezekiel und Mordichai verarzteten die anderen beiden Geiseln. Einem Indonesier ging es fast so schlecht wie dem Amerikaner, und Ezekiel hatte Mühe, eine Vene zu finden, doch es gelang ihm trotz des wild hüpfenden Bootes. Während Ezekiel mit den Venen beschäftigt war, zog Mordichai dem Verletzten das schmutzige T-Shirt aus, um an die eiternden Wunden auf seiner Brust zu gelangen. Ezekiel zuckte zurück, als sie freilagen, denn sie sahen nicht nur miserabel aus, sie stanken selbst an der frischen Luft.

Gino versorgte derweil die Schusswunden an Brad Hendersons Schenkel und Po mit einem blutstillenden Verband. »Alles in Ordnung?«, fragte er. Es handelte sich nicht um Durchschüsse, deshalb mussten die Kugeln herausgeholt werden. Nur nicht gleich auf dem Boot. Sie würden warten, bis sie in der Luft waren.

Trotz seiner kränklichen Gesichtsfarbe hob Henderson beide Daumen. Seine beiden Kameraden standen rechts und links neben ihm und schirmten ihn mit entsicherten Waffen ab, bereit, ihn und das Boot zu verteidigen, wenn es nötig sein sollte. Sie würden ihn wegen des Schusses in den Allerwertesten noch häufig aufziehen, doch im Moment hatten sie nichts anders im Sinn, als ihn und die Geiseln zu schützen.

»Captain«, rief Draden, »wir brauchen dich.«

Sofort tauschte Ezekiel seinen Platz mit Mordichai, der sich weiter um den Indonesier kümmerte. Der Amerikaner hatte Atemschwierigkeiten und rang heftig nach Luft. Beruhigend legte Ezekiel eine Hand auf die Brust des Mannes und funkte die indonesischen Marinesoldaten im Auffanglager an.

»Sicherer Hafen, sicherer Hafen, hier Befreier. Wir kommen mit drei Verwundeten. Alle drei sind in schlechter Verfassung, aber einer ist ein Notfall. Macht den OP fertig.« Er beschrieb den Zustand der Geiseln und des verwundeten SEALs. Dann gab er durch, was bei der Ankunft bereitstehen sollte.

»Sicherer Hafen hat verstanden. Werdet ihr verfolgt?«

Ezekiel blickte über die Schulter. Direkt hinter ihnen war niemand, doch zwei Boote in der Ferne schienen auf sie zuzusteuern.

»Negativ, Sicherer Hafen. Im Moment nicht, aber ich glaube, dass wir bald Gesellschaft bekommen.«

Die Waffen schwiegen gerade, weil die Kampfbootmänner Munition sparten, solange die feindlichen Boote noch zu weit weg waren, aber sie waren stets schussbereit, man konnte es in ihren Gesichtern lesen.

»Bereite ihn so vor, dass ich ihn direkt nach der Ankunft

im Lagerhaus operieren kann«, sagte Ezekiel zu Draden. »Dann stabilisieren wir ihn und nehmen ihn mit. Wenn wir das nicht schaffen, muss ich bei ihm bleiben.« Das war das Letzte, was er wollte, aber er würde diese Geisel nicht zurücklassen, wenn die Gefahr bestand, dass sich in einem hiesigen Krankenhaus irgendjemand an ihr vergriff. Der Mann hatte genug durchgemacht. Er war Amerikaner, und Ezekiel hatte die Aufgabe, ihn nach Hause zu bringen.

Draden sah sich nach den näher kommenden feindlichen Booten um. Die Marinesoldaten würden alle Terroristen von den Docks fernhalten und die Kampfbootcrews würden ihren Teil dazu beitragen, doch je länger sie brauchten, um diesen Patienten zu behandeln, desto größer wurde die Gefahr für alle. Trotzdem hatten sie keine andere Wahl, wenn sie den Mann retten wollten.

Als die Boote anlegten, warteten die indonesischen Marinesoldaten schon mit Tragen auf sie. Ezekiel und Draden rannten mit ihnen zu einem alten, baufälligen Lagerhaus rechts von den Docks am Rande der Insel.

Weitere Marinesoldaten kamen zur Hilfe und passten auf, während das eine Boot seine Fracht entlud und das andere mit schussbereiten Waffen den Fluss im Auge behielt. Die SEALs und Kopaskas verteilten sich, um die indonesischen Soldaten im Kampf gegen die Terroristen in den herannahenden Booten zu unterstützen, und die Kampfboote legten eilig wieder ab, um eine bessere Verteidigungsposition einzunehmen.

Draden war ein guter Anästhesist – der beste nach Ezekiels Meinung. Offenbar war ein Lungenflügel zusammengefallen, und nun versuchte der Amerikaner mühsam, über den anderen Luft zu bekommen. Ohne Narkose einen Drainageschlauch zu legen, würde höllisch wehtun. Dieser Patient hatte großes Glück, dass Draden bei ihnen war.

»Wir bringen Sie heil wieder nach Hause«, sagte Ezekiel beruhigend, während er neben der Trage zu dem verfallenen Lagerhaus lief. »Ich muss einen Schlauch in Ihren Brustkorb einführen, damit Sie atmen können. Ich will Sie nicht anlügen, das wird wehtun, aber sobald der Schlauch drin ist, können wir Sie transportieren und Sie zum Flugzeugträger bringen, um Sie dort zu behandeln.«

Der Mann nickte und heftete den Blick auf Ezekiel, als wäre er seine letzte Hoffnung – und genauso war es. Das war das Fatale an der Sache. Ezekiel ließ niemals den Gedanken zu, dass er versagen oder Fehler machen könnte, denn in seinem Fall bedeutete das, dass jemand sterben würde, wenn er etwas falsch machte. Während er sich um seinen Patienten kümmerte, würden Mordichai und Gino den verwundeten SEAL versorgen, das wusste er, und die Indonesier hatten sich sofort der beiden anderen Geiseln angenommen. Und die Marinesoldaten hatten das Lagerhaus mit der vorhandenen Ausrüstung so gut wie möglich hergerichtet.

»Ich habe Lidocain und Ketamin in meinem Notfallrucksack, Captain«, meldete Draden. Alle Rettungsspringer hatten zusätzlich zur Grundausstattung mit Nadeln, Kathetern und Thoraxdrainagen immer einen Notfallrucksack dabei.

»In hohen Dosen wirkt Ketamin wie ein Narkotikum. Es hat keine Auswirkungen auf die Atmung, kann aber Halluzinationen und lebhaften Albträume verursachen. Für kurze Zeit auch gesteigerten Speichelfluss, schnelleren Puls und erhöhten Blutdruck, aber ich glaube, es ist das Beste für ihn.«

»Dann nimm es«, sagte Ezekiel, ohne zu zögern. Draden war der beste Anästhesist der Welt, und er vertraute ihm das Leben seines Patienten ebenso unbesorgt an, wie er ihm sein eigenes anvertraut hätte.

Draden hatte bereits einen Zugang gelegt, um den Patienten so schnell wie möglich zu betäuben.

»Die Stichwunde ist ziemlich tief.« Ezekiels Stimme hörte sich genauso grimmig entschlossen an, wie er sich innerlich fühlte. Draußen kämpften unterdessen die Soldaten, SEALs und Bootscrews weiter und hielten ihnen den Feind vom Leibe, damit die amerikanische Geisel eine Überlebenschance hatte.

Ezekiel versah die Wunde mit einem okklusiven Verband – einem luft- und wasserdichten Pflaster mit einer wachsartigen Beschichtung, das besser abdeckte als andere und verhinderte, dass durch die Wunde weiter Luft eingesaugt wurde. Seine Bewegungen waren schnell und geschickt, die Hände ruhig. Er hatte das schon viele Male im Freien getan, während rings um ihn herum Kugeln einschlugen, ohne dass Draden ihm geholfen hatte. Was sie vorhatten, war sehr, sehr schmerzhaft, doch ohne diese lebensrettende Maßnahme würde der Patient sterben, ehe sie ein Krankenhaus erreichen konnten.

Er nahm einen 18-Gauge-IV-Katheter zur Dekompression und stieß die Nadel zwischen der zweiten und dritten Rippe an der mittleren Klavikularlinie – zwischen Sternum und Seite – in die Brust seines Landmanns. Dann entfernte er die Nadel, sodass nur der Katheter übrig blieb. Sofort entlud sich der Druck im Pleuraspalt mit einem Zischen. Es war nur eine vorübergehende Erleichterung, aber unbedingt nötig.

Dann lagerten sie den Oberkörper des Patienten ein

wenig höher und seinen Arm so, dass er über dem Kopf lag, suchten nach der vierten und fünften Rippe und bereiteten das OP-Gebiet eilig vor. Ezekiel schaute zu Draden, der nickte. Er konnte den Patienten nicht viel länger sedieren. Es würde schmerzen, aber nicht so sehr wie im Feld ohne Narkose.

Schnell setzte Ezekiel den Schnitt, führte die gebogene Klemme ein, um die Muskeln auseinanderzuhalten, und suchte mit einem Finger nach der Rippe. Sobald er sie gefunden hatte, drehte er die Klemme so, dass er weitersuchen konnte. Als er auch die Pleurahöhle gefunden hatte, untersuchte er sie auf Anhaftungen. Nachdem er einen großen Drainageschlauch an der Klemme befestigt hatte, schob er ihn durch die Öffnung in den Brustkorb. Er musste diesen Schlauch sehr sorgfältig festnähen, damit er nicht verrutschte. Dann versah er ihn mit einem Heimlichventil – einem Einwegventil –, um die Luft daran zu hindern, durch den Schlauch zu dringen, wenn der Mann einatmete.

Hastig untersuchte Ezekiel seinen Patienten noch einmal und vergewisserte sich, dass alles richtig funktionierte, dann nickte er Draden und den wartenden Marinesoldaten zu und eilte nach draußen, um die Kopaska-Soldaten zu entlassen, damit die ihre Landsleute nach Hause begleiten und sie selbst zu ihrer Heimatbasis zurückkehren und die verwundeten Geiseln ins Krankenhaus bringen konnten. Noch während er das tat, schossen die SEALs eine AT-4-Rakete ab, die das feindliche Boot aus dem Wasser fegte.

Erst hörte man so etwas wie einen Donnerknall, dann erhellten orangerote Flammen die Nacht, und ein Schauer aus brennenden Bootsteilen fiel in den Fluss. Die

Kampfboote kehrten zum Dock zurück, und die SEALs und die Schattengänger nahmen ihre Positionen wieder ein, diesmal mit der verwundeten Geisel unter ihnen.

Als alle an Bord waren, fuhren die Boote fünfzehn Meilen aufs Meer hinaus, wo sie mit zwei Chinook-Hubschraubern verabredet waren. Als Erstes brachten die Schattengänger ihre beiden Patienten in die Helikopter, dann folgten ihnen die SEALs über etwas, das so aussah wie eine gefährlich schwankende Leiter.

Während die Hubschrauber über ihnen schwebten, versahen die Crews ihre Boote mit speziellen Hebegurten. Dann sanken die Helikopter so tief herab, dass sie kaum zwei Meter über den Booten waren, und die Crews befestigten die Gurte an Haken an ihrem Boden. Schließlich zogen die Hubschrauber die Boote aus dem Wasser und brachten sie in 30 Minuten zu dem wartenden Kampflandungsschiff USS *Makin Island*.

Auf dem Schiff gab es mehrere Operationsräume. In einen wurde die amerikanische Geisel gebracht, in einen anderen der verwundete SEAL. Ezekiel operierte den Amerikaner, und Draden kümmerte sich um den SEAL. Danach wurden beide Patienten in Spezialkrankenhäuser geflogen, während Ezekiel und die anderen Soldaten in ein Flugzeug nach Stennis verfrachtet wurden.

Erst als sie auf dem Weg nach Hause waren, erlaubte Ezekiel es sich zu entspannen. Er hatte seine Arbeit getan. Er lehnte den Kopf zurück und schloss die Augen. Er war hundemüde, doch er schlief nicht ein, obwohl er sonst jederzeit und überall einnicken konnte. Das hatte er trotz der Adrenalinschübe und der ständigen Alarmbereitschaft im Laufe der Jahre gelernt, aber nun dachte er nur noch an Bellisia. An nichts anderes mehr. Vielleicht sollte er ehrlich zugeben, dass er wie besessen von ihr war. Wenn einer seiner Brüder nach so kurzer Zeit eine Frau nach Hause gebracht und behauptet hätte, sie sei die Richtige, hätte er sich totgelacht, ihn als kompletten Idioten bezeichnet und verprügelt, um ihm hoffentlich etwas Vernunft einzubläuen.

Er hatte nie damit gerechnet, einmal eine eigene Frau zu haben oder vielleicht sogar eine Familie. Er liebte seine Arbeit und war gern bei den Schattengängern. Er rettete Leben und half seinen Brüdern. Er war damit zufrieden, doch in Wahrheit war er sehr einsam. Tief im Innern, wo er niemals hinschaute, hatte er sich immer mehr gewünscht. Eine Frau, die mit ihm spazieren ging, ihn liebevoll ansah und so triviale Dinge tat, wie auf der Veranda ein Kind zu wiegen, ihn beim Essen lächelnd anzusehen und seine Hand zu halten, wenn sie irgendwo hingingen.

Das hörte sich für ihn ziemlich bedauernswert an, deshalb war er froh, dass die anderen seine Gedanken nicht lesen konnten. Er hatte nie darüber nachgedacht, wie es sich anfühlen würde, die Hand einer Frau zu halten. Bellisia war zierlich. Fast schon grazil. Obwohl sie so zerbrechlich wirkte, wusste er, dass sie es in Wahrheit gar nicht war. Doch äußerlich war sie klein und zart. Wie sollte das gehen, verdammt? Er war ein ziemlicher Brocken und selbst in bester Verfassung ein wenig ruppig. Außerdem war er auf der Straße aufgewachsen, wo er seine Fäuste hatte einsetzen müssen, um seinen Brüdern Essen und eine Schlafstelle in einem verfallenen Gebäude zu beschaffen. Das sie dann ihr Zuhause nennen konnten. Da war kein Platz für Sanftheit geblieben.

Was, wenn Bellisia gar nicht auf ihn gewartet hatte? Schließlich hatte sie keinen guten Grund dafür. Darüber dachte er immer wieder nach, ganz egal, wie sehr er versuchte, sich auf das Hier und Jetzt zu konzentrieren und aufmerksam zu sein. Was nützte es, Probleme zu wälzen, die außerhalb seiner Kontrolle lagen? Es war nur so: Wenn Bellisia gegangen war, war es vorbei. Er würde sie nie wiederfinden.

Ezekiel seufzte. Er musste aufhören, über sie nachzudenken, sonst wurde er noch verrückt. »Draden, lass mich mal einen Blick auf deinen Arm werfen.«

»Da ist nichts, Zeke. Nur ein Kratzer.«

»Trotzdem möchte ich es mir mal ansehen.« Anstatt Draden zu sich kommen zu lassen und um weiteren Einwänden zuvorzukommen, zwang Ezekiel seinen müden Körper aufzustehen und sich in Bewegung zu setzen.

»Was zum Teufel ist das überhaupt für ein Name, *Draden?*«, stichelte Mordichai.

Ezekiel wusste, dass sein Bruder diesen uralten Streit nur zur Ablenkung anzettelte.

»Fang nicht schon wieder an, du bibeltreues Affenhirn.« Wütend starrte Draden Mordichai an, während Ezekiel ihm den blutbefleckten Ärmel hochkrempelte.

»Man ist einer Bibel nicht treu, man *liest* sie«, erklärte Mordichai streng.

»Ich würde wetten, dass du in deinem Leben noch *nie* irgendetwas gelesen hast«, erwiderte Draden, dem es sichtlich schwerfiel, sich nicht loszureißen, als Ezekiel das Blut abwischte, um sich die Wunde anzusehen.

»Doch, er hat die Bibel gelesen. Ich habe meine Brüder dazu gezwungen.« Ezekiel goss ein Desinfektionsmittel über die lange Wunde, die die Kugel in Dradens Bizeps gerissen hatte.

Sein Freund stieß eine Reihe von Flüchen aus, die

recht einfallsreich waren. Dann sah er Ezekiel finster an. »Wenn du das noch mal machst, haue ich dich um, ob du Captain bist oder nicht.«

»Stell dich nicht so an«, sagte Gino und öffnete dabei eines seiner geschlossenen Augen. »Das ist doch Kinderkram. Nimm dir ein Beispiel an diesem SEAL.«

»Weißt du eigentlich, was der Name *Draden* bedeutet?«, fragte Mordichai, anscheinend dankbar für die Unterbrechung. »Dass man in den Arm genommen werden möchte, wenn es einem nicht gut geht. Willst du unseren Kleinen nicht ein wenig trösten, Phantom? Vielleicht hört er dann auf zu heulen wie ein Mädchen.«

Nun richtete Draden seinen finsteren Blick auf Mordichai. »Halt endlich die Klappe, du Cretin. Sonst verrate ich Cayenne, was du gesagt hast. Dann betäubt sie dich, wickelt deinen nichtsnutzigen Hintern in einen Kokon und hängt dich kopfüber am nächsten Baum auf.«

»Oh Shit, das würde sie wirklich tun«, sagte Mordichai. »Ehrlich, sie würde mich einfach irgendwo hängen lassen. Ich nehme das zurück.«

»Das kannst du nicht. Du hast es gesagt, also trag die Konsequenzen.«

Ezekiel vernähte die Wunde, so gut er konnte. Draden würde eine große Narbe zurückbehalten. Sein Freund hatte ohne zu zögern oder zu jammern weitergemacht und seinen Job erledigt, einschließlich der Betreuung der Patienten, obwohl er durch den Streifschuss einen großen Teil seines Bizeps‹ verloren hatte. Das war etwas mehr als nur ein Kratzer gewesen. Draden hat verdammt viel Glück gehabt.

Ezekiel war stolz auf seinen »Bruder«. Auf alle Schattengänger. Auf die SEALs und die Kampfbootcrews. Und auf die indonesischen Soldaten, die ihnen geholfen hatten. Jeder von ihnen hatte sich in die Gefahr begeben, dass das Ganze eine Falle hätte sein können, und dennoch hatten sie sich getraut. Dennoch hatten sie ihr Leben riskiert, um Geiseln zu befreien, die in zwei Tagen tot gewesen wären. Der Amerikaner hätte nicht einmal mehr die Nacht überstanden. Und es war immer noch möglich, dass er starb. Doch zumindest hatte er nun eine faire Chance. Er war bis obenhin mit Antibiotika vollgepumpt.

Stolpernd ging Ezekiel zurück zu seinem Sitz und musterte die anderen Schattengänger. Sie waren nach den Weiterentwicklungen am Leben geblieben, weil sie aufeinander aufgepasst hatten. Und so musste es auch sein. Jeder von ihnen war eine unbezahlbare und wahrscheinlich streng geheime Waffe. Aber Geheimnisse hatten die Angewohnheit durchzusickern, und die größte undichte Stelle, die sie hatten, war Violet.

Seufzend sank Ezekiel in den unbequemen Sitz. *Senatorin Violet Smythe. Sie ist eine von uns. Psychisch und wahrscheinlich auch physisch weiterentwickelt. Wenn wir sie nicht aufhalten, wird sie wirklich Präsidentin, dann löscht sie uns alle aus. Was zum Teufel sollen wir mit ihr machen?* Er benutzte die telepathische Kommunikation, damit die SEALs, die mit ihnen flogen, nichts mitbekamen.

Wir müssen dieses Miststück kaltmachen, sagte Gino, ohne die Augen zu öffnen. *Wir hätten es schon tun sollen, als sie hinter Pepper und den Mädchen her war.*

Damals gab es ein Fragezeichen, bemerkte Mordichai.

Aber jetzt nicht mehr.

Sie ist immerhin eine US-Senatorin, gab Draden zu bedenken.

Sie ist eine Feindin und sie muss sterben, beharrte Gino. *Wenn wir sie nicht umbringen, wird sie nach und nach alle vier Teams auslöschen, auch die Frauen und Kinder. Herrgott, ich glaube, sie würde sogar Lily Whitney töten, nur um ihre Macht zu demonstrieren. Wir haben keine Wahl, wenn wir überleben wollen. Mir macht es nichts aus, den Job zu übernehmen.*

Das war's. Ezekiel musste Ginos Einschätzung zustimmen. Die Senatorin Violet Smythe musste sterben.

11

COLONEL JOE SPAGNOLA, Arzt und Staffelführer der Schattengänger-Rettungsspringer, kehrte an Bellisias zweitem Tag zurück. Mit ihm kam noch ein anderer Mann, Diego Campo, Rubins Bruder. Natürlich hatte Bellisia bemerkt, wie attraktiv schon Draden Freeman war, welche Frau hätte das nicht? Schließlich sah er so umwerfend aus, als wäre er einem Modejournal entstiegen. Doch Joe Spagnola konnte sich absolut mit ihm messen. Er sah ebenfalls aus wie ein Model, war weit über eins achtzig, und seine olivfarbene Haut und sein dunkles Haar deuteten auf italienische Wurzeln hin.

Colonel Spagnola war nicht besonders begeistert, als er hörte, was während seiner Abwesenheit passiert war. Doch es war längst zu spät, um Ezekiel zurückzupfeifen. Die Geiseln waren in schlechter Verfassung, und wenn sie nicht vor Ablauf des Ultimatums freikamen, würden sie getötet werden. Der Colonel war definitiv wütend, hatte seinen Ärger aber im Griff und befragte Rubin so lange, bis er sicher war, dass er alle Details kannte, dann richtete er seine kühlen, dunklen Augen auf Bellisia.

Am allerwenigsten gefiel es Joe, dass die beiden eingeschleusten indonesischen Soldaten bereits mindestens einen Tag am Training teilgenommen hatten, bevor sie kaltgestellt wurden. Es war sehr wahrscheinlich, dass sie mit den Terroristen im Bunde waren und die Mission schon zum Scheitern verurteilt gewesen war, ehe sie begonnen hatte. Allerdings gab es neueste Berichte aus dem Dorf, nach denen der Feind nicht wachsamer war als sonst.

Bellisia wusste, was nun kommen würde. Die Frauen hatten sie nett und respektvoll behandelt. Doch Spagnola trug die Verantwortung für das Team, und es gefiel ihm nicht, dass sie seine Männer ausspioniert hatte, auch wenn sie Ezekiel das Leben gerettet hatte.

»Auf ein Wort«, sagte Joe, nachdem Rubin ihm alles erzählt hatte. Sein Ton war recht milde, doch es bestand kein Zweifel daran, dass es sich um einen Befehl handelte.

Sehnsüchtig schaute Bellisia zum Fluss hinüber. Sie hatte nicht gesagt, *wo* sie auf Ezekiel warten würde. Joe wandte sich von den anderen ab und führte Bellisia ins Labor zurück. Sie glaubte nicht, dass sie wieder in einen Käfig gesperrt werden sollte, es war eher so, als würde sie eskortiert, denn Diego folgte ihr auf dem Fuße, sodass sie quasi zwischen den beiden Männern eingeklemmt war, die wahrscheinlich beide sehr schnell waren. Mit jedem Schritt, den sie sich vom Wasser entfernte, schwand ihre Hoffnung auf eine Flucht.

Im Büro deutete Joe auf einen Stuhl, auf dem sie offenbar Platz nehmen sollte. »Du bist eine von den Frauen, die Whitney aus Waisenhäusern geholt hat.« Es war eine Feststellung.

Bellisia nickte und wartete. Seit sie in Nonnys Haus wohnte, hatte sie ein paar Dinge gelernt. Pepper verschwand meistens, wenn in der Abwesenheit ihres Mannes andere Männer im Haus waren. Sie ging auch nur sehr selten ohne Wyatt woandershin. Sie war dazu erschaffen worden, Männer zu ermorden, die sie zuvor mit ihrer Stimme anlockte. Manchmal, wenn Hormone ihren Kreislauf fluteten und ihr Verlangen nach Sex übermächtig wurde, versteckte sie sich regelrecht, bis ihr Mann wiederkam und sie erlöste.

Wenn Pepper diese furchtbaren Zyklen ertrug, um mit Wyatt zusammen zu sein, konnte sie ja wohl eine weitere Befragung durchstehen. Ezekiel war es wert. Trotzdem war Bellisia nervös und, wenn sie ganz ehrlich zu sich war, vielleicht auch etwas ängstlich. Dieser Colonel strahlte eine natürliche Autorität aus und wirkte knallhart. Selbst wenn er Ezekiel nicht dazu zwingen konnte, sie wegzuschicken, würde sein Einspruch bei den Teammitgliedern und vermutlich auch bei der Familie Gewicht haben.

»Könntest du mir mit deinen eigenen Worten schildern, warum du hier bist?«

Für einen kurzen Moment geriet ihr Pulsschlag aus dem Takt. Sein Ton war sehr milde. Aber das täuschte. Er war alles andere als milde gestimmt. Er sah eher so aus, als würde er jeden Augenblick auf sie losgehen. Das weckte natürlich ihren Selbsterhaltungstrieb. Ohne dass sie es wollte, schoss bei ihr das Gift ein, mit dem sie sich verteidigen konnte, und die verräterischen blassblauen Ringe zeigten sich auf ihrer Haut. Glücklicherweise waren sie kaum zu sehen, doch einem Mann wie Joe Spagnola entgingen sie sicher nicht.

Der Colonel lehnte sich zurück und musterte ihr Gesicht. »Fühlst du dich bedroht?«

Bellisia reckte das Kinn. »Ja, aber das war ja Ihre Absicht.«

»Tut mir leid, dass ich diesen Eindruck mache. Wenn ich der Ansicht wäre, dass du eine Bedrohung für meine

Männer darstellst, hätte ich dich bis zum Beweis des Gegenteils wieder in diesen Käfig gesperrt oder meine Pistole gezogen und dich auf der Stelle erschossen.«

Wenn das zu ihrer Beruhigung gedacht war, funktionierte es nicht, denn Bellisia hatte nicht den geringsten Zweifel, dass er imstande war, seine Drohung wahr zu machen. Ohne ihn aus den Augen zu lassen, senkte sie die Lider, und versuchte herauszufinden, wo Diego war. Die Tür nach draußen war geschlossen. Auch die Tür zum Labor war zu. Aber beide waren nicht verriegelt. In den letzten Tagen hatte sie die Schritte vom Haus bis zum Fluss und vom Labor bis zum Fluss Hunderte Male gezählt.

Als Bellisia bemerkte, dass sie etwas sagen musste, schnitt sie eine Grimasse. »Wie nett, dass Sie davon abgesehen haben. Ich wusste gar nicht, in welcher Gefahr ich schwebe.« Dieser Lügner. Wenn er sie nicht für gefährlich hielt, warum war sie dann hier? Doch wohl nur, weil er sie einschüchtern wollte.

»Oh, recht sarkastisch. Anscheinend hast du keine große Angst.«

»Doch, hab ich, aber Sie sind nicht mein vorgesetzter Offizier. Also brauche ich Ihnen auch nicht zu gehorchen, Herrgott noch mal. Ich bin bereits befragt worden, und man ist zu dem Schluss gekommen, dass ich für niemanden eine Gefahr darstelle. Daher irritiert mich das Ganze hier.«

»Wer ist denn dein vorgesetzter Offizier?«

Ihre Frechheit schien den Colonel nicht zu beeindrucken. Er wirkte immer noch wie ein Raubtier, das seine Beute ins Visier nahm. Bellisia widerstand dem Drang, über die blauen Ringe an ihren Armen zu reiben. Sie hasste es, dass er sie sehen konnte und so genau wusste, wie nervös sie war. Außerdem war ihm leider auch klar, dass sie weiterentwickelt war, daher würde er in ihr keine schwache, kleine, zerbrechliche Frau sehen, sondern eine, die sich zu wehren verstand. Die blauen Ringe waren der Beweis dafür, dass sie eine tödliche Waffe und sehr, sehr stark war.

»Ich habe keinen mehr. Ich bin Whitney weggelaufen, und obwohl er mich suchen wird und ich nicht lange hierbleiben kann, habe ich Ezekiel versprochen, nicht wegzugehen, bis er wiederkommt. Und das werde ich auch nicht. Aber wenn es Ihnen lieber ist, gehe ich zurück auf Donnys Insel und bleibe dort, bis Ezekiel wieder da ist.«

»Nein, das möchte ich nicht. Dann wäre Donny in Gefahr. Er würde für dich kämpfen, und jeder, den Whitney auf dich ansetzt, wäre imstande, ihn zu erledigen.«

»Ich passe auf ihn auf.«

Eine Regung in ihrem Rücken verriet ihr, dass Diego hinter ihr war. Sie ließ die Augen weiter auf Joe gerichtet, drehte sich aber so, dass sie Diego besser im Blickwinkel behalten konnte. Er war normal groß und leichter gebaut als Joe, aber ein wahres Kraftpaket. Sein dichtes schwarzes Haar und die kohlschwarzen Augen waren wohl auf mexikanische Vorfahren zurückzuführen. Wie die meisten Männer trug er ein Messer am Gürtel, aber ihr war aufgefallen, dass seine leichte Jacke sich schon bei der kleinsten Bewegung öffnete und dass in der Innenseite dieser Jacke ein Wurfmesser-Set steckte – ein Albtraum für jeden Flughafen-Sicherheitsdienst. Es behagte ihr ganz und gar nicht, dass er immer hinter ihr blieb.

Bis zum Fenster schienen es ungefähr fünf Schritte zu sein. Konnte sie ihr Sweatshirt schnell genug ausziehen, um Gesicht und Hände zu schützen, wenn sie hindurchsprang? Durchaus möglich.

»Das Glas ist kugelsicher. Ganz egal, wie stark du bist, beim ersten Mal würdest du nicht durchkommen, und dann hätten wir dich«, warnte Joe.

Bellisia verzog das Gesicht. »Das wäre keine besonders gute Idee.«

»Dein Gift ist also immer tödlich? Oder kannst du es dosieren, wie Cayenne und Pepper?«

Bellisia wusste nicht, warum, aber da sie nicht kontrollieren konnte, wie viel Gift sie ihrem Opfer verabreichte, fühlte sie sich minderwertig. Zur Hölle mit diesem Mann. Er machte das absichtlich. »Was wollen Sie von mir?«

»Ich weiß nichts über dich und deine Motive. Und Ezekiel steht nicht nur unter meinem Befehl, was bedeutet, dass ich für ihn verantwortlich bin, er ist außerdem mein Freund. Ich muss wissen, was genau passiert ist. Wie du hergekommen bist. Wer du bist. Erklär es mir, Bellisia, wenigstens ein bisschen. Herrgott, ich kenne ja nicht mal deinen Nachnamen.«

Sollte sie sich ihn zum Feind machen, nur weil sie es so leid war, ständig von Männern befragt zu werden? Whitney behandelte alle seine Frauen wie Sklavinnen. Er hatte die Macht zu entscheiden, ob sie lebten oder starben, und mehr als eine von ihnen mit seinen verrückten Experimenten umgebracht. Sie arbeiteten hart, damit er sie nicht in eins seiner völlig wahnsinnigen Zeugungsprogramme steckte, oder, noch schlimmer, für weitere Experimente benutzte. Whitney wollte alles so perfekt machen, dass seine männlichen Soldaten das Beste bekamen, was er als Wissenschaftler zu bieten hatte.

Bellisia holte tief Luft. »Okay, tut mir leid. Das hört sich vernünftig an. Wir haben keine Nachnamen. Keine von uns. Wir denken uns welche aus. Ich bekam den Namen Bellis und meine ›Schwestern‹, also die anderen Frauen in der Einrichtung, in der ich aufwuchs, haben angefangen, mich Bellisia zu nennen, das ist die italienische Version. Ich mochte das und nahm es als ein Zeichen, dass sie mich lieben und dass ich ihnen wichtig bin. Also habe ich mich nach meiner Flucht Bellisia genannt und den Nachnamen Adams gewählt, weil einer der Supersoldaten, ein ziemlicher harter Typ, Adam hieß.«

Gerald und Adam waren am häufigsten zu ihren Aufpassern ernannt worden, wenn sie einen Außeneinsatz hatte. Sie wollte die beiden nicht töten, aber wenn sie weiter versuchten, sie zu finden, blieb ihr vielleicht nichts anderes übrig. Sie wusste, dass Whitney vorgehabt hatte, sie irgendwann mit einem von ihnen zu verpaaren. Vielleicht sogar mit beiden. Gut möglich, dass er es inzwischen bereits getan hätte. Anscheinend hoffte Whitney, dass sie für einen oder beide Gefühle entwickelte. Und das hatte sie auch, nur nicht so, wie der Wissenschaftler es sich vorgestellt hatte.

»Whitney hält Frauen für schwach. Er benutzt sie für Experimente, um seine Eingriffe zu perfektionieren, ehe er sie an euch vornimmt. Wir sind ersetzbar, ihr nicht. Er hatte den Verdacht, dass Violet Smythe darauf aus war, Informationen über das Schattengänger-Programm an Cheng zu verkaufen, damit ihr Parteifreund Präsident wird, mit dem Ziel, am Ende selbst Präsidentin zu werden. Als Whitney zu Ohren kam, dass bei ihrer angeblich diplomatischen Reise auch ein Besuch in China geplant war, hat er mich als verdeckte Ermittlerin zu Cheng geschickt.«

»Sehr ungewöhnlich.« Joe Spagnola legte die Fingerspitzen aneinander und forderte sie mit einem Kopfnicken auf fortzufahren.

»Also habe ich mich in Chengs Labor anstellen lassen. Whitneys Papiere sind wirklich die besten. Chengs Sicherheitsleuten ist nichts aufgefallen. Ich war genau die Richtige.« Sie legte die Hände in den Schoss, damit der Colonel nicht sah, wie sie sie unwillkürlich zu Fäusten ballte. Whitneys Verrat machte sie immer noch wütend. »Er hat mir ein Virus injiziert, das genau auf meine DNA zugeschnitten ist. Ich musste meine Aufgabe in einer bestimmten Zeit erledigen, sonst fing das Virus an zu wirken. Übrigens ist dieses Virus absolut tödlich, nur damit Sie eine Vorstellung davon haben, wie er seine Versuchsobjekte behandelt.«

Joe schaute zu Diego hinüber. In seinen kühlen Augen funkelte etwas, doch dann blinzelte er, und es war wieder verschwunden. »Weiter.«

»Anscheinend hat Whitney Violet mit sich verpaart, deshalb konnte er sich nicht vorstellen, dass sie ihn wirklich verraten würde und sein Lebenswerk an den Feind verkauft, aber er wollte kein Risiko eingehen. Eigentlich bin ich nach China gefahren, um die Gerüchte zu widerlegen. Doch Violet ist tatsächlich gekommen und hat sich mit Cheng getroffen.«

Diesmal flackerte etwas in Joes Augen. Etwas Heißes. Ärger vielleicht. »Du hast sie also gesehen? Mit deinen eigenen Augen gesehen?«

»Ich habe sie nicht nur gesehen, ich habe gehört, wie sie ihr Land verraten hat. Und außerdem hat sie euer Team verraten. Angeblich weil ihr alle mit Insekten und Schlangen verkehrt und sie keine Krabbel- und Kriechtiere mag. Sie war bereit, euch alle für ihre Zwecke ans Messer zu liefern.«

»Gibt es eine Aufzeichnung von diesem Gespräch?«

Bellisia schüttelte den Kopf. »Sie müssen sich mit meinem Wort begnügen.«

»Das reicht mir. Ich merke, wenn man mich anlügt. Und du lügst nicht.«

»Sie sind offenbar nicht so schockiert, wie ich es war«, bemerkte Bellisia. »Aber verärgert über Violets Verrat. Dabei passt das doch zu ihrem Ruf.«

Joe Spagnola seufzte. »Stimmt, aber ich hatte immer noch etwas Hoffnung, dass sie wieder zur Vernunft kommt.«

»Sie ist eine Soziopathin. Ohne irgendeine Form von Gewissen. Sogar bereit, ihre Schwestern zu opfern, alle Frauen, mit denen sie aufgewachsen ist. Sie will der einzige weibliche Schattengänger sein, und sie will Macht.« Bellisia schüttelte den Kopf. »Ihre Stimme ist sehr verführerisch, und sie setzt sie so geschickt ein, dass sie die Menschen in ihren Bann schlägt. Fallen Sie nur nicht auf sie herein.«

»Bei mir verfängt das nicht«, erwiderte Joe.

Erstaunt musterte Bellisia sein völlig ausdrucksloses Gesicht. Das war keine gute Nachricht. Whitney war sehr vorsichtig, wenn er seine Paare anlegte, und achtete darauf, dass der eine Partner dem anderen nicht zu überlegen war. In ihrem Fall war es so, dass Ezekiel davon ausging, gegen das tödliche Gift, das sie verspritzte, immun zu sein, aber sie war nicht bereit, das Risiko einzugehen, es auszuprobieren. Wenn Joe nicht auf Violets Stimme reagierte, konnte das bedeuten, dass er mit ihr verpaart worden war. Hoffentlich stimmte das nicht. Vom Kopf her wusste sie, dass es sich dabei erst mal nur um eine körperliche Anziehung handelte, doch diese Anziehung war sehr stark und schien manchmal auch zu einer emotionalen Bindung zu führen.

»Also, was hast du gehört?«

»Cheng wollte Whitneys Akten, und Violet hat gesagt, an die käme sie nicht ran, aber sie könnte ihm einen Schattengänger besorgen. Sie verabscheut wirklich alle von ihnen, die Insekten- oder Reptilien-DNA haben. Das ekelt sie und wertet euch Übermenschen ihrer Meinung nach ab.«

Wieder flackerte es heiß in Joe Spagnolas Augen. »Damit wir uns richtig verstehen. Die Schattengänger, und ganz besonders die aus meinem Team, fühlen sich durch Insekten- oder Reptilien-DNA in ihren Kreisen nicht abgewertet.«

Da, sie hatte es schon wieder getan, sie hatte die männlichen Soldaten dafür verachtet und alle gleich in einen Topf geworfen. Ihr war dieses Problem gerade erst bewusst geworden, doch anscheinend lag es daran, dass Whitney ihnen immer wieder eingebläut hatte, Frauen seien weniger wert als Männer. Daher ihre Vorurteile.

»Es tut mir leid. Manchmal rede ich, ohne vorher nachzudenken. Violet hatte es auf genau dieses Team abgesehen, deshalb hat sie Cheng gesagt, dass ihr hier in Louisiana seid. Gleich nachdem sie gegangen war, hat er das Labor abriegeln lassen, sodass ich dort gefangen war.«

Als sie sich daran erinnerte, wie die Haken ihr die Haut aufgerissen hatten, schauderte sie und strich sich über den Arm. Joes Blick folgte dieser Bewegung, und dann sah er natürlich die lange, dünne Narbe an ihrem Unterarm. Seine Augen verengten sich und wurden so dunkel, dass ihr ein Schauer über den Rücken lief.

»Chengs Leute haben das Gebäude durchsucht und meine Verkleidung gefunden. Daraufhin haben sie Alarm geschlagen, und ich bin in einen Wassertank auf dem Dach geklettert. Sie haben immer wieder Haken ins Wasser geworfen, die mich mehrmals verletzt haben, aber gefunden haben sie mich trotzdem nicht.«

Joe stieß den Atem aus. »Wie lange bist du dort aufgehalten worden?«

»So lange, dass der Virus anfing zu wirken. Ich brauchte unbedingt das Gegengift. Also bin ich an der Seite des Gebäudes heruntergeklettert, an der mein Aufpasser Gerald auf mich wartete. Er hat mich aufgefangen und dann zum Lieferwagen getragen. Whitney war es gleich, dass ich dabei war zu sterben. Ihm war nur wichtig, die Informationen aus mir herauszubekommen. Ich habe mich kränker gestellt, als ich war, deshalb haben sie mir schließlich das Gegengift injiziert. Trotzdem habe ich so getan, als käme ich nicht wieder zur Besinnung. Außerdem hatte ich hohes Fieber, also hat Whitney meinen Aufpassern befohlen, Wasser für mich zu holen. Sobald Adam die Türen aufgemacht hat, bin ich an ihm vorbei aus dem Auto gesprungen und habe es bis in den nahe gelegenen Fluss geschafft.«

»Was hast du für Talente?«

Bellisia reckte das Kinn. »Wieso wollen Sie das wissen?«

»Offenbar behauptet Ezekiel, dass du zu ihm gehörst. Und du scheinst dasselbe zu empfinden, sonst hättest du ihm nicht versprochen hierzubleiben.«

»Wir kennen uns kaum.«

»Doch, du kennst ihn. Zeke ist nicht allzu schwer zu verstehen. Er ist ein guter Mann. Ein Beschützer. Vielleicht ein bisschen überfürsorglich, aber auch brandgefährlich. Ich glaube, du bist genauso. Du passt recht gut zu ihm. Auch wenn ich davon ausgehe, dass du nicht immer tust, was er sagt, aber du bist nicht streitsüchtig. Das heißt, dass du hier bei uns leben wirst, und deshalb muss ich wissen, welche Talente du hast.«

»Ich kann mich sehr klein machen und mich überall schnell anpassen. Ich bin nicht nur sehr gut in Camouflage, ich verschmelze mit jeder Umgebung und jeder Kultur. Ich behalte alles, was ich sehe und höre. Wie in einem Film. Also brauche ich keine Aufzeichnungsgeräte. Ich lerne leicht Sprachen und kann alle Akzente nachmachen.« Sie zögerte, dann schüttelte sie den Kopf.

Joe respektierte das. »Erzähl mir den Rest. Wie bist du hergekommen?«

»Geld und Ausweise zu kriegen war nicht besonders schwer. Aber mir war klar, dass Whitney mich aufspüren würde, sobald ich nicht mehr im Wasser war. Dass er erfahren würde, dass ich hierher geflogen bin. Am Anfang war es nicht leicht, euch zu finden, denn ich kannte keine Namen und wusste nicht, wo ich anfangen sollte. Dann hat irgendjemand von den Fontenots gesprochen und davon, dass sie so viel bauen und die Häuser wie Festungen aussehen. Außerdem wurde erzählt, dass die Leute, die das Land rund um das der Fontenots aufkaufen und sich dort niederlassen wollen, Freunde der Familie sind. Hatte ich eigentlich schon erwähnt, dass es hieß, die Freunde wären »heiße Typen«? Das hat gereicht, um mich hierher zu führen.«

»Warum bist du nicht einfach an die Tür gekommen, hast dich vorgestellt und uns davor gewarnt, dass jemand kommen könnte, um einen oder mehrere von uns zu entführen?«

Bellisia zuckte die Achseln und schaute Joe direkt in die Augen. »Ich kannte euch ja nicht. Keinen von euch. Soweit ich wusste, seid ihr früher Whitneys Befehlen gefolgt. Einige von seinen Männern sind wirklich schrecklich. Und das ist noch nett ausgedrückt. Ich war auf der Flucht, und ich war sicher, dass er einen Haufen Geld für mich bezahlen würde. Sogar schon, um irgendwas über mich zu erfahren. Ich musste euch näher kennenlernen, ehe ich ein Risiko eingehen konnte.«

Joe nickte. »Ich gebe zu, dass sich das vernünftig anhört. Ich wäre auch nicht sonderlich erpicht darauf gewesen, mich in Gefahr zu bringen, wenn es mir gerade erst gelungen wäre, Whitney zu entkommen.«

»Als ich im Fluss herumgeschwommen bin, habe ich Donnys Insel entdeckt. Sie war abgelegen und abgesehen vom Hauptanlegesteg schwer zu erreichen. Überall waren Betreten verboten!-Schilder, aber ich wusste, dass mir nichts passieren würde, solange ich nahe am Fluss bleibe, deshalb bin ich in eine der Hütten gezogen. Sie steht direkt am Ufer, natürlich erhöht, aber sie hat eine offene Veranda, und ich habe mich dort sicher gefühlt.«

»Donny ist ein bisschen seltsam. Ein guter Mann, aber man möchte keinen Streit mit ihm bekommen. Du hast Glück gehabt, dass er dich nicht erschossen hat, meine Liebe.«

»Er hat mir sogar Essen und ein paar Decken vor die Tür gelegt. Ich habe mich sehr darüber gefreut und ihm einen Zettel dagelassen, auf dem stand, dass ich ihn dafür bezahlen würde, sobald ich es könnte. Dann habe ich einen Job in einem Restaurant in New Orleans gefunden. Als ich zurückkam, hatte Donny mir auf einem Zettel geantwortet, dass es nicht nötig wäre, ihm etwas zu zahlen, ich sollte mit dem Geld lieber Vorräte für mich kaufen. Trotzdem hat er weiter hin und wieder Essen gebracht, und ich wusste, dass er ein Auge auf mich hat. Wann immer ich frei hatte, war ich hier – im Wasser – und habe die Familie beobachtet. Als ich die drei kleinen Mädchen gesehen habe, wäre mir fast das Herz stehen geblieben, so große Angst hatte ich um sie.«

Und so war es auch tatsächlich. Sie hatte große Angst gehabt, dass die Kinder zu einem von Whitneys Experimenten gehörten. Und sogar als sie Nonny zum ersten Mal gesehen hatte, hatte sie ihren Augen nicht getraut.

»Wir beschützen die Kleinen vor Whitney – und allen anderen, die vorhaben, ihnen etwas zu tun. Als wir das erste Mal von ihnen hörten, sollten sie getötet werden. So wie Cayenne. Nachdem wir sie alle aus ihren Zellen geholt hatten, hat Trap Cayenne entkommen lassen. Sie galt offenbar als zu gefährlich, und mit den Mädchen konnte auch niemand fertigwerden. Sie sind hochintelligent. Und sehr temperamentvoll, deshalb sind ihre kleinen Zähne im Moment ein Problem.«

Bellisia nickte. »Wenn man mit ihnen redet, hat man das Gefühl, mit sehr viel älteren Kindern zu reden.«

»Sie begreifen schon sehr komplizierte Begriffe.«

»Nur bei den Redewendungen hapert es noch«, erwiderte sie unwillkürlich. »Ich muss sagen, dass mich die Vorstellung hierzubleiben nervös macht. Jetzt, wo ihr da seid, sollte ich mir vielleicht besser eine verlassene Hütte suchen. Whitneys Männer werden bald wiederkommen, weil ich den Chip noch in mir habe. Gleich nach der Flucht habe ich mal versucht, ihn mir selbst rauszuholen, aber dabei wäre ich fast verblutet.«

»Das kann ich doch machen«, sagte Joe. »Ich bin Chirurg, und wir haben einen Scanner, sodass wir den Sender genau lokalisieren können. Sobald wir ihn haben, sehen wir weiter und locken Whitneys Soldaten von uns weg. Und noch etwas, meine Liebe, ist das dein Ernst? Glaubst du, ich wäre nicht imstande, mit ein paar von Whitneys neuen Kreaturen fertig zu werden? Lass dich nur nicht von meinem Aussehen täuschen.«

Es war das erste Mal, dass Bellisia einen Hauch von Humor bei ihm entdeckte. Sie gestattete sich ein Lächeln. »Na gut, in Ordnung. Je eher der Chip raus ist, desto eher kann ich damit aufhören, mir Sorgen um euch zu machen. Dir ist aber schon klar, dass Gerald und Adam nur einen Blick auf euch zu werfen brauchen, um zu wissen, was ihr seid?«

»Bei mir nicht. Ich gebe nicht genug Energie ab. Du übrigens auch nicht. Du musst Teil des Experiments gewesen sein, mit dem herausgefunden werden sollte, ob man Schattengänger daran hindern kann, einander zu erkennen.«

»Wenn es so ist, hat man es mir jedenfalls nicht gesagt.«

Joe stand auf und winkte sie zur Tür. »Diego, kannst du sie abscannen, während ich alles vorbereite? Leg dich in den kleinen Raum da rechts auf den Tisch. Ist Gerald derjenige, der behauptet, er wäre dein Ehemann?«

Als die anderen ihm alles erzählt hatten, was in seiner Abwesenheit geschehen war, hatten sie offenbar die Witze ausgelassen und kein Detail vergessen. Bellisia ging an Joe vorbei hinter dem stummen Diego her. Sie freute sich, dass sie nun vielleicht wirklich von der letzten Erinnerung an Whitney befreit wurde. Dem schrecklichen Sender, der ihm stets verriet, wo sie sich befand, es sei denn, sie blieb im Wasser.

»Ja, das hat Donny gesagt.«

Diego öffnete die Tür zu dem kleinen Behandlungszimmer, und Bellisia setzte sich auf den Tisch. Doch dann wurde sie unruhig. Sie hasste es, untersucht zu werden. Sie hatte viel zu viel Zeit ihres Lebens auf solchen Tischen gelegen, wo man sie angestarrt, mit Nadeln gepiekst und ihr Blut abgesaugt hatte.

»Was für eine Blutgruppe hast du?«, fragte Diego, während er ihr bedeutete, sie solle sich hinlegen, damit er den Scanner über ihren Körper wandern lassen konnte.

Anscheinend wussten die beiden Männer doch nicht so viel, wie sie vermutet hatte. Bellisia schaute Diego an. Sie wollte sein Gesicht sehen, wenn sie es ihm sagte. »Rhesus-null«, sagte sie sachlich, ohne eine Miene zu verziehen.

Erstaunt hielt Diego inne. »Was hast du gerade gesagt?«

»Rhesus-null.«

»Oh. Mein. Gott. Es gibt auf dem ganzen Planeten nur ungefähr vierzig Menschen mit diesem Typ. Das ist goldenes Blut.« Er schaute über die Schulter und rief: »Hast du gehört, Joe? Sie ist Rhesus-null.«

»Ja, hab ich mitbekommen.« Auch Joe konnte sein Staunen nicht ganz verbergen. »Das ist wie eine Goldmine. Warum zum Teufel schickt er dich dann auf so gefährliche Missionen?«

Empört richtete Bellisia sich wieder auf. »Hätte er etwa noch mehr Experimente mit mir machen sollen? Glaubst du, das ist das Einzige, wozu ich gut bin?«

»Nein, meine Liebe. Beruhige dich. Hat man dir schon mal gesagt, dass du einen sehr kurzen Draht hast? Ich muss Zeke wohl warnen, dass seine Frau bei jeder Kleinigkeit hochgeht wie ein Pulverfass.«

»Ich hab ihn, Joe, an ihren Rippen. Er bewegt sich nicht, ist offenbar fest eingepflanzt. Und da ist noch einer.« Diego bewegte den Scanner über Bellisias linke Seite. »Der sieht schwieriger aus, Doc. Um den zu entfernen, sollten wir sie vielleicht betäuben.«

Zwei? Sie hatte zwei Peilsender in sich? Selbst wenn es ihr gelungen wäre, einen herauszuoperieren, wäre der zweite in ihr geblieben, ohne dass sie es wusste. »Was meint ihr mit betäuben? Eine Narkose?«

Diego grinste sie an. »Nur keine Angst. Ich habe das ganz amtlich gelernt.«

Bellisia überlegte hastig. »Fällt Cayenne schnell in Ohnmacht, wenn sie Blut sieht?«

Die zwei Männer begannen zu lachen. »Cayenne haut nichts um.«

»Dann hätte ich sie gern bei mir. Und ich möchte mit ihr reden, ehe ich mich betäuben lasse.« Lieber verschwand sie und brach das Versprechen, das sie Ezekiel gegeben hatte, als jemandem blind zu vertrauen und es später bereuen zu müssen.

»Ich hole sie«, sagte Diego und ging aus dem Zimmer.

»Whitney mag Leute mit hohem IQ«, bemerkte Joe. »Pepper und Cayenne sind beide brillant. Cayenne muss es auch sein, wenn sie mit Trap Schritt halten will, und bei Pepper und Wyatt ist es dasselbe. Whitney hat sie als Paar angelegt, und das kann kein Zufall sein. Glaubst du, das ist sein besonderes Talent?«

»Er hat mehr als nur eins«, erwiderte Bellisia. »Trotzdem macht er Fehler, weil er zu arrogant ist. Sein Ego ist so groß, dass es ihm nicht in den Sinn kommt, dass einer von uns schlauer sein könnte als er. Die Hälfte der Zeit ergibt das, was er tut, keinen richtigen Sinn. Er erlaubt uns zum Beispiel, Einsätze zu planen, und bereitet uns darauf vor sie auszuführen, glaubt aber gleichzeitig, wir wären nicht klug genug, um uns Fluchtwege auszudenken.«

»Weil ihr es ja auch meistens nicht tut.«

Das beinhaltete eine Frage. Sie hörte es an Joes Stimme. »Wenn eine von uns wegläuft, werden die anderen bestraft. Manchmal sogar sehr hart. Wir waren zu zehnt in der Einrichtung. Drei von uns sind gestorben. Eine wurde bei einem Einsatz getötet, zwei bei einem Experiment. Whitney tut so, als wären sie Heldinnen, die für etwas Höheres hatten sterben wollen, für die große, gute Sache. Wir Übrigen, Scarlet, Blue, Cat, Amarylllis, Shylah und Zarah, haben immer wieder über die Flucht gesprochen, aber es hat uns eine Riesenangst eingejagt. Meine Schwestern nicht mehr zu sehen und nicht mehr mit ihnen reden zu können ist sehr schwierig für mich.«

»Trotzdem hast du es gewagt.« Joe streckte eine Hand aus.

Sie nahm sein Angebot an und setzte sich vorsichtig auf. »Ja. In der Nacht, bevor ich nach China flog, haben wir darüber geredet. Wir sind recht wertvoll für Whitney. Wir wissen, dass er uns nur dann tötet, wenn es keine andere Möglichkeit gibt. Also haben wir einander versprochen, dass wir fliehen, wenn sich die Gelegenheit bietet.«

»Du heißt also Bellisia, nach einer Blume. Und Zara?«

»Heißt ›Wüstenblume‹.«

»Was ist mit Shylah?«

»Einige von uns haben sie Shyshy genannt, die anderen Lahlah. Dann haben wir das zusammengezogen, und nun nennen wir sie alle Shylah, nur nicht vor Whitney. Er hat sie Peony getauft und gesagt, das wäre der Name einer unauffälligen Pflanze. Kannst du dir vorstellen, Peony gerufen zu werden? Am Anfang haben wir einfach Shy gesagt, und dann« – Bellisia zuckte die Achseln – »ging es irgendwie weiter. Ich schätze, er hätte uns auch durchnummerieren können. Er mag nämlich Zahlen. Das ist sein Ding.«

»Was meinst du damit?«

»Er redet praktisch in Zahlen. Seine Codes sind so komplex, weil er Zahlen mag, und er liebt es auch, sich immer neue auszudenken und sie zu erweitern. Dadurch wird es sehr schwer vorauszusehen, was er als Nächstes verändern wird. Man braucht Zeit, um seine Codes zu entschlüsseln. Sein Büro wird tagsüber ständig bewacht, deshalb schleichen wir uns immer nachts rein. Zara, Shylah und mir macht das wegen unserer Größe keine Schwierigkeiten. Die beiden sind so gebaut wie ich.«

»Willst du damit sagen, dass du seine Codes auslesen kannst?«

»Nicht allein. Wir müssen zu dritt sein. Normalerweise. Wenn wir zusammen sind, schaffen wir es richtig schnell. Na ja«, sagte Bellisia zögernd, weil sie ganz ehrlich sein wollte. »Was beim Entschlüsseln eben schnell genannt wird. Es dauert Tage, manchmal Wochen, es kommt darauf an, wie komplex der Code ist. Jedenfalls beschäftigt es unsere kleinen grauen Zellen, und Whitney hat keine Ahnung davon, weil Shy sich so wunderbar mit Computern auskennt.«

»Wir haben auch zwei Frauen, die Computergenies sind. Flame, die offiziell Iris heißt und mit Raoul Fontenot verheiratet ist, einem Schattengänger aus der Ranger-Einheit. Und Jaimie, die mit Mack McKinley, einem Schattengänger-Marine, verheiratet ist. Die beiden kennen sich sehr gut mit Computern aus, besonders Jaimie, aber ich glaube, sie verwenden Programme, wenn sie einen Code knacken wollen.«

»Wir haben nicht viel zu tun, außer zu trainieren und Whitney zu ärgern. Ich hatte doch schon erwähnt, dass er eine Schwäche hat, oder? Seine Arroganz.« Bellisia ging zum Fenster und schaute sehnsüchtig aufs Wasser. Ihre Haut fühlte sich viel zu eng an. »Außerdem hat er eine Vorliebe für seltene Pflanzen. Wer hätte das gedacht? Er hat uns ein paar Mal umziehen lassen und jedes Mal bestimmte Pflanzen mitgenommen. Und überall, wo wir gewesen sind, hat er ein Gewächshaus gehabt.« Sie schaute über die Schulter zu Joe. »Wenn ich in das Bad im Käfig gehe, sperrst du mich dann ein?«

»Nein.«

Bellisia holte tief Luft. Es kam ihr so vor, als wäre ihre Haut zum Zerreißen gespannt. Das tat richtig weh. Dabei hatte sie am Morgen ein langes Bad genommen und am Vorabend die alte, große Wanne mit den Klauenfüßen viermal nachgefüllt, ehe sie endlich herausgestiegen war. Zweimal war sie sogar eingenickt und erst wieder aufgewacht, als das Wasser zu kalt geworden war.

»Ich muss nur etwas Wasser über meine Haut laufen lassen. Manchmal, wenn ich gestresst bin, spannt sie so sehr, dass es schmerzt. Das ist eine meiner Schwächen. Whitney hält sie für einen schweren Mangel. Er hasst es, dass ich das Gefühl nicht abstellen kann, obwohl man meiner Haut nichts ansieht, und noch mehr hasst er es, dass ich, wie du bereits bemerkt hast, mein Gift nicht dosieren kann.«

Bellisia ging quer durch den Raum zum Käfig, blieb aber kurz davor stehen, um all ihren Mut zusammenzunehmen. Diego war schon unterwegs, um Cayenne zu holen. Falls sie einen Fehler beging, indem sie Joe vertraute – wenn auch unter Vorbehalt –, rettete Cayenne sie hoffentlich.

»Du gehörst zu Ezekiel, meine Liebe«, sagte Joe ruhig. »Das hat er uns mehr als klargemacht. Und Zeke ist kein Mann, mit dem man sich gern anlegt. Er wird dich beschützen, Bellisia. Und er würde sogar für dich töten. Dieser Mann ist gnadenlos. Ein geborener Jäger und dazu weiterentwickelt. Es gibt nur wenige, die es mit ihm aufnehmen können, und das ist großzügig geschätzt. Wir haben auch Gino, daher weiß ich, dass noch jemand ihm ebenbürtig ist, aber ganz im Ernst, Freund hin oder her, Zeke würde mich aufspüren und umbringen, wenn ich dir auch nur ein Haar krümme.«

Genau diesen Eindruck hatte Bellisia auch von Ezekiel. Plötzlich hatte sie den Moment im Restaurant wieder vor Augen, als sie ihm gesagt hatte, dass sie ihn mit den drei kleinen Mädchen gesehen habe. Eigentlich hatte sie nur versucht herauszufinden, ob Pepper seine Frau war und die Drillinge seine Kinder. Sie hatte es zwar nicht geglaubt, sich aber vergewissern wollen. In dem Moment hatte er dicht gemacht und seine Augen waren erschreckend hart geworden. Ihr war sofort klar, dass sie einen möglicherweise fatalen Fehler begangen hatte, deshalb hatte sie hastig hinzugefügt, dass sie ihn in dem Geschäft gesehen hatte, wo er den Kindern die Snowballs gekauft hatte und jeder ihn hätte beobachten können.

Bellisia betrat den Käfig und erwartete fast, die Tür hinter sich zuschlagen zu hören, doch sie sah sich nicht um, sondern ging mit hoch erhobenem Kopf in das kleine Bad, ließ die Tür offen, stellte Wasser an und hielt die Arme darunter.

Die Erleichterung war riesengroß. Erst als das kühle Nass über ihre Haut rann und eilig aufgesogen wurde, wurde ihr klar, wie angespannt auch sie war.

»Das ist interessant«, sagte Joe von hinten. »Du leuchtest fast, und gleichzeitig scheinst du mit dem Waschbecken zu verschmelzen. Wenn du nichts anhättest, könnte ich dich wahrscheinlich gar nicht sehen, wenn ich nicht wüsste, dass du da bist. Das ist sicher sehr nützlich.«

»Im Wasser bin ich praktisch unsichtbar. Da hat mich noch niemand gefunden, wenn ich es nicht wollte. Nicht einmal in einem Pool. Trotzdem haben Chengs Haken mich verletzt. An den Stellen, an denen sie mich erwischt haben, am Arm, am Oberschenkel und auf dem Rücken, habe ich immer noch ein paar blasse Narben.«

»Dann hast du doch sicher geblutet.«

Bellisia zuckte die Achseln und drehte schweren Herzens den Hahn wieder zu. Sie machte sich nicht die Mühe, die Arme abzutrocknen. Das Wasser würde schnell absorbiert werden, und die Tropfen auf der Haut waren sehr erfrischend. »Das habe ich nicht zugelassen. Dazu braucht man sehr viel Kraft, und weil ich mich so anstrengen musste, hat der Virus, glaube ich, schneller gewirkt.«

Bellisia kehrte in den Untersuchungsraum zurück und setzte sich wieder auf den Tisch. So wirkte sie etwas größer.

»Wie zum Teufel unterdrückt man Blutungen, noch dazu unter Wasser und an mehreren Stellen gleichzeitig?«

Colonel Joe Spagnola musterte sie voller Respekt. Es war das erste Mal, dass er ein Gefühl zeigte. Nicht einmal ihr ungewöhnliches Blut hatte ihm einen längeren Kommentar entlockt. Bellisia konnte nicht anders, als sich darüber zu freuen.

»Genauso wie man die Beschaffenheit seiner Haut verändert. Ich habe ein paar Muskeln, die mir helfen, mich an meine Umgebung anzupassen und mich anders aussehen zu lassen. Aber das ist nicht leicht und hält auch nicht lange an. Ich musste jahrelang trainieren, bis ich diese Muskeln endlich dazu bringen konnte, das zu tun, was ich will.«

»Das ist außergewöhnlich. Weiß Ezekiel davon?«

Betreten schüttelte Bellisia den Kopf. Gespräche mit anderen Menschen waren schwierig für sie, denn überall lauerten Fallstricke. Sie hatte noch keine Zeit gehabt, mit Ezekiel darüber zu reden, und nun hatte sie das Gefühl, einen Fehler gemacht zu haben. Schließlich war er derjenige, der als Erster über sie Bescheid wissen sollte.

In dem Augenblick kam Cayenne mit Diego im Schlepp herein. »Was ist los, Bella?«

Bellisia gefiel es, dass sie nicht zuerst die Männer ansah. Diese Frau suchte sich ihre Freunde selber aus und fällte ihre eigenen Entscheidungen. Sie ließ sich von Männern nicht einschüchtern. Mit ihr im Raum fühlte Bellisia sich gleich wohler. Sie rutschte vom Tisch herunter. Die Männer waren deutlich größer als sie, doch in Cayennes Nähe fühlte sie sich stark, auch wenn kein Wasser in der Nähe war.

»Wenn ihr nichts dagegen habt, würde ich gern kurz mit Cayenne reden. Allein.«

Joe lüpfte eine Augenbraue, zuckte aber nur die Achseln und bedeutete Diego, nach draußen zu gehen. Dann folgte er ihm und schloss höflich die Tür hinter sich.

»Ich habe zwei Peilsender in mir. Anscheinend stecken sie auf beiden Seiten in den Rippen. Joe sagt, er kann sie herausoperieren, aber dazu muss ich betäubt werden. Das ist mir etwas unangenehm. Ich kenne die beiden nicht. Sie sind gerade erst gekommen, und ich bin immer noch ziemlich nervös in der Gesellschaft von Männern. Aber wenn ich das nicht machen lasse, muss ich fortgehen, ehe Ezekiel wiederkommt.«

Cayenne schüttelte den Kopf. »Nein, geh nicht weg. Lass dir doch die Sender herausholen. Joe ist ein guter Arzt. Die Rettungsspringer fliegen um die ganze Welt und operieren manchmal sogar, während ihnen Kugeln um die Ohren fliegen. Er hat bestimmt eine ruhige Hand.«

»Darum geht es nicht. Ich weiß nur nicht ... ob er tut, was er sagt. An mir ist schon so viel herumexperimentiert worden. Ich möchte einfach ...« Wieder verstummte sie. Sie konnte ja schlecht eine andere Frau – noch dazu eine, die sie gerade erst kennengelernt hatte – darum bitten, jemanden für sie zu töten, falls er ihr wirklich etwas tun wollte. Und wie konnte sie darauf vertrauen, dass Cayenne auch Wort halten würde?

Cayenne tippte ihr auf die Schulter. Ganz leicht, nur mit den Fingerspitzen. Das verriet Bellisia, dass diese Frau nur selten jemanden berührte. Es fühlte sich an, als besiegelten sie eine Freundschaft.

»Die Männer haben guten Grund, Angst vor mir zu haben«, sagte Cayenne. »Ich fange zwar gerade an, sie zu mögen, aber genau wie du bin ich im Umgang mit ihnen nicht besonders geschickt. Bei Frauen bin ich auch nicht viel besser, aber Nonny, Pepper und die Mädchen bringen es mir bei. Ich schaff das schon, und wenn du bei uns bleibst, schaffst du es auch. Ich bin sicher, dass du Joe und Diego vertrauen kannst, aber wenn du dich besser fühlst, wenn ich auf dich aufpasse, verspreche ich dir, es zu tun.«

Das musste reichen. Irgendjemandem musste sie ja vertrauen, wenn sie wirklich ein anderes Leben führen wollte. Ezekiel und Nonny hatten bereits ihr Vertrauen. Und die beiden bezeichneten diese Menschen als ihre Familie, also musste sie sich einen Stoß geben und ihnen ebenfalls trauen. Bellisia nickte, und ehe sie ihre Meinung ändern konnte, riss sie die Tür auf und sagte den Männern, sie sei bereit.

12

EZEKIEL HASSTE PAPIERKRAM. Lieber wäre er unter Feuer in ein Krisengebiet gegangen, um ein Dutzend SEALs herauszuholen, als an einem Tisch zu sitzen und Berichte zu schreiben. Er zog es vor, wenn Joe Spagnola die Einsätze leitete und es ihm überlassen blieb, eine Million Seiten auszufüllen, die sich niemand jemals ansah. Okay, das ging vielleicht zu weit. Generalmajor Tennessee Milton schaute sich wirklich alles an, was mit den Schattengängern zu tun hatte. Sämtliche Befehle kamen direkt von ihm, und er las diese Berichte ganz sicher. Das wusste Ezekiel, weil er schon mehr als einmal in sein Büro zitiert worden war, um irgendetwas näher zu erläutern.

Seufzend machte er sich wieder an die Arbeit, beugte sich über den Tisch und lauschte dem grässlichen Geplänkel der anderen Schattengänger, das durch die Tür drang. Er wünschte, sein Gehör wäre schlechter, doch wenn er ganz ehrlich zu sich selbst war, konnte er es ja herunterregeln, aber er *wollte* jedes Wort hören, das sein nerviger Bruder mit seinen Freunden wechselte. Gleich nachdem sie mit ihren wahrscheinlich nur zwei Seiten langen Berichten fertig geworden waren, hatte er sie zu Hause anrufen lassen, um zu erfahren, ob Bellisia noch bei den Fontenots war. Stattdessen hatten sie ihm erzählt, dass Joe dort sei. Ausgerechnet *Joe*. Das musste ja so kommen.

Ein überlautes Klopfen an der Tür ließ ihn zusammenzucken. »Hör auf, von deiner Liebsten zu träumen, und tu deine verdammte Arbeit, Hunter«, rief Draden, der offenbar absichtlich diesen uralten Spitznamen benutzte.

Als Ezekiel das wiehernde Gelächter hörte, das darauf folgte, biss er die Zähne zusammen. »Seht zu, dass ihr nach Hause kommt und mein Mädchen beschützt«, rief er zurück. Im Moment hätte er sie alle am liebsten umgebracht. Oder langsam zu Tode gefoltert. Ja, das wäre wohl das Richtige.

»Oh, deine süße kleine Frau«, erwiderte Mordichai. »Ich glaube, ich sollte ihr erzählen, dass du wieder mal verhindert bist, damit sie begreift, dass du zwar ganz hübsch bist, es aber keinen Sinn macht, auf dich zu warten. Ich kann sie ja dann trösten.«

Fertig. Dass er mit genähten Wunden in den Kampf gezogen war, hatte Ezekiel weggelassen. Er hatte Lily Whitneys Medizin genommen, um den Heilprozess zu beschleunigen, und dazu Zenith der zweiten Generation, eine Weiterentwicklung der Droge, die ihr verrückter Vater zusammengebraut hatte. Er hatte sich nicht die Mühe gemacht, seinen Schattengänger-Freunden davon zu erzählen, und würde es auch dem Generalmajor nicht auf die Nase binden. Schließlich war er der Arzt. Er wusste, wie man sich bei einer schwierigen Mission auf den Beinen hielt. Durch den Fluss zu schwimmen war vielleicht nicht die beste Idee gewesen, aber der Rest … Er würde das schaffen.

Er hatte den Bericht tatsächlich fertig, bis auf seine Entführung, Folterung und Rettung natürlich. Herrgott, was sollte er dazu schon sagen? Bellisia hatte einen großen Anteil daran gehabt, also würde der Generalmajor sich nicht mit einem schriftlichen Bericht abspeisen lassen. Er würde sehr wahrscheinlich zu den Fontenots kommen, um sie in Augenschein zu nehmen – falls sie noch da war. Es musste so sein. Er konnte sich nicht vorstellen, dass Mordichai oder einer von den anderen ihn so aufziehen würde, wenn sie fortgegangen wäre.

Er hängte noch ein paar Zeilen an die nicht ganz genaue Zusammenfassung, für deren Ungenauigkeit der Chef ihn sehr wahrscheinlich tadeln würde, aber egal, er wollte jetzt nach Hause. Zum ersten Mal in seinem Leben hatte er einen Grund dafür. Ezekiel schickte den Bericht ab, ging aus dem Büro und boxte seinem Bruder so heftig in die Seite, dass der sich krümmte. Draden und Gino brüllten vor Lachen, gingen aber vorsorglich auf Sicherheitsabstand.

»Was soll das?«, fragte Mordichai unschuldig. »Echt, Zeke, du hast den Teufel im Leib, schon immer. Ich wette, deine kleine Octopussy …«

»*Schnauze.* Wehe ich höre das noch mal von irgendjemandem.« Ezekiels Laune wurde noch schlechter. »Sei vorsichtig, Mordichai«, sagte er und ging drohend auf seinen Bruder zu.

Ergeben hob Mordichai die Hände. »Tut mir leid, Bruder, das war geschmacklos. Ich sag den Jungs, dass sie keine James-Bond-Witze machen sollen.«

»Besser wär's. Meinst du, Bellisia hätte das nicht schon öfter zu hören bekommen? Whitney stachelt seine Supersoldaten förmlich dazu an, sich mit diesen Frauen zusammenzutun, ob sie das wollen oder nicht. Denkst du, diese Männer wären nett dabei?«

Mordichai räusperte sich. »Da wir gerade von Whitneys Supersoldaten reden. Joe hat mir erzählt, dass Donny auf der Insel offenbar von zweien Besuch bekommen hat. Sie haben ihm ein Bild von Bellisia gezeigt und einer namens Gerald hat behauptet, mit ihr verheiratet zu sein. Joe hat vor ein paar Tagen zwei Peilsender aus ihr herausgeholt. Dazu musste er sie quasi operieren; der wahnsinnige Professor hatte sie rechts und links an ihren Rippen befestigt. Joe meint, es war schwierig, sie rauszubekommen.«

Ezekiel fluchte vor sich hin. Natürlich hatte Whitney den Frauen Chips eingepflanzt, um jederzeit zu wissen, wo sie waren, und er war nicht da gewesen, als Bellisia ihn brauchte. Diese OP musste wehgetan haben. War es das, was Männer wie ihn erwartete, wenn sie im Einsatz waren und zu Hause etwas schiefging und die Frau allein damit fertigwerden musste? Ohne Hilfe. Es war schon schlimm genug, dass Joe aufgetaucht war und Bellisia höchstwahrscheinlich verhört hatte. Bei der Vorstellung stöhnte Ezekiel laut auf.

Joe war ein gut aussehender Bastard, aber listig wie eine Schlange. Er konnte sehr charmant sein und gleich darauf so schnell und hart zuschlagen, dass seine Feinde völlig überrascht waren. Nachdenklich folgte Ezekiel seinem Bruder und den anderen zu dem wartenden Auto. Er hätte für Bellisia da sein müssen. Er hätte das niemals zugelassen. Joe konnte alles Mögliche behaupten, aber was würde er am Ende wirklich tun? Was war er imstande zu tun?

Die Schattengänger waren Soldaten. Sie dienten ihrem Land, aber sie waren auch bei einem von der Regierung abgesegneten Programm, das unglaublich teuer gewesen war, getäuscht worden. Niemand wollte, dass sie wie Zivilisten herumliefen, aber was sollte man mit ihnen machen? Sie zwingen, im Programm zu bleiben? Nein, besser man behandelte sie vorsichtig und überredete sie dazu. Sie hatten ein eigenes Bekenntnis, an das sie sich hielten. Und die Frau eines anderen zu verhören gehörte nicht dazu.

»Es wird ziemlich heiß hier drin, Bruder«, sagte Mordichai so leise wie möglich.

Gino hörte es wahrscheinlich trotzdem, doch Draden schien nichts mitbekommen zu haben. »Er hätte ohne mich nicht mit ihr reden sollen«, sagte Ezekiel. »Das war respektlos. Sie gehört zu mir. Sie ist meine Frau. Und was ihn angeht, ist sie eine Zivilistin.«

Gino räusperte sich. »Sie ist zu einem schlechten Zeitpunkt zu uns gestoßen. Gerade als Cheng – falls er der Drahtzieher ist – diese Terroristen dazu gebracht hat, Geiseln zu nehmen. Dann lässt er zwei Elitesoldaten ermorden und schleust zwei seiner Männer ins Team ein. Wer denkt sich so etwas aus, Zeke? Das ist kein schnell zusammengeschusterter Plan. Wenn wirklich Cheng dahinter steckt …«

»Bellisia lügt nicht.« Ezekiel widerstand dem Drang, sich umzudrehen und Gino die Zähne einzuschlagen, doch seine Wut brodelte so heftig, dass die Temperatur im Auto bereits deutlich angestiegen war.

»Das weiß ich. Und wir alle glauben ihr, aber Joe war nicht da, und es ist seine Aufgabe, dafür zu sorgen, dass wir bei unseren Einsätzen nichts zu befürchten haben.«

»Sie hat mir das Leben gerettet. Das musste sie nicht. Und zum Dank haben wir sie verhört, in eine Zelle gesperrt und sie verraten … *Verdammt noch mal.*« Wütend fuhr Ezekiel sich mit einer Hand durchs Haar. Am liebsten hätte er jemanden verprügelt. Er musste sich abreagieren, sonst wurde die Energie, die sich in ihm anstaute, so groß, dass er sie nicht mehr kontrollieren konnte. Immer wenn er an diesen Punkt gelangte, suchte er sich jemanden zum Kämpfen oder wenigstens einen Sandsack, auf den er eindreschen konnte. Mit seinen Freunden gerade im Auto zu sitzen war gefährlich.

Er atmete tief durch, dann öffnete er hastig das Fenster und starrte auf den vorbeirasenden Sumpf. Mordichai fuhr wie ein Irrer, doch für ihn war es nicht schnell genug. »Ich frage mich andauernd, was ich tun würde, wenn es andersherum gewesen wäre. Wenn ich mein Leben riskiert hätte, um ihres zu retten, und dann so behandelt worden wäre wie sie. Ich würde nicht bleiben. Ich wäre so sauer, dass ich mit dem Gedanken spielen würde, wiederzukommen und mir jeden einzelnen von diesen elenden Mistkerlen vorzuknöpfen. Und wahrscheinlich würde ich es auch tun.«

»Weil du ein gemeiner Mistkerl bist«, sagte Draden. »Weiß sie das eigentlich?«

»Nein, sie denkt wahrscheinlich, er ist nett und lieb«, flachste Gino, um die Stimmung etwas zu heben.

Doch Ezekiel wusste es besser. Er hatte Bellisias Gesicht gesehen, als er sie davon abgehalten hatte, in den Fluss zu springen. In ihren Augen hatte er sie damit verraten. In seinen Augen hatte er seine Frau daran gehindert, ihn zu verlassen. Er hätte gern geglaubt, dass er das alles aus einem guten Grund getan hatte – um die Geiseln zu retten. Doch in Wahrheit steckte etwas ganz anders dahinter. Er hatte sie endlich gefunden. Seine Frau. Und ihm war klar gewesen, dass er sie nie wiedersehen würde, wenn sie ins Wasser gelangte. Das hatte er nicht zulassen können.

»Bei ihr bin ich ja auch nett und lieb«, sagte Ezekiel, »aber bei euch … Ich bin kurz davor, einen von euch richtig durchzulassen, also haltet besser die Klappe.«

Daraufhin wurde es im Auto auffällig still. Mit einem zufriedenen Gesichtsausdruck lehnte Ezekiel sich zurück. Allerdings war er nach wie vor wütend auf Joe und machte sich Sorgen wegen Bellisias OP. Was hatten sie denn über ihre körperlichen Besonderheiten überhaupt gewusst? Gar nichts. Joe hatte sie einfach aufgeschnitten, zum Wohle der anderen im Haus. Er hätte vorher Tests machen müssen. Bellisia hätte auf dem OP-Tisch verbluten oder schlecht auf die Narkose reagieren können.

»Komm schon, Zeke, reiß dich zusammen«, zischte Mordichai. »So habe ich dich schon lange nicht mehr gesehen. Wenn du dich nicht langsam beruhigst, werden wir hier drin geröstet.«

Das Auto war noch nicht ganz zum Stillstand gekommen, als Ezekiel schon die Tür aufriss und heraussprang. Es war stockdunkel, sehr spät, und außer den Wachen waren alle im Bett. Ohne auf die anderen zu achten, ging Ezekiel ins Haus. Sicher schnitten seine Freunde Grimassen, und er hatte Angst vor dem, was er tun würde, wenn er das sah.

Es war ihm egal, dass er sich benahm wie ein Teenager, er *musste* sie sehen. Als er sich am Ende des Flurs dem neuen Flügel zuwandte, in dem sein Zimmer war, rannte er bereits. Er öffnete die Tür zum Schlafzimmer, trat ein und schaute gespannt zum Bett.

Es war leer. Sein Herz setzte einen Schlag aus. Schnell brachte er die vier Schritte zum Bett hinter sich und betastete die Decke. Bellisia war sehr klein, vielleicht war es schwierig, sie zu entdecken. Er fuhr sogar mit der Hand über das Laken, um herauszufinden, ob er sie übersehen hatte. Schließlich konnte sie sich gut tarnen, also war das durchaus möglich. Aber sie war nicht da.

Fast wäre er einfach umgekippt. Seit er entführt worden war, wurde er praktisch nur noch von Adrenalin aufrecht gehalten, und urplötzlich wollte sein Körper nicht mehr. Sie war fort. Er sank auf die Bettkante und rieb sich mit beiden Händen übers Gesicht. Völlig unbekannte Gefühle übermannten ihn. Tiefe. Schockierende. Fast furchteinflößende Gefühle. Die er noch nie gehabt hatte. Noch. Nie. Nicht einmal, als er seine eigene Mutter über den Preis hatte feilschen hören, zu dem sie ihre Söhne für eine Nacht an einen Pädophilen verkauft hätte. Das hatte nicht so wehgetan wie das hier. So tief im Innern.

Überall war Bellisias Duft. Dieser saubere, frische Duft mit einem Hauch von Vanille und Orange. Ezekiel nahm das Kissen, hielt es an seine Nase und atmete ihn ein. Wo konnte sie hingegangen sein? Sie hatte ihm doch ihr Wort gegeben. Und die Jungs hätten es ihm gesagt, wenn Joe sie weggeschickt hätte. Konnte es Komplikationen bei der OP gegeben haben? Vielleicht war sie im Krankenzimmer. Niemand hätte es riskiert, sie in ein richtiges Krankenhaus zu bringen, wenn Whitney ihr auf den Fersen war.

Joe würde mitten in der Nacht rüde geweckt werden, doch bevor er dem Kerl die Seele aus dem Leib prügelte, wollte er noch ins Bad gehen und sich erleichtern. Er öffnete die Tür und blieb abrupt stehen. Hier war der Vanille-Orange-Duft viel stärker als im Schlafzimmer.

Das Bad war dunkel, doch er vernahm leises Wassergeplätscher. Da wurde es in ihm ganz still. Erleichtert stieß er den angehaltenen Atem aus. Sie war hier. Er konnte sie nicht sehen, aber er spürte es. Sie musste in der großen Badewanne mit den Klauenfüßen sein, für die er keine Verwendung gehabt hatte, doch Nonny hatte darauf bestanden, dass sie in sein Bad kam. Ezekiel schloss die Augen, holte tief Luft und sog Bellisias Duft in seine Lungen.

Grace Fontenot hatte tatsächlich das zweite Gesicht. Sie hatte ihn mit einem dämlichen Auftrag nach New Orleans geschickt, damit er Bellisia kennenlernen konnte, die ihm später das Leben gerettet hatte. Sie gehörte definitiv zu ihm. Außerdem hatte Nonny dafür gesorgt, dass er dieses riesige Ungetüm von Badewanne bekam, das er nicht gewollt hatte, gegen das er aber keine Einwände erhoben hatte, weil dies schließlich Nonnys Haus war, und nun brauchte seine Frau diese Wanne. Deshalb war er dankbar dafür.

Er ging die paar Schritte, die ihn zu Bellisia brachten, und streckte eine Hand aus. Sie zitterte leicht. Es war lächerlich, dass er sich so kindisch benahm, aber er konnte es nicht ändern. Mit einer Hand hielt er sich am Wannenrand fest, beugte sich vor und sah sie an. Alles außer ihrem Gesicht war unter Wasser, und ihre wunderschönen, leuchtend blauen Augen mit den dichten, exotischen Wimpern waren offen.

»Hey, Baby«, sagte er leise.

»Hey, du.«

Ohne einen Gedanken daran, dass sie nichts anhatte, setzte Bellisia sich auf. Dafür, dass sie so zierlich war, hatte sie recht große Brüste, zwei kleine Handvoll, nur für ihn. Er konnte es kaum erwarten, sie zu anzufassen. Er musste es einfach tun. Ihre Haut war das Weichste, was er jemals berührt hatte, obwohl sie nass war. Sie fühlte sich an wie Seide oder Satin, er konnte sich nicht entscheiden. Mit einem Finger glitt er von ihrem Schlüsselbein zu ihrem Brustansatz und strich zärtlich über die verführerische Rundung.

»Ich habe an dich gedacht, sogar dann, wenn ich es nicht hätte tun sollen.«

»Ich auch«, flüsterte Bellisia, ohne zurückzuweichen.

»Mordichai hat mir erzählt, dass du operiert worden bist.«

»Whitney hat mir zwei Peilsender eingepflanzt, an die nicht leicht heranzukommen war. Joe hat sie entfernt, sonst hätte ich weggehen müssen.«

Daran hatte Ezekiel nicht gedacht. Vielleicht würde er Joe doch nicht umbringen.

»Hat es wehgetan?«

»Nachher. Als ich aufgewacht bin, hat es sich angefühlt, als hätte mir jemand mit einem Sägemesser in die Rippen geschnitten.«

Okay, er würde Joe umbringen. Ezekiel beugte sich noch etwas weiter vor und strich mit den Lippen über Bellisias. Er hatte keine Ahnung, woher die Zärtlichkeit kam, mit der er das tat, denn er hatte sie weder von seiner Mutter noch auf der Straße gelernt. Er war ein harter Mann mit einem ruppigen Benehmen, und Bellisia war so klein und zierlich, dass er nun, als er genau sah, wie zart sie gebaut war, Angst bekam, sie zu verletzen, wenn er wirklich mit ihr schlief. Sogar schlimm. Richtig schlimm. Er war zu groß und er wusste nicht, wie man den netten, romantischen Liebhaber spielte. Sonst nahm er sich die Frauen einfach und verschaffte sich Befriedigung. Doch dann würde Bellisia in Stücke brechen.

Sein Glied war so steif, dass er selber ein wenig Angst hatte, jeden Augenblick in Stücke zu brechen. Und sie zu küssen machte es nicht besser, aber er konnte nicht aufhören. Er kniete sich neben die Wanne und machte weiter, weil sie so verdammt gut schmeckte, dass er mehr haben musste. Ohne sich darum zu kümmern, dass sie ihn nass machen würde, zog er sie an sich.

Immer wieder streifte er fordernd mit seinem Mund über ihren und zeichnete mit der Zunge die Konturen ihrer Lippen nach. Dann öffnete sie sich ihm plötzlich, und er war verloren. War nur noch reines Gefühl. Er hatte schon viele Frauen geküsst, obwohl er es nie gern getan hatte, es war einfach ein Mittel zum Zweck. Er wollte nur zur Sache kommen und wieder verschwinden. Er ging keine Beziehung ein und achtete stets darauf, dass die Frauen das vorher wussten, damit man ohne Vorwürfe auseinandergehen konnte.

Noch nie im Leben hatte er eine Frau so küssen wollen. So forschend. So neugierig. So besitzergreifend. Er drückte die Finger in ihre seidenweiche nasse Haut, zog sie an sich und weidete sich an ihr. Ganz langsam. Nicht weil er ein netter Kerl war, der versuchte, sanft zu sein, sondern weil sie das brauchte und er anscheinend auch. Schon allein sie zu küssen war himmlisch.

Es machte ihm nichts aus, dass sie nur zögernd mitmachte. Im Gegenteil, er *liebte* es. Er liebte es, dass sein Mund der einzige war, den sie jemals von sich aus geküsst hatte. Er liebte es, dass sie ihn ausgewählt hatte. Dabei war sie ein großes Risiko eingegangen. Von Anfang an. Sie hätte nach der Flucht vor Whitney untertauchen können und nie zurückschauen müssen. Sie hätte den Schattengängern nicht sagen müssen, dass Violet sie ans Messer geliefert hatte und Cheng hinter ihnen her war. Sie hatte ihre Freiheit aufs Spiel gesetzt, als sie nach Louisiana gekommen war, um sie zu warnen. Dann hatte sie ihm das Leben gerettet. Auch das hätte sie nicht tun müssen. Und nun hatte sie auf ihn gewartet.

Ezekiel nahm ihr Gesicht in beide Hände und sah ihr in die Augen. Sie waren blau wie das Meer und leicht verschleiert. Er hauchte Küsse auf ihre Augenlider und wanderte mit den Lippen zu ihrem Mund hinunter.

»Ich mach dich nass«, sagte sie atemlos.

»Wirklich?«, murmelte er und zog den Stöpsel aus der Wanne. Ohne Rücksicht auf das Wasser, das auf den Boden tropfte und seine Kleidung durchtränkte, nahm er sie auf die Arme und barg sie an seiner Brust.

Bellisia schlang die Arme um seinen Nacken und schob die Finger in sein Haar. »Ja. Und jetzt richtest du ein Chaos an.«

»Wirklich?« Wieder küsste er sie. Sie hatte einen wunderschönen Mund und er verbrachte eine ganze Weile damit, sich die Form und Struktur einzuprägen, ehe er wieder in seine Hitze eintauchte.

Bellisia erwiderte den Kuss leidenschaftlich und ging ganz darin auf. Als er sie ein wenig anhob, um nach ein paar Handtüchern zu greifen, hörte er, wie sie den Atem anhielt. Sofort sah er sie an. »Du hast noch Schmerzen von der Operation.«

Sie zuckte die Achseln. »Ein bisschen. Keine starken.«

»Vielleicht muss ich Joe wirklich umbringen. War er gemein zu dir? Er kann ziemlich grob sein.«

»Es war nicht so schlimm, wie es hätte sein können. Ich wollte gern hierbleiben. Nonny war sehr nett zu mir. Ich habe sogar schon meine erste Kochstunde gehabt. Und ich habe mir die Sendungen auf dem Kochkanal angesehen, den Pepper mir gezeigt hat.« Während Ezekiel sie ins Schlafzimmer zurücktrug, rieb sie die Stirn an seinem Hals. »Sind alle heil nach Hause gekommen?«

»Ein Mann wurde verwundet, aber er wird wieder. Die

Geiseln sind frei. Ein Indonesier war in schlechtem Zustand, und der Amerikaner hätte nur noch ein paar Stunden durchgehalten. Wir haben ihn notoperiert und in ein Krankenhaus gebracht. Es wird eine Weile dauern, bis er wieder auf die Beine kommt«, sagte Ezekiel grimmig.

Bellisia tätschelte seine Schulter. »Du hast ihn da rausgeholt. Das ist das Wichtigste.«

Ezekiel stellte sie auf die Füße und wickelte sie in eins der dünnen Handtücher, die hier im Haus benutzt wurden. Nonny gab kein Vermögen für flauschige Schmusetücher aus, doch bis zu diesem Augenblick war es ihm völlig gleichgültig gewesen. Wer hätte gedacht, dass er sich jemals Gedanken darüber machen würde, mit was er eine Frau abtrocknete, aber genauso war es.

»Und was ist mit dir? Mit deinen Wunden?«

»Ich habe sie vor der Abfahrt mit Zenith der zweiten Generation eingerieben und ein paar Pillen genommen, deshalb verheilen sie ziemlich schnell. Hat Joe dir auch etwas Zenith gegeben?«

Bellisia nickte. »Und Antibiotika. Aber die habe ich nicht genommen. Ich wusste, dass ich sie nicht brauche.«

»Schätzchen«, sagte Ezekiel streng. Meinte sie das wirklich ernst? »Du verbringst dein halbes Leben im Wasser. Und das ist nicht immer sauber.«

Bellisias leises Lachen war so sexy, dass es ihm den Atem verschlug. »Joe hat tatsächlich versucht, mir zu befehlen, aus dem Wasser rauszubleiben. Deshalb bin ich nicht mehr in den Fluss gegangen, nur damit er keinen Herzanfall kriegt.« Sie musterte ihn. »Du bist klatschnass. Du musst deine Sachen ausziehen.«

Ezekiels Herz machte einen Satz. Das hörte sich zwar nicht gerade wie eine Einladung an, aber er wollte nicht den Fehler machen zu zögern, falls es doch so gemeint war. Schnell zog er sich aus, während Bellisia zum Bett ging und die Decke zurückschlug.

»Warte, Liebling«, sagte er leise.

Sie drehte sich um und sah ihn mit ihren großen, meerblauen Augen so durchdringend an, dass sein Herz zu klopfen begann. »Was ist? Ich bin schon trocken. Das geht bei mir ganz schnell.«

»Geh noch nicht ins Bett. Ich möchte dich anschauen.«

Bellisia hob eine Augenbraue, schlüpfte aber nicht unter die Decke, sondern ließ sie wieder fallen und wandte sich mutig zu ihm um. Er liebte das. Sie machte einen Schritt auf ihn zu, und als er einen Finger kreisen ließ, drehte sie sich für ihn ganz langsam um die eigene Achse. Ihre Figur war perfekt. Genau richtig für ihn. Schöne Brüste und Hüften mit einem wunderbaren Schwung.

»Ich muss meine Haare flechten. Sie werden dann zwar nicht trocken, aber wenn ich sie offen lasse, sind sie überall.«

Sie ging wieder zum Bett zurück und fasste sich ins Haar, um es in drei Stränge zu teilen. Dabei hoben sich ihre Brüste und ein einzelner Wassertropfen rann über eine der Rundungen zum Nippel. Unwillkürlich beugte Ezekiel sich vor und leckte ihn ab. Bellisia erstarrte und sah ihn, die Hände im Haar, reglos an.

Rasch legte Ezekiel eine Hand um ihre Brust und saugte den weichen, einladenden Hügel in seinen heißen Mund. Bellisia schnappte nach Luft und ließ ihr Haar wie einen langen, bleichen Wasserfall über ihren Rücken fallen. »Oh Ezekiel, das fühlt sich an, als gäbe es eine direkte Verbindung zwischen meinen Brüsten und meiner Scheide. Mach weiter. Weiter.«

Kein Problem. Gern. Sehr gern sogar. Schon allein ihr atemloser, sehnsüchtiger Tonfall heizte ihm so sein, dass sein Glied sich hart an ihren Bauch presste. Sie war nicht weggelaufen, als sie seinen Penis gesehen hatte, das war ein gutes Zeichen. Er zog sie enger an sich und bearbeitete ihre Brust mit Zunge und Zähnen, bis sie anfing zu keuchen.

Dann fasste er nach der anderen Brust, knetete sie sanft und spielte mit der Spitze. Er ließ sich viel Zeit und genoss es, ihre weiche Haut an seiner rauen zu spüren und ein bisschen zu experimentieren, denn obwohl er zärtlich sein wollte, würde er wohl irgendwann die Kontrolle verlieren. Deshalb wollte er wissen, wie viel sie aushalten konnte, und wurde langsam ein wenig härter und rauer.

Bellisia schrie leise auf und stöhnte lüstern. Dann legte sie die Hände auf seine Brust und ließ sie zu seinem Glied wandern. Überrascht stieß Ezekiel den Atem aus. Sie streichelte ihn. Fuhr mit den Fingerkuppen vorsichtig über die breite, empfindliche Eichel und den harten, dicken Schaft. Das war ein völlig neues Gefühl für ihn. Als ob unzählige winzige, weiche Härchen über ihn hinwegstrichen.

»Das ist schön«, ermutigte er sie, damit sie weitermachte.

»Erstaunlich, das fühlt sich sehr weich und zugleich sehr hart an. Aber die schlechte Nachricht ist, du passt nicht in mich rein.«

Sie hatte ihn sich also angesehen. »Warten wir's ab.« Wieder leckte Ezekiel über ihre Brust. Dann küsste er sie auf den Mund, und sie sah sehr ernst und entschlossen zu ihm auf. Es würde großen Spaß machen, ihr das Gegenteil zu beweisen.

Sie streichelte ihn weiter, aber fast so, als wäre er ein Untier, das gezähmt werden müsste. Deshalb nahm er ihre Hand, legte sie um sein Glied und drückte ihre Finger fest zusammen. »Ich mag es hart, Baby. Du machst mich jetzt sehr nass und bewegst die Hand so auf und ab.«

»Und wie soll ich dich nass kriegen?« Hilflos sah Bellisia sich um.

Er grinste sie an. »Mit deinem Mund.«

Sie lächelte. »Klar. Ich bin nur kurz in Panik geraten. Wir hatten natürlich Sexualkundeunterricht, aber die Details haben wir ausgelassen.«

Ehe Ezekiel etwas erwidern konnte, kniete sie sich hin und schleckte an seinem Glied wie an einer Zuckerstange. Dann stülpte sie ihren Mund darüber, und er wäre fast sofort gekommen. Das Gefühl war so überwältigend, dass seine heißen Hoden sich bereits zusammenzogen. Selbst die Muskeln an seinen Oberschenkeln zitterten vor Spannung. Bellisia zeigte keinerlei Scheu oder Scham und probierte einfach alles an ihm aus. Lutschte ihn fest und ließ danach neugierig die Zunge kreisen, bis ein Pressluftbohrer in seinem Kopf zu hämmern begann und sein Herzschlag in den Ohren dröhnte.

»Sag mir, was ich tun soll«, forderte sie.

Ezekiel grinste und legte eine Hand auf ihren Hinterkopf, achtete aber darauf, sie nicht zu drängen oder die Führung zu übernehmen. Er mochte ihre Selbstsicherheit. Das bedeutete, dass sie ihm sagen würde, was ihr gefiel und was nicht. Bis dahin wollte er sie so lange wie möglich gewähren lassen, denn nichts in seinem Leben hatte sich jemals so verdammt gut angefühlt.

Bellisia war sehr zielstrebig, wenn sie etwas wollte, und hatte keine Angst, es sich zu nehmen. Während sie im

Haus auf ihn gewartet hatte, Tag und Nacht von seinem Duft umgeben, hatte sie beschlossen, dass sie Ezekiel Fortunes zu ihrem Mann machen würde. Sie wollte bei Nonny, Pepper und Cayenne im Sumpf leben und glücklich sein. Sie hatte keine Ahnung von dem, was sie tat, aber ihr Entschluss stand fest.

»Mach, was du willst, Baby, aber beiß mich nicht.«

Sie hob eine Augenbraue. »Bitte? Das hättest du besser nicht gesagt. Es bringt mich auf Gedanken, und ich habe eine sehr lebhafte Fantasie. Außerdem habe ich mir, seit du in den Kampf gezogen bist, jede einzelne Minute Sorgen um dich gemacht.« Sie strich mit dem Daumen über seine weiche, samtene Eichel und verteilte die ersten Tropfen sanft auf diesem offenbar äußerst empfindlichen Teil seiner Anatomie. Sie merkte, dass ihm das gefiel, denn er erschauerte immer wieder.

»Einen Augenblick noch, Schätzchen, dann kannst du tun, was du willst.«

Er drehte sich um und ging mit seinem kraftstrotzenden, aber flüssigen Gang wieder ins Bad zurück. Sie liebte die anziehende, geschmeidige Art, mit der er sich bewegte. Sie erinnerte sie an ihr Lieblingselement, das ebenso lautlos über Oberflächen glitt und keine Spuren hinterließ. Sie liebte einfach alles an ihm.

Sie hatte, während er im Einsatz war, viel Zeit gehabt, über ihn nachzudenken. Er hätte getötet werden können, dann hätte sie nie die Chance bekommen, das hier zu erleben. So intim mit ihm zusammen zu sein. Die meisten anderen sahen in ihm nur den Kämpfer, aber sie sah den Mann. Und sie wollte ihn. Sie war nicht dumm, sie wusste, dass Whitney hinter ihr her war. Dass sie eine Gefahr für die Menschen darstellte, die Ezekiel liebte, und dass sie vielleicht verschwinden musste, um Whitney von ihnen wegzulocken, doch bis dahin wollte sie mit dem Mann schlafen, den sie sich ausgesucht hatte. Das würde Whitney ihr nicht wegnehmen.

Sie war sich nicht von Anfang an sicher gewesen, aber sobald sie zu dem Schluss gekommen war, dass Ezekiel Fortunes der richtige Mann für sie war, hatte sie die Zeit, in der sie auf ihn gewartet hatte, gut genutzt und offene und ehrliche Unterhaltungen mit Pepper, Cayenne und Nonny geführt. Alle drei Frauen hatten ihr viel erklärt, doch einige Kleinigkeiten hatten sie offenbar ausgelassen.

Nonny hatte ihr den besten Rat gegeben. *Du musst deinem Mann vertrauen, Bella. Wenn er der Richtige ist, möchte er dir Lust bereiten und wird alles dafür tun. Rede mit ihm. Tauscht euch aus. Sag ihm, was du magst und was nicht, und frag ihn, was er mag. Sex ist wichtig, sogar heilig zwischen euch beiden, denn man will, dass der Partner den besten Sex hat, den es gibt, und vertraut darauf, dass er für dich das Gleiche will.*

Also redete Bellisia mit ihrem Mann. Und fragte ihn um Rat, weil sie bei allem, was sie tat, die Beste sein wollte, und wenn es darum ging, es ihrem Mann schön zu machen, wollte sie die absolute Expertin werden.

Als Ezekiel zurückkam, hatte er einen Föhn in der Hand. Das war das Letzte, was sie erwartet hätte, deshalb fing sie an zu lachen.

»Wer hätte gedacht, dass ein gefährlicher Schattengänger so etwas benutzt?«

Ezekiel bückte sich, steckte den Stecker ein, stellte sich ans Fußende des Betts und deutete auf einen Punkt vor sich. »Mach dich nicht über mich lustig. Niemals. Anhimmeln ist in Ordnung, aber Lachen nicht.«

»Wissen deine Brüder das?« Bellisia schaffte es nicht, sich den erpresserischen Ton zu verkneifen.

Sie hatte den Fehler gemacht, nicht außerhalb von Ezekiels Reichweite zu sein, daher fasste er sie am Arm und zwang sie, sich vor ihn zu stellen.

»So ein Gerede kann dich in Schwierigkeiten bringen.« Er stellte den Föhn an und drückte ihren Kopf nach unten, sodass ihr Haar herabfiel. Dann schob er seine Finger hinein und blies warme Luft darüber. »Vielleicht möchtest du deinen Mund für etwas anderes benutzen, damit du keinen Ärger kriegst.«

Doch Bellisia hatte seinen schweren Hodensack bereits in die Hand genommen, rollte die Hoden sanft hin und her und strich mit ihren weichen Fingerkuppen über die samtene Haut. »Ich weiß nicht. Wie würde dieser Ärger denn aussehen? Ich wäge meine Möglichkeiten gern ab, bevor ich eine Entscheidung treffe.«

Sie und ihre »Schwestern« hatten sich immer gegenseitig aufgezogen. Das hatte seit ihrer Kindheit zu ihrem Leben gehört. Natürlich nicht, wenn Whitney in der Nähe war. Der wäre dann der Ansicht gewesen, wenn sie Zeit zum Spaß machen hatten, hätten sie auch Zeit für mehr Training. Es gefiel ihr, dass Ezekiel sie ebenfalls aufzog. Aber noch besser gefiel es ihr, dass er zwischen fest zusammengebissenen Zähnen zischend den Atem ausstieß, als sie ihn weiterstreichelte. Schnell nahm sie noch ihre Zunge zur Hilfe und kostete seinen Geschmack so vorsichtig, wie sie es immer tat, wenn sie etwas Neues probierte.

Als Ezekiel die Hand in ihrem nassen Haar ballte, verharrte sie. »Wenn ich etwas falsch mache, sag es mir bitte«, wiederholte sie.

Rasch öffnete er seine Faust wieder und strich ihr übers Haar. »Du machst alles richtig, Schatz. Wenn es etwas gibt, was du nicht tun möchtest, lass es. Wir erforschen uns nur. Falls irgendetwas dir keinen Spaß macht oder du es sogar unangenehm findest, hören wir damit auf. So einfach ist das. Ehrlich gesagt, habe ich dich furchtbar vermisst und an kaum etwas anderes gedacht, als zu dir zurückzukommen, deshalb wäre ich sowieso mit allem zufrieden, was du tust.«

Bellisia bemerkte die fast schon verzweifelte Ehrlichkeit in seiner Stimme. Er wollte ihr sagen, dass er auch bereit gewesen wäre einfach nur zu reden, doch das genügte ihr nicht. Sie wollte wissen, wie echte Intimität mit ihm aussehen würde. Sie wollte diese Nacht mit ihm haben, für den Fall, dass es nie eine andere gab.

Je länger sie ihn streichelte, desto größer wurde sein Glied. Sie wusste alles über Sex zur Fortpflanzung, aber nichts über Sex nur zum Spaß. Und den wollte sie. Sie wollte keine Angst mehr haben, schon gar nicht vor etwas, das schön sein sollte.

»Aber mir reicht das nicht«, sage sie leise. »Ich will dich. Ich bin zu dem Schluss gekommen, dass du der Richtige bist. Ich bitte dich nicht, für immer bei mir zu bleiben, weil ich weiß, dass du mir das nicht versprechen kannst, aber ich will diese Nacht.«

Wütend stellte Ezekiel den Föhn aus und warf ihn beiseite. Dann nahm er ihr Gesicht in beide Hände und zwang sie, ihn anzuschauen. »Was zum Teufel redest du da? Du weißt, dass ich dir nicht versprechen kann, für immer bei dir zu bleiben? Hast du etwa vor, mich zu verführen und dann zu verschwinden?«

Mit gerunzelter Stirn sah Bellisia zu ihm auf. »Na ja,

einen Mann zu verführen ist offenbar sehr viel schwieriger, als ich gedacht habe.« Sie musste etwas falsch gemacht haben. In den Büchern klang alles sehr einfach, und ihre Gespräche mit Cayenne und Pepper hatten sie glauben lassen, dass das kein Problem sein würde.

»Glaub mir, Schätzchen«, sagte Ezekiel grimmig. »Es ist dir gelungen.«

Sein Gesicht hatte einen Ausdruck, der nicht zu deuten war, aber nichts Gutes verhieß. Plötzlich hob er sie hoch und warf sie mitten aufs Bett. Mit einem schockierten Aufschrei landete Bellisia flach auf dem Rücken. Noch ehe sie sich rühren konnte, lag er auf ihr und drückte sie in die Matratze. Er war so schwer, dass er ihr die Luft herauspresste.

Als er sich mit den Hüften zwischen ihre Schenkel zwängte, begann ihr Herz, heftig zu klopfen. Sie war dankbar für den Stellungswechsel, aber zugleich auch nervös. Bislang hatte sie die Kontrolle gehabt, doch nun waren von einer Sekunde zur anderen ihre Rollen vertauscht. Sie befeuchtete ihre Lippen und holte hastig den dringend benötigten Atem.

Ihrer Haut prägte sich bereits ein, wie er sich anfühlte. Der Körper. Die Muskeln. Die Knochen. Die Hügel und Täler. Und sie konnte es sich nicht verkneifen, ihn zu berühren. Sie musste ihn spüren. Haut an Haut. Sie konnte kaum atmen, so groß war ihr Verlangen. Vorsichtig begann sie, seinen perfekten Rücken zu streicheln, mit ihren feinen Härchen all seine Nervenenden zu reizen, und spürte jedes Erschauern, das sie ihm damit entlockte, am eigenen Leib.

Schließlich stützte er sich auf die Ellbogen, sodass er nicht mehr mit seinem ganzen Gewicht auf ihr lag, und nahm ihr Gesicht wieder in beide Hände. »Bellisia, sieh mich an.«

»Tu ich doch«, verteidigte sie sich. Wie konnte sie diese Brust *nicht* ansehen? Und diese Arme? Wer hatte schon solche Muskeln? Ihre Hände glitten von seinem Rücken zu seiner Vorderseite.

Als er warnend den Atem ausstieß, schaute sie ihm ins Gesicht. »Ich will deine Augen sehen, wenn wir miteinander reden, denn dies ist verdammt noch mal *kein* One-Night-Stand. Was zum Teufel denkst du dir eigentlich?«

Bellisia hob den Kopf und leckte über seine linke Brustwarze, hörte aber gleich wieder auf, als er nur böse knurrte. »Ich habe mir gedacht, dass du der Mann bist, mit dem ich Sex haben möchte. Ich bin eben sehr praktisch veranlagt. Schon von Geburt an. Ich habe mir das genau überlegt. Wenn ich hierbleibe, wird Whitney keine Ruhe geben. Er wird kommen, um mich zu holen. Er hat schon zwei Männer geschickt, von denen er weiß, dass ich sie ich nicht umbringen möchte.« Sie war ein wenig abgelenkt von dem faszinierenden Körper, der auf ihr lag.

Die Muskeln unter ihren forschenden Fingern spannten sich an. »Was zur Hölle soll das heißen?« Ezekiel richtete sich noch etwas weiter auf, und als sie ihm diesmal ins Gesicht sah, konnte sie die finstere Wut, die sich in ihm wie ein Sturm zusammenbraute, deutlich sehen.

Sie biss sich auf die Unterlippe, damit sie nicht laut fluchte. Sie hatte ihm soeben etwas sehr Wichtiges verraten, und es würde ihm nicht gefallen, egal, wie sie es ihm erklärte.

»Rede. Bellisia.«

Nun jagte er ihr ein wenig Angst ein, auch wenn das selten jemandem gelang. Nicht, dass sie glaubte, er würde ihr ernsthaft wehtun, sondern weil sie befürchtete, dass er Gerald und Adam verfolgen würde. Und Ezekiel Fortunes war ein geborener Jäger, der seine Beute stellen und töten würde.

Sie versuchte ihn von sich herunterzuschieben. Als er keine Reaktion zeigte, drückte sie mit ihrer außergewöhnlichen Kraft noch einmal gegen seine Brust. Doch auch das brachte ihr nur einen finsteren Blick ein.

»Was ist jetzt mit dem Verführen, Baby? Ich dachte, du wärst voll darauf konzentriert.«

»Du machst ja nicht besonders gut mit, oder?«, fauchte Bellisia. Besser sie lenkte ihn mit einem Streit ab, als sich Fragen anhören zu müssen, die sie nicht beantworten wollte.

Ezekiel blinzelte und unwillkürlich folgte ihr Blick der Bewegung seiner dunklen Wimpern. Er hatte sehr dichte Wimpern. Sie waren lang und gebogen und wahrscheinlich das einzige weibliche Merkmal, das er hatte. Alles andere an ihm war hart wie Stein. Jeder Muskel, jede einzelne Linie, jeder Knochen in seinem Körper ausgesprochen männlich. Jetzt, da er ihr ganz nah war, erkannte sie kleine Lachfältchen um seine Augen. Sein Kinn war so männlich markant, wie es nur sein konnte, und anscheinend stets mit jenem morgendlichen Bartschatten bedeckt, egal, zu welcher Tageszeit.

Dann hoben diese wunderschönen langen Wimpern sich wieder, und Bellisia wusste, dass sie in Schwierigkeiten steckte.

13

DER HIMMEL DRAUSSEN leuchtete auf, und ein Blitz zerschnitt die Nacht. Donner krachte und grollte so laut, dass das Haus erbebte. Regen peitschte ans Fenster und trommelte in gleichmäßigem Rhythmus dagegen. Ezekiel musterte Bellisias Gesicht. Sie war wunderschön. So zart, dass sie fast schon ätherisch wirkte. Und mit diesem Ausdruck auf dem Gesicht auch sehr sexy. Sie glaubte, sie könnte es vermeiden, auf seine Fragen antworten zu müssen, indem sie einen Streit vom Zaun brach. Entschlossen beugte er sich herab und nahm Besitz von ihrem Mund. Sie schmeckte wie ein warmer Sommertag. Frisch und rein. Und sie gehörte ihm.

Seine Stimmung passte zu dem wilden Sturm, der wie so häufig im Bayou sehr schnell herangezogen war. Diese Frau machte ihn völlig verrückt. Sie weckte nie gekannte Gefühle in ihm und würde ihn bestimmt furchtbar lächerlich machen, aber es kümmerte ihn nicht. Sie war es wert.

Immer wieder küsste er sie innig, und bei jedem Kuss verlor er etwas mehr von seiner Selbstbeherrschung. Er erforschte jeden Zentimeter ihres Mundes, reizte ihre Zunge dazu, sich mit seiner zu duellieren, stahl ihr den Atem und lieh ihr seinen. Dann erkundete er sie mit den Händen. Ihre Haut war außergewöhnlich, so weich, dass er Stunden damit hätte verbringen können, einfach nur seine Finger darübergleiten zu lassen.

Als er ihre linke Brust umfasste und mit dem Daumen über den Nippel fuhr, stieß sie hörbar die Luft aus. Sie war also empfindlich. Das überraschte ihn nicht bei dieser Haut und der Sensibilität, mit der sie auf seine Berührungen reagierte. Er küsste sich an ihrem störrischen Kinn entlang über den Hals bis zu ihrem Pulspunkt vor und strich mit der Zunge darüber. Dann saugte er ihre weiche Haut in seinen Mund, weil er sie zeichnen wollte.

Es konnte nur wenige Gründe dafür geben, dass seine Frau die Kerle, die Whitney nach ihr ausgeschickt hatte, nicht umbringen wollte. Keiner davon gefiel ihm, und er wollte kein Risiko eingehen. Diese Frau gehörte ihm. Er *wusste*, dass sie die Richtige war. Er merkte es bei jedem Atemzug.

Ihre Hände trieben ihn noch in den Wahnsinn. Sein Kopf fühlte sich an, als mache sich jemand mit einem Pressluftbohrer daran zu schaffen. Sie hatte ihn so wunderbar gestreichelt, dass das Blut brodelnd durch seine Adern rauschte, doch er war ziemlich sicher, dass der größte Teil sich in seiner Leiste angesammelt hatte. Er musste sich im Zaum halten, und dass sie nun wieder anfing, ihn zu streicheln, machte es nicht leichter.

Das beruhigte ihn nicht, sondern schürte das immer heißer werdende Feuer in seinem Bauch. Er hatte lange keine Frau mehr gehabt, und allein das machte es schwer, die übliche Beherrschung zu bewahren, aber ihre Hände … Wenn er nicht aufpasste, würde er sich völlig gehen lassen.

Zu seinem eigenen Schutz griff er nach ihren Handgelenken. Sie durfte ihn nicht anfassen, jetzt noch nicht. Nicht, wenn ihre Finger ihn so wild machten. Er streckte ihre Arme über ihrem Kopf aus, hielt sie dort mit einer

Hand fest und fasste mit der anderen nach ihrer linken Brust, während sein Mund sich der rechten widmete. Sie war so weich. Und sie hatte einen zarten Geschmack auf der Haut, den er nicht richtig zuordnen konnte, aber er war ebenso berauschend wie ihre Küsse.

Ezekiel nahm sich Zeit, denn er wollte sie genauso wild machen wie sie ihn. Der Sturm draußen wurde immer heftiger und fachte auch das Feuer in ihm weiter an. Bellisia hatte es entzündet, als sie ihren Mund um sein Glied gelegt und ihn mit ihrer sanften, samtenen Zunge und ihren Fingern spielerisch liebkost hatte. Die Kombination hätte ihn fast in die Knie gezwungen, und er wäre längst explodiert, wenn sie ihm nicht gesagt hätte, dass sie vorhatte, nach dieser einen gemeinsamen Nacht wegzugehen.

Vorsichtig knabberte er an ihr, um herauszufinden, wie sie auf ein etwasraueres Liebesspiel reagierte. Er mochte es rau. Er war die Art Mann, und er wünschte sich, dass sie es auch mochte. Langsam führte er sie nach und nach in diese Richtung und wurde nur manchmal etwas gröber, um zu sehen, ob es ihr gefiel. Danach linderte er ihre Schmerzen mit der Zunge, bis sie seinen Namen stöhnte.

»Ezekiel. Ich brauche meine Hände. Ich muss dich anfassen.«

Das atemlose, leise Betteln machte ihn überglücklich. Er küsste sich an ihren Rippen zu ihrem Bauchnabel hinunter und erkundete ihn ausgiebig.

»Ich kann nicht loslassen, Baby«, sagte er zwischen den aufreizenden Küssen. »Du treibst mich in den Wahnsinn, und ich muss das hier so machen, dass es gut für dich ist.«

»Aber es ist gut. Ich finde es gut.«

Er lächelte an ihrem flachen Bauch. »Ich möchte es dir noch sehr viel schöner machen, Schatz. Damit du für mich bereit bist.«

»Ich bin bereit.«

Bellisia klang so atemlos, beinahe verzweifelt, dass er den Kopf hob, um sie anzusehen. Sie war unglaublich schön mit diesem rosigen Gesicht und den glänzenden, ozeanblauen Augen. Er liebte den Schwung ihrer bläulichen Wimpern, die ihre Augen in dichten Halbmonden rahmten.

»Noch nicht«, entschied er, ließ aber ihre Handgelenke los und betete darum, dass er sich zügeln konnte.

Er winkelte ihre Beine an und küsste sich an der Innenseite eines Oberschenkels nach oben. Bellisia erschauerte, schrie auf und hielt sich fast schluchzend an seinen Schultern fest, als er über ihre Pforte leckte. Auch dort erwartete ihn dieser zarte Geschmack, nach dem er immer süchtiger wurde. War es Orange? Oder mehr Vanille? Was spielte es für eine Rolle? Er brauchte mehr davon.

Er hob den Kopf und lächelte sie an. »Du schmeckst wie Sahneeis, nur besser. Nach Vanille und Orange, genauso wie ich es mag.« Kein Wunder, dass sie immer nach dieser Mischung roch. Irgendetwas in ihr produzierte den Duft – nur für ihn.

Gierig schleckte Ezekiel alles auf, was aus dieser Quelle stammte. Bellisia gab sich große Mühe leise zu sein, obwohl sie sich mit zuckenden Hüften in seinen Händen so heftig wand, dass sie sich Halt suchend an seine Schultern geklammert hatte. Er hätte behutsamer sein müssen, aber er war wie besessen. Wie berauscht. Wie von einem primitiven Instinkt getrieben.

Neugierig steckte er einen Finger in sie hinein. Sie war eng und glühend heiß. Sofort regte sich sein Glied vor Vorfreude. Aber er musste sich unbedingt Zeit nehmen. Wieder küsste er die Innenseite ihres Oberschenkels. »Atme tief durch, Bellisia. Entspann dich. Wir wollen das richtig machen. Ich möchte dir nicht wehtun.« Sanft umkreiste er ihre Klitoris, um ihre Erregung zu steigern.

»Es ist zu viel. Ich kann nicht glauben, wie sich das anfühlt.«

»Es wird noch besser. Das verspreche ich dir. Aber du musst auf mich hören. Entspann dich«, sagte Ezekiel beschwörend. Er war nicht sicher, wie lange er sich noch zurückhalten konnte. Ganz vorsichtig schob er einen zweiten Finger in sie hinein und hörte, wie sie Luft holte. »So ist es gut, genau richtig.« Er versuchte sie zu dehnen, stieß aber schnell auf Widerstand. Immerhin war sie feucht, und ihre Muskeln wollten ihn festhalten.

Trotzdem ersetzte er seine Finger durch seinen Mund und brachte sie diesmal so weit, wie er es eben wagte. Bellisia warf den Kopf hin und her und fasste in sein Haar, als wollte sie ihn von sich wegziehen. Also suchte er nach dem süßen kleinen Punkt, der sie über die Schwelle treiben würde, und sie hob mit einem abgehackten Schrei zu ihrem ersten Höhenflug ab.

Schnell legte er sich auf sie, schob seine Penisspitze in sie hinein und musterte ihr Gesicht. Sie riss die Augen auf und schüttelte den Kopf.

»Das brennt.«

»Weil ich dich dehne. Du bist klein, und ich nicht. Aber wir schaffen das, und es wird sich schön anfühlen.« Ihre Muskeln zogen sich unter den Nachbeben des Orgasmus immer wieder zusammen. Das Pochen und Drücken rund um seine empfindliche Eichel wäre fast sein Untergang gewesen. Ezekiel hielt ganz still und atmete tief durch. Für sich und für sie. »Du bist verdammt eng, Bellisia. Und heißer als die Hölle.« Langsam schob er sich vor und wurde widerstrebend eingelassen.

Es war, als ginge sein ganzer Unterleib in Flammen auf. Er musste die Zähne zusammenbeißen, so gut fühlte es sich an, doch er schien sie zu verlieren. Ihr Gesicht war panisch, und sie begann unter ihm zu zappeln und gegen seine Brust zu drücken.

»Du bist zu groß. Das klappt nicht.«

Ezekiel widerstand dem Drang, sich einfach tief in ihr zu vergraben und verharrte wieder. »Warte, Schatz. Entspann dich. Atme. Du hältst die Luft an. Gib deinem Körper etwas Zeit, sich anzupassen. Das dauert ein wenig.« Ungeniert setzte er seine Stimme ein und schlug einen leisen, fast hypnotischen Ton an. Normalerweise benutzte er diesen Trick nicht bei Freunden, nur bei den Drillingen und seinen Brüdern. Er hatte die Wirkung dieses besonderen Tonfalls entdeckt, als er noch sehr jung gewesen war, dann wenn seine Brüder Angst gehabt hatten. Es hatte immer funktioniert, und so war es auch diesmal. Bellisia sah ihm zwar noch ängstlich in die Augen, aber sie nickte mehrmals und holte tief Luft.

»Gut, Baby. Weiter so.« Er beugte sich herab und küsste sie auf den Mund, denn sie musste ganz auf ihn konzentriert sein. Dann hob er den Kopf, legte eine Hand auf ihre Brust und suchte mit der anderen nach ihrer Klitoris. »Spür, wie du dich entspannst.« Er zog ihren Nippel in seinen Mund und umkreiste ihn mit der Zunge, bis sein Glied in warmer Flüssigkeit gebadet wurde. »Du schmeckst so gut. Du riechst nach Vanille und Orange, und du schmeckst auch so. Am liebsten würde ich dich auffressen.«

Das stimmte, und er wusste, dass sie es ihm anhörte und dass es ihr gefiel. Sie mochte es, wenn er mit ihr redete. Er schob sich ein Stück weiter vor und stieß an ihr Jungfernhäutchen. Sanft biss er in ihren Nippel, dass sie nach Luft schnappte, stieß zu, nahm ihr die Unschuld und versank in ihr.

»Ezekiel!«, rief sie leise und ängstlich.

»Es ist vorbei, Schätzchen. In ein paar Sekunden tut es nicht mehr weh.« Er versuchte, gegen die glühende Hitze in ihrer Scheide anzuatmen. Sie umklammerte ihn so fest, dass sie ihn fast erwürgte und er kaum noch Luft bekam. Er musste sich bald bewegen, sonst verbrannte er, aber er wollte, dass es schön für sie war. Das war ihm wichtig, und das hieß, dass er zärtlich sein musste, obwohl er sich kaum davon abhalten konnte, auf sie einzuhämmern.

Es dauerte etwas länger, als er gehofft hatte, doch schließlich lockerten sich ihre Muskeln, und die Panik in ihren Augen verschwand. Also stieß er wieder zu, die ersten beiden Male noch langsam und vorsichtig, den Blick auf ihr Gesicht geheftet, um jede Spur von Unbehagen sofort zu bemerken, aber dann bohrten ihre Finger sich in seine Hüften und drängten ihn zu einer härteren Gangart. Schnell erfüllte er ihren Wunsch, ehe sie ihre Meinung ändern konnte.

Er packte sie, drang mit einem schnellen Stoß tief in sie ein und sah zu, wie ihre Haut sich rosig färbte. Das war alles, was er brauchte. Nun nahm er sie mit jedem Stoß etwas heftiger und ließ sich von ihrem Feuer anstecken.

»Herrgott, das ist wie im Paradies, Schätzchen«, brachte er zwischen zusammengebissenen Zähnen hervor, denn er atmete genauso schwer wie sie. Gott sei Dank musste er in seinem Beruf gut in Form bleiben. Das gab ihm Kraft, trotz des Verlangens, sich zu ergießen, denn er wollte nicht, dass das jemals aufhörte.

»Lass dich gehen. Für mich«, raunte er schließlich. »Lass einfach los.« Dann richtete er ihren Körper ein wenig anders aus, sodass er bei jedem Stoß diesen süßen Punkt und ihre Klitoris stimulieren konnte.

Bellisia wimmerte und grub die Finger in seine Hüften, als der Orgasmus wie ein Tsunami über sie hinwegrollte. Ezekiel versuchte sich dagegenzustemmen, doch die erlösende Woge war so stark, dass sie ihn mitriss. Bellisias Muskeln umklammerten ihn wie eine Faust und molken ihn so fordernd, dass sein heißer Samen unaufhaltsam hervorschoss. Strahl um Strahl pumpte er in sie hinein und machte ihre zuckende Scheide noch schlüpfriger und heißer, und schließlich brach er auf ihr zusammen, drückte das Gesicht an ihren Hals und rang nach Luft. Erst dann erinnerte er sich daran, dass er zum ersten Mal im Leben etwas vergessen hatte – das überaus wichtige Kondom.

Doch auch diese Erkenntnis schreckte ihn nicht auf. Er blieb in ihr, tief mit ihr verbunden, und wartete darauf, dass seine rasende Atmung und seine ebenfalls rasenden Gedanken sich beruhigten. Lag einfach da und ließ sie sein Gewicht tragen, während er nach Luft rang. Er wusste, dass er zu schwer für sie war, aber er liebte es, sie unter sich zu spüren, ihre weiche Haut und alles andere zu genießen, das ihm gehörte. Sie protestierte auch nicht, hielt ihn einfach nur fest und atmete flach. Offenbar konnte sie lange, lange Zeit so atmen, wie sie es unter Wasser tat. Er lächelte an ihrem Nacken, nutzte das aus und machte ihr noch einen Knutschfleck.

Ihre Lider flatterten. »Was machst du da?«

»Ich zeichne dich, damit jeder weiß, dass du mir gehörst.«

»Ist das nicht ein bisschen primitiv?«

»Ich fühle mich ja auch recht primitiv.« Ezekiel stützte sich auf die Ellbogen, blieb aber in ihr, er wollte nicht aus seinem Paradies heraus. »Du musst mir erklären, warum du die beiden Männer, die Whitney auf dich angesetzt hat, nicht töten willst. Wobei ich mich besonders für den interessiere, der behauptet, er wäre dein Mann.«

Mit großen Augen sah Bellisia zu ihm auf. Ein Hauch Farbe kroch ihren Nacken empor und machte ihre erhitzte Haut noch röter. Ezekiel strich ihr das dichte Haar aus dem Gesicht. In der kurzen Zeit hatte er fast schon vergessen, wie seidig es sich anfühlte. Sie hielt ihn immer noch in ihrer weichen Umklammerung gefangen. Er bezweifelte, dass sein Glied erschlaffen würde, wenn sie ihn weiter so warm und einladend umfing. Schnell beugte er sich herab und küsste sie, ehe sie ihm irgendwelchen Unsinn auftischen konnte, und ließ nicht locker, bis sie seinen Kuss mit der gleichen Leidenschaft erwiderte. Erst dann hörte er auf und strich mit den Fingerknöcheln über ihre Wange.

»Sag's mir, Baby. Sonst mache ich die ganze Nacht so weiter. Ich liebe es, in dir zu sein.« Er begann, langsam auf und ab zu gleiten, und sah zu, wie wachsendes Verlangen ihre Augen zum Leuchten brachte. »Er ist doch nicht wirklich mit dir verheiratet, oder? Denn wenn es so wäre, könnte es sein, dass du Witwe bist, ehe die Sonne wieder untergeht.«

Wieder flatterten Bellisias Wimpern, dann schüttelte sie den Kopf. »Ich bin nicht mit ihm verheiratet.« Als Ezekiels dicker gewordenes Glied sich erneut an den Wänden ihrer Scheide rieb, schnappte sie nach Luft. »Er war einer von den wenigen Guten. Whitney hat eine kleine Armee von Supersoldaten, die alle irgendwann bei einem der zahlreichen Tests durchgefallen sind. Die, die es nicht ganz geschafft haben.«

Das war Ezekiel bekannt, auch wenn er noch nie gehört hatte, dass jemand diese Männer als *kleine Armee* bezeichnete. »Ich wusste nicht, dass es auch *gute* Supersoldaten gibt. Was bedeutet das in diesem Zusammenhang? Erklär es mir genauer.«

»Ich kann nicht denken, wenn du dich so bewegst«, sagte Bellisia atemlos.

Aber Ezekiel wollte gar nicht, dass sie nachdachte, ehe sie seine Fragen beantwortete, sie sollte sich ganz ihren Gefühlen hingeben und ihm die Wahrheit sagen, ohne lange zu überlegen. »Ich kann nicht mehr aufhören, also wirst du es irgendwie hinkriegen müssen, mit mir zu reden. Ich brauche eine Antwort, Schätzchen.«

Bellisia seufzte und passte sich ergeben seinem ruhigen, fast trägen Rhythmus an. »Gerald und Adam waren beide bei der Marine, in einer Aufklärungseinheit. Gerald hat übersinnliche Fähigkeiten und die psychologische Eignung, aber er ist zu oft angeschossen worden, um den strengen körperlichen Voraussetzungen zu genügen, die Whitney aufgestellt hat, um sicherzugehen, dass seine Schattengänger genetisch weiterentwickelt werden können. Adam hat es geschafft, die körperlichen und psychologischen Tests zu bestehen, aber seine übersinnlichen Fähigkeiten waren nicht gut genug. Er hat ein kleines Talent, das Whitney auch gefördert hat, aber es ist nicht so groß, wie der Doktor es sich für sein Schattengänger-Programm wünscht.«

Ezekiel beugte sich herab und belohnte sie mit einem Kuss auf den Hals. Dann schob er mit dem Kinn ihren Kopf zur Seite, damit er mit den Zähnen über ihren Pulspunkt schaben konnte. Erfreut stellte er fest, dass sein Glied daraufhin wieder in heißer Flüssigkeit gebadet wurde. Sie würde also Spaß an seinen rauen Spielen haben, wenn sie etwas erfahrener war. Bei jedem Auf und Ab wurde er ein wenig steifer, aber er behielt seinen ruhigen Takt bei.

»Erklär mir, was du mit *gut* meinst.«

Wieder schnappte Bellisia unwillkürlich nach Luft und fasste ihn an den Hüften, um ihn anzustacheln. Als das nicht funktionierte, sah sie ihn fragend an, zwang sich aber, seine Frage zu beantworten.

»*Gut* bedeutet, dass er ein Gewissen hat. Die beiden haben uns rücksichtsvoll behandelt, anders als die anderen Soldaten. Mit Respekt. Sie haben sich bemüht uns zu beschützen, wenn sie konnten. Wenn sie uns zu dem meist gehassten Raum auf dem Gelände bringen mussten, dem, in dem Whitney seine wissenschaftlichen Experimente durchführt, waren sie besonders nett zu uns. Sie haben es oft riskiert, seinen Zorn zu erregen, indem sie für uns eingetreten sind und ihm geraten haben, dass es nun genug sei und er uns sonst endgültig schaden würde. Das hat ihn jedes Mal gestoppt.«

Ezekiel hatte sie um diese Erklärung gebeten, doch eigentlich wollte er von keinem der beiden Männer etwas Gutes hören, denn es konnte sein, dass er sie umbringen musste. Die Wahrscheinlichkeit, dass ihm keine andere Wahl bleiben würde, war extrem hoch. Dabei hörte es sich so an, als könnte er diese Männer mögen. »Trotzdem hat Whitney sie auf dich angesetzt. Ich bin sicher, dass sie dich zu ihm zurückbringen wollen.«

»Und ich bin sicher, dass Whitney sie mit mir verpaart hat«, platzte Bellisia heraus. »Ich habe mich nie zu einem von ihnen hingezogen gefühlt, niemals, und ich glaube nicht, dass sie sich von mir angezogen fühlen. Aber kurz bevor ich ihnen in Shanghai entkommen bin, habe ich gehört, wie Whitney ihnen aufgetragen hat, mich nach Italien zu bringen, wo er die Frauen hinschickt, mit denen er züchten will. Bestimmt hat er gedacht, wenn er uns verpaart, würden wir uns nicht mehr trennen wollen. Er hat die ganze Zeit davon geredet. Er versteht nicht, dass man sich körperlich zueinander hingezogen fühlen kann, ohne eine emotionale Verbindung zu haben.«

Ezekiel schloss die Augen, lehnte seine Stirn an ihre und verharrte tief in ihr, umgeben von lebendiger Seide. »Wenn du sie nicht umbringen kannst, dann hast du definitiv eine emotionale Verbindung mit ihnen, Schätzchen«, sagte er leise.

»Ja, aber nicht so, wie du denkst«, gestand Bellisia und schlang die Arme um seine Taille. »Ich habe nicht gesagt, dass ich sie nicht umbringen könnte, nur, dass ich es nicht gern täte. Es würde mir schwerfallen. Ja. Es würde mich verfolgen, weil das eigentlich gute Kerle sind. Aber wenn es um dein Leben ginge oder das der Drillinge? Nonnys? Dann würde ich sie töten.«

Ihre Stimme klang so hart, dass es Ezekiel fast schockierte.

»Ich dachte, es wäre unmöglich, jemanden zu töten, mit dem man verpaart worden ist. Schau dir doch Violet und Whitney an. Sie ist in den Hangar gegangen, in dem ihr hirntoter Mann lag, und hat ihm auf Whitneys Befehl hin den Stecker gezogen. Dann ist sie mit Whitney wieder herausgekommen, und die Menschen, die das gesehen haben, haben erzählt, dass sie die Finger nicht von ihm lassen konnte.«

»Aber Violet hasst ihn. Meiner Meinung nach aus einer Reihe von Gründen, aber in erster Linie, weil er angefangen hat, bei den anderen Frauen Reptilien- und Insekten-DNA zu verwenden, obwohl er sie mit Schattengänger verpaart hat. Sie hat andere Talente, deshalb müssen wir ihrer Meinung nach alle sterben. Sie will die Beste sein, die Beliebteste und die Mächtigste.«

»Sie ist ein gemeines Biest. Sie hat die Frauen in Whitneys Lager einfach im Stich gelassen, sodass er sie wie Zuchtstuten benutzen kann, um Babys zu bekommen, mit denen er weiter experimentieren kann.« Ezekiel spürte, wie der vertraute finstere Zorn in ihm aufstieg, der ihn dazu trieb gewalttätig zu werden.

»Richtig, und sie will die Einzige sein. Deshalb muss sie in eine Position kommen, in der sie Whitney aufhalten und eliminieren lassen kann. Sie ist bereits drauf und dran, eine eigene Armee aufzustellen.«

Bellisia begann mit einer faszinierend langsamen Erkundung seiner Pobacken, die Ezekiel heftig erregte. Sein Herzschlag dröhnte in seinen Ohren und das Blut in seinen Adern war heiß wie Feuer. Sie brauchte ihn nur ganz leicht zu streicheln und schon war er wieder verloren. Ihre Fingerspitzen und die warme Faust, in der er steckte, raubten ihm den Atem.

»Bis du sicher?« Er schaffte es kaum, die Worte herauszubringen. Irgendwie war es Bellisia gelungen, den Spieß umzudrehen und ihn von dieser nun wirklich wichtigen Befragung abzulenken. Kein Mann hörte es gern, wenn seine Frau sich von anderen Männern körperlich angezogen fühlte. Vielleicht musste er die zwei allein deswegen umbringen.

»Absolut sicher. Sie hat Whitney mehrmals mit ihren Söldnern besucht. Whitney hat sie ihr selber besorgt, wohl in der Hoffnung, dass sie ihm dann treu bleiben würden, aber er hat vergessen, wie hypnotisierend ihre Stimme ist. Diese Kerle fressen ihr aus der Hand.«

»Wenn sie ihn tot sehen will, warum hat sie ihn dann nicht bei diesen Gelegenheiten getötet?« Bellisias Finger trieben ihn in den Wahnsinn. Sie würde ihn noch umbringen mit den Gefühlen, die sie hervorrief. Obwohl er sich vorgenommen hatte, sie ausruhen zu lassen, wurde sein Verlangen immer stärker. Dabei brauchte er im Moment seinen Verstand, doch seinen Körper schien das nicht zu interessieren.

»Wie hätte sie das anstellen sollen? Whitney hat schon seit einiger Zeit den Verdacht, dass sie gegen ihn arbeitet, deshalb achtet er darauf, dass immer eine Schusswaffe auf ihren Kopf gerichtet ist. Hin und wieder sorgt er dafür, dass Leute einfach verschwinden, und sie weiß das.« Bellisia hob den Kopf und küsste ihn auf den Hals. Dann wanderten ihre Lippen an seiner Brust hinunter, und sie leckte über seine linke Brustwarze.

»Baby, das ist wichtig.« Gott sei Dank klang er nicht ganz so angespannt, wie er war. Sie mussten über Violet reden, aber eigentlich hätte er gern mehr über Gerald und Adam erfahren. »Was genau hat Violet mit Cheng besprochen?« Er schaffte es nicht, sein Glied daran zu hindern, immer größer zu werden. Die Aussicht auf einen großartigen Ritt, der ihn in ungeahnte Höhen führen würde, ließ ihn etwas schneller werden.

»Sie hat die Vereinigten Staaten verraten, das Schattengänger-Programm und speziell eure Einheit. Als ich die Drillinge und Cayenne und Pepper gesehen habe, ist mir klar geworden, warum gerade euch. Die fünf sind der Inbegriff dessen, was sie verachtet. Sie wird niemals aufhören, sie zu jagen. Mehr als auf alles andere, mehr als auf dich oder Whitney, hat sie es auf diese Kinder und Frauen abgesehen.« Stöhnend stieß Bellisia den Atem aus und bearbeitete seine Pobacken etwas heftiger.

Sie musste wund sein. Er war ziemlich groß. Und es war ihr erstes Mal, aber selbst das konnte ihn nicht aufhalten, nicht, wenn sie ihn so aufreizend streichelte, dass jede Zelle in seinem Körper Feuer fing.

Er konnte nicht mehr sprechen, er wollte nur noch den wilden Drang befriedigen, den sie in ihm geweckt hatte. Er war wie besessen von ihr. Wieder verlor er sich in ihr, und seine grimmige Wut, das Bedürfnis, auf irgendetwas einzuschlagen, wurde mit allem anderen von diesem Feuer verzehrt. Der Brand war außer Kontrolle. Nicht mehr einzudämmen. Magisch. Er konnte nicht mehr an sich halten und nahm sie, wie er wollte, wie ihre Finger es forderten.

So hatte er sich noch nie gehen lassen. Sie brachte ihn dazu, sie befreite ihn von den schrecklichen Dingen, die er vor seinen Brüdern verborgen hatte, den Kämpfen, auf die er sich eingelassen hatte, um Geld zu bekommen, damit er sie ernähren und vor den größeren Straßenkindern und den Pädophilen schützen konnte, die auf der Suche nach Jungs, die zu jung und zu klein waren, um sich zu wehren, durch die Gassen streiften. Sie befreite ihn von all diesen Kämpfen und dem Blut und den vielen Menschen, die er trotz seines Eids, Leben zu retten, getötet hatte.

Ihre leisen Schreie und ihr atemloses Keuchen waren wie Musik in seinen Ohren. Unersättlich drang er wieder und wieder in diese heiße, seidene Scheide ein, die ihn so herrlich molk, dass er nie wieder aufhören wollte. Dann sagte sie seinen Namen. *Ezekiel.* Nur das. Und er wusste, dass sie so weit war. Sie umklammerte ihn so fest und zugleich zärtlich, wie er es niemals für möglich gehalten hätte, und nahm ihn mit an einen Ort, von dem er nie wieder wegwollte.

Er drückte das Gesicht an ihren Hals, ließ sich mit seinem ganzen Gewicht auf sie fallen und prägte sich die Konturen ihres Körpers ein. Still wartete er darauf, dass sie ihn von sich herunterschob. Er war viel zu schwer und wollte sie nicht erdrücken, aber er konnte nicht anders, er wollte einfach nur diesen Frieden genießen.

Als er sich widerwillig auf den Ellbogen abstützte, stellte er entsetzt fest, dass Bellisia Tränen in den Augen hatte. Die Zeit schien stehen zu bleiben. Sein Herz klopfte heftig. »Oh mein Gott, Schatz, habe ich dir wehgetan?« Er war ruppig gewesen. Zu ruppig. Er hätte sanfter mit ihr sein sollen.

Bellisia schüttelte den Kopf, doch das brachte weder die Tränen in ihren langen Wimpern zum Verschwinden noch die in ihren aufgewühlten blauen Augen.

»Entschuldige, Schatz, ich habe einfach die Kontrolle verloren. Du bist unglaublich eng und …« Was sagte ein Mann zu seiner Frau, wenn er so verflucht selbstsüchtig gewesen war, dass er vergessen hatte, dass sie erst zum zweiten Mal mit jemand schlief? Und dass das erste Mal gerade mal eine halbe Stunde her war?

»Ich bin etwas wund«, gestand sie, »aber es fühlt sich gut an. Vielleicht kann ich ein paar Tage nicht richtig laufen, und ich glaube, ich werde noch sehr lange das Gefühl haben, dass du in mir steckst, aber das gefällt mir.«

Ezekiels Herz zog sich zusammen. Verdammt, es hatte ihn wirklich schwer erwischt. »Warum weinst du dann?«

Bellisia leckte sich über die Lippen. »Weil es so schön war. Ich habe nicht gewusst, dass es sich so anfühlt und dass ich dich so gern haben würde.«

Ezekiel nahm ihr Gesicht in beide Hände. »Es gibt kein Zurück mehr, Bellisia.« Mit den Daumen strich er ihr die Tränen von den Wangen. »Ich will, dass das zwischen uns ganz klar ist. Ich habe dir alles gegeben. Alles von mir. Vielleicht war ich nicht so sanft, wie ich es hätte sein sollen, aber das ist meine Natur. Ich habe mein Herz in deine Hände gelegt, Schatz. Bitte geh vorsichtig damit um. Keine andere Frau hat es je bekommen, und ich werde es nicht noch mal verschenken.«

»Aber was ist mit Whitney? Der Gefahr für die Kinder, Pepper und Nonny? Wenn ich bleibe …«

»Du bleibst. Das ist längst entschieden, sonst würden wir hier nicht so liegen. Wir beide möchten zusammen sein.« Wieder setzte er schamlos seine Stimme ein. Schluss mit den Nettigkeiten. Bellisia würde nirgendwo hingehen.

Sie lachte leise. »Ich glaube, ich sollte dir besser sofort sagen, dass ich deine Stimme zwar ganz toll finde, aber nicht so darauf reagiere wie die meisten Menschen. Auch Violets Stimme beeindruckt mich nicht. Deshalb hat Whitney immer mich damit beauftragt, sie auszuspionieren. Also kannst du dir diesen Ton sparen. Ich würde gern bleiben. Ich habe dir versprochen, auf dich zu warten, weil ich mit dir zusammen sein *möchte.*«

»Dann hör auf, darüber nachzudenken, wann du am besten verschwindest. Du bist meine Frau, und das heißt, wir alle zusammen – meine Familie, Nonny, Pepper, die Drillinge, Cayenne und die Männer – werden uns überlegen, wie wir mit den Gefahren umgehen, die auf uns zukommen. Whitney und Violet haben beide Soldaten auf uns gehetzt. Und wir haben sie ihnen in Leichensäcken zurückgeschickt. Hast du mich verstanden, Baby? Dann sag es.«

Bellisia nickte und ließ die meerblauen Augen liebevoll über sein Gesicht schweifen. »Ja, habe ich, Ezekiel. Ich gehe nicht weg. Also, außer vielleicht in die Badewanne. Ich muss mich jetzt ungefähr eine Stunde ins Wasser legen. Es tut mir leid, aber das hilft, wenn ich wund bin.«

Ezekiel küsste sie sanft auf die Lippen und glitt dann langsam aus ihr heraus. Sie zuckte leicht zusammen, obwohl sie versuchte, es vor ihm zu verbergen, doch natürlich bemerkte er es. Er registrierte alles an ihr, jeden Gesichtsausdruck, jede Bewegung. Er war ein Jäger, ihm entging so gut wie nichts. Sein Gedächtnis speicherte alles, was um ihn herum war, und konnte es bis ins kleinste Detail wiedergeben.

»Meine Brüder und ich haben die Grundstücke gekauft, die hinten an das Land der Fontenots grenzen. Dort bauen wir dann Häuser. In unserem werden wir wohl einen Whirlpool brauchen, der so groß ist, dass wir beide darin schlafen können, weil ich nicht allein schlafen will.«

Bellisia blinzelte verwundert, was seine Aufmerksamkeit wieder auf ihre dichten Wimpern lenkte. Sie waren an den Enden leicht nach oben gebogen und umgaben ihre unglaublichen Augen mit diesem wunderbaren bläulichen Ring. Er neigte sich herab und küsste Bellisia noch einmal, er konnte nicht anders. Dann rollte er sich von ihr herunter.

»Ich bin gern im Wasser. Ich brauche das.«

Ezekiel lachte leise. »Das habe ich begriffen, Schatz. Glaubst du etwa, ich mache Witze? Wenn du so viel im Wasser sein musst, will ich bei dir sein.«

»Aber ich *schlafe* doch nicht im Wasser«, sagte Bellisia abwehrend. Dann runzelte sie die Stirn. »Na ja, wenn ich ganz ehrlich bin, ist es schon vorgekommen, aber es muss nicht sein. Ich liege genauso gern im Bett wie alle anderen Menschen.«

Ezekiel schüttelte den Kopf. »Ich lasse die Wanne volllaufen. Aber wehe du schläfst ein.« Er sah, dass Bellisia fast die Augen zufielen, doch er wollte gern weiter mit ihr reden. Über den Mann, der behauptete, ihr Ehemann zu sein. Den, den sie nicht umbringen wollte, obwohl er ihr nachstellte und vorhatte, sie wieder zu Whitney zurückzubringen.

Auf nackten Füßen tappte er ins Bad, stellte das Wasser an und prüfte die Temperatur, ehe er wieder zu Bellisia zurückging. Sie lag auf der Seite, den Kopf auf eine Hand gestützt, und sah ihm entgegen. Die Bettdecke reichte ihr bis zur Taille, sodass er die Zeichen seiner Eroberung auf ihren Brüsten und ihrem Hals sehen konnte. Auf den Innenseiten der Schenkel musste sie auch welche haben. Er hatte sich wie ein Teenager benommen und sollte sich eigentlich schämen, stattdessen grinste er zufrieden.

»Was ist?«

»Du siehst aus, als würdest du mir gehören.«

»Es ist ja auch so.«

Das Grinsen verschwand. »Das solltest du besser nie vergessen, Süße.«

»Ich schätze, ich habe genug Flecken am Leib, die mich daran erinnern, falls ich plötzlich das Gedächtnis verlieren sollte.«

Ezekiel hob eine Braue. »Schon wieder so angriffslustig. Anscheinend habe ich dich nicht müde genug gemacht. Nächstes Mal sorge ich dafür, dass du völlig erschöpft bist.« Diese Frau brachte ihn ständig zum Lachen. Dabei konnte er sich gar nicht mehr daran erinnern, wann er zuletzt grundlos gelacht hatte, einfach nur, weil er glücklich war.

»Ich glaube, du hast genug getan. Ich kann nicht mehr gehen, nicht mal bis ins Bad, obwohl ich mich danach sehne, im Wasser zu liegen.«

»Ist das eine versteckte Aufforderung, dich hinzutragen?«

»Wenn es dir nichts ausmacht.« Bellisia warf die Decke beiseite und rutschte an die Bettkante.

Er hatte recht gehabt, auch an den Innenseiten ihrer Schenkel hatte er seine Male hinterlassen. Als er sie auf die Arme nahm, musste er wieder grinsen. »Du bist leicht wie eine Feder.«

»Ich glaube, das liegt an meinem Knochenbau. Ich bin auch sehr biegsam.«

»Das solltest du besser nicht sagen, wenn ich gerade an Sex denke.«

»Denkst du nicht immer an Sex?«

»Also, wenn du schon damit anfängst, sollten wir uns vielleicht überlegen, wie wir das nutzen könnten. Es gibt viele verschiedene Stellungen. Wir sollten sie mal ausprobieren.«

Bellisias Lachen verschlug ihm den Atem.

»Küss mich«, befahl er drängend. Er hatte nie damit gerechnet, einmal eine eigene Frau zu haben, jedenfalls keine, bei der er sich sicher war, dass sie eine echte Partnerin sein würde. Bellisia brauchte ihn nicht, sie konnte selbst auf sich aufpassen, aber er würde trotzdem auf sie achten. Er liebte ihre Stärke und dass er sich keine allzu großen Sorgen machen musste, wenn er fort war. Okay, er würde sich dennoch sorgen, doch tief im Innern wusste er, dass sie mit allen eventuellen Problemen fertig werden würde.

Ohne zu zögern, brachte Bellisia ihr Gesicht an seines heran, schlang einen Arm um seinen Nacken und zog seinen Kopf zu sich herunter. Ihre Lippen waren kühl und weich. Wie ihre Haut. Seine Frau schien komplett aus Seide zu bestehen, doch ihr Mund war fast so heiß wie ihre süße kleine Scheide und schmeckte ebenfalls nach Vanille und Orange. Er überließ ihr die Führung und ließ sich von ihrer Zunge erkunden, die scheuer als erwartet war. Auch das liebte er, diesen Hauch von Verletzlichkeit, den sie anderen nicht zeigte. Nur ihm, und er würde sie dafür belohnen.

Als sie sich wieder von ihm löste und ihn anschaute, sah er eine erste Spur von dem, was er bei ihr sehen wollte. In ihren Augen. Liebe. Das machte ihn unendlich dankbar. Sie wusste es vielleicht noch nicht, aber er sah ihr an, dass sie ihn liebte. Er legte sie in die Wanne, stieg hinter ihr hinein und zog sie zwischen seine Beine, damit sie den Kopf an seine Brust betten konnte. Sobald sie sich an ihn lehnte, spürte er den Energieschub, der sie wie ein Zittern durchlief.

Er schaute auf sie herunter, und obwohl er immer noch kein Licht angemacht hatte, konnte er sehen, wie ihre Haut das Wasser aufnahm, es förmlich aufsaugte wie ein Schwamm.

»Dann erzähl mir mal, was wir deiner Meinung nach mit deinem Freund Adam und deinem angeblichen Ehemann Gerald machen sollen.«

Entnervt sah Bellisia ihn über die Schulter an. »Sprich nicht in diesem Ton von ihnen. Gerald hat bei dir anscheinend keine Chance?«

»Genau.« Ezekiel sah keinen Grund, es zu leugnen. »Und der andere auch nicht. Sie sind gekommen, um dich zu ihrem Herrn und Gebieter zurückzuholen. Du kannst mir ruhig erzählen, wie wunderbar sie sind, aber Tatsache ist, sie wollen dich wieder zu Whitney bringen, und das lasse ich nicht zu.«

»Wenn sie das nächste Mal kommen, könnt ihr ja einfach sagen, dass ich nicht da bin, vielleicht suchen sie dann weiter. Joe hat mir gesagt, dass ihr die beiden Peilsender, die Whitney mir eingepflanzt hat, in einen anderen Teil des Bayous gebracht habt, damit die beiden von hier weggelockt werden.«

»Das wird sie nicht lange täuschen, und das weißt du.« Ezekiel goss flüssige Seife in seine Hand und begann ihre Schultern und Arme einzureiben. »Sie werden herausfinden, dass wir Schattengänger sind und dass wir dich verstecken.«

»Aber wenn du sie tötest, schickt Whitney andere.«

»Vielleicht. Vielleicht auch nicht. Manchmal macht er auch einen Rückzieher.« Ezekiel wusch die Seife wieder ab.

Bellisia seufzte, nahm eine Handvoll Wasser und sah zu, wie es langsam wieder in die Badewanne rann. »Ich möchte nur, dass du zuerst mit ihnen redest. Ich glaube nicht, dass sie für jemand anders als mich eine Bedrohung sind …«

»Was soll das heißen?« Ezekiel hätte sie gern geschüttelt. »Ich werde dein Leben nicht riskieren.«

»Es nicht dein Risiko, es ist meins.«

Nun packte er sie wirklich bei den Schultern und schüttelte sie leicht. »Ist das dein Ernst? Was glaubst du, was wir beide hier tun? Das ist etwas Festes. Das mit dir und mir. Wir werden uns ein Leben aufbauen. Eine Familie sein. Eine *gründen*. Zumindest habe ich das vor. Ich dachte, du willst dasselbe.«

»Will ich auch, Ezekiel. Ich wünsche mir auch ein gemeinsames Leben. Aber wenn ich nicht will, dass dieses Leben damit anfängt, dass zwei nette Männer getötet werden, ist das kein schlechtes Zeichen, sondern ein gutes.«

Zischend stieß Ezekiel den Atem aus. Er hasste es, dass sie sich so vernünftig anhörte. Vielleicht war er, was Gerald und Adam anging, tatsächlich ein wenig zu blutrünstig. »Was soll ich denn deiner Meinung nach tun? Sie zu einem Essen bei Nonny einladen?«

Bellisia schien über seine sarkastisch gemeinte Bemerkung ernsthaft nachzudenken. Ezekiel seufzte. »Das war nur ein Spaß.«

Sie lehnte sich wieder an ihn. »Mag sein, aber vielleicht wäre es genau das Richtige. Vielleicht können wir sie anwerben. Sie mögen Whitney genauso wenig wie wir.«

»Bist du verrückt geworden? Selbst wenn sie beschließen, sich mit uns zusammenzutun, woher sollen wir wissen, ob sie es wirklich ernst meinen oder uns nur ausspionieren?«

»Woher hast du denn gleich gewusst, dass ich die Wahrheit sage? Deine Leute jedenfalls haben mich immer wieder verhört.«

Ezekiel strich über ihren Brustkorb. Er fühlte sich sehr klein und zart an, dieser weiche Frauenkörper, der so hinreißend schön war. Er umfasste Bellisias Brüste und berührte die Male, die er auf den sanften Rundungen hinterlassen hatte. Sie gab nicht nach. »Sich mit dir zu streiten ist reine Zeitverschwendung, oder?«

Wieder lachte Bellisia, und diesmal traf es ihn direkt ins Herz. »Ja. Am besten du gewöhnst dich dran, Schatz.«

14

»DU ENTDARMST DIE SHRIMPS, Bella. Die brauchen wir für den Eintopf«, sagte Nonny und legte nach: »Du wirst es nicht glauben, aber wir machen ein Shrimp-Gumbo, und dazu braucht man Shrimps.«

Pepper und Cayenne begannen zu lachen, und die Drillinge, die alle drei mit völlig gleich aussehenden Schürzen auf Stühlen standen, kicherten mit.

Bellisia versuchte sie finster anzuschauen, aber die Szene war so lustig, dass sie es nicht schaffte, nicht zu lächeln, als sie Nonnys Anweisungen folgte. Normalerweise aß sie keine Meerestiere. Nicht weil sie Tintenfisch-DNA hatte, sondern hauptsächlich, weil sie total verrückt danach war und bislang vermieden hatte, irgendwelchen Gelüsten nachzugeben – bis Ezekiel gekommen war.

Sie bemühte sich, ein Gähnen zu unterdrücken, das dritte in der letzten Viertelstunde, aber es gelang ihr nicht. Sie war nun seit zwei Wochen mit Ezekiel zusammen, und ihr Tagesablauf verlief nach einem Muster, das ihr sehr gut gefiel, nur dass sie immer müde war, weil Ezekiel sie meist drei- oder viermal pro Nacht weckte. Na gut, zweimal, aber er ging nie ohne Sex ins Bett und stand auch nie ohne auf. Manchmal, wenn sie wach wurde, war sein Mund schon auf ihr, und manchmal hatten sie Sex in der Dusche. Er war sehr einfallsreich, und sie hatte das Gefühl, dass sie erst an der Oberfläche seiner Kreativität gekratzt hatten.

»Wenn du noch mal gähnst, ziehe ich diesem Mann die Ohren lang«, sagte Nonny.

Pepper und Cayenne fielen fast um vor Lachen. Bellisia lief knallrot an, und die Drillinge wechselten fragende Blicke.

»Du willst ihm die Ohren lang ziehen?«, fragte Ginger.

»Wie meinst du das?«, sagte Thym.

»Das möchte ich auch mal bei jemandem machen«, warf Cannelle ein.

»Ich meine, dass Onkel Ezekiel Bella die ganze Nacht wachhält, sodass sie zu müde für ihre Kochstunde ist, deshalb will ich ihm die Ohren langziehen.«

»Aber das tut ihm doch weh«, sagte Ginger und legte die Hände über die Ohren.

»Ich möchte nicht, dass du das mit Onkel Ezekiel machst«, protestierte Thym.

»Ich glaube nicht, dass Nonny das wirklich tun würde«, meinte Cannelle ein wenig unsicher. »Oder, Nonny?«

»Nein, Baby, ich würde es nicht tun, ich würde ihm nur damit drohen«, erklärte Nonny ihr freundlich. »Eigentlich ziehe ich Bella nur ein wenig auf. Jetzt helft ihr bitte alle, die Shrimps vorzubereiten. Wir brauchen zwei Pfund.«

Die Drillinge beobachteten die Frauen und versuchten dann zu helfen. Bellisia fiel auf, dass niemand sie davon abhielt, Nonny erklärte ihnen sogar mehrmals geduldig, wie man den Darm herausholte, was gut war, weil sie es selbst noch nie gemacht hatte.

»Nun braten wir die Wurst in der Pfanne an. Meistens nehme ich ein Pfund, aber diesmal sind es anderthalb, weil mehrere Jungs zu Hause sind.« Nonny nahm einen großen gusseisernen Kochtopf und stellte ihn auf den

Herd. »Auf mittlere Hitze, sonst brennt die Mehlschwitze an. Ihr müsst gut aufpassen und ständig rühren. Falls ihr schwarze Flecken seht, müssen wir noch mal von vorne anfangen. Nehmt eine Tasse gutes Pflanzenöl. Wenn es heiß genug ist, gebt ihr nach und nach eine Tasse Mehl dazu und rührt die ganze Zeit. Komm, Bella, versuch es mal«, sagte sie, ohne den Quirl aus der Hand zu legen, mit dem sie das Anbrennen der Soße verhinderte.

»Beim ersten Mal habe ich es vermasselt«, vertraute Pepper Bellisia an. »So richtig. Der ganze Topf ist schwarz geworden.«

Wegen der drei kleinen Mädchen, die ihre Stühle herangezogen hatten, um in den Topf zu schauen, war es etwas schwierig, nah genug an den Herd heranzukommen, um Nonny den Quirl abzunehmen, doch Bellisia nahm sich ein Beispiel an Nonny und beschwerte sich nicht. Offenbar war Nonny der Ansicht, dass man Kindern immer erlauben sollte dazuzulernen, ganz egal, wie schwierig etwas durch ihr Dabeisein wurde.

Bellisia war gut im Nachahmen, und wenn sie jemandem bei etwas zuschaute, konnte sie es ganz genau nachmachen, also fiel es ihr leicht, das Mehl richtig mit dem Öl zu verquirlen.

Cayenne schnitt ihr eine Grimasse. »Angeberin.«

Nonny schlug mit einem Trockentuch nach Cayenne und traf sie am Po. Als Cayenne laut aufjaulte, brachen die Drillinge in Gelächter aus. »Das ist großartig, Bella. Achte nicht auf Cayenne. Sie hat meine Küche schon mal in Brand gesetzt.«

Die drei Mädchen wären vor Lachen fast vom Stuhl gefallen, und Cayenne wickelte sie rasch in Netze ein, um das zu verhindern. »Ihr kleinen Nervensägen, ich hänge euch kopfüber an einem Baum auf, damit die Spinnen was zu essen haben.«

Fast wäre Bellisia der Quirl in die goldbraune Mehlschwitze gefallen. Sie hatte bereits gehört, dass Cayenne Spinnennetze machen konnte, aber noch nie gesehen, wie geschickt sie mit einer schnellen, kleinen Handbewegung jemanden darin einwickelte.

»Alles in Ordnung, Bella«, sagte Ginger, während sie die Spinnenfäden zerriss. »Cayenne sagt das immer, aber sie tut es nicht.« Die beiden anderen Mädchen nickten ernst und befreiten sich ebenfalls aus ihren Netzen. Anscheinend wollten sie nicht, dass Bellisia sich Sorgen machte.

»Fertig«, sagte Nonny, die den Topf nicht aus den Augen gelassen hatte. »Nun fügst du zwei Tassen gehackte Zwiebeln und je eine Tasse gehackten Sellerie und Paprika hinzu. Ich tu auch gern noch Frühlingszwiebeln dazu, deshalb hat Ginger mir zwei Tassen kleingeschnitten. Danke, Ginger, das hast du prima gemacht.«

Bellisia liebte es, dass Nonny die Mädchen so lobte. Ginger wirkte sehr erfreut, und die anderen beiden Mädchen lächelten ihre Schwester voller Stolz an.

»Ich habe den Knoblauch gehackt«, sagte Thym. »Nicht wahr, Nonny? Eine Vierteltasse.«

»Ja, das hast du, Schätzchen, und zwar genau richtig. Bella, tu den bitte auch in den Topf. Und rühr die Wurst ein, während Pepper uns ein halbes Pfund Bacon anbrät. Achte darauf, ihn danach auf ein Papiertuch zu legen, damit das Fett aufgesaugt wird, so wie wir es auch bei der Wurst gemacht haben.«

»Langsam kann ich das immer besser, Bella«, sagte Pepper, »aber ich habe eine ganz Weile dafür gebraucht. Malichai und Mordichai lästern die ganze Zeit über mich, weil mir so viel angebrannt ist.«

»Am besten lernt man, indem man etwas tut, richtig, Nonny?«, fragte Ginger.

Bellisia lächelte über ihren Tonfall und ihren Akzent. Die Mädchen ahmten Nonny inzwischen oft nach, und das war gut so. Für Bellisia gab es kein besseres Vorbild. Nonny brachte allen drei Frauen bei, wie man Kinder in einer liebevollen Umgebung großzog, damit sie sich gut entwickeln konnten.

»Richtig, Ginger. Cayenne, wir brauchen das Krebsfleisch. Insgesamt geben wir anderthalb Pfund dazu. Cannelle hat mir dabei geholfen, es zu waschen und zu würfeln. Vielen Dank, Schätzchen, du hast es genau richtig gemacht.«

Das war noch etwas, was Nonny immer tat – sie dankte den Mädchen für alles, was sie für sie machten. Manchmal stieß sie schreckliche Drohungen aus, aber bei den Kindern wurde sie niemals laut. Sie hatte immer Geduld mit ihnen und auch mit den Männern, die ständig in die Küche kamen, um etwas Essen zu stibitzen und sie mit einem Kuss auf die Wange zu ärgern.

»Pepper, gib jetzt den Bacon in den Topf. Und du rührst weiter, Bella. Dann lassen wir das Ganze noch etwas kochen. Cayenne, hast du den Fischfond fertig? Drei Liter? Er sollte sehr heiß sein.«

»Ja, Ma'am«, sagte Cayenne.

»In einer Minute fängst du an, den Fond in den Topf zu füllen. Bella, du rührst immer weiter. Ich mache meinen Fond selber, das Rezept kann ich euch später geben. Nicht aufhören, Bella, sonst ist das Essen ruiniert«, sagte Nonny warnend.

Vorsichtig rührte Bellisia den Fischfond unter die Mischung im Topf. Sie hatte Angst, etwas falsch zu machen, aber es gelang ihr, keine Klumpen entstehen zu lassen. Unwillkürlich lächelte sie, als Nonny sich lobend äußerte. »Jetzt reduzieren wir die Hitze, damit der Eintopf leise vor sich hin köchelt, und stellen die Schaltuhr auf dreißig Minuten. Dann können wir draußen auf der Veranda Erdbeer-Limonade trinken, bevor wir den Gumbo fertig machen und den Abend genießen. Wenn wir zurückkommen, würzen wir ihn. Bella, du solltest die Krebswürfel und die Shrimps noch einmal sorgfältig vermischen. Manchmal tu ich auch Austern in den Gumbo, aber diesmal nicht.« Sie stieß Bellisia leicht in die Seite. »Im Schlafzimmer ist auch so schon genug los.«

Das sorgte für eine neue Lachsalve. Pepper und Cayenne hoben jeweils ein kleines Mädchen von seinem Stuhl. Bellisia tat es ihnen nach und nahm Cannelle in die Arme, ließ das Kind einmal durch die Luft schwingen und stellte es auf dem Boden ab. Die Kleine klammerte sich an sie, als die Küche sich um sie drehte, und lief dann hinter ihren Schwestern her auf die vordere Veranda.

Das schien der beliebteste Treffpunkt zu sein. Jeden Abend vor dem Schlafengehen wiegten die Erwachsenen die Drillinge dort auf den Knien. Manchmal erzählten sie dabei Geschichten, und manchmal wurde auch gesungen. Hin und wieder spielten sie sogar irgendwelche Spiele, Hauptsache, sie verbrachten Zeit miteinander. Die Männer hatten keine Scheu dazuzukommen. Tagsüber arbeitete Ezekiel mit seinem Bruder und ein paar Männern an seinem Haus, aber am Abend kam er wieder, nahm sie in die Arme und rieb die Nase an ihrem Nacken, bis Nonny der Kragen platzte und seine Schattengänger-Freunde vor Lachen brüllten. Selbst Donny war einmal herübergekommen und hatte sich abends dazugesellt.

Bellisia gefiel es, dass die Kinder niemals ausgeschlossen wurden. Die Erwachsenen schirmten sie nicht vor den Gefahren im Sumpf ab, sondern fuhren ganz im Gegenteil immer wieder mit ihnen hinaus, um sie auf Pflanzen, Tiere oder mögliche Gefahren aufmerksam zu machen. Sogar Donny brachte ihnen bei, wie man dort überlebte.

»Sag mal, weißt du eigentlich, dass Mütter Babys bekommen können?«, fragte Ginger, als Bellisia sich auf die Verandatreppe setzte.

»Nein, Ginger«, verbesserte Thym, »Frauen kriegen Babys, und danach sind sie Mütter.«

»Das habe ich doch gemeint, Thym.« Wütend starrte Ginger ihre Schwester an. »Ist es nicht unhöflich, jemanden zu unterbrechen, Mommy?«

»Ich habe dich nicht unterbrochen. Ich habe gewartet, bis du fertig warst«, verteidigte sich Thym.

»Es geht *darum*«, sagte Ginger immer noch wütend, »dass ich wissen möchte, ob Bella ein Kind bekommt.«

Bellisia hätte fast einen Mundvoll Limonade ausgespuckt.

»Wäre Onkel Ezekiel dann der Vater?«, fragte Cannelle.

Pepper und Cayenne stießen sich gegenseitig in die Rippen. »Besser wär's«, sagte Pepper. »Sonst würde Bella einiges erklären müssen.« Die beiden Frauen kringelten sich vor Lachen.

»Nein, ich bekomme kein Baby«, sagte Bellisia. »Euer Onkel und ich haben uns doch gerade erst kennengelernt. Es wäre zu früh …« Sie runzelte die Stirn und verstummte. Sie hatten nicht gerade gut verhütet. Sie hatte nicht daran gedacht. Schließlich war es nicht so, als hätte

Whitney Antibabypillen verteilt. Die Frauen wurden nachts in den Schlafsälen eingeschlossen. Nur die, die nach Italien gebracht wurden, um dort an den Experimentreihen teilzunehmen, mussten auf eine Schwangerschaft gefasst sein. Sie musste sofort mit Ezekiel darüber reden. Wie hatten sie nur beide etwas derart Wichtiges vergessen können? Sie hatte nie daran gedacht, dass ihre Nächte Folgen haben könnten, obwohl die Drillinge direkt vor ihrer Nase der Beweis dafür waren.

»Ist was, Bella?«, fragte Nonny leise, während sie Asche aus ihrer geliebten Pfeife klopfte. Ihr Mann hatte sie ihr vor vielen Jahren geschnitzt, und sie trug sie immer bei sich. Der Tabak, den Nonny rauchte, hatte einen würzigen Duft, den Bellisia nie vergessen würde. Sie fand ihn so tröstlich.

»Nein, nichts. Ich muss nur so viel lernen. Als ich eingesperrt war, hatte ich kein eigenes Leben. Ich konnte keine Entscheidungen treffen, alles wurde von anderen bestimmt. Es ist sehr seltsam, endlich Verantwortung für sein Leben übernehmen zu können, und es gibt so vieles, was ich nicht richtig mache oder zu tun vergesse.«

Cannelle schob ihre Hand in Bellisias und sah mit großen Augen zu ihr auf, ihr Gesichtsausdruck war sehr feierlich, ihr Blick ernst. »Ich helfe dir, Bella. Als wir in Daddys Haus gekommen sind, haben wir auch nicht gewusst, was wir tun sollen, aber Nonny hat Mommy und mir und meinen Schwestern geholfen. Jetzt kann ich dir helfen.« Sie legte die Stirn in Falten und schaute auf Bellisias Füße. »Ich habe immer vergessen, Schuhe und Strümpfe anzuziehen. Wir sind gern barfuß gelaufen, aber Nonny hat gesagt, das ist in einem Sumpf nicht gut. Ich werde dich daran erinnern, Schuhe zu tragen.«

Bellisia drückte sie. »Danke, Schätzchen. Das ist sehr nett von dir. Es ist schwer, sich alles zu merken, nicht?«

Alle drei Mädchen nickten mit dem Kopf. Dann verständigten sie sich mit Blicken und schauten zu Pepper hinüber. »Können wir auf den Spielplatz gehen, den Onkel Ezekiel, Onkel Mordichai und Onkel Malichai für uns gebaut haben, Mommy?«, fragte Ginger, als wäre sie die Sprecherin für die drei.

»Natürlich. Aber bleibt dort, und kommt direkt wieder her«, sagte Pepper. »Es wird bald dunkel, also trödelt nicht, wenn ich euch rufe.«

Der Spielplatz war links neben dem Haus angelegt worden und von der Veranda aus gut zu sehen. Bellisia sah Schaukeln und Rutschen und ein kleines Spielhaus, das eine Kopie des großen war, einschließlich der Veranda. »Das hat Ezekiel gebaut?«

Pepper nickte. »Er liebt die Mädchen. Vor uns kehrt er immer den harten Kerl raus, aber mit ihnen geht er sehr sanft um. Er protestiert nicht einmal, wenn sie alle auf ihm herumturnen. Außerdem fährt er heimlich mit ihnen nach New Orleans und kauft ihnen Snowballs. Er glaubt, ich wüsste das nicht, aber es ist nicht zu übersehen, wenn sie mit blauen oder roten Zungen zurückkommen und ihre Gesichter bunt verschmiert sind.«

Cayenne prustete los. »Was für ein harter Junge.«

»Er singt ihnen sogar vor«, sagte Bellisia. »Ich glaube, deshalb habe ich mich in ihn verliebt. Wegen der wunderschönen Geschichten und Lieder.«

»Er glaubt, das wüssten wir auch nicht«, sagte Pepper. Dann zog sie den Kopf ein und schaute schuldbewusst zu Nonny hinüber. »Als ich mit Ginger hierhergekommen bin und wir Wyatt und seine Freunde Thym und Cannelle befreit haben, ist es mir schwergefallen, die Kinder den anderen zu überlassen. Ich war daran gewöhnt, dass alle sie tot sehen wollten.«

»Du brauchst dich nicht dafür zu entschuldigen, dass du die Kinder liebst und auf sie achtest«, sagte Nonny.

Pepper lächelte dankbar. »Ich bin Ezekiel und den anderen gefolgt, wenn sie die Mädchen mitgenommen haben. Mit der Zeit habe ich gelernt, dass ich mir keine Sorgen zu machen brauche und es zulassen kann, dass die anderen mir helfen. Denn glaub mir, ich brauche Hilfe bei ihrer Erziehung. Sie sind so klug, und was der einen nicht einfällt, fällt bestimmt einer von den anderen ein.«

»Selbst Trap mag sie gern«, meinte Cayenne. »Das hätte ich ihm gar nicht zugetraut. Aber die Mädchen lieben ihn und scheinen ihn zu verstehen.«

»Warum sollte Trap keine Kinder mögen?«, fragte Bellisia erstaunt. Die Drillinge waren zwar schwierig, aber sehr nett und lustig.

»Er hat Schwierigkeiten, Menschen zu verstehen, und begreift nicht, wie sie ticken«, erklärte Cayenne. »Er ist hochintelligent, aber er hat etwas, das man das Asperger-Syndrom nennt. Eine neurobiologische Störung.«

Pepper nickte. »Sie gehört zu den milderen autistischen Störungen. Die IQs dieser Menschen können normal sein, sind aber in der Regel überdurchschnittlich hoch, trotzdem haben sie Probleme beim Umgang und bei der Kommunikation mit anderen Menschen.«

Mit hochgezogener Braue sah Bellisia Cayenne an. »Ist es schwer, mit ihm zu leben?«

Cayenne lachte leise und schüttelte den Kopf. »Nicht für mich. Trap neigt dazu, es mir im Schlafzimmer zu zeigen, wenn er verärgert oder frustriert ist. Damit kann ich umgehen. Weil ich ihn liebe. Von ganzem Herzen. Ich neige dazu nachzudenken, ehe ich reagiere, also passen wir ganz gut zusammen. Wenn er mich nicht versteht, habe ich kein Problem damit, ihm genau zu sagen, was ich möchte oder fühle. Ich habe festgestellt, dass das bei ihm am besten ist. Die Mädchen scheinen von Anfang an verstanden zu haben, dass er genau das braucht.«

»Ich muss mich also darauf vorbereiten, gnadenlos ehrlich zu sein, wenn ich ihn kennenlerne.«

Cayenne nickte. »Andeutungen versteht er nicht. Das ist Zeitverschwendung.«

»Trap ist ein guter Mann«, erklärte Nonny und zündete ihre Pfeife an. »Bellisia, lauf mal in die Küche und tu die Krebswürfel und die Shrimps in den Gumbo. Und dreh die Hitze noch etwas weiter herunter, dann haben wir das Essen fertig, wenn die Männer kommen.«

Bellisia nickte und lief eilig zurück ins Haus. Sie hatte sich in das Heim der Fontenots und in dessen Bewohner verliebt. Sie standen allesamt einander nahe, selbst die Schattengänger. Nonny behandelte sie alle wie ihre Söhne und Töchter. Bellisia liebte diese Atmosphäre und wünschte, die anderen Frauen, mit denen sie aufgewachsen war, könnten ebenfalls kommen und sich so umsorgt fühlen.

Vorsichtig rührte sie das Krebsfleisch und dann die Shrimps unter. Sie nahm sich Zeit, weil sie Angst hatte, das Abendessen zu verderben. In dem Fall hätten Nonny und die Frauen wohl einfach von vorn mit dem Kochen angefangen, aber die Männer hätten sie so erbarmungslos aufgezogen, wie sie es mit Pepper und Cayenne machten.

Es war unmöglich, Pepper und die Drillinge nicht zu mögen. Pepper war einfach süß. Das, was man mit ihr gemacht hatte, war immer noch problematisch für sie, aber sie trug es mit Fassung. Sie war so etwas wie eine Venusfalle, scheute aber vor Gewalt zurück. Sie hatte Bellisia anvertraut, dass ihr Hirn blutete, wenn sie jemanden verletzte oder gar tötete, so ähnlich wie bei einem Aneurysma, sodass sie tatsächlich daran sterben konnte. In einem Kampf hatte sie immer schreckliche Migräne. Wyatt und Trap hatten herausgefunden, dass ihr Hirn die psychische Überbelastung nicht ertrug. Irgendwie half es ihr sehr zu wissen, dass es einen guten Grund für ihre Zurückhaltung gab.

Cayenne und die Männer schirmten sie genauso ab wie die Drillinge, nicht weil Pepper sie darum gebeten hätte, sondern weil es nötig war. Sie war immer bereit, ihrer Familie zu helfen, wenn die Kinder und Nonny in Gefahr gerieten, aber sie wurde nur als letzte Rettung benutzt.

Bellisia hatte bemerkt, dass Pepper öfter eine Hand auf den Bauch gepresst und den Kopf abgewandt hatte, als sie die Zutaten für das Abendessen vorbereitet hatten. Am Ende war Pepper am Waschbecken geblieben, hatte die meiste Zeit Geschirr abgespült und sich nur gelegentlich an der scherzhaften Unterhaltung beteiligt. Offenbar ging es ihr nicht gut.

Bellisia hat sie gefragt, ob ihr schlecht sei, doch Pepper hatte nur die Achseln gezuckt und zugegeben, dass ihr manchmal übel wurde, wenn sie Fisch oder Meerestiere roch, dass sie es Nonny aber nicht sagen wolle. Wenn man in Bayous oder Sümpfen lebte, wurde eben viel Fisch zubereitet und gegessen.

Bellisia fing den würzigen Geruch von Holz auf und ertappte Ezekiel dabei, wie er sich an sie heranschlich. Er schlang die Arme um ihre Taille und drückte das Gesicht an ihren Nacken.

»Ich liebe es, zu dir nach Hause zu kommen.« Er fuhr mit den Zähnen über ihre Haut und zog sie in seinen Mund.

»Wehe, du machst mir wieder einen Knutschfleck«, sagte Bellisia warnend, obwohl es ihr gleich war. Trotzdem protestierte sie, legte aber gleichzeitig den Kopf schief, damit er besser an ihren Hals herankam. »Nonny schimpft mich jetzt schon aus.«

Genüsslich knabberte Ezekiel an ihrer Haut. In der Küche roch es einladend und seine Frau duftete so köstlich wie immer. Und sie schmeckte auch so. Nach Vanille und Orange. Überall. Der Duft kam aus einer Quelle, an der er sich morgens und abends labte – und auch, wenn er plötzlich Lust auf sie bekam. So wie jetzt.

»Ich habe die ganze Zeit an dich gedacht«, gestand er und fasste ihre Haare zusammen, um ihren Nacken freizulegen. »Ich habe die Räume eingezeichnet und mir überlegt, was wir darin machen könnten.« Er küsste sich an ihrem Nacken zu ihrer Schulter herunter. »Eins muss ich dir sagen, Baby, ein Haus auf einem Plan zu entwerfen ist etwas ganz anderes, als es für den Menschen zu bauen, der dir am wichtigsten ist.«

Er meinte es ernst. Bellisia zu haben, hatte sein ganzes Leben verändert. Bis sie praktisch auf seiner Türschwelle aufgetaucht war, hatte er nicht gewusst, wie sehr er sich eine Frau gewünscht hatte. Er rieb das Gesicht an ihrem Nacken und schwelgte in ihrem Geschmack und ihrem Duft.

»Du sagst immer so nette Sachen zu mir«, meinte Bellisia. »Ich muss nur noch schnell abwaschen. Nonny meint, es ist besser, sofort alles zu spülen, damit man am Ende des Abends, wenn man müde ist, nicht einen Haufen schmutziges Geschirr vor sich hat.«

»Nonnys Ratschläge sind Gold wert«, erwiderte Ezekiel, ohne sich von dem Ziel, sie zu verführen, auch nur im Geringsten ablenken zu lassen. Er bezweifelte, dass einmal eine Zeit kommen würde, in der er Bellisia nicht mehr begehrte. Schon wenn er an sie dachte, bekam er einen Ständer.

Wir bekommen Besuch, Zeke. Beeil dich. Die Warnung kam von seinem Bruder. *Ich bin auf dem Dach, Gino ist in den Bäumen.*

»Es kommt jemand«, informierte Ezekiel Bellisia ruhig. Falls dieser elende Mistkerl namens Gerald seine Frau entführen wollte … er hatte schon einen hübschen Platz für sein Grab ausgesucht.

Schnell ging Ezekiel mit Bellisia auf den Fersen quer durchs Haus zur vorderen Veranda. »Mädchen«, rief er laut, als er draußen war. »Kommt sofort her.« Das war kein Spaß, sondern ein Befehl, der Ärger bedeutete, die Drillinge erkannten das sofort an seinem Ton. Pepper sprang auf, umfasste das Geländer und schaute ängstlich zu den Kindern hinüber.

»Nonny, schnapp dir dein Gewehr. Du und Pepper, ihr bringt die Mädchen in den sicheren Raum. Du bist die erste Verteidigungslinie, Pepper die zweite.«

»Wer kommt?«, fragte Cayenne.

»Wir wissen es noch nicht, aber es könnten die beiden Burschen sein, die auf der Suche nach Bellisia hier herumgeschnüffelt haben.« Er hätte Jagd auf sie machen sollen. Mit Gino zusammen hätte er die beiden Männer gefunden und ohne Aufsehen beseitigen können, aber er hatte Bellisias Wünsche respektiert. Offenbar wollte er ihr gefallen und sie glücklich machen, doch nun stellte er fest, dass es ein paar Dinge gab, die er nicht für sie tun konnte. Er hatte nun mal das angeborene Bedürfnis, die Menschen, die zu ihm gehörten, zu beschützen. In dem Fall machte die finstere Wut ihn kalt wie Eis, und er tat egal, was nötig war, um die, die er liebte, zu retten.

Niemand anders als Donny hatte davon berichtet, dass zwei Fremde über Nachfragen an Bellisia Arbeitsstelle zu ihm gekommen waren. Die Stelle hatte sie natürlich aufgeben müssen, auch wenn sie es nicht gern getan hatte, aber Ezekiel wollte kein Risiko eingehen. In New Orleans gab es zu viele Zivilisten, und bei einer so öffentlichen Tätigkeit konnte er nicht für ihre Sicherheit garantieren. Er wusste, dass die Männer die Gegend nicht verlassen hatten. Ganz sicher nicht. Joe hatte ihre Akten eingesehen. Beide hatten eine außergewöhnliche Karriere hingelegt, mit etlichen Einsätzen und jeder Menge Auszeichnungen.

»Geh in den Fluss, Bellisia. Sofort. Und komm nicht wieder raus, bis ich dir ein Zeichen gebe, dass die Luft rein ist. Hast du eine Waffe, falls es eine Schießerei gibt?«

»Klar. Ich habe immer eine Glock dabei, die Munition ist versiegelt. Die überlebt im Wasser. Ich habe auch ein Messer, und ich kann damit umgehen, aber nachdem ich Draden und Gino bei ihren Wurfübungen gesehen habe, muss ich zugeben, dass ich mich vielleicht überschätzt habe. Außerdem habe ich ein Sturmgewehr in einem wasserdichten Behälter am Ufer versteckt.«

»Wunderbar. Wenn wir angegriffen werden …« Sie musste wissen, dass er Gerald und Adam nicht verschonen konnte, falls sie diejenigen waren, die sich dem Haus näherten.

Bellisia legte einen Arm um seinen Nacken und zog seinen Kopf zu sich heran. Dann strich sie mit den Lippen leicht über seine und versprach ihm leise etwas. »Ich bringe sie selbst um, Ezekiel. Dies ist jetzt meine Familie. Ihr habt Vorrang vor allen anderen.«

Ehe er sie so in die Arme nehmen konnte, wie er es gern getan hätte, war sie schon fort und lief leichtfüßig die Treppe hinab und über den Hof. Dabei schienen Haut und Haare mit der Umgebung zu verschmelzen. Dann sprang sie vom Steg und verschwand im Wasser.

Erleichtert atmete Ezekiel auf. Im Fluss war sie sicher. Niemand konnte sie dort finden, und niemand rechnete damit, dass aus dieser Richtung Gefahr drohte. Sie hatte nicht einmal mit der Wimper gezuckt. Sie war wie Cayenne, eine durchtrainierte Kriegerin, auf die man sich verlassen konnte.

Fünf Anzugträger mit Senatorin Violet Smythe. Sieht nach Ärger aus, berichtete Mordichai. *Ich hab sie vom Dach aus im Visier.*

Ich von den Bäumen aus. Das war Gino.

Bin direkt südlich von ihnen, meldete Draden.

Wir schlagen einen Haken, um in ihren Rücken zu kommen, meldete Diego. *Gino, Draden, seht ihr uns? Nicht dass ihr mich oder Rubin versehentlich trefft.*

Ich sehe euch, sagte Gino.

Hab euch im Blick, fügte Draden hinzu.

Die Voraussetzungen gefielen Ezekiel. Selbst wenn Violet und ihren Söldnern bewusst war, dass abgesehen von sieben Schattengängern auch Cayenne und Pepper zu Hause waren, konnten sie nicht genau wissen, ob Bellisia dabei war. Diesen Vorteil hatten sie auf jeden Fall.

»Cayenne, kannst du dich direkt über der Treppe auf dem Verandadach verstecken? Dann könntest du, wenn nötig, ein Netz über sie werfen oder einen herausfischen.

Aber ich will nicht, dass sie dich sehen, und du brauchst genug Deckung, falls es zu einem Feuergefecht kommt.«

»Kein Problem. Ich hab mir das Dach mehrmals angeschaut. Sie werden mich nicht sehen«, versicherte Cayenne ihm.

Als sie hochklettern wollte, hielt Ezekiel sie an der Schulter fest. »Trap würde es nicht überleben, wenn dir etwas zustößt. Du bist sein Ein und Alles.« Er hatte sie nicht um ihre Hilfe bitten müssen. Cayenne würde ihr Leben geben, um Nonny, die Drillinge und Pepper zu beschützen, trotzdem wollte er, dass sie vorsichtig war. Sie war nie ein Teamplayer gewesen und ging gern Risiken ein. Deshalb hatte Trap sie bearbeitet und ihr hoffentlich klargemacht, dass sie ihr Leben nicht aufs Spiel setzen durfte. Cayenne grinste leicht, nickte und war innerhalb von Sekunden von der Seite her aufs Dach gestiegen. Das war ihre einzige Antwort, aber er hoffte, dass er zu ihr durchgedrungen war.

Alles in allem hatten sie so gut zusammengearbeitet, dass in weniger als drei Minuten die Zivilisten in Sicherheit waren und sie die bestmöglichen Positionen bezogen hatten. Auf jeden einzelnen von Violets Söldnern würde ein Gewehr gerichtet sein.

Langsam stieg ihr Teamführer die Treppe hoch, seine Miene war undurchdringlich. »Es ist wirklich die Senatorin, Ezekiel. Violet. Sie hat fünf Männer dabei, wahrscheinlich alles Söldner, obwohl sie diese affigen Anzüge anhaben. Das sind keine Bodyguards. Sie ist die designierte Vizepräsidentin und sollte vom Secret Service bewacht werden, aber sie ist mit ihren eigenen Leuten gekommen.«

Ezekiel lächelte grimmig. »Das könnte bedeuten, dass keiner weiß, wo sie ist. Nicht gut für sie.«

Joe schüttelte den Kopf. »Nein. Dann wollen wir mal hören, was sie von uns will.«

Ezekiel musterte das Gesicht seines Staffelführers. Joe Spagnola war jemand, auf den man zählen konnte. Er ließ nie einen Mann bei einem Einsatz zurück, ganz egal, wie viel Kugeln ihm um die Ohren flogen. Einmal hatte er unter schwerem Beschuss einen Verwundeten einen steilen Hang hinuntergetragen und darauf vertraut, dass Ezekiel ihm den Rücken freihielt. Das hatte geklappt, aber als Joe den verletzten Ranger in Sicherheit gebracht hatte, war herausgekommen, dass er ebenfalls getroffen worden war. Nur sein eiserner Wille hatte ihn auf den Beinen gehalten. So war Joe.

Aber er benahm sich irgendwie seltsam. »Warum erschießen wir sie nicht einfach?«

»Weil sie eine US-Senatorin ist und vielleicht Vizepräsidentin wird?«

Ezekiel kaufte ihm den Sarkasmus nicht ab. Joes Stimme hatte einen hohlen Unterton und klang irgendwie unecht. Dennoch nickte Ezekiel stumm und trat zurück, um den Teamführer übernehmen zu lassen.

Violet war eine wunderschöne Frau und sie wusste es. Sie war eine beeindruckende Erscheinung, schlank, mit einer guten Figur, und obwohl sie von fünf großen Männern begleitet wurde, waren wie immer alle Augen auf sie gerichtet. Sie trug eine eng anliegende rote Jacke über einer weißen Bluse und eine schwarze Hose. Das Rot stand ihr und machte sie noch auffälliger. Kein Wunder, dass diese Frau so selbstbewusst war. Sie kam von der Straße vor dem Grundstück, wo ihr Auto geparkt war, direkt auf ihn und Joe zu.

Sofort fragte Ezekiel sich, warum sie das gemacht hatte.

Warum war sie in dem großen SUV mit den getönten Scheiben nicht einfach vorgefahren? Das hätte genauso viel Eindruck gemacht. Also warum ging sie zu Fuß, noch dazu in diesen hochhackigen Stiefelchen? Hatte sie sie überraschen wollen? Irgendetwas störte ihn. Und das mochte er nicht.

Da stimmt was nicht. Sie kommen, aber sie haben den Wagen auf der Straße stehen lassen. Warum?

Joe sah ihn scharf an, sagte aber nichts. Auch das störte Ezekiel. Dem Mann entging normalerweise nie etwas, doch nun hatte Ezekiel das Gefühl, dass Joe gar nicht auf den Wagen geachtet hatte, und das störte ihn noch mehr.

Ich behalt ihn im Auge, sagte Gino.

Ich könnte sie jetzt ausschalten, meldete Mordichai. *Ich habe eine perfekte Schusslinie. Ihr braucht nur ein Wort zu sagen.* Er klang nicht ganz so unbewegt wie üblich. Offenbar war er ein wenig verärgert über die Frau, die sie an Cheng verraten hatte.

Nicht schießen, befahl Joe.

Es ist ihre Schuld, dass diese Leute in Indonesien als Geiseln genommen worden sind. Und es ist ihre Schuld, dass mein Bruder gefoltert worden ist.

Ezekiel gestattete sich einen kleinen, erleichterten Seufzer. Wenigstens benahmen die anderen sich normal.

Du brauchst mir ihre Missetaten nicht aufzuzählen, blaffte Joe.

Das war ein *echtes* Warnsignal. Diesmal sah Ezekiel nicht zu Joe hinüber, weil er fürchtete, dass sein Gesichtsausdruck ihn verraten würde.

»Senatorin Smythe«, sagte Joe freundlich, als die Gruppe vor der Verandatreppe zum Stillstand kam. »Warum haben Sie nicht vorher angerufen? Dann hätten wir Sicherheitsvorkehrungen für Sie treffen können.«

Die Männer um die Senatorin herum nahmen eine drohende Haltung an, doch sie warf ihnen einen strengen Blick zu, der sie davon abhielt, etwas zu erwidern. »Ich möchte nicht, dass irgendjemand erfährt, dass ich hierhergekommen bin«, erwiderte Violet leise. Sie wirkte beinahe unterwürfig, doch ihre Stimme war dabei sündhaft verführerisch. »Ich muss mit dir sprechen.«

»Du hättest mich anrufen sollen. Dann wäre ich zu dir gekommen. Hast du eine Ahnung, wie gefährlich es für dich ist, deine Bodyguards zu täuschen? Die werden bestimmt nicht begeistert sein.«

Violet deutete auf die Männer, die sie umgaben. »Ich habe meine eigenen mitgebracht. Jedenfalls glaubt der direkt für mich zuständige Secret-Service-Mann, dass ich brav zu Hause bin. Keiner weiß, dass ich ausgebüchst bin.«

»Violet.« Joe schüttelte den Kopf. »So was kommt immer heraus.«

Ein Schatten glitt über das Gesicht der Senatorin. Dann riss sie energisch den Kopf hoch. »Was soll das heißen?«

»Das heißt, dass du dich nicht einfach aus dem Staub machen kannst, wenn dir danach ist, und dass nichts, was du tust, geheim bleibt.«

Ezekiel hielt den Atem an. Wenn Joe Bellisia verriet, indem er Violet sagte, dass ihr Gespräch mit Cheng belauscht worden war, wusste er nicht, was er tun würde. Die Pistole ziehen und Violet und Joe erschießen? Er trat noch etwas weiter zurück, um ein wenig Deckung vor den fünf Bodyguards zu haben. Sein Team hatte sie im Visier und Bellisia sicher auch. Was zum Teufel war bloß mit ihrem Teamführer los?

»Es tut mir leid, Joe«, raunte Violet leise und verlockend. Das war ihr besonderes Talent. Sie konnte einen Raum voller hartgesottener Senatoren dazu bringen, genauso abzustimmen, wie sie es wollte. Selbst Präsidenten und Könige gingen ihr auf den Leim.

Ezekiel erschrak. Offenbar hatten Joe und Violet sich nicht nur bei den seltenen Gelegenheiten getroffen, bei denen das Team mit ihr zu tun gehabt hatte. Das beunruhigte ihn. *Wie stehst du eigentlich zu ihr?*, fragte er hastig, aber er wusste es schon. Sonst hätte Joe die Senatorin niemals so nett, beinahe fürsorglich behandelt. Ezekiel zog sich noch weiter in den Schatten zurück.

Joe gab keine Antwort und schaute ihn auch nicht an, obwohl er seinen Rückzug bemerkt haben musste. »Violet, was willst du hier?« Joes Stimme klang müde und hatte einen gequälten Unterton, den er nicht zu verbergen versuchte.

Die Senatorin kam einen Schritt näher und stellte einen Fuß auf die Treppe. »Ich möchte, dass du der Chef meines privaten Sicherheitsteams wirst. Ich lasse dir freie Hand. Du kannst dir deine Leute selber aussuchen, in einem vernünftigen Rahmen.« Ihre Stimme war eine Oktave tiefer geworden und jeder Mann hätte alles für sie getan, ganz egal, was sie verlangte. Sie stieg die Stufen hinauf, bis sie so nah vor Joe stand, dass sie eine Hand auf seine Brust legen konnte. »Aber ich will keine Spinnen oder Schlangen. Die müssen wir ausrotten, Joe. Das tust du doch für mich, nicht?«

Sie wandte den Kopf und lächelte Ezekiel an. »Dich hätte ich auch gern dabei. Nur um Joe zu helfen, diese Missgeburten loszuwerden.« Sie schauderte leicht. »Ich finde sie eklig. Widerlich. Sie kriechen herum und versuchen, Menschen mit Bissen zu töten. Das ist doch nicht normal. Whitney hätte niemals so ekelhafte Experimente machen dürfen.« Sie klang sehr vernünftig und überzeugend. »Wir dürfen nicht erlauben, dass diese Frauen auf die Welt losgelassen werden.« Sie senkte die Stimme, als wollte sie Joe ein Geheimnis verraten. »Eine hat sogar Kinder bekommen. Kleine Schlangen. Und sie könnte noch mehr bekommen. Weißt du, wie das bei Ameisen ist? Und bei Kakerlaken? Es gibt Millionen von ihnen, Milliarden. Das können wir nicht zulassen.«

Ezekiel schaute über die Landesverräterin hinweg auf die fünf Männer hinter ihr. Sie waren ihr offenbar völlig ergeben. Schlimmer noch, sie glaubten ihr. *Wenn sie solche Reden hält, wenn sie im Weißen Haus ist, sind wir alle in Gefahr.* Das stimmte. Fanatismus hatte einen bestimmten Geruch, und Violet und ihre Bodyguards stanken geradezu danach.

»Joe.« Violet betrat die Veranda. Joe wich nicht zurück, sodass sie dicht vor ihm stand. Sie legte eine Hand an seine Wange. »Ich möchte, dass du mir einen kleinen Gefallen tust. Räuchere diese Schlangengrube aus, komm mit mir, und arbeite für mich. Ich brauche deinen Schutz. Wirklich, mein Liebling. Niemand ist so stark wie du. Nur du kannst mir helfen, Joe. Bitte. Ich brauche dich wirklich.«

Ezekiel schloss die Augen. Es war nicht mehr zu übersehen, dass Joe und Violet einander kannten und offenbar intim miteinander waren. Ezekiel reagierte nicht auf ihre schöne, hypnotisierende Stimme, aber er hatte keine Ahnung, ob das auch auf Joe zutraf. Er konnte die anderen nicht warnen, doch seine Finger schlossen sich unwillkürlich um den Griff seiner Pistole.

Es passiert was am Wagen, berichtete Draden. *Drei bullige Männer haben sich gerade rausgerollt und sind im Gebüsch verschwunden. Am südlichen Eingang ist ein weiteres Auto vorgefahren. Mit mindestens sechs Männern, vielleicht auch mehr. Die haben sich auch schnell verdrückt. Und ich glaube, ich habe ein drittes Auto gesehen, auf der anderen Seite der Straße, die zu Traps Haus führt. Das ist eine Falle.*

Ich sehe kein anderes Auto, aber noch mehr Männer, die sich vom Sumpf her anschleichen, meldete Gino.

Violet war also vorbereitet, falls Joe nicht bereit war, Pepper, Cayenne und die Drillinge zu beseitigen. Ezekiel sah zu, wie sie darauf wartete, dass ihre Macht über Männer auch seinen Teamführer in ihren Bann schlug.

Joe seufzte und nahm ihr Gesicht in beide Hände. »Warum hast du Whitney nicht umgebracht? Du hattest so oft die Gelegenheit. Warum hast du es nie getan?«, fragte Joe sanft, während er ihre Wangen streichelte.

15

VIOLET BLIEB STILL STEHEN und schaute zu Joe auf. Zweimal öffnete sie den Mund, schloss ihn aber wieder, dann schüttelte sie stumm den Kopf. Die Frage überraschte sie offenbar. Sie hatte nicht damit gerechnet und wusste keine Antwort darauf.

»Joe.«

Ezekiel war erschrocken über die pure Erotik, die in dem gehauchten Namen mitschwang. Es klang, als wären die beiden allein in einem Schlafzimmer, wo niemand sie hören konnte.

Die Leibwächter wechselten vielsagende Blicke, und einer, ein vierschrötiger Mann mit sehr vielen Muskeln, machte ein finsteres Gesicht, ging zur Treppe und schob eine Hand in sein Jackett. Ganz langsam zog Ezekiel seine Waffe, aber so, dass niemand es mitbekam, und wartete schussbereit.

Joe ignorierte die Drohgebärden des Leibwächters und schüttelte den Kopf. Ezekiel hätte seinen letzten Dollar darauf verwettet, dass dieser Mann mit der Senatorin ins Bett ging, weil er sich so eifersüchtig benahm. Doch Violet würdigte ihn nicht eines Blickes. Sie war ganz auf Joe konzentriert und sah ihn an, als wäre er der einzige Mensch auf der Welt. Wenn Ezekiel für ihre Stimme empfänglich gewesen wäre, hätte er alles, was er hörte und sah, für bare Münze genommen.

Joe strich der Senatorin beinahe liebevoll über die Arme. »Nein, Violet. Diesmal musst du mir eine ehrliche Antwort geben. Warum hast du Whitney nicht längst umgebracht? Du sagst, du glaubst, er hat den Verstand verloren. Das sagst du so oft, dass alle deine Angestellten inzwischen deine Ansicht teilen. Herrgott, selbst *ich* glaube dir, aber du bringst ihn nicht um. Niemand kommt so nah an ihn heran wie du. Du könntest ihn töten, das weißt du.«

Violet schüttelte den Kopf. »Nein, das schaffe ich nicht, Joe. Ich habe es versucht und ich will es. Aber ich kann es nicht selbst tun, ich muss jemand anders finden.«

»Du willst doch gar nicht, dass jemand ihn umbringt«, sagte Joe geduldig. »Sonst hättest du mich darum gebeten und mir gesagt, wo ich ihn finden kann.«

»Nein. Niemals. Ich würde dein Leben nicht aufs Spiel setzen.«

»Wenn das wahr wäre, hättest du ja einem anderen Schattengänger-Team sagen können, wo er sich aufhält, damit er getötet werden kann, aber das hast du nicht. Obwohl du weißt, dass wir keine Spuren hinterlassen. Du hast zugelassen, dass er diese Frauen weiter wie Gefangene hält …«

Zum ersten Mal entglitten Violet die Gesichtszüge und sie sah einen Augenblick lang fast hässlich aus. »Sie sind nicht gefangen«, fauchte sie. Dann holte sie tief Luft und sah wieder wunderschön aus. »Glaub ihnen nicht, Schatz. Glaub nichts von dem, was diese Frauen erzählen. Sie wollen nur euer Mitleid erregen. Hör nicht auf sie. Sie sind genauso wenig gefangen wie ich. Sie arbeiten für die Regierung, so wie du. Und er.« Sie deutete auf Ezekiel.

Joe ließ sich nicht ablenken. »Warum hast du ihn nicht umgebracht, Violet?«

»Versteh mich doch«, raunte sie leise. »Wenn ich etwas Gutes tun will, für die ganze Welt, nicht nur für ein paar Frauen, die mit ihrem Schicksal hadern, muss ich mein Ziel erreichen. Und ich habe es fast geschafft. Ich brauche sein Geld und seine Verbindungen. Sobald ich nicht mehr darauf angewiesen bin …«

Sie hatte es gesagt. Sie wollte an die Macht, und sie war bereit, ihre Schwestern, die Schattengänger und jeden anderen zu opfern, der ihr in die Quere kam. Sie wollte nach ganz oben. Ezekiel glaubte, dass sie den Präsidenten kurz nach der Wahl ermorden lassen würde, damit sie ihn ersetzen konnte. Und diesem Plan schien nichts mehr im Wege zu stehen. Er konnte nur hoffen, dass Joe begriff, was diese Frau ihm gerade gesagt hatte.

»Ich will dich an meiner Seite haben. Tu es, jetzt sofort, Joe. Geh in dieses Haus, töte diese elenden Kreaturen, und komm mit mir.«

Joe schüttelte den Kopf. »Niemals, Violet.« Etwas in ihren Augen brachte ihn dazu, die Hände von ihren Armen zu ihrem Hals wandern zu lassen.

Sie versuchen, von hinten ans Haus ranzukommen. Mordichai schoss zweimal kurz hintereinander.

Violet erschrak, riss ein Messer aus dem Ärmel, zog die blitzende Klinge über Joes Wange zur Brust und rammte es ihm in den Bauch. Dann trat sie zurück, stieß es noch tiefer in ihn hinein, drehte es herum und trat Joe so gegen die Beine, dass er auf Ezekiel fiel. Offenbar hatte sie sich jede einzelne Bewegung vorher gut überlegt.

Der Leibwächter auf der Treppe zog seine Pistole und trat beiseite, um Violets Rückzug zu decken. Cayenne schleuderte sofort ein Spinnennetz über ihn, als er im selben Moment auf Ezekiel schoss. Joe warf sich im Fallen vor seinen Freund, um die für ihn bestimmte Kugel aufzufangen, und riss ihn mit sich zu Boden.

Trotzdem konnte Ezekiel aus dem Fallen heraus schießen und traf den Mann hinter dem im Spinnennetz tödlich. Dann knallten zwei Schüsse gleichzeitig, und zwei weitere Leibwächter stürzten zu Boden. Cayenne hatte ihren so fest eingewickelt wie eine Mumie und hängte ihn wie eine makabre Halloween-Dekoration am Haus auf. Der Mann hatte die Finger noch am Drücker seines Maschinengewehrs und schoss wild um sich, obwohl er sich nicht mehr rühren konnte und nichts mehr sah. Erst als Mordichais Gewehr noch einmal aufbellte, ließ er sein Gewehr los, und es wurde still.

Fluchend rollte Ezekiel sich unter Joe hervor und versuchte, Violet zu erschießen. Sie rannte geduckt auf den Fluss zu. Drei Männer deckten ihren Rückzug. Seine Kugel traf den, der sich vor sie warf. Mordichai erledigte den nächsten und Gino den anderen.

Die Waffe auf Ezekiels Brust gerichtet, stürmte der letzte Leibwächter auf die Terrasse. Wie ein Bienenschwarm schwirrten mehrere Kugeln heran, trafen den großen Mann und schleuderten ihn zuckend gegen das Verandageländer. Ezekiel konnte hören, dass die Kugeln aus einer Glock stammten. Das war seine Frau, und sie passte auf ihn auf. Ezekiel drehte sich zu Joe um und erkannte, dass sein Freund schwer verletzt war.

Oh Scheiße. Draden. Komm sofort her. So schnell du kannst. Zum OP im Haus. Pepper, bereite alles vor. Ich brauche dich oder Nonny. Mordichai, Gino, ich nehme ihn mit. Haltet mir diese Leute vom Leib. Er sprach so ruhig er konnte, obwohl es aussah, als sterbe Joe direkt vor seinen Augen. Er hockte sich hin und brachte seinen Mund noch an Joes Ohr heran.

»Wehe, du stirbst mir hier weg. Wir brauchen dich. Hast du mich verstanden? Gib nicht auf. Gönn Whitney das nicht.« Dann nahm er seinen Freund so sanft wie möglich auf die Arme. Wartete. Und zählte seine Herzschläge.

Schlagt los. Sofort begannen Mordichai und Gino zu feuern und eliminierten alle Ziele vor dem Haus, damit Ezekiel Joe hineintragen und Draden hinter ihm hineinschlüpfen konnte. Eilig liefen sie zu dem kleinen Operationsraum, den Wyatt Fontenot vor ein paar Jahren eingerichtet hatte. Pepper und Nonny waren bereits da und legten die Instrumente aus.

»Wir haben Blutkonserven für ihn«, blaffte Ezekiel über die Schulter, als er Joe auf den Tisch legte und sein Hemd aufriss. »Hol sie, Pepper. Schnell.«

Rasch zog Nonny Joe die Stiefel und die blutbefleckte Hose aus. »Fertig. Legt los.«

Draden brauchte nur ein paar Minuten um seinen Teamführer für die Operation vorzubereiten.

Noch drei weniger, meldete Mordichai. *Aber Violets Männer kommen aus allen Richtungen. Gino, du kümmerst dich um die im Wald, die von links aufs Haus zukommen. Ich kann sie nicht sehen.*

Sie hatten drei weitere Angreifer abgewehrt, aber der Feind kam mit mehreren Teams, und das hieß, vier Schattengänger, Cayenne und Bellisia, mit der niemand rechnete, mussten sie vom Haus fernhalten.

Verstanden, sagte Gino, wie immer wortkarg. Als Jäger fühlte er sich im Sumpf sehr wohl.

In den Bäumen kann ich besser helfen, sagte Cayenne.

Negativ. Ich brauche dich hier, beharrte Mordichai. *Ich glaube, sie nehmen uns in die Zange, und das da vorn ist nur ein Ablenkungsmanöver, damit sie sich von hinten anschleichen können. Da kommen noch mindestens drei.* Er hatte drei Angreifer getötet, doch den anderen dreien war es gelungen, Posten zu beziehen, die er nicht einsehen konnte. Vielleicht kamen sie an die Hintertür heran. *Cayenne. Ich habe nicht alle im Blick. Kannst du auf die Rückseite aufpassen?*

Schon unterwegs. Geduckt rannte Cayenne an Mordichai vorbei übers Dach zur anderen Seite, ließ sich herunterfallen und rollte sich nach links. Kugeln schlugen an ihrem Landeplatz ein, aber sie war bereits im dichten Unterholz.

Du musst drei Männer aufhalten, Cayenne. Ich kann dir nicht helfen. Wir haben einen groß angelegten Angriff von Norden und Süden.

Ich schaff das, versicherte sie grimmig – und das würde sie. Schließlich war sie von Whitney als Killerin konzipiert worden. Lautlos kroch sie durch die Büsche. Sie war zierlich, damit sie sich an Stellen verstecken konnte, in die Männer nicht hineinpassten und von denen sie noch dazu glaubten, dass auch niemand anders hineinpassen würde. Flach atmend schob sie sich auf Fingern und Zehen über den Boden.

In den Wochen seit ihrer Heirat waren Nonny, Pepper und die drei kleinen Mädchen ihre Familie geworden. Sie wusste, dass die Erwachsenen die Kinder bis zum letzten Atemzug verteidigen würden, aber Nonny war in ihren Achtzigern und Pepper durch die Weiterentwicklungen geschwächt. Whitney und ein Wissenschaftler in seinen Diensten hatten ihr so viele Filter genommen, dass sie Hirnblutungen bekam, wenn sie Gewalt ausgesetzt war. Niemand hatte damit gerechnet, dass die perfekte Männermörderin einen solchen Makel haben würde. Cayenne hatte nicht vor, den Feind so nahe an Pepper herankommen zu lassen, dass sie gezwungen wäre, ihre Töchter zu verteidigen. Außerdem waren die beiden Frauen im Moment sicher damit beschäftigt, Ezekiel und Draden dabei zu helfen, Joe zu retten.

Plötzlich roch sie Schweiß links von sich. Dann knackte ein Zweig. Sie verharrte und wartete, dass der Mann näher kam. Mit einem weiteren Knacken kam sein Stiefel in Sicht. Sie schlang einen Faden um seinen Knöchel, so lose, dass er es nicht merkte, und machte dann eine unzerreißbare Fessel daraus. Der Mann ging noch einen Schritt, stürzte beim nächsten und warf die Arme nach vorn, um den harten Fall abzubremsen.

Sofort war sie über ihm, brachte ihren tödlichen Biss an und zog sich wieder ins Unterholz zurück, ehe er begriff, was passiert war. Er hatte keine Ahnung, dass er bereits tot war und dass jedes Zappeln, jedes wilde Herzpumpen das Unausweichliche nur beschleunigte. Er bemerkte nicht, dass er gebissen worden war, denn im Laufe der Zeit hatte Cayenne gelernt, das Gift so zu verabreichen, dass ihre Opfer nicht mehr als ein leichtes Zwicken oder Brennen spürten.

Einen hab ich erledigt.

Der zweite Söldner stand vor einem Fenster, das zu einem der hinteren Schlafzimmer führte, und versuchte es lautlos zu öffnen, während der dritte ihm den Rücken freihielt. Cayenne huschte links an ihnen vorbei zur Seite des Hauses, sprang blitzschnell aufs Dach und kroch vorsichtig weiter, bis sie direkt über den beiden war.

Der dritte Soldat hatte die Bewegung irgendwie wahrgenommen, doch noch ehe er sich umgesehen hatte, war sie schon über seinem Kopf. Sie machte sich nicht vor, dass es einfach werden würde. Sie musste ihr Netz schnell und genau richtig werfen. Doch in dem Moment, in dem sie es fallen ließ, stieg der Söldner am Fenster ins Haus ein. Den dritten hatte sie gefangen und wickelte ihn hastig immer fester ein, während sie ihn zu sich heraufzog.

Der Söldner, der halb durchs Fenster war, schaute erstaunt auf, als sein Kamerad nach oben gerissen wurde, und kletterte dann eilig ins Haus. Schnell warf Cayenne einen Spinnfaden um seinen Knöchel, zog ihn zusammen und wickelte weiter. Ihre Seide war stark, stärker als normale Spinnenseide, sogar stärker als Kevlar, und sie wusste sie gut einzusetzen. Sie verbrachte jeden Tag mehrere Stunden damit, wunderschöne Netze zu weben und sich in ihrer Treffsicherheit zu üben. All diese Mühe war nicht umsonst gewesen. Sie kletterte an dem eingesponnenen Söldner wieder nach unten und benutzte ihn als Schutzschild.

Dabei wickelte sie noch mehr Seide um den Knöchel des dritten und zog kräftig, als sie geduckt auf dem Boden landete. Das Bein des Soldaten kam aus dem Fenster, und er schoss blind nach draußen, traf aber nur seinen Kameraden, dessen heisere Schreie abrupt aufhörten, als Blut die seidene Hülle durchdrang und sie rot färbte.

Cayenne blieb unterhalb des Fensters und konzentrierte sich auf das, was die Fäden ihr verrieten, dabei wickelte sie das Bein immer fester ein und versuchte den Mann weiter aus dem Fenster zu ziehen. Er kämpfte dagegen an, indem er sich mit dem anderen Bein gegen die Wand stemmte. Dann hörte er plötzlich auf zu schießen, und sie spürte, wie er verzweifelt versuchte, die Seidenfäden mit einem Messer zu durchtrennen.

Cayenne hielt die Spannung und richtete sich ein wenig auf. Sie musste an seine Haut gelangen, um ihm ihr Gift zu verabreichen, doch der Mann trug Stiefel, also musste sie oberhalb dieser Stiefel zubeißen, ohne dabei erschossen zu werden. Das hieß, sie musste schnell sein. Sie holte tief Luft, schleuderte ihm Seide ins Gesicht und bohrte ihre Zähne in ihn hinein. Die scharfe Klinge eines Messers schlitzte ihr Schulter und Arm auf, aber sie atmete gegen den brennenden Schmerz an.

Verflixt, der Kerl hatte sie erwischt. Sie verlor Blut. Eine Menge. *Ich brauche Hilfe. Eine schlimme Schnittwunde. Ich komme durchs Fenster in Wyatts altem Zimmer ins Haus. Nicht schießen.* Ohne auf den Mann zu achten, der mit weit aufgerissenen Augen auf dem Boden lag und nach Luft rang, sprang sie durchs Fenster. Das Gift wirkte bereits und lähmte ihn, sodass er sich nicht mehr rühren konnte und bald auch nicht mehr imstande sein würde zu atmen.

»Ich bin deine einzige Hilfe«, sagte Nonny, das Gewehr auf den Söldner am Boden gerichtet. »Ezekiel, Draden und Pepper kämpfen um Joes Leben. Zeig her.«

Rubin und Diego Campo waren praktisch von Kindesbeinen an zusammen auf die Jagd gegangen. Sie waren keine Zwillinge, hätten es aber sein können. Sie waren beide knapp zwei Meter groß, schlank, mit breiten Schultern und sehr vielen Muskeln. Ihr braunes Haar war immer ein wenig zu lang, das feste Kinn immer etwas stopplig und die Augen sehr dunkel, beinahe schwarz.

Sie waren nur zehn Monate auseinander und in den Appalachen aufgewachsen, wo man jagen und fischen musste, wenn man etwas zu essen haben wollte. Ihr Vater war, als sie sieben waren, bei einem Sturz vom Pferd gestorben – jenem Pferd, das ihnen als einziges Transportmittel diente –, und hatte ihre Mutter mit nicht viel mehr als dem Land und neun Kindern zurückgelassen.

Danach hatten die zwei Jungs, die schon erstaunliche Fähigkeiten an den Tag legten, bei einer Hasenjagd oberhalb des Hauses eine Quelle entdeckt. Als sie acht waren, hatten sie herausgefunden, wie man das Wasser mithilfe der Schwerkraft ins Haus leiten konnte, sodass sie zum ersten Mal fließendes Wasser gehabt hatten.

Im Frühling hatten die beiden ältesten Jungs sich mit nur vierzehn und fünfzehn aufgemacht, um Arbeit zu suchen. Sie kehrten nie wieder zurück. Rubin und Diego hatten keine Ahnung, was mit ihnen passiert war. Als sie neun Jahre alt waren, heiratete ihre Schwester Mary den Mann von der kleinen Farm nebenan. Sie war erst sechzehn und starb neun Monate später im Kindbett. Danach lächelte ihre Mutter nie wieder.

Die beiden waren zehn, als sie herausfanden, wie man einen Generator baute. Es war das erste Mal, dass ihre Mutter Strom und heißes Wasser hatte. Im nächsten Sommer wanderten ein paar Männer durch die Appalachen und campten gleich neben ihrem Land. Lucy, ihre zwölf Jahre alte Schwester, war mit der achtjährigen Jayne nachts fischen gegangen. Die beiden kamen nicht wieder nach Hause. Rubin und Diego gingen sie suchen. Sie fanden Lucy mit heruntergerissenen Kleidern halb im Wasser liegend, mit Blut unter den Fingernägeln. Jayne lag neben ihr und blutete aus einer furchtbaren Kopfwunde. Auch ihre Kleider waren zerrissen, sie sabberte und redete wirres Zeug, und als sie ihre Brüder sah, schrie sie nur noch.

Rubin brachte seine kleine Schwester nach Hause und holte die Gewehre, während Diego die Spur aufnahm. Ihre tote Schwester überließen sie der Fürsorge ihrer Mutter und der beiden älteren Schwestern Ruby und Star, dreizehnjährigen Zwillingen. In der zweiten Nacht spürten sie die vier Männer auf und erschossen zwei von ihnen. Nur zwei, weil sie es sich nicht leisten konnten, Kugeln zu verschwenden. Zwei Schüsse, zwei Tote. Die anderen Männer versteckten sich, doch am nächsten Morgen waren auch sie tot. Die Jungen machten sich nicht die Mühe, die Leichen zu begraben. Sollten die Geier sie fressen. Sie waren weit weg von ihrer elenden Behausung, und falls jemand die Toten fand, gab es keine Spuren, die zu ihnen führen würden.

Die Grippe kam in dem Winter, in dem sie dreizehn waren. Ruby, ihre Mutter und Jayne erkrankten daran. Zuerst beerdigten sie Jayne. Drei Tage später starb Ruby. Danach sagte ihre Mutter kein einziges Wort mehr. Sie saß in ihrem Stuhl, wiegte sich vor und zurück, summte vor sich hin und verweigerte das Essen, ganz egal, was Star ihr vorsetzte.

Als die beiden Jungs von einem Jagdausflug nach Hause kamen, saß Star weinend vor ihrer Mutter, die von einem Balken in der ärmlichen Hütte hing. Da waren sie gerade erst vierzehn. Es blieb ihnen überlassen, ihre Mutter abzuschneiden und ihr neben ihrem Mann und den Kindern ein Grab zu schaufeln.

Am folgenden Morgen fanden sie eine Nachricht von ihrer Schwester, in der sie ihnen mitteilte, dass sie nicht bleiben könne. Sie war zu den Nonnen in der nächsten Stadt gegangen. Rubin und Diego hatten die paar Sachen gepackt, die sie hatten, und waren auf einen Zug gesprungen, der sie aus den Bergen herausbrachte. Sie hielten sich versteckt und fuhren tagelang über die Schienen, bis sie in einer großen Stadt ausstiegen, in der sie hofften, Arbeit zu bekommen. Das war ein schrecklicher Fehler gewesen. Es gab keine Arbeit und kein Zuhause. Sie konnten nicht jagen oder fischen. Alle, die sie geliebt hatten, hatten sie verlassen. Niemanden interessierte es, ob sie lebten oder starben. Dann waren sie Ezekiel Fortunes begegnet.

Nun hockten sie geduckt zwischen den Bäumen und lasen die Spuren auf dem Boden. Sie konnten alles finden. Alles. Rubin machte seinem Bruder ein Zeichen und die beiden trennten sich. Rubin schlich zur Vorderseite des Hauses. Er schlang sein Gewehr über die Schulter, sprang zu einem Ast empor, der gut anderthalb Meter über seinem Kopf hing, zog sich daran hoch und suchte sich eine gute Position.

Immer wieder knallten Schüsse, doch es war einfach, die der Schattengänger von denen der Söldner zu unterscheiden. Die Schattengänger drückten nur ab, wenn sie ein Ziel genau im Visier hatten, und jeder Schuss war ein Treffer. Die Söldner feuerten bei jedem Windhauch und dem leisesten Geräusch in den Sumpf. Man hatte sie gewarnt, dass Schattengänger praktisch unsichtbar seien, deshalb ballerten sie blindlings auf alles, was sich bewegte.

Diego machte sich von hinten an sechs Männer heran, die ausgeschwärmt waren und durch ein Wäldchen heimlich zur Seite des Hauses vorstießen. Das Unterholz zwischen den hohen, alten Zypressen, die sehr beeindruckend wirkten, war dicht, und von den vielen Ästen, die sich dem Himmel entgegenstreckten, hingen graugrüne, lange Moosschleier.

Wie aus dem Nichts tauchte er hinter einem der Männer auf, bohrte ihm ein Messer in die Leber, schnitt ihm die Kehle durch, ließ ihn fallen und war schon wieder weg, als das Gewehr seines Bruders knallte und ein zweiter Angreifer zu Boden ging. Sofort schossen die vier Übriggebliebenen Rücken an Rücken wild um sich. Doch Rubin, der hoch oben in seinem Baum saß, war sicher vor ihnen und nahm ruhig einen weiteren Mann ins Visier, drückte ab und holte sein Ziel von den Beinen. Sobald es im Wald leiser wurde, erschoss Diego seinen zweiten Mann und ging wieder in Deckung.

Er hatte sich sein nächstes Opfer bereits ausgespäht und versuchte sich durchs Gebüsch heranzurobben. Die letzten beiden Angreifer feuerten erneut und jagten eine gemeinsame Salve dahin, wo er gerade noch gewesen war. Eine Kugel streifte sein Bein, und eine andere traf seinen Arm. Dann hörte er das Gewehr seines Bruders, und der nächste Mann fiel um. Entmutigt wandte der letzte Söldner sich vom Haus ab und versuchte, an ihm vorbei zum Auto zu kommen. Diego schoss ihm genau ins Herz. Dann kroch er zu einem Baum, setzte sich, an den Stamm gelehnt, und wartete auf seinen Bruder.

Gino Mazza legte sich auf den Bauch, drückte ein Ohr an den Boden und hörte, was die Erde ihm zu sagen hatte. Dann hob er den Kopf und atmete tief durch die Nase, um alle Gerüche im Umkreis in sich aufzunehmen. Er war ein Jäger. Und zwar ein ganz ausgezeichneter. Es gab nur wenige auf der Welt, die so gut waren wie er, und noch weniger, die ihm entkommen konnten. Er war knapp eins achtzig groß und durchtrainiert, hatte sehr dunkles, fast schwarzes Haar, und manche behaupteten, auch seine

Augen seien schwarz. Er lächelte nur selten, aber Wyatts kleine Mädchen brachten ihn doch hin und wieder zum Lachen.

Er stammte aus einer extrem wohlhabenden Familie und hatte irgendwo in einer Bank genug Geld, um ein kleines Land zu kaufen. Inzwischen wahrscheinlich schon ein großes. Er hatte von seinen Großeltern väterlicherseits geerbt, außerdem von denen mütterlicherseits, dann von seiner Mutter und schließlich von seinem Vater. Sie waren nette Menschen gewesen, allesamt. Freundlich. Großzügig. Liebevoll. Und in Gino vernarrt. Doch all ihr Reichtum hatte sie nicht vor den Kidnappern gerettet, die an Ginos zwölftem Geburtstag ins Haus eingedrungen waren. Seine Familie hatte sich gewehrt, und sie waren alle getötet worden. Sie hatten sich vor ihn gestellt und sich geweigert, die Forderungen zu erfüllen, selbst als einer nach dem anderen erschossen wurde. Die Narben der Schüsse, die sein Leben zerstört hatten, trug Gino immer noch. Dreimal hatten die Kidnapper auf ihn geschossen und ihn liegen lassen, weil sie ihn für tot hielten. Dann hatten sie das Haus angezündet.

Es war sein Freund Joe Spagnola gewesen, der in das brennende Haus gerannt war und ihn blutend und halb tot herausgezogen hatte. Joes Familie hatte ihn aufgenommen. Sie war ganz anders als Ginos. Auch diese Familie hatte Geld gehabt, aber dazu auch hohe Zäune und Wachhunde und bewaffnete Männer, die auf dem Grundstück patrouillierten. Joe wurde auf die besten Schulen geschickt, und Gino begleitete ihn. Außerdem wurden sie nicht nur in jeder Art von Kampfkunst, Boxen und Straßenkampf ausgebildet, sondern auch an allen erdenklichen Waffen.

Es war Joes Vater gewesen, der die Entführer aufgespürt hatte. Sie waren einen schmerzvollen und langsamen Tod gestorben. Gino hatte gut aufgepasst und viel über das Geschäft von Joes Vater gelernt, dann waren sie beide aufs College geschickt worden. Joes Vater hatte mit Sergeant Major Theodore Griffin bei den Marines gedient und seinen Sohn und Gino dazu gedrängt, seinem Beispiel zu folgen. Das hatten sie getan, auch wenn sie sich die Luftwaffe und den medizinischen Bereich ausgesucht hatten. Danach hatten sie sich beide für das Schattengänger-Programm qualifiziert, und als Joe ihm beigetreten war, hatte Gino auch mitgemacht.

In diesem Moment entdeckte Gino einen Mann, der direkt vor dem Haus des Fontenots einem anderen signalisierte stehen zu bleiben. Diese Kerle waren schon recht weit gekommen, weiter als ihm lieb war. Niemand sollte so nah am Haus sein, wo die Frauen waren und Joe operiert wurde. Der zweite Söldner nickte, nahm eine Tasche von der Schulter, stellte sie vorsichtig ab und reichte seinem Partner ein paar Handgranaten und Sprengstoff. Die Lage wurde ernst.

Gino stand auf und warf ein Messer. Es war klein, nicht einmal fünf Zentimeter lang, aber perfekt austariert und zielgenau. Es traf den Mann mit den Granaten in den Hals, während Gino bereits das zweite Messer warf. Er hatte das unzählige Male geübt und verfehlte sein Ziel nur sehr selten. Auch diesmal traf er. Beide Männer stürzten zu Boden, und er war bei ihnen, ehe einer von ihnen die Granaten entschärfen oder, schlimmer noch, werfen konnte.

Mordichai feuerte, und Gino hörte, wie hinter ihm ein Söldner zu Boden fiel, lief aber trotzdem weiter. Im Moment war ihm nur eins wichtig: diese Kerle davon abzuhalten, zum Haus zu gelangen. Schweißgeruch führte ihn zu den nächsten drei Söldnern. Sie lauerten im Wäldchen und warteten auf die Explosion der Handgranaten. Drei Meter auseinander knieten sie jeweils auf einem Knie, die Maschinengewehre im Anschlag. Gino ging davon aus, dass diese drei dem Handgranatenteam den Rücken freihalten sollten und noch nicht mitbekommen hatten, dass ihr Plan fehlgeschlagen war.

Er tauchte auf und verschwand stets wie ein Geist, daher auch sein Spitzname Phantom, und er nutzte diese Fähigkeit, um sich geräuschlos an den ersten Mann heranzuschleichen. Dann tötete er einen nach dem anderen, ohne dass sie es kommen sahen, versteckte sich wieder im Wald und suchte nach eventuellen weiteren Angreifern, während Mordichai immer noch gelegentlich einen Schuss abgab.

Nachdem sie in den Fluss gesprungen war, schwamm Bellisia eilig zu der Stelle, an der sie das Gewehr versteckt hatte, holte es aber nicht aus seinen Behälter. Sie hatte ja noch ihre Glock. Untergetaucht, beobachtete sie, wie Violet mit ihren fünf Leibwächtern zum Haus ging. Es ärgerte sie, dass sie nicht hören konnte, was gesagt wurde, doch Violets Körpersprache verriet ihr alles. Sie hatte den Teamführer Joe Spagnola fest in der Hand, und er versuchte offenbar sie zu beschützen. Die beiden mussten ein Verhältnis haben. Das war ihr entgangen, als sie Violet ausspioniert hatte, obwohl sie sie eine Weile observiert hatte. Diese Frau hatte mehrere Liebhaber, zu denen auch mindestens einer der Leibwächter zählte.

Sie konnte sehen, dass Ezekiel sich nicht entspannt hatte und wie er auf jedes Wort achtete, das gesagt wurde.

Gerade als er sich vorsichtig in den Schatten zurückzog, spürte sie, dass sich ein Sumpfboot näherte. Es fuhr langsam. Sehr langsam. Doch sie erkannte es an den typischen Vibrationen. Sie überlegte kurz, ob sie besser an Ort und Stelle bleiben sollte, um die anderen zu unterstützen. Aber wenn das Boot noch mehr Angreifer brachte, mussten die Schattengänger es erfahren.

Sie schwamm los, um sich das Boot genauer anzusehen, da schoss Mordichai plötzlich zweimal schnell hintereinander. Hastig drehte sie um, kehrte zum Ufer zurück und musste mit ansehen, wie Violet Joe attackierte. Das war das Letzte, womit irgendjemand, sie eingeschlossen, gerechnet hatte.

Man konnte sich durchaus vorstellen, dass die Senatorin eine Säuberungsaktion anordnete. Und auch dass sie einen Haufen Söldner losschickte, um die weiblichen Schattengänger und ihre Kinder zu eliminieren. Sie wäre sogar imstande gewesen, unbewegt danebenzustehen und zuzuschauen, wie einer von ihnen gefoltert wurde. Aber sie hatte eine lupenreine Akte. Falls sie irgendwann einmal irgendjemanden mit eigenen Händen ermordet haben sollte, tauchte das nirgendwo auf, und Bellisia hatte trotz all ihrer Nachforschungen nichts dergleichen gefunden.

Whitney hatte sie alles über Violet lesen lassen. Wie all die Mädchen, die er als Waisen aufgelesen hatte, hatte die Senatorin gelernt mit und ohne Waffen zu kämpfen, aber besonders gut hatte sie das nie beherrscht. Sie war mit Senator Edward Freeman verpaart worden, einem jungen, aufstrebenden Politiker, dessen Vater mit Whitney zur Schule gegangen war. Die beiden alten Herren wollten ihn zum Präsidenten machen. Es hatte sogar so ausgesehen, als hätte Violet den Senator gern, doch schon damals waren die beiden immer von Leibwächtern umgeben gewesen. Sie hatte nie selbst die Verteidigung übernehmen müssen – dafür war ein anderes Schattengänger-Team zuständig.

Als die Senatorin von der Veranda herunterlief und geduckt zum Fluss rannte, hob Bellisia ihre Glock. Ein Leibwächter feuerte auf Ezekiel, doch Joe warf sich vor ihn und riss ihn um, während Ezekiel das Feuer erwiderte. Nun konnte sie entweder Violet erschießen oder Ezekiel retten. Sie entschied sich für Letzteres und zog den Abzug. Der Leibwächter stürzte. Die beiden anderen Männer, die mit Violet zum Fluss rannten, kamen ihr in die Schusslinie, doch Kugeln räumten sie aus dem Weg. Ohne ihnen auch nur einen Blick zu gönnen, tauchte Violet in den Fluss.

Bellisia wartete, bis sie sicher war, dass Ezekiel keine Gefahr mehr drohte. Offenbar gab er Befehle. Sie hatte keine telepathischen Kräfte, aber sie spürte die Energie, wenn die Schattengänger sich unterhielten. Bei einem oder zweien von ihnen waren sie sogar so stark, dass sie anderen eine Brücke bauen konnten. Aber so weit war sie noch nicht. Dennoch hatte sie das Gefühl, als flatterten lästige Flügel in ihrem Kopf, und in ihren Ohren war ein Summen wie von Bienen. Ezekiel hievte Joe hoch und trat gegen die Vordertür. Draden kam aus der Deckung gelaufen, und sie und Mordichai feuerten, um drei Söldner von ihm fernzuhalten, während er in das relativ sichere Haus lief. Sie traf einen Mann, Mordichai die beiden andern.

Bellisia hatte keinen Zweifel daran, dass das Team ab jetzt mit allem, was Violet auf sie losgelassen hatte, fertig werden würde. Also konnte sie ihr Ziel verfolgen. Sie warf die Glock ans Ufer, drehte um und tauchte wieder unter. Violet hatte einen Vorsprung, aber Bellisia war schnell und hatte bereits eine Ahnung, wohin die Senatorin wollte. Und tatsächlich wurden die Schwingungen, die das Boot aussandte, stärker, denn es nahm Fahrt auf. Es kam immer näher, musste aber noch um eine Biegung.

So schnell wie möglich schoss Bellisia durchs Wasser. Sie war öfter durch den Fluss geschwommen und kannte jedes Hindernis. Das half ihr, alle Vorteile auszuschöpfen, um das Boot zu erreichen, ehe Violet hineinstieg und verschwand. Wahrscheinlich wollte sie zum Lake Borgne. Sobald sie aus der unmittelbaren Umgebung heraus war, konnte sie in dem Flugzeug, mit dem sie wahrscheinlich gekommen war, zurückfliegen, sich in ihr Haus schleichen und so tun, als wäre sie nie weg gewesen. Ihr Secret-Service-Agent würde bestätigen, dass sie es, nachdem er sie dort hingebracht hatte, nicht mehr verlassen hatte. Das hieß, sie musste das Boot aufhalten, ehe es den See erreichte.

Als Bellisia die Biegung erreichte, sah sie, wie zwei Männer Violet ins Boot halfen. Während die Senatorin ins Boot gezogen wurde und nach Luft schnappend zu Boden fiel, legte sie einen Zwischenspurt ein.

»Fahrt los«, befahl Violet. »Bringt mich hier raus.« Ihre Stimme bebte vor unterdrücktem Zorn.

Als der starke Motor beschleunigte und das Boot in einer Wasserfontäne kehrtmachte, heftete sich Bellisia unterhalb der Wasserlinie an seine Seite. Dann kletterte sie langsam hoch. Es war schwierig, trotz ihrer besonderen Kräfte. Das Propellerboot fuhr so schnell, dass es immer wieder hart auf der Wasseroberfläche aufschlug.

Doch die Männer mussten mehrmals langsamer fahren, um sich zu orientieren, das nutzte sie aus, um über den Rand zu spähen. Sie war hinter dem Mann am Steuer. Der andere schaute nach vorn zum Ziel.

Bellisia schlüpfte ins Boot und nahm Form und Farbe der nassen Bodenbretter an. Violet saß vornübergebeugt auf einer gepolsterten Bank, als wollte sie das Fahrzeug irgendwie zu größerer Eile antreiben. Bis zum Lake Borgne war es noch ein gutes Stück. Zentimeter um Zentimeter schlängelte Bellisia sich an dem Fahrer vorbei. Niemand schaute nach unten, aber sie wollte kein Risiko eingehen.

»Werden wir verfolgt?«, rief Violet über das Dröhnen des Motors hinweg.

Der Mann, der neben ihr auf der Bank saß, schüttelte den Kopf. »Ich glaube nicht. Die letzte Meldung lautet, dass die meisten von ihnen damit beschäftigt sind, Spagnola zu retten. Sie müssen ihn ganz schön zugerichtet haben.«

Bellisia sah, wie Violet eine Hand ballte. An ihrem Handgelenk ragte ein blitzendes Messer aus dem Jackenärmel. Sie hatte also zwei Messer und war im Umgang damit ausgiebig geschult worden, auch wenn sie offenbar eine schlechte Schülerin gewesen war. Obwohl sie auf Joes Hals gezielt hatte, hatte sie seine Kehle nicht getroffen, deshalb seine Brust zerschnitten und ihm das Messer schließlich in den Bauch gerammt. Aber so schnell, wie sie gewesen war, hätte sie ihm auch die Beinarterien durchtrennen und sehr viel mehr Schaden anrichten können. Entweder sie hatte ihr Training vergessen – oder sie wollte nur Ezekiel und Draden aus dem Kampf heraushalten.

Aber ihre Absichten konnten Bellisia nun egal sein. Sie machte sich so klein wie möglich, schlüpfte unter die Bank und versteckte sich direkt unter Violet. Der Hosensaum der Senatorin war gerade so weit hochgerutscht, dass über ihren Stiefeletten ein Stück Haut zu sehen war. Nun durfte Bellisia keinen Fehler machen – sie musste ihr Gift unmerklich verabreichen. Sie musste es so schmerzfrei oder zumindest so unauffällig injizieren, dass Violet keinen Alarm schlagen konnte.

Der Mann auf der Bank war mit seinem Funkgerät beschäftigt. »Ich bekomme niemanden ran. Aber ich glaube, ich habe gerade jemand schreien hören.«

Der Fahrer lachte. »Vielleicht haben sie es geschafft, die kleinen Schlangen zu töten.«

Das lenkte Violet ab. Sie schaute sich nach den Männern um. Schnell ließ Bellisia das Gift einschießen. Dann ritzte sie Violets Knöchel gerade so viel, dass Blut kam, aber so leicht, dass es sich nur wie ein kurzes Brennen anfühlte. Violet riss zwar das Bein weg, blickte aber nicht nach unten.

»Das hoffe ich doch, Nate. Ich kann den Gedanken daran, dass noch mehr Schlangen und Spinnen auf der Welt herumlaufen, einfach nicht ertragen. Sie sollten längst ausgerottet sein, die ganze Brut. Die Befehle waren schon unterzeichnet, sind aber nie ausgeführt worden. Wir hätten eine Bombe auf dieses Haus werfen sollen«, stieß sie hasserfüllt hervor.

Bellisia spuckte sich in die Hand und ließ das Gift in die offene Wunde tropfen. Dann wartete sie einen Moment, um sich zu vergewissern, dass genug durch den kleinen Kratzer gedrungen war, um dieses Weibsbild umzubringen, und klammerte sich unter der Bank fest.

»Die kriegen wir schon, Senatorin«, sagte der Fahrer beruhigend. »Wir haben zugeschlagen, als sie es nicht erwartet haben, und es sind nur sehr wenige da, um diese elenden Kreaturen zu verteidigen.«

»Es ist eine Schande, dass ich Joe Spagnola opfern musste, aber er hat sich immer wieder geweigert, auf uns zu hören. Obwohl wir alle versucht haben, ihn zu überzeugen.« Violet klang nicht traurig, sondern eher wütend darüber, dass Joe nicht getan hatte, was sie wollte. Offenbar war sie es gewohnt, dass sie jeden dazu brachte, ihre Wünsche zu erfüllen. »Ich wusste, dass ich ihn früher oder später beseitigen muss. Er wollte einfach keine Vernunft annehmen.«

Violet wedelte mit den Händen und bewegte unruhig ihre Beine. Dann hustete sie. »Meine Hände werden taub. Und meine Beine auch.«

»Das liegt an der Kälte, Senatorin. Ich hätte daran denken müssen, eine Decke für Sie mitzubringen«, sagte Nate besorgt.

Violet machte eine abfällige Handbewegung und legte eine Hand an den Hals, während sie mit der anderen immer noch herumfuchtelte. Nate ging mit seinem Funkgerät zum Bug. Bellisia hörte Violets leises Keuchen, als Atmen und Schlucken schwer zu werden begannen. Abrupt legte die Senatorin sich der Länge nach auf die Bank. Bellisia wartete, doch keiner der Männer schien zu bemerken, dass es ihr nicht gut ging. Violet versuchte etwas zu sagen, Bellisia konnte es hören, aber die Männer nicht, das Dröhnen des Motors war zu laut. Gut fünf Minuten gingen vorüber. Dann rollte Violets Kopf zur Seite, und die Lähmung setzte ein.

»Ich möchte, dass du weißt, dass das hier für all meine Schwestern ist«, flüsterte Bellisia nahe an Violets Ohr, ohne aus dem Versteck zu kommen.

Violet versuchte sich zu bewegen, aber es gelang ihr nicht. Sie lag mit offenen Augen da und atmete so flach, als gäbe es sie schon fast nicht mehr.

»Es wird nicht mehr lange dauern, bis du stirbst. Wenn es auf dieser Welt außer Whitney irgendeinen Menschen gibt, der meiner Meinung nach sterben sollte, bist du es, Violet. Du hättest uns retten können, aber du hast uns Whitney und seinen Skalpellen und Nadeln überlassen. Dem Krebs und den widerlichen Experimenten. Du hasst das, was er aus einigen von uns gemacht hat, aber du hast uns nicht vor ihm gerettet. Und nun kann dich keiner mehr retten. Selbst wenn sie dich bemerken, ist es zu spät. Du bist tot, und wir haben dich umgebracht. Wir, deine Schwestern.«

Bellisia ließ noch etwas Zeit verstreichen, in der das Boot weiter übers Wasser brauste und der Körper der Senatorin auf der Bank durchgeschüttelt wurde, doch die Männer hielten die Augen nach vorn gerichtet. Es war Nacht geworden, und sie fuhren eilig über den Fluss zum Golf. Das Boot sollte nicht gesehen werden, und die Senatorin musste unbedingt nach Hause, ehe ihre Abwesenheit bemerkt wurde.

Bei einer scharfen Kurve fiel Violet schließlich mit einem dumpfen Schlag zu Boden, und ihr Gesicht drehte sich Bellisia zu. Also gab Bellisia sich bewusst zu erkennen. Violet konnte sich nicht mehr bewegen und auch nicht mehr sprechen. Sie rang nur noch gurgelnd nach Luft, bekam aber keine.

»Du hast uns alle verraten, und nun sieh dich an. Du bist nur noch ein Häufchen Elend, und niemanden kümmert's. Nicht. Eine. Einzige. Person. Du liegst da und stirbst, Violet. Und ich gehe zurück zu meinem Leben mit Ezekiel.«

Bellisia kroch über Violets Beine hinweg an dem Fahrer vorbei nach hinten. Bei der nächsten scharfen Kurve wurde Violet gegen die Bootseite geschleudert. Erschrocken schrie Nate auf, der Fahrer drosselte den Motor, hielt das Boot an, und die Männer kümmerten sich um die Senatorin. Ihre Pupillen waren starr und geweitet. Beide Männer begannen zu fluchen.

Dann versuchte Nate, sie wiederzubeleben, aber sie reagierte nicht. Nach zehn Minuten waren die zwei Söldner sicher, dass sie tot war. Auch Bellisia war überzeugt davon, obwohl ihr Herz noch geschlagen hatte, bis sie endgültig erstickt war. Bellisia hatte ihr die höchstmögliche Dosis verabreicht, damit die Männer sie nicht rechtzeitig entdeckten, um sie retten zu können.

Zufrieden kletterte Bellisia über den Bootsrand, um sich ins kalte Wasser des Lake Borgne sinken zu lassen. Der Weg nach Hause würde lang und ermüdend werden. Sie war ein wenig steif, weil sie eine ganze Weile in derselben Stellung verharrt hatte, und als das Boot plötzlich ins Schaukeln geriet, weil die beiden Männer sich von der Leiche abwandten, musste sie sich mit einer Hand festhalten, um nicht wieder hineinzufallen.

»Was zum Teufel?«, rief Nate. »Was ist das?« Dann sprang er vor, erwischte sie am Knöchel und zog ein Messer.

Erschrocken trat Bellisia um sich und stürzte sich ins Wasser, obwohl er immer wieder auf sie einstach und eine Salve von Schüssen neben dem Boot einschlug, als sie untertauchte.

16

KUGELN ZISCHTEN NEBEN ihr durchs Wasser, und das Messer kam ihr so nah, dass sie einen Kratzer am Arm davontrug, trotzdem ließ Bellisia sich so schnell wie möglich auf den Grund des Flusses sinken. Dann schoss sie wie ein Torpedo durchs Wasser, aber so tief, dass man sie nicht sehen konnte. Erst in sicherer Entfernung vom Boot tauchte sie wieder auf. Im Dunkeln konnte sie nicht entdeckt werden, es sei denn, die Männer strahlten sie mit ihrem Scheinwerfer direkt an.

»Verfluchte Mutantin. Sie hat die Senatorin umgebracht, und uns wird man die Schuld dafür geben«, sagte der Fahrer.

Nate schüttelte den Kopf. »Das passt doch genau zu dem, was sie dem Komitee die ganze Zeit über Whitney erzählt hat. Er erschafft tödliche kleine Monster. Lass sie uns einfach zum Flugzeug fahren. Dann laden wir sie ein und sehen zu, dass wir wegkommen.«

Eine Hand auf Violets Brust starrte er übers Wasser, als könnte er ihr Herz noch schlagen spüren. Doch das glaubte Bellisia nicht. Sonst hätten die Männer die Wiederbelebungsmaßnahmen nicht eingestellt. Bis sie die Insel mitten im See erreichten, würde Violet längst tot sein. Der Lake Borgne war eher ein Gezeitenbecken am Rande des Golfs, und in Salzwasser blühte sie immer auf.

Sie wartete, um zu sehen, ob die Männer wirklich

die Insel ansteuerten. Dann tauchte sie wieder ab und schwamm an Land. Sie durfte nicht zulassen, dass die beiden zu diesem Komitee gelangten. Das Letzte, was die Schattengänger brauchten, war, dass die Welt von den Drillingen, Pepper, Cayenne und den noch von Whitney festgehaltenen Schwestern erfuhr – oder dem, was er ihnen angetan hatte. Wie Violet und die Leute, mit denen sie darüber geredet hatte, würden auch viele andere Menschen das verdammen, was ihnen Angst einjagte.

Sie musste dieses Risiko schnell aus der Welt schaffen. Sie war eine ausgebildete Attentäterin, das stimmte, aber sie tötete heimlich und ließ sich selten sehen. Wenn sie entdeckt wurde, war es meist schon zu spät. Aber diese Männer würden nach ihr Ausschau halten oder zumindest nervös und wachsam sein. Sie wartete in der Lagune und hob den Kopf nur so weit aus dem Wasser, dass sie sehen konnte, wie der Fahrer das Boot ans Ufer der Insel lenkte. Nate würde aussteigen und es an Land ziehen. Das war ihre beste Chance, an ihn heranzukommen. Als der Fahrer den Motor abstellte, war sie auch schon hinter dem Boot.

»Ich freu mich nicht gerade aufs Aussteigen, Darrin«, meinte Nate.

Der Fahrer leuchtete mit dem Scheinwerfer die Umgebung um das Boot herum ab und versuchte möglichst viel von der Wasseroberfläche zu überprüfen. »Ich seh nichts. Je eher wir hier rauskommen, desto besser.«

Seufzend stützte Nate sich am Rand des Boots ab und sprang über die Seite. Dann fasste er nach dem Bug und zog es zum Ufer, während Darrin ihm weiter leuchtete. Bellisia schwebte unsichtbar direkt unter der Oberfläche. Als Nate an Land ging, schlug sie blitzschnell zu und vergiftete ihn mit einem sehr sanften Biss. Sie wusste, dass er den kleinen Stich an der Wade kaum gespürt hatte. Dann schwamm sie ein Stück weiter, stieg aus dem Wasser, versteckte sich im Gebüsch und wartete darauf, dass das Gift zu wirken begann.

Sobald das Boot sicher verstaut war, hoben die beiden Männer Violets Leiche heraus und trugen sie eilig zu einem kleinen Flugzeug, das ein Stück weit entfernt stand. Plötzlich hustete Nate, stolperte, ließ Violets Füße fallen und drückte die Hände auf seine Brust. Sofort kam Bellisia aus dem Gebüsch, in der Hoffnung, die kleine Grasfläche überqueren zu können, ehe Darrin sie bemerkte. Aber so viel Glück hatte sie nicht. In dem Augenblick, in dem Nate strauchelte und in die Knie ging, fuhr Darrins Kopf suchend herum. Dann ließ er Violet fallen und zog seine Pistole.

Bellisia war schon bei ihm und stieß die Waffe beiseite, doch er boxte sie so fest in den Magen, dass sie zusammenklappte. Sofort setzte er nach und trat mehrmals so heftig auf sie ein, dass sie keine Luft mehr bekam. Ihr erster Gedanke war, sich ins Wasser zu flüchten, dann kämpfte sie nur noch ums Überleben.

Darrin schlug und trat so brutal auf sie ein, dass sie keine Chance hatte, sich weit genug zu erholen, um selber Schaden anzurichten. Also hörte sie auf sich zu wehren, rollte sich zu einem kleinen Ball zusammen und versuchte durchzuatmen und das Gift einschießen zu lassen. Unter ihrer Haut zeigten sich bereits die blauen Ringe.

Verächtlich spuckte Darrin sie an und zog sein Messer. »So, und jetzt zerstückele ich dich.«

Als er sich neben sie hockte, biss sie ihm in den Schenkel und rollte sich von ihm weg. Die Augen weit aufgerissen vor Angst und Hass, bohrte er sein Messer in sie hinein, zog es wieder heraus und versuchte sie noch einmal zu treffen, doch Bellisia rollte sich trotz ihrer brennenden Wunden weiter. Sie fühlte sich, als wäre jeder einzelne Knochen in ihrem Leib gebrochen. Außerdem hinterließ sie eine lange Blutspur. Sie war so erschöpft und zerschlagen, dass sie es nicht einmal mehr schaffte, die Blutung zu stillen.

Wild fluchend rammte Darrin bei dem Versuch, sie noch einmal zu erwischen, sein Messer mehrmals in den Boden. Das Gift brauchte vier Minuten, um zu wirken, und es waren die längsten vier Minuten ihres Lebens. Jedes Mal, wenn er ihr zu nah kam, rollte sie sich weiter, doch er stürzte sich immer wieder auf sie, entschlossen, sie zu töten. Als er hustete und sein Kehle sich zusammenzog, wurden seine Augen groß vor Schreck. Obwohl es ihr gelungen war, ihn zu beißen, hatte der Biss nicht wehgetan, und er hatte ihn als ungefährlich eingestuft. Er hatte nicht geahnt, dass sie mit einem Biss genug Gift verabreichen konnte, um mehr als zwanzig Menschen zu töten, von einem ganz zu schweigen.

»Du Miststück. Du hast etwas mit mir gemacht.« Er sackte in die Knie, starrte zu Nate hinüber, der mit dem Gesicht im Dreck lag, und fasste sich ebenfalls mit beiden Händen an die Brust.

Bellisia sparte sich den Atem für eine Antwort. Sie war in schlechter Verfassung und ein ganzes Stück von zu Hause entfernt. Sie musste ein Versteck finden, für den Fall, dass auch andere Söldner von dem Flugzeug wussten und nachschauen kamen. Sie durfte keine Spuren hinterlassen. Aber gegen das Blut auf dem Boden war nichts zu machen. Jetzt ging es nur noch darum, ins Wasser zu kommen.

Unfähig aufzustehen oder auch nur die Knie anzuwinkeln, zog sie sich mit den Händen von Darrin fort. Das Ufer schien sehr weit weg zu sein, doch sie schaffte es, bis zur Lagune zu robben, und rollte sich hinein, ohne auf Darrins Flüche zu achten. Er verfolgte sie nicht, und das war alles, was zählte.

Das Wasser war kühl, brannte aber in der Messerwunde. Sie fand eine kleine Spalte in einem Stein und zwängte sich hinein. Nur ihr Kopf ragte noch aus dem Wasser, aber sie konnte ihn leicht einziehen, wenn sie sich verstecken musste. Grün und Blau geschlagen und voller Angst, die Schwere der Stichverletzung zu prüfen, schickte sie eine stumme Bitte an Ezekiel.

Finde mich. Mir tut alles weh, und diesmal bin ich nicht sicher, ob ich überlebe.

Sie konnte nicht mehr nach Hause schwimmen. Und sie konnte nicht mit Ezekiel in Kontakt treten und ihn wissen lassen, dass sie noch lebte. Sie hatte nur ihr geliebtes Wasser, das an ihrer Haut leckte und die Wunde netzte, die höllisch schmerzte. Sie zwang sich, das Blut, das ins Wasser rann, zu stoppen, und das war mit das Schwierigste, was sie je getan hatte. Sie wusste, dass sie nicht imstande sein würde, das lange auszuhalten.

Finde mich, Ezekiel. Ich brauche dich. Sie hatte sich niemals auf irgendjemanden verlassen. Nie im Leben. Das hatte Whitney ihr eingebläut.

Sie führte ihre Missionen allein durch. Sie war selber für ihr Leben verantwortlich. Und es war nicht so, als wäre sie noch nie in einer schlimmen Lage gewesen, doch diesmal hatte sie Ezekiel. Er hatte etwas an sich, das dafür sorgte, dass sie sich beschützt und behütet fühlte. Sie konnte sich nicht vorstellen, dass er sie nicht suchen würde.

Ihr war klar, dass die meisten Menschen sie in dieser Lagune nicht finden würden, selbst wenn sie nach ihr suchten. Sie hatte sich ganz klein gemacht und in eine Spalte gequetscht, in der niemals jemand ein menschliches Wesen vermutet hätte, aber sie hatte Vertrauen in ihren Geliebten.

Ezekiel.

Sie flüsterte seinen Namen und erinnerte sich an ihn. Seinen Geruch und seine Stärke. Er war ein großer Mann mit einem muskulösen Körper, der genauso war wie sein Charakter selbst. Kraftvoll. Verlässlich. Beruhigend. Er war ein guter Mann, und er gehörte ihr. Er würde sie holen kommen. Das wusste sie ohne den Hauch eines Zweifels.

»Wo zum Teufel ist sie?«, fragte Ezekiel, der mit Mordichai über den Steg lief und den Morgan River absuchte. »Ihr darf nichts zugestoßen sein. Ich weigere mich, das zu glauben.«

»Es wird ihr schon nichts passiert sein«, sagte Mordichai beruhigend. Das Problem war nur, dass er genauso besorgt klang wie sein Bruder, und das war ganz und gar nicht beruhigend. »Du bist erschöpft, Zeke. Komm rein, und versuch ein paar Stunden zu schlafen.«

Ezekiel ignorierte den Vorschlag. »Sie hat mit der Glock geschossen. Das ist das Letzte, was ich von ihr gehört und gesehen habe.« Sein Blick wanderte über die beiden Männer, die neben ihm standen – Gino und Mordichai. »Hat einer von euch sie danach noch gesehen? Oder irgendetwas anderes Wichtiges? Mordichai, du warst doch auf dem Dach.« War das eine Anklage? Verdammt, er verlor wirklich die Nerven. Er fühlte sich furchtbar schuldig. Er hätte seine Frau doch beschützen müssen.

»Wir waren alle beschäftigt, Mann. Es gab eine Schießerei«, sagte Mordichai leise und warnend.

Ezekiel holte tief Luft und lauschte in die Nacht. Das ständige Summen der Insekten, die Frösche, die einander zuquakten, und das gelegentliche Bellen eines Alligators zeigten an, dass alle Angreifer längst fort waren. Er stand einfach da und schaute übers Wasser, als ob Bellisia jeden Augenblick lachend auftauchen würde. Sie liebte Wasser. Wenn sie in der Nähe von Wasser war, war sie in Sicherheit. Daran musste er denken, sonst würde er verdammt noch mal den Verstand verlieren.

»Ich weiß, Mordichai.« Nervös fuhr er sich mit beiden Händen durchs Haar. »Es muss ihr einfach gut gehen. Ich muss immer daran denken, was Violet mit Joe gemacht hat und wie sehr sie die Drillinge und Pepper hasst. Sie würde auch Bellisia verachten.«

»Wir sind anders«, sagte Gino. »Wir alle. Auch diese Senatorin. Sie hasst sich selber, deshalb schlägt sie so um sich.«

»Diese Frauen haben nicht darum gebeten, von Whitney manipuliert zu werden. Sie hatten keine Wahl«, meinte Mordichai. »Keiner von uns hatte eine echte Wahl. Wir hatten keine Ahnung, dass er uns nicht nur körperlich verändern würde.«

»Wir müssen das logisch angehen«, sagte Gino. »Nachdem Violet Joe angegriffen hat, ist sie zum Fluss gelaufen. Das ist Bellisias Territorium. Als deine Frau gesehen hat, dass du in Sicherheit bist, wird sie das wichtigste Ziel verfolgt haben. Violet hatte gerade auf Joe eingestochen. Sie hat dich an Cheng verraten. Sie hat die Frauen verraten, mit denen sie aufgewachsen ist, und alle anderen, die so sind wie sie. Bellisia wird ihr das nicht einfach durchgehen lassen, also ist sie ihr hinterher.«

»Aber wenn sie Violet erwischt hätte, hätten wir ihre Leiche entdeckt, und Bellisia wäre wieder hier«, sagte Ezekiel.

»Wir haben ihre Glock am Ufer gefunden. Sie muss hinter ihr her sein«, betonte Mordichai. »Es gibt keine andere Erklärung, sonst hätte sie ihre Waffen nicht dagelassen.«

Gino ging am Ufer entlang und nahm die Witterung auf, um eine Spur zu finden. Dann kam er wieder auf den Steg zurück. »Joe lebt noch. Das ist gut. Du hast gesagt, wenn er die nächsten Stunden übersteht, kommt er durch.« Er hob eine Hand und massierte die steifen Muskeln in seinem Nacken. »Diego schläft, und Rubin passt auf ihn auf. Cayenne geht es gut. Die Mädchen sind auch eingeschlafen. Die Leichen haben wir beseitigt.«

»Aber Bellisia ist noch nicht zurück«, wiederholte Ezekiel. »Hör auf, mir all das Gute aufzuzählen. Nichts ist gut, bis sie wieder da ist.«

Gino wechselte einen Blick mit Mordichai. »Ich habe ein Boot gehört. Ein Sumpfboot, dem Klang nach. Wenn wir jetzt übers Wasser fahren, kann ich sie vielleicht finden. Auf dem Wasser ist es schwerer, weil Geruch sich darauf schneller verteilt, aber ich habe es schon geschafft. Schließlich habe ich dich auch aufgespürt in der Nacht, in der Chengs Leute dich entführt haben.«

»Dann los jetzt.« Ungeduldig stieg Ezekiel stieg ins Boot. Mordichai und Gino folgten ihm, und Gino stieß es vom Steg ab.

»Falls die Senatorin ein Boot bestellt hat, das sie hier rausbringen sollte, ist es logischerweise zum Golf gefahren. Dort wird ein Flugzeug gewartet haben, um sie nach Hause zu bringen. Sie hat gesagt, der Secret-Service-

Agent, der auf sie aufpasst, hätte keine Ahnung, dass sie das Haus verlassen hat«, sagte Ezekiel.

»Joe merkt es, wenn man ihn anlügt«, sagte Mordichai. »Ich verstehe nicht, warum er sich so bemüht hat, sie ins Schattengänger-Programm zurückzuholen. Er hätte doch wissen müssen, dass die Frau ein hoffnungsloser Fall ist.«

»Joe ist ein weißer Ritter«, erklärte Gino. »Sein Vater hat ihm das oft vorgeworfen. Er war immer der weiße Ritter und ich der schwarze. Joe wollte die Welt retten, während ich nichts dagegen gehabt hätte, sie in die Luft zu sprengen.«

»Er hat zu lange gewartet«, meinte Ezekiel. »Ich glaube, er wollte ihr genügend Spielraum lassen, bis sie sich selber zu Fall bringt.« Er schüttelte den Kopf und startete den Motor. »Hast du überhaupt eine Spur von Bellisia, Gino?«

»Ich weiß, dass sie untergetaucht ist. Bring das Boot um die Biegung, und stopp es dann kurz. Schauen wir mal, was ich aufschnappen kann.«

Sie musste am Leben sein. Etwas anderes konnte Ezekiel sich nicht vorstellen. Er hatte sie doch gerade erst gefunden und sofort gewusst, dass sie die Richtige war. Er hatte es einfach *gewusst.* Ganz egal, wie lächerlich das klang, ohne sie konnte er nicht mehr leben. Er hatte stundenlang um Joe gekämpft und ihn am Leben gehalten, obwohl es unmöglich zu sein schien, und danach hatte er nach Cayenne und Diego schauen müssen. Er war erschöpft, aber ohne Bellisia würde er nicht ins Bett gehen.

Als sie um die Biegung herum waren, hielt er sofort an, damit Gino die Nase in die Luft halten konnte.

»Alles klar. Violet ist in dieses Boot gestiegen. Zwei Männer haben sie abgeholt.« Er sah Ezekiel an und ließ einen Finger kreisen, woraufhin sein Freund sofort langsam eine Runde drehte. Wieder atmete Gino tief ein und nickte. »Bellisia war hier. Sie war auch auf dem Boot.« Mit dem Kopf deutete er auf den West Pearl River. »Sie sind in die Richtung abgehauen.«

Ezekiel stockte das Herz. Hatten Violet und ihre Männer Bellisia entführt? Er konnte es sich nicht vorstellen. Im Wasser war sie nicht zu sehen. Sie musste von sich aus an Bord gegangen sein. Er presste eine Faust auf die Brust, um den brennenden Schmerz zu lindern, der auf die Lunge übergegriffen hatte und ihm den Atem raubte. »Sie wollte Violet töten.«

»Zeke«, sagte Mordichai leise. »Sie ist doch dazu ausgebildet. Sie hat es ganz allein in Chengs Labor geschafft. Wir haben uns über ihn erkundigt. Dieses Labor ist sicherer als Fort Knox, aber sie ist trotzdem reingekommen und hat ihren Auftrag erfüllt.«

»Aber jetzt ist sie nicht mehr allein, verdammt. Sie hatte kein Recht, ihr Leben zu riskieren. Sie hätte vorher mit mir reden sollen ...« Ezekiel zwang sich, den Mund zu halten, weil er sich anhörte wie ein Idiot. Hätte sie etwa mitten in einer Schießerei um eine Pause bitten sollen, damit sie kurz mit ihm sprechen und ihn um die Erlaubnis bitten konnte, diese Mörderin zu verfolgen?

Mithilfe seiner ausgezeichneten Nachtsicht brachte er das Boot schnell auf den Morgan River hinaus.

»Deine Frau ist echt mutig«, schrie Gino über den Motorenlärm hinweg.

Ezekiel sah zu ihm hinüber. Ginos Gesicht war grimmig, aber seine Haltung lässig. Eine Hand am Bootsrand, stand er tief übers Wasser gebeugt und fing das heftige Aufklatschen mit den Beinen ab, während Ezekiel, so schnell er konnte, über den Fluss raste.

»Die Frauen in meiner Familie, meine Großmütter und meine Mutter, waren ihr sehr ähnlich. So klein, dass man sie für schwach hielt, aber unbeugsam. Egal, was passiert, sie wird immer zu dir halten«, fuhr Gino fort.

»Sie ist wie Nonny«, fügte Mordichai hinzu, das größte Kompliment, das ihm einfiel.

Ezekiel schluckte die aufsteigende Bitterkeit herunter. Er wollte nicht, dass sie Bellisia lobten, als hielten sie ihre Grabrede. »Und sie ist am Leben.« Weil er sich verdammt noch mal weigerte, auch nur einen Moment zu glauben, dass sie fort sein könnte. »Sie kennt das Wort *Versagen* nicht. Sie wird durchhalten, ganz gleich, was es kostet oder wie lang es dauert.«

»Lass uns über den Weg nachdenken, den die Söldner genommen haben könnten, um die Senatorin schnell hier rauszubringen, Ezekiel«, schlug Mordichai vor. »Es gibt verschiedene Möglichkeiten, und sie werden die beste gewählt haben. Halt das Boot an, und lass uns nachdenken, damit wir nicht wie kopflose Hühner herumfahren.«

Sein Bruder hatte recht. Es würde nicht schwer sein herauszufinden, wie die Senatorin in Sicherheit gebracht werden sollte. Ezekiel drosselte den Motor und ließ ihn dann im Leerlauf tuckern, während sie über die kürzeste Route sprachen.

»Sie werden den West Pearl zum Lake Borgne genommen haben«, sagte Ezekiel. »Das ist der schnellste Weg zum Golf. Allerdings ist das inzwischen kein echter See mehr, sondern eher eine Lagune. Die Küstenerosion hatte ihn zu einer Art Überlaufbecken für das Meer gemacht.

Mittendrin liegt eine Insel, die groß genug ist, um ein kleines Flugzeug zu landen.«

»Ich finde, da sollten wir hinfahren«, meinte Mordichai.

»Wie lang würde das dauern?«, fragte Gino.

»Ich bin ein paar Mal mit den Mädchen da gewesen. Wenn man vorsichtig fährt, dauert es eine Stunde. Aber das habe ich nicht vor. Ich versuche, diese Zeit deutlich zu unterbieten«, sagte Ezekiel warnend.

»Eben ist mir eingefallen, dass Bellisia, falls sie den Job erledigt hat, nach Hause schwimmen müsste«, sagte Gino. »Das dürfte bei Nacht nicht leicht sein.«

»Nein, für die meisten Menschen nicht, aber für sie ist das ein Kinderspiel. Sie ist im Wasser zu Hause, und sie geht ab wie ein kleiner Torpedo. Wenn alles in Ordnung wäre, wäre sie längst zu Hause.« Ezekiel war sicher, dass er recht hatte. Sie wäre zu ihm zurückgekommen, wenn sie es gekonnt hätte.

»Hör auf, dir so verdammt viele Sorgen zu machen, Denk lieber dran, dass du diesen Weg schon oft gefahren bist und im Dunkeln schneller bist als die anderen. Die haben sicher Instrumente gebraucht und sind viel langsamer gewesen.«

»Aber das ist Stunden her. Erst habe ich Joe verarztet, und dann Diego und Cayenne. Es ist zu viel Zeit vergangen, was immer auch passiert ist. Sie wartet auf mich. Sie braucht mich.«

»Wir schaffen das, Ezekiel. Atme tief durch. Wir finden sie.«

Ezekiel hoffte, das Gino recht hatte. Er rieb sich über den Nasenrücken und dachte daran, wie wenig es ihn interessiert hatte, ein eigenes Haus zu bauen – bis Bellisia gekommen war. Plötzlich hatte jeder Raum eine Bedeutung bekommen. Er hätte nie gedacht, dass er einmal Kinder haben würde, aber nun war es ihm wichtig. Er wollte ein Baby, noch ehe Nonny eines Tages beschloss, die Hände in den Schoß zu legen und sich endlich auszuruhen.

Er ging gern in ihre Küche, um seine Frau dabei zu ertappen, wie sie gerade etwas in den Gumbo auf dem Herd einrührte. Er hatte keine Gelegenheit gehabt, Bellisia zu fragen, wie die Kochstunde bei Nonny gewesen war oder ob sie mit Pepper und Cayenne Spaß gehabt hatte. Er wusste, dass der Gumbo gut geworden war, denn nachdem er Stunden im OP verbracht hatte, hatte Nonny ihm einen Teller davon gebracht. Mit selbst gebackenem Brot. So war Nonny, sie kümmerte sich um das Praktische, selbst nach einer solchen Schießerei. Er hatte noch mit den Drillingen sprechen müssen. Sie machten sich verständlicherweise Sorgen um Joe und Bellisia. Sie hatten zu Cayenne und Diego gehen wollen, und Rubin hatte sie ins Zimmer gelassen, obwohl Ezekiel es ihnen verboten hatte, aber er wusste, dass die Kinder sich sonst heimlich hineingeschlichen hätten, und ehrlich gesagt konnte er ihnen nicht wirklich böse sein.

Er warf einen Blick auf seinen Bruder. Mordichai und Malichai waren nicht viel jünger als er, doch er erinnerte sich noch gut an die Zeit, in der sie kaum sprechen konnten. Er hatte sich schwer in seine kleinen Brüder verliebt. Als seine Mutter ihm das erste winzige Baby in die Arme gelegt hatte, war er sehr stolz gewesen und hatte es beschützen wollen. Und genauso ging es ihm im Jahr darauf, als Malichai geboren worden war. Er hatte nie aufgehört, so zu fühlen, ganz egal, wie schwer sie es gehabt hatten. Später hatten Rubin und Diego und ein paar andere Jungs sich ihnen angeschlossen, und sie waren zu einer Familie geworden, die nach ihren eigenen Regeln lebte, bis sie zum Militär gegangen waren.

Ezekiel gab wieder Gas und sie flogen förmlich über den West Pearl River zum Lake Borgne. Sein Herz klopfte ein wenig unregelmäßig. Er hatte keine Ahnung gehabt, dass ein Mann so schnell verloren war, wenn er eine Frau fand – die richtige Frau. Sie wäre nach Hause gekommen, wenn sie dazu imstande gewesen wäre. Das stand für ihn außer Frage. Er wusste es mit absoluter Sicherheit. Entweder war sie von Violet und ihren Männern entführt worden, oder sie war verletzt. Eine andere Möglichkeit durfte er in seinen Gedanken nicht zulassen. Sie durfte nicht tot sein, denn ohne sie war sein Leben nicht mehr viel wert.

Mehrmals hob Gino die Hand, und Ezekiel verlangsamte das Tempo, damit sie beide schnuppern konnten. Dann nickte Gino, und sie brausten weiter zum Lake Borgne. Eine Landbrücke, die inzwischen nicht mehr als brackiges Marschland war, trennte ihn von den anderen Seen. Sein Wasser war nicht mehr süß, sondern salzig, und Ezekiel sagte sich immer wieder, dass Bellisia Salzwasser mochte. So sehr, dass sie oft sogar Salz ins Badewasser gab.

Als Gino plötzlich den Kopf hochriss, war Ezekiel alarmiert und bremste sofort ab. Gino hielt die Nase in den Wind, schüttelte den Kopf und machte ihm ein Zeichen, das Boot treiben zu lassen. Dann witterte er weiter in jede Richtung und deutete schließlich auf eine kleine Insel. Ezekiel schlug das Steuer ein und lenkte das Boot an eine sehr kleine Landmasse heran.

»Da steht ein Flugzeug«, bemerkte Mordichai. »Falls sie Bellisia entführt haben, sind sie noch nicht losgeflogen.«

Das Flugzeug stand auf einem dunklen Streifen Land, auf dem nur Gras wuchs. Nirgendwo ein Lebenszeichen.

Bitte lass sie uns finden. Bitte lass sie uns finden. Ezekiel ertappte sich dabei, dass er das im Laufe der Nacht schon Dutzende Male wiederholte Mantra schon wieder aufsagte.

»Gino?«, fragte er gespannt, um zu erfahren, ob sein Freund ihm versichern konnte, dass Bellisia noch lebte.

»Sie ist hier gewesen, das ist alles, was ich dir sagen kann.«

Er konnte Gino keinen Vorwurf machen. Er war ihr auf der Spur, aber die Spur war sehr, sehr schwach. Auch er selbst hatte einen sehr guten Geruchssinn und war unglaublich geschickt im Aufstöbern von Beute, aber er war nicht einmal halb so gut wie Gino. Trotzdem fing er den leichten Blutgeruch auf, als er die Luft einsog.

Da wurde es in ihm es ganz still. Alle Gefühle versiegten, und übrig blieb nur noch diese finstere Wut, die plötzlich hochkochte und ihn übermannte. Das Wasser ums Boot herum begann so stark zu brodeln, dass es zu schwanken begann.

»Gino?«

»Ja, es ist ihr Blut«, bestätigte sein Freund. »Aber das heißt nichts, Zeke. Sie könnte sich auch nur das Knie aufgeschlagen haben. Lass uns einfach nachsehen, ehe du in Panik gerätst.«

Ungläubig schaute Mordichai seinen Bruder an. Ezekiel war aus Stein – der Fels in der Brandung. Er geriet nicht in Panik, niemals. Das war geradezu lächerlich. Aber Ezekiel wusste es besser. In seinem Kopf hämmerten kleine Pressluftbohrer, und sein Herzschlag dröhnte wie Donner in den Ohren. Er konnte keinen klaren Gedanken mehr fassen. Allein die bloße Ahnung, dass Bellisia verletzt sein könnte, hatte ihn in Panik versetzt, obwohl ihm das noch nie im Leben passiert war.

Nachdem er das Boot direkt neben einem anderen ans Ufer gesteuert hatte, sprang Mordichai heraus, um es ein Stück aufs Land zu ziehen, während Gino und Ezekiel ihm Deckung gaben. Dann schwärmten sie Richtung Flugzeug aus. Die Senatorin lag schräg auf dem Boden, als wäre sie achtlos fallen gelassen worden. Ihr Gesicht war mit Matsch und Blättern bedeckt.

Ezekiel suchte an ihrem Hals nach einem Puls. »Sie ist tot. Der Körper ist schon kalt.«

Ein paar Schritte entfernt lag ein Mann, offenbar ein Söldner, mit dem Gesicht im Dreck. Mordichai zog den Kopf am Haar hoch. »Habt ihr den schon mal gesehen?«

Gino und Ezekiel schüttelten den Kopf. Mordichai ließ den Kopf wieder in den Dreck fallen und überprüfte den Puls. »Der ist auch lange hinüber.«

Die drei fächerten sich auf, um nach weiteren Spuren zu suchen.

Ezekiel nutzte seine Nachtsicht, um den Boden zu lesen. Es hatte einen Kampf gegeben – einen heftigen Kampf. Ein weiterer Mann lag auf dem Boden, mit dem Gesicht nach oben und weit aufgerissenen Augen, die entsetzt in den dunklen Himmel starrten. In der Hand hielt er ein blutiges Messer. Ezekiels Herz setzte einen Schlag aus und ihm stockte der Atem. Mordichai ging neben ihm in die Hocke und suchte wieder nach einem Puls.

»Nimm ihm das Messer ab«, riet Gino grimmig. »Wir wollen doch nicht, dass irgendein Schlaumeier DNA-Proben nimmt. Wir müssen die Leute hierlassen, damit sie gefunden werden. Wir geben Bescheid und überlassen das einem von unseren Teams. Das gibt uns Zeit, alle Hinweise darauf, dass Bellisia hier war, zu beseitigen.«

Auf dem Boden gab es dunkle Flecken. Ezekiel hörte Gino kaum zu, während er ihnen zum Wasser folgte. Dann spähte er über die plätschernden Wellen, die sanft ans Ufer schwappten. Wo war sie? Bellisia würde nicht ertrinken, nicht einmal wenn sie verletzt war, und der Menge Blut nach zu urteilen, war sie schwer verletzt.

Mordichai und Gino nahmen ihn in die Mitte. »Sie ist wieder ins Wasser gegangen.«

»Sie wäre längst zu Hause, wenn es ihr möglich gewesen wäre«, sagte Ezekiel. Seine Stimme war völlig ausdruckslos. »Sie wurde verwundet. Von einem Messer, anders ist das alles nicht zu deuten.«

»Sie weiß sich zu helfen«, meinte Mordichai.

»Zwei Riesenkerle und Violet. Deine Frau ist echt mutig«, wiederholte Gino.

Ja, Bellisia war tapfer, gut, aber sie war verletzt und hatte sich irgendwo versteckt, wo sie auf ihn wartete.

»Sie kommt schon nach Hause«, fügte Mordichai hinzu. »Wir wissen ja jetzt, dass sie lebt.«

Ezekiel warf ihm einen Blick zu, der seinem Bruder verriet, dass er besser die Klappe halten sollte. Ezekiel würde auf keinen Fall ohne Bellisia nach Hause fahren. »Sie ist hier und wir werden sie finden.«

»Das ist ein verdammt großer See«, bemerkte Gino. Doch als Ezekiel auch ihm einen bösen Blick zuwarf, hob er ergeben die Hände. »Ich sag ja nur, Mann.«

»Sie wird sich instinktiv eine versteckte Stelle im Wasser suchen, wo sie Luft bekommen kann. Sie ist klein und sehr gelenkig«, sagte Ezekiel. »Ihr müsst denken wie ein Tintenfisch. Wo würde sich ein Oktopus verbergen, wenn er nah an der Wasseroberfläche bleiben wollte. Schließlich muss sie atmen. Wenn sie verletzt ist, wird sie nicht dauernd vom Grund nach oben steigen wollen. Das wäre zu ermüdend.«

»Also ist sie im flachen Wasser«, stimmte Mordichai zu und ging am Ufer entlang.

»Blaugeringelte Kraken halten sich gern in Gezeitenbecken auf«, redete Ezekiel weiter, ohne genauer auf die anderen zu achten. Er war mit allen Sinnen auf ein einziges Ziel konzentriert – Bellisia zu finden.

Offenbar war sie nicht imstande gewesen, die Blutung zu unterdrücken. Das bereitete ihm Sorgen. Jeder, der ihrer Blutspur folgte, konnte genau sehen, wo sie ins Wasser gegangen war. Sie würde aber niemanden zu ihrem Versteck führen wollen, also war sie weder im tiefen Wasser noch in der Nähe dieser Spur. Langsam ging er am Ufer entlang und suchte es nach flachen Gezeitentümpeln ab. Er wusste, dass es nicht leicht sein würde, sie zu entdecken, obwohl das Wasser zurückgegangen war.

Wo bist du, Schatz? Ohne dich gehe ich nicht nach Hause.

Mit beiden Händen fuhr er sich durchs Haar und ließ den Blick systematisch über das Wasser wandern. Sie war hier. Nicht weit weg. Er konnte sie schon spüren. Er wollte, dass sie auftauchte und sich ihm zeigte. Gino suchte in der einen Richtung, Mordichai in der anderen, doch Ezekiel war stehen geblieben und dachte nach. Er hatte den anderen gesagt, dass sie sich sehr klein machen konnte. Nicht so klein wie ein blaugeringelter Krake, aber trotzdem sehr, sehr klein.

Sie musste dicht unter der Oberfläche sein, damit sie ohne Mühe Luft holen konnte, aber wenn möglich würde sie im Wasser bleiben. Außerdem war sie verletzt, deshalb würde sie eine Stelle bevorzugen, von der aus sie schnell flüchten konnte.

Ich komme immer näher, Schatz, jede Minute. Spürst du es schon? Ich bin fast da. Halt noch ein wenig aus.

Er folgte dem Ufer rechts von der Blutspur, wo es eine Reihe kleiner Tümpel gab. Das flache Wasser rieselte sanft über Steine. Seine Nachtsicht erlaubte es ihm hineinzuschauen. Die Steine schufen kleine Tümpel und Verstecke, doch in keinem davon konnte Bellisia sein, ohne dass er sie entdeckt hätte. Er ging weiter und versuchte sich ihren Weg vorzustellen.

Die nächste Reihe von Tümpeln war ein paar Schritte entfernt. Dort waren die Steine ein wenig größer und das Wasser definitiv sehr salzhaltig. Sein Herz begann heftig zu klopfen. Hier war er richtig. Hier war sie, er fühlte es ganz genau. Jetzt musste er sie nur noch finden.

Ezekiel ging in die Hocke und musterte jeden einzelnen Stein. An einer Stelle ragte das Ufer etwas über, aber dort war nichts. Er schüttelte den Kopf und starrte wieder in den Tümpel.

»Da vorn hatte ich kein Glück, Zeke«, rief Mordichai.

»Sie ist hier.« Ezekiel deutete auf den Tümpel. »Ich kann sie bloß nicht finden.«

Sein Bruder und Gino kamen zu ihm gelaufen. Mordichai runzelte die Stirn. »Bist du sicher? Hier sind zwar größere Steine, aber im Vergleich zu den anderen ist dieser Tümpel ziemlich klein.«

»Sie ist hier«, wiederholte Ezekiel. »Ich spüre ihre Nähe.« Ohne darauf zu achten, dass er nass wurde, ging er ins Wasser und hockte sich hin. »Fasst besser nichts an. Wenn sie so schwer verletzt ist, wie ich glaube, wird sie kampfbereit sein und sich instinktiv wehren. Wenn ihr irgendetwas seht, in das sie hineinpassen könnte, ganz egal, wie klein es ist, ruft ihr mich, und ich schaue nach.« Er wollte seinen Bruder und Gino nicht gefährden, denn er wusste, dass Bellisia sich verteidigen würde, und jeder, der ihr zu nahe kam, war in Gefahr. Der Beweis dafür lag auf der Insel.

»Geh nach links, Zeke«, sagte Gino. »Da ist eine Spalte. Im Stein. Ich kann nicht sehen, wie groß sie ist, aber irgendetwas treibt dort im Wasser und bewegt sich mit den Wellen. Es sieht aus wie feines Seegras, aber es sitzt irgendwo fest, sonst würden die Wellen es wegtragen.«

Ezekiel ging los, um die Spalte zu überprüfen, und fuhr dabei mit den Händen durchs Wasser. Plötzlich strichen Haare über seinen Arm. Lange blonde Haare, die sich im Rhythmus des Wassers wiegten. Da war sie. »Bellisia«, sagte er leise und schloss die Augen, während sein Herz dankbar laut pochte.

»Ich hab sie. Sie ist in der Spalte. Ich weiß nicht, wie sie sich da reingezwängt hat. Ich muss mir überlegen, wie ich sie am besten raushole, ohne dass sie glaubt, jemand greift sie an.«

Er schaute genauer hin. Er konnte sie nicht sehen, aber sie musste halb aus der Spalte herausragen, um Luft holen zu können. Ihr Körper verschmolz mit dem Wasser, und auch ihr helles, rotblondes Haar, das fast so aussah wie Seegras, fiel in dieser Umgebung nicht weiter auf. Wie Gino die Haarsträhnen im Tümpel erspäht hatte, obwohl sie so wirkten, als gehörten sie dorthin, war Ezekiel ein Rätsel.

»Komm her, Schatz«, sagte er leise. »Ich bin gekommen, um dich nach Hause zu bringen.« Er umfasste ihr langes Haar und tastete sich daran entlang bis zu ihrem

Kopf vor. Er war nicht einmal einen halben Meter von Bellisia entfernt. Kaum dreißig Zentimeter. Sanft zog er an ihren Haaren.

Da öffnete sie die Lider, und er schaute direkt in ihre meerblauen Augen.

»Komm her, Schatz«, sagte er wieder und zog noch einmal ganz leicht an ihren Haaren. Das heftige Klopfen seines Herzens verriet ihm, dass sie wirklich schwer verletzt war. Bellisia blinzelte und erkannte ihn. Sie wirkte erleichtert. Aber da war noch etwas anderes. Etwas Wildes und Schönes, nur für ihn. Er streckte die Arme aus.

Bellisia bewegte sich sehr langsam. Das beunruhigte ihn. Vorsichtig schob sie sich aus der Spalte und streckte die Arme nach ihm aus. Schnell hob er sie hoch und drückte sie an seine Brust.

»Ich hab dich, Schatz. Endlich.« Mit Mordichai und Gino an der Seite lief er über den Strand zum Boot zurück. Bellisia zitterte ununterbrochen, und er spürte, wie Blut sein T-Shirt durchtränkte. Das konnte kein Wasser sein, denn es war warm.

»Ich brauche einen blutstillenden Verband«, blaffte er, als er ins Boot stieg und sie auf die Bank legte.

Sein Herz zog sich zusammen. Sie war übersät mit blauen Flecken und Wunden. An den Armen hatte sie kleinere Abwehrverletzungen, an einem Bein einen langen, dünnen Schnitt und dazu mehrere Platzwunden, doch das Schlimmste war der Messerstich direkt unter dem Herzen.

»Ezekiel«, hauchte sie und sah ihn liebevoll an. »Ich wusste, dass du mich holen würdest.« Sie presste beide Hände fest auf die Brustwunde.

»Darauf kannst du dich verlassen«, versicherte er ihr.

Dann griff er zärtlich nach ihren Handgelenken. »Lass mich mal sehen.«

Widerstrebend nahm sie die Hände weg. »Ich habe die Blutung gestillt, damit ich nicht sterbe.«

»*Herrgott.*« Ezekiel holte tief Luft und zwang sich zur Ruhe. Schließlich war er Arzt, um Himmels willen. Er konnte nicht in Panik geraten, weil er Bellisia vor sich hatte, aber er musste sofort operieren, wenn sie zu Hause waren. »Schatz, ich weiß, dass du müde bist, aber du musst das Bluten noch mal unterbinden, nur bis wir zu Hause sind. Mordichai bringt uns schnell hin, dann kümmere ich mich um dich.«

Bellisia leckte sich über die Lippen. Dann schüttelte sie den Kopf. »Ich bin zu müde.«

»Ich weiß. Ich weiß, dass es schwer ist, aber du musst noch ein wenig aushalten. Für mich. Das ist alles, was ich von dir verlange, dass du noch ein bisschen länger durchhältst.« Er drückte den blutstillenden Verband auf die Wunde, wusste aber, dass er damit nichts gegen die innere Blutung ausrichten konnte. Das mussten ihre Muskeln tun. Als er sie wieder in die Arme nahm, zuckte sie zusammen, und er fluchte leise. Sie hätte nicht überlebt, wenn sie nicht imstande gewesen wäre, die Muskeln um den Einstich herum zusammenzuziehen.

Blut gurgelte hervor, dunkles, Furcht einflößendes Blut – viel zu viel für eine so kleine Frau – und sie war auch schon dabei, ihm zu entgleiten. Ihre langen Wimpern schlossen sich, und ihr Kopf kippte zur Seite.

Er würde sie nicht gehen lassen. Nicht jetzt, nicht nachdem er sie endlich gefunden hatte. Er hatte Joe nicht verloren, und sie würde er verflucht noch mal auch nicht verlieren.

»Bellisia, das ist kein Spaß, stopp sofort diese Blutung«, sagte er in dem strengen Tonfall, den er manchmal bei Patienten auf der Schwelle des Todes benutzte, denen, die sich einfach treiben lassen wollten. In der Mehrzahl der Fälle hatte dieser Ton sie dazu gebracht, sich zusammenzureißen.

Ein kleines Lächeln zeigte sich auf ihren Lippen. »Was soll dieser Kommandoton?«

Ezekiel legte eine Hand mit weit gespreizten Fingern auf ihren Brustkorb und spürte, wie ihre Muskeln sich spannten und den Blutfluss unterbrachen. Er signalisierte Mordichai, dass er sich beeilen sollte. *Schnell.* Dass er schneller sein musste als bei der Hinfahrt. Mordichais Nicken zeigte, dass er den Ernst der Lage erfasst hatte.

»Gino, ruf im Haus an. Sag Draden, er soll den OP noch einmal vorbereiten. Pepper muss mir assistieren.«

Gino nickte und gehorchte.

Ezekiel sah Bellisia in die Augen. »Stirb mir bloß nicht weg.«

»Ist das ein Befehl?«

»Oh ja. Ich bin nämlich zu dem Schluss gekommen, dass ich ohne dich nicht leben kann. Nie mehr. Ich denke, ich binde dich einfach an mir fest.«

Sie schmiegte sich an ihn und schloss die Augen. »Das wäre aber sehr lästig, wenn du wieder zu einem Einsatz musst.«

»In dem Fall sorge ich dafür, dass jederzeit fünfzehn Wachen um dich herum sind.« Das war nur halb im Scherz gemeint. »Du machst mich noch fertig, Bellisia. Absolut fertig.«

»Bring mich nicht zum Lachen.« Ein schmerzlicher Ausdruck glitt über ihr Gesicht. »Das tut weh.«

»Ich weiß, Schatz. Noch ein paar Minuten, dann wird alles besser.«

»Danke.«

»Wofür?«

»Dass du mich geholt hast. Ich wusste es. Ich habe an nichts anderes gedacht. Ich musste einfach durchhalten, bis du kommst.«

Ezekiel hauchte Küsse auf ihre Stirn und schmeckte dabei das Salzwasser aus dem See. Und darunter Bellisia. »Jetzt bin ich bei dir, mein Schatz, und da bleibe ich auch.«

17

VIER TAGE UND fünf Nächte verstrichen. Bellisia aß kaum etwas von dem, was Ezekiel ihr brachte. Manchmal hatte sie Fieber. Immer wieder sah er nach ihren Verbänden und der einen tiefen Wunde so nah an ihrem Herzen, die fast tödlich gewesen wäre. Wenn Bellisia nicht direkt unter der Haut diese Muskeln gehabt hätte, mit denen die Arterie abgeklemmt werden konnte, hätte sie nicht überlebt. Schließlich hatte er verdammt lange gebraucht, um den Schaden zu beheben. Da sie eine Schattengängerin war, erholte sie sich schneller als normale Menschen, aber sie sah schrecklich aus und schlief so viel, dass er sich große Sorgen machte.

Tagsüber wachte Ezekiel über sie, füllte die Badewanne, setzte sie sanft hinein und zog sie auf seinen Schoß, damit sie im Wasser schlafen konnte, wenn sie wollte. Das linderte ihre Schmerzen, deshalb tat er es mehrmals am Tag. Hin und wieder gab er auf ihren Wunsch hin auch Meersalz ins Wasser. Dann schmiegte sie sich an ihn und schlief in seinen Armen ein. Er verließ sie nur, wenn er nach den anderen Patienten sehen musste. Mordichai und Gino hatten seine Wachdienste übernommen und Draden den größten Teil der Nachsorge bei Cayenne und Diego.

Oft sprach er mit ihr; über kleine Dinge, nichts, was mit der Arbeit zu tun hatte, einfach nur über sie und das, was sie mochte. Sie kam immer wieder auf den Gumbo zurück, den sie mit den anderen zusammen gekocht hatte, und fragte ihn immer wieder, ob jemand ihn gegessen habe. Jedes Mal hatte er ihr versichert, dass der Eintopf ausgezeichnet gewesen sei. Ansonsten redete sie nicht viel und lächelte nur gelegentlich, um ihn zu beruhigen, ehe sie einfach wieder einschlief.

Die Nächte verbrachte Ezekiel damit, bei weit offenen Fenstern und kreisendem Ventilator die dünnen Holzplatten zu bemalen, die er an die Wände gelehnt hatte. Er malte ein Meer mit einem kleinen blaugeringelten Oktopus in einer großen Schale in einer Lagune. Er hatte Pepper, Cayenne und seinen Bruder in einem Laden in der Stadt große Muschelschalen kaufen lassen. Außerdem hatte er einen gläsernen Seestern und eine riesige hölzerne Meeresschildkröte an den Wänden aufgehängt. Eine Seite des Zimmers sah aus wie eine Höhle mit silbern schimmernden Adern, die den Seestern und verschiedenfarbige gläserne Quallen zum Leuchten brachten. Dazu hatte er den Raum mit wunderschönen Blumen geschmückt, den exotischsten, die er in der Nähe des Hauses finden konnte.

Manchmal sang er Bellisia vor, so leise, dass kein anderer es hören konnte, und wiegte sie in dem Schaukelstuhl, den Nonny von der Veranda hatte bringen lassen. Sang einfach nur dumme Lieder, die ihr, wenn sie wach gewesen wäre, verraten hätten, was er empfand. Sanfte, romantische, liebevolle Lieder, bei denen er sie fest im Arm hielt. Hin und wieder schenkte sie ihm ein Lächeln, wenn sie wach war, aber meistens hörte sie nur reglos zu.

Nach einer weiteren langen Nacht wusste Ezekiel, dass er etwas tun musste, wenn sie nicht bald aus ihrer Starre erwachte. Aber was? Er hatte keine Ahnung, doch sie musste aus dem Dämmerzustand herausgeholt werden. Er stützte sich auf einen Ellbogen und betrachtete die Frau in seinem Bett. Vor ein paar Stunden hatte er sie an sich gezogen und nun lag sie immer noch dicht bei ihm. Im Schlaf schien sie sich nicht zu rühren. Nur wenn sie aufwachte. Dann wollte sie immer ein langes Bad nehmen. Doch sie war so erschöpft, dass sie schon lange nicht mehr aufgewacht war. Sie war heftig verprügelt worden, aber sie hatte sich immerhin gegen zwei Widersacher und Violet behauptet.

Ezekiel strich über die leichte Schnittwunde, die sie sich zugezogen hatte. Sie hatte die Senatorin getötet, also würde eine ganze Armee nach ihr suchen. Man musste nur Bellisia für den Tod der Senatorin verantwortlich machen, dann würde keinen mehr interessieren, warum Violet überhaupt bei ihnen aufgetaucht war.

Ezekiel hatte die Nachrichten gesehen. Die Senatorin Smythe wurde landesweit betrauert. Sie und zwei ihrer Leibwächter, die offensichtlich versucht hatten, sie zu retten – es gab Hinweise auf Wiederbelebungsmaßnahmen am Körper der Senatorin – waren von etwas gebissen worden, das in diesen Gewässern nicht vorkam. Es gab Gerüchte, dass in einer Spalte ein kleiner Oktopus gefunden worden sei, doch niemand hätte gedacht, dass ein kaum zwanzig Zentimeter großes Lebewesen so giftig sein könnte. Alle drei waren tot. Eine schreckliche Nachricht. Man vermutete, dass der Oktopus, der hauptsächlich in den Meeren um Japan und Australien lebte, illegal eingeführt und ausgesetzt worden war.

Ezekiel zog die leichte Bettdecke zurück und sah sich Bellisia an. Sie hatte immer noch blaue Flecken. Viele.

Sein Herz zog sich zusammen, und er beugte sich hinab, um einen besonders hässlichen auf ihrer Hüfte zu küssen. Sie hatten auf sie eingetreten. Mit brachialer Gewalt. Am liebsten hätte er die Mistkerle noch einmal umgebracht. Er hoffte sehr, dass sie lange gelitten hatten, bevor sie starben. Sehr lange.

»Du knurrst schon wieder.«

Bellisias leise Stimme war wie ein Streicheln. Er liebte es, wenn sie ihn streichelte, und nun reagierte er auf ihre Stimme, als hätte sie ihn tatsächlich berührt.

»Wirst du jetzt wach?« Er hauchte Küsse auf ihre Augenlider, weil er sie küssen musste und keine andere unversehrte Stelle fand. Am Mundwinkel hatte sie einen verblassten Flecken, den er ebenfalls küsste. Ganz vorsichtig. So zart, dass sie es kaum spüren konnte, nur damit sie wusste, was sie ihm bedeutete und wie viel Angst er um sie gehabt hatte.

»Ja, ich bin wach. Ich bin in den letzten Tagen immer wieder wach gewesen, aber jede Bewegung hat wehgetan. Aus irgendeinem Grund möchte mein Körper einfach nur schlafen, wenn ich verletzt bin. Dann werde ich schneller gesund.«

So viel hatte sie seit einer Woche nicht mehr gesagt. Meist hatte sie nur mit Ja oder Nein geantwortet. Das erleichterte Ezekiel. Es kam ihm fast so vor, als könnte er wieder befreit atmen.

»Lebt Joe noch?«, fragte Bellisia voller Mitleid.

Ezekiel seufzte. »Ja, mein Schatz. Ich habe ihn nicht sterben lassen, obwohl er es darauf angelegt hat.«

»Whitney hat ihn mit ihr verpaart, oder? Deshalb hat er immer wieder versucht, sie zu retten.«

»Deshalb, und weil es seine Natur ist. Joe ist einer, der

mitten ins schlimmste Feuer läuft, um Verwundete zu retten. Einer, der in ein brennendes Haus rennt. Das hat Whitney gewusst. Joe würde für jeden von uns bis zum letzten Atemzug kämpfen, und er hat Violet als eine von uns betrachtet. Es hat nicht nur daran gelegen, dass sie verpaart waren. Der körperlichen Anziehungskraft kann man widerstehen, aber seinen inneren Kern zu verleugnen ist etwas ganz anderes.«

»Irgendwie muss er doch gewusst haben, dass sie nicht zu retten ist.«

Ezekiel schüttelte den Kopf, er wünschte, er könnte es ihr erklären. »Männer wie Joe geben nicht auf. Niemals. Ganz egal, wie er zu ihr stand, er hätte immer wieder versucht, sie zu retten. Er hat ein bisschen zu lange gezögert, deshalb hat sie es geschafft, ihn aufzuschlitzen. Und nun meint er, dass er allen geschadet hat, insbesondere dir.«

»Mir?« Bellisia versuchte sich aufzusetzen, doch als sie zusammenzuckte, legte Ezekiel schnell eine Hand auf ihren Bauch und hielt sie davon ab.

»Wenn dich das aufregt, reden wir nicht mehr davon. Du hast uns allen einen Schreck eingejagt, Schatz. Besonders mir.«

Bellisia blinzelte und schüttelte den Kopf. »Ich bin daran gewöhnt, allein zu arbeiten. Das passt schon. Zwar habe ich diesmal etwas abgekriegt, aber das ist mir schon öfter passiert und wird wohl auch wieder vorkommen.«

Das gefiel Ezekiel ganz und gar nicht. »Du bist nicht mehr allein, Bellisia. Es gibt jetzt Menschen, die sich Sorgen um dich machen. Wir arbeiten im Team, und wenn einer von uns verloren geht, ruhen wir nicht, bis wir sie oder ihn wiederhaben.«

»Tut mir leid, Ezekiel. Das war gerade etwas gedankenlos von mir. Es ist ja nicht so, als hätte niemand auf mich aufgepasst, und ich hatte Unterstützung, ich bin nur selbst damit fertiggeworden, wenn ich gelegentlich zusammengeschlagen worden bin. Aber diesmal habe ich darauf vertraut, dass du mich holen kommst. Ich weiß nicht, ob ich es ohne dich geschafft hätte. Einfach zu warten, bis du mich findest und zu Nonny zurückbringst, war reiner Luxus.«

»Das hier ist unser Zuhause. Bis *unser* Haus fertig ist. Und damit du es weißt, ich habe letzte Woche eine Firma aus der Gegend mit den Arbeiten betraut, die macht alles fertig, bis auf die Schutzräume, die Fluchtwege und die Scharfschützenstellungen auf dem Dach. Das Waffenlager haben wir auch schon fertig.«

Bellisia schüttelte den Kopf. »Ich bin ziemlich sicher, dass die meisten Paare solche Extras nicht in ihrem Haus haben.«

»Die meisten Paare sind ja auch keine Schattengänger. Unsere Einheit hat das ganze Land von den Fontenots bis zu Traps monströsem Haus aufgekauft, nur ein Grundstück mitten dazwischen nicht. Wir können nicht herausfinden, wem es gehört. Das ist kein gutes Zeichen. Immerhin hat Whitney hier recht viel Land besessen. Wo Trap heute wohnt, hatte er eine Nervenklinik betrieben, mit nur einer Patientin, Dahlia. Sie ist heute mit einem Schattengänger aus einem anderen Team verheiratet, Nicolas Trevane.«

Bellisia schaute durch ihre langen Wimpern zu ihm auf. Diese Wimpern waren ihm gleich aufgefallen, doch nun wirkten sie länger denn je. Ezekiel nahm ihre kleine Hand in seine, strich über ihre Fingerspitzen und fühlte, wie unglaublich weich sie waren. Diese Finger, die ihm gehörten. Er zog sie an seinen Mund und biss sanft hinein. Bellisias Blick wurde dunkel und feurig und glitt langsam und ein wenig fordernd über sein Gesicht. Das gefiel ihm.

»Du musst mir sagen, dass du dich darüber freust. Dass du dort mit mir leben willst.« Weil er keine Luft mehr bekommen hatte, als sie so still und verletzlich im Bett gelegen hatte, hatte er sich über den blaugeringelten Oktopus informiert. Der Krake war klein und normalerweise gutmütig, verteidigte sich jedoch aggressiv. Wenn Bellisia etwas von diesem Tier in sich hatte, zeigte sie ihm momentan nicht die fügsame Seite.

Als sie tief Luft holte, wappnete er sich. Wenn eine Frau reden wollte und nicht einfach das tat, worum ihr Mann sie gebeten hatte, musste man sich auf etwas gefasst machen.

»Du hast aber verstanden, dass ich nicht beschützt werden muss.«

»Natürlich musst du beschützt werden, das müssen wir alle. Aber ich gehe davon aus, dass du immer an meiner Seite stehst und mir den Rücken freihältst, wenn es nötig ist, so wie du es umgekehrt von mir erwarten kannst.«

»In manchen Dingen bist du wie Joe. Ich habe dich schließlich ein paar Wochen lang beobachtet, deshalb habe ich mich so schwer in dich verliebt. Du willst auch alle beschützen, ob es dir bewusst ist oder nicht. Ich liebe diesen Zug an dir, besonders wenn es um mich geht, aber du musst begreifen, dass klein zu sein nicht bedeutet hilflos zu sein.«

»Ich habe gesehen, was du anrichten kannst, Baby, ich weiß, wie gefährlich du bist.« Sanft schob er ihr eine hellblonde Haarsträhne hinters Ohr. »Trotzdem hast du dich gefreut, mich zu sehen.«

»*Mehr* als nur gefreut. Ich wusste, dass du mich suchen würdest. Ich hatte keine Angst, weil ich nur solange aushalten musste. Ohne dich wäre ich gestorben. Das ist mir klar. Du sollst nur nicht glauben, dass ich nicht belastbar bin. Ich bin nicht wie Pepper.« Bellisia senkte den Blick.

Ezekiel griff nach ihrem Kinn und drehte ihr Gesicht so, dass sie ihn ansehen musste. »Du bist wie Nonny. Du stehst deinem Mann zur Seite. Das tut Pepper auch, aber auf eine völlig andere Art. Sie ist die Richtige für Wyatt, nicht für mich. *Du* bist die Richtige für mich.«

»Aber Pepper ist ... so sexy.«

Ezekiel schaute sie durchdringend an. »Pepper kann nichts für die Art, wie sie ist. Whitney hat sie so gemacht. In ihrem Körper baut sich eine chemische Reaktion auf, die ihr sehr zu schaffen macht, besonders wenn Wyatt weg ist, aber sie gehört ihm. Wir passen auf sie auf und kümmern uns um sie, aber keiner von uns möchte etwas mit ihr anfangen. Sie ist eher wie eine Schwester, die wir alle beschützen. Und für mich bist du viel reizvoller als sie. Ich werde schon hart, wenn ich dich nur sehe.«

Die offenen Worte brachten Bellisia zum Blinzeln, doch dann schenkte sie ihm dieses zögernde, schöne Lächeln, das sie ihm manchmal zeigte. Dasjenige, das ihm den Atem verschlug. »Und wie ist es bei dir?«

»Ich dachte, das hätte ich dir schon gesagt.«

»Nicht wirklich.«

Wieder lächelte Bellisia und rieb die Stirn an seinen Rippen. »Dabei möchtest du es so gerne wissen...«

»Stimmt. Schläfst du jetzt etwa wieder ein?«

»Hm-hm. Also rede ich schnell, damit du dir keine Sorgen machen musst. Ja, wir wollen das Gleiche, aber du solltest wissen, dass ich dich verrückt machen werde, weil ich zum Beispiel gern kellnern möchte und du es für zu riskant hältst.«

»Es wäre nur riskant für die Drillinge und Pepper, weil ich die Hälfte des Teams auf dich ansetzen würde und die andere Hälfte hierbleiben müsste. Aber ich habe nichts dagegen.« Sie würde verdammt noch mal nicht kellnern gehen und Whitney anlocken.

Wieder lächelte Bellisia und Ezekiel erkannte, dass dieses Lächeln, das er so sehr liebte, ihn in Schwierigkeiten bringen würde. »Ich denke, darüber sollten wir reden, wenn ich nicht mehr so schläfrig bin. Aber ich würde wirklich noch gern wissen, warum Joe glaubt, er hätte mir geschadet. Ich weiß, dass du mich absichtlich von dem Thema abgebracht hast, aber er hat doch gar nichts mit mir zu tun.«

Beruhigend strich Ezekiel ihr übers Haar, weil er merkte, dass sie sich schon wieder darüber aufregte, Joe womöglich Anlass zur Sorge gegeben zu haben. Am Morgen hatte er ihr das Haar geflochten, damit es ihr nicht ins Gesicht fiel. Sie sollte keinen Grund haben, es abzuschneiden, denn er mochte es. *Sehr.* Er mochte es, wenn es über seine Haut glitt und er damit spielen konnte. Und ganz besonders mochte er es, wenn es sich um ihr Gesicht herum auf dem Kissen in seinem Bett ausbreitete.

»Selbstverständlich hat er das. Er ist der Anführer unserer Einheit und er nimmt diese Aufgabe sehr ernst. Du bist eine von uns und hast dich entschieden, bei uns zu bleiben. Das heißt, du gehörst zur Truppe. Joe meint, er hat dich dazu gezwungen, die Senatorin umzubringen, weil er zu lange gezögert hat. Alles, was dir danach passiert ist, ist seiner Meinung nach seine Schuld.«

»Das ist doch lächerlich.«

»Aber so denkt er.«

»Ich habe mich dazu entschlossen, Violet zu verfolgen. Ich hätte es nicht tun müssen – ich wollte es. In meinen Augen war sie genauso schlimm wie Whitney, wenn nicht schlimmer. Sie hat jede einzelne Frau verraten, mit der sie aufgewachsen ist. Und die anderen auch, einschließlich der drei kleinen Mädchen hier im Haus. Aber ihr allerschlimmster Fehler war, dass sie versucht hat, meinen Mann zu töten.«

Ezekiel lachte leise. »Wer hätte gedacht, dass du eine so rachsüchtige kleine Giftspritze bist?«

Bellisia machte die Augen wieder zu, und zwei kleine blau-blonde Wimperkränze legten sich auf ihre helle Haut. »Es war mein gutes Recht, diese schreckliche Frau zu töten. Sie war keine von uns. Sie wollte, dass wir alle umgebracht werden, und sie hätte zugelassen, dass Cheng dich foltert und zerstückelt. Also habe ich beschlossen sie aufzuhalten, für dich und die Kinder und vor allen Dingen für all die Frauen, die sie ihrem furchtbaren Schicksal überlassen hat.«

Wenn er es nicht bereits gewesen wäre, hätte Ezekiel sich in genau diesem Moment heftig in sie verliebt. Bellisia war eine Frau, die ihn immer unterstützen würde. Sie wirkte sehr weiblich und benahm sich auch so, aber wenn es hart auf hart kam, war sie eine entschlossene Kämpferin. Er hatte sich eine Frau wie Nonny gewünscht und er war überzeugt, dass sein Wunsch in Erfüllung gegangen war.

Besitzergreifend ließ er seine Hand von ihrer Schulter über ihren Brustkorb und ihre Taille bis zu ihrer Hüfte gleiten. Auch wenn sie klein war, er fand sie großartig. Er würde es nicht leicht haben mit ihr, aber er freute sich darauf.

»Sing mir etwas vor, Ezekiel«, flüsterte sie schon halb im Schlaf. »Ich liebe das.«

Ezekiel schaute zur Tür. Das Haus war still. Draußen hatte es angefangen zu regnen. Die Fenster standen offen, damit der Farbgeruch nicht zu stark wurde, und das Rieseln des Regens klang wie Musik. Das waren gute Voraussetzungen. Er streckte sich neben Bellisia aus, nahm sie in die Arme und zog sie fest an sich. Sie hatte noch nie dagegen protestiert, sondern schmiegte sich stets einfach an ihn. Er wusste nicht, ob sie so müde war, dass sie sich nicht dazu aufraffen konnte, sich zu beschweren, oder ob sie gern so nah bei ihm war. Er wollte, dass sie sich sicher fühlte. Und er wusste, dass sie sich gern in kleine Nischen zwängte.

Leise sang er ihr vor, im Takt des Regens, und legte all seine Gefühle in die Worte, die er frei erfand, während er sich daran erinnerte, wie er sie auf dem Jackson Square zum ersten Mal gesehen hatte.

Bellisia fühlte sich warm und geborgen. Sie schloss die Augen und sog seinen Duft tief in ihre Lungen. Wenn er für sie sang, kam es ihr immer so vor, als träumte sie – und vielleicht war es auch so. Immer wenn sie ihm in den Sumpf gefolgt war, hatte sie, zurück auf ihrer Insel, unfassbar viel Zeit damit verbracht, über ihn nachzudenken und von ihm zu träumen. Sie hatte auf der Veranda von Donnys alter Hütte gesessen, zu den Sternen aufgeschaut und sich gewünscht, dass Ezekiel ihr gehörte. Es war fast nicht zu glauben, dass es nun so war und er ihr sogar etwas vorsang.

Bellisia schlug die Augen wieder auf und betrachtete sein Gesicht. Er war wunderschön. Und sehr männlich. Seine Wimpern waren lang und das Kinn markant. Die Nase mehr als einmal gebrochen. Sein Mund konnte sehr grausam wirken und er selbst kalt wie Eis, aber auch heiß wie die Hölle. Und er sang wie ein Engel, wenn man an so etwas glaubte. Sie mochte einfach alles an ihm.

»Was ist los, Schätzchen? Du schläfst ja gar nicht.«

»Ich liebe deine Stimme, Ezekiel. Wirklich.« Sie wollte sich nicht beschweren. Er hatte sie von vorn bis hinten bedient und sie hatte nichts anderes getan als zu schlafen. Sie brauchte weiterhin viel Schlaf, aber wenn sie ehrlich war, sehnte sie sich immer noch nach Wasser, weil sie im Haus keine Luft bekam.

»Heraus mit der Sprache.«

Bellisia befeuchtete ihre trockenen Lippen. »Es hört sich dumm an.«

»Möchtest du noch mal baden? Es macht mir nichts aus.« Er strich ihr eine Haarsträhne aus dem Gesicht und küsste sie auf die Stirn. »Ich mag es, dich nackt auf dem Schoß zu haben.«

»Ich bin gern in der Wanne, besonders wenn du bei mir bist«, sagte sie zögernd.

»Also kein Bad.« Ezekiel legte den Kopf schief. »Ich bin telepathisch veranlagt und kann Gedanken übermitteln, aber nicht lesen, Schatz, besser, du sprichst einfach mit mir.«

Bellisia seufzte und streichelte seinen Unterarm. Sie liebte es ihn zu berühren. »Du hast schon so viel für mich getan, aber manchmal, wenn ich zu lange eingesperrt bin, kann ich nicht mehr atmen. Wir haben in einem Saal geschlafen, und er war relativ groß, aber wir waren darin eingeschlossen. Ich habe das gehasst, besonders wenn es nachts geregnet hat. Dann wollte ich draußen sein. Um den Regen zu genießen.«

»Ja natürlich. Daran hätte ich denken müssen. Gib mir etwas Zeit, dann bringe ich dich nach draußen.« Ezekiel küsste sie noch einmal auf die Stirn und stieg aus dem Bett.

Sie liebte es, ihn zu beobachten. Flüssig und geschmeidig wie ihr geliebtes Wasser zog er sich seine Sachen über. Dabei hätte sie ihn, wenn es ging, gern Tag und Nacht nackt herumlaufen sehen. Kein Problem. Und wenn er ihr dabei noch ein kleines Lied vorgesungen hätte, umso besser.

Unwillkürlich lächelte sie, weil sie so glücklich war, bei ihm zu sein, und zwang sich, sich aufzusetzen. Die Schmerzen, die sie bei jeder Bewegung gehabt hatte, waren größtenteils verschwunden. Nur die Wunde direkt unter dem Herzen zog noch ein wenig und erinnerte sie daran, dass sie zu langsam gewesen war. Sie würde ihre Kampfkraft an Land verbessern müssen. Sie war immer davon ausgegangen, nur im Wasser eingesetzt zu werden, doch aus diesem Vorfall hatte sie gelernt, dass sie auf festem Boden härter trainieren musste.

Aufzustehen war nicht so schwer, wie sie es sich zunächst vorgestellt hatte. Es tat zwar weh, aber der Schmerz durchzuckte sie nicht mehr wie ein heißer Blitz, der ihr den Atem raubte und den Magen umdrehte. Sie wollte zum Schrank gehen, um sich anzuziehen, als sie aus dem Augenwinkel etwas Buntes wahrnahm. Grüntöne in allen Schattierungen.

Langsam ging Bellisia zu der Wand, an der sich der Lichtschalter befand. Sie konnte zwar im Wasser und im

Dunkeln gut sehen, aber sie wollte wissen, was Ezekiel getan hatte. Sie war nachts oft aufgewacht, und er war immer bei ihr im Zimmer gewesen und hatte sich an den Wänden zu schaffen gemacht. Sie hatte frische Farbe gerochen und bemerkt, dass er etwas malte, doch sie war zu müde gewesen, um hinzuschauen. Aber nun wollte sie sehen, womit er sich beschäftigt hatte, denn offenbar war es inzwischen vollendet.

Sie machte Licht und hielt den Atem an, während sie drei der vier Wände bestaunte. Ihr Mann hatte in diesem Schlafzimmer ein Meisterwerk geschaffen und sie mit einer Unterwasserwelt umgeben. Ihr Herz zog sich zusammen und begann dann heftig zu klopfen. Diese Wände erzählten ihr eine Geschichte. Die Geschichte einer Liebe. Ezekiel hatte ihr Zimmer in eine wundervolle Meereslandschaft verwandelt, aber was noch wichtiger war, in jedem Pinselstrich sah sie seine Liebe.

Das Bild war nicht wirklich auf die Wand gemalt, sondern auf etwas, das daran lehnte, und sie war dankbar dafür, denn sie wollte es immer um sich haben. Es war sehr detailliert, mit Algenwäldern und Riffen, Seeigeln und verschiedenen Fischen. Dann entdeckte sie den kleinen blaugeringelten Oktopus, der sich in einer Muschelschale versteckte. Tränen brannten in ihren Augen. Niemand hatte jemals so etwas für sie getan. Es war das schönste Geschenk, das sie sich vorstellen konnte.

Mit tränenfeuchten Augen betrachtete sie es dankbar. Sie bekam kaum noch Luft. Ezekiel Fortunes liebte sie wirklich. Mehr noch, er *verstand* sie. Wie er das in so kurzer Zeit geschafft hatte, war ihr schleierhaft. Sie hatte Wochen gebraucht, um sich in ihn zu verlieben und den Mann in ihm zu sehen, den sonst niemand sah, aber wie hatte er sie nur so gut kennengelernt? Dieses Wandgemälde war ihre Liebesgeschichte. Die Geschichte von Ezekiel und Bellisia.

»Kommst du?«, fragte Ezekiel von hinten und zog sie an seinen harten Körper. »Du weinst ja. Das sollst du nicht, Schatz. Ich wollte nur, dass du dich wohlfühlst.«

»Und geliebt«, murmelte sie und sah ihn über die Schulter an. Ihre Sicht war ein wenig verschwommen, aber er war da, er war wirklich da.

»Das auch.«

»Ich habe nichts, was ich dir geben kann.«

Ezekiel drehte sie herum, griff nach ihrem Kinn und hob ihr Gesicht an. Dann küsste er sie sanft auf die Lippen und fuhr mit der Zunge darüber, bis sie sie öffnete. Danach war er nicht mehr so zärtlich, sondern eher besitzergreifend. Doch sie fand es wunderbar. Einfach perfekt. Leidenschaftlich, aber vor allen Dingen liebevoll. Nun wusste sie, wie Liebe aussah. Wie sie sich anfühlte. Und wie sie schmeckte, denn das alles zeigte Ezekiel ihr.

Gerührt erwiderte sie seinen Kuss und schlang die Arme um seinen Nacken, zuckte aber unwillkürlich zusammen, sodass er den Kopf hob und sie beunruhigt ansah. »Du hast immer noch Schmerzen.«

»Kehr jetzt nicht den Arzt raus. Das war nur ein Reflex. Lass uns einfach weitermachen.«

Ezekiel lachte leise, küsste sie auf die Nasenspitze und nahm sie auf die Arme. Er trug ein leichtes T-Shirt und eine Jeans. Sie war nackt und der weiche T-Shirt-Stoff, der sich an ihrer Haut rieb, jagte kleine erregende Schauer durch ihren Körper. Die ganze Zeit, in der sie im Bett gelegen hatte, selbst wenn sie dicht an ihn geschmiegt war, hatte sie kein sexuelles Verlangen gespürt. Aber nun durchströmte es sie plötzlich heiß.

»Es fühlt sich gut an, dich zu küssen.«

»Sehr schön, denn das werden noch öfter tun. Wir müssen nur warten, bis es dir etwas besser geht.«

»Ich *wusste*, dass es eine schlechte Idee war, mich mit einem oberlehrerhaften Arzt einzulassen. Mordichai hat versucht mich zu warnen.«

Ezekiel legte eine leichte Decke über sie. Bellisia zog sie so fest wie möglich um sich, während er sie durch den Flur nach draußen trug.

»Ich bin *nackt*«, flüsterte sie ihm ins Ohr, weil sie Angst hatte, dass einer von den besonders hellhörigen Schattengängern wach werden könnte.

»Ich bin mir dessen völlig bewusst«, sagte Ezekiel, »und da ich ja nicht verletzt worden bin, funktioniert bei mir alles bestens. Falls du nicht wissen solltest, was ich damit meine, zeige ich es dir gleich gern.«

Bellisia barg das Gesicht an seine Schulter. Die Situation war ihm kein bisschen peinlich, aber er war ja auch komplett angezogen und sie nicht.

»Was genau hat Mordichai zu dir gesagt?«

»Es war nicht nur Mordichai. Pepper und Cayenne haben mich auch vor deiner rechthaberischen Art gewarnt«, sagte Bellisia betont schnippisch. »Mordichai ist nur zufällig dazugekommen und hat es bestätigt.«

»Ernsthaft?«

Ezekiel senkte den Kopf und knabberte an ihrem Nacken. Seine Zähne an dieser empfindlichen Stelle zu spüren und dann auch seine Zunge und seine Lippen ließ das Blut noch heißer durch ihre Adern rauschen. Sie wand sich ein wenig, denn das steigerte ihre Erregung doch *sehr.*

»Ich glaube, ich muss ihn mir wirklich mal vorknöpfen.«

Bellisia lehnte sich so weit zurück, wie die hinter seinem Nacken verschränkten Hände es zuließen. »Warst du schon immer so aggressiv?«

»Ja«, sagte er ungerührt. »Also los, Schatz. Ab in den Regen.«

Mit langen Schritten trug er sie durch die Haustür auf die Veranda. Die Nacht war wunderschön. Der Regen, der in weichen, silbernen Schleiern auf die Bäume und Blätter herabrieselte, spielte eine leise Melodie, die Tropfen, die auf das Wasser im Fluss klatschten, setzten etwas lautere Akzente, und die, die auf den Steg, das Haus und die anderen Gebäude prasselten, sorgten für den passenden Takt.

Alles in Bellisia sehnte sich nach dem natürlichen Wasser des Regens. Mitten auf dem Hof blieb Ezekiel stehen, und Bellisia streckte Gesicht und die Arme dem Himmel entgegen. Es schüttete, und beide waren schnell durchtränkt, doch Ezekiel schien es nichts auszumachen. Er betrachtete Bellisias Gesicht, während sie es in den Regen hielt. Sie spürte es und schaute ihn mit Tropfen in den Wimpern an.

»Ist das nicht wunderschön? Einfach perfekt? Danke, Ezekiel, vielen, vielen Dank.« Das Laken wurde langsam durchsichtig, aber es machte ihr nichts aus. Der nasse Stoff klebte an ihrer Haut und half ihr, so viel Wasser wie möglich aufzusaugen, sodass sie sich äußerst lebendig fühlte.

Ezekiel erwiderte nichts, doch seine Miene sagte alles. Er hielt sie nicht für seltsam – oder gar verrückt. Der Ausdruck auf seinem Gesicht war so schön, dass sie am liebsten geweint hätte. So sah also Liebe aus. Dass niemand sie je zuvor so angeschaut hatte, spielte keine Rolle, sie erkannte es trotzdem. So deutlich zeichnete sich das Gefühl ab.

Langsam drehte Ezekiel sich einmal mit ihr im Kreis, dann brachte er sie zum Fluss. Nun, da sie genauer hinschaute, sah sie den großen Sonnenschirm, den er zum Schutz aufgestellt hatte. Auf den Holzplanken lag eine Decke, daneben stand eine Schale, in der ein kleines Feuer brannte. Ezekiel trug sie zu der Decke und setzte sie so unter dem Schirm ab, dass sie die Beine in den Regen halten oder ins Trockene ziehen konnte. Dann setzte er sich neben sie.

»Hast du das für mich getan?«

»Du wolltest doch nach draußen und ich wollte, dass du es bequem hast, deshalb dieser Kompromiss.«

Erstaunt sah Bellisia ihn an. Das hatte etwas schroff geklungen. Ihr Mann wusste also nicht, wie man Komplimente annahm. Sie neigte sich ihm zu und hauchte Küsse auf seine Lippen. »Ich mag deine Kompromisse.«

»Und ich mag es, wie du in diesem Laken aussiehst.«

Er drückte seinen Mund auf ihren und gab ihr einen rauen, fordernden Kuss, der ihr verriet, wie sehr er sie begehrte. Dann küsste er sich an ihrem Hals entlang bis zu ihren Brüsten vor und saugte sich mit seinem heißen Mund durch das kühle Laken, das an ihr klebte, an einer Spitze fest. Rasch drückte sie seinen Kopf an sich und überließ sich dem Verlangen, das wie eine dunkle Flutwelle über sie hinwegrollte, jedes Nervenende zum Prickeln brachte und ihren Hunger weckte.

Langsam und widerstrebend hob Ezekiel den Kopf. »Ich habe uns Schokolade mit Sahne gemacht.« Er fasste um sie herum und zeigte ihr eine Thermoskanne.

Ehe sie es verhindern konnte, entfuhr Bellisia ein verärgertes Stöhnen.

Ezekiel berührte ihre Lippen. »Du ziehst ja eine Schnute. Was soll ich denn davon halten?« Er beugte sich vor, nahm ihre Unterlippe zwischen die Zähne und zog daran.

Bellisia war wie elektrisiert, und ihr Schoß zog sich sehnsüchtig zusammen. Doch er gab ihre Lippe wieder frei, deshalb griff sie nach einem der Becher auf der Decke. »Du spielst mit mir«, sagte sie vorwurfslos und schmollte noch mehr.

»Du hast mir einen Heidenschrecken eingejagt«, erwiderte Ezekiel. »Und dein Arzt hat dich noch nicht für gesund erklärt, also müssen wir das wohl durchstehen.«

Das brachte Bellisia auf eine Idee und ihr Blick wanderte zu seiner Leiste. Oh ja. Er war hart wie Stein. Das war gut.

»Nein.« Er drückte ihr den Becher in die Hände und löffelte dann selbstgemachte Schlagsahne auf die Schokolade. »Benimm dich.«

»Du machst mich verrückt.«

Ezekiel ignorierte ihren gereizten Ton und schenkte sich selbst etwas Schokolade ein, stellte dann jedoch seinen Becher auf den Holzplanken ab. »Ich habe etwas für dich. Aber ich muss dich warnen, es ist nicht so teuer oder so schön, wie du es verdienst hättest, aber es bedeutet mir viel.«

Bellisia musterte sein Gesicht. Es wirkte wie gemeißelt. Seine Stimme war sanft, doch seine starre Miene verriet ihr, dass das, was er ihr geben oder zeigen wollte, ihm *sehr* viel bedeutete. Sie nahm etwas Abstand und trank, ohne ihn aus den Augen zu lassen, einen Schluck aus ihrem Becher. Die Schokolade war lecker, das war bestimmt kein

Fertigpulver. Sie fand es großartig, dass er sie für sie gemacht hatte. Erst am Nachmittag hatte er ihr ihre erste richtige Mahlzeit gebracht, ein Shrimp-Gumbo, das er mit Nonnys Hilfe zubereitet hatte.

Sie konnte kaum glauben, dass er es selbst gekocht hatte. Für sie. Sie hatte keine Ahnung, ob alle Männer ihre Partnerinnen so umsorgten, aber sie würde ewig dankbar dafür sein, dass Ezekiel sie so verwöhnte. Sie hatte sich wirklich darauf gefreut, den Gumbo zu probieren, den sie mit Nonny gemacht hatte. Er hatte noch auf dem Herd gestanden, als Violet aufgetaucht war. Aber Ezekiel hatte später dafür gesorgt, dass sie ihn probieren konnte, und er schmeckte köstlich. Überhaupt hatte Bellisia das Gefühl, in der kurzen Zeit, in der sie da war, von Nonny auch sonst viel über das Leben gelernt zu haben, nicht nur kochen.

Ezekiel zog ein schmales Armband aus der Tasche und nahm einen der Steine, aus denen es gemacht war, zwischen Daumen und Zeigefinger. »Als ich noch ein Kind war und meine Brüder geboren wurden, war ich sehr glücklich. An dem Tag, an dem meine Mutter Malichai, meinen jüngsten Bruder, nach Hause gebracht hat, habe ich diesen kleinen Stein direkt vor unserer Tür entdeckt. Später habe ich herausgefunden, dass er aus etwas besteht, das man als Schwarzen Jaspis bezeichnet. Er wird von kleinen roten Linien durchzogen, die ihn in drei Teile teilen. Ich habe das für Schicksal gehalten. Für ein Zeichen, dass wir drei zusammengehören und es mit der ganzen Welt aufnehmen können. Ich habe den Stein jeden Tag sauber gemacht und in meiner Tasche herumgetragen. Das hier ist er.« Er hob den kleinen Stein hoch und zeigte ihn ihr.

Bellisia konnte sehen, dass er so poliert worden war, dass er glänzte. Es war sehr klein und länglich. Und er sah genauso aus, wie Ezekiel gesagt hatte. Sie fand ihn wunderschön.

Ezekiel nahm den zweiten Stein zwischen die Finger. »Eines Tages habe ich mitbekommen, wie meine Mutter darüber verhandelt hat, meine Brüder an üble Typen zu verkaufen, damit sie sich ihre Drogen besorgen konnte. Da war Mordichai fünf und Malichai vier. Ich habe die beiden sofort weggebracht. Als ich ein aufgegebenes Lagerhaus gefunden hatte, in dem wir wohnen konnten, habe ich diesen kleinen Stein gefunden. Das ist Hämatit, ein häufig vorkommendes Eisenoxid.«

Bellisia bewunderte den Stein und konnte verstehen, warum er einem kleinen Jungen aufgefallen war. Er hatte einen rostroten Streifen, der wie ein Blitzstrahl aussah. Auch dieser Stein war fachmännisch poliert worden. Er war etwas größer als der erste. Tränen stiegen ihr in die Augen bei dem Gedanken an den kleinen Jungen, der seine jüngeren Brüder in Sicherheit gebracht hatte.

»Dieser hier erinnert an den ersten Kampf, den ich verloren habe. Er hat mir gezeigt, dass ich besser werden musste, dass ich diesem schrecklichen Blutdurst freien Lauf lassen musste, wenn ich meine Brüder ernähren wollte. Es ist ein Roter Sonnenstein. Ich war heftig verprügelt worden und voller Blut und Beulen. Man kann sehen, dass ich mit diesem hier so oft gespielt habe, dass er durch das ständige Reiben mit dem Daumen an einer Seite ein bisschen schief ist. Ich habe ihn immer bei mir gehabt, als Erinnerung daran, dass ich mich daran gewöhnen muss, diese finstere Wut zu benutzen, um meine Brüder zu beschützen.«

Die Tränen hinter Bellisias Augenlider begannen zu brennen. Was für ein erstaunlicher Mann! Die Vorstellung, dass er mit aller Gewalt um sein Überleben und das seiner jüngeren Brüder hatte kämpfen müssen, gab ihr das Gefühl, dass ihr Leben leicht gewesen war. Was waren dagegen schon ein paar Experimente. Sie hatte ein Bett gehabt und jeden Tag drei Mahlzeiten. Sie hatte gelernt, sich selbst zu verteidigen, und war immerhin an Einsätzen beteiligt, die ihrem Land halfen. Sie verliebte sich jede Minute mehr in diesen Mann.

»Dieser erinnert an das erste Mal, dass ich einen Kampf gewonnen habe. Wir brauchten Essen. *Dringend.* Außerdem musste ich Medizin für Mordichai besorgen. Er war krank, und wir hatten kein Geld. Wenn ich nicht gewinnen würde, musste ich ihn zu den Behörden bringen, das wusste ich, dann wäre er irgendwo in Pflege gekommen, und ich hätte ihn nie wiedergesehen.« Ezekiels Finger glitten über den wunderschönen Stein, ein hochglanzpoliertes, lackschwarzes Stück. »Ich hatte Glück. Das ist ein Schwarzer Granat. Ich war blutverschmiert und alles tat mir weh, aber ich hatte Geld in der Tasche. In genau dem Augenblick, in dem mir klar wurde, dass ich es geschafft hatte, das Geld zu bekommen, mit dem ich meine Brüder retten konnte, habe ich auf das Blut geschaut, das auf den Boden tropfte, und da war er.«

Bellisia konnte es nicht mehr verhindern. Tränen drangen unter ihren Wimpern hervor und rannen ihr über die Wangen. Sie versuchte sie wegzuwischen, ehe Ezekiel sie sah, doch ihm entging nie etwas. Er beugte sich vor und küsste sie auf die Augen, dann küsste er ihr die Tränen weg.

»Ich habe gewonnen, Baby. Weine nicht. Das hat mir gutgetan. Es hat mich nur stärker gemacht.«

Bellisia nickte und versuchte, nicht daran zu denken, wie der kleine Junge das Geld für seine Brüder in den zerschundenen Händen hielt. »Ich weiß, Schatz, und das ist sehr schön.«

»Diesen hier habe ich gefunden, als ein paar ruppige Jungs aus den Appalachen auftauchten. Sie brauchten Hilfe und haben mich an Mordichai und Malichai erinnert. Sehr raufflustig, aber mit einem guten Kern. Wirklich, Baby. Ich musste ihnen helfen zurechtzukommen, und am Ende haben sie uns geholfen, also war alles gut. Das hier ist polierter Quarz, und er steht für die Familie, die wir geworden sind.«

Er nahm den nächsten. »Dieser hier ist wirklich selten. Trap hat ihn mir gegeben, als ich zum Militär gegangen bin. Mordichai und Malichai sind mir gefolgt, und dann auch Diego und Rubin. Man nennt ihn Benitoit.« Der Stein hatte mehrere Farben, auch rot, weiß und blau, deshalb stand er wohl für den Dienst, den Ezekiel seinem Land leistete.

Der nächste Stein war großartig. Einfach wunderschön und beinahe durchsichtig. Bellisia liebte sein tiefes Grün. Ezekiel strich mit dem Finger darüber, was er offenbar oft gemacht hatte. »Das ist ein Grüner Jadeit. Meine Brüder haben ihn mir geschenkt, als ich Arzt geworden bin. Schon allein deshalb bedeutet er mir sehr viel.«

Seine Finger bewegten sich weiter, zu einem fast himbeerfarbenen Edelstein. »Dieser ist aus Afghanistan. Es ist ein Roter Pezzottait, eigentlich ein Beryll, aber es ist auch Lithium drin, das die Farbe ein wenig verändert. Bei jedem Einsatz habe ich einen Stein gesucht oder gekauft, der in dem Gebiet vorkommt. Und da ich in der ganzen Welt unterwegs gewesen bin, habe ich mir vorgenommen, dir ein Halsband daraus zu machen, wenn du unser erstes Kind bekommst.«

Erschrocken stieß Bellisia den Atem aus. Ein Kind? Sie hatte nicht die geringste Ahnung von Kindern. Sie wollte zwar welche, aber im Grunde hatte sie Angst davor.

»Dies ist einer von einem Einsatz, der schiefgelaufen ist. In einem Krisengebiet waren ein paar Marines in Schwierigkeiten. Ich habe zwei von ihnen unter schwerem Feuer auf meinen Schultern rausgeholt und in Sicherheit gebracht. Am Ende war ich verwundet. Ich habe auch Medaillen, Bellisia, aber diese Steine stehen für die Meilensteine in meinem Leben. Dinge, die ich überwunden oder erreicht habe. An dem Tag habe ich zwei Männern das Leben gerettet. Guten Männern. Und wir sind lebend nach Hause gekommen.«

Es gefiel ihr, dass seine Steine ihm so viel bedeuteten, und sie hätte den wunderschönen roten Stein gern berührt, in der Hoffnung, dass er auch ihr Mut gab. Sie wollte gern Kinder mit ihm, und wenn sie auf das Armband schaute und den Mann, der mitten im Regen neben ihr saß und sich ohne Murren hatte durchnässen lassen, wusste sie, dass er der Richtige für sie war.

»Der hier ist einfach. Das war, als ich Nonny kennengelernt habe. Sie ist mir wichtig, weil der einzige weibliche Einfluss, den ich bis dahin gehabt hatte, meine Mutter war, und glaub mir, Schatz, die hat sich nie um mich oder meine Brüder gekümmert. Es ist eine Austernschale, die wie ein Cabochon geschliffen worden ist. Ich habe eine rote, stachlige gefunden, die wie ein Fächer geformt war. Nonny kann auch ziemlich kratzbürstig sein, wenn es nötig ist, und das hier hat einfach zu ihr gepasst.«

»Dies ist eine dunkle blaugrüne Perle aus Tahiti. Sie

steht für unsere erste Begegnung. Du bist kühl wie der Ozean, aber du hast auch Feuer. Du bist meine wertvollste Entdeckung, mein Schatz, und ich werde dich immer in Ehren halten.« Er öffnete den Verschluss des Armbands und hielt es ihr hin.

Bellisia wusste, dass er ihr damit sein Leben anvertraute. Sie streckte einen Arm aus. Ihre Hand zitterte, denn dies war ein sehr wichtiger Moment für sie. Ezekiel gab ihr alles, was er hatte.

»Ich habe alle Steine fachmännisch polieren lassen und Mordichai hat sie dann zu einem Juwelier in der Stadt gebracht, der sich ausgezeichnet auf sein Handwerk versteht«, erklärte Ezekiel, als er ihr das Armband umlegte.

Bellisia spürte das Gewicht an ihrem Handgelenk. Sie legte eine Hand auf Ezekiels und drückte seine Finger an sich. Sie würde dieses Armband nie wieder abnehmen. *Nie* mehr.

»Hör auf zu weinen, Schatz«, sagte er leise und zog sie auf seinen Schoß.

»Ich wusste gar nicht, dass ich weine.« Aber er hatte recht. Wie hätte sie es verhindern können? »Du bist der schönste, überraschendste Mann auf der ganzen Welt, und ich bin völlig verrückt nach dir.«

Ezekiel rieb das Gesicht an ihrem Nacken. »Das ist schön. Trink jetzt deine Schokolade. Wir dürfen nicht zu lange draußen bleiben.«

»Du bist zu gut zu mir.«

»Nichts ist zu gut für dich, Bellisia.«

Es hörte sich so an, als meinte er das ernst.

18

DAS HAUS WÜRDE riesengroß werden. Bellisia schlenderte herum und schaute es sich von außen an, während Ezekiel mit Mordichai und Gino drinnen die Pläne durchging. Die Außenwände standen schon. Wie die meisten anderen Häuser am Fluss war es auf Stelzen gebaut, damit viel Abstand bei etwaigen Überschwemmungen blieb. Die Aussicht gefiel ihr. Das Haus thronte über dem Wasser, fast so als hätte Ezekiel beim Kauf des Grundstücks und dem Entwurf der Pläne gewusst, dass sie mit ihm dort einziehen würde.

Es war perfekt für sie. Der Fluss nahm direkt vor der Tür seinen Lauf. Die Anlegestelle war bereits fertig und Ezekiels Boot an dem langen Holzsteg vertäut. Auch die Bootsrampe war fertig. Bellisia ging noch ein paar Schritte weiter, beschattete die Augen und betrachtete das Haus.

»Warte auf mich, Schatz«, rief Ezekiel.

Sie warf ihm einen Schulterblick zu. Sie erholte sich schnell und fühlte sich fast hundertprozentig fit. Sie wurde immer noch müde, wenn sie zu viel machte, was aber gar nicht vorkam, weil Ezekiel dafür sorgte, dass sie sich nicht überanstrengte. Er tat es auf eine nette Art und war immer freundlich zu ihr, trat zum Beispiel einfach hinter sie, legte seine Hände um ihre Taille und setzte sie auf die Arbeitsplatte, wenn sie Nonny in der Küche half. Dann gab er ihr einen schnellen Kuss, übernahm ihre Aufgaben und plauderte so locker mit Nonny, dass Bellisia keine Chance hatte zu protestieren.

»Komm doch nach«, rief sie zurück und rieb die Steine an ihrem Armband. Sie *liebte* ihr Armband, obwohl sie sich Sorgen machte, dass sie es verlieren könnte, wenn sie plötzlich in den Fluss springen musste, um sich zu verstecken.

»Warte auf mich, ich bin gleich bei dir«, wiederholte Ezekiel und wandte sich wieder mit Instruktionen an die Männer, die um ihn versammelt waren.

Bellisia war versucht, einfach weiterzugehen. Aber was sollte es? Sie war gern bei ihm, und wenn er sie begleitete, konnte er ihr dabei seine Pläne erläutern. Vielleicht konnte sie sogar etwas dazu beisteuern, auch wenn sie keine Ahnung vom Bauen hatte.

Also ging sie zu Ezekiel zurück und betrat das oben offene, höhlenartige Gebäude. Inzwischen wurden die Innenwände errichtet und das Klopfen der Hämmer war ohrenbetäubend. Als sie sich Ezekiel näherte, streckte er, ohne sich umzusehen, einen Arm nach ihr aus, so als wüsste er jederzeit genau, wo sie war, und wahrscheinlich war es auch so. Der Mann war nicht nur wachsam, er hatte auch einen hoch entwickelten Geruchssinn, und er hatte ihr erklärt, jeder Mensch habe einen besonderen Duft.

Sie trat an seine Seite und legte einen Arm um seine Taille. Sofort zog er sie schützend an sich. Das machte er immer, und sie fühlte sich dann wunderbar geborgen. Ihr Blick schweifte durch den Raum und über die Arbeiter, die die Wände in der Nähe zusammennagelten.

Plötzlich erstarrte sie, nur für einen Sekundenbruchteil, doch Ezekiel bemerkte es. Ihm entging nichts. Sofort hatte sie seine volle Aufmerksamkeit. »Was ist los, Schatz?«, fragte er leise und musterte sie.

Oh Gott. Sie konnte ihn nicht anlügen. Das wollte sie nicht, sie würde ohnehin nicht damit durchkommen. Sie schüttelte den Kopf und versuchte zu lächeln, doch ihr Gesicht fühlte sich steif an. Bittend klammerte sie sich an Ezekiels T-Shirt. Sein Blick löste sich von ihrem Gesicht und wanderte über die Arbeiter an den Wänden.

»Sie sind hier, oder? Unter den Bauarbeitern«, sagte er ruhig. »Wir haben eine Firma aus der Gegend angeheuert, mit Männern, die auch Wyatt und Trap geholfen haben. Ich habe nicht daran gedacht, jeden einzelnen noch mal zu überprüfen, aber ich hätte es tun sollen.«

Es war unglaublich, wie gut er auf sie eingestellt war. Woher wusste er das? Wie konnte er das erkennen, nur weil sie einen unfreiwilligen Reflex nicht unterdrückt hatte, als sie die beiden entdeckt hatte? Gerald und Adam. Adam hatte sie beobachtet und darauf gewartet, dass sie ihn entdeckte. Schon die Tatsache, dass sie es nicht auf den ersten Blick getan hatte, zeigte ihr, dass sie immer noch nicht hundertprozentig wiederhergestellt war – oder nachlässig wurde. Dann hatte Adam langsam den Kopf geschüttelt, um sie davon abzuhalten, etwas zu sagen.

Sie hätte gern die Gelegenheit gehabt, mit den beiden zu sprechen, ehe sie sie dem Schicksal überließ, das die Schattengänger für sie vorgesehen hatten, aber nun war es zu spät.

»Bellisia.« Ezekiels Stimme hatte einen harten Unterton. »Bring mich zu ihnen, und stell uns vor.«

In ihm brodelte finstere Wut, die große Energie, die sich in ihm anstaute, wenn er sich auf einen Kampf einstellte. Es war diese schreckliche Kraft, die ihn am Leben hielt, eine Mischung aus wilder Entschlossenheit und roher Gewalt – und er akzeptierte das. Bellisia krallte sich noch fester in sein T-Shirt. »Vielleicht sollte zuerst ich mit ihnen reden, Ezekiel.«

»Bring mich sofort zu ihnen.«

Bellisia nickte und ließ ihn los. Als sie auf die Wand zuging, fasste er nach ihrer Hand.

Mordichai, Gino, zu mir. Leicht auffächern. Draden, halt ihnen den Rücken frei. Pass auf, dass niemand ins Kreuzfeuer gerät, aber bring erst die anderen Arbeiter raus.

Sind das die Trottel, die nach Bella gesucht haben?, fragte Draden, während er den anderen drei Arbeitern bedeutete, ihm nach draußen zu folgen. Dann gab er ihnen ein Stück weit entfernt vom Haus einen Auftrag und kehrte eilig zurück.

Die, die behauptet haben, einer von ihnen wäre mit ihr verheiratet?, klinkte Gino sich ein.

Die werfen wir gleich hochkant raus, meinte Mordichai.

»Was habt ihr vor?«, zischte Bellisia mit bösem Blick. Sie spürte, dass der Energielevel um sie herum plötzlich anstieg. Und das lag nicht nur an den bedrohlichen Schwingungen, die von Ezekiel ausgingen, sondern auch daran, dass er offenbar telepathisch mit den anderen sprach.

»Tja, Baby, ob es dir gefällt oder nicht, du stehst unter unserem Schutz. Und diese Männer sind von Whitney geschickt worden, um dich zu ihm zurückzubringen. Aber das wird nicht passieren, und das werden wir ihnen sehr, sehr deutlich klar machen, damit sie es ihm genauso deutlich klar machen können.«

Dagegen hatte sie nichts einzuwenden. Sie würde niemals zu Whitney zurückkehren. Ihr Leben würde sich hier abspielen, an Ezekiels Seite. Aber sie wollte nicht, dass Adam und Gerald etwas geschah. Sie waren gute Kerle.

Trotz guter Absichten waren sie in eine schlimme Lage geraten und hatten, genau wie sie, keinen Ausweg daraus gefunden. Womöglich machte Whitney es bei seinen Soldaten auch so wie bei den Frauen, die er auf Einsätze schickte, und pflanzte ihnen Viren ein, aber das Entscheidende war, dass sie nun Ezekiels Frau war. Und an seiner Seite kämpfen würde. Sie würde die Menschen, die er liebte, ebenso heftig verteidigen wie er.

Entschlossen führte sie ihn direkt zu den beiden Männern. Gerald richtete sich langsam auf und drehte sich zu ihnen um. Adam hatte die Augen nicht von ihrem Gesicht gelöst.

»Ich dachte, ihr beide möchtet vielleicht Ezekiel kennenlernen. Ezekiel, das sind Gerald und Adam.« Bellisia reckte das Kinn. »Ich habe gehört, ihr habt nach mir gesucht.«

Ehe einer der beiden antworten konnte, mischte Ezekiel sich ein. »Habt ihr nicht behauptet, einer von euch wäre mit Bellisia verheiratet?«

Die zwei zuckten nicht mit der Wimper. Adam sprach als Erster. »Du wusstest doch, dass er jemanden hinter dir herschicken würde, Bella.«

»Natürlich, aber ich hatte gehofft, dass es nicht ihr zwei sein würdet.«

»Besser wir als einer von den Idioten, die für ihn arbeiten. Wir wollten nicht, dass du verletzt wirst«, sagte Gerald.

»Er hat gedacht, ich würde euretwegen wiederkommen, nicht?«, murmelte sie.

»Warum sollte er das?«, fragte Ezekiel sehr leise und sanft, aber äußerst bedrohlich.

Bellisia erschauerte. Sofort zog Ezekiel sie mit dem Rücken an sich und rieb über ihre Arme, um sie zu wärmen.

Auch Whitneys Soldaten machten einen Schritt auf sie zu, als wollten sie sich um sie kümmern. Einen verräterischen Schritt, der sie in Ezekiels Augen zum Tode verurteilte.

»Er hat uns mit Bella verpaart«, sagte Adam schonungslos, als interessierte es ihn nicht, ob er damit sein Leben riskierte. »Zumindest hat er es versucht.«

»Hat er oder hat er nicht?«, blaffte Ezekiel.

Ruhig sah Adam ihn an. »Bellisia ist eher wie eine Schwester für uns. Whitney kann das einfach nicht verstehen. Emotionen sind ihm fremd. Er kennt nur Sex. Diesen körperlichen Drang. Er hat nie begriffen, dass sie uns aus sehr vielen Gründen wichtig ist. Wir waren längst auf andere Weise mit ihr verbunden, als er beschlossen hat, uns auf sie zu fixieren.«

Ezekiel runzelte die Stirn. »Versuchst du etwa, mir weiszumachen, dass ihr euch nicht von ihr angezogen fühlt? Oder sie sich von euch?«

Bellisia machte den Mund auf, um etwas zu erwidern, doch er drückte sie warnend an sich. Also schwieg sie, obwohl sie sicher war, dass er das, was sie zu sagen hatte, gern gehört hätte.

»Bellisia ist nicht mit uns verpaart worden, nur wir mit ihr«, erklärte Adam. »Sie hat sich nie so benommen, als würde sie etwas anderes als sozusagen schwesterliche Zuneigung für uns empfinden. Als Whitney beschlossen hat, uns an Bellisia zu binden, war Gerald und mir bereits klar, dass das, was er mit den Frauen macht, falsch ist. Die meisten Soldaten, die er hat, haben kein Gewissen und keine Skrupel. Aber wir wollten nicht mehr bei seinen Experimenten mitmachen.«

»Trotzdem habt ihr seine Befehle befolgt.«

»Das war besser, als die Frauen einigen von den anderen zu überlassen«, sagte Gerald. »Es ist recht leicht ungehorsam zu sein, wenn man Whitneys Motive durchschaut hat. Keiner von uns beiden reagiert noch irgendwie körperlich auf Bellisia. Am Anfang haben wir uns ein wenig, aber wirklich nur ein wenig von ihr angezogen gefühlt, aber später nicht mehr.«

»Whitney weiß, dass du Violet umgebracht hast, Bella«, sagte Adam leise, doch sein Blick ruhte nicht auf Bellisia, sondern auf Ezekiel.

»Er hat uns aufgetragen, dir zu sagen, dass er dich einsperren lässt, wenn du nicht nach Hause kommst. Es dürfte nicht allzu schwer sein zu beweisen, dass du die Senatorin getötet hast«, fügte Gerald hinzu. »Wir haben versucht, ihm das auszureden, aber er war stocksauer, dass du abgehauen bist. Du warst immer sehr wichtig für ihn.«

»Nicht so wichtig, dass er sie nicht mit einem tödlichen Virus infiziert hätte«, bemerkte Ezekiel. »Von uns aus kann er zur Hölle fahren. Bellisia wird nicht zu ihm zurückgehen. Er kann so viel Anschuldigungen erheben, wie er will, aber wir haben einen Haufen Männer, die bereit sind, ihr ein wasserdichtes Alibi zu geben.«

»Ezekiel«, sagte Bellisia warnend und legte eine Hand auf seinen Arm. »Wir müssen darüber nachdenken. Wenn Whitney das tut, könnte es für die Mädchen gefährlich werden.«

»Bella«, sagte Adam sanft. »Es ist eine leere Drohung. Du denkst immer mit dem Herzen. Whitney wird sich nicht an die Behörden wenden, weder anonym noch auf andere Art. Aufmerksamkeit auf seine Experimente zu lenken wäre das Letzte, was er sich momentan leisten kann. Er hat euch doch so gemacht. Du warst damals noch ein *Kind.* All diese Frauen waren noch Kinder, als er an ihnen herumexperimentiert hat. Sobald das bekannt wird, ist er ebenfalls dran.«

»Trotzdem habt ihr nach ihr gesucht.« Ezekiels Stimme klang freundlich und lässig, doch Bellisia ließ sich nicht täuschen.

»Wie schon gesagt, besser wir als jemand anders. Nachdem wir sie hier aufgespürt hatten, haben wir uns über euch erkundigt. Nach allem, was wir wussten, konntet ihr genauso schlimm sein wie der zusammengewürfelte Haufen, mit dem Whitney sich umgibt«, sagte Gerald. »Wir wollten nicht, dass Bella vom Regen in die Traufe gerät.«

»Das erklärt, warum ihr am Haus mitgearbeitet habt«, stellte Ezekiel fest. »Jetzt könnt ihr zu Whitney zurückgehen und ihm die schlechte Nachricht überbringen.«

Die zwei Männer wechselten einen Blick und schüttelten dann den Kopf. »Nein, wir gehen nicht zurück. Whitney wird ohne uns klarkommen müssen.«

»Ezekiel« – wieder legte Bellisia eine Hand auf seinen Arm – »vielleicht können wir die anderen Mädchen befreien.«

Wieder schüttelte Adam den Kopf. »Er hat sie schon verlegt. Der ganze Komplex ist verwaist. Ich habe keine Ahnung, wo er sie hingebracht hat.«

Bellisia wurde schlecht, und sie musste sich vorbeugen, um sich nicht zu übergeben. Das sah ihm ähnlich. Wahrscheinlich hatte er jedes Mal einen Plan, wenn er eine von ihnen auf einen Einsatz schickte, rein vorsorglich, falls sie nicht zurückkehrten. Sie hatte sich immer eingebildet, einen Weg finden zu können, um die anderen zu retten, doch Whitney war ihr stets einen Schritt voraus.

»Wie solltet ihr Kontakt mit ihm aufnehmen, falls es euch gelungen wäre, Bellisia zu schnappen?«, fragte Ezekiel.

»Wir hatten eine Telefonnummer, unter der wir Instruktionen erhalten hätten, wie wir sie zurückbringen sollen. Aber die Zeit, die er uns gegeben hat, ist schon abgelaufen«, erwiderte Adam.

Ezekiels Gesichtsausdruck veränderte sich nicht, doch Bellisia spürte den Energieschub in ihm. Den mächtigen Adrenalinstoß, der ihn dazu drängte, gewalttätig zu werden.

»Was genau habt ihr vor?«

»Wir dachten, wir fischen ein wenig, wenn die Zeit reicht«, sagte Adam achselzuckend. »Finden unseren Frieden, solange wir es noch können.«

In Bellisias Kopf begannen Alarmglocken zu läuten. Sie wollte einen Schritt auf die beiden Männer zugehen, doch Ezekiel ließ sie nicht los. Zum ersten Mal war sie wirklich verärgert über seine besitzergreifende Art. Wütend schaute sie zu ihm auf und ärgerte sich noch mehr, als er sie schlicht ignorierte.

»Was soll das heißen, Adam?«, fragte sie scharf. »Wenn die Zeit reicht? Solange wir es noch können? Dieser Mistkerl hat euch beiden irgendetwas Tödliches verabreicht, oder?«

Die beiden Männer schwiegen.

»Oder?« Bellisia schrie sie fast an.

»Ruhig, Baby«, warnte Ezekiel sie.

»Lass mich. Antworte mir, Adam. Er hat euch etwas eingeimpft, nicht? Ihr seid hierhergekommen, obwohl ihr gewusst habt, dass ihr sterben würdet, wenn ihr mich nicht zurückbringt.«

»Wir haben dir so viel Zeit wie möglich gegeben, damit du dich eingewöhnen kannst«, erklärte Adam. »Wir wollten uns vergewissern, dass du glücklich bist, deshalb haben wir uns wieder zurückgezogen und dich im Auge behalten. Die Fontenots haben einen guten Ruf, das war unser erster Hinweis darauf, dass du in guten Händen bist. Donny, der Mann auf der Insel, hat für dich gelogen, und ihm sagt man nach, dass er nicht viele Menschen mag. Das hat uns gezeigt, dass du schon zu diesen Leuten gehörst. Also haben wir miteinander gesprochen und sind zu dem Schluss gekommen, dass es für uns jetzt vorbei ist und dass unser letztes Geschenk für dich die Mithilfe am Bau deines Hauses sein soll.«

Bellisia verschlug es den Atem. Ihre Lungen brannten und ihre Kehle war rau. »Ihr wollt einfach sterben? Ihr lasst es zu, dass er euch tötet?« Es hätte kämpferisch klingen sollen, doch es kam eher so heraus, als würde sie gleich weinen. Vielleicht weinte sie sogar schon. »Diese Männer sind Ärzte. Es ist noch nicht zu spät.«

»Es war schon vor ein paar Tagen zu spät. Die Kapseln haben ihre Ladung freigegeben. Dein Mann ist Chirurg. Er wird nicht herausfinden können, was Whitney zusammengemischt hat, schon gar nicht bevor der Virus zu wirken beginnt«, erwiderte Gerald sanft.

»Wir haben uns bewusst dafür entschieden, Bella«, setzte Adam hinzu. »Wir sind Soldaten. Wir möchten für unser Land kämpfen. Aber das, was Whitney uns aufgetragen hat, hatte nichts damit zu tun. Uns ist nichts anderes übrig geblieben.«

»So ein Schwachsinn«, blaffte Ezekiel. »Er hat Schattengänger aus euch gemacht. Da gibt es immer einen Weg, seinem Land zu dienen.«

»Wir haben ein paar Fehler«, sagte Gerald mit einem knappen Lachen. »Wir haben es nicht ins Programm geschafft.«

»Ich habe deine Akte gelesen. Du bist beim psychologischen Eignungstest nicht durchgefallen. Anscheinend hat er euch beide weiterentwickelt.« Ezekiel musterte die zwei Männer. »Die meisten Schattengänger erkennen einander. Aber nicht alle. Ich habe zum Beispiel nicht bemerkt, dass Bellisia eine Schattengängerin ist. Wollt ihr wirklich so dringend aus dem Programm raus, dass ihr bereit seid, dafür zu sterben?«

»Wir haben alles Mögliche versucht, um Whitney aufzuhalten. Nichts hat funktioniert. Früher oder später hätte er uns sowieso umgebracht, das war wohl nur noch eine Frage der Zeit«, sagte Adam. »Diese Frauen müssen von ihm weggeholt werden, ehe es für einige von ihnen zu spät ist.«

»Es muss doch möglich sein, ein Mittel gegen den Virus zu finden«, sagte Bellisia.

Langsam schüttelte Adam den Kopf. »Es ist zu spät.«

»Das kann nicht sein. Wir haben hier Ärzte, hochintelligente Männer. Und wenn die euch nicht helfen können, kennen sie vielleicht welche, die es können. Nicht wahr, Ezekiel?« Hoffnungsvoll schaute sie zu ihm auf. Sie baute auf ihn. Sie glaubte an ihn.

»Du schaust mich immer so an, als könnte ich Berge versetzen. Und in diesem Fall wäre es vielleicht sogar möglich, *vorausgesetzt*, ich glaube den beiden.«

»Du merkst doch, wenn man dich anlügt. Natürlich glaubst du ihnen. Sie sagen die Wahrheit«, behauptete Bellisia standhaft. Sie war sicher, dass Adam und Gerald nicht logen. Sie kannte Whitney gut genug, um zu wissen, dass er die zwei lieber töten würde, als sie zu verlieren. Sie hatten ständig Partei für die Frauen ergriffen. Und mehr als einmal hatten sie einen von Whitneys Supersoldaten für das, was er einer der Frauen angetan hatte, verprügelt. Sie hatte nicht den *geringsten* Zweifel, dass die beiden ehrlich waren.

Und das bedeutete, ihnen musste dringend geholfen werden. Wie viel Zeit mochte vergangen sein, seit die Kapseln zerbrochen waren?

Ezekiel seufzte. Wenn seine Frau ihn mit so großen, vertrauensvollen Augen anschaute, tat er einfach alles für sie, selbst wenn das bedeutete, dass er zwei neue Männer ins Team aufnehmen musste. Aus den Augenwinkeln sah er, wie Mordichai wissend grinste. Dann formte sein Bruder stumm ein Wort mit den Lippen und sandte es telepathisch an alle.

Erledigt.

Ezekiel machte eine rüde Handbewegung. »Lasst uns gehen«, sagte er abrupt.

Adam und Gerald wechselten einen langen Blick. Dann zuckte Gerald die Achseln. »Es gibt nichts mehr zu tun, also, wenn ihr nichts dagegen habt, halten wir uns einfach an unseren Plan und gehen fischen.«

»Sei kein Idiot. Schau dir mal Bellisias Gesicht an. Glaubst du, ich lasse euch sterben, wenn sie so guckt, als würde die Welt untergehen? Steigt zu Mordichai in den Wagen. Er ist nicht halb so nett wie ich. Manchmal erschießt er Menschen einfach zum Spaß.« Ezekiel drehte sich um und zog Bellisia mit sich. »Komm, Schatz, lass uns nach Hause fahren. Ich muss mit Rubin reden.«

Adam und Gerald konnten seine Einladung annehmen oder es bleiben lassen. Er hatte ihnen einen Weg aus ihrer Misere gezeigt, aber er würde sie nicht dazu überreden, ihm zu folgen. Entweder sie wollten leben oder sie redeten dummes Zeug. Fast wünschte er sich Letzteres, aber er musste sie bewundern. Sie behielten selbst unter Druck die Nerven. Sie waren verdammt gute Soldaten, Männer, die man in einem Kampf gern an seiner Seite haben wollte. Falls sie sich wirklich zurückgezogen hatten, um darauf zu warten, ob Bellisia allein im Leben zurechtkam, und wirklich beschlossen hatten, nicht mehr zu Whitney zurückzukehren, obwohl es sie das Leben kosten würde, musste er sie auch dafür bewundern. Sie waren mutig, wenn auch ein wenig dumm.

Bellisia ging mit ihm, schaute aber über die Schulter zu Gerald und Adam zurück, was ihn mächtig ärgerte. Sie konnten ihm so oft wie möglich erzählen, dass die Verpaarung nicht geglückt sei, doch offensichtlich sorgte sie sich um die zwei, und die beiden sorgten sich um sie.

»Du gehst zu schnell«, protestierte sie leise. »Es ist genauso wie das, was du für Pepper und Cayenne empfindest. Du magst sie, und das ist gut. So sollte es doch sein. Schließlich seid ihr alle hier eine Familie.«

Ezekiel riss die Tür des allradgetriebenen SUVs auf, fasste sie um die Taille, hob sie hoch und warf sie fast auf den Beifahrersitz. Dann deutete er auf den Sicherheitsgurt und schlug gereizt die Tür zu. Nun hatte Whitney zwei weitere Gründe, den Sumpf in Louisiana im Auge zu behalten.

Auf der Fahrt zurück zu den Fontenots sagte Bellisia kein Wort. Ezekiel fuhr etwas schneller, als er es sonst mit ihr im Wagen getan hätte, aber was zum Teufel hatte sie *damit* gemeint? *Schließlich seid ihr alle hier eine Familie.* Sie war seine Familie. Sie war ein Teil dessen, was sie erschaffen würden.

Immer wieder tauchte im Rückspiegel der zweite SUV auf, mit Draden am Steuer. Am Haus angekommen, parkte Ezekiel, und Bellisia sprang aus dem Auto, noch ehe er die Schlüssel abgezogen hatte. Schnell lief sie um die Motorhaube herum, und als er seine Tür zuschlug, warf sie sich ihm in die Arme. Ihm blieb nichts anderes übrig, als sie aufzufangen. Sie schlang die Hände um seinen Nacken, die Beine um seine Taille und presste sich an ihn.

»Ezekiel«, sagte sie. »Küss mich. Es muss sein.«

Er wusste, was sie vorhatte. Sie wollte ihn von seiner Aggressivität befreien. Sie hatte Angst, dass er gewalttätig wurde. Er war tatsächlich ganz kurz davor gewesen, er hatte auf alles und jeden einschlagen *wollen.* Whitney sollte in der Hölle schmoren, weil er so vielen Menschen geschadet hatte. Bellisia würde sich den Rest ihres Lebens um die Frauen sorgen, mit denen sie aufgewachsen war, und sich Vorwürfe machen, weil ihr die Flucht gelungen war und den anderen nicht.

Vorsichtig drückte er sie an sich, damit sie nicht entzweibrach, obwohl er so sanft war, wie es einem wie ihm möglich war. Ihr Gefühlsausbruch hatte ihn völlig überrascht, weckte aber ein Verlangen, das ebenso heftig war wie das nach Gewalt. Gierig drückte er seine Lippen auf ihre und küsste sie stürmisch.

Ihr Mund war heiß und feucht und so perfekt, dass er sich darin verlor. Urplötzlich war das Verlangen nach ihr unbeherrschbar und dringend. Es überrollte ihn wie ein Feuersturm, der unaufhaltsam war, obwohl er sich nur Sekunden zuvor noch fest im Griff gehabt hatte. Vielleicht lag es an der Mischung aus Sex und Gewalt, die in ihm brodelte und so explosiv war, dass er nicht wusste, ob er sich noch zügeln konnte, denn er hatte sie noch nie so heftig begehrt.

Ihr Mund war herrlich. Ein Paradies. Während Lust und Liebe miteinander kämpften, küsste er sie immer wieder. Er fühlte sich wie ein Neandertaler, ein Wilder, ein Tier, das sich paaren will, und gleichzeitig war seine Liebe so verdammt groß, dass sie ihm den Atem raubte. Bellisia schmiegte sich an ihn und machte alles mit, protestierte nicht gegen sein primitives Drängen, sondern stachelte ihn noch an, indem sie ihn ebenso stürmisch zurückküsste.

Erst als Ezekiel sich endlich von ihr löste, nahm er das ernüchternde Gekicher um sich herum wahr. Das andere Auto hatte ebenfalls geparkt, und die Insassen standen davor und sahen ihnen kopfschüttelnd zu.

Bellisia lief knallrot an und versteckte das Gesicht in Ezekiels T-Shirt. »Das wird Mordichai mir mein Leben lang vorhalten, nicht?«

»Keine Angst, kleine Schwester«, erwiderte Mordichai, was bewies, dass sein Gehör fast so gut war wie das seines Bruders.

»Bringt die beiden in das Zimmer im Labor«, befahl Ezekiel unbeeindruckt davon, dass die anderen gesehen hatten, wie ernst er es mit dieser Frau meinte. Es gefiel ihm sogar. Sie sollten ruhig wissen, dass Bellisia für sie tabu war, insbesondere für Gerald und Adam.

»Du knurrst ja«, flüsterte Bellisia an seinem Shirt. Durch den dünnen Stoff spürte er die Wärme ihres Atems. Es fühlte sich so intim an, dass ihm heiß wurde.

»Die Vorstellung, dass du so nah bei diesen beiden Männern bist, gefällt mir nicht.«

»Im Moment bin ich ziemlich nah bei dir, nicht bei ihnen«, erinnerte sie ihn in aufreizendem Tonfall.

Er hatte lange zwei Wochen hinter sich, fast drei waren es inzwischen, in denen er jeden Morgen mit ihrem nackten Körper im Arm aufgewacht war. In ihm hatte sich mehr sexuelle Energie aufgestaut, als er gebrauchen konnte. Schon wenn er allein ihre Stimme hörte, wurde er hart, ganz ohne diesen einladenden Ton.

»Benimm dich.«

Bellisia warf ihm ein schnelles, schelmisches Lächeln zu, das ihm zeigte, dass sie vielleicht nicht auf ihn hören würde. Er hoffte es sogar, denn er hatte es satt, sich wie ein Heiliger zu benehmen. Er nahm sie bei der Hand und führte sie zur Garage. Rubin wartete draußen auf sie.

»Was kann Rubin, das du nicht kannst, Ezekiel?«, fragte Bellisia deutlich besorgt.

Ezekiel gefiel es, dass sie glaubte, er könne alles, und davon ausging, dass er Gerald und Adam rettete. Sie wusste ja nicht, dass Rubin noch ganz andere Fähigkeiten und Talente besaß. In ihren Augen konnte nur er die beiden wieder gesund machen.

»Er hat eine außergewöhnliche Gabe, die extrem selten ist. Manche von uns können in einen Körper hineinschauen und das Problem direkt erkennen, aber wir brauchen Instrumente und Tabletten, um den Menschen zu helfen. Soweit ich weiß, gibt es nur drei Menschen, die durch die Kraft des Geistes heilen können.«

»Damit meinst du nicht, dass Heilen eine Gabe ist, sondern du willst mir tatsächlich sagen, dass Rubin ein Geistheiler ist?«

Ezekiel nickte. »Genau. Er hat ein sehr seltenes und unglaublich wertvolles Talent. Es klappt zwar nicht immer, aber wenn, kommt es einem vor wie ein gottverdammtes Wunder.«

»Wer kann das noch?«

»Es gibt einen jungen Mann in Team Drei, unserer Marine-Einheit, der in dieser Hinsicht besonderes Talent zeigt. Wir haben Glück, dass wir zwei solche Heiler in unserem Team haben. Joe ist einer davon, und er macht das meistens sehr gut, aber Rubin und der Mann in Team Drei können es auch. Rubin hat besonders viel Kraft. Niemand spricht darüber, Bellisia, das dürfen wir nicht. Es wird nicht erwähnt, besonders nicht vor den Kindern. Wir bitten Rubin und Joe nicht oft, diese Kraft einzusetzen, weil sie dem Heiler viel abverlangt. Es wäre furchtbar, wenn Whitney jemals Wind davon bekäme.«

»Und in den anderen Teams gibt es keinen, der das kann?«

»Nicht dass wir wüssten. Aber da es dieses Talent an sich gibt, werden sicher irgendwann auch andere auftauchen, die es haben. Vielleicht sogar eine von den Frauen.«

»Ich hab's jedenfalls nicht«, erklärte Bellisia ernst. »Kann Rubin die beiden wirklich retten?«

»Vertrau mir, wenn es überhaupt möglich ist, den Virus zu vernichten, ist Rubin der Richtige dafür.« Er hielt ihr die Tür auf.

Bellisia zögerte kurz, bevor sie über die Schwelle trat. Ezekiel schaute auf ihren Scheitel herunter und wurde schon wieder wütend. Er war nicht da gewesen, um sie zu beschützen. Er wusste, dass Joe nur seinen Job gemacht hatte. Verdammt, er hätte ja dasselbe getan, doch trotzdem spürte er das Bedürfnis, jeden Einzelnen, der sie je eingesperrt hatte, grün und blau zu schlagen.

Bellisia schob ihre Hand in seine. »Schon gut. Es musste sein, du weißt das. Es tut mir leid, dass ich dich dazu gebracht habe zu glauben, ich wäre ärgerlich darüber.«

»Du solltest dich aber darüber ärgern. Es ist eine beschissene Art, die Bekanntschaft der Männer zu machen, die ich Brüder nenne.«

Adam und Gerald saßen in dem kleinen Untersuchungsraum, Mordichai lehnte lässig an der Wand, und Gino stand alles andere als lässig in der Nähe der Tür.

Rubin kam ebenfalls herein und nickte Bellisia zu. »Bist du dir auch sicher, Zeke? Bist du sicher, dass Whitney die beiden nicht hergeschickt hat, um uns auszuspionieren?«

»Ich habe sie befragt«, versicherte Ezekiel. »Mordichai war dabei. Wenn mir etwas entgangen wäre, hätte er es bemerkt.«

Rubin nickte langsam. »In Ordnung, dann sollte einer von euch sich jetzt mal auf diesen Tisch legen.«

Wieder schauten sich Gerald und Adam vielsagend an. »Was machen wir hier eigentlich?«, fragte Adam. »Keiner sagt uns irgendetwas.«

»Leg dich einfach hin und lass mich mal sehen«, wiederholte Rubin. »Vielleicht finde ich heraus, was bei euch falsch läuft und kann es beheben.«

Die Augen auf Ezekiel gerichtet, obwohl er mit Rubin gesprochen hatte, stand Adam zögernd auf. »Was falsch läuft ist Folgendes: Whitney hat uns kurz vor dem Aufbruch eine kleine Kapsel hineingeschossen und uns gesagt, dass wir vierzehn Tage Zeit hätten, Bellisia zurückzubringen. Diese Kapsel ist vor einiger Zeit zerbrochen. Wir haben beide schon Symptome. Meistens Nasenbluten, Krämpfe und solche Sachen.« Ein leichtes Grinsen huschte über sein Gesicht. »Wir denken, dass er es uns so schwer wie möglich machen will, als Strafe dafür, dass wir ihm nicht gehorcht haben. So ist er nun mal.«

»Dann lass mich mal sehen«, sagte Rubin und deutete auf den Tisch.

Langsam ging Adam zum OP-Tisch und streckte sich darauf aus. Bellisia machte eine Bewegung, als wollte sie zu ihm gehen. Sofort legte Ezekiel einen Arm um ihre Brust und zog sie mit dem Rücken an sich. Was zum Teufel dachte sie sich dabei? Wollte sie dem Kerl etwa die Hand halten?

Bellisia trat ihn vors Schienbein. »Du knurrst schon wieder. Das muss aufhören, sonst sage ich Mordichai, er soll dich in den Käfig da drüben stecken, und du weißt, dass er das nur zu gern tun würde«, zischte sie und warf ihm einen wütenden Schulterblick zu.

Mordichai kicherte begeistert. Selbst Gino wandte das Gesicht ab, um den Anflug eines Lächelns zu verbergen.

Irritiert hörte Bellisia auf, sich zu wehren, denn sie war noch nicht an die Frotzeleien der Männer gewöhnt.

Den Blick auf Adams Körper gerichtet ging Rubin um den Tisch herum und zog die dünnen Handschuhe aus, die er trug. Ezekiel hatte ihm erst wenige Male bei der Arbeit zugesehen und immer wieder darüber gestaunt, wie gut er sich konzentrieren konnte. Er war völlig fokussiert. Für ihn gab es niemanden anders im Raum, nur Adam und Rubin. Wie man seine Umgebung so komplett ausblendete, würde Ezekiel wohl nie erfahren.

Nun schloss Rubin die Augen und führte die Hände im Abstand von wenigen Zentimetern über Adams Brust, sein Herz und den Rest seines Körpers. Dann runzelte er die Stirn, schüttelte den Kopf und ließ die Hände über Adams Kopf und Hirn wandern. Ohne die Augen zu öffnen, verlangte er leise eine Bestätigung.

»Bellisia, du musst mir versichern, dass diese Männer es

wert sind, gerettet zu werden. Das wird nicht leicht, und es ist riskant.«

Erschrocken biss sich Bellisia auf die Unterlippe. »Riskant?«

»Du musst es mir versichern. Du kennst sie am längsten. Ich weiß, dass sie gute Soldaten sind, aber sind sie auch gute Menschen?«

»Ja.« Das kam ohne Zögern. »Sie haben versucht, uns vor den anderen zu schützen.«

»Ich kann nicht beide auf einmal heilen, Ezekiel. Dazwischen brauche ich ein paar Stunden Ruhe. Ein paar Tage wären besser, aber so viel Zeit haben die zwei nicht, bevor es für jedes Eingreifen zu spät ist.«

Adam wollte sich aufsetzen, doch Rubin legte eine Hand auf seine Brust und hielt ihn davon ab. »Wenn du jetzt nur einen von uns behandeln kannst und wirklich glaubst, dass es hilft, rette Gerald.«

»Nein.« Gerald sprang auf. »Das lasse ich nicht zu.«

»Ich werde euch beide retten«, sagte Rubin. »Also stell dich nicht so an. Setz dich schnell wieder hin, und stör mich nicht.« Seine Hände hatten bereits begonnen, sich wie von selbst in Mustern zu bewegen, deshalb gab er den Befehl ein wenig abgelenkt, da seine Aufmerksamkeit auf den Körper unter seinen Händen konzentriert war.

»Erklär mir, was du machst, Rubin«, bat Ezekiel.

»Ich erspüre Abläufe im Körper. Für mich geht es nur um diese Muster. Ich sehe sie praktisch vor mir, obwohl ich kein Mediziner bin. Diese Ablaufmuster können angegriffen und durchbrochen werden. Zum Beispiel durch psychische Energie. Wie bei dir, Zeke, diese starke finstere Energie, die du hast, schaltet fast alle anderen Muster in deinem Körper aus, wenn sie dich übermannt. Bellisia hat beweglichere Ablaufmuster, die sich so rhythmisch verändern wie Ebbe und Flut. Jeder mit psychischer Energie hat ein ganz bestimmtes Muster.«

»Ist Adams psychische Energie denn so stark, dass du so ein Ablaufmuster erkennen kannst? Bei der Prüfung wurde sie als sehr gering eingestuft«, sagte Ezekiel. »Das war der einzige Grund, warum er nicht ins Programm aufgenommen worden ist. Alles andere war gut.«

»Hat Whitney ihn ausgemustert? Was für ein Unsinn. Adam hat Talent, und zwar großes Talent. Jedes Muster, das ich sehe, ist einzigartig, auf das jeweilige Individuum und seine besonderen Gaben zugeschnitten. Die meisten Menschen mit übersinnlichen Fähigkeiten haben mehr als eine, wobei manche sehr viel stärker ausgeprägt sind als andere. Pepper hat ein leichtes gewebtes Muster im Kopf, das heißt, wenn gewalttätige Energie auf sie ausstrahlt, kann sie sich nicht schützen und bekommt viel mehr davon ab als andere. Diese brutale Energie durchlöchert buchstäblich ihre Ablaufmuster und verursacht Hirnblutungen. Wenn sie zu lange Gewalt ausgesetzt wird, könnte sie sterben. Ihr Hirn würde einfach ausbluten. Deine Muster dagegen, Ezekiel, sind wesentlich dichter. Und Adams auch.«

Während Rubin redete, strich er nach einem eigenen Bewegungsmuster weiter über Adams Körper, als würde er eine Symphonie dirigieren. Dabei hielt er die Augen geschlossen, und Schweiß sammelte sich auf seiner Stirn. Doch seine Stimme blieb ruhig und leise.

»Wenn ich mit einem Virus infiziert worden bin, was spielt es dann für eine Rolle, ob diese Ablaufmuster im Körper dicht sind?«, fragte Adam. »Selbst ein Grippevirus macht einen fertig, oder?«

»So etwas Einfaches würde Whitney dir nie injizieren. Dieser besondere Virus greift dein Hirn und deine psychischen Fähigkeiten an. Wir alle benutzen Teile des Hirns, die noch nie benutzt worden sind. Whitney hat neuronale Wege geöffnet, die nicht statisch sind, sondern sich verändern und erweitern. Er hat nicht geglaubt, dass du übersinnliche Fähigkeiten hast, oder besser, er hat sie für zu gering gehalten, also hat er dein Hirn kräftig weiterentwickelt. Sicher hat er gedacht, dass du dann durchschnittlich begabt sein würdest, doch in Wahrheit bist du überaus talentiert. Deshalb hat der Virus dich auch noch nicht getötet.«

»Wie schlimm ist es, Rubin?«, fragte Ezekiel.

»Die Muster in Adams Körper sind an manchen Stellen wie zerfressen von winzig kleinen Löchern, aber der schlimmste Schaden ist im Gehirn entstanden.«

»Kannst du ihn beheben?«, fragte Gerald.

»Ich bin schon dabei. Aber es dauert ein wenig, bis man alles wieder verknüpft hat. Dazu brauche ich meine Heilkräfte, aber um den Virus anzugreifen, brauche ich etwas anderes.« Wieder runzelte Rubin die Stirn und trat näher an Adams Kopf heran. »Du musst mordsmäßige Kopfschmerzen haben. Wie hast du nur an Ezekiels Haus arbeiten können? Ich kann mir kaum vorstellen, wie weh das tut.«

»Es war unser letztes Geschenk für Bella«, erklärte Gerald. »Wir dachten, sie würde sich freuen, wenn sie erfährt, dass wir beim Bau mitgeholfen haben.«

»Dieses Hirn sieht aus, als hätte es fürchterliche Schläge abbekommen, es ist sehr viel schlimmer betroffen als alles andere. Ich muss eine magnetische Art von Energie einsetzen, um den Virus anzuziehen und ihn dann wie mit einem Laser zu zerstören. Ich kann nicht sprechen, während ich das tue, und ich würde mich freuen, wenn ihr auch ruhig sein würdet.«

Schweiß rann ihm übers Gesicht. Gino trocknete es mit einem Handtuch ab und trat wieder zurück. Die Temperatur im Raum war um mehrere Grade gestiegen, was offensichtlich an Rubin lag. Seine Haut glühte beinahe und hatte einen fast kupfernen Ton. Ezekiel drehte Bellisia zur Wand um und schirmte sie mit seinem Körper vor der immer stärker werdenden Hitze ab.

Rubin arbeitete eine gute Stunde, dann begann er zu zittern, doch seine Hände hörten nicht auf, den Virus zu bekämpfen. Sein Patient schien das Bewusstsein verloren zu haben, denn er lag ganz still da. Als Rubin schließlich vom Tisch zurücktrat, sackte er zusammen und wäre hingefallen, wenn Gino ihn nicht aufgefangen hätte.

»Ich muss mich hinlegen.« Rubin drückte beide Hände an den Kopf, als litte er heftige Schmerzen. Sein Gesicht war von tiefen Falten gezeichnet. »Irgendwo, wo es dunkel ist. Gebt mir ein paar Stunden, dann fange ich mit Gerald an.«

Ezekiel glaubte nicht, dass Rubin das schaffte, wenn er in so schlechter Verfassung war, aber er wollte seinem Freund nicht widersprechen. Er nickte Gino zu, der Rubin zusammen mit Mordichai aufrechthielt, damit die beiden ihren Freund ins Haus brachten.

19

EZEKIEL ERWACHTE, weil sein Körper in Flammen stand. Es war, als strömte geschmolzene Lava durch die Adern in seinen Beinen und irgendetwas glitt aufreizend über seine Schenkel. Er schlug die Augen auf und versuchte, die Dunkelheit zu durchdringen. Bellisias seidenweiche Haare strichen über seine Haut. Sie hatte den Kopf auf seinen Bauch gelegt und die Härchen an ihren Fingerspitzen verwandelten seine Hoden in brodelnde Samenkessel.

Langsam schob sie ihren warmen, feuchten Mund über sein Glied und ließ zärtlich die Zunge kreisen. Sein Blut rauschte in seinen Ohren. Ihre weichen Lippen bewegten sich auf und ab, bis er glaubte, er würde den Verstand verlieren, und ihre wunderbare Zunge fand die empfindliche Stelle auf der Unterseite der Eichel und reizte sie, ehe sie über die dicke Vene leckte.

Dann schloss ihr Mund sich wieder um sein Glied und lutschte unglaublich erregend daran. Ezekiel schaute nach unten und strich ihr die Haare aus dem Gesicht, damit er sie beobachten konnte. Seine Frau. Die perfekte Frau. Er liebte die Momente, wenn sie so zu ihm aufsah und er die Liebe in ihren Augen sehen konnte. Und die Lust. Sie hatte Spaß an dem, was sie tat. Sie liebte es, ihn auf diese Weise zu wecken und ihm diesen Blick zu schenken. Ihm ihre Bewunderung zu zeigen. Sie würde es vielleicht nie in Worte fassen, aber in diesen Momenten wusste er, dass das nicht nötig war, denn ihr Gesicht sagte alles. Sie war ein wahr gewordener Traum.

Er ließ sich ausgiebig verwöhnen und genoss die starken Gefühle, die sie in ihm weckte, besonders wenn er ihr ganz langsam mit den Hüften entgegenkam und ihren Kopf festhielt, um sich an ihrem vertrauensvollen Blick zu berauschen. Er kam dem Höhepunkt immer näher, zu nah. Er wollte nicht die Kontrolle verlieren und in ihrem Mund kommen, auch wenn er sicher war, dass sie nichts dagegen gehabt hätte. Die Versuchung war groß, doch sie hatte etwas Besseres verdient.

»Komm her, Süße«, drängte er sie, während er ihre Haare losließ und unter ihre Achseln fasste. »Ich möchte nicht, dass es vorbei ist, und das ist es bald, wenn du so weitermachst.« Er atmete so schwer, dass er die Worte kaum herausbekam. Sein ganzer Unterleib stand in Brand, doch irgendwie fand er die Kraft, sie hochzuziehen. »Knie dich hin. Auf allen vieren.«

Stumm gehorchte sie und schaute ihn über die Schulter an. Sie sah verdammt sexy aus mit ihren schläfrigen Augen und den vom Saugen geschwollenen Lippen. Tief ein- und ausatmend, um sich wieder in den Griff zu bekommen, kniete er sich hinter sie und strich über ihre weiche Haut.

Dann legte er eine Hand um sein steifes Glied und rieb es langsam, während er sich mit der anderen zu ihrem Venushügel vortastete, um sich zu vergewissern, dass sie feucht genug war. Der Beweis, dass ihr Oralverkehr ebenso gut gefiel wie ihm, war glücklicherweise vorhanden. Er hatte befürchtet, sich nicht so lange zurückhalten zu können, bis sie bereit war.

Als er seinen Penis ein kleines Stück in ihre heiße

Scheide schob, stieß er zischend den Atem aus. Es fühlte sich fantastisch an, wenn ihre Muskeln ihn umklammerten, als wollten sie ihn nie mehr loslassen. Ihr Körper leistete immer ein klein wenig Widerstand, egal, wie bereit sie war. Bellisia gab einen leisen Laut von sich, ein sehnsüchtiges Stöhnen, das durch sein ganzes Glied vibrierte. Da packte er sie an den Hüften, zog sie an sich und bohrte sich in sie hinein.

Glühend heiße, glatte Seide umspannte ihn wie eine Faust. Wie von Sinnen stieß er immer wieder fest in sie hinein, bis er glaubte, vor Lust verrückt zu werden. Er wollte nie mehr damit aufhören. Zweimal erschauerte ihr Körper heftig, was die Reibung noch erhöhte, doch er gab nicht nach, ließ sie nicht zu Atem kommen, trieb sie weiter und weiter, bis ihre Schreie einen verzweifelten Ton bekamen, der ihn noch mehr anstachelte.

Es gefiel ihm, dass sie so klein war und er so groß. Es gefiel ihm, dass er ihre Taille mit seinen Händen beinahe umfassen konnte. Es gefiel ihm, dieses Gefühl der Macht zu haben, wenn er in ihr steckte und auf sie herunterblickte. Und er liebte es, wenn sie ihn mit dem Mund befriedigte und dabei zu ihm aufschaute.

Er hielt sie fest und nahm sie, wie er wollte, verband sich immer wieder mit ihr. Dann drückte er ihren Kopf nach unten, sodass ihr Po in die Luft ragte und ihre Brüste an das Bettlaken gepresst wurden. Hoffentlich rieben ihre Nippel sich daran und machten sie noch heißer.

Am allerbesten gefiel es ihm, sie um den Verstand zu bringen. Sie halb verrückt zu machen vor Hunger auf ihn. Sie zum Stöhnen zu bringen. Bis sie leise aufschrie. Und jammernd seinen Namen hervorstieß. Ihn anflehte, sie zu erlösen.

Er war kurz davor zu verbrennen. Ganz kurz davor. Aber sie sollte sich mit ihm ins Feuer stürzen. »Noch mal, Baby, lass dich noch mal gehen – für mich.«

»Ich kann nicht. Es ist zu viel.«

»Es ist nie zu viel«, sagte er gnadenlos.

Dann fasste er nach unten und berührte ihre Perle. Bellisia explodierte und nahm ihn gefangen, molk ihn und presste jeden einzelnen Tropfen aus ihm heraus. Dass sie so versessen auf seinen Samen war, versetzte ihn in eine Art von Ekstase, sodass er Strahl um Strahl gegen ihre empfindlichen Wände spritzte und sie in einem endlosen Rhythmus immer wieder genüsslich zusammenzuckte.

Schließlich brach er auf ihr zusammen. Seine Lungen schrien nach Luft. Er hatte den Verstand verloren und konnte ihn nicht wiederfinden. Also genoss er die wunderbaren Flammen, die auf seine Haut tänzelten, sich durch seinen Bauch in seinen Unterleib brannten und in seiner Leiste zu einem Feuer wurden, das ihn nur noch an diese Frau und sein Verlangen nach ihr denken ließ. Das machte sie mit ihm. Sie befreite ihn von allem, was in seinem Leben hässlich gewesen war, und führte ihn ins Paradies.

Als er wieder zu Atem gekommen war und sich dazu aufraffen konnte, sich zu bewegen, richtete er sich wieder auf und küsste sich an ihrem Rückgrat herunter. »Du bist so schön, Bellisia«, sagte er gedämpft an einer Pobacke. Er liebte diese seidenweichen, aber festen Rundungen. »Irgendwie ist es so weit gekommen, dass ich dich nicht nur bei mir haben will, sondern dich sogar brauche. Du machst alles in meinem Leben viel schöner.«

Sie gab einen undeutlichen Laut von sich und drehte den halb in den Laken vergrabenen Kopf, damit sie ihn sehen konnte.

Er biss sie leicht in die Pobacke und linderte den Schmerz dann mit der Zunge. »Du sorgst dafür, dass ich mich lebendig fühle und …« Er brach ab, denn er fühlte sich mit einmal schutzlos und durchschaubar. »Ich habe so viele Jahre auf dich gewartet, aber du bist jede einzelne Minute wert, Schatz.«

Bellisia lächelte und legte eine Hand an seine Wange. Er sah, dass sie sein Armband trug, und als sie die Steine nacheinander küsste, geriet sein Herz aus dem Takt. Sie brachte ihn noch um. *Ernsthaft.* Die fast abgöttische Liebe, die er in ihren Augen sah, hatte er nicht verdient, und er würde sie nie verdienen. Doch Ezekiel schwor sich, dass sie ihn nie anders anschauen würde. Er würde sie niemals enttäuschen. Er sagte es ihr nur nicht, weil ein Mann seiner Frau nicht andauernd idiotische Versprechungen machen konnte, ohne wie ein komplettes Weichei zu wirken. Sie hatte ihn um den kleinen Finger gewickelt, aber er würde es ihr nicht verraten.

»Du knurrst wieder«, murmelte sie schläfrig, aber mit einem Lächeln auf dem Gesicht.

»Ja, weil mir danach ist.« Er hatte sein Glied noch nicht aus ihr herausgezogen. Er konnte es nicht. Umgeben von ihrer engen, warmen Scheide fühlte er sich so geborgen und geliebt. Langsam und vorsichtig fing er an, auf und ab zu gleiten. Er war nur noch halb steif, dehnte sie aber trotzdem noch.

»Ich muss mich hinlegen, Schatz«, sagte sie.

Er schlang die Arme um sie, ließ sie auf den Bauch sinken und hielt nur ihre Hüften hoch. »Dann schlaf wieder ein.«

Sie lachte gedämpft. »In dieser Lage?«

»Du bist ganz schön anspruchsvoll«, sagte er, als meinte er es ernst.

Er liebte es, wenn sie lachte. Nicht nur wegen des wunderbaren Klangs, sondern weil es sich, wenn sie auf diese Weise verbunden waren, so anfühlte als würde sie ihn streicheln. Er glitt aus ihr heraus, rollte sich auf den Rücken, zog sie auf sich und drang wieder in sie ein. Sie spreizte die Beine, legte den Kopf auf seine Brust und strich träge über die Muskeln an seinen Armen.

»Ich habe mich in dich verliebt, Bellisia.« Es war die reine Wahrheit. »Total verliebt.«

Sie hob den Kopf, stützte das Kinn auf seine Brust und betrachtete ihn mit ihren strahlend blauen Augen. »Das ist gut, denn bis du gekommen bist, habe ich nicht mal gewusst, dass es so was wie Liebe gibt. Aber du hast es mir beigebracht. Ich möchte auch nie mehr ohne dich sein.«

»Also bleibst du hier und gründest eine Familie mit mir.«

»Das habe ich dir doch schon versprochen.«

»Ich möchte dich heiraten, Bellisia. Und Kinder haben. Mehrere.«

Sie schwieg so lange, dass er Angst hatte, sie zu sehr bedrängt zu haben, wich seinem Blick aber nicht aus. Schließlich seufzte sie. »Das mit den Kindern hattest du ja mal angedeutet, und ich habe seither viel darüber nachgedacht. Meine DNA ist manipuliert worden. Ich habe nicht die geringste Ahnung, was ich an unsere Kinder weitergeben werde.«

»Du bist nicht der einzige Mensch, der genetisch weiterentwickelt wurde«, erinnerte er sie leise.

Sie drehte den Kopf, legte ihn wieder auf seine Brust und zeichnete kleine Kreise auf seine Muskeln. Er spürte ihren warmen Atem auf seiner Haut. »Ich habe dein Armband angenommen, Schatz. Und nur über meine Leiche wird mir das je irgendwer wieder abnehmen. Also wenn wir uns darauf einigen können, dass wir die Kinder nicht verziehen, dann sage ich Ja zu ihnen. Zu dir habe ich ja auch schon Ja gesagt. Aber jetzt werde ich wieder müde. Ich denke, ich schlafe ein wenig. Mach mich wach, wenn es Zeit zum Essen ist.«

Doch er weckte sie lange vorher. Nicht nur einmal, sondern zweimal.

Das Frühstück war ein Fest. Cayenne hatte Nonny bei der Zubereitung geholfen, und es reichte für eine ganze Armee. Gerald und Adam saßen zum ersten Mal mit am Tisch. Ezekiel sah ihnen an, dass sie sich ein wenig unwohl fühlten. Er erinnerte sich, dass es ihm genauso gegangen war, als er zum ersten Mal an Nonnys Tisch Platz genommen hatte. Nie im Leben hatte er sich unbehaglicher gefühlt. Es war ja nicht so, als hätten seine Brüder und er schon öfter mit einer älteren Frau am Tisch gesessen, noch dazu mit einer, die sie bewunderten. Außerdem hatten sie nicht die besten Manieren. Doch er wusste auch, dass Nonny den beiden Neuankömmlingen schnell ihre Scheu nehmen würde.

»Wo ist Pepper?«, fragte er. Sie war nicht erschienen, obwohl ihre drei Töchter gekommen waren. Dabei überließ sie es nur selten den anderen, auf die Kinder aufzupassen. Sie hatte zwar immer Hilfe, doch sie beharrte darauf, selber ein Auge auf sie zu haben. Sie blieb nicht einmal länger im Bett, wenn Wyatt da war – obwohl Wyatt sie nachts nicht viel schlafen ließ.

»Mommy bricht wieder«, erklärte Ginger. »Sie möchte kein Frühstück.«

Ezekiel runzelte die Stirn. »Wie oft hat sie sich schon

übergeben? Warum sagt ihr mir nichts davon? Sie kann sehr krank werden, wenn sie Gewalt ausgesetzt ist, damit ist nicht zu spaßen.« Er schaute seinen Bruder an. *Es kann lebensbedrohlich sein. Ich möchte mir nicht vorstellen, Wyatt sagen zu müssen, dass seiner Frau etwas passiert ist, weil wir nicht aufgepasst haben.* Er wollte nicht, dass Pepper krank wurde. Sie war ein herzensguter Mensch, immer lieb und freundlich. Aber nicht zu unterschätzen, wenn jemand ihre Kinder bedrohte, auch wenn es nicht in ihrer Natur lag.

Nonny räusperte sich. »Ich glaube, das hat mit Gewalt nichts zu tun.«

»Trotzdem möchte ich sie mir lieber anschauen.«

»In ein paar Monaten geht es ihr wieder gut«, sagte Nonny abweisend.

In ein paar Monaten? Ezekiel ließ sich gegen die Stuhllehne sacken. Pepper war schwanger. »Ich gehe später mal zu ihr, nur um mich zu vergewissern, dass alles in Ordnung ist und dass sie die nötigen Vitamine bekommt.«

»Darauf achte ich schon«, erwiderte Nonny ruhig.

Die beiden kreuzten den Blick. Er war Arzt, und er musste dafür sorgen, dass Pepper und das Baby den bestmöglichen Start hatten. Er wusste, dass Grace Fontenot eine Heilerin war und die Menschen aus den Sümpfen und Bayous zu ihr kamen, wenn sie medizinische Hilfe brauchten, aber hier handelte es sich um Wyatts Frau. Eine Schattengängerin. Ein Mitglied seiner Familie. Er würde nicht nachgeben.

Nonny seufzte leise und neigte den Kopf, die Königin gab ihre Erlaubnis.

»Wenn es andersrum wäre, würde ich auch wollen, dass Wyatt sich in meiner Abwesenheit um Bellisia kümmert«, sagte Ezekiel entschuldigend.

Ohne nachzudenken legte er eine Hand auf den Bauch seiner Frau. Wie es wohl sein würde zu wissen, dass darin sein Kind heranwuchs? Er hatte keine Kondome benutzt und wusste, dass sie keine Verhütungsmittel nahm. Bei der Vorstellung, die Bewegungen seines Babys in Bellisias Bauch zu spüren, stieg eine bislang unbekannte Wärme in ihm auf.

»Nicht«, flüsterte sie.

»Was nicht?«, fragte er mit hochgezogener Braue und versuchte, unschuldig auszusehen.

»Du weißt schon.«

Wieder wurde ihm warm. Er hätte nie gedacht, dass er das einmal haben würde. Nicht ein einziges Mal in all den schlaflosen Jahren hatte er gedacht, er würde einmal eine Frau haben, geschweige denn eine, die ihn so glücklich machte, nur indem sie die Stirn in Falten legte und ihn scherzhaft tadelte.

»Komm her«, befahl er und legte einen Arm auf ihre Stuhllehne. Er musste sie küssen, er musste ihren Mund auf seinem spüren.

Bellisia neigte sich ihm zu. Sie dachte gar nicht daran, sich zu weigern, obwohl seine Männer zusahen. Und sie ihr Leben lang damit aufziehen würden. Sie gehorchte trotzdem und brachte ihr Gesicht nah an seines heran. In dem Augenblick zerbrach das Fenster über der Spüle, und irgendetwas schlug hinter ihr in die Wand ein. Eine Kugel war an der Stelle vorbeigeflogen, wo vor noch nicht einmal einer halben Sekunde ihr Kopf gewesen war, und der Knall des Schusses zerstörte den Frieden des Morgens.

Ezekiel warf sich über Bellisia, rollte mit ihr zur anderen Seite der Küche und kam in der Nähe der Tür wieder hoch. Gino riss Ginger und Thym zu Boden, Mordichai holte Nonny vom Stuhl und schirmte sie mit seinem Körper ab, Draden brachte Cannelle in Sicherheit, und Rubin und Diego gingen wie Gerald und Adam automatisch in Deckung.

Ezekiel tastete Bellisia ab. Vom Kopf her wusste er, dass sie nicht getroffen war, doch es war eine instinktive, emotionale Reaktion, die er nicht steuern konnte. Das Herz schlug ihm bis zum Hals. Er war kurz davor gewesen, sie schon wieder zu verlieren. Wyatt hatte vor, schusssichere Fenster einbauen zu lassen, so wie Trap es in seinem Haus gemacht hatte, und er würde sich verdammt noch mal auch welche besorgen.

Diego, du bleibst bei den Kindern, Nonny und Pepper. Draden, du achtest auf Joe und Bellisia. Ich gehe auf die Jagd. Gino?

Komme.

Mordichai und Rubin, aufs Dach. Rubin, du deckst die Rückseite, für den Fall, dass sich jemand von hinten anschleicht, während wir vorn abgelenkt werden.

Den nächsten Befehl gab er laut und mit all der Strenge, die er sich in den Jahren als ältester Bruder und befehlshabender Offizier angeeignet hatte. »Du bleibst hier, Bellisia. Verstanden? Du beschützt die anderen, wenn es sein muss. Joe ist noch außer Gefecht, also hilfst du Rubin und Diego. Du folgst mir auf gar keinen Fall.« Noch während er das sagte, ging er durch die Tür und lief über den geschützten Weg. Die Sicherung der Zugänge hatte zu den ersten Vorkehrungen gehört, die Wyatt beim Umbau getroffen hatte.

Im Hof angekommen, wartete Ezekiel. Der Scharfschütze war geduldig und verriet seine Position nicht, indem er feuerte, ohne ein Ziel zu haben. Ezekiel schlich durchs Gebüsch, bis er in den Bäumen war. Gino blieb ihm dicht auf den Fersen. Sobald sie Deckung hatten, suchten sie eine Stelle, wo der Wind ihnen Informationen zutragen konnte. Er wehte vom Fluss her und war so stürmisch, dass er heruntergefallene Blätter nicht nur aufwirbelte, sondern in der Luft zum Tanzen brachte.

Beide Jäger hoben witternd den Kopf. Dann deutete Gino nach links und hielt zwei Finger hoch. Ezekiel nickte. Er hatte den leichten Schweißgeruch ebenfalls wahrgenommen. Er trennte sich von Gino und ging nach rechts. Er wollte sich die beiden direkt vornehmen, während Gino einen Haken schlug, um in ihren Rücken zu gelangen. Inzwischen würde Mordichai auf dem Dach in Position sein. Rubin würde ihnen den Rücken freihalten, aber was Bellisia tun würde, war schwer abzusehen. Hoffentlich hörte sie auf ihn.

Mordichai rechnete nicht mit ihr. Er ging davon aus, dass er im Wald nur auf zwei eigene Leute achten musste – Gino und Ezekiel. Alle anderen würde er als Feinde sehen und auf sie schießen. Und bei ihm war jeder Schuss ein Treffer.

Die dunkle, tödliche Wut in Ezekiel brach sich Bahn. Irgendjemand hatte versucht, seine Frau zu töten, und er wollte wissen, wer so dumm sein konnte. Whitney kannte ihn und wusste, wie gefährlich er war. Wenn jemand seine Brüder bedrohte oder andere Menschen, die er liebte, konnte nichts ihn davon abhalten, diesen Mann zu jagen und zu töten.

Peter Whitney war ein Monster, aber eins mit bestimmten gleichbleibenden Eigenschaften. Zum Beispiel war er ein glühender Patriot. Es war ihm durchaus zuzutrauen, dass er seine Schattengänger auf die Probe stellte, aber er würde sie niemals töten, nicht einmal wenn sie ihn stinkwütend gemacht hatten. Für die Frauen galt das nicht – die verachtete er, und hielt es für völlig in Ordnung, an ihnen herumzuexperimentieren. Whitney lebte nach seinen eigenen Regeln, so abartig sie auch waren. Ezekiel konnte sich einfach nicht vorstellen, dass der Mann aus Wut einen Scharfschützen geschickt hatte.

Er legte sich auf den Bauch und robbte über einen kleinen, beinahe unsichtbaren Wildwechsel, der von einem Sumpfkaninchen stammte. Er nahm sich Zeit und achtete darauf, sich nicht zu verraten, indem er Zweige oder Blätter in Bewegung versetzte. Einem erfahrenen Scharfschützen fiel so etwas auf. Und wer auch immer dieser Scharfschütze war, er war gut.

Gino und er hatten den Sumpf mehrmals ausgekundschaftet, aber keine verdächtige Spur gefunden. Sie waren beide wachsam gewesen, doch sie hatten nie etwas Konkretes entdeckt, das darauf hingewiesen hätte, dass irgendjemand ihre Familie ausspähte. Trotzdem hatten sie die Sicherheit und die Wachen erhöht. So waren die Tage vergangen, und nun war es fast drei Wochen her, dass sie das letzte Mal angegriffen worden waren.

Der Schütze war ein Stück weit entfernt, wahrscheinlich in einem Baum, und hatte mit ziemlicher Sicherheit einen Späher dabei. Auch Ezekiel war ein guter Scharfschütze, und er kannte jeden Baum in dem Sumpf, der das Grundstück der Fontenots umgab. Die Küchenfenster schauten landeinwärts, also war der Schuss nicht vom Fluss gekommen. Der Schütze lauerte irgendwo in dem dichten Wäldchen gegenüber, in den höheren, dickeren Bäumen. Eine gute Wahl.

Genau dieses Wäldchen hätte auch er für einen Anschlag ausgewählt, weil es dort mehrere Stellen gab, die freie Sicht auf die Küche boten. Er hatte die anderen mehrmals darauf hingewiesen, aber Wyatt und seine Brüder hatten beschlossen, in Nonnys Haus kein Panzerglas einbauen zu lassen. Ezekiel und seine Brüder hatten sie dazu überreden wollen, doch am Ende ... Da es nicht ums Geld ging, denn das war kein Problem, konnte er nicht begreifen, warum diese zusätzliche Vorsichtsmaßnahme nicht ergriffen worden war, um Wyatts Familie und Nonny zu schützen.

Natürlich verstand er das Argument, dass Nonny die meiste Zeit ihres Lebens in diesem Haus verbracht habe und dass es bereits sehr verändert worden sei. Ihre Enkel wollten, dass für sie alles möglichst normal blieb, doch Schattengänger waren anders als andere Menschen. Besonders Pepper und die Mädchen. Sie mussten jederzeit geschützt sein. Nonny hätte das verstanden, wenn irgendjemand es ihr erklärt hätte. Doch die Fontenot-Jungs hatten ihn überstimmt, damit die letzten Jahre ihrer Großmutter so friedlich wie möglich verliefen. Was zum Teufel machte es schon, wenn die Fenster nicht schusssicher waren?

Und nun wäre Bellisia fast gestorben, weil niemand Nonny erklären wollte, wie groß die Gefahr war, in der sie alle schwebten. Vielleicht lag es daran, dass die Schattengänger nicht darüber nachdenken wollten, dass sie nacheinander abgeknallt werden könnten. Als Einheit waren sie schwer zu töten, aber wenn sie einer nach dem anderen ins Visier genommen wurden, konnten sie ausgelöscht werden.

Alle paar Schritte blieb Ezekiel stehen und lauschte dem Summen der Insekten und den Vögeln in den Bäumen. Dann nahm der die Witterung auf. Ja, der Schweißgeruch wurde stärker. Er wehte durch die Bäume und Büsche und verriet ihm, dass er auf der richtigen Spur war. Er beobachtete die wilden Tiere ringsum. Zwei Waschbären zu seiner Rechten trotteten langsam zum Fluss zurück. Mehrere Eichhörnchen huschten über einen Ast und eins hing an einem Stamm. Ein paar Eidechsen kletterten mit vielen Ruhepausen an einem Baum hoch.

Ezekiel setzte sich wieder in Bewegung. Er konnte stundenlang stillhalten, so still, dass Eichhörnchen über ihn hinwegliefen. Doch nicht nur er besaß diese Fähigkeit, was hieß, dass die wilden Tiere sich beruhigt haben konnten und der Schütze in der Nähe war, aber das glaubte er nicht. Der Geruch war noch zu schwach.

Der Trick bestand darin, sich an den Schützen heranzupirschen, ohne sich zu verraten, indem man versehentlich ein Blatt streifte oder einen Zweig zerbrach. Deshalb kam er nur langsam, Zentimeter um Zentimeter, voran, aber er war der geborene Jäger, und das Training hatte seine Sinne so geschärft, dass er längst zur Elite gehörte. Die nächsten hundert Meter brachte er im Schutz dichter Büsche ohne Probleme hinter sich, doch plötzlich lag eine große, öde Schneise vor ihm. Sofort war ihm klar, dass er in der Nähe des Schützen sein musste. Die Bäume auf der anderen Seite waren nicht nur groß und robust genug, um eine Tarnblende zu errichten, man konnte von dort aus auch jeden, der aus der Deckung der Büsche kam, sofort entdecken.

In Position.

Gib mir noch fünf Minuten, sagte Gino.

Gino war als Telepath fast so stark wie Ezekiel. Die beiden konnten bei Bedarf leicht eine Brücke für die anderen bilden und taten es auch oft, wenn bei einem Einsatz absolute Stille erforderlich war, sie aber dennoch kommunizieren mussten. Gino war unterwegs, um hinter das verdächtige Wäldchen zu kommen. Das dauerte länger, war aber einfacher, weil er am äußeren Rand des Sumpfs entlanglaufen konnte.

Entspannt blieb Ezekiel liegen und wartete auf den Moment, in dem er loslegen konnte. Er atmete tief ein und aus und dachte darüber nach, dass er sich zum ersten Mal aus den richtigen Gründen lebendig fühlte. Wirklich lebendig. Früher hatte er sich nur so gefühlt, wenn er seine Fäuste eingesetzt hatte, in verrückten, brutalen Kämpfen, die nicht wirklich zu seinem Wohlbefinden beigetragen hatten. Er hatte gelebt, um seine Familie zu beschützen, aber über eine Frau und Kinder hatte er sich nicht viele Gedanken gemacht. Das war etwas für andere – für seine Brüder und Rubin und Diego. Er hatte sich vorgenommen, diese Jungs am Leben zu halten, bis sie ihr Glück gefunden hatten.

Erst Nonny hatte ihn zum Nachdenken gebracht. Es war etwas ganz besonderes an dieser Frau und der Art, wie sie ihr Leben mit ihnen teilte. Sie bezeichnete sie alle als ihre Jungs, und er wusste, dass jeder von ihnen einen besonderen Platz in ihrem Herzen hatte. Pepper und Cayenne hatte sie aufgenommen wie Töchter und bei Bellisia war es dasselbe gewesen. Die Frau war großzügig und offen, doch ihre Familie würde sie bis zum letzten Atemzug verteidigen.

Sie hatte ihm etwas gezeigt, das er nicht benennen konnte, aber er wusste, dass es etwas Lebenswichtiges war. Die Eigenschaften, die er an Grace Fontenot lieben gelernt hatte, suchte er nun auch in anderen Frauen. Pepper und Cayenne besaßen sie, wenn auch in abgewandelter Form. Bellisia war ihr am ähnlichsten.

Ezekiel ließ den Blick durch die Bäume schweifen, auf der Höhe, wo die dickeren Äste auf Stämme trafen und breite Gabeln bildeten. Irgendjemand da oben hatte versucht, ihm seine Frau zu nehmen. Er hätte auch die Drillinge oder Nonny töten können – oder seine Brüder oder jemand anders aus seiner Einheit. Einen von den Männern, die sich dazu entschlossen hatten, Schattengänger zu werden, um ihrem Land zu dienen. Sie hatten die Risiken gekannt und sie akzeptiert, aber damals waren sie davon ausgegangen, dass diese Entscheidung für ihre Familien nicht gefährlich werden würde.

In Position. Siehst du sie?

Ezekiels Augen glitten an einem hohen, dicken Stamm empor. An drei Stellen waren Kratzer in der Rinde. Sein Blick wanderte weiter zur ersten Gabel und ja – da waren sie. Sie hatten sich eine Tarnblende gebastelt, die nicht einmal dem Auge eines normalen Vogels entgangen wäre und schon gar nicht einem Adlerauge – wie Ezekiel oft von seinen Brüdern genannt wurde, wenn sie ihn ärgern wollten.

Ja, ich hab sie.

Wie lange brauchst du?, fragte Gino.

Gib mir sechzig Sekunden, das reicht. Ich töte den Späher und befrage den Schützen.

Ich gebe dir Deckung.

Das brauchte Gino ihm nicht extra zu sagen. Natürlich würde sein Bruder auf ihn aufpassen. Das stand fest. Das war auch etwas, wobei er Glück gehabt hatte. Er hatte seine Kindheit aufgegeben, aber er hatte Brüder gewonnen, auf die er sich sein Leben lang blind verlassen konnte.

Zwei Minuten später brach hinter den beiden Männern im Baum die Hölle los. Schüsse, Explosionen, der Krach, der die Stille des frühen Morgen zerriss, war ohrenbetäubend. Vögel stoben auf und erfüllten die Luft mit aufgeregtem Flügelschlag, als sie aus dem Sumpf zum breiten Fluss flüchteten.

Sobald die beiden Männer sich der Gefahr zuwandten, sprang Ezekiel auf, rannte über die Schneise, sprang an den Baum und kletterte flink daran hoch. Die Männer über ihm versuchten einen Punkt zu finden, von dem aus sie sehen konnten, was hinter ihnen passierte, deshalb bemerkten sie das leichte Wackeln des Baumes nicht oder führten es auf ihre eigenen Bewegungen zurück.

Ezekiel zog sich an dem Ast hoch, der als Plattform diente, stieß mit einem Fuß das Gewehr vom Baum und bohrte sein Messer in die linke Niere des Spähers. Dann zog er das Messer wieder aus dem Mann heraus, durchtrennte ihm das Genick und trat ihm in den Rücken, sodass auch er aus dem Baum fiel. Als er am Boden aufschlug, war er schon tot.

Der Scharfschütze, der wusste, dass er der Nächste war, stürzte sich in Todesangst auf ihn. Doch der Mann hatte den Fehler gemacht, das Gewehr, das auf die Küche der Fontenots gerichtet war, unbewacht zu lassen, deshalb musste er umständlich seine Pistole ziehen. Aber da war es zu spät, viel zu spät. Beim Zusammenprall war Ezekiel noch in der Vorwärtsbewegung, die den Späher das Leben gekostet hatte, deshalb drang sein Messer sehr tief ein.

Der Scharfschütze schrie auf und ging in die Knie, fast wäre auch er aus dem Baum gestürzt, doch Ezekiel hielt ihn fest und setzte ihn beinahe sanft in der Astgabel ab. Dann tastete er ihn ab und entwaffnete ihn.

»Wer bist du?«, fragte er. Denn der Mann war kein Soldat. Wahrscheinlich einmal einer gewesen, aber nicht mehr im Dienst. Ein Söldner also. Seit wann beschäftigte Whitney Söldner? Er machte sich für seine Zwecke seine eigenen Supersoldaten. Zugegeben, die wurden nicht sehr alt, aber solange sie lebten, waren sie eine nicht zu unterschätzende Gefahr. Doch dieser Mann war nicht von Whitney geschaffen worden.

»Stan. Stanley Jordon.«

Das sagte Ezekiel nichts, und er kannte so gut wie alle Scharfschützen, die es gab – zumindest die mit einem guten Ruf.

»Du bist kein Soldat.« Das war eine Feststellung.

Stanley Jordon presste beide Hände auf seine Bauchwunde, dennoch rann das Blut unaufhaltsam durch seine Finger. Er atmete keuchend, schaffte es aber dennoch zu grinsen. »Das sind doch alles Versager. Jeder Mann, der blöd genug ist, für so ein bisschen Geld sein Leben aufs Spiel zu setzen, hat es verdient zu sterben.«

»Also bist du ein Auftragskiller.«

Jordon nickte und versuchte, überlegen und hart auszusehen – was ein wenig schwerfiel mit einer so stark blutenden Stichverletzung.

»Und du bist angeheuert worden, um Bellisia zu töten?« Ezekiel blieb bei seinem milden Ton.

»Egal, welche Frau, Hauptsache *alle*, einschließlich der kleinen Gören.«

Die finstere Wut, die nur darauf wartete hervorzubrechen, stieg in Ezekiel auf. Er holte tief Luft und widerstand dem Drang, den Mistkerl aus dem Baum zu werfen.

»Der Auftrag kam von Senatorin Smythe.«

Ein listiges Funkeln erschien in Jordons Augen. »Bring mich hier raus, und hol einen Arzt, dann sage ich dir alles, was du wissen willst.«

Rücksichtslos rammte Ezekiel sein Messer tief in Jordons linken Oberschenkel. Der schrie auf und versuchte sich zur Seite zu werfen und zu entkommen, doch Ezekiel hielt ihn am Hemd fest, drückte ihn wieder gegen den Stamm und wischte das Blut an der Klinge lässig am anderen Hosenbein des Scharfschützen ab.

»Du solltest die Mädchen nicht Gören nennen. Ich will ganz ehrlich zu dir sein. Es würde mir nichts ausmachen, dich nach und nach in kleine Streifen zu schneiden. Ich kenne tausend Wege, dich dabei am Leben zu halten. Ich bin Arzt. Hat Violet das nicht erwähnt? Chirurg. Bellisia ist meine Frau und du hast mich schrecklich wütend gemacht. Also wenn du dich gut mit mir stellen willst, schlage ich vor, dass du meine Fragen beantwortest.«

»Du bist Arzt?« Jordons Atmung war inzwischen mehr als unregelmäßig. Er war am Hyperventilieren. »Dann kannst du das nicht machen. Du hast doch einen Eid geschworen. Bedeutet das nicht, dass du mich wieder zusammenflicken musst?«

Betont langsam schaute Ezekiel sich um. »Außer uns beiden ist keiner hier, Stanley. Also kann ich das mit dem Eid wohl halten, wie ich möchte.« Er bohrte die Spitze seines Messers in Jordons rechten Schenkel, bis aus dem Bein, das bei jedem Stich zuckte, kleine Blutstropfen quollen. »Ich glaube, es ist das Beste, wenn du mir von der Senatorin Smythe erzählst.«

»Du bist ein Psychopath«, klagte der Killer halb schreiend, halb wimmernd.

»Mag sein. Und niemand wird dich vor mir retten. Also

solltest du reden, Stanley, sonst machst du es nur noch schlimmer.«

»Die Senatorin ist eine eiskalte Hure. Sie schläft mit jedem, um ihren Willen zu bekommen.«

»Mit dir auch?«

»Ja. Mit mir auch. Am Anfang hat sie die Fügsame gespielt und alles getan, was ich von ihr wollte, aber dann habe ich plötzlich Sachen gemacht, denen ich gar nicht zugestimmt hatte. Konnte mich jedenfalls nicht mehr daran erinnern.« Er schüttelte den Kopf. »Ich schwöre es, es war, als hätte sie mich irgendwie hypnotisiert. Ich hab ein paar Jobs für sie erledigt, und die ganze Zeit, in der wir zusammen waren, hat sie von diesen widerlichen Experimenten erzählt, die Whitney mit ein paar Frauen angestellt hat. Indem er ihnen Insekten-DNA oder so was Ähnliches eingepflanzt hat.« Er schüttelte sich vor Ekel.

Offenbar hatte Violet es geschafft, ihr gefährliches Talent, Menschen mit ihrer Stimme zu beeinflussen, dafür zu nutzen, eine Reihe von Unterstützern zu gewinnen, die auch etwas gegen die Frauen hatten, die Whitney für seine Experimente missbraucht hatte. Selbst in den Gesichtern der Söldner, die Violet angeheuert hatte, hatte Ezekiel diesen Hass und Abscheu gesehen.

»Red weiter.«

»Sie hat immer wieder gesagt, dass wir diese Missgeburten ausrotten müssen, dass sie es selbst tun würde, um Amerika zu retten. Dass die Welt, wenn wir das nicht hinkriegen, von ihnen überrannt werden würde – weil sie sich vermehren wie Kakerlaken.«

»Ich dachte, du arbeitest nur für Geld.«

Jordon zitterte vor Anstrengung, schüttelte mehrmals den Kopf, um ihn wieder klar zu machen, und versuchte sich zu konzentrieren. Dass das Zittern gar nicht mehr aufhörte, schien er nicht zu registrieren. Nachdenklich legte er die Stirn in Falten.

»Einen Teil hat sie mir immer vorab bezahlt. Den Rest, wenn der Job erledigt war. Die Belohnung war gut, einer der besten Aufträge, die ich je bekommen habe. Eine Million für jede kleine Gö ... jedes Kind«, korrigierte er sich hastig. »Und für jede Frau. Für einen von euch hätte ich nichts gekriegt, deshalb habe ich euch laufen lassen, obwohl ich euch öfter im Visier hatte. Dafür sollte ich belohnt werden.«

»Hat sie noch jemanden für diesen Job angeworben?«

Der Killer hustete und spuckte Blut. »Nein, ich sollte zuschlagen, wenn sie den Angriff eröffnet. Sie war das Trojanische Pferd, das kommt, um mit Spagnola Frieden zu schließen. Wir sollten ihn nicht anrühren. Sie wollte es selbst tun. Als Startsignal für den Krieg. Die andern sollten euch töten und wir die Frauen und Kinder. Neben ihrer eigenen kleinen Armee hatte sie noch drei Söldner dabei, die bei der Sache helfen sollten.«

»Aber du hattest kein Ziel.«

Der Scharfschütze seufzte und hustete. Dann spuckte er noch mehr Blut. »Nein, also haben wir gewartet. Und zugesehen, wie die andern massakriert wurden. Die Hure ist natürlich entkommen. Hab ich schon vorher gewusst. Hab beschlossen, besser zu warten, bis die Lage sich beruhigt. Hätte die Kinder neulich fast erwischt, als sie draußen spielen durften, war aber zu gefährlich, zu viele Wachen drum rum.«

Ein Schauer überlief seinen Körper.

»Mir ist kalt.«

Ezekiel ging nicht darauf ein. »Soweit du weißt, ist also

sonst niemand angeworben worden, um die Frauen und Kinder zu töten.«

Jordon schüttelte den Kopf. »Du musst etwas tun. Alles ist voller Blut.«

Das stimmte. Es lief in langen Strömen an dem Mann herunter auf den Ast und rann dann den Baumstamm hinab.

»Was hat die Senatorin noch gesagt?«

Jordon schloss die Augen und lehnte den Kopf zurück, als könne er das Gewicht nicht mehr tragen. »Sie will Präsidentin werden. Hat sich mit Cheng verbündet. Einem großen Verbrecher in China. Die Regierung dort schützt ihn. Er macht Geschäfte auf der ganzen Welt. Er ist stinkreich, und er unterstützt ihre Kandidatur.«

»Sie ist tot.« Ezekiel beugte sich vor und hob den Kopf des Killers mit der Klinge seines Messers an. »Sie ist nicht entkommen. Bellisia hat sie getötet. Selbst wenn du deinen Job erledigt hättest, wärst du gar nicht bezahlt worden.« Jordon wollte den Kopf nicht heben, doch Ezekiel war unerbittlich. »Sieh mich an.«

Wieder schüttelte Jordon den Kopf. »Nein. Nein. Warum tust du das? Das sind Insekten. *Insekten.* Wie Kakerlaken. Und sie verspritzen Gift. Wie Schlangen. Verstehst du denn nicht? Das Nest muss ausgeräuchert werden.«

»Du dienst weder einer Sache noch deinem Land. Und du verachtest Soldaten. Also, warum änderst du dich plötzlich und riskierst dein Leben für ein bestimmtes Ziel?« Ezekiel behielt den ruhigen, harmlosen Tonfall bei.

Jordon runzelte die Stirn. Aus seinem Mund lief Blut. Sein Kopf schwankte hin und her und seine Augenlider begannen zu flattern. »Ich weiß nicht ...« Er brach ab. »Dieses Treffen. Mit den drei Senatoren. Wir waren alle dabei. Ihre Stimme. Wie sie geredet hat. Ein General war auch dabei. Ein hohes Tier.«

»Wie viele Leute waren da?«

Jordon antwortete nicht. Er schloss die Augen und wandte den Kopf ab.

»Du willst doch nicht, dass ich dir noch mal wehtue, oder?«, fragte Ezekiel leise. »Dann antworte einfach. Gleich ist es vorbei, und du kannst schlafen.«

»Ungefähr sechzig, hauptsächlich Söldner und Männer aus ihrer Armee. Keine Frauen.«

»Die Senatoren. Ich brauche Namen.«

»Crane aus Mississippi. Delgato aus Florida. Jenson aus Kalifornien …« Er verlor den Faden.

»Wer war der General?«

»Ivan Newman.«

Ezekiels Herz machte einen Satz. Der Mann hatte Zugang zum Präsidenten. Er war der Chef der Air Force, und abgesehen von seinen Pflichten im Generalstab arbeitete er dem Luftwaffenminister direkt zu. Kein Wunder, dass ihre Einheit ständig zu verschiedenen Einsätzen geschickt wurde, sodass sie nicht genügend Wachen für die Frauen hatten. Violet hatte sich sorgfältig vorbereitet und Menschen in Spitzenpositionen auf ihre Seite gezogen. Wenn sie etwas mehr Zeit gehabt hätte, wäre es ihr höchstwahrscheinlich irgendwann gelungen, die Frauen zu ermorden.

Jordon machte noch einen tiefen, zittrigen Atemzug, bei dem sich auf seinen Lippen schaumige Blutblasen sammelten. Auch das Blut, das aus seiner Bauchwunde sprudelte, lief weiter über seine Finger. Er schien es nicht mehr zu bemerken. Rasselnd atmete er noch einmal ein. Dann war es still. Einen Augenblick. Zwei. Plötzlich holte er ein letztes Mal röchelnd Luft, dann kippte er langsam zur Seite.

Ezekiel stand auf und gab ihm einen Tritt, sodass er aus dem Baum fiel und praktisch vor Ginos Füßen landete.

Sein Freund schaute zu ihm auf. »Nimm das Gewehr mit. Es scheint gut zu sein.«

»Zu spät. Ich habe das verdammte Ding schon aus dem Baum getreten.«

»Musst du immer so hart sein?«, fragte Gino, die Hände in die Hüften gestemmt.

Ezekiel grinste und sprang vom Baum herunter. »Ja. Sonst würden Mordichai und Malichai mich nicht wiedererkennen.« Das war so weit richtig. Dass er bei Bellisia mit dieser harten Nummer nicht durchkam, obwohl er sich alle Mühe gab, wollte er lieber nicht zugeben.

20

GRACE FONTENOT SASS in dem Schaukelstuhl, den ihr Mann vor so vielen Jahren für sie gemacht hatte. Die Pfeife in der Hand schaute sie über den Fluss. Nicht weit entfernt spielten ihre drei Urenkelinnen auf dem kleinen Spielplatz. Sie konnte sie genauso gut sehen wie ihren geliebten Fluss. Die leichte Brise, die vom Wasser herkam, trug ihr das Lachen der Kinder zu. Sie erinnerte sich daran, wie es gewesen war, als ihre Enkelsöhne vor dem Haus gespielt hatten. Kinderlachen war schöner als jede Symphonie, die sie jemals gehört hatte.

Cayenne, Pepper und Bellisia kamen aus dem Haus. Sie rochen nach den Gewürzen, die sie in der Küche benutzt hatten, denn sie hatten gerade wieder eine Kochstunde bekommen. Die Frauen wussten es nicht, aber Nonny genoss diese Stunden weit mehr als sie – obwohl Kochenlernen zu den Lieblingsbeschäftigungen der drei gehörte. Nonny hatte nie eine Tochter gehabt und nun die Gelegenheit zu haben, Zeit mit diesen Frauen zu verbringen, machte sie froh.

»Ich liebe den Duft von Schweinebraten«, sagte Cayenne zu ihr und küsste sie auf die papierdünne Haut ihrer Wange. »Besonders wenn er den ganzen Tag im Schongarer schmurgelt. Dann läuft einem das Wasser im Mund zusammen, sobald man ins Haus kommt.«

Für ein Mädchen, das ganz allein in einer kleinen Zelle

aufgewachsen war und kein Familienleben kannte, hatte sie in sehr kurzer Zeit viel gelernt, dachte Nonny. Sie war stolz auf Cayenne. Andere Menschen als Trap gern zu haben, war ihr anfangs schwergefallen, doch nun kam sie gut mit den drei kleinen Mädchen und Pepper und Nonny aus. Und sie gab sich sichtlich Mühe, Bellisia den Umgang mit den anderen zu erleichtern.

»Mir auch«, sagte Pepper. »Wenn ich nicht gerade brechen muss. Wenn Wyatt nach Hause kommt, muss ich ihn wohl zusammenstauchen, Nonny.«

Grace musste lachen. »Wenigstens musst du dich nicht im Schlafzimmer verstecken, weil du dich in eine Sexbombe verwandelt hast.«

Pepper prustete los. Auch das war gut. Inzwischen konnte Pepper über die Folgen der chemischen Reaktion lachen, die sie so sexhungrig machte und sogar mit den Frauen darüber Witze reißen, während sie früher vor lauter Scham kaum den Mund aufgemacht hatte.

»Wie wahr. Wyatt hat geglaubt, wenn er mich schwängert, würde es nicht mehr so weit kommen, und er hat recht behalten. Damit wird er sicher angeben.«

Ihre Stimme war so voller Liebe und Stolz, dass Nonny die Augen schließen musste, denn es erinnerte sie daran, was sie in ihrer langjährigen Ehe für ihren Mann empfunden hatte. Einen Moment lang brannten Tränen in ihren Augen. Ach, ihr Mann. Er war so schön gewesen. Und so männlich. Genau wie ihre Enkelsöhne und deren Freunde. Was für ein Segen, dass sie um sie herum waren und bei ihr wohnen wollten, oder zumindest ganz in der Nähe.

Sie hatte ein paar einsame Jahre hinter sich, in denen sie gedacht hatte, sie könnte zu ihrem Mann gehen, doch nun musste sie sich wieder um ihre Jungs kümmern. Sie sollten alle so glücklich werden wie ihr lieber Ezekiel. Sie mussten gute Frauen finden, und sie hatte vor, jedem Einzelnen dabei zu helfen.

Die meisten Sorgen bereitete ihr Joe. Er war schweigsam und ruhig, ein besonnener Anführer, der von Männern respektiert wurde, die selber Respekt einflößten. Das sagte viel über ihn. Er erholte sich von seinen Wunden, sprach aber selten und lächelte nie, nicht einmal wenn er die Drillinge beobachtete. Sie hatte geglaubt, die Kinder könnten jeden zum Lächeln bringen und jede Wunde heilen, doch vielleicht hatte sie sich geirrt. Vielleicht hatten die Wunden, die Violet Joe zugefügt hatte, mehr als nur Haut und Knochen zerstört. Vielleicht hatten sie auch sein Herz und seine Seele verletzt. Es würde sehr schwer werden, ihn wieder gesund zu machen.

Als Nonny die Augen schließlich wieder aufschlug und Bellisia sah, lächelte sie unwillkürlich. Die kleine Bellisia. Sie war eine starke Frau. Sie passte zu Ezekiel. Sie würde für ihren Mann durchs Feuer gehen. Dennoch hatte sie auf ihn gehört und war im Haus geblieben, als er sich auf die Suche nach dem Scharfschützen gemacht hatte. Nonny hatte gemerkt, wie schwer ihr das gefallen war.

»Wie weit seid ihr mit euren Heiratsplänen, Bella?«, fragte sie.

Cayenne und Pepper hüstelten hinter vorgehaltener Hand. »Ja, Bella«, sagte Cayenne und stieß sie in die Rippen. »Was ist mir euren Heiratsplänen?«

Bellisia errötete. »Ja … Also …«, sie zögerte.

Nonny setzte sich gerader hin. »Das ist keine Antwort. Ezekiel hat noch mehr Männer angestellt. Sie sind fast fertig mit eurem Haus. Es ist voller Panzerglasfenster, durch die du den Fluss sehen kannst. Sobald es fertig ist, wird er wollen, dass du bei ihm einziehst. Ich habe ihm schon gesagt, dass ich mein Gewehr hole, wenn er sich dir gegenüber nicht anständig benimmt.«

»Es ist einfach so, dass …« Wieder verstummte Bellisia und lief knallrot an.

Pepper lachte. »Immer wenn sie anfangen, über ihre Heiratspläne zu reden, wird Ezekiel ungeduldig und kann es nicht abwarten, und das Nächste, was man hört, ist, dass Bella erschöpft ist und schläft und davon träumt, was ihr Mann alles kann, und nicht mehr ans Heiraten denkt.«

Seit sie Söhne und später Enkelsöhne großgezogen hatte, hatte Nonny ihren strengen Blick geübt. Und er hatte ihr viele, viele Male geholfen. Sie war sehr dankbar dafür, dass sie ihn perfektioniert hatte, denn nun hielt er sie davon ab zu lachen, als sie ihn auf ihre neueste »Tochter« richtete. »Stimmt das, Bella?«

Bellisia nickte. »Zu meiner Verteidigung möchte ich sagen, dass mein Mann küssen kann. Er küsst wirklich gut. Du kannst es dir nicht vorstellen. Sobald er damit anfängt, kann ich keinen klaren Gedanken mehr fassen.«

Das war das Problem – Nonny konnte es sich sogar sehr gut vorstellen. Sie wusste nur zu genau, was die Küsse eines Mannes bei einer Frau anrichten konnten.

»Habt ihr die Heiratserlaubnis schon beantragt?« Die Antwort auf die Frage kannte sie bereits. Ezekiel hatte den Papierkram längst erledigt. Er wusste, wie wichtig das war. Sie hatten Bellisias Geburtsdatum gefälscht und die Erlaubnis war vor über zweiundsiebzig Stunden erteilt worden. Wenn sie nicht noch älter war.

»Ja, vor ungefähr einer Woche.«

Nonny zog ihr Handy aus der Tasche. Sie liebte das kleine Telefon, das Flame, Raouls Frau, ihr geschenkt hatte. Flame besorgte ihr immer die neuesten Geräte und nahm sich auch die Zeit, sie ihr zu erklären. Inzwischen konnte Nonny mit dem Daumen Nachrichten schreiben, was in Situationen wie dieser, in der sie die Braut nicht verschrecken wollte, sehr nützlich war. Erst schrieb sie Ezekiel, dann seinen Brüdern und schließlich Papite Vallier, einem alten Freund der Familie.

»Gut, *Chère.* Das ist wenigstens etwas.« Nonny musterte Bellisia. Die junge Frau war wunderschön. Ihr helles Haar war sehr dicht und glatt, und wenn sie im Wasser war – wo sie viel Zeit verbrachte – erinnerte es an den Pelz eines Otters. »Möchtest du Ezekiel wirklich heiraten? Bist du sicher, dass er der Richtige ist?«

»Aber natürlich«, sagte Bellisia. »Ganz sicher. Na ja, manchmal mache ich mir Sorgen darüber, was meine DNA bei unseren Kindern bewirken könnte, aber er sagt, seine DNA wäre genauso manipuliert worden wie meine. Obwohl mir das eigentlich noch mehr Sorgen macht.«

»Mir geht es genauso«, sagte Pepper und strich sich über den Bauch. Sie hatte ein ganz kleines Bäuchlein, aber wer es nicht wusste, hätte ihr nicht angesehen, dass sie schwanger war. »Wir haben mit Lily Whitney geredet, ehe wir beschlossen haben, ein Kind zu bekommen. Die Mädchen sind im Reagenzglas entstanden, damit Whitney seine Experimente mit ihnen machen konnte, also haben wir keine Ahnung, was bei diesem Baby passiert, aber Lily hat gesagt, es wird ihm gut gehen, und es wird wie die anderen Kinder der Schattengänger mit besonderen Fähigkeiten und Talenten geboren werden.«

Nonnys Handy meldete sich, und sie las die Nachricht von Papite. *Tu alles für dich. Bin unterwegs.*

»Deswegen hat Violet es geschafft, ihre Armee auf uns zu hetzen«, sagte Cayenne. »Wegen der Kinder. Aber sie hätte sich nicht mit unseren dreien und uns zufriedengegeben, sie hätte auch Jagd auf die anderen gemacht.«

Das glaubte Nonny auch. Violet Smythe war eine kranke Frau gewesen. Eine echte Soziopathin ohne jedes Mitleid. Sobald ihr jemand in die Quere kam, hatte sie ihn aus dem Weg geschafft. Sie hatte nur nach Macht gestrebt und danach, der einzige weibliche Schattengänger zu sein. Es hatte keine Hoffnung für sie gegeben, obwohl Joe, ihr weißer Ritter, versucht hatte, sie zu retten.

Wieder machte sich Nonnys Handy bemerkbar, und sie las die Nachricht von Ezekiel. *Natürlich will ich sie heiraten. Wenn du einen Priester hast, kommen wir sofort.*

Manchmal musste man einfach etwas nachhelfen, dachte Nonny. Essen war reichlich da. Sie machte immer genug für eine kleine Armee. Und gewöhnlich saß auch eine kleine Armee an ihrem Küchentisch. Aber heute Abend würde es eine Feier geben. Mit Musik und Tanz. Sie schrieb an ihren Freund Bernard und bat ihn, mit seiner Band vorbeizukommen, dann schrieb sie an Donny. Er würde bei der Feier sicher dabei sein wollen.

»Ihr müsst euch um Bellisias Haare und ihr Make-up kümmern, Mädchen. Findet ein hübsches Kleid für sie. Ich gehe in die Küche und sorge dafür, dass wir genug Essen für den Abend haben.«

Bellisia, die genauso am Geländer lehnte und über den Fluss schaute, wie Grace das immer schon gern getan hatte, drehte sich erstaunt um. Offenbar fühlte sie sich vom Wasser genauso angezogen wie Nonny selbst. Und der alten Frau gefiel der Gedanke, dass Bella bald ein Stück weiter unten an der Straße wohnen würde und am Morgen beim Kaffeetrinken auf den gleichen Fluss schauen konnte.

»Sie sollen sich um meine Haare und mein Make-up kümmern?«, wiederholte Bellisia.

»Ganz genau, Mädchen, es sei denn, du willst so heiraten, wie du gerade bist. Ezekiel wird es nichts ausmachen, aber ich nehme an, dass du dich etwas herausputzen möchtest.«

»Heiraten?«

Cayenne und Pepper fassten sie an den Armen. »Komm mit.«

»Jetzt sofort?«, fragte Bellisia.

»Dein Mann ist unterwegs und der Priester auch. Hier in den Bayous fackeln wir nicht lange, wenn es darum geht, unsere Frauen zu verheiraten.« Nonny deutete auf ihr Gewehr. »Ich möchte ja nicht mit dem da in der Hand beim Gelöbnis hinter dir stehen, aber wenn es nicht anders geht, tue ich es.«

Bellisia prustete los, obwohl sie vor einer Sekunde noch so ausgesehen hatte, als würde sie ohnmächtig werden. »Ich heirate wirklich? Heute? Jetzt gleich?«

»Genau. Ein Priester ist schon im Anmarsch. Und eine Band. Der Bräutigam und seine Brüder ebenso. Du hältst hier nur den Betrieb auf.«

»Ich bin platt.«

»Ich habe noch nie gehört, dass eine Frau ihre Hochzeit hinausschiebt, nur um geküsst zu werden, selbst wenn der Mann so toll ist wie Ezekiel. Du bist diejenige, die alles verzögert, nicht er. Wahrscheinlich bist du längst schwanger, so wie ihr euch benommen habt. Also wirst du jetzt heiraten, Bella.«

Bellisia lachte ungläubig, als der SUV auf den Hof fuhr, die Türen aufklappten und ihr Mann mit dem halben Team heraussprang. Grinsend kam Ezekiel auf sie zu, doch als Nonny den Kopf schüttelte, blieb er abrupt stehen. Nonny deutete aufs Haus, und Pepper und Cayenne führten Bellisia rasch hinein.

Kaum zwei Stunden später fand die Hochzeit statt. Bellisia trug eins von Peppers Kleidern. Es war so sexy, dass sie sich darin nicht ganz wohlfühlte, doch als Ezekiel sie sah, begann sein Gesicht zu leuchten. Daher beschloss sie, es doch schön zu finden. Es war nicht so, dass sie übertrieben schamhaft war, sie war nur nicht daran gewöhnt, im Mittelpunkt zu stehen und von so vielen Leuten mit Glückwünschen überhäuft zu werden.

»Ich liebe dich«, flüsterte Ezekiel, als er ihre Hand nahm und sie schützend an sich zog. Dann drehte er sich mit ihr zum Priester um.

»Ich liebe dich auch«, flüsterte sie zurück, drückte sich an ihn und legte eine Hand auf seine Brust.

Glücklich sahen sie sich beide nach Grace Fontenot um, die übers ganze Gesicht strahlte. Als der Priester sich räusperte, wandten sie sich wieder ihm zu und schlossen den Bund der Ehe.

DANKSAGUNG

Bei jedem Buch gibt es viele Menschen, denen man zu Dank verpflichtet ist. Und dieses hat *viel* Hilfe gebraucht! Neil Benson von den »Pearl River Eco Tours«: Danke für die vielen Stunden auf dem Boot, bei Tag und Nacht; all die verrückten Abenteuer, die mir die notwendigen Recherchen für dieses Buch ermöglicht haben; und die Zeit, die es gebraucht hat, bis die Entfernungen und Namen gestimmt haben! Ich weiß Deine Hilfe sehr zu schätzen. Vielen Dank auch Lieutenant Commander 04 Patrick Schuette für seine Hilfe, was die medizinische Versorgung bei Kampfeinsätzen anbelangt. Myiah Castillejos für die Erklärung militärischer Ränge bei den Fallschirm-Rettungsspringern. Ein besonderer Dank gilt Specialist Jason Hutton für all seine Hilfe bei diesem Buch. Ich hätte mir eine so große Mission nicht allein ausdenken können – danke dafür, dass sie durch Sie so real wirkt und dass Sie die Kampfszenen immer wieder gelesen haben, bis ich alle Details richtig beschrieben hatte. Sollte es irgendwelche Fehler geben, bin ich allein dafür verantwortlich. Danke auch Domini für ihre Nachforschungen und ihre Hilfe bei der Redaktion.

Die magischen Welten von Christine Feehan

Bonusmaterial

Werkverzeichnis

HEYNE

Werkverzeichnis

1. Die Schattengänger

Jägerin der Dunkelheit

(Shadow Game)

Dr. Whitney soll aus den Schattengängern eine Truppe Elitesoldaten machen, doch das geheime Experiment geht schief, und etliche der Männer kommen auf mysteriöse Weise ums Leben. Ihr Anführer, Captain Ryland Miller, ahnt, dass er das nächste Opfer sein wird. Millers letzte Hoffnung ist Whitneys junge, geniale Tochter Lily. Von der ersten Sekunde an sind sie wie voneinander gebannt – was keiner weiß: Auch Lily trägt übersinnliche Fähigkeiten in sich.

Spiel der Dämmerung

(Mind Game)

Fast ihr ganzes Leben hat die übersinnlich begabte Dahlia Le Blanc in der Abgeschiedenheit der Sümpfe Louisianas verbracht, doch als eines Tages bei einem ihrer Geheimeinsätze etwas schiefläuft, ist es damit vorbei, denn jetzt ist ihr ein Killerkommando auf den Fersen. Retten kann sie nur noch der geheimnisvolle Schattengänger Nicolas Trevane. Gemeinsam machen sie sich an die Verfolgung ihrer Feinde und entdecken dabei eine feurige Leidenschaft.

Tänzerin der Nacht

(Night Game)

Raoul »Gator« Fontenot, Mitglied der Schattengänger, kehrt zurück in seine Heimatstadt, um Iris »Flame« Johnson zu finden, die einst von Dr. Whitney zu Versuchen auserwählt wurde. Als Teenager entkam sie dem wahnsinnigen Wissenschaftler und ist seitdem auf der Flucht. Als Gator Flame zufällig trifft, folgt er ihr und rettet sie aus einer gefährlichen Lage. Mit ihren vereinten übersinnlichen Fähigkeiten machen sie sich schließlich auf, das mysteriöse Verschwinden einer jungen Sängerin aufzuklären.

Schattenschwestern

(Conspiracy Game)

Die junge Briony Jenkins ist nicht nur eine äußerst begabte Trapezkünstlerin, sie hat außerdem starke übersinnliche Fähigkeiten: Sie kann die Gefühle ihrer Mitmenschen spüren. Auf der Tournee ihrer Trapeztruppe in Afrika läuft sie dem Schattengänger Jack Norton in die Arme, der sie, selbst gerade erst einem Gefangenenlager entkommen, vor einer Rebellentruppe rettet. Die übersinnliche Anziehungskraft zwischen den beiden hat weitreichende Folgen und bringt nicht nur Briony in große Gefahr.

Düstere Sehnsucht

(Deadly Game)

Von klein auf wurde die übersinnlich begabte Mari Smith in Dr. Whitneys Labor festgehalten und zur Elitesoldatin ausgebildet. Dabei hat sie die Methoden des wahnsinnigen Wissenschaftlers nie infrage gestellt. Als sie bei einem Einsatz dem charismatischen Schattengänger Ken Norton in die Hände fällt, wird sie von ihrer Leidenschaft überwältigt. Mari beginnt zu begreifen, dass es auch ein Leben außerhalb der Kaserne gibt. Doch zuvor muss sie ihre Leidensgenossinnen aus Dr. Whitneys Klauen befreien.

Fesseln der Nacht

(Predatory Game)

Als der ehemalige Navy-Offizier Jess Calhoun, an Körper und Seele von seiner dunklen Vergangenheit als Schattengänger gezeichnet, die geheimnisvolle Saber Wynter bei sich aufnimmt, steht sein Leben plötzlich kopf: nicht nur, dass er sich der erotischen Ausstrahlung der jungen Frau nicht entziehen kann, sie schwebt auch noch in großer Gefahr. Während Saber den Kampf gegen die Dämonen ihrer Vergangenheit zu verlieren droht, muss Jess alles daransetzen, die Frau zu retten, die er liebt.

Magisches Spiel

(Murder Game)

Der Schattengänger Kaden Montague wird mit einer heiklen Mission betraut: Zwei gegnerische Gruppen liefern sich ein makaberes Wettrennen quer durch das ganze Land und hinterlassen dabei eine Spur von Leichen. Die Täter: angeblich Schattengänger. Nur Kaden ist in der Lage, die Wahrheit herauszufinden und dem mörderischen Spiel ein Ende zu bereiten, doch dazu benötigt er die Hilfe des talentierten Mediums Tansy Meadows, deren erotischer Ausstrahlung Kaden vom ersten Augenblick an verfällt …

Schicksalsbund

(Street Game)

Bei einem Routineeinsatz hat der kampferprobte Mack McKinley plötzlich ein schlechtes Gefühl. Sein Sonderkommando scheint in einen Hinterhalt geraten zu sein. Dann steht Mack unerwartet Jamie gegenüber, der Frau, der einst seine ganze Leidenschaft galt. Schon ein Blick aus Jamies Augen kann die Welt eines Mannes in ihren Grundfesten erschüttern. Vor Jahren hatten sie und Mack eine Beziehung, die so flüchtig wie elektrisierend war. Von einem auf den anderen Tag verschwand sie spurlos.

Im Bann des Jägers

(Ruthless Game)

Rose Patterson ist auf der Flucht vor einem Wahnsinnigen, der all ihre Gedanken und Albträume beherrscht. Und schlimmer noch: Er will nicht nur sie, sondern auch das ungeborene Kind, das sie unter ihrem Herzen trägt. In ihrer Verzweiflung weiß Rose kaum noch, wem sie trauen kann. Bis sie Kane Cannon wiedertrifft, ihren einstigen Schattengängergefährten – und Vater ihres Kindes. Die Leidenschaft, die sie miteinander verband, entflammt rasch wieder. Kane würde für Rose alles opfern, sogar sein Leben.

Spiel der Finsternis

(Samurai Game)

Als ein gefährlicher Diktator die Macht an sich reißen will, sehen sich die in alle Winde zerstreuten Schattengänger mit ihrer bislang schwierigsten Aufgabe konfrontiert: Sie müssen ihn ausschalten und erwählen zwei aus ihrer Mitte, die gleichermaßen von Leidenschaft und Rachegelüsten getrieben sind. Zwei, die nichts mehr zu verlieren haben – außer ihrem Leben und ihrer Liebe zueinander.

Geliebte der Dunkelheit

(Viper Game)

Schattengänger Wyatt Fontenot ist ein Mann von geradezu tödlicher Schnelligkeit und Präzision. Ein Mann, den die verführerische Pepper gerade dringend an ihrer Seite braucht, denn die drei kleinen Mädchen, die sich in ihrer Obhut befinden, schweben in höchster Gefahr. Kann Wyatt Pepper und ihren Schützlingen helfen? Und können Wyatt und Pepper der ebenso magischen wie verbotenen Anziehungskraft, die sie aufeinander ausüben, widerstehen?

Im Bann der Jägerin

(Spider Game)

Die betörend schöne Cayenne ist eine geradezu tödliche Falle für jeden Mann – im wahrsten Sinne des Wortes, denn ihr Kuss ist tödlich wie der einer Spinne. Auf der Flucht vor dem gefährlichen Wissenschaftler Dr. Whitney begegnet Cayenne dem attraktiven Schattengänger Trap Dawkins, der verspricht, sie vor ihren Feinden zu beschützen. Doch kann sich Trap auch selbst schützen vor Cayennes ebenso unwiderstehlicher wie fataler Anziehungskraft?

Tänzerin im Schatten

(Power Game)

Als die schöne Spionin Bella von einem unglaublichen Verrat erfährt, bricht sie mit Dr. Whitney und flieht in die Bayous, um die dort lebenden Schattengänger zu warnen. Einer von ihnen ist der attraktive Arzt Ezekiel, und als sich die beiden das erste Mal begegnen, fliegen augenblicklich Funken. Endlich fühlt sich Bella nicht mehr nur wegen ihrer besonderen Kräfte begehrt. Doch dann schlagen die Feinde zu, und Bella droht Ezekiel für immer zu verlieren.

Geliebte Feindin

(Covert Game)

Als die weltweit führende IT-Expertin und Spionin Zara Hightower einem chinesischen Verbrechersyndikat in die Hände fällt, bekommt der attraktive Schattengänger Gino Mazza den Auftrag, sie zu befreien. Dass Zara bildschön ist und Gino sie vom ersten Augenblick an heiß begehrt, macht seine Mission nicht einfacher. Zumal er nicht weiß, ob Zara wirklich nur ein hilfloses Opfer ist oder ihn geradewegs in eine tödliche Falle lockt …

Gefährliches Glück

(Toxic Game)

Als der charismatische Schattengänger Dr. Draden Freeman bei einem Einsatz im indonesischen Dschungel einem gefährlichen Virus ausgesetzt wird, bittet er seine Kameraden, ihn zum Sterben zurückzulassen. Dann taucht wie aus dem Nichts die atemberaubend schöne Shylah Cosmos auf. Sie ist fest entschlossen, Dradens Leben zu retten, auch wenn sie sich dadurch selbst in Gefahr bringt. Für Shylah und Draden beginnt ein tödlicher Kampf um ihr Leben und ihre zarte Liebe …

2. Die Leopardenmenschen

Wilde Magie

(Fever)

Die schöne Rachael Lospostros ist auf der Flucht vor ihrer eigenen Vergangenheit und hofft, in den grünen Tiefen des Dschungels Schutz zu finden. Dort stößt sie auf Rio Santana, einen wilden Eingeborenen, der sie jedoch für einen Feind hält. Im Kampf wird Rachael schwer verletzt, aber anstatt sie zu töten, pflegt Rio die sinnliche Fremde hingebungsvoll gesund.

Magisches Feuer

(Burning Wild)

Der Milliardär Jake hat eine schwere Kindheit hinter sich: Nachdem er die Erwartungen seiner Eltern, seine magischen Fähigkeiten zu nutzen, nicht erfüllen kann, vereinsamt er zunehmend. Was seine Eltern jedoch nicht wissen: Jake verbirgt seine Gabe bewusst vor ihnen. Als es zu einem dramatischen Autounfall kommt und er der schönen Emma begegnet, verfällt er der jungen Witwe und öffnet zum ersten Mal einer anderen Person sein Herz …

Wildes Begehren

(Wild Fire)

Der charismatische Leopardenmensch Conner Vega kehrt in den Regenwald Panamas zurück, um der skrupellosen Drogenbaronin Imelda Cortez das Handwerk zu legen. Doch die verführerische Verbrecherin ist nicht die einzige Herausforderung, die im Dickicht des Dschungels wartet, denn Conner trifft Isabeau Chandler wieder – die Frau, die er einst schmählich betrog.

Feuer der Wildnis

(Savage Nature)

Ein düsteres Geheimnis liegt über Sarias Familie: Ihre Brüder durchstreifen nachts als »Geisterkatzen« die Sümpfe von Louisiana. Und auch Sarias eigene Verwandlung steht kurz bevor – doch davon will Saria nichts wissen. Erst als sie Drake begegnet, kann sie ihr Erbe nicht mehr länger leugnen. Denn er erkennt sofort die Gestaltwandlerin in ihr – und die ihm bestimmte Gefährtin.

Dunkle Liebe

(Leopard's Prey)

Der Cop Remy Boudreaux liebt seinen Job, noch mehr liebt Remy allerdings die Bayous, die üppig wuchernde Sumpflandschaft rund um New Orleans. Nur hier kann er dem Leoparden in sich ungehindert freien Lauf lassen. Während einer Ermittlung begegnet er eines Abends der geheimnisvollen Jazzsängerin Bijou, einer Frau von geradezu betörender Sinnlichkeit. Remy erkennt sofort die Gestaltwandlerin in ihr – und seine Seelenverwandte.

Geliebte Jägerin

(Cat's Lair)

Als Kind wurde die junge Gestaltwandlerin Cat Benoit von dem gefährlichen Psychopathen Rafe Cordeau gefangen gehalten. Jahre später gelingt ihr die Flucht, und sie kann sich in Texas ein neues Leben aufbauen. Dort begegnet sie auch dem unverschämt attraktiven Ridley Cromer, und aus anfänglicher Freundschaft wird schnell feurige Leidenschaft. Doch wie lange kann sie ihre neue Liebe vor Rafe geheim halten?

Entfesselte Göttin

(Wild Cat)

Als die atemberaubend schöne Siena Arnotto dem Gestaltwandler Elijah Lostopos begegnet, verändert sich ihr Leben von einem Moment auf den anderen. Ein Blick auf den attraktiven Elijah und Siena ist klar, dass der Mann ihres Lebens vor ihr steht. Und dass auch in ihr das magische Erbe der Leopardenmenschen schlummert. Doch noch bevor Siena und Elijah ihr Glück genießen können, entdeckt Siena ein dunkles Geheimnis in ihrer Familiengeschichte. Ein Geheimnis, das ihre Liebe zu Elijah für immer zerstören könnte …

Ruf der Dunkelheit

(Leopard's Fury)

Dass sie das magische Blut der Leopardenmenschen in sich trägt, hat die schöne Bäckerin Evangeline Tregre schon immer verdrängt. Und bisher ist ihr das auch ganz gut gelungen. Doch dann begegnet sie Alonzo Massi. Sinnlich, selbstbewusst und geheimnisvoll – und ebenfalls ein Leopardenmensch. Vom ersten Augenblick an ist Evangeline klar, dass sie Alonzos erotischer Ausstrahlung nichts entgegenzusetzen hat …

3. Shadows

Stefano

(Shadow Rider)

Stefano Ferraro ist verdammt attraktiv, verdammt reich und verdammt mächtig – und er hat ein magisches Geheimnis: Er kann mit den Schatten verschmelzen und Licht und Dunkelheit seinem Willen unterwerfen. Ziemlich praktisch, wenn man der Boss eines der einflussreichsten Familienclans Chicagos ist! Als Stefano eines Tages der ebenso schönen wie temperamentvollen Francesca Cappello begegnet, ist ihm sofort klar, dass er diese Frau zu der Seinen machen muss. Francesca jedoch hat ihren eigenen Kopf und ist nicht gewillt, Stefanos Verführungskünsten so einfach zu erliegen ...

Ricco

(Shadow Reaper)

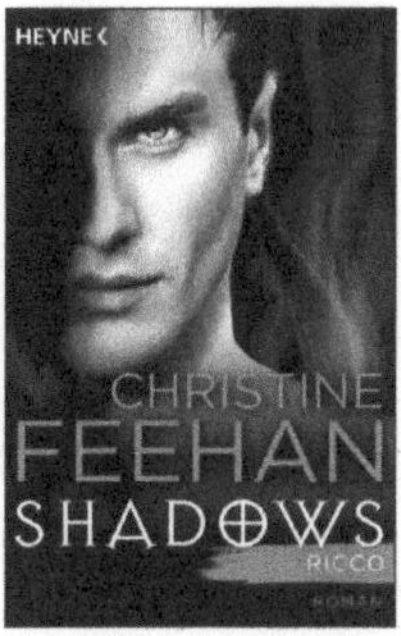

Der Milliardär und Playboy Ricco kennt kein anderes Leben als das eines Schattengleiters: Als Mitglied des mächtigen Ferraro-Clans kann er Licht und Dunkelheit seinem Willen unterwerfen. Als sein ungestümes Temperament und düstere Geheimnisse aus der Vergangenheit nicht nur ihn, sondern seine ganze Familie in Gefahr bringen, muss er handeln. Und die Frau finden, die ihn retten kann – seine einzig wahre Liebe …

Giovanni

(Shadow Keeper)

Frauen, Partys, Skandale – das ist die Welt von Schattengleiter Giovanni Ferraro. Doch tief in seinem Inneren fühlt er sich einsam und leer. Bis er eines Tages in einem Nachtclub die hübsche Sasha von einem lästigen Verehrer befreit. Sasha ist fasziniert von Giovannis düsterer Schönheit und seiner gefährlichen Ausstrahlung, und schon bald sind die beiden gefangen in einem betörenden Spiel aus Lust und Verführung …

Vittorio

(Shadow Warrior)

Schattengleiter Vittorio Ferraro würde für seine Geschwister alles tun, Loyalität gegenüber seiner Familie hat für ihn oberste Priorität. Und doch wünscht er sich nichts sehnlicher, als selbst die Frau fürs Leben zu finden. Als er Grace Murphy begegnet, kann er sein Glück kaum fassen: Sie ist nicht nur betörend schön und wahnsinnig klug, sondern selbst auch eine Schattengleiterin. Doch Grace' Bruder ist ein Psychopath, und als seine Schwester sich in Vittorio verliebt, gerät der gesamte Ferraro-Clan in sein Visier …

Taviano

(Shadow Flight)

Seit dem Augenblick, als er ihr als Teenager das Leben rettete, hat Schattengleiter Taviano Ferraro sein Herz an die zauberhafte Nicoletta Gomez verloren. Unter den wachsamen Augen des mächtigen Ferraro-Clans ist Nicoletta zu einer betörenden Schönheit herangewachsen – und zu einer starken und unabhängigen Frau. Als sie erneut den Feinden der Ferraros in die Hände fällt, setzt Taviano alles daran, sie zu retten. Auch, wenn das bedeutet, dass er jedes einzelne Gebot der Schattengängergilde brechen muss …